BASTEI
LÜBBE

JACK McDEVITT

Spuren im Nichts

Roman

Ins Deutsche übertragen
von Axel Merz

BASTEI
LÜBBE

BASTEI LÜBBE TASCHENBUCH
Band 24 291

1. Auflage: September 2001

Vollständige Taschenbuchausgabe

Bastei Lübbe Taschenbücher
ist ein Imprint der
Verlagsgruppe Lübbe

Deutsche Erstveröffentlichung
Titel der amerikanischen Originalausgabe:
Infinity Beach

Lektorat: Martina Sahler / Stefan Bauer
Titelillustration: Barcley Shaw / Agentur Schlück
Umschlaggestaltung: QuadroGrafik, Bensberg
Satz: QuadroPrintService, Bensberg
Druck und Verarbeitung:
Brodard & Taupin, La Flèche, Frankreich
Printed in France

ISBN 3-404-24291-2

Für die Fünf aus Brunswick:
Ted Barton,
John Goff,
Jack Kraus,
Ron Pfeifer
und George Tindle

Sie haben das Geheimnis des Lebens
noch nicht ganz entschlüsselt,
doch sie wissen bereits,
dass es etwas mit Essen zu tun hat.

Danksagungen

Der Autor möchte Jeffrey Hall vom Lowell Observatory für seinen Rat und seine Hilfe danken, außerdem Jimmy Durden, dem Glynn County, Georgia, meinem Agenten und Freund Ralph Vicinanza, meinem Sohn Chris McDevitt für den Entwurf von FALSS sowie den Schriftstellern Walt Cuirle und Brian A. Hopkins für ihre Ratschläge zu frühen Versionen des Manuskripts. Dank geht auch an Will Jenkins/Murray Leinster für »Erstkontakt« und für all die anderen wunderbaren Ausflüge in das Reich der Imagination. Außerdem an Caitlin Blasdell, meine Herausgeberin bei Harper Prism. An Rebecca Spinger. Und natürlich an Maureen.

Wir haben schon immer an einem Strand gestanden, der sich zum unendlichen Meer hin erstreckt. Die See lockt uns, doch für Ewigkeiten waren wir darauf beschränkt, mit unseren Teleskopen und unserer Vorstellungskraft auf die andere Seite zu blicken. Mit der Zeit lernten wir, Auslegerboote zu bauen, und wir kamen bis zu einigen vorgelagerten Inseln. Erst heute besitzen wir einen echten Viermaster, ein Schiff, das uns hinter jeden Horizont führt, der irgendwo im Universum existiert.

– KHALID ALNIRI, ›INFINITY BEACH‹
ANSPRACHE IM WESLEYAN

Seit langer Zeit haben wir gewusst, dass der erste Kontakt irgendwann bevorstehen würde und dass dieses Ereignis, wenn es irgendwann eintritt, alles verändern würde: unsere Technologie, unser Bewusstsein, unser Einstellung gegenüber dem Universum. Wir haben diesen Blitzschlag, denn nichts anderes ist es, seit langem kommen sehen, und wir haben uns elfhundert Jahre lang ausgemalt, wie es sein würde. Wir haben uns vorgestellt, dass außer uns anderes intelligentes Leben existiert. Wir haben es uns als furchterregend oder freundlich vorgestellt, als unglaublich fremdartig oder bemerkenswert ähnlich, als göttlich, als unbeteiligt, als gleichgültig. Ich frage mich, ob der Blitz nun endlich einschlägt. Mit dir und mir am Auftreffpunkt.

– SOLLY HOBBS ZU KIM BRANDYWINE
WÄHREND IHRES AUFENTHALTS IM SYSTEM ALNITAK

Daten werden, sofern nicht anders vermerkt, nach dem Greenway-Kalender notiert, dessen Jahr 1 mit der ersten Landung auf jener Welt im Jahre 2411 alter Zeitrechnung zusammenfällt. Das Greenway- und das irdische Jahr sind nahezu gleich lang, einer der Gründe, warum diese Welt zur Terraformierung ausgesucht wurde.

Prolog

April 573

»Tu es nicht!« Kane stand blutüberströmt in der Tür.

»… keine Wahl …«, rief Tripley, als der Flieger vom Landeplatz abhob. »Hilf ihr, so gut du kannst.«

Wie er gefürchtet hatte, zeigten sich die Bastarde nicht auf dem Schirm. Allerdings konnte er ihren schaurigen Begleiter sehen, dieses spektrale Ding, das durch das Mondlicht glitt. Es schwebte in Richtung Nordwesten, dem Mount Hope entgegen. Er musste annehmen, dass es sie eskortierte. Irgendwie mit ihnen verbunden war.

Das Dorf blieb zurück, und er war draußen über dem See. Er schaltete auf manuell, stieg auf fünfzehnhundert Meter und holte alles aus der Maschine heraus, was herauszuholen war. Es war nicht viel. Der Flieger ratterte und knarrte, doch schließlich erreichte er zweihundertfünfzig Klicks. Zu seiner Überraschung stellte er fest, dass er aufholte.

War das überhaupt möglich? Oder war das Ding langsamer geworden, um ihn weiterzulocken?

Drei von Greenways Monden, alle im ersten Viertel, schwebten an einem wolkenlosen Himmel und schienen auf die fernen Gipfel herab und den kühlen, dunklen See, den Damm und die flüchtende Wolke.

Was war sie nur?

Sie hatte sich unterdessen fast zu einer Kugel zusammengezogen, die lange, dunstigen Schleier hinter sich herzog. Wie ein Komet, dachte er, aber mit keinem zu vergleichen, der je an einer Welt vorbeigerauscht ist. Tödlich und effizient und grell und elegant vor dem Hintergrund der schneebedeckten Berge.

Das Signal des Ortungsgeräts wurde lauter. Er kam tatsächlich näher.

In diesen ersten stillen Augenblicken, seit alles in Scherben gefallen war, lauschte er dem Wind und dem Gemurmel der Elektronik und wünschte sich sehnlichst, er könnte umkehren und es ungeschehen machen.

Das kometenähnliche Gebilde vor ihm wurde noch langsamer. Und begann, sich aufzulösen.

Tripley bremste.

Er wusste, dass das Schiff unvermindert geradeaus weiterfliegen würde. Er lachte, weil er in diesen Begriffen darüber dachte. Ein *Schiff*, das außer ihm niemand sah, das auf keinem Ortungsschirm auftauchte, das sich hier draußen nach Belieben verstecken konnte, ohne je gefunden zu werden.

Und genau dort lag das Problem. Er konnte ihm nicht folgen, ohne dass die verräterische Wolke ihn führte. Und er würde die Wolke töten müssen, um selbst zu überleben. Wie zur Hölle hatten die Dinge nur so schlimm aus der Hand gleiten können?

Die Wolke töten.

War das verdammte Ding überhaupt lebendig?

Sie hatten das nordwestliche Ufer passiert. Unter ihm lag dunkler Wald, vor ihm erhoben sich die Gray Mountains.

Die Wolke wendete, um sich ihm entgegenzustellen.

Er beobachtete, wie sie sich über den Nachthimmel ausdehnte, sich für ihn öffnete wie eine aufgehende *Blüte,* darauf wartete, ihn in sich aufzunehmen. Dünne Fäden durchzogen das Gebilde, schimmernd im Licht der Monde, durch die etwas – eine Nährflüssigkeit, Lebensenergie – stetig pulsierte.

Er zögerte kurz, plötzlich voller Furcht, dann beschleunigte er erneut auf Höchstgeschwindigkeit. Er würde dieses verdammte Ding töten oder selbst bei dem Versuch sterben.

Schließ die Belüftungsschlitze. Überprüfe Fenster und Türen. Er wollte nicht, dass irgendein Teil des Dings in die Kabine drang.

Allein in der Dunkelheit spürte er nur noch Bedauern. Er hatte von Anfang an alles falsch angefasst. Hatte jede nur denkbare falsche Entscheidung getroffen. Er trug Schuld am Tod von Menschen, und Gott allein wusste, was er auf die Welt losgelassen hatte. Vielleicht konnte er jetzt wenigstens einen Teil wieder gutmachen.

Der Wind rauschte über die Stummelflügel, und die Kreatur schwebte abwartend draußen im Mondlicht. Durch ihre Schleier hindurch sah er die Sterne leuchten.

Es war ein unaussprechlich schöner Anblick, eine Mischung aus Nebel und Sternenlicht, die sich leicht im Wind bewegte. Er zielte direkt auf das Zentrum des Dings. Er würde hindurchbrechen und umdrehen, um es erneut zu durchbohren und es immer weiter auseinander zu reißen, bis es über den ganzen Himmel verteilt war.

Und wenn das erst vollbracht war, würde er dem Kurs des flüchtenden Schiffs weiter folgen. Es musste einen Weg geben, auch dieses Ding auszuschalten. Doch immer eins nach dem anderen.

Der Summer des Funkgeräts zeigte an, dass jemand mit ihm sprechen wollte.

Kane.

Die Erscheinung bewegte sich mit einem Mal, versuchte, zur Seite auszuweichen. Tripley spürte aufsteigenden Triumph. Es hatte Angst vor ihm! *Nein, du verdammter Hundesohn.* Er korrigierte den Kurs, um es in seinem mentalen Fadenkreuz zu behalten.

Der Summer meldete sich erneut.

Er wusste, was Kane sagen würde. *Sie ist tot.* Und: *Lass es gehen.* Doch es war zu spät für gesunden Menschenverstand. War es nicht das, was Kane von Anfang an gesagt hatte? Benutz deinen gesunden Menschenverstand? Aber es war so verdammt schwer gewesen, nachzudenken, zu überlegen, was zu tun war …

Tripley wappnete sich, ohne zu wissen, was ihn erwartete.

Die Wolke wurde dünner und dünner, während er sich näherte, doch das konnte genauso gut eine Illusion sein. Wie Nebel, der sich aufzulösen scheint, wenn man unvermittelt hineinjagt.

»Es tut mir Leid«, sagte er, ohne genau zu wissen, mit wem er redete.

Und dann brach er in die Wolke. Durch sie hindurch. Kam in klarem Sternenlicht heraus.

Er drehte sich um und sah, dass er ein Loch in das Zentrum der Wolke gerissen hatte. Teile des Gebildes trieben davon.

Er steuerte hart nach rechts und schwang den Flieger für einen zweiten Angriff herum. Er war jetzt voller Zuversicht, dass die Wolke ihm nichts tun konnte. Ihre Geschmeidigkeit schien verflogen zu sein. Es sah aus, als hätte sie Schwierigkeiten.

Er schoss aus einem anderen Winkel heran und

ein weiteres Mal hindurch. Fragmente wirbelten in die Nacht davon. Ein Hochgefühl breitete sich in ihm aus. Der Geschmack der Rache.

Das war für Yoshi.

Und das ist …

Mit einem Schlag fiel alles aus. Das leise Brummen der Magneten verwandelte sich in ein Winseln und erstarb.

Die Instrumentenbeleuchtung erlosch. Und plötzlich war das einzige Geräusch das Flüstern des Windes.

Der Flieger stürzte durch die Nacht.

Er kämpfte mit den Kontrollen, bemühte sich verzweifelt, die Maschinen neu zu starten, als die Bäume heranschossen. Über ihm schwebte die Wolke vor dem Hintergrund Glorys, des größten Mondes, und versuchte sich zu reformieren. Und in diesen letzten Augenblicken, erfüllt von Furcht und Verzweiflung, erstrahlte ein blendend helles Licht am Fuß des Mount Hope. Eine zweite Sonne. Er sah, wie sie sich ausdehnte, wie sie die ganze Welt einzuhüllen schien.

Und er verspürte einen letzten Ansturm von Befriedigung. Es war das Schiff. Es musste das Schiff sein. Die Herren dieses Dings. Wenigstens sie waren erledigt.

Dann hörte alles auf, eine Rolle zu spiele.

1

Neujahrsabend 599

Vom heutigen Standpunkt aus betrachtet erscheint die Annahme als gesichert, dass die Entstehung irdischen Lebens ein in kosmischer Hinsicht einzigartiges Ereignis war. Einige mögen einwenden, dass wir immer noch erst ein paar Tausend der Milliarden und Abermilliarden Welten in den schmalen, runden Korridoren gesehen haben, die einst »Biozonen« genannt wurden. Doch wir haben an zu vielen warmen Stränden gestanden und über zu viele Meere ohne Seemöwen geblickt, deren Wellen keine Muscheln ans Ufer spülen, keinen Seetang und keine Algen. Es sind friedliche Meere, umsäumt von nacktem Fels und Sand.

Das Universum sieht mehr und mehr wie eine großartige, aber sterile Wildnis aus, ein Ozean ohne freundliche Küste, ohne Segel, ohne jeden Hinweis, dass jemals zuvor ein Wesen vorbeigekommen wäre. Wir können nicht anders, als im grauen Licht dieser unendlichen Weiten zu erzittern. Vielleicht ist das der Grund, warum wir unsere wunderbaren interstellaren Liner in Museen verwandeln oder sie ausschlachten und die Ersatzteile verkaufen. Der Grund, warum wir angefangen haben, uns zurückzuziehen, warum die Neun Welten in Wirklichkeit nur noch sechs sind, warum die Grenze zusammenbricht, warum wir nach Hause auf unsere eigene Insel zurückkehren.

Wir kehren zur Erde zurück. Zu den Wäldern unserer

Geburt. Zu den Küsten der Nacht. Dorthin, wo wir nicht dem Seewind lauschen müssen, um etwas zu hören. Lebwohl, Centaurus. Lebwohl, all das, was wir hätten werden können.

– ELIO KARDI, ›DIE KÜSTEN DER NACHT‹,
VOYAGERS 571

»Noch drei Minuten bis zur Nova.«

Dr. Kimberley Brandywines Blick schweifte über die vielleicht zwölf Gesichter der Leute im Besprechungsraum. Im Hintergrund waren Kameras auf sie gerichtet, die das Ereignis in die Netze speisten. An den Wänden standen Projektionen: HALLO UNIVERSUM und KLOPF, KLOPF, KLOPF, IST DA DRAUSSEN JEMAND?

Dazwischen hingen Flachbildschirme und zeigten über Konsolen gebeugte Techniker an Bord der *Trent*. Ihre Teams würden die Nova zünden, doch die Bilder wären vierzehn Stunden alt, die Zeit, die Hyperkomm-Transmissionen benötigten, um die Entfernung zurückzulegen.

Jeder der Anwesenden war attraktiv und jugendlich, manchmal mit Ausnahme der Augen. Wie agil und vital die Menschen auch sein mochten, ihr wirkliches Alter sah man an ihren Blicken. Dort stand eine Härte, die mit den fortschreitenden Jahren kam, ein Verlust an Tiefe und Lebhaftigkeit. Kim war Mitte dreißig, besaß ein bezauberndes Gesicht und Haare, die so schwarz wie Rabenfedern glänzten. In einer früheren Zeit wären Männer für sie über Leichen gegangen. In ihre eigenen Zeit war sie nicht mehr und nicht weniger als ein Teil der Menge.

»Wenn wir nach all der Zeit noch niemanden

dort draußen gefunden haben«, sagte der Vertreter von Seabright Communications in diesem Augenblick, »dann kann es nur einen Grund dafür geben, nämlich, dass es niemanden zu finden gibt. Oder falls doch, ist die Entfernung so groß, dass es keinen Unterschied macht.«

Sie gab ihre Standard-Antwort und räumte die große Stille ein, während sie gleichzeitig darauf hinwies, dass die Menschheit selbst nach acht Jahrhunderten immer noch erst ein paar Tausend Sternensysteme inspiziert hatte. »Sie könnten Recht haben«, schloss sie. »Vielleicht sind wir tatsächlich allein. Tatsache ist jedoch auch, dass wir es einfach nicht wissen *können*. Und deswegen versuchen wir es weiter.«

Kim war für sich selbst längst zu dem Schluss gekommen, dass Seabright Recht hatte. Nicht eine Amöbe hatten sie bisher gefunden. Ganz kurz, zu Beginn des Raumfahrtzeitalters, hatte es Spekulationen gegeben, dass in Europas Meeren Leben existieren könnte. Oder in den Jupiterwolken. Sie hatten sogar ein Stück Meteoritengestein geborgen, das Beweise für Bakterien auf dem Mars enthalten sollte. Mehr extraterrestrisches Leben fand man nie.

Noch immer zeigten Hände auf.

»In Ordnung, eine weitere Frage«, sagte sie und erteilte Canon Woodbridge das Wort, einem wissenschaftlichen Berater des Großen Konzils der Republik. Er war groß, dunkelhäutig, bärtig und sah furchteinflößend aus, doch er war kongenial und geistesverwandt, jemand, der nichts Böses wollte. »Kim«, begann er, »warum glauben Sie, dass wir so viel Angst vor dem Alleinsein haben? Warum sehnen wir uns so sehr danach, dort draußen unsere Spiegelbilder zu finden?« Er blickte in Richtung der Schirme, wo die Techniker mit ihren beinahe zeremoniellen Aktivitäten fortfuhren.

Woher um alles in der Welt sollte sie das wissen? »Ich weiß es nicht, Canon«, gestand sie.

»Aber Sie sind eine der leitenden Gestalten des Leuchtfeuer-Projekts. Genau wie Ihre Schwester, die ihr Leben dem gleichen Ziel verschrieben hat.«

»Vielleicht liegt es in unseren Genen.« Emily, genau genommen keine Schwester, sondern Kims Klon, war verschwunden, als Kim sieben Jahre alt gewesen war. Kim schwieg einen Augenblick, während sie über eine sinnvolle Antwort nachdachte, irgendetwas vom menschlichen Bedürfnis nach Kommunikation und Erforschung. »Ich vermute«, sagte sie dann, »viele von uns werden denken, das Leben ist sinnlos, falls das Universum dort draußen – oder zumindest dieser Teil davon – wirklich leer ist.« Sie wusste, es war viel mehr als das. Es war eine tief verwurzelte Sehnsucht, nicht *allein* zu sein. Doch als sie versuchte, es in Worte zu fassen, geriet sie ins Stottern, gab auf, verstummte und blickte zur Uhr.

Nur noch eine Minute bis Mitternacht am Neujahrsabend im zweihundertelften Jahr der Republik und im Jahr sechshundert nach Marquands Landung. Nur noch eine Minute bis zur Detonation.

»Wie sieht es mit der Zeit aus?«, fragte einer der Journalisten. »Verläuft alles nach Plan?«

»Ja«, antwortete Kim. »Punkt zehn Uhr heute Morgen.« Das Hyperkomm-Signal von der *Trent* benötigte vierzehn Stunden und ein paar Minuten, um die 580 Lichtjahre vom Schauplatz der Detonation bis hierher zurückzulegen. »Ich denke, wir können davon ausgehen, dass die Nova unmittelbar bevorsteht.«

Sie aktivierte einen Schirm an der Decke, und ein

Bild des Zielsterns wurde sichtbar. Alpha Maxim war eine helle Sonne der Klasse A0. Hauptsächlich Wasserstofflinien. Oberflächentemperatur elftausend Kelvin. Helligkeit sechzig Mal höher als die von Helios. Fünf Planeten, allesamt nackt und leer. Wie jede andere bekannte Welt auch, mit Ausnahme der wenigen, die terraformiert worden waren.

Es würde die erste von sechs Novae sein. Alle würden sich in einem Raumausschnitt von ungefähr fünfhundert Kubiklichtjahren ereignen. Und alle würden in einem Abstand von genau sechzig Tagen ausgelöst werden. Eine Demonstration, die die Aufmerksamkeit eines jeden auf sich ziehen musste, der das Schauspiel am Himmel beobachtete. Die ultimative Botschaft an die Sterne. *Wir sind hier.*

Doch Kim glaubte – wie fast jeder andere auch –, dass das große Schweigen weiter andauern würde.

Wir leben an den Küsten der Nacht,
am Rand des ewigen Meers.

Das Unternehmen hieß Leuchtfeuer-Projekt. Kims Arbeitgeber, das Seabright Institute, war der Sponsor. Doch selbst hier bei Seabright, unter all denen, die das Projekt vorangetrieben hatten, die viele Jahre gearbeitet hatten, bis es endlich so weit war, herrschte ein tiefer, alles durchdringender Pessimismus. Vielleicht rührte er aus dem Wissen her, dass sie alle längst tot sein würden, bevor eine Antwort eintreffen konnte. Vielleicht, wie sie aus ganzem Herzen hoffte, rührte er aber auch aus dem Gefühl, dass dies eine letzte, finale Geste war, mehr ein Lebewohl als ein ernsthafter Versuch zur Kommunikation.

Emily, die für die große Aufgabe ihr Leben gegeben hatte, würde sich für Kim schämen. Was wieder einmal deutlich machte, dachte Kim, wie wenig die DNS doch eigentlich zählte.

Die *Trent* kreiste in einer Entfernung von fünf A.E. um ihren Zielstern. Das Schiff war ein alter, speziell für das Projekt umgebauter Frachter. Unmittelbar nach der Detonation würden Besatzung und Techniker zu einem anderen Schiff überwechseln und in den Hyperraum springen, jeder Gefahr aus dem Weg. Die *Trent* würde zurückbleiben und Messdaten übermitteln, bis die Nova sie endgültig zum Schweigen brachte.

Kim legte einen Schalter um, und in der Mitte des Raums entstand ein computergeneriertes Bild der LK6, einem modifizierten antiken Transporter. Die LK6 war bis unter die Dachluke mit Antimaterie beladen, die in einer magnetischen Einschließungskammer ruhte. Sie befand sich im Hyperraum und würde innerhalb der nächsten Sekunden im Zentrum der Sonne materialisieren. Wenn alles nach Plan verlief, würde die resultierende Explosion den Stern destabilisieren und zur Entstehung der ersten künstlichen Nova führen. In der Theorie zumindest.

Eine Uhr am unteren rechten Rand des Schirms zeigte die Zeit am Ort des Geschehens. Ein Countdown zählte die Sekunden ab, simultan die letzten Sekunden des Jahrhunderts und die letzten Sekunden des Transporters LK6.

Kim beobachtete, wie beide Zähler die Null erreichten. Die Jahreszahl erhöhte sich auf 600, und der Transporter mitsamt Ladung fiel im Herzen des Sterns in den Normalraum zurück.

Draußen applaudierten die Mitarbeiter des Instituts. Im Besprechungsraum war die Stimmung eigenartig, beinahe düster. Maxim war älter als Helios, und jeder spürte irgendwie in seinem Innern, dass es *falsch* war, seine Existenz zu beenden.

»Ladys und Gentlemen«, sagte Kim. »Die Bilder werden morgen hier sein. Wir werden sie in der Pressekonferenz zeigen.« Sie dankte den Anwesenden und trat vom Rednerpult weg. Alles strömte nach draußen.

Woodbridge war noch geblieben. Er stand am Fenster und blickte nach draußen auf den Park, der das Institut umgab. Eine dünne Schneedecke bedeckte Rasen, Büsche und Bäume. Er wartete, bis Kim bei ihm war. »Ich frage mich«, begann er, »ob es eine gute Idee ist, unsere Existenz lautstark nach draußen zu verkünden, ohne zu wissen, wer unsere Nachbarn sind.« Woodbridge trug einen dunkelbraunen Umhang, der von einer silbernen Schärpe gehalten wurde, und seine meergrünen Augen blickten nachdenklich drein.

»Eine berechtigte Frage, Canon«, erwiderte sie. »Aber ich kann mir nicht denken, dass eine Spezies, die intelligent genug ist, um zu den Sternen zu reisen, einfach so auf Fremde schießt.«

»Das ist schwer zu sagen.« Er zuckte die Schultern. »Wenn wir uns irren, könnten wir einen schlimmen Preis dafür bezahlen.« Er blickte hinauf zu dem klaren, hellen Himmel. »Es ist ja wohl offensichtlich, dass, wer auch immer den Kosmos erschaffen haben mag, für eine gewisse Entfernung zwischen seinen Schöpfungen gesorgt hat.«

Sie zogen ihre Mäntel an und gingen nach draußen auf eine Terrasse. Die Nacht war kalt.

Seabright lag nur ein paar hundert Kilometer nördlich des Äquators, aber Greenway war trotz des klingenden Namens keine besonders warme

Welt. Der größte Teil der Bevölkerung lebte in den äquatorialen Breitengraden.

Am Nordende der Terrasse, wo kein Gebäude störte, war eine Reihe von Teleskopen aufgebaut. Eine Technikerin stand bei einem der Instrumente und unterhielt sich mit einem jungen Mädchen. Das Teleskop war nach Südosten gerichtet, wo Alpha Maxim als einer von vielen winzigen Stecknadelpunkten aus Licht am Himmel schimmerte.

Das Mädchen hieß Lyra. Sie war die Tochter der Technikerin, etwa zehn Jahre alt und mit einer durchschnittlichen Lebenserwartung von gut zwei Jahrhunderten.

»Ich frage mich, ob sie hofft, die Nova zu sehen?«, sagte Woodbridge.

Kim trat zur Seite. »Fragen Sie sie selbst.«

Er wandte sich an das Mädchen, und Lyra lächelte auf die unbestimmt herablassende Art von Kindern, wenn sie glauben, Erwachsene verkaufen sie für dumm. »Nein, Canon«, antwortete sie, und ihre Mutter blickte zufrieden drein. »Der Stern wird sich nicht verändern, solange ich lebe.«

Und auch nicht, solange deine Kinder leben, dachte Kim. Licht war schrecklich *langsam*.

Woodbridge kehrte zu ihr zurück. »Kim«, begann er, »darf ich Ihnen eine persönliche Frage stellen?«

»Nur zu.«

»Haben Sie eine Vermutung, was Emily zugestoßen sein *könnte*?«

Es war eine eigenartige Frage, offensichtlich aus dem Nichts. Vielleicht aber auch nicht, jetzt, wo sie darüber nachdachte. Emily wäre in dieser Nacht gerne bei ihnen gewesen. Woodbridge hatte sie gekannt.

»Nein«, antwortete Kim. »Sie ist in dieses Taxi eingestiegen und niemals im Hotel eingetroffen.

Das ist alles, was ich weiß.« Ihr Blick ging an den Teleskopen vorbei. Lyras Mutter hatte entschieden, dass es zu kalt geworden war, um noch länger draußen zu bleiben, und brachte das Kind nach drinnen. »Wir haben nie wieder ein Wort von ihr gehört.«

Woodbridge nickte. »Es ist schwer zu verstehen, wie so etwas geschehen konnte.« Sie lebten in einer Gesellschaft, in der Kriminalität so gut wie unbekannt war.

»Ja. Es hat die Familie tief getroffen.« Sie zog den Kragen enger, um sich vor der Kühle der nächtlichen Luft zu schützen. »Sie hätte das Leuchtfeuer-Projekt sicherlich unterstützt, und sie wäre sehr ungeduldig gewesen.«

»Warum?«

»Weil alles viel zu lange dauert. Wir versuchen auf wissenschaftliche Weise, dem Universum Hallo zu sagen, aber in den nächsten Jahrtausenden rechnet niemand mit einer Antwort. Günstigstenfalls. Sie hätte noch heute Nacht ein Resultat erwartet.«

»Wie steht es mit Ihnen?«

»Wie steht es mit was?«

»Was halten Sie von dieser ganzen Geschichte? Ich mag nicht recht glauben, dass Sie zufrieden sind mit dem Leuchtfeuer.«

Kim blickte zum Himmel hinauf. *Vollkommene Leere, so weit das Auge reicht*. »Canon«, sagte sie, »ich würde zu gerne die Wahrheit erfahren. Aber es ist nichts, das mein Leben bestimmt.« *Ich bin nicht meine Schwester.*

»Mir geht es genauso. Allerdings muss ich zugeben, dass ich es vorziehen würde, wir wären allein. Es wäre viel sicherer.«

Kim nickte. »Warum haben Sie gefragt?«, fragte sie. »Wegen meiner Schwester, meine ich.«

»Kein besonderer Grund, wirklich nicht. Sie sehen ihr so ähnlich, und Sie sind beide mit dem gleichen Problem beschäftigt. Vorhin, im Besprechungsraum, hatte ich fast das Gefühl, als wäre sie wieder zurück.«

Kim rief ein Taxi und ging hinauf auf das Dach. Während sie wartete, sah sie in ihrem Briefkasten nach und fand eine Nachricht von Solly: *Morgen, vergessen Sie das bitte nicht*.

Solly war einer der Piloten des Instituts und genau wie Kim ein begeisterter Taucher. Vor ein paar Tagen hatten sie Pläne geschmiedet, hinunter zum Wrack der *Caledonian* zu tauchen. Sie waren für den späten Nachmittag verabredet, nachdem die Übertragungen von der *Trent* hereingekommen waren und alle entsprechend gefeiert hatten, und nachdem die Medienleute abgezogen waren, um ihre Berichte zusammenzubasteln.

Kim hatte das Wrack schon einmal besucht. Die *Caledonian* war eine Fischerjacht. Sie lag auf der seewärtigen Seite von Capelo Island in einer Tiefe von zwanzig Faden. Kim mochte das Gefühl von Zeitlosigkeit, das von dem gesunkenen Schiff ausging, das Gefühl, gleichzeitig in verschiedenen Epochen zu leben. Der Ausflug bot außerdem eine willkommene Abwechslung zu den langen Stunden im Büro und den verstärkten Anstrengungen der letzten Wochen und Monate.

Das Taxi landete, und sie stieg ein, berührte mit dem Armband das Dex und befahl ihm, sie nach Hause zu bringen. Die Maschine erhob sich vom Boden, schwang auf Ostkurs und beschleunigte. Kim hörte eine Signalhupe, während sie davonflog, ein letzter Gruß von irgendjemandem, der entweder die Nova oder das Neue Jahr feierte. Dann schwebte sie über Forst und Parkland. Die Türme Seabrights im Norden glitzerten vor Lichtern. Die Parks wichen sandigen Stränden, und das Taxi flog über das Meer hinaus.

Greenway war eine von Wasser dominierte Welt. Der einzige Kontinent war Equatoria, und Seabright lag an seiner Ostküste. An der breitesten Stelle maß Equatoria nur siebenhundert Kilometer. Der weltumspannende Ozean besaß keinen Namen.

Das Taxi flog in geringer Höhe über dem Wasser dahin, überquerte Bagby Inlet und die Hotball Courts auf Branch Island. Es schwebte hinaus über den Kanal, passierte ein paar Jachten und setzte zu seinem Landeanflug auf Korbee Island an, einem zwei Kilometer langen Landstreifen, der so schmal war, dass viele der dort stehenden Häuser vorn und hinten Seeblick besaßen.

Kims Heim war wie die meisten anderen in der Gegend ein bescheidenes zweistöckiges Haus mit einer umlaufenden Veranda. Die Ecken waren abgerundet, um dem Wind, der nahezu ununterbrochen wehte, nicht zu viel Angriffsfläche zu bieten.

Das Taxi sank auf den Landeplatz hinunter, einer Plattform hinter dem Haus, die über der Flutlinie ins Wasser ragte. Sie stieg aus und stand einen Augenblick lang müde da, während sie dem Rauschen der See lauschte. Der Rest der Insel lag dunkel und still, mit einer Ausnahme; im Haus der Dickensons wurde noch immer das neue Jahr gefeiert. Draußen am Strand bemerkte sie ein Lagerfeuer. Kinder.

Es war ein langer Tag gewesen. Sie war müde und froh, endlich zu Hause zu sein. Doch sie hatte den Verdacht, dass ihre Erschöpfung nicht aus den sechzehn Stunden resultierte, die seit ihrem Aufbruch heute Morgen vergangen waren, sondern eher aus dem Wissen, dass sie am Ende eines wichtigen Abschnitts angekommen war. Das Leuchtfeuer war gezündet, und um die Public Relations würde sich jemand anderes kümmern. Sie würde sich wieder um ihre üblichen Aufgaben kümmern, hauptsächlich um das Auftreiben von Mitteln. Eine verdammt erbärmliche Karriere für eine Astrophysikerin. Doch die Wahrheit lautete, dass sie kein besonders helles Licht war auf ihrem Gebiet, während sie ein ausgesprochenes Talent darin besaß, Menschen zu ansehnlichen Spenden zu überreden.

Verdammt.

Sie ging auf das Haus zu, und das Taxi flog davon. Die Beleuchtung wurde eingeschaltet, und jemand öffnete ihr die Tür. *»Guten Abend, Kim«*, sagte Shepard. *»Wie ich sehe, ist alles nach Plan gelaufen?«* Shepard war die Haus-KI.

»Ja. Alles bestens, Shep. Soweit wir es beurteilen können jedenfalls.« Wie alle KI's, so war auch Shepard theoretisch nicht wirklich intelligent. Alles war Simulation. Echte künstliche Intelligenz war etwas, das sich immer noch jedem wissenschaftlichen Zugriff entzog, und die allgemeine öffentliche Meinung lautete inzwischen, dass sie nicht zu verwirklichen war. Doch man konnte nie sicher sein, wo die Simulation endete. »Genaueres können wir natürlich frühestens in zwölf Stunden sagen.«

»Du hattest mehrere Anrufe, Kim«, sagte die KI. »Hauptsächlich von Gratulanten.« Die KI nannte eine Reihe von Namen, Freunde, berufliche Kollegen und ein paar Verwandte.

»Wenigstens einer, der mir nicht gratulieren wollte?«, fragte Kim.

»Einer ist dabei, obwohl auch er seine Glückwünsche

ausgesprochen hat. Doch das war nicht der eigentliche Grund seines Anrufs. Es ist Sheyel Tolliver.«

Sheyel? Das war ein Name aus der Vergangenheit. Sheyel war Professor der Geschichte an der Universität gewesen, als sie noch studiert hatte. Ein wunderbarer Lehrer, der sich ihrer angenommen hatte trotz der Tatsache, dass sie im Hauptfach Physik belegt hatte.

Damals war sie ein wenig aus dem Gleichgewicht gewesen. Ihre Eltern waren bei einem Unfall mit dem Flieger gestorben, dem ersten Unfall in Seabright seit fünf Jahren. Es war während ihres zweiten Jahres gewesen, und Sheyel hatte sich wirklich Mühe mit ihr gegeben, hatte stets Zeit für sie gefunden, wenn sie reden wollte, hatte sie ermutigt, sie immer wieder aufgebaut und sie am Schluss so weit gebracht, dass sie wieder an sich glaubte. Doch das war fünfzehn Jahre her. »Hat er gesagt, was er wollte?«

»Nur, dass er mit dir sprechen möchte. Ich glaube, es geht ihm nicht gut.«

»Wo steckt er?«

»In Tempest.« Dreihundert Kilometer von Seabright entfernt.

Sie war erfreut, dass er sich an sie erinnerte. Doch sie konnte sich beim besten Willen nicht vorstellen, warum er nach so vielen Jahren den Kontakt zu ihr suchte. »Das ist wirklich eigenartig«, sagte sie.

»Er hat darum gebeten, dass du ihn sofort anrufen möchtest, wenn du wieder zurück bist.«

Sie warf einen Blick auf ihren Link. Es war nach ein Uhr nachts. »Ich rufe ihn morgen früh an.«

»Kim, er war sehr bestimmt.«

»Er muss warten. Ich bin sicher, dass er nicht mitten in der Nacht geweckt werden möchte.« Sie ging in die Küche und bereitete sich eine Tasse

Kaffee, plauderte noch zwanzig Minuten träge mit der KI und beschloss dann, ins Bett zu gehen.

Sie duschte, schaltete die Lichter aus und stand am Fenster, wo sie die Brecher beobachtete. Der Himmelsausschnitt, in dem Alpha Maxim leuchtete, war über das Dach hinweggezogen und von hier aus nicht mehr zu sehen. Das Feuer am Strand lag einsam da, doch es war noch nicht ganz erloschen. Sie sah die Funken in den Nachthimmel aufsteigen.

»*Es ist wunderschön*«, sagte Shepard.

Irgendetwas schmerzte in ihrem Innern, doch sie hätte nicht sagen können was. Draußen herrschte Ebbe, und das Meer lag still. Fast hätte man glauben können, der Ozean wäre überhaupt nicht da. Als wäre das Meer zusammen mit Emily in der Dunkelheit verschwunden.

Es fiel ihr schwer, den Gedanken an ihre Schwester in dieser besonderen Nacht zu verdrängen. Ihr letzter gemeinsamer Tag war mit ausgelassenen Albereien am Strand verbunden gewesen. Sie hatten eine Gummiente bei sich gehabt, und Kim hatte sich immer wieder absichtlich herunterfallen lassen. *Hilfe, Emily!* Und die wunderschöne Frau, der sie, wie sie wusste, eines Tages ähneln würde wie ein Ei dem anderen, hatte geduldig getan, als sei sie immer wieder aufs Neue erschrocken und war spritzend und planschend herbeigestürzt, um die kleine Schwester zu retten. Die Tatsache, dass Kim eines Tages Emily *sein würde,* hatte sie unglaublich glücklich gemacht. Sie hatte Bilder von Emily mit sieben gesehen, und Mom hatte immer wieder den Kopf geschüttelt, wenn sie die Bilder betrachtet hatte. »Also wirklich, ist das nicht Kim?«, hatte sie gesagt, obwohl sie ganz genau wusste, wer auf den Fotos zu sehen war.

Am Ende jenes Nachmittags hatte Emily ihr eröffnet, dass sie für fünfzehn Monate von zu Hause weggehen würde. Eine Ewigkeit für ein kleines Mädchen wie Kim. Sie war wütend gewesen und hatte sich geweigert, mit Emily zu reden, als sie im Taxi nach Hause gefahren waren.

Es war das letzte Mal, dass sie ihre Schwester gesehen hatte. Und in all den Jahren seither war kaum ein Tag vergangen, wo sie sich nicht gewünscht hatte, sie könnte noch einmal mit Emily in diesem Taxi sitzen.

Ein paar Monate später war sie in die Schule gekommen, und ihre Mutter hatte sie beiseite genommen und ihr gesagt, dass etwas passiert wäre. Sie wüssten nicht genau was, aber …

Emily blieb verschwunden. Sie wollte nach Hause kommen, und sie war vorzeitig nach Greenway zurückgekehrt. Sie war von Sky Harbour nach Terminal City heruntergekommen und zusammen mit einer anderen Frau in ein Taxi gestiegen, um ins Hotel zu fahren. Sie war niemals dort angekommen. Und niemand wusste, was geschehen war.

Jemand spazierte am Strand entlang. Eine Frau mit einem Hund. Trotz der Kälte. Kim beobachtete sie, bis sie bei der Biegung hinter der Sandbank verschwunden waren und der Strand wieder einsam und verlassen dalag. »Ja, es ist wundervoll, Shep«, sagte sie.

Sie zog einen frischen Pyjama aus dem Schrank, der selbstverständlich mit Shepards Systemen verbunden war und ein breites Spektrum an Empfindungen hervorzurufen vermochte. Die Vorhänge raschelten in einer plötzlichen Brise, und sie stieg in ihr Bett. Shepard drehte die Beleuchtung aus. *»Ein Programm heute Nacht, Kim?«*, fragte die KI.

»Bitte.«

»*Möchtest du, dass ich es auswähle?*« Sie überließ es meistens der KI. Es war aufregender.

»Ja.«

»*Gute Nacht, Kim*«, sagte Shepard.

Cyrus war vollkommen zerknirscht. »*Kim*«, sagte er, »*die Insertion funktioniert nicht. Das bedeutet, dass die Programmierung nutzlos ist.*« Er sah unglaublich attraktiv aus im gedämpften Licht des Operationszentrums.

»*Und das bedeutet, dass ihr die Ladung nicht zünden könnt.*«

»*Das ist richtig.*«

Sie blickte zu Alpha Maxim auf den Schirmen. »*Wir haben aber nicht genügend Zeit, um die Programme neu zu schreiben.*«

Er nickte. »*Die Mission ist ein Fehlschlag.*«

»*Vielleicht auch nicht*«, antwortete sie. »*Wir könnten es manuell versuchen …*«

»*Kim, wir wissen beide, dass das völlig unmöglich ist.*« Seine Augen weiteten sich. »*Ich würde vorschlagen, wir stellen unsere Bemühungen ein und machen das Beste aus der Situation …*«

»*Cyrus …*«

»*Ich liebe dich, Kim. Was kümmert es uns, ob die Sterne aufgehen oder nicht?*«

Shepard weckte sie um sieben. Orangensaft und Toast erwarteten sie. »*Weißt du*«, sagte die KI, »*er ist kein leitender Commander.*«

»Ich weiß«, antwortete sie.

»*Möchtest du, dass ich …?*«

Der Saft war köstlich. »Lass das Programm so, wie es ist«, sagte sie.

»*Wie du meinst, Kim.*« Die KI lachte sie an. »*Und du hast einen Anruf. Von Professor Tolliver.*«

Um sieben Uhr morgens? »Stell ihn durch«, befahl sie.

Sheyel Tolliver war alt geworden. Seine Energie war aus ihm gewichen. Das Gesicht war blass, und sein Bart, damals voll und schwarz, war ergraut. Doch er lächelte, als er sie erblickte. »Kim«, sagte er. »Ich muss mich wirklich entschuldigen, dass ich so früh anrufe, aber ich wollte Sie unbedingt sprechen, bevor Sie zur Arbeit fahren.«

»Es ist schön, von Ihnen zu hören, Professor. Wir haben uns lange nicht mehr gesehen.«

»Ja, das haben wir.« Er saß gegen einen Stapel Kissen gelehnt auf einem kostbar geschnitzten Stuhl mit Armlehnen, die wie Drachenklauen geformt waren. »Ich habe Sie gestern Nacht gesehen. Sie sind sehr gut.« Kim war in fast allen Nachrichten gewesen. »Ich sollte Ihnen übrigens gratulieren. Sie haben ausgezeichnete Arbeit geleistet.«

Sie ließ ihn sehen, dass ihr die Arbeit nicht sonderlich gefiel. »Es ist schließlich nicht das Gebiet, das ich mir ausgewählt habe.«

»Ja.« Er blickte unbehaglich drein. »Man weiß vorher nie, wie sich die Dinge entwickeln, schätze ich. Wenn ich mich recht entsinne, wollten Sie Astronomin werden, nicht wahr?«

»Astrophysikerin.«

»Aber Sie machen sich ausgezeichnet hinter dem Rednerpult. Und ich dachte immer, Sie hätten bestimmt eine gute Historikerin abgegeben.«

»Danke sehr. Ich weiß das zu schätzen.«

Seine Stimmung verdüsterte sich, und er wurde ernst. »Ich muss dringend mit Ihnen reden, Kim. Es ist eine sehr ernste Geschichte, und ich möchte, dass Sie mich zu Ende anhören.«

»Warum sollte ich das nicht tun, Professor?«

»Sparen Sie sich diese Frage noch ein paar Minuten, Kim. Lassen Sie mich zuerst selbst ein paar Fragen über das Leuchtfeuer-Projekt stellen. Haben Sie irgendwelchen Einfluss darauf?«

»Nicht den geringsten«, antwortete sie. »Ich erledige ihre PR, das ist alles.«

Er nickte. »Zu schade.«

»Warum? Was hat das zu bedeuten?«

Er wog seine Antwort gründlich ab, bevor er sprach. »Ich möchte, dass es aufgehalten wird.«

Sie starrte ihn entgeistert an. »Warum?« Sicher, es hatte ein paar Initiativen gegeben, die das Anzünden von Sternen als unmoralisch hingestellt hatten, obwohl nicht einmal ein Ökosystem in Mitleidenschaft gezogen wurde. Doch sie konnte einfach nicht glauben, dass ihr alter, klar und logisch denkender Lehrer irgendetwas mit diesen Leuten zu tun hatte.

Er rückte seine Kissen zurecht. »Kim, ich halte es nicht für angebracht, unsere Anwesenheit lautstark zu verkünden, obwohl wir nicht genau wissen, wer oder was dort draußen lauert.«

Ihr Respekt vor ihm sank augenblicklich um mehrere Stufen. Das war die Art von Vorurteil, die sie von jemandem wie Woodbridge akzeptieren konnte, jemandem, für den Wissenschaft nichts weiter war als ein Weg zu immer besserer Technik. Doch von Sheyel?

»Ich denke wirklich, dass jegliche Besorgnis in dieser Richtung unbegründet ist, Professor.«

Er legte einen Zeigefinger unter das Kinn. »Wir haben eine Gemeinsamkeit, die Ihnen wahrscheinlich nicht bewusst ist, Kim. Yoshi war meine Urenkelin.«

»Yoshi …?«

»… Amara.«

Kim stockte der Atem. Yoshi Amara war die andere Frau im Taxi von Emily gewesen. Und außerdem eine der Kolleginnen ihrer Schwester an Bord der *Hunter* auf ihrer letzten Mission.

Beide Frauen waren mit der *Hunter* von einer weiteren ergebnislosen Suche nach außerirdischem Leben zurückgekehrt, einer Suche, die durch Fehlfunktionen in der Ausrüstung kürzer als geplant verlaufen war. Sie waren im Orbitalaufzug nach Terminal City gekommen, wo sie im Royal Palms Hotel ein Zimmer gebucht hatten. Sie waren in das Taxi gestiegen und spurlos von dieser Welt verschwunden.

»Sie haben Recht«, antwortete Kim. »Davon wusste ich nichts.«

Er griff neben sich, nahm eine Tasse auf und nippte daran. Dünner Dampf kräuselte sich vor seinem Gesicht. »Ich erinnere mich noch, wie es war, als ich Sie zum ersten Mal gesehen habe, Kim. Wie sehr Sie mich an Emily erinnert haben. Aber damals waren Sie jünger. Heute sind Sie identisch. Sind Sie ein Klon – falls diese Frage gestattet ist?«

»Ja und ja«, antwortete Kim. »Es gibt mehrere von uns. Wir sind über vier Generationen verteilt.« Mit Ausnahme vielleicht von verschiedenen Frisuren und Feinheiten im Gesichtsausdruck waren sie unmöglich auseinander zu halten. »Dann kannten Sie Emily?«

»Wir sind uns nur einmal begegnet. Auf der Abschiedsparty, bevor die *Hunter* zu ihrer Mission aufbrach. Yoshi hatte mich eingeladen. Ihre Schwester war eine brillante Frau. Ein wenig zu besessen, dachte ich. Aber Yoshi war auch nicht anders.«

»Ich denke, das sind wir alle, Professor«, entgegnete Kim. »Zumindest jeder, den ich kenne und schätze.«

»Ja, da stimme ich Ihnen zu.« Er betrachtete sie für einen langen Augenblick. »Wie viel wissen Sie über die letzte Fahrt? Der *Hunter*, meine ich?«

Genau genommen nicht viel. Kim war sich nicht bewusst gewesen, dass es etwas zu wissen gab. Emily hatte nach extraterrestrischem Leben gesucht. Vorzugsweise *intelligentem* extraterrestrischem Leben. Sie hatte sich kaum für etwas anderes interessiert, mit Ausnahme von Kim. Emily hatte zwei gescheiterte Ehen mit Männern hinter sich, die sich einfach nicht mit einer ständig abwesenden Frau hatten abgeben wollen. Immer wieder war sie mit der *Hunter* losgezogen, manchmal auf Reisen, die länger als ein Jahr gedauert hatten. Und jedes Mal, wenn sie mit leeren Händen zurückgekommen war, war sie absolut sicher, dass beim nächsten Mal alles anders laufen würde. »Sie kamen nicht weit. Sie hatten Probleme mit dem Antrieb, und sie mussten umkehren.« Sie war verwirrt. Was erwartete er von ihr zu hören?

Sein Lächeln gab ihr das Gefühl, wieder eine von seinen Studentinnen zu sein. War es wirklich schon so lange her, dass er ihnen Lieder aus jener Epoche beigebracht hatte, die damals auf dem Lehrplan gestanden hatte, der Zeit der Terraformierung Greenways? Die ganze Klasse hatte sich im Rhythmus von ›Granite John‹ und ›Lay My Bones in the Deep Blue See‹ gewiegt.

»Ich denke, es hat mehr dahinter gesteckt«, sagte er in diesem Augenblick. »Ich denke, die *Hunter* hat etwas gefunden.«

»Etwas? Was denn für ein *Etwas*?«

»Das, wonach sie gesucht haben.«

Wären die Worte aus dem Mund von jemand

anderem gekommen, hätte sie die Unterhaltung an dieser Stelle mit einer Ausrede beendet. »Professor Tolliver, falls sie etwas gefunden haben, dann haben sie es nach ihrer Rückkehr jedenfalls mit keinem Wort erwähnt.«

»Ich weiß«, antwortete er. »Sie haben es für sich behalten.«

»Und warum sollten sie das tun?«, fragte sie so vernünftig, wie sie nur konnte.

»Ich weiß es nicht. Vielleicht fürchteten sie sich vor dem, was sie gefunden hatten.«

Fürchteten sie sich? Der Kommandant der *Hunter* war Markis Kane. Ein Kriegsheld, dem ein ganzer Flügel des Mighty Third Memorial Museum gewidmet war. Markis Kane war vor ein paar Jahren ums Leben gekommen bei dem Versuch, von einem Waldbrand eingeschlossene Kinder in Nordamerika auf der Erde zu retten. »Es fällt mir schwer, das zu glauben«, gestand sie.

»Trotzdem glaube ich, genau das ist es, was geschehen ist.«

Nur vier Menschen waren an Bord der *Hunter* gewesen. Kane, Emily, Yoshi. Und Kile Tripley, Vorstand der Tripley Foundation, die all ihre Missionen finanziert hatte. Er war ebenfalls verschwunden, und das war wirklich eine unheimliche Geschichte. Tripley und Kane hatten beide im Severin Valley in der westlichen Gebirgsregion von Equatoria gelebt. Drei Tage, nachdem die *Hunter* von ihrer Mission zurückgekehrt war, nachdem die Frauen verschwunden waren, hatte eine bis heute ungeklärte Explosion den gesamten Osthang von Mount Hope zerrissen, Severin Village eingeebnet und dreihundert Menschen getötet. Tripley oder seine Leiche war niemals gefunden worden und lag vermutlich irgendwo unter den Trümmern begraben.

Die meisten Experten am Institut hatten es für einen Meteoriteneinschlag gehalten, obwohl niemals eine Spur des Himmelskörpers gefunden worden war. Die Kraft der Explosion war annähernd so stark gewesen wie die einer kleinen nuklearen Bombe.

»Es hängt alles zusammen«, fuhr Tolliver fort. »Die *Hunter*-Mission, das Verschwinden ihrer Besatzung, die Explosion.«

Seit Jahren kursierten diesbezügliche Gerüchte. Es war eins der Lieblingsthemen der Konspirationstheoretiker. Und vielleicht war tatsächlich etwas daran. Doch es gab keine Beweise, und sie hasste es, hier herumzusitzen und mit Sheyel Tolliver über den Mount Hope zu spekulieren. Es machte sie traurig zu sehen, dass ihr alter Lehrer jemand geworden war, der an Verschwörungen und heimliche Besucher von anderen Welten glaubte.

Es gab die irrsinnigsten Theorien über das Unglück. Manche besagten, dass ein mikroskopisch kleines Schwarzes Loch durch Greenway gefallen war. Sie hatten die Logbücher von Schiffen und Luftfahrzeugen auf der anderen Seite des Planeten nach einem Hinweis abgesucht, dass das Loch wieder aus dem Ozean gekommen war. Genau wie Forscher auf einer anderen Welt tausend Jahre früher, nach dem Tunguska-Unglück. Wie sich herausgestellt hatte, hatte es unter wolkenverhangenem Himmel eine Fontäne gegeben, daher hatte die Theorie an Glaubwürdigkeit gewonnen. Obwohl jeder wusste, dass mikroskopisch kleine Schwarze Löcher nicht existierten.

Andere waren überzeugt, dass ein schief gelaufenes Regierungsexperiment dahinter steckte. Eine Gruppe meinte, es hätte sich um ein Zeitreiseexperiment gehandelt, eine andere beharrte darauf, dass es um Massetransfer gegangen sei. Dritte wiederum glaubten, dass ein Alienschiff aus Antimaterie beim Versuch zu landen explodiert war.

»Kim«, sagte Sheyel, »wie viel wissen Sie über Kile Tripley?«

»Ich weiß, dass er ein wohlhabender Mann war, der versucht hat, sich einen Namen zu machen.« Tripley war Vorstandsvorsitzender von Interstellar Inc. gewesen, die sich auf die Wartung und Reparatur von Sprungmotoren spezialisiert hatte, den Aggregaten also, die Raumschiffe durch den Hyperraum bewegten.

»Er war ein harter Bursche; in diesem Geschäft muss man das sein«, sagte Tolliver. »Haben Sie zufällig Korkels Biographie gelesen?«

Hatte sie nicht.

»Er hat deutlich zu verstehen gegeben, dass Tripley sich nicht mit einem Bakterium zufrieden gegeben hätte. Er wollte ein denkendes Wesen finden. Eine Zivilisation denkender Wesen. Das war der ganze Grund für die Existenz der Stiftung – der einzige Sinn seines Lebens.«

Wie Emily.

Einer der traurigsten Orte auf allen Neun Welten war das aufgegebene Array aus Radioteleskopen auf der Rückseite des irdischen Mondes, speziell dazu geschaffen, künstliche Radiosignale aus den Tiefen des Weltraums aufzufangen. Flexibler als alles, was es vorher an Vergleichbarem gegeben hatte, war es nach etwas mehr als eineinhalb Jahrhunderten vergeblicher Bemühungen abgeschaltet und schließlich anderen Verwendungszwecken zugeführt worden. Heutzutage war es technisch veraltet und nur noch das Monument eines verlorenen Traums. *Wir sind allein*.

Es hatte niemals ein Signal aufgefangen. Nicht

einen einzigen Hinweis auf eine Superzivilisation, die mit dem Bau von Dyson-Sphären beschäftigt war. Nicht ein einziger Besucher. Das alles ließ wirklich nur einen einzigen Rückschluss zu.

Sie breitete hilflos die Hände aus und überlegte, wie sie die Unterhaltung beenden konnte.

»Professor …«

»Nennen Sie mich *Sheyel*, Kim.«

»Sheyel, ich neige dazu, alles zu glauben, was Sie sagen, nur weil es aus Ihrem Mund kommt. Aber ich muss auch daran denken …«

»… dass es gefährlich ist, einer Quelle blindes Vertrauen entgegenzubringen, wenn es um die Abwägung der Stichhaltigkeit von Argumenten geht. Mir ist bewusst, dass sie mich nach diesem Gespräch möglicherweise als unzuverlässige Quelle einstufen werden.«

»Ich habe daran gedacht, ja«, gestand sie offen. »Sie scheinen etwas zu wissen, von dem Sie mir noch nichts gesagt haben, Sheyel.«

»So ist es.« Er arrangierte die Sitzkissen. »Die *Hunter* ist am zwölften Februar 573 von St. Johns aufgebrochen.« St. Johns war ein Außenposten im Cynex-System, quasi letztes Wasserloch vor dem Sprung in das Unbekannte. »Sie wollten zum Sternbild des Goldenen Kelchs im Trommelnebel. Massenweise alte gelbe Sonnen. Der erste Halt sollte …«, er blickte auf etwas hinunter, das sie nicht sehen konnte, »… QCY 449187 sein, eine Sonne der Klasse G. Aber so weit sind sie nicht gekommen.«

»Sie hatten ein Problem mit den Sprungmotoren«, erinnerte sich Kim.

»So steht es in den Akten, ja. Sie kamen mitten im Nichts aus dem Hyperraum, reparierten die Systeme provisorisch und kehrten um.

Aber sie kehrten nicht nach St. Johns zurück.

Kane entschied, dass St. Johns nicht gut genug ausgerüstet war, um das Problem zu lösen. Also sind sie den ganzen Weg zurück nach Sky Harbour gekommen, wo sie am dreißigsten März eintrafen. Es war eine Ironie des Schicksals, dass ausgerechnet die *Hunter,* deren Eigner ein Vermögen mit der Wartung und Reparatur von Sprungmotoren verdient hatte, eine derartige Panne erlitt. Nichtsdestotrotz …«

Da war es.

»In Ordnung«, sagte Kim in einem Tonfall, der erkennen ließ, dass sie immer noch nichts Ungewöhnliches an alledem erkennen konnte.

Er produzierete ein Bild. Yoshi, Tripley und Emily in Overalls der Stiftung. Yoshi besaß scharf geschnittene Wangenknochen und fesselnde schwarze Augen. Ein weißes Kopftuch unterstrich ihre Jugend. Kim entdeckte ein Monogramm auf dem Tuch und fragte ihn danach.

»Es ist ein Halbmond«, erklärte er. Sein Blick glitt in die Ferne. »Sie mochte Halbmonde und Sicheln. Sie hat sie gesammelt und besaß zahlreichen Schmuck und Monogramme in Sichelform.

Jedenfalls, eine Stunde oder so, nachdem die *Hunter* an Sky Harbour angedockt hatte, *rief Yoshi mich an.*«

Das erweckte Kims Neugier. »Sie hat Sie angerufen? Was hat sie gesagt?«

»Großvater, wir sind auf Gold gestoßen.«

»*Gold?*«

»Richtig. Sie sagte, sie würde sich bald bei mir melden und dass sie im Augenblick nicht mehr sagen könnte. Und sie bat mich, mit niemandem darüber zu sprechen.«

»Sheyel …«

»Es kann nur eins bedeuten.«

Kim versuchte, ihre Frustration zu verbergen. »Vielleicht hat sie von einer Romanze gesprochen?«

»Sie hat gesagt ›wir‹.«

»Haben Sie mit Kane geredet?«

»Selbstverständlich. Er beharrte darauf, dass nichts Außergewöhnliches geschehen wäre. Er sagte mir, dass es ihm Leid täte mit den anderen, alle drei innerhalb weniger Tage nach der Rückkehr verschwunden, doch er hatte keine Ahnung, was aus ihnen geworden war.«

Sie saß lange Zeit vor dem Schirm und starrte ihn an. »Sheyel«, sagte sie nach einer ganzen Weile, »ich weiß wirklich nicht, was ich Ihrer Meinung nach unternehmen soll.«

»Also gut.« Sein Gesichtsausdruck verriet keinerlei Emotion. »Ich verstehe.«

»Um ehrlich zu sein, Sie haben nichts erzählt, was mich hätte überzeugen können, dass sie einen Kontakt hatten. Und das soll ich doch wohl aus Ihren Worten schlussfolgern, oder nicht?«

»Ich weiß es zu schätzen, dass Sie mich angehört haben, Kim.« Er streckte die Hand aus, um die Verbindung zu beenden.

»Warten Sie«, sagte Kim. »Wir haben beide jemanden bei diesem Zwischenfall verloren. Das ist schmerzhaft. Insbesondere, weil wir nicht wissen, was passiert ist. Meine Mutter hatte Alpträume bis zu ihrem Tod.«

Sie atmete tief durch. Jetzt wäre ein guter Zeitpunkt gewesen, um das Gespräch zu beenden. »Gibt es sonst noch etwas, das Sie mir bisher verschwiegen haben?«

Er sah sie einen langen Augenblick lang an. »Sie haben von Kontakt gesprochen. Ich denke hingegen, sie haben etwas mit zurückgebracht.«

Das Gespräch war längst viel zu exotisch, als

dass sie noch überrascht reagiert hätte. Trotzdem war sie verblüfft. »Was meinen Sie mit ›etwas‹?«

»Ich weiß es nicht.« Seine Augenlider flatterten, und er schien einmal mehr in weite Fernen entrückt. »Lesen Sie die Berichte über die Auswirkungen im Severin Valley. Noch Jahre nach der Explosion behaupteten die Menschen, sie hätten in den Wäldern *Dinge* gesehen. Lichter, Erscheinungen. Es gibt Berichte von Pferden und Hunden, die fast verrückt geworden sind.«

Kim schämte sich, dass sie ihn so erlebte, und er spürte es.

»Sie haben die Stadt verlassen«, beharrte er. »Sie haben sie *verlassen*.«

»Sie haben die Stadt verlassen, weil die Explosion einen Damm geschwächt hatte. Die Reparaturen wären zu kostspielig gekommen, also förderten die Behörden stattdessen jeden, der bereit war umzuziehen. Außerdem litten alle an bösen Erinnerungen.«

»Sie haben den Damm abgerissen«, widersprach Sheyel, »*weil* alle weggezogen sind. Kim, ich war dort. Dort oben gibt es tatsächlich *etwas*.«

Sie lauschte den Luftströmungen, die durch das Zimmer wehten. »Haben Sie je etwas mit eigenen Augen gesehen, Sheyel?«

»Ich habe es *gespürt*, Kim. Fahren Sie hinauf und sehen Sie selbst. Nach Einbruch der Dunkelheit. Ich bitte Sie, tun Sie wenigstens das. Das ist alles, worum ich Sie bitten möchte.«

»Sheyel …«

»Aber gehen Sie nicht allein.«

2

Wir werden womöglich niemals herausfinden, was genau am Mount Hope geschehen ist. Diejenigen, die immer noch behaupten, dass in jener Aprilnacht ein geheimes Regierungsprojekt schief gelaufen sei, müssen erklären, wie eine Regierung, die berüchtigt ist für ihre Unfähigkeit, irgendetwas geheim zu halten, dieses Projekt viele Jahre lang vor der Bevölkerung verbergen konnte. Die Theorie, dass die Gegend von einem mikroskopischen Schwarzen Loch getroffen wurde, scheint gleichermaßen haltlos, bis jemand beweist, dass ein solch exotisches Objekt tatsächlich existieren kann. Was die Antimaterie-Theorie angeht, so hat der Ausschuss nach langen und erschöpfenden Untersuchungen keine vorstellbare Quelle gefunden. Für den Augenblick zumindest scheint es, als sei die Ursache für das Mount-Hope-Ereignis nicht zufriedenstellend erklärbar.

– Bericht des Konziliarausschusses, 3. März 584

Kim und ihre Schützlinge, eine Mischung aus Kommentatoren, Mitarbeitern und politischen Größen, schwebten relativ nahe vor Alpha Maxim scheinbar im Nichts. Sie saßen in vier Reihen von Sesseln, einige mit Kaffeetassen oder Saftgläsern in der Hand, ein oder zwei in den Sitz gepresst, als könnten sie herausfallen. Das grelle Leuchten der Sonne war gedämpft, und sie war ungefähr doppelt so groß wie Helios am Nachmittag.

Zwei Uhren schwebten mitten zwischen den Sternen und zählten den Countdown bis zur Zündung herunter.

Kim hielt sich im Hintergrund und schilderte detailliert das Geschehen. »Der LK6 springt in genau zwei Minuten in den Sonnenkern. Wenn es soweit ist, materialisiert er in einem Bereich, der bereits dicht mit Materie gepackt ist.« Canon Woodbridge, in der vordersten Reihe, telefonierte leise, während er zusah.

»Das allein würde reichen, um eine massive Explosion auszulösen. Doch der LK6 trägt eine Fracht aus Antimaterie. Die Reaktion sollte ausreichen, um den Stern zu destabilisieren.«

Neben ihr signalisierte ein Techniker, dass die Operation immer noch planmäßig verlief.

»Wir haben eine Meldung von der *McCollum*, dass die letzten Besatzungsmitglieder die *Trent* soeben verlassen haben und dass die *McCollum* sich jetzt zurückzieht.«

Einer der Beobachter wollte wissen, wie groß die Sicherheitstoleranzen waren. Wie lange es dauerte, bis die Schockwelle die *Trent* traf.

»Für das Personal besteht keinerlei Gefahr. Sie sind alle längst in Sicherheit, bevor die ersten Auswirkungen der Nova die *Trent* erreichen. Nebenbei bemerkt, nicht die Schockwelle wird die *Trent* zerstören. Das Licht kommt zuerst an, und das reicht mehr als aus.«

Konnte sie das genauer erklären?

»Eine Nova stößt eine gewaltige Menge Photonen aus. Stellen Sie sich eine beinahe massive Wand vor, die sich mit Lichtgeschwindigkeit bewegt.«

Der Countdown auf den Uhren zeigte Nullen.

»Die Insertion ist vollständig«, sagte Kim.

»Kim.« Das war die Repräsentantin einer

Gesellschaft, die beinahe gewohnheitsmäßig Aktivitäten des Instituts finanzierte. »Wie lange wird es dauern, bis wir die ersten Auswirkungen sehen?«

»Das können wir nicht so genau sagen, Ann. Um ehrlich zu sein – wir wissen es nicht.«

Nicht wenige unter den Anwesenden waren skeptisch. Leute, die glaubten, dass das Institut sich übernommen hatte. Dass es einfach die menschlichen Fähigkeiten überstieg, eine Sonne zu sprengen. Manch einer, so wusste Kim, würde sich heimlich freuen, wenn das Experiment nicht gelang. Andere wiederum mochten das Institut nicht oder seinen Direktor. Dritte fühlten sich einfach nur unbehaglich, dass Menschen so viel Macht in den Händen hielten. Woodbridge gehörte zu ihnen. Trotz seiner Bemerkungen am vorgehenden Abend wusste Kim, dass seine wahren Bedenken aus einem tiefen Misstrauen gegen die menschliche Natur herrührten.

Minuten vergingen, und nichts geschah.

Kim hörte, wie etwas fiel und auf dem unsichtbaren Boden aufschlug. Sie wurden allmählich unruhig. Ihre Erfahrungen sagten ihnen, dass Explosionen stattfanden, unmittelbar nachdem sie ausgelöst worden waren.

Die ersten Anzeichen einer Veränderung wurden achtzehn Minuten später sichtbar. Rings um den Äquator von Alpha Maxim erschienen helle Linien. Die Chronosphäre wurde sichtlich turbulenter. Fontänen aus Licht brachen aus der Sonnenoberfläche hervor.

Um T minus zwanzig Minuten begann die Sonne sichtbar zu expandieren.

Der Prozess ging langsam vonstatten, wie bei einem Ballon, der nach und nach mit Wasser gefüllt wurde. Gewaltige Gezeitenkräfte zerrten an der kugelförmigen Gestalt, flachten sie ab, verbogen sie, leiteten gigantische Sonnenbeben ein.

Um T minus sechsundzwanzig Minuten explodierte Alpha Maxim.

Häufig konnte man das Alter eines Menschen halbwegs genau an den physischen Merkmalen erkennen, die die Eltern ausgewählt hatten. In verschiedenen Epochen wurden verschiedene Hauttönungen oder Haarfarben und ein unterschiedlicher Körperbau bevorzugt. Das Schönheitsideal wechselte; in einer Epoche waren die Frauen gut entwickelt, mit einem Schwerpunkt, der sich einige Zentimeter vor ihrem Körper befand, wie Solly Hobbs einmal bemerkt hatte, eine andere Ära zog gertenschlanke, knabenhafte Figuren vor. Die Physis der Männer rangierte ebenfalls von muskulös bis schlank. Gegenwärtig galt ein massiger Körper als irgendwie geschmacklos. Männer, die in den nächsten paar Jahren zur Welt kamen, würden aussehen wie eine Generation von Ballett–Tänzern.

Während der Achtziger hatten Eltern beiderlei Geschlechts klassische Züge vorgezogen, eine lange Kinnlinie, weit auseinander stehende Augen und gerade Nasen. Die weiblichen Teenager heute sahen alle aus, als wären sie geradewegs von Podesten der griechischen Akropolis gestiegen. Kim entstammte einer früheren Epoche, als ein elfenhaftes Aussehen modisch gewesen war. Sie bemühte sich, dies durch eine gerade, sachliche Art zu kompensieren, und sie vermied ihre einprogrammierte Tendenz, den Kopf zur Seite zu neigen und zuckersüß zu lächeln. Außerdem trug sie eine Frisur, die ihre elfenhaft spitzen Ohren verbarg.

Solomon Hobbs entstammte einer Epoche, die

Muskeln und breite Schultern vorzog, obwohl er sich ein wenig hatte gehen lassen. Solly war einer der vier Raumschiffskommandanten des Instituts. Kim hatte ihn allerdings nicht erst dort kennen gelernt, sondern bei dem Hobby, das beide teilten: dem Tauchen. Solly war bereits Mitglied bei den Sea Knights gewesen, als Kim dem Tauchsportverein beigetreten war.

Er besaß klare blaue Augen, braunes, ständig wirres Haar und eine sorglose Freundlichkeit, die in starkem Kontrast stand zu einer Kultur, die Vergnügen als ernstes Geschäft betrachtete, etwas, dem man sich zu unterziehen hatte, um ein vernünftiges psychologisches Gleichgewicht aufrechtzuerhalten.

Nachdem die Beleuchtung wieder eingeschaltet worden war und die Gäste gegangen, hatte Kim ein Taxi gerufen und war zu Sollys Pier geflogen. Der Tauchgang zur *Caledonian* war ihre Art, das neue Jahr zu begrüßen. Sie hatten sich seit Wochen darauf gefreut. Als sie nun, getrieben von einem kalten Wind, Capelo Island umrundeten, begann Kim zögernd, von ihrer Unterhaltung mit Sheyel zu erzählen. Sie war von Unbehagen erfüllt, weil die Geschichte ihren früheren Lehrer als Verrückten dastehen ließ, trotzdem verspürte sie ein Bedürfnis, darüber zu reden. Als sie geendet hatte, fragte er sie sanft, wie viel Vertrauen sie in Sheyel Tolliver hatte.

»Wenn du mir diese Frage vor zwei Tagen gestellt hättest …«, antwortete sie.

»Die Leute verlieren den Bezug zur Realität, wenn sie älter werden.« Solly schielte zur Sonne hinauf. Die Sloop arbeitete sich durch die Wellen. »Das passiert.«

Sie lauschten der See.

»Ich habe so ein Gefühl«, sagte Kim, »als wäre ich Emily schuldig, etwas zu unternehmen.«

»Emily würde sagen, vergiss es.«

Kim lachte. Es war lustig. Emily war ganz sicher kein Mensch gewesen, der sich für jede schräge Idee begeistert hatte, doch irgendetwas in ihr hatte sie getrieben, das bloße physische Universum hinter sich zu lassen. Hätte sie die Wahl zwischen Tag und Nacht gehabt, sie hätte sich jedes Mal für die Nacht entschieden. »Nein«, sagte Kim. »Emily hätte gewollt, dass ich etwas tue. Jedenfalls bestimmt nicht dasitzen und die Hände in den Schoß legen.«

»Beispielsweise nach Severin gehen?«

Sie schnitt eine Grimasse. »Ich weiß. Es ist dumm, auch nur daran zu denken.«

Solly zuckte die Schultern. »Mach einen Kurzurlaub draus.«

»Ich muss auf jeden Fall noch einmal mit ihm reden. Mit Sheyel, meine ich. Ich mag die Art und Weise nicht, wie das Gespräch geendet hat.«

»Und du willst ihn auch nicht anrufen und ihm sagen …«

»… richtig. Dass ich mir nicht die Mühe gemacht habe, es mit eigenen Augen anzusehen.«

Beide lachten. Der Wind wehte Gischt über die Reling.

»Solly, ich werde ihm einfach sagen, dass ich keine Zeit hatte. Dass ich nach Severin Village fahre, sobald es möglich ist.«

»Hast du mir nicht erzählt, dass der alte Bursche ein guter Lehrer war?«

»Ja. Er war wirklich gut.«

»Und du willst ihm erzählen, du hättest nicht die Zeit, etwas für ihn zu überprüfen? Dass du zu beschäftigt bist? Obwohl es mit deiner Schwester zu tun hat?«

»Solly, ich habe wirklich keine Lust, mich in diese Geschichte ziehen zu lassen.«

»Dann lass es.« Die Bordsensoren hatten das Wrack erfasst, und er steuerte ein paar Grad nach Backbord. »Gleich sind wir da«, sagte er.

»Ich meine, was wird aus meinem Ruf, wenn bekannt wird, dass ich auf Geisterjagd war?«

»Kim, warum nimmst du ihn nicht beim Wort? Wir wissen beide, dass du nicht eher ruhig schlafen wirst, bis du es selbst gesehen hast. Sieh mal, es sind nur ein paar Stunden bis Severin. Flieg hin. Was soll sich dort herumtreiben? Gespenster?«

»Er hat nicht gesagt, was genau es ist. Dort oben gibt es *etwas*, hat er gesagt.«

»Das könnte so ziemlich alles sein.«

»Er wollte wohl damit sagen, dass ich es wissen würde, wenn ich es sehe.«

»Lass es auf einen Versuch ankommen. Wenn du nichts findest, kannst du ihm immer noch sagen, du hättest es versucht.«

Er warf den Anker, und sie schlüpften in ihre Taucheranzüge. Kim faltete ihre Kleidung sorgfältig auf der Koje, dann zog sie die silbernen Ohrringe aus und legte sie auf ihre Bluse. Sie stellten Delfine dar, und sie hatte sie vor vielen Jahren von einem ansonsten nichtssagenden Liebhaber bekommen. Anschließend setzten sie sich auf das Deck und nahmen die Unterhaltung wieder auf, während sie Schwimmflossen anzogen und die Thermostaten regelten. Kim wusste, dass sie nicht tauchen konnte, bevor die Sache mit Tolliver nicht geklärt war.

»Du meinst also, ich bin es ihm schuldig?«, fragte sie.

»Ich denke, du schuldest es dir selbst.« Er zog die Maske an, justierte sie, befestigte den Konverter und nahm einen tiefen Atemzug. »Ich komme mit dir, falls du möchtest.«

»Das würdest du wirklich tun?«

»Ich habe die nächsten paar Wochen frei. Dienstausgleich. Reichlich freie Zeit zur Verfügung, also wenn du möchtest ...?«

Sie wollte. »In Ordnung«, sagte sie. »Ich muss sowieso übermorgen mit der Germane Society reden. Mittwoch. Und übernächsten Samstag habe ich eine Veranstaltung in Sky Harbour.«

»Was denn für eine Veranstaltung?«

»Eine Schiffstaufe. Die *Star Queen*. Vielleicht wäre dieses Wochenende kein schlechter Zeitpunkt.«

»Ich glaube nicht, dass ich wissen will, was die Germane Society ist.«

»Sie sind wichtig.«

Solly grinste. »Du triffst dich zum Essen mit ihnen?«

»Ja.«

»Warum bis zum Wochenende warten? Eagle Point ist eine Touristenattraktion. Es wäre billiger, unter der Woche hinzufliegen. Warum fahren wir nicht am Mittwochnachmittag? Gleich nach deinem wichtigen Essen mit der ...«

»... Germane Society.«

»Wie auch immer.«

»Du klingst mit einem Mal so verdächtig interessiert?«

»Eine Nacht im Severin Valley mit einer wunderschönen Frau – warum sollte ich nicht interessiert sein?«

Ihre Beziehung zu Solly war rein platonisch. Als sie sich kennen gelernt hatten, war er verheiratet gewesen, also waren sie Freunde geworden, bevor sie Liebende werden konnten. Sie hatte ihn vom ersten Augenblick an gemocht. Nachdem Solly und seine Frau den Ehevertrag nicht mehr verlängert hatten und er frei geworden war, hatte sie eine

Weile überlegt, ob sie Interesse signalisieren sollte. Doch er hatte gezögert. Der beste Weg, um ihre Freundschaft zu zerstören, hatte er gesagt. Sie hatte sich gefragt, ob er etwas vor ihr verbarg, vielleicht eine andere Frau, oder ob er es tatsächlich so gemeint hatte. Irgendwann hatte sie sich an das Arrangement gewöhnt, und es war ihr ganz natürlich erschienen.

»Ich habe heute Morgen das VR benutzt«, sagte sie. »Gleich nachdem das Gespräch mit Sheyel zu Ende war.« Sie zog den Konverter über die Schultern und stöpselte ihn ein. »Ich habe eine ganze Stunde damit verbracht, mir die Wälder von Severin anzusehen. Es sind ganz gewöhnliche Wälder, weiter nichts.«

»Aber es ist nicht das Gleiche, als wäre man selbst dort«, widersprach Solly.

Eine Welle ging unter dem Boot hindurch und brachte es zum Schaukeln. Er tauchte seine Maske ins Wasser und setzte sie auf. »Was ist mit Kane? Was ist aus ihm geworden?«

»Er hat nach dem *Hunter*-Zwischenfall aufgehört. Ich nehme an, er wollte zurückgezogen leben. Ich habe noch nicht so viele Nachforschungen über ihn angestellt.«

»Aha.«

»Was *aha*? Was willst du damit sagen?«

»Nachforschungen. Also sind wir an der Geschichte interessiert, gib's zu!«

Sie verdrehte die Augen. »Reine Neugier, das ist alles. Er blieb in Severin Village, bis es evakuiert wurde. Als sie den Damm abrissen. Danach zog er nach Terminal City und von dort aus weiter, bis er schließlich auf der Erde landete. In Kanada. Ich glaube, er lebte von seiner Pension.«

»Lebt er noch?«

»Er starb vor ein paar Jahren bei dem Versuch, ein paar Kinder zu retten. In einem Waldbrand.«

Solly schlüpfte in seine Flossen. »Und er erzählte immer die gleiche Geschichte?«

»Die Konspirationsfreaks waren ständig hinter ihm her. Das scheint mir der Grund zu sein, warum er Greenway verlassen hat. Aber ja. Er beharrte bis zum Schluss darauf, dass sich während der *Hunter*-Mission nichts Ungewöhnliches ereignet hätte. Sie sind losgeflogen, hatten ein Problem mit dem Antrieb und kamen wieder zurück. Er weiß nicht, was mit den Frauen passiert ist. Er glaubt, dass Tripley bei der Explosion gestorben ist.«

»Mount Hope.«

»Ja.«

Er stieg ins Wasser, und seine Stimme kam über ihre Kopfhörer. »Es gibt da jemanden, mit dem du vielleicht reden solltest.«

Sie blickte ihm hinterher, während er langsam nach unten sank, dann folgte sie. »Und wer ist das?«

»Benton Tripley. Kile Tripleys Sohn. Sein Büro befindet sich in Sky Harbour. Wenn du nächstes Wochenende sowieso dort bist, warum fährst du nicht vorbei und besuchst ihn? Vielleicht kann er dir etwas sagen?«

»Ich weiß nicht.« Sie tauchte unter und füllte ihre Lungen mehrmals, um sicherzugehen, dass der Konverter fehlerfrei arbeitete. Die Luft war süß und kalt. Als sie zufrieden war, schwamm sie nach unten. »Ich denke, ich werde mir die Wälder ansehen, und damit genug.«

Die breiten Sonnenstrahlen verblassten rasch, je tiefer sie kam. Ein großer regenbogenfarbener Fisch schoss vorbei. Die Meere Greenways hatten sich rasch mit Tang und Seegras und Hummern und Heringen und Algen gefüllt.

Sie sank durch abwechselnd warme und kalte Strömungen tiefer. Solly, den sie zwischenzeitlich überholt hatte, schaltete seine Armbandlampe ein.

Die *Caledonian* war mit drei Mann Besatzung und neunzehn Passagieren an Bord zu den vorgelagerten Inseln unterwegs gewesen, als ein Sturm aufgekommen war. Der Unfall war durch die Medien gegangen, weil ein paar berühmte Leute unter den Fahrgästen gewesen waren und weil es nur zwei Überlebende gegeben hatte. Einer davon der unglückliche Kapitän, später von einem Untersuchungsausschuss für fahrlässig befunden, weil er seine Besatzung nicht vernünftig ausgebildet, das Schiff nicht im Griff und keine Notfallübungen abgehalten hatte. Seine Lage hatte sich noch verschlimmert durch den Verdacht, dass er zum Zeitpunkt des Unglücks nicht auf der Brücke gewesen war, sondern sich mit einem verheirateten weiblichen Passagier in seiner Kabine vergnügt hatte.

Das Steuer der *Caledonian* war im Marine Museum von Seabright ausgestellt. Andere Taucher waren beim Wrack gewesen und hatten alles mitgenommen, was nicht niet– und nagelfest war. Selbst Kim, die diese Dinge normalerweise eher respektierte, hatte einen Riegel von einer Kabinentür mitgehen lassen. Der Riegel stand jetzt versteckt in ihrem Schlafzimmer in einen Kristallblock eingegossen, weil Besucher immer wieder offen ihre Missbilligung gezeigt hatten. Gegenwärtig waren Bestrebungen im Gange, das ganze Gebiet zu einem Seepark zu erklären, Überwachungsanlagen zu installieren und das Wrack auf diese Weise vor zukünftigen Plünderern zu schützen. Mit der stillen Scheinheiligkeit, die der menschlichen Seele zu eigen ist, befürwortete Kim die Maßnahmen. Sie beruhigte ihr Gewissen damit, dass sie sich vorgenommen hatte, ihren Riegel dem Museum zu stiften. Wenn die Zeit gekommen war.

Sie ließ ihren eigenen Scheinwerfer ausgeschaltet und genoss die Dunkelheit und Einsamkeit und das sich bewegende Wasser. Der Boden kam in Sicht. Ein Schwarm Fische, angezogen von Sollys Licht, schoss vorbei.

Voraus erkannte sie die Umrisse des Wracks. Es lag halb versunken auf der Steuerbordseite im Schlamm. Das Ruder war verschwunden, ebenso wie die Spieren und Rundhölzer und Planken. Alles, was sich davontragen ließ, war davongetragen worden. Und trotzdem hatte das Wrack noch einen Rest von pathetischer Würde behalten.

Der Meeresgrund von Greenway war im Gegensatz zur Erde nicht übersät von den Wracks von Jahrtausenden der Seeschifffahrt und des Seekrieges. Tatsächlich konnte man die Zahl der untergegangenen Schiffe entlang der Ostküste im Verlauf der letzten fünf Jahrhunderte an zwei Händen abzählen. Nur eines davon, die *Caledonian,* war ein Schiff im herkömmlichen Sinne des Wortes. Die anderen waren ausnahmslos Skimmer. Der Untergang eines Schiffes war ein so seltenes Ereignis, dass alles, was versank, augenblicklich Volkstum wurde.

Sie näherten sich vom Bug her. Kim aktivierte ihren Scheinwerfer. »Gruselig wie immer«, sagte Solly.

Es war nicht das Adjektiv, das Kim benutzt hätte. Verlassen vielleicht. Oder aufgegeben.

Und trotzdem hatte er in gewisser Hinsicht Recht.

Sie glitten auf das Vordeck hinunter.

Der zweite Überlebende hatte ausgesagt, dass

der Kapitän alles in seiner Macht Stehende getan hatte.

Der Name des unglückseligen Skippers war Jon Halvert. Er hatte die Passagiere mit einer Laterne zu den Rettungsbooten geführt, und Darstellungen des Ereignisses zeigten ihn stets mit hoch erhobener Laterne, während er Männern und Frauen half, von Bord des sinkenden Schiffes zu gehen. Doch es war bereits zu spät gewesen, und die *Caledonian* war in Sekundenschnelle durchgekentert und wie ein Stein untergegangen. Historiker glaubten, dass trotz der Untersuchungsergebnisse des Seefahrtsausschusses nichts, was der Kapitän hätte tun können, auch nur den geringsten Unterschied bewirkt hätte. Doch wie immer hatte man einen Verantwortlichen gesucht. Um die Schuld abzuwälzen.

Kim spürte eine besondere Zuneigung für Halvert. Er war in ihren Augen ein Sinnbild des Menschlichen, hatte unter unmöglichen Umständen gekämpft, war schuldig, weil nicht perfekt und hatte trotzdem bis zum Schluss die Laterne hochgehalten. Doch am Ende hatte alles keinen Unterschied gemacht.

Kaum ein Jahr nach dem Unglück war er gestorben, und die Legende besagte, dass sein Geist in der Nähe des Wracks schwebte.

Taucher besuchen die Caledonian *nur bei gutem Wetter. Wenn jedoch der Wind geht und Regen am Horizont steht, kann man zu der Stelle segeln und durch das Wasser nach unten blicken und noch immer die Laterne des Kapitäns sehen, die sich über Decks und Leitern bewegt, während er seine Passagiere zu den Booten drängt.*

Kim hatte diesen Abschnitt in *Echte Gespenster Equatorias* gelesen. Eine Version der Geschichte wollte wissen, dass er dazu verdammt war, die

Suche fortzusetzen, bis das letzte Opfer gerettet war.

Solly schien zu spüren, was sie dachte. »Dort ist er«, sagte er und lenkte ihr Aufmerksamkeit auf eine leuchtende Qualle über dem Backbord-Achterschiff.

Sie schwammen weiter zum Ruderhaus und passierten die leeren Rahmen. Im Innern war nichts mehr übrig. Selbst die Halterung für das Steuerrad war verschwunden. Doch es war nicht schwer, sich die Reisenden in jener Nacht vorzustellen, die auf den Decks herumspaziert waren und sich auf einen Woche auf See gefreut hatten, als der Himmel plötzlich bedrohlich geworden war.

Sie kamen an der Steuerbordseite hervor und schwammen nach achtern. Kim schwenkte ihren Armbandscheinwerfer, um das Innere zu erhellen. Die Kabinen waren ausnahmslos nackt und leer.

Vierzig Minuten später tauchten sie wieder auf, kletterten an Bord der Sloop und zogen sich um. Dann teilten sie sich das Abendessen: Truthahn und Salat und kaltes Bier. Allmählich wurde es dunkel. Der Himmel war wolkenlos, das Meer spiegelglatt.

»Dieser Platz ist ein gutes Beispiel dafür, was das richtige Bühnenbild bewirken kann«, sagte Solly. »Man hat das *Gefühl*, als könnte dort unten tatsächlich etwas Übernatürliches geschehen. Die Geschichten sind reine Phantasie, aber hier beim Wrack bin ich mir dessen gar nicht mehr so sicher. In den Wäldern rings um Severin ist es wahrscheinlich genauso.«

»Die Regeln sind anders«, stimmte sie ihm zu. »Nimm das Licht weg, und plötzlich werden Werwölfe möglich.« Sie berührte ein Presspad, und aus den Lautsprechern erschallte leise Musik.

Sie saßen in der Kabine, das Essen vor sich auf

dem Tisch ausgebreitet. Am Horizont lagen ein paar Inseln. In der Ferne zog ein weiteres Segelboot dahin. Solly belegte sich ein Sandwich und biss hinein. »Kim«, sagte er, als er genügend gekaut hatte, um wieder reden zu können, »glaubst du eigentlich, dass Gespenster möglich sind?«

Sie musterte ihn misstrauisch und stellte fest, dass er seine Frage ernst gemeint hatte. »Einen echten Geist zu treffen würde alles ändern, was wir über das Universum und die Naturgesetze glauben.«

»Ich bin mir dessen nicht so sicher«, sagte er.

»Warum?«

»Ich habe an Bord der *Persepholis* gearbeitet. Dort gab es eine verwunschene Kabine.«

»Verwunschen? Wie?«

»Merkwürdige Geräusche. Stimmen, die sich niemand erklären konnte. Kalte Stellen.«

»Hast du es selbst erlebt?«

Er dachte nach, bevor er antwortete. »Ja. Ich erinnere mich, dass ich an der Kabine vorbeigegangen bin, als ich Wache hatte. Aus dem Innern kamen Stimmen.«

»Könnten Passagiere gewesen sein.«

»Das war, als die Kabine längst nicht mehr von Passagieren benutzt wurde, Kim. Sie haben einen Lagerraum daraus gemacht.«

»Hast du einen Blick hineingeworfen?«

»Die ersten paar Male, ja. Aber ich habe nie etwas gesehen. Also habe ich es einfach gelassen und mich nicht mehr darum gekümmert.«

»Nicht, dass ich dir nicht glauben will«, sagte sie. »Aber ich müsste es mit eigenen Augen sehen.«

Sie aßen schweigend zu Ende. Solly blickte auf das Festland hinaus, das im Osten gerade eben sichtbar war. »Plato hat an Geister geglaubt«, sagte er.

»Plato?« Kim war skeptisch.

»Er hat geglaubt, dass Geister entstehen, wenn man zu viel Wein trinkt.« Er lachte, als er ihr Gesicht sah. »Im Ernst. Er sagt irgendwo, dass die Seelen der Menschen, wenn sie zu sehr von ihrem irdischen Leben angetan sind, zu viele gute Zeiten hatten und zu viel Sex, zu sehr mit den Körpern verwachsen sind und nach dem Tod nicht loslassen können. Er glaubt, dass sei der Grund, warum auf Friedhöfen Geister anzutreffen sind. Er meint, sie wären sozusagen an ihre Körper gekettet.«

Kim aß ihr Sandwich auf, wischte ein wenig Preiselbeermarmelade mit dem Brot vom Teller und spülte alles mit Bier hinunter. »Diese Severin-Geschichte scheint dich wirklich zu beschäftigen, was?«

Er füllte ihre Gläser nach. »Nein. Nicht wirklich. Aber wenn die Sonne untergegangen ist, sieht die Welt immer ganz anders aus.«

»Was für eine Einstellung für einen Raumschiffskommandanten.«

Er zeigte ihr, dass das Bier seine Wirkung nicht verfehlte. »Vielleicht war ich zu oft dort draußen im Dunkeln«, sagte er.

Alpha Maxim war in einer Explosion vergangen, die noch in einer Milliarde Lichtjahren zu sehen sein würde. Natürlich würde kein Mensch mehr da sein, falls eines Tages aus dieser Entfernung eine Antwort kam. Die Spezies würde sich längst zu etwas anderem weiterentwickelt haben.

Die Nachrichten waren angefüllt mit Geschichten über das Leuchtfeuer, einschließlich Protesten seitens religiöser Gruppen und Umweltschützer, die eine ungewöhnliche Allianz eingegangen waren und die Sprengung von Sonnen entweder als Akt gegen Gottes Schöpfung oder als Verbrechen gegen die Umwelt bezeichneten.

Kim konnte verstehen, dass Menschen Bedenken gegen das Sprengen ganzer Sonnen hatten, selbst wenn es Sonnen waren, deren Planeten niemals etwas anderes als Eisen und Methan hervorbringen würden. Die gestern verbrannten Planeten hatten Alpha Maxim länger umkreist, als es Menschen gab, und ihre Vernichtung schien unschicklich.

Kim schüttelte sich, um die falschen Vorstellungen loszuwerden, und ihre Gedanken wanderten zu Sheyel Tolliver. Nach ihrer Rückkehr von der *Caledonian* hatte sie mit dem Gedanken gespielt, ihn anzurufen und sich mit ihm zu unterhalten, als wäre das Gespräch des vergangenen Tages überhaupt nichts Ungewöhnliches gewesen, um sich zu vergewissern, dass es ihm gut ging und sie ihn nicht beleidigt hatte. Doch sie beschloss, dass es besser war, wenn sie die Sache auf sich beruhen ließ.

Den größten Teil des folgenden Tages verbrachte sie in einer Konferenz mit Matt Flexner auf der Suche nach einer Strategie, wie sie weitere Mittel von der Regierung erhalten konnten. Die Wahlen standen kurz bevor, und der Premier wusste, dass jeder seiner voraussichtlichen Gegner Gelder für das Institut als regierungsamtliche Verschwendung anklagen würde.

Das Problem, wie Kim es sah, war die Frage, wie sie demonstrieren konnten, dass die Arbeit des Instituts wertvoll war für die Steuerzahler, die dazu neigten, seine Aktivitäten als Arbeitsbeschaffungsmaßnahme für überqualifizierte Leute ohne berufliches Ziel zu betrachten. Kim gestand es sich nur ungern ein, aber insgeheim war sie gar nicht sicher, ob die Steuerzahler mit ihrer Meinung so sehr daneben lagen. Selbstverständlich behielt sie ihre Meinung Matt gegenüber für sich. Nur Solly wusste, wie sie wirklich dachte.

Matt Flexner war buchstäblich seit einem Jahrhundert am Institut. Mit dreißig war er das Paradestück gewesen, ein Weltklassephysiker, der bahnbrechende Arbeiten auf dem Gebiet transdimensionaler Strukturen abgeliefert hatte. Doch die Verlängerung der allgemeinen Lebenserwartung hatte sehr deutlich gemacht, was Wissenschaftler schon immer gewusst hatten: dass wirklich kreative Arbeit in jungen Jahren geleistet werden musste oder niemals vollbracht werden würde. Genius verblasst schnell, wie die Rose im Hochsommer. Sämtliche genetischen Verbesserungen hatten an dieser traurigen Realität nichts ändern können.

Matt hatte sich angepasst und seine unbeendete Arbeit in jüngere Hände gelegt, um sich weniger fordernden Aufgaben zu widmen. Public Relations, dachte Kim traurig, und ihr wurde bewusst, dass ihr eigener Genius niemals durchgebrochen war. Wenn Matt auch nicht alles erreicht hatte, so war er wenigstens im Spiel gewesen. Die Menschen würden sich an ihn erinnern.

Er sah noch immer aus wie dreißig. Er besaß eine hohe Stirn, ein launisches Lächeln und eine lange gerade Nase. Sein Haar und sein Bart waren schwarz, und er war ein außerordentlich talentierter Tennisspieler.

Kim war seine rechte Hand.

Sie teilte ihm mit, dass sie für ein paar Tage unterwegs sein würde. Um ihren Zeitplan kümmerte sie sich selbst. Niemand scherte sich darum, wann sie kam oder ging, solange sie ihre Arbeit erledigte. Und ihre unmittelbare Aufgabe bestand darin, die

Mitglieder der Germane Society zu überzeugen, dass das Seabright Institute ein würdiger Empfänger weiterer Spenden war.

Es wäre, sinnierte sie, gar nicht schlecht, wenn sie in den Severin Woods ein übernatürliches Wesen entdecken könnte. Es würde ein ganz neues Feld wissenschaftlicher Forschung eröffnen.

Sie fuhr früh nach Hause, legte sich eine Stunde schlafen, bereitete sich eine heiße Schokolade und ging mit dem Becher ins Wohnzimmer. »Shep«, sagte sie. »Sieh nach, ob du etwas über Markis Kane in der Zeit nach 573 herausfinden kannst.«

»*Schon dabei*«, antwortete die KI.

Der Himmel war grau und kalt. Ein steifer Wind wehte um das Haus.

»*Es gibt nicht viel über ihn. Er war ein recht beachteter Künstler.*«

»Ein Künstler? Bist du sicher, dass es der gleiche Mann ist?«

»*O ja, es ist die gleiche Person. Offensichtlich besitzt sein Werk einen gewissen Ruf.*«

»In Ordnung. Was noch?«

»*Er verließ Greenway im Juni 579 mit Ziel Erde. Arbeitete mehrere Jahre in Kanada als Berater für Cockpitdesign. Hat sich 591 aus dem Berufsleben zurückgezogen und ging nach Old Wisconsin. Er starb 596.*«

»Er hat nie wieder als Raumschiffskommandant gearbeitet? Nach der *Hunter*-Mission?«

»*Ich kann nichts in dieser Richtung finden.*«

Es war tatsächlich eigenartig. Drei Leute verschwinden. Der Vierte hängt seine Karriere an den Nagel.

Nichts mehr erinnerte an Severin Village, mit Ausnahme von ein paar aus dem See ragenden Dächern. Der See war entstanden, als der Damm eingerissen worden war. Der See mit dem durchaus passenden Namen Remorse war recht groß, an der breitesten Stelle mehr als zwanzig Kilometer, und von Wäldern umsäumt. An manchen Stellen häuften sich entwurzelte Bäume.

»Shepard«, sagte sie, »bring mich dorthin.«

Das Wohnzimmer löste sich zu einem Seeufer auf.

»*Wetterbedingungen?*«

»Frühlingshaft. April. Meinetwegen auch Regenschauer.«

Kims Sessel stand direkt am Ufer. Der Wind wurde stärker, und zwei Männer in einem kleinen Fischerboot steuerten das Land an. Eine Regenwand bewegte sich über den See hinweg in Kims Richtung. Nahe dem Ufer durchbrachen Schornsteine und Ziegelmauern die Wasseroberfläche.

Sie saß lange Zeit dort. Da sie nicht für eine Stimulation angezogen war, würde der Sturm keine spürbaren Auswirkungen auf sie haben, und die Illusion würde ruiniert werden. Also ließ Shepard den Regenschauer im Norden vorbeiziehen.

Nirgendwo waren künstliche Lichter, mit Ausnahme einer Laterne in dem Fischerboot. »Wo liegt die nächste Stadt, Shep?«

»*Eagle Point, etwa dreiunddreißig Kilometer, siebzehntausend Einwohner.*«

Eagle Point. Dort waren einige von Kanes Skizzen ausgestellt, in der Gould Art Gallery.

Sie zögerte. Dann: »Shep, ich möchte mit Emily reden.«

Die Elektronik der KI murmelte. »*Bist du sicher, Kim?*« Es war Jahre her.

»Tu, was ich dir sage, Shep.«

Die Beleuchtung wurde hell, dann wieder dunkel. Kim saß immer noch am Ufer des Lake Remorse. Doch sie war nicht mehr allein.

»Hallo, Kimberley.« Emily trug die gleiche lässige Kleidung wie Kim, ein luftiges weißes Top und weite Pants. Beide waren barfuß. So war es nie gewesen, als Kim früher ihre verlorene Schwester heraufbeschworen hatte. Damals war sie eine Heranwachsende gewesen, die mit einer Frau gesprochen hatte. Heute waren sie ebenbürtig.

»Hallo, Emily. Es tut gut, dich wiederzusehen.« Die Jahre hatten den Schmerz des Verlustes nicht gelindert. Vielleicht hatte es mit der Tatsache zu tun, dass man nie einen Leichnam gefunden hatte. Kim hatte die Hoffnung niemals aufgegeben, dass ihre Schwester, *ihr anderes Selbst*, irgendwann zurückkehren würde.

»Du siehst mich doch in jedem Spiegel. Wie geht es dir?«

»Ganz gut. Ich arbeite beim Seabright Institute.«

»Wundervoll! Was machst du?«

»Public Relations. Ich kümmere mich darum, dass Gelder hereinkommen.«

»Wie bitte?«

»Es ist nicht das, was ich eigentlich wollte. Aber ich bin gut in meinem Job, und die Bezahlung ist auch nicht schlecht.«

»Freut mich, das zu hören.« Emily setzte sich auf einen umgekippten Stamm. *»Ich bin überrascht, mich hier wieder zu finden. Ist etwas passiert?«*

»Nein. Ja. Erinnerst du dich an Yoshi Amara?«

»Selbstverständlich. Sie war unser viertes Besatzungsmitglied während der letzten Reise der Hunter.«

»Einer meiner alten Lehrer hat mich angerufen.

Wie sich herausgestellt hat, ist er mit Yoshi verwandt.«

»*Tatsächlich? Was wollte er?*«

»Er möchte, dass ich Nachforschungen wegen ihres Verschwindens anstelle.«

»*Oh.*«

»Was ist mit dir passiert, Emily? Wohin um alles in der Welt bist du in jener Nacht verschwunden?«

»*Ich wünschte, ich wüsste es. Ich wünschte es wirklich.*« Mit der Ferse zeichnete sie eine Linie in den Sand. »*Was kannst du seiner Meinung nach unternehmen, was nicht bereits irgendjemand getan hat?*«

»Du kennst die Geschichten über den Mount Hope.«

»*Ich weiß, dass Markis niemals versuchen würde, eine Brennstoffzelle zu stehlen. Oder wenigstens, dass er es schaffen würde, wenn er es wollte, und nicht jeden in der Nähe in die Luft jagen würde.*«

Kim beugte sich auf ihrem Sessel vor. Sie hätte Emily so gerne umarmt, sie an sich gedrückt, um ihr unausweichliches Verschwinden in den Schatten zu verhindern. »Sheyel sagt, im Tal geht irgendetwas Eigenartiges vor sich. Er ist der Meinung, dass ihr etwas mit zurückgebracht habt. Und es ist auf freiem Fuß.«

Emily seufzte. »*Was soll ich dazu sagen? Dein früherer Lehrer sollte sich nicht erlauben, so zu sprechen.*«

Kim blickte an ihr vorbei auf den See. »Emily, hattest du jemals Grund, einem der anderen zu misstrauen? Kane oder Tripley?«

»*Nein*«, antwortete sie. »*Kile war ein wenig unberechenbar. Trotzdem hätte ich ihm mein Leben anvertraut. Ohne zu zögern.*«

»Und Kane?«

»*Markis war ein Mann, wie man ihn nur einmal im*

Leben trifft. Ich hoffe, dass du eines Tages genauso viel Glück hast, Schwester.«

»Was ist mit Yoshi?«

»*Yoshi … Ich kann die Frage nicht wirklich beantworten, weil ich sie vor der Mission kaum kannte. Sie schien in Ordnung zu sein. Ein wenig oberflächlich vielleicht, aber sie war auch noch sehr jung.«*

Sie hatten schon einmal über das Verschwinden gesprochen, Jahre zuvor. Und es war unwahrscheinlich, dass Shep der Simulation in der Zwischenzeit neue Informationen eingefüttert haben könnte. Und doch half es ihr beim Nachdenken, wenn sie Fragen an Emily formulierte.

»Ich habe mich einverstanden erklärt, mit Solly zum Severin Valley zu fliegen.«

»*Warum?«*

»Um nachzusehen, was auch immer das ist, was ihr mitgebracht habt.«

»*Ich hoffe nur, Solly ist ein guter Begleiter. Weil du ansonsten nämlich einen ziemlich langweiligen Trip vor dir hast.«* Sie neigte den Kopf zur Seite. »*Außerdem ist es dort oben kalt.«*

Kim spürte nur die Wärme ihres Wohnzimmers. »Ich vermisse dich, Emily. Ich wünschte, du wärst wieder bei mir.«

»*Ich weiß. Es tut mir Leid. Ich wünschte, es gäbe eine Möglichkeit, alles noch einmal zu machen. Mit einem anderen Ergebnis.«*

3

Als ich dasaß und dem Astronomen lauschte,
der voll Begeisterung im Vorlesungssaal sprach,
Wie bald und unerklärlich ich müde wurde
und überdrüssig;
Mein Geist erhob sich und glitt davon,
und ich wanderte hinaus
In die geheimnisvolle feuchte Nachtluft,
und von Zeit zu Zeit
Blickte ich hinauf zu den Sternen
und ihrem vollkommenen Schweigen.

– WALT WHITMAN, LEAVES OF GRAS
1865 A.Z.

Das monatliche Essen der Germane Society fand immer am ersten Samstag eines Monats statt, im Pioneer Hotel im Stadtzentrum von Seabright. Die Society förderte begabte Studenten mit umfassenden Stipendien und bot denjenigen Rat und emotionale Unterstützung, deren unaufhaltsamer Abstieg begonnen hatte. Außerdem finanzierte sie den Midwinter Carnival. Und sie bemühte sich Monat für Monat, jemanden zu finden, den sie für herausragende Dienste auszeichnen konnte.

An dem Tag, an dem Kim eingeladen war, wurde der Preis einer neunzehnjährigen jungen Frau verliehen, die ihren Bergkameraden mutig vor einem

Todessturz bewahrt hatte. Kim beobachtete die Verleihung und war beeindruckt von der Leistung der jungen Frau, die ihren Begleiter fast zehn Minuten lang gehalten hatte, während er am Rand einer tiefen Klippe baumelte.

Der Gedanke an steile Felswände und tiefe Schluchten ließ Kim frösteln. Sie bezweifelte, dass sie zur gleichen Leistung wie die junge Heldin imstande war. Trotzdem wirkte sie vor all dem Publikum nervös. Sie ließ den Kopf hängen und murmelte ihre Dankesworte, und Kim zog in gewissem Maß eine perverse Befriedigung daraus. *Wir alle haben unsere ganz persönlichen Dämonen.*

Sie lasen zehn Minuten Protokolle vom letzten Treffen vor, stellten ein paar Anträge, ließen sich die Berichte über die jährlichen Baumverkäufe zu Mittwinter geben. Und dann war Kim an der Reihe.

Der MC las ihre Biographie von der Visitenkarte ab, die sie ihm gegeben hatte. Daraus ging hervor, dass sie Astrophysikerin war, Fachgebiet galaktische Evolution. Während des geschäftlichen Teils des Essens hatte jemand argumentiert, dass man in großen Maßstäben denken müsse, wenn es um Neuanträge auf Mitgliedschaft ging, und der MC konnte sich den lahmen Witz nicht verkneifen, dass eine Person, die über den Bau von Galaxien nachdachte, genau das war, was sie brauchten. Kim erhob sich unter gemäßigtem Applaus.

Es waren gute Zuhörer. Sie hatte einen Vorteil bei Veranstaltungen wie diesen, denn jeder erwartete, von einem Astrophysiker vor Langeweile in den Wahnsinn getrieben zu werden. Sie hatte bereits vor langer Zeit gelernt, dass der richtige Weg, um mit einer Gruppe zurechtzukommen, darin bestand, die alte Regel zu missachten, mit einem Scherz anzufangen. Ihr Ziel bestand darin, das Publikum für sich zu gewinnen, und das gelang ihr regelmäßig damit, dass sie die Arbeit ihrer Zuhörer würdigte und zu glorifizieren, wo immer es ging. Wenn sie zu Bibliothekaren sprach, bezeichnete sie sie als Hüter der Zivilisation. Lehrer waren die erste Verteidigungsbastion. Bei Stiftungen und Gesellschaften wie dieser verfolgte sie eine ähnliche Vorgehensweise.

Sie begann damit, dass sie der jungen Bergsteigerin zu ihrer mutigen Tat gratulierte. »Die Leute heutzutage sagen immer wieder, dass es mit der Menschheit bergab geht«, sagte sie. »Aber ich weiß, solange es Leute gibt wie Amy hier, wird das nicht der Fall sein.« Die junge Frau errötete heftig. »Wenn ich sicher sein könnte, dass die Germane Society in hundert Jahren noch immer hier wäre, noch immer die Helden unter uns auszeichnen würde und noch immer Hilfe anbieten würde, wo sie benötigt wird, hätte ich keine Angst um die Zukunft unserer Republik.«

Spätestens damit hatte sie alle auf ihrer Seite.

Sie verglich ihre Ziele mit denen des Instituts und bog die Fakten ein wenig zurecht, weil das Institut keineswegs über seinen Schatten sprang, um irgendjemandem zu helfen, nicht augenblicklich jedenfalls. Doch das war nicht weiter schlimm. Auf lange Sicht profitierten alle Menschen von wissenschaftlichem Fortschritt. Und wenn es langsamer ging als früher, dann machte das auch nichts. Ihre Zuhörer dachten über die Zukunft der Nation nach. Sie waren am Leuchtfeuer-Projekt interessiert, und sie waren begierig zu beweisen, dass sie nicht zu denen gehörten, die Sterne für heilig hielten.

»Wenn unser Programm«, schloss sie, »irgendwann zu einer Antwort führt, und wenn sich irgendjemand zeigt, um nachzusehen, wie wir wirklich sind, dann würde ich versuchen, ihn mit hierher zu Ihnen zu bringen und mit Ihnen zu essen. Ich weiß, dass es der beste denkbare Anfang wäre. Ich danke Ihnen.«

Sie trat vom Rednerpult, während ihr Publikum in begeisterten Applaus ausbrach, und nahm an ihrem Tisch Platz. Insgesamt hatte sie nicht länger als dreizehn Minuten benötigt.

Solly, der draußen vor dem Eingang zum Speisesaal wartete, hatte das meiste mitbekommen. »Du besitzt nicht das geringste Schamgefühl«, sagte er, als sie wieder allein waren.

Sie grinste. »Um ehrlich zu sein – wenn ich eine Chance hätte, unsere ersten Besucher zur Germane Society zu bringen anstatt zum Konzil, würde ich nicht eine Sekunde darüber nachdenken.«

Solly hatte für den Flug zum Severin Valley einen limonenfarbenen zweimotorigen Starlight gemietet. Sie gingen hinauf zum Dach und stiegen ein.

»Ich dachte, wir fahren mit dem Zug?«, fragte sie.

»Wir fahren andauernd mit irgendwelchen Zügen«, antwortete er. »Ich fand es zur Abwechslung einmal nett zu fliegen.«

»In Ordnung. Was hältst du davon, wenn wir zuerst Eagle Point besuchen und uns dort ein Zimmer nehmen?«

Er aktivierte die Magnetkissen. Der Flieger hob vom Landefeld ab und beschleunigte in Richtung Westen.

Kim hatte einen großen Teil des vorangegangenen Abends damit verbracht, Legenden und Überlieferungen über Severin zu studieren. Es gab tatsächlich Geschichten von Erscheinungen, eigenartigen

Lichtern und Stimmen im Wald. Sie waren schon lange vor dem Unglück vom Mount Hope da gewesen. Allerdings schienen sich die Ereignisse danach zu häufen, auch wenn vieles auf die Bemühungen von Bewohnern des nahe gelegenen Eagle Point zurückzuführen war, mehr Touristen in die Gegend zu locken.

Severins größte Bedeutung vor dem Unfall hatte darin bestanden, dass der berühmte Markis Kane dort wohnte. Künstler, Kriegsheld, Raumschiffskommandant und einziger Überlebender der *Hunter*.

Und Fan von Eve Colons klassischer Detektivgestalt Veronica King. Kane hatte eine Amtsperiode als Präsident der Scarlet Sleeve Society absolviert, einer Gruppierung, die Veronica King zugetan war und sich nach einem ihrer bekannteren Abenteuer benannte.

Während des Krieges zwischen Greenway und Pacifica, dem einzigen interstellaren Konflikt in der menschlichen Geschichte, war er Captain der berühmten 376 gewesen und hauptsächlich wegen seines Angriffs auf die *Hammurabi* bekannt, dem einzigen Großkampfschiff, das je von einer einzigen Eskort-Korvette ausgeschaltet worden war.

Als der Krieg zu Ende ging, verließ Kane die Flotte und verbrachte ein halbes Jahrhundert damit, als Kommandant verschiedener Schiffe zwischen den Neun Welten und ihren verschiedenen Außenposten hin und her zu fliegen. Seine Akte war beispielhaft. Es hatte niemals eine Beschwerde seitens eines Auftraggebers gegeben, keine Probleme irgendwelcher Art. Seine Mannschaften waren über alle Maßen loyal, und niemand schien auch nur ein böses Wort über ihn sagen zu wollen.

Kim benutzte die KI des Starlight, um sich Fotos

zeigen zu lassen: Kane in der Pilotenschule auf dem irdischen Mond, Kane als junger Lieutenant bei Greenways Verteidigungsstreitkräften, Kane als Kommandant eines Schleppers, Kane in Ausgehuniform. Sie fand sechs Hochzeitsfotos und sechs verschiedene Bräute, eine Anerkennungsurkunde von der Severin Valley Art Society, ein Bild seiner Abschlussklasse, Kane mit achtzehn und einem Grinsen im Gesicht, das ans Boshafte grenzte. Sie fand mehrere Auszeichnungen (für die Bergung eines Frachtschiffs, dessen Maschinen eine explosive Dekompression durchlaufen hatten, für die Rettung eines verirrten Kindes während eines Hochwassers in Severin, für die Rettung eines Selbstmordkandidaten, der bereits auf dem Fenstersims gestanden hatte).

Er liebte verzierte Hemden und weite Hosen, die er in Halbstiefel stopfte. Und auffällige Jacken mit breiten Schärpen. Auf späteren Fotos, nach seiner Zeit bei der Tripley Foundation, trug er einen schwarzen Bart und schulterlanges Haar. Irgendetwas an dem Mann in späteren Jahren war dunkler, intensiver geworden. Der ältere Markis Kane blickte mit einer Mischung aus Verachtung und Resignation aus seinen Fotos.

Und da war Kane der Künstler. Seine veröffentlichten Arbeiten bestanden hauptsächlich aus Porträts, Landschaften und ein paar experimentellen Gemälden. Der größte Teil der Porträts zeigte Frauen. Eines davon, datiert auf das Jahr 575, zwei Jahre nach der *Hunter*, schockierte sie.

»Das bist du!«, sagte Solly.

»Mein Gott!« Es war Emily.

»Er hat deine Schwester als Modell benutzt?«

Sie blickte erneut auf das Datum. »Mehr oder weniger. Er muss ein Virtual benutzt haben. Dieses

Bild ist zwei Jahre nach ihrem Verschwinden entstanden.«

Emily posierte in der Nähe eines Fensters, durch das man auf einen spätsommerlichen Wald hinaussah, der Rasen schwer mit Blättern, über den Bäumen eine beringte Welt. Sie trug eine Jacke lässig über den Schultern, und eine Brust war frei. Trotzdem war nicht der kleinste Hinweis auf eine erotische Absicht zu erkennen. Stattdessen sah Emily zugleich wunderschön und verloren aus. Das Werk trug den Titel *Herbst*.

»Du siehst ein wenig freizügig aus oben herum«, bemerkte Solly.

Herbst war, wie verschiedene andere Werke auch, in einer Galerie in Eagle Point ausgestellt. Es war vielleicht nicht verkehrt, einen Blick darauf zu werfen. »Warum hat er immer noch Emily als Modell benutzt?«, wunderte sie sich.

Sollys Gesicht sah grünlich aus im Schein des Instrumentenpaneels. »Ich kann mir nicht vorstellen, dass er so etwas tut, es sei denn …«

»Was?«

»Ich würde sagen, er hat sie geliebt.«

»Oder sie war noch am Leben.«

»Oder beides«, sagte er. »Es wäre immerhin eine Möglichkeit.«

Eine Geschichte aus dem Jahr 576, drei Jahre nach dem Unglück, berichtete, wie Kane seine Schulden bezahlt, seine Konten gelöscht, seinen wenigen Freunden Lebewohl gesagt und zugesehen hatte, wie das Wasser des Severin seine Villa verschlang. Das war, als sie den Damm eingerissen hatten. Kane war nach Terminal City gezogen.

Der Flieger überquerte den Takonda River, der mehr oder weniger die Mitte von Equatoria markierte. Ungefähr zur gleichen Zeit flogen sie in eine

Schlechtwetterfront, und der Nachmittag wurde kalt. Solly war in gesprächiger Stimmung und spekulierte über den Mount Hope und dass er wirklich hoffte, sie würden dort draußen etwas finden. Kims Gefühle waren eher gemischt; sie hätte zwar zu gerne das alte Geheimnis enträtselt und alles getan, um herauszufinden, was Emily zugestoßen war. Auf der anderen Seite jedoch verspürte sie nicht die geringste Lust, dem zu begegnen, was Sheyel aufgeschreckt hatte.

Sie flogen tiefer in das Zwielicht. Die Landschaft wurde zunehmend rauer. Ringsum erhoben sich Berge. Der Sturm gewann an Heftigkeit, und Turbulenzen schüttelten den kleinen Flieger. Solly stieg höher, bis sie auf die Wolken hinuntersehen konnten.

Schließlich weitete sich das Panorama, und unter ihnen lagen Felder, Farmgebäude, Silos und kleine Seen. Sie beobachteten einen Zug, der sich durch die heraufziehende Dämmerung über die Baumspitzen bewegte. Dann kam wieder Waldland, hin und wieder ein einzelnes Haus, oder, was Kim merkwürdig erschien, ein Tennisplatz oder Swimmingpool. Natürlich gab es nirgendwo Straßen.

Mehr als fünfundsiebzig Prozent der Bevölkerung Greenways lebte in kleinen Städten, die sich über Tausende von Inseln verteilten oder in den Wäldern Equatorias versteckten. Das halbe Dutzend Großstädte der Republik war die Domäne derer, die eine Karriere verfolgten oder einen Partner suchten. Der Rest der Welt war vollauf damit zufrieden, umgeben von Bäumen und Blumen zu leben, einmal am Tag den ankommenden Zug zu beobachten und die Nachmittage mit Angeln zu verbringen.

Nach einheimischen Standards war Eagle Point eine kleine Metropole. Die Stadt erstreckte sich auf beiden Ufern des Severin, dreiunddreißig Kilometer nördlich vom Mount Hope. Die beiden Hälften waren durch zwei atemberaubende Brücken miteinander verbunden, die nach den Worten der Bewohner Touristen von ganz Greenway anzogen. Eagle Point besaß darüber hinaus eine Reihe hochklassiger Skipisten, natürliche heiße Quellen, einen großartigen Wanderweg siebenhundert Meter oberhalb von Dead Man's Gorge, sieben große Kasinos sowie die Cartoonist's Hall of Fame.

Sie trafen in der Abenddämmerung ein, landeten auf dem Dach des Gateway Inn, brachten ihr Gepäck auf die Zimmer und ließen sich den Weg zur Gould Art Gallery beschreiben, die einen Block vom Hotel entfernt auf ebener Erde lag. Als sie dort ankamen, fanden sie einen Mann in einem dicken schwarzen Pullover, der gerade einen Kunden bedient hatte. Obwohl keinerlei äußerliche Anzeichen auf sein fortgeschrittenes Alter deuteten, bewegte er sich mit einer Bedächtigkeit, die vermuten ließ, dass er bereits weit in seinem zweiten Jahrhundert war. »Sind Sie Mr. Gould?«, fragte Kim.

Der Mann lächelte freundlich und verneigte sich leicht. »Ja«, sagte er. »Bitte nennen Sie mich Jorge. Möchten Sie vielleicht etwas Heißes zu trinken?«

Sie bedankten sich für ein Glas Cidre, und Kim stellte sich und Solly vor. Gould hatte Lisa Bartons *Evening on Lyra* in der Ausstellung. Es war ein Beispiel für die empyreanische Schule, eine Stilrichtung, die ihre Effekte durch die Verwendung außerweltlicher Themen erzielte. Der Barton war ein Selbstporträt und zeigte die Künstlerin in einem Lehnsessel in einer eindeutig lebensfeindlichen Mondlandschaft. Sie war in die Betrachtung eines

Kugelsternhaufens versenkt, der über einem Kamm ganz in der Nähe schwebte. Kim hatte gelesen, dass der Kugelsternhaufen auf dem Gemälde der im Sternbild der Schlange war, siebenundzwanzigtausend Lichtjahre entfernt und weit außerhalb des von Menschen besiedelten Ausschnitts der Milchstraße. Das Gemälde strahlte Vornehmheit, Einsamkeit und Größe aus, sowohl der Sternhaufen als auch die Frau.

Der Besitzer bemerkte Kims Interesse. »Es gibt nur hundert Drucke davon«, sagte er. »Handsigniert von der Künstlerin persönlich. Ich könnte Ihnen dieses Exemplar zu einem sehr günstigen Preis überlassen.«

»Nein, danke«, erwiderte sie. »Allerdings interessiere ich mich für Markis Kane. Sie haben seinen *Herbst*, wenn ich mich nicht irre?«

»O ja. Eins seiner besten Werke.« Er blickte Kim an, runzelte die Stirn und holte tief Luft. »Das ist unglaublich!«, flüsterte er heiser. »Sind Sie es wirklich?« Seine Stimme bebte.

Kim hatte den Mann noch nie zuvor gesehen, und seine Reaktion war ihr im ersten Augenblick ein Rätsel.

»Emily?«, fragte er. Solly trat neben sie.

Das Modell in Kanes Herbst.

Kim lächelte. »Nein«, sagte sie. »Das bin ich nicht.«

Gould trat einen Schritt zurück, um sie von oben bis unten zu mustern. Er presste die Lippen aufeinander und nickte. »Ja«, sagte er. »Ich habe gehört, das Modell wäre gestorben. Bevor er das Gemälde angefertigt hat.« Er schüttelte den Kopf. »Trotzdem, Sie sehen ihr unglaublich ähnlich. Sind Sie vielleicht mit ihr verwandt?«

»Ich bin die Schwester.«

Er erschauerte in seinem Pullover, als sei ihm

plötzlich kalt geworden. »Es tut mir Leid. Das war wirklich taktlos von mir.«

»Kein Problem, Mister Gould. Es ist lange her.«

»Ja. Natürlich.« Er betrachtete sie. »Sie sind genauso schön wie Ihre Schwester.«

»Danke sehr. Das ist sehr freundlich von Ihnen.«

Er schwieg und sammelte sich. »Wie bereits gesagt, ich besitze den *Herbst*. Aber er ist nicht zu verkaufen.«

Solly warf ihr einen Seitenblick zu. *Er glaubt offensichtlich, dass er uns eine hübsche Summe Geld aus der Tasche ziehen kann.*

»Ich stelle es lediglich aus«, fuhr der Besitzer fort. »Es ist wirklich sehr wertvoll.«

»Dürfen wir es ansehen?«, fragte Kim.

»Selbstverständlich.« Der Mann bewegte sich immer noch nicht und starrte auf Kim.

»Erzählen Sie mir von Markis Kane«, bat sie, um seine Betäubung zu durchbrechen.

»Wir besitzen fünf Originale von ihm. Außer dem *Herbst*, meine ich. Für eines davon, *Glory*, hat er ebenfalls Emily als Modell benutzt.« Er führte sie durch eine Tür auf der Rückseite des Raums und schaltete die Beleuchtung ein. Der *Herbst* war in einem kostbaren, handgeschnitzten Holzrahmen montiert und stand, von zusätzlichen Scheinwerfern angestrahlt, auf einer Staffelei.

Kim betrachtete das Bild. Die Frau neben dem Fenster. Die Frostlinie. Den von Blättern bedeckten Rasen. Die beringte Welt, deren Unterseite die Baumspitzen berührte. Sie war im Untergehen begriffen. Kim war nicht klar, woher sie dieses Wissen nahm, doch sie war sicher, sich nicht zu irren. Zwei Mondsicheln, die ihr auf dem Online-Bild nicht aufgefallen waren, hingen am abendlichen Himmel.

Der *Herbst* strahlte ein Gefühl von Verlorenheit aus. Die Bäume bogen sich in einen dunklen Wind, der gigantische Planet war in Oktoberfarben gemalt, und selbst seine Ringe wirkten, als seien sie in Auflösung begriffen.

Emily sah wunderschön und wehmütig zugleich aus.

»Er ist ziemlich gut«, kommentierte Solly. »Für einen Piloten, meine ich.«

»Er ist einer der besten, die wir je hatten«, sagte Gould. »Die Menschen fangen gerade erst an, das zu begreifen.«

Glory war nach dem größten von Greenways Satelliten benannt. Emily posierte verträumt vor einem Streifen mondbeschienenen Wassers. Die Schultern nackt, eine Hand auf der Wange, mit leuchtenden, nachdenklichen Augen. Das Bild war drei Jahre vor dem letzten Flug der *Hunter* datiert.

Tora war ein Porträt von Kanes Tochter im Alter von ungefähr zehn Jahren. In *Flussfahrt* kämpften eine Hand voll Flößer in von Stromschnellen durchsetztem Wildwasser um ihr Gleichgewicht. *Nächtliche Passage* zeigte einen interstellaren Liner vor einem kobaltblauen Gasriesen.

Kim erkundigte sich nach den Daten. Alle vier waren vor dem *Hunter*-Unglück fertig gestellt worden. »Bilde ich mir das nur ein«, fragte sie Gould, »oder besteht ein Unterschied in der Farbgebung zwischen seinen früheren und späten Arbeiten?«

»Oh«, sagte Jorge. »Selbstverständlich gibt es den.« Er berührte eine Tastatur. Ein Bildschirm wurde hell, und sie blickten auf *Postschiff*, das Gemälde eines Frachters vor einem Gasnebel. Der Frachter war plump und grau, farblos, und seine Positionslichter ließen unheimliche Schatten über den Rumpf tanzen. Der Nebel hüllte das Schiff ein und strahlte in düsteren Farben. »Das ist sein letztes bekanntes Werk.«

»Alles nach Mount Hope scheint irgendwie düster zu sein«, stellte Solly fest.

»Ja. Angefangen bei diesem hier.« Auf dem Bildschirm erschien eine Landschaft. »Er verfiel in eine dunkle Periode, aus der er nie wirklich wieder herausfand. Das hier ist die *Sturmwarnung* aus dem Jahre 574.« Das Gemälde zeigte verformte Bäume und Ruinen vor dem Hintergrund eines Sommergewitters und wirbelnder Wolken. »Wenn Kane erst als wichtiger Meister anerkannt ist, werden die Menschen dies hier als die erste Arbeit seiner dunklen Phase bezeichnen.«

»Kannten Sie ihn?«, fragte Kim. »Persönlich, meine ich?«

»Ich kannte ihn sogar recht gut. Als er noch hier in der Gegend gelebt hat.«

»Gibt es einen Druck von diesem hier? *Sturmwarnung?*«

Gould sah in einem Katalog nach. »Ja«, sagte er. »Ich habe noch zwei. Aber sie sind nicht signiert.«

»Das ist nicht schlimm«, antwortete Kim, froh, dass der Preis dadurch nicht astronomisch war. »Wie teuer ist er?«

»Zweihundert.«

»Das ist nicht gerade preiswert«, sagte Solly.

»Ich nehme es«, sagte Kim.

»Es ist eine limitierte Auflage«, sagte Gould beschwichtigend und strahlte. »Sie können sicher sein, dass dieser Druck seinen Wert behält.« Er entschuldigte sich und verschwand eine schmale Treppe hinauf.

»Das ist der reinste Wucher!«, beschwerte sich Solly aufgebracht.

»Ich weiß. Aber wir wollen schließlich, dass er

weiter mit uns redet, oder? Also müssen wir etwas kaufen.«

Er deutete auf eine tanzende Nackte.

»Genau«, sagte sie.

Gould kehrte mit dem Druck zurück und hielt ihn hin, damit sie ihn begutachten konnte. »Ein sehr schönes Bild«, sagte er. »Sie werden sehen, es ist eine exzellente Investition. Möchten Sie, dass ich es für Sie rahme?«

»Nein, danke sehr«, antwortete sie. »Ich nehme es, wie es ist.« Sie fragte sich, wo sie es aufhängen sollte, und wünschte bereits, sie hätte sich für etwas aus Kanes früheren Jahren entschieden. Nachdem sie den Druck gebührend bewundert hatten, rollte Gould ihn zusammen und steckte ihn in eine Transportröhre.

»Ist er vielleicht depressiv geworden nach dem Unglück vom Mount Hope?«, fragte Solly beiläufig.

Gould legte die Fingerspitzen an die Schläfen, als wären die Erinnerungen schmerzhaft. »O ja. Er war einfach nicht mehr derselbe wie vorher.«

»In welcher Beziehung?«

»Das ist schwer zu erklären. Er war stets freundlich und entgegenkommend, und er war ein guter Gesprächspartner. Nun ja, das ist vielleicht ein wenig übertrieben, aber er war kein schwieriger Mensch, wie Künstler es häufig sind. All das war nach dem Unglück vorbei. Er wurde zunehmend verschlossener. Damals bin ich nachts häufig nach Severin Village gefahren. Meine Frau hat dort gelebt, wissen Sie? Wir waren noch nicht verheiratet. Ich habe ihn häufig besucht, bei sich zu Hause, um zu sehen, wie es ihm geht. Damals war er noch nicht so bekannt wie heute. Aber ich wusste, ich wusste schon immer, dass er eines Tages zu den ganz Großen gehören würde.

Er verkaufte seine Arbeiten über mich. Damals bekam er nicht viel dafür, nicht annähernd die Preise, die seine Bilder heute erzielen. Aber er war nicht auf das Geld angewiesen. Er malte einfach, weil es ihm Freude machte. Um sich die Zeit zu vertreiben. Verstehen Sie, was ich meine?«

Kim nickte.

»Habe ich Ihnen gesagt, dass ich dort war, als es geschah? Als der Berg in die Luft flog?

Es war entsetzlich. Die Stadt lag relativ geschützt und bekam nichts direkt ab, sonst wären wir alle tot gewesen. Aber überall fielen Felsbrocken und Bäume vom Himmel. Wir wussten nicht, was uns getroffen hatte. Und dann der Staub. Die Menschen bekamen keine Luft mehr und erstickten ...« Seine Augen blickten entrückt. »Sasha und ich taten, was in unserer Macht stand, aber ...« Er hielt ihr die Handflächen hin. »Aber das wollen Sie bestimmt alles gar nicht hören.«

Kim und Solly standen abwartend da.

»Damals hatte ich bereits angefangen, selbst seine Bilder zu kaufen. Ich wusste, dass sie unterbewertet waren. Ich brachte sie hierher und wartete einfach nur ab, bis die Preise hoch gingen. Heute sind sie dreißig, vierzig Mal mehr wert als damals. Und die Nachfrage steigt noch immer an.« Er wandte sich wieder dem *Herbst* zu. »Sehen Sie sich dieses Bild an. Haben Sie jemals etwas mit einer derartigen Tiefe gesehen? Vielleicht Crabbe. Vielleicht Hoskin. Nein, Hoskin auch nicht.« Er schüttelte heftig den Kopf, als er Hoskin abtat.

»Kannten Sie zufällig vielleicht auch Kile Tripley?«, fragte Kim.

»Tripley? Nein. Tripley lebte in einer Villa weit abseits von allen anderen. Er war kein Mensch, der sich mit dem gewöhnlichen Volk abgab.«

»Würden Sie sagen, dass er und Kane Freunde waren?«

»Keine engen Freunde, nein.«

»Er war Kanes Arbeitgeber«, sagte Kim.

»Das ist nicht das Gleiche wie ein Freund.«

Kim bemühte sich angestrengt, nicht immer wieder den *Herbst* anzusehen. »Noch eine Frage, Mr. Gould«, sagte sie. »Mich würde interessieren, was diese dunkle Periode verursacht hat. Glauben Sie oder hatten Sie das Gefühl, es könnte etwas anderes gewesen sein als die Explosion, das seine späteren Arbeiten beeinflusst hat? Vielleicht eine verlorene Liebe?«

»Ich weiß, dass ihn diese Geschichte sehr getroffen hat.« Er blickte bedeutungsvoll auf Emilys Bild.

»Hat er das *gesagt*?«

»Man kann es in seiner Arbeit sehen. Aber wirklich gesagt hat er es nie, nein.«

»Sonst noch etwas?«

»Nichts, was ich Ihnen nicht bereits erzählt hätte. Er hat sich mehr oder weniger in sein Schneckenhaus zurückgezogen und sich vor der Außenwelt versteckt. Sogar sein Atelier war von einem Tag auf den anderen versperrt.«

»Sein Atelier war versperrt? Wie meinen Sie das?«

»Früher gingen wir immer in das Atelier, wenn ich ihn besuchte. Wir nahmen ein paar Drinks, und er erzählte mir von seinem neuesten Projekt. Sein Wohnzimmer war formell und steif, ein ungemütlicher Ort, wo er sich nicht gern aufhielt hat. Und plötzlich, von einem Tag auf den anderen, saßen wir nur noch im Wohnzimmer, und ich sah das Atelier nie wieder. Ich glaube nicht, dass es etwas zu bedeuten hat, aber merkwürdig war es schon. Als würde er jemanden darin verstecken. Vielleicht eine Frau.«

Sie aßen in einem Lokal zu Abend, das sich The Rucksack nannte. Leichter Schneefall hatte eingesetzt, und ein scharfer Wind war aufgekommen. Solly arbeitete sich systematisch durch Fleisch und Gemüse. »Ich denke, wir sollten gehen, sobald wir mit dem Essen fertig sind«, sagte er.

»Ja. Bevor das Wetter noch schlimmer wird.« Die Vorhersagen hatten gemeldet, dass der Schneefall vor Mitternacht aufhören würde und die Temperaturen weiter fielen.

»Ich bin überrascht, welches Bild du dir ausgesucht hast«, sagte Solly.

»Warum? Ich finde es ausgesprochen schön.«

»Ich hätte geglaubt, du würdest dir eins aussuchen, auf dem Emily zu sehen ist. Den *Herbst*. Du schienst sehr fasziniert davon zu sein.«

Sie hob ihr Weinglas und betrachtete das lebhafte Funkeln vom Licht des Kaminfeuers. »Ich denke nicht«, antwortete sie. »Ich wollte etwas, das ich mir an die Wand hängen kann.«

Solly sah sie überrascht an. »Ist es immer noch so schlimm?«

Sie zuckte die Schultern. »Auch. Und dass sie so nackt ist.«

»Ich wusste nicht, dass du prüde bist.«

»Bin ich aber«, antwortete sie. »Jedenfalls dann, wenn das Modell aussieht wie ich.«

Solly war ein alter Freund. Kim fühlte sich in jener Nacht ganz besonders zu ihm hingezogen, weil er mit ihr gekommen war, und das, obwohl er offen seine Meinung gestanden hatte, dass sie einer Illusion hinterher jagte. Nun, zumindest darin stimmten beide überein.

Später, als sie neben ihm auf dem Wanderweg hoch oben über Eagle Point stand, während es schneite und die Severin Woods so nahe waren, nur ein paar Kilometer flussabwärts, hätte sie ihm fast vorgeschlagen, die Nacht gemeinsam zu verbringen. Doch als Solly meinte, es sei bereits spät und sie sollten sich besser auf den Heimweg machen, schob sie den Gedanken beiseite und zog ihre Jacke enger.

4

... Die berühmteste aller Erscheinungen ist zweifellos das Phantom von Severin, das in der zerstörten Stadt haust, deren Namen es trägt. Im Verlauf der letzten fünfundzwanzig Jahre hat es mehr als zweihundert verbürgte Sichtungen gegeben. Mehrere Todesfälle werden ihm zugeschoben. Heute sind nur wenige Menschen dumm genug, nach Einbruch der Dunkelheit in das verwunschene Tal zu gehen.

– TERI KAPER, LEGENDEN DES NORDWESTENS, 597

Es war nach zweiundzwanzig Uhr dreißig, als sie vom Dach des Gateway abhoben und Richtung Süden flogen.

Es schneite beständig. Die Lichter der Kasinos und Clubs waren nur undeutlich zu erkennen, und sie verblassten rasch, je höher der Starlight kam. Auf dem Schirm war so gut wie kein Verkehr zu sehen.

»Fühlst du dich eigentlich genauso dumm wie ich?«, fragte sie Solly.

Er saß entspannt in seinem Sitz, trank Kaffee und überließ es der KI, den Flieger zu steuern. »Es war jedenfalls nicht besonders klug«, sagte er. »Denk nur daran, wie warm und gemütlich sich dein Bett heute Nacht anfühlen wird, wenn wir wieder zu Hause sind.«

Die Sensoren zeichneten den Fluss auf den

Schirm, mit seinen breiten, waldgesäumten Ufern. Sie blickte hinaus in die schneeverhüllte Dunkelheit und bemerkte ein anderes Scheinwerferpaar, das von Westen her näher kam. Wahrscheinlich ein Zug, obwohl es schwierig war, etwas Genaueres zu erkennen.

Sie zog die Karte hervor, die sie sich im Hotel ausgedruckt hatte, und studierte sie. »Wenn wir in Severin sind«, sagte sie, »sollten wir vielleicht etwas mehr tun als nur landen und eine Weile herumhängen.«

»In diesem Schneesturm? Denkst du an etwas Bestimmtes, Kim?«

»Wir nutzen die Gelegenheit und werfen einen Blick auf Tripleys Villa.«

»Warum?«, fragte Solly.

»Wer weiß, was wir dort finden?«

»Nach siebenundzwanzig Jahren?«

»Jedenfalls haben wir nichts zu verlieren, oder?«

»In Ordnung, meinetwegen. Was immer du sagst. Aber falls es dort irgendetwas gibt, das Tripley mit der Explosion oder den verschwundenen Frauen in Verbindung bringt, dann hätte die Polizei es ganz bestimmt schon vor vielen Jahren gefunden.«

»Soweit ich aus den Erzählungen entnehmen konnte, hat die Polizei seine Villa niemals durchsucht.«

»Hat sie nicht? Warum nicht?«

»Niemand hat ihn verdächtigt. Ich schätze, es gab keinen stichhaltigen Grund zu glauben, Tripley hätte etwas mit einem der beiden Zwischenfälle zu tun, und seine Familie besitzt eine Menge Einfluss. Außerdem gab es auch so genug Kummer. Er war im Chaos nach der Explosion verschwunden, wahrscheinlich verschüttet. Was war durch eine Untersuchung zu gewinnen? Vielleicht wollte unter den gegebenen Umständen niemand die Familie verärgern.«

»In Ordnung«, sagte Solly. »Wenn du meinst. Wissen wir denn, wo wir die Villa finden?«

»Rein zufällig«, sie grinste, »habe ich die Position hier auf der Karte angekreuzt.« Sie tippte mit dem Stift auf das Papier.

»Warum eigentlich Tripleys Villa? Warum nicht das Haus von Kane, wenn wir schon einmal hier sind?«

Der Starlight kämpfte schwer gegen einen heftigen Gegenwind. »Kanes Haus liegt unter Wasser.« Sie zeigte ihm die Stelle im See.

»Ich hatte es eigentlich nicht ernst gemeint«, sagte er.

»Wann meinst du schon mal etwas ernst, hm?«

»Nicht, wenn ich auf Geisterjagd bin.« Es war kalt in der Kabine. Solly zog die Jacke enger um den Leib, und sie regelte die Temperatur höher.

»Hätte ich gewusst, dass wir eine Expedition starten«, sagte er, »ich hätte vorgeschlagen, es bei Tageslicht zu versuchen.«

Kim dachte über das nach, was sie Sheyel erzählen würde. Wir sind ins Tal geflogen. Wir haben eine Zeit lang in den Wäldern verbracht. Wir haben sogar in Tripleys Haus nachgesehen. Dort gibt es *nichts*.

Doch sie wollte es endlich hinter sich bringen, und zwar jetzt. Sie hatte nicht die geringste Lust auf einen weiteren Ausflug am nächsten Morgen.

Ein weiterer Flieger, ein Streifenfahrzeug, erschien am Rand des Nahbereichsscanners. Er flog in die entgegengesetzte Richtung und kam in einer Entfernung von weniger als zweihundert Metern an ihnen vorbei, doch sie *sahen* ihn nicht wirklich.

Eagle Point war längst hinter ihnen in der Dunkelheit zurückgeblieben, und jetzt waren nirgendwo mehr Lichter am Boden zu sehen. Die KI folgte dem Severin River in südlicher Richtung, während sie auf dem graphischen Schirm ständig die aktualisierte Position darstellte. Der Fluss wurde schmaler und strömte in die erste einer ganzen Reihe von Schluchten, die ihn schließlich bis zum Damm hinunter führen würden.

Sie musste wieder an die Gerüchte und Legenden denken, als sie tiefer in die Nacht flogen. Selbst Solly schien sich der Stimmung nicht entziehen zu können. Sie unterhielten sich mit gedämpften Stimmen, wie Leute in einer leeren Kirche, und Kim wurde bewusst, dass sie sich in ihrer Jacke immer kleiner gemacht hatte, obwohl die Innentemperatur inzwischen auf ein angenehmes Maß gestiegen war. Die Unterhaltung bestand meist aus gespielter Tapferkeit. Bemerkungen wie beispielsweise, dass kein Geist, der etwas auf sich hielt, in diesem Wetter herumspuken würde. Einmal bemerkte Solly sogar draußen vor dem Flieger eine Bewegung – haha.

Sollys Erzählung von dem verwunschenen Passagierabteil kam ihr wieder in den Sinn. In diesem Augenblick, hier draußen in der Einsamkeit und im grünlichen Licht der Instrumentenbeleuchtung, schienen solche Dinge mit einem Mal möglich.

Sie waren nur noch wenige hundert Meter über dem Boden, als sie aus der Schlechtwetterfront kamen. Die Überreste des Severin Damms ragten ein kurzes Stück vor ihnen auf.

Der Damm war nicht wirklich abgetragen worden. Man hatte die geschwächten Sektionen herausgesprengt und den Rest einfach stehen gelassen. Der Fluss gurgelte über Schutthaufen hinweg und um Betonplatten herum. Die Platten schienen sich zu bewegen, doch das lag an den Scheinwerfern des Fliegers, deren Licht vom Wasser reflektiert wurde. Der Flieger ging noch tiefer, und ein paar letzte Schneeflocken wirbelten auf.

Sie flogen über Ruinen dahin. Auf der Südseite zwängte sich der Fluss durch eine enge Schlucht und leerte sich in den Lake Remorse. Der Himmel war immer noch wolkenverhangen, und der See blieb unsichtbar, bis sie direkt über ihm waren.

Solly befahl der KI, die Suchscheinwerfer einzuschalten. Sie gehorchte, und ein doppelter Lichtkegel huschte durch die Dunkelheit. Doch außer Wasser war nichts zu sehen.

»Der See ist fast ein kleines Binnenmeer«, sagte Kim, als ihr wieder einfiel, dass er an seiner breitesten Stelle mehr als zwanzig Kilometer maß.

Sie glitten durch die Nacht, unter einem schweren Himmel hinweg, ohne viel zu reden. Irgendwann erschien die Küste auf dem Schirm. Wälder, hauptsächlich. Ein paar Hügel, ein paar offene Flächen. Und dann entdeckte Kim ein paar Steinwände und eingefallene Häuser im flachen Wasser.

Das Dorf hatte am Südufer des ursprünglichen Sees gelegen, der damals ebenfalls Severin geheißen hatte. Doch nachdem sie den Damm abgebrochen hatten, war der See angeschwollen und hatte den größten Teil des Dorfes verschlungen.

Kim blickte auf eine Welt hinunter, die von Schnee bedeckt war.

»Ich bin überrascht, dass niemand Anspruch auf dieses Gebiet erhoben hat«, bemerkte Solly. »Es wäre nicht besonders aufwändig, ein neues Dorf zu bauen.«

Sie kreisten auf der Suche nach Tripleys Villa. Nach der Karte zu urteilen lag sie auf einem niedrigen Hügel direkt außerhalb des Dorfes, vielleicht hundert Meter nördlich der Scott Randall Stables, eines Gestüts, das zur Zeit des Unglücks berühmt gewesen war für seine hervorragende Rennpferdzucht. Sie entdeckten die Ruinen, nur noch ein paar eingestürzte Gebäude und ein paar Zäune.

»Das Problem ist nur«, sagte Solly, »dass wir hier nirgendwo landen können. Keine freie Fläche.«

»Dort.« Ein Streifen Strand.

Solly zögerte. »Das wird ein weiter Marsch«, sagte er. Doch es war alles, was sie hatten, und so landete die KI den Flieger.

Sie sanken in den Schnee. Kim schlug ihre Kapuze nach vorn und justierte die Schlechtwettermaske, während Solly seine Stiefel anzog. Das Wasser wirkte aufgewühlt im Licht der Scheinwerfer, und als Kim die Tür öffnete, um auszusteigen, hätte der Sturm sie ihr fast aus der Hand gerissen.

Vom Dorf war nicht viel zu sehen, nur ein oder zwei Häuser im Wasser. Ein alter Beobachtungsturm der Rettungsschwimmer stand in der Nähe des Ufers, und ein weißes Gebäude mit der Aufschrift IMBISS versank im weißen Sand. »Das hier ist Cabry's Beach«, sagte Kim und las den Namen von der Karte ab.

Solly stieg aus und blickte sich um. Der Wind wehte ihm die Haare in die Augen.

»Hast du nichts für auf den Kopf mitgebracht?«, fragte Kim.

»Nein«, antwortete er. »Ich wusste nicht, dass wir einen Spaziergang unternehmen würden.«

»Du wirst frieren.« Sie warf einen Blick auf die Rücksitze. »Ich habe noch eine Gebirgsmütze irgendwo dort hinten.«

»Schon gut, Kim. Es macht mir nichts aus, wirklich.«

Sie fand die Mütze und hielt sie ihm entgegen.

Doch er erwiderte nur stur ihren Blick, ohne die Mütze zu nehmen. Sie zuckte die Schultern und schaltete ihre Armbandlampe ein. »Vielleicht solltest du so lange hier warten?«

»Gehen wir«, brummte er, schlug den Jackenkragen hoch und steckte die Hände in die Taschen.

Sie drehte die Innenheizung der Jacke auf, und sie setzten sich in Richtung der Bäume in Bewegung. Der Schnee knirschte unter ihren Stiefeln. Der Wind wehte ihnen unablässig vom See herüber in den Rücken. Keinem von beiden war nach Reden zumute, bis sie den Schutz des Waldes erreicht hatten.

»Alles in Ordnung?«, fragte er, als sie unter den Bäumen waren. Seine Haaren waren bereits dick mit verwehtem Schnee bedeckt.

»Sicher.« Es war eine große Kapuze, und sie hatte das Gefühl, als blickte sie durch einen Tunnel nach draußen.

Er zeigte den Weg, den sie einschlagen mussten, und übernahm die Führung. Über ihnen raschelte etwas, und Schnee fiel aus den Zweigen.

Kim blickte nach oben und fragte sich, was für wilde Tiere sich hier herumtrieben. »Solly«, flüsterte sie, »gibt es hier gefährliche Raubtiere? Pumas vielleicht, oder Bären?« Die Terraformer hatten in ihrer Weisheit nichts vergessen. Sogar Moskitos gab es auf Greenway.

»Daran habe ich noch gar nicht gedacht. Ich weiß es nicht.«

»Hast du zufällig eine Waffe dabei?«

»Nein«, antwortete er. »Wenn wir auf etwas stoßen, dann vertreiben wir es eben mit einem Stock.«

»Gut«, grinste sie. »Es geht eben nichts über eine vernünftige Vorbereitung.«

Sie bahnten sich einen Weg durch dichte Dornensträucher und Unterholz, überquerten kleine Lichtungen und fanden schließlich eine Pfad, der in die richtige Richtung zu führen schien.

Sie kamen an einem eingestürzten Haus vorbei, das ganz von neu gewachsenen Bäumen überwuchert war. Es wurde erst sichtbar, als sie nur noch wenige Meter davor standen. Und an einer Bank, die irgendwie unpassend am Wegesrand stand. »Hier ging es früher wahrscheinlich zum Strand hinunter«, sagte Solly.

Kim blickte auf ihre Karte. »Ja. Hier ist es.«

»Wie kommen wir voran?«

»Wir laufen in die richtige Richtung. Es ist nicht mehr weit.«

»Und du glaubst nicht, es wäre besser, wenn wir morgen bei Tageslicht noch einmal hierher zurückkommen?«

»Wir sind hier, Solly. Lass uns nur einen schnellen Blick auf das Haus werfen, damit ich sagen kann, wir sind da gewesen. Dann können wir umkehren.«

Nach Tripleys Verschwinden war die Villa mitsamt Mobiliar auf Sara Baines übergegangen, seine Mutter. Nach den Aufzeichnungen hatte Sara das Haus leergeräumt, aber keinen Käufer gefunden. Das Dorf war am Sterben; die Menschen hatten zu viele schlechte Erinnerungen, viele waren unsicher, ob der Rest des Berges nicht auch noch herunterkommen würde, der Damm konnte jederzeit endgültig brechen.

Also hatte niemand mehr wirklich in der Villa gelebt, seit Tripley von seinem letzten Flug zurückgekehrt war.

Auf einer Lichtung mit einem eingestürzten Schuppen verließen sie den Weg, wateten durch einen Bach, rutschten einen Hang hinunter und wussten mit einem Mal nicht mehr weiter, weil sie nicht daran gedacht hatten, einen Kompass einzustecken. »Mach mir keinen Vorwurf«, sagte Solly. »Ich dachte, wir würden im Flieger ein paar Runden über dem See ziehen, weiter nichts.«

Kim hatte inzwischen die Führung übernommen. Die Bäume standen wieder dichter. An manchen Stellen versank sie bis über die Ränder ihrer Wanderstiefel im Schnee. Er schmolz und rann in die Schuhe, und sie bekam kalte Füße.

Es war schwierig, nicht das Gefühl für die Richtung zu verlieren. Einmal gerieten sie in eine sumpfige Gegend entlang dem Seeufer. Sie kehrten um, verfolgten ihre Spur ein paar hundert Schritte weit zurück und schlugen dann eine neue Richtung ein. Kim hatte sich noch nie für Wanderungen begeistern können, und sie bereute den Ausflug bereits, als der Boden vor ihnen unvermittelt anzusteigen begann.

»Das könnte es sein«, sagte sie. »Die Villa stand am Fuß eines Hügels.«

Es war eine rutschige Angelegenheit. Sie fielen abwechselnd in den Schnee, und plötzlich lagen beide und wälzten sich. Solly konnte nicht anders, als zu lachen.

Doch irgendwann waren sie oben – und hatten ihr Ziel erreicht!

Der Rasen, der früher einmal hinter dem abblätternden Holzzaun gelegen hatte, war längst wildem Gestrüpp und Büschen gewichen. Die Villa selbst lag in einem Gewirr aus Fichten und Eichen. Kletterpflanzen hatten das Haus überwuchert, und der Wind hatte das Dach abgedeckt. Die Vordertür fehlte.

Kim leuchtete mit ihrem Scheinwerfer über die

Ruine und verglich sie mit Bildern, die sie mitgebracht hatte. »Ja«, sagte sie. »Das ist Tripleys Haus, keine Frage.«

Sie gingen zur Rückseite des Gebäudes. Eine Seitenwand war eingestürzt. Die Fenster waren zerbrochen, die Rahmen gesplittert. Eine Eiche drohte den gesamten Ostflügel umzuwerfen.

Es bestand größtenteils aus Ziegeln. Zwei Stockwerke, Glaskuppel, ovale Fenster, Rotunde, ein Turm. Nichts von dem billigen Zeug aus Massenproduktion, nicht für Kile Tripley. Kim stand im Schnee und starrte die Ruine wie versteinert an.

»Was denkst du?«

»Wie vergänglich doch alles ist. Ich habe mich gefragt, ob Emily jemals hier war.«

Gefolgt von Solly trat sie über die Schwelle in die Rotunde. Es tat gut, endlich den Wind hinter sich zu lassen. Sie ließ ihren Armbandscheinwerfer über das Interieur gleiten, das von den Elementen zerstört worden war. Ein Stockwerk über ihr war die Glaskuppel mit Schmutz und Vegetation bedeckt. Während Tripleys Zeit hätte man von hier aus die Sterne sehen können.

Die Wände waren modrig und bröckelten. Eine zusammengesackte Treppe zog sich an der Wand entlang hinauf in den ersten Stock, wo sie in einen runden, umlaufenden Balkon mündete. Auf beiden Etagen gab es mehrere Türen, in der unteren zusätzlich einen offenen Kamin.

Eine Tür hing schief im Rahmen. Andere waren ganz verschwunden. Direkt vor Kim und im hinteren Teil der Rotunde öffnete sich ein zentraler Korridor, der zur rückwärtigen Seite des Hauses führte. Solly richtete seine Lampe hinein, und sie entdeckten am hinteren Ende eine Treppe, die nach unten führte.

Der Boden knarrte. »Pass auf, wo du hintrittst«, sagte er.

Alles war voller Blätter und Schmutz. Die ebenerdigen Räume schienen leer zu sein. Kim schwenkte ihren Scheinwerfer nach oben und versuchte, hinter den Eingängen in der zweiten Etage etwas zu erkennen. An den Wänden bewegten sich Schatten.

»Ich glaube nicht, dass wir hier viel finden werden«, sagte Solly.

Klauen tippelten kratzend über eine harte Oberfläche. Ein Tier flüchtete vor dem Licht, doch Kim konnte nicht erkennen, was es war.

»Wahrscheinlich ein Eichhörnchen«, sagte Solly.

»Oder eine Ratte.«

Der Wind heulte um das Haus. Äste knackten.

Wäre sie allein gewesen, hätte sie sich an diesem Punkt zur Umkehr entschlossen und wäre zum Flieger zurückgekehrt. Sie hatte ihre Verpflichtung gegenüber Sheyel erfüllt. Und gegenüber Emily.

Doch sie waren den weiten Weg hierher gekommen, und Solly würde erwarten, dass sie zumindest einen Blick in die Zimmer warf.

Zuerst die Treppe hinauf. Nach oben und die Ratte verscheuchen. Solly ging als Erster und prüfte misstrauisch jede einzelne Stufe, bevor er den nächsten Schritt machte. Die gesamte Konstruktion schwankte und bog sich unter ihrem Gewicht. Ziemlich weit oben brach eine Diele. Er verlor das Gleichgewicht und packte das Geländer, das nach außen hin nachgab. Solly wäre abgestürzt, hätte Kim ihn nicht geistesgegenwärtig gepackt und zurückgerissen. Zufrieden verglich sie ihre Tat mit der des jungen Mädchens bei der Germane Society.

»Vielleicht ist es gar keine so gute Idee«, sagte er

mit immer noch zitternden Knien. Vorsichtig stiegen sie die restlichen Stufen hinauf und spähten flüchtig durch jede Türöffnung. In einigen Zimmern war die Decke eingestürzt. Alle Räume waren voller Schmutz und Blätter. Teppiche hatten sich in Moder verwandelt.

Sie fanden ein zerbrochenes Bettgestell und einen Sekretär ohne Schubladen, einen zusammengefallenen Tisch, zwei Stühle. Der Gestank war penetrant.

Rohre ragten aus eingefallenen Wänden. Wannen, Toiletten und Duschen waren mit den Überbleibseln von Jahrzehnten gefüllt.

Sie kehrten nach unten zurück.

Die Zimmer im Erdgeschoss waren nicht ganz so heruntergekommen, wahrscheinlich, weil sie den Elementen nicht so schutzlos ausgesetzt waren. Doch auch hier gab es nichts mehr an Mobiliar, das noch in einem brauchbaren Zustand gewesen wäre. Von den Decken baumelten Kabel, die Böden waren verrottet, und in einer Ecke hinter einem umgekippten Tisch fanden sie ein halb aufgefressenes Eichhörnchen. Als Kim den Tisch wieder aufrichtete, entdeckte sie, dass die Oberseite ein eingelassenes Schachbrett enthielt. Sie hatte irgendwo gelesen, dass Kane ein begeisterter Schachspieler gewesen war und fragte sich, ob er oder Tripley je hier gesessen und gespielt hatten. Und wenn ja, wer von beiden gewonnen hatte.

Sie überquerte den Korridor zur Küche und dem Esszimmer, fand einen zerbrochenen Stuhl und Scherben von Geschirr. Im Boden hatte Unkraut gewurzelt.

Solly stand in der Mitte der Rotunde, leuchtete mit seiner Lampe herum, zitternd vor Kälte und ungeduldig, endlich wieder zu gehen.

Kim ging zu der Treppe auf der Rückseite des

Hauses, die nach unten führte. »Nur noch einen raschen Blick«, sagte sie, während sie das Geländer prüfte.

»Sei bloß vorsichtig«, warnte er.

Die Treppe gab unter ihrem Gewicht nach. »Vielleicht solltest du lieber oben bleiben«, sagte sie. »Ich bin nicht sicher, ob sie dich aushält.«

Er zögerte, musterte die Treppe, zerrte am Geländer und sah die gesamte Konstruktion schwanken. Dann richtete er seinen Scheinwerfer in den darunter liegenden Raum. Er sah nicht ungewöhnlich aus: ein langer Tisch, ein paar Stühle und mehrere Abfallsäcke, die sich an einer Wand stapelten.

»Ich denke, das können wir uns wirklich sparen«, sagte Solly.

»Dauert nur eine Minute.« Sie stieg die Treppe hinunter, vorsichtig jede neue Stufe prüfend, und war froh, als sie heil unten ankam. Im Keller war es weniger feucht und kalt als im restlichen Haus.

Es gab drei Räume und ein Bad. In einem fand sie ein verrottendes Sofa, in einem weiteren ein paar zusammengerollte Teppiche.

Der Tisch besaß Dateninterfaces und Verbindungen für elektronische Apparaturen. Von der Decke hing eine Halterung. Wahrscheinlich für eine VR-Einheit.

»Kannst du etwas sehen?«, fragte Solly von oben. Der Lichtkegel seiner Lampe erhellte die Treppe.

»Muss ein Werkraum oder ein Labor gewesen sein«, antwortete sie. »Ich bin gleich wieder oben.«

Die Wände waren mit Zedernholz vertäfelt, das sich erstaunlich gut gehalten hatte. Der Boden war mit Fliesen ausgelegt. Magnettafeln markierten die Stellen an den Wänden, wo einst Zettel oder Zeichnungen gehangen hatten.

»Nun«, sagte sie, »*das hier* ist wirklich interessant.«

»Was denn?«, rief Solly.

Die Treppe begann zu schwanken. »Versuch nicht, nach unten zu kommen!«, entgegnete sie. »Es ist nur ein Mülleimer.« Mit dem Aufdruck EIV 4471886. Sie überprüfte ihre Notizen; es war die Registriernummer der *Hunter*.

Der Mülleimer war zur Hälfte gefüllt mit Metallteilen, zerknülltem Papier und Lumpen. Sie fand leere Druckluftpatronen und Reinigungsmittelkanister und eine leere Weinflasche. Außerdem Nahrungsmittelverpackungen und Hüllen von Computerdisks und seitenweise bedruckte Blätter.

Sie bestanden hauptsächlich aus Namenslisten, möglicherweise Spender der Stiftung, Einkaufsverzeichnissen, Testresultaten verschiedener Maschinenkonfigurationen sowie allen möglichen anderen Daten, deren Sinn sie nicht zu erkennen vermochte. Doch sämtliche Einträge waren mit Datum versehen, und das jüngste, das sie finden konnte, war der 8. Januar 573. Bevor Tripley zu seiner letzten Fahrt mit der *Hunter* aufgebrochen war.

Mehrere Müllsäcke waren aufgerissen, wahrscheinlich von Tieren. Sie leerte einen nach dem anderen aus und verstreute den Inhalt auf dem Boden, korrodierte Kabel, hart gewordene Tücher und Schonbezüge, zerbrochene Monitorgehäuse und Interfaces und Getränkekartons.

Jemand, der gründlicher war als sie, hätte sich vielleicht die Mühe gemacht und die Zeit genommen, methodisch durch den Abfall zu gehen. Wie konnte sie wissen, was noch alles zu finden war? Doch es wurde kälter, und es schien sinnlos.

Der Wind fuhr durch das Haus wie etwas

Lebendiges. Die Mauern knackten und murmelten, und Äste von Bäumen streiften im ersten Stock gegen die Fensterrahmen. Sie schwenkte den Lichtkegel durch den Raum und beobachtete, wie die Dunkelheit schwand und zurückkehrte.

»Ich glaube nicht, dass es hier etwas zu finden gibt«, rief sie schließlich zu Solly hinauf. »Ich komme gleich wieder nach oben.«

Sie setzte sich auf den Tisch, zog Schuhe und Socken aus und rieb sich die Füße, aus denen alles Gefühl verschwunden war. Als sie ihre Blutzirkulation endlich wieder in Gang gebracht hatte, drehte sie die Socken auf links und zog sie wieder an. Es half nicht viel; sie waren steif und kalt, aber es war besser als vorher.

Dann sprang sie vom Tisch – und bemerkte unter all dem Abfall einen Frauenschuh. Es war unmöglich zu sagen, welche Farbe er früher einmal besessen hatte, doch die Sohle war wirklich eigenartig. Anders als alles, was sie je zuvor gesehen hatte.

Was hatte das zu bedeuten?

Sie steckte den Schuh in ihre Umhängetasche.

»Kim!« Sollys Stimme verriet Ungeduld. »Bist du endlich soweit?«

»Ich komme hoch«, sagte sie.

Er leuchtete ihr und hielt den Scheinwerfer so, dass er sie nicht blendete, während er sie ermahnte, vorsichtig zu sein. Dann schwieg er mit angespannt angehaltenem Atem, als wartete er darauf, dass die Treppe einstürzte. Sie war auf halbem Weg nach oben, als ein Stützpfeiler brach und die gesamte Konstruktion ein paar Zentimeter nachgab. Sie packte das Geländer. Er beugte sich vor, als wollte er ihr helfen, doch dann überlegte er es sich glücklicherweise anders. Sein Gewicht wäre wahrscheinlich zu viel gewesen. In diesem Augenblick erfasste ihre eigene Lampe seine Gestalt, und sie sah, wie sich etwas hastig in die Dunkelheit zurückzog.

Sie erstarrte, und die schwankende Treppe war vergessen.

»Nimm dir Zeit«, sagte Solly.

Sie war *sicher*, dass sie etwas gesehen hatte.

Ein Stück Dunkelheit, das das Haus heimgesucht hatte. Ein Stück, das sich aufgelöst und wieder zurückgezogen hatte.

Als sie oben angekommen war, schwenkte sie den Lichtstrahl in der Küche, blickte in die Zimmer und ging dann in die Mitte der Rotunde, um noch einmal die obere Etage abzuleuchten.

»Stimmt was nicht?«, fragte Solly.

Sie sah überall Schatten. »Nichts«, antwortete sie.

Er wusste es besser, doch er bohrte nicht weiter, sondern folgte nur ihren Blicken. »Ich nehme nicht an, du hast etwas gefunden?«

Sie hielt ihm den Schuh entgegen. »Hast du so etwas schon einmal gesehen?«

Er leuchtete darauf. »Sicher«, sagte er. »Ein Haftschuh.«

»Ein was?«

»Ein *Haftschuh*.« Er nahm ihn aus ihrer Hand und drückte ihn gegen eine Wand. Er blieb einen Augenblick lang kleben, bevor er herunterfiel. »Na ja, er ist ziemlich verschlissen«, sagte er. »Aber man benutzt sie an Bord von Raumschiffen, im freien Fall.«

»... an Bord von Raumschiffen.« Sie hielt ihn gegen ihren eigenen Schuh. Zu klein. Also konnte er nicht Emily gehört haben.

»Was denkst du, Kim?«

»Ich frage mich, wessen Schuh es war.«

Der Wind war verebbt und die Wolkendecke an einigen Stellen aufgerissen. Draußen über dem See schien einer der beiden Monde.

Sie folgten ihrer Spur den Hügel hinunter und unter die Bäume, bis sie die Stelle fanden, wo sie sich verlaufen hatten und vom Fluss abgebogen waren. Ihre Spuren waren sauber und frisch und tief, und sie bewegten sich mit entschlossenen, eiligen Schritten auf den Flieger zu, angetrieben von dem Wissen, dass es dort endlich wieder warm und trocken sein würde.

Doch plötzlich hörten die Spuren auf.

Mitten auf dem Weg. An einer Stelle waren sie deutlich zu sehen, und im nächsten Augenblick waren sie einfach verschwunden, als hätten sie nie existiert.

»Der Wind muss den Schnee verweht haben«, sagte Solly.

An dieser Stelle waren die Abdrücke deutlich; seine groß, ihre klein, und dort waren sie weg. Sie schalteten ihre Scheinwerfer ein. Es war unglaublich. Fast, als wären sie beide vorhin mitten aus dem Nichts materialisiert. Solly mit dem linken Fuß, sie mit dem rechten. Dahinter war nichts außer jungfräulichem Schnee.

Sie blickte zurück, leuchtete über die Bäume und den Pfad. Nichts bewegte sich. »Ja«, sagte sie. »Wird wohl der Wind gewesen sein.«

Sie eilten weiter, in der festen Erwartung, dass die Spuren jeden Augenblick wieder sichtbar werden mussten. Ihre Scheinwerferkegel tanzten vor ihnen. Keiner von beiden sprach jetzt noch, und Solly übernahm Kims Angewohnheit, in regelmäßigen Abständen nach hinten zu blicken.

»Ich erinnere mich an diese Eiche hier«, sagte sie. »Wir sind direkt hier vorbeigekommen. Ich bin mir absolut sicher.« Doch der Schnee war tief und sah unberührt aus.

Schließlich gabelte sich der Weg, und sie zögerten unsicher.

»Wo entlang?«, fragte sie.

»Der See ist links von uns«, flüsterte Solly. »Wir bleiben in der Nähe des Wassers.« Solly wirkte beunruhigt, und diese Erkenntnis jagte ihr definitiv einen gehörigen Schrecken ein.

Wie unter den gegebenen Umständen nicht anders zu erwarten, verirrten sie sich. Einmal blieb Kim mit der Jacke an einem Dornenstrauch hängen und zerriss den Stoff, als sie sich wieder befreite.

Schließlich kamen sie bei der Lichtung mit der eingestürzten Hütte und der Bank aus dem Wald, und die Fußspuren waren wieder da. Sie hätte eigentlich froh sein müssen, sie wieder zu sehen, doch sie setzten genauso unvermittelt ein, wie sie aufgehört hatten. Mitten auf der Lichtung, und nichts war auf der anderen Seite außer unberührtem, jungfräulichem Schnee. Als wären sie auf dem Hinweg aus der Welt gestiegen. Der Anblick ließ sie erschauern.

»Geh weiter«, sagte Solly.

Der Teil des Bewusstseins, der sich der Furcht entzieht und emotionale Ausbrüche mit Distanz betrachtet, suggerierte ihr, dass sie sich in einem VR-Szenario befand, und dass das, was sie gerade erlebte, in der realen Welt nicht geschehen konnte.

Oder dass Sheyel die ganze Zeit über Recht gehabt hatte.

Sie kamen unter den Bäumen hervor und erblickten den See und den Flieger. Kim kämpfte gegen den Drang zu rennen an. Sie marschierten über den Strand, doch ihre Bewegungen waren zerfahren und abgehackt.

Der Wald hinter ihnen lag dunkel und still. Weit entfernt im Osten bewegte sich eine Lichterkette über das Land. Der Zug von Terminal Island auf dem Weg nach Eagle Point. Solly betätigte die Fernbedienung, und die Lichter des Fliegers gingen an. Die Luke glitt auf, und die Leiter senkte sich herab.

Draußen auf dem Wasser *schimmerte* etwas. Eine Reflexion. Eine Lampe. *Irgendetwas*.

Kim überzeugte sich zuerst, dass die Rücksitzbank leer war, bevor sie einstieg. Solly folgte ihr und schloss die Luke. Normalerweise wäre ihr erster Gedanke gewesen, die nassen Schuhe und Socken auszuziehen. Doch stattdessen saß sie regungslos, während Solly den Zündschlüssel ins Schloss steckte und den Startknopf betätigte.

»*Solomon*«, meldete sich die KI. »*Welches Ziel wünschen Sie?*«

»Nach oben«, antwortete Solly. »Einfach nur nach oben.«

5

Diejenigen unter uns, die zur Spitze großer Organisationen aufsteigen, die leben, um andere zu führen und Macht zu wiegen, leiden ausnahmslos unter schwachem Selbstbewusstsein und dem Bedürfnis, sich immer wieder zu beweisen. Dies erklärt auch, warum sie so schnell zu verängstigen und so leicht zu manipulieren sind. Und warum sie so gefährlich sind.

– SHEYEL TOLLIVER, NOTEBOOKS, 482

»Du warst wirklich nicht aufgeregt?«

Solly schloss die Augen und schüttelte traurig den Kopf, als könnte er die grenzenlose Ignoranz nicht begreifen. »Nein, ich war wirklich nicht aufgeregt. Mir war einfach nur *kalt*!«

Sie saßen im Dean's Top of the World, dem Restaurant des Hotels, bei Kaffee, Salat und frischem Obst. Die Berge waren klar und deutlich zu sehen in der kalten Morgensonne, und die Hochwege waren bereits überfüllt von Urlaubern. Ein Zug hatte soeben den Mount White umrundet und glitt über den Bäumen heran.

»Also gut«, sagte sie. »Mir auch.«

Bei Tageslicht war es kaum vorstellbar, dass sie solche Angst empfunden hatte. Sie hatte etwas über sich selbst herausgefunden, das sie lieber nicht gewusst hätte, nicht wissen *wollte*: Sie war ein Feigling.

»Das mit den Spuren war allerdings richtig unheimlich«, sagte er.

»Ja. War es.«

Er runzelte die Stirn und tat die Sache mit einer Handbewegung ab. »Wohin willst du den Kane hängen?«, fragte er.

»Ich weiß es noch nicht. Er ist ein wenig zu düster für meinen Geschmack.«

»Warum hast du dann keinen anderen gekauft?«

»Hätte ich tun sollen«, stimmte sie ihm zu.

Sie ließen sich fast eine Stunde Zeit für ihr Frühstück. Kims Gedanken schweiften ab, während sie den Ausblick auf Berge und Schluchten genossen, der sich durch das große Fenster bot. Sie spürte Erleichterung, dass sie ihre Verpflichtung gegenüber Sheyel eingelöst hatte. Wir sind rausgeflogen und haben die Wälder in Augenschein genommen, würde sie ihm mit reinem Gewissen sagen, und wir haben nichts Unvorhergesehenes finden können. Absolut überhaupt nichts. Er würde natürlich enttäuscht sein. Aber vielleicht war eine Dosis Realität genau das, was Sheyel brauchte.

Solly erzählte, dass er nie Skilaufen gelernt hatte, und fragte, ob sie fahren könnte. Sie konnte nicht und war überrascht, als er vorschlug, hierher zurückzukehren und es zu lernen, sobald ihre Dienstpläne es gestatteten. »Draußen bei den Pisten gibt es eine Schule, wo wir Unterricht nehmen könnten«, sagte er.

Sie hielt sich für zu alt, um noch damit anzufangen. Andererseits ... »Ich würde es auf einen Versuch ankommen lassen, wenn du mitmachst.«

Er belohnte sie mit einem Lächeln.

Wieder im Hotel begann Solly zu packen, während Kim beschloss, zuerst den Anruf hinter sich zu bringen. Sie tippte Sheyels Nummer ein und setzte sich auf das Sofa. Die KI antwortete, erkundigte sich, wer sie war und stellte sie dann unverzüglich durch.

»Kim.« Er klang erfreut, ihre Stimme zu hören. »Schön, dass Sie sich so schnell gemeldet haben.« Er beließ es bei reiner Audioübertragung.

»Ich bin in Eagle Point«, sagte sie.

»Sie wollen also in das Tal?«, fragte er.

»Ich war bereits dort. Gestern Nacht.«

»Wunderbar. Ach so, fast hätte ich es vergessen. Bitte verzeihen Sie, wenn die Bildübertragung ausgeschaltet bleibt. Ich bin nicht angezogen.«

»Kein Problem, Sheyel.«

»Und? Haben Sie etwas gesehen?«

»Was zum Beispiel?«

»*Irgendetwas*. Irgendetwas Ungewöhnliches.«

Mit einem Mal konnte sie sich nicht mehr überwinden, ihn zu belügen. »Ich bin nicht sicher«, sagte sie und verwarf ihre geplante Antwort. Sie beschrieb die verschwundenen Fußspuren. Und fast hätte sie ihm auch von den Schatten erzählt, die sich hinter Solly bewegt hatten, doch das klang geradewegs, als hätte sie Paranoia, deswegen unterließ sie es.

»Ja, ja«, sagte er. »Das sind die Dinge, die dort draußen regelmäßig passieren. Oder passiert sind, als noch Menschen in der Gegend gewohnt haben.« Er empfahl ihr ein paar Bücher über dieses Thema und erkundigte sich dann, ob sie immer noch überzeugt sei, dass dort draußen nichts Merkwürdiges vor sich ginge.

»Ich denke, es war der Wind, Sheyel.«

»Das halten Sie tatsächlich für möglich? Nun ja, macht nichts. Was werden Sie als Nächstes tun?«

»Was sollte ich tun?« Sie wartete auf seine Antwort, doch stattdessen zog sich das Schweigen in die Länge. »Aber vielleicht können Sie etwas für *mich* tun.«

»Wenn es in meiner Macht steht?«

»Glauben Sie, sie könnten Yoshis Schuhgröße herausfinden?«

Sie wartete, während er darüber nachdachte. »Das wird nicht einfach werden«, sagte er nach einer Weile. »Sie ist schon so lange weg. Ich glaube nicht, dass wir ihre Schuhe aufbewahrt haben.«

»War sie ein Klon?«

»Ja. O ja, jetzt verstehe ich, was Sie meinen. Natürlich.«

»Wenn Sie etwas wissen, hinterlassen Sie die Information bei Shep.«

»Sehr gut. Ich werde mich noch heute darum kümmern.« Solly kam in das Zimmer zurück, bereit zur Abreise. »Dürfte ich fragen warum?«

»Das erzähle ich Ihnen, wenn etwas dabei herauskommt, Sheyel.«

Kim konnte nicht widerstehen; sie schlug vor, dass sie auf dem Rückweg noch einmal über das Severin Valley flogen. Solly hatte keine Einwände, und so folgten sie einmal mehr dem Flusslauf nach Süden, diesmal im hellen Tageslicht. Es war ein strahlender, wolkenloser Morgen und bereits jetzt für die Jahreszeit viel zu warm. Sie beobachteten einen Zug, der südwestlich der Stadt aus dem Culbertson Tunnel kam. Mit sechsundzwanzig Kilometern war der Culbertson der längste Maglev-Tunnel des gesamten Planeten.

Sie flogen in geringer Höhe, sodass sie die Landschaft beobachten konnten, während sie über Felsschluchten und durch tiefe Einschnitte glitten. Der Schnee der vorangegangenen Nacht hatte alles in seine weiße Decke gehüllt. Kurz vor dem Damm sahen sie ein paar Hirsche, die gemächlich über eine Lichtung wanderten. Auf Kims Bitten hin wendete Solly den Starlight, doch die Tiere waren verschwunden.

Über dem See gingen sie tiefer. Unmittelbar vor dem Ufer von Cabry's Beach bemerkten sie ein Floß, Überbleibsel aus den Tagen, als der Severin noch voller Schwimmer gewesen war. Es schaukelte sanft in den Wellen, als wartete es darauf, dass jemand zurückkehrte.

Sie steuerten Tripleys Villa an und verbrachten einige Minuten damit, sie aus der Luft zu inspizieren. Bei Tag sah das Gebäude noch trostloser aus, wenn das überhaupt möglich war.

Die umgebende Landschaft war einsam und wunderschön, geschmückt in ihrem frischen Kleid aus Schnee, den Tannen und Eichen, den aufragenden Gipfeln. Der Lake Remorse glitzerte im Sonnenlicht. Die Ruinen der Häuser bildeten eine groteske Mischung aus Vergänglichkeit und Majestät. Kim fragte sich nicht zum ersten Mal, was so unwiderstehlich war an einer verlassenen Ödnis.

»Genug gesehen?«, fragte Solly, der keine Lust mehr hatte, länger im Kreis zu fliegen.

Sie nickte, und er befahl der KI, sie nach Seabright zurückzubringen.

In den ersten Minuten nach ihrem Aufbruch schwiegen beide. Dann griff Solly nach hinten, brachte Kaffee zum Vorschein und schenkte zwei Tassen aus, von denen er eine ihr gab. »Wie sind wir eigentlich zu der Ehre mit der *Star Queen* gekommen?«, fragte er.

Ihr Verstand war unterdessen wieder mit den verschwundenen Fußspuren beschäftigt, mit dem Versuch, eine Erklärung zu konstruieren, irgendetwas, das *möglich* war. Gebündelter Wind. Einheimische, die ihnen einen Streich gespielt hatten. Sollys Frage wurde ihr nicht sofort bewusst, und er musste sie wiederholen. »Matt hat überall Freunde«, sagte sie. »Eine ganze Reihe VIPs werden dort sein, und er hielt es für ein angemessenes Ereignis, um die Werbetrommel für uns zu rühren.« Der alte Liner war zu einem Hotel umgebaut worden. Die Galaeröffnung war für Samstag geplant.

»Hast du noch einmal über meinen Vorschlag nachgedacht?«, fragte er.

Der Lake Remorse verschwand aus dem Blickfeld. »Welchen Vorschlag meinst du?«

»Mit Benton Tripley zu sprechen. Da du sowieso nach Sky Harbour fährst, wäre es doch kein Problem. Tripley könnte dir vielleicht etwas über seinen Vater und die *Hunter* erzählen.«

»Du meinst, er würde sich bereit erklären, mit *mir* zu reden?«

»Sicher. Warum denn nicht? Er ist bekannt dafür, ein umgänglicher Mensch zu sein.«

»Ja«, sagte sie gedehnt. »Was habe ich schon zu verlieren? Ich müsste einen Tag früher fahren, aber ich werde es versuchen.« Sie suchte die Nummer von Interstellar heraus und tippte sie in den Kommlink.

Eine männliche Stimme meldete sich: »Interstellar – Allgemeine Verwaltung?«

»Hallo«, sagte sie. »Mein Name ist Dr. Kim Brandywine, ich arbeite für das Seabright Institute. Ich bin am nächsten Freitag in Sky Harbour. Wäre es möglich, mit Mr. Tripley zu sprechen? Falls er einen freien Termin hat?«

Solly verdrehte die Augen.

»Und in welcher Angelegenheit, Dr. Brandywine?«

»Es geht um das Unglück vom Mount Hope.«

»Ich verstehe. Am Freitag, sagten Sie?«

»Ja.«

Nach einer kurzen Pause meldete sich die Stimme zurück. »Es tut mir Leid, aber das ist völlig unmöglich. Mr. Tripleys Termine sind für lange Zeit verplant. Ich könnte Sie für den elften August vormerken.«

»August?«

»Ja. Früher geht es wirklich nicht.«

»Vergessen Sie's.« Sie beendete die Verbindung, wandte sich um und funkelte Solly an. »Was denn?«

Er zuckte die Schultern.

»Nein«, beharrte sie. »Du wolltest etwas sagen, also sag es.«

»Kim, er ist Vorstand eines großen Unternehmens! Du musst dir schon etwas Besseres einfallen lassen als ›*wenn*‹ er Zeit hat ›*würdest*‹ du ihn gerne sehen. ›*Falls möglich*‹.«

»Und was schlägst du vor?«

»Sei forscher. Und lass dir eine bessere Geschichte als Mount Hope einfallen. Du schreibst ein Buch und du brauchst seine Gedanken.«

Sie deutete auf den Kommlink. »Reden kostet nichts. Willst du dein Glück versuchen? Du kannst ja probieren, mich ins Spiel zu bringen.«

»Dazu ist es jetzt zu spät«, erwiderte er. »Du hast es vermasselt. Du wirst dir wohl oder übel eine neue Masche ausdenken müssen.«

Sie blickte ihn abwartend an.

»Verleih ihm einen Preis«, sagte Solly.

»Was?«

»Verleih ihm einen Preis. Denk berufsmäßig. Sieh es einfach als gute PR an. Hilft die Interstellar dem Institut finanziell oder sonst wie?«

»Ja«, antwortete sie. »Sie gehören zu unseren wichtigsten Geldgebern. Nicht, weil sie so großzügig sind, sondern weil sie dadurch Steuern sparen können. Außerdem bekommen sie jede Menge guter Publicity.«

»Schön. Dann arrangierst du eben eine offizielle Würdigung. Eine Plakette mit seinem Namen darauf. Bring sie hin und überreich sie ihm.«

»Der Solomon J. Hobbs Award«, sagte sie.

»Beispielsweise, ja.«

»Für großartige Verdienste.«

»Genau mein Gedanke.«

Im Grunde genommen war es wirklich keine schlechte Idee. Es würde nichts kosten. Nur eine Plakette. Sie musste nichts weiter tun, als es von Matt absegnen zu lassen, und er würde sofort zustimmen. »Und du glaubst, Tripley würde mitspielen? So kurzfristig?«

»Meinst du das ernst? Diese Typen ganz oben an der Spitze von großen Konzernen – du kannst ihr Ego gar nicht genug streicheln.«

Die Idee widerstrebte ihr nur aus einem Grund – weil sie gleich auf diese Taktik hätte verfallen sollen. Doch Solly hatte natürlich Recht. Sie schrieb mehrere Versionen für die Inschrift nieder, überlegte, wie sie es nennen sollte, und verfasste eine Vorlage.

Dann, weil die Zeit knapp war, rief sie Matt an und legte ihm alles dar. Er lauschte, fand die Idee gut, informierte sie, dass sie in ein paar Tagen vor der Civic Welfare Society sprechen würde, und erklärte dann, dass er sich wieder bei ihr melden würde. Zwanzig Minuten später war er in der Leitung. »Alles erledigt«, sagte er. »Du hast eine Verabredung mit dem Vorstand von Interstellar, am Freitag um zwei Uhr Mittags.«

»Sehr gut«, antwortete sie. Es war eine Audioverbindung, deswegen musste sie sich ihr triumphierendes Grinsen nicht verkneifen.

»Du kommst allmählich wirklich in Fahrt, was?«, fragte Solly.

Sie flogen durch einen wolkenlosen Himmel. In der Ferne bemerkte Kim ein anderes Flugzeug, mit Kurs nach Norden.

Sie stellte einen Verbindung zu Shepard her.

»*Hallo, Kim*«, meldete sich die Haus-KI. »*Kann ich dir helfen?*«

»Ja. Hast sich Professor Tolliver heute schon bei dir gemeldet?«

»*Nein. Möchtest du, dass ich dich benachrichtige, wenn er anruft?*«

»Ja«, antwortete sie. »Tu das bitte.

»*Sonst noch etwas?*«

»Was weißt du über die *Hunter*? Das Raumschiff der Tripley Foundation? Was haben wir darüber?«

Eine kurze Pause entstand. Dann: »*Die Kile Tripley Foundation existiert nicht mehr. Sie wurde vor dreizehn Jahren von Benton Tripley liquidiert und ersetzt durch die …*«

»Ja, ja, schon gut«, unterbrach ihn Kim. »Erzähl mir von dem Schiff.«

»*Die* Hunter«, begann Shepard, »*wurde am 3. Mittwinter 544 für die Foundation in Dienst gestellt.*« Mittwinter war der dreizehnte Monat auf Greenway, angefügt an den Dezember, um den Kalender zu korrigieren. Normalerweise besaß der Mittwinter zweiundzwanzig Tage, doch hin und wieder fiel einer weg, ganz ähnlich, wie der Februar in der alten Heimat in manchen Jahren einen Tag hinzugewann, um die Jahreszeiten und den irdischen Kalender zu synchronisieren. »*Ihr Haupteinsatzzweck waren ausgedehnte Forschungsreisen in vorher unbekannte Gegenden. Im Jahre 578 wurde die* Hunter *an die Alway Research verkauft.*«

»Wo ist sie jetzt?«

»*Gegenwärtig befindet sie sich im Besitz von Worldwide Interior. Sie liegt in ihrer Niederlassung von Sky Harbour im Dock.*«

»Hast du nicht ein Glück?«, fragte Solly.

Kim aktivierte den zweiten Schirm. »Können wir einen Blick darauf werfen, Shep? Wie sie 573 ausgesehen hat?«

Ein Index erschien auf dem zweiten Schirm. Kim ging eine Reihe von Diagrammen durch. Für ein interstellares Schiff war sie klein, die Jacht eines reichen Mannes, von Tripley selbst entworfen. Er hatte sie nach dem Vorbild seines Hauses auf Cedar Island gestaltet. Der Hauptkorridor in Ebene zwei, umgeben von einer Galerie mit Treppenhäusern zu beiden Seiten. Dicke Teppiche, ein Spielzimmer, eine Bibliothek, ein Flugdeck, auf der oberen Etage die Kommandozentrale. Das externe Design wies Türme und Balkone auf. Überall im Schiff gab es Sichtpaneele, die innen im Schiff den Eindruck von Bullaugen erweckten und auf den Balkonen die Illusion einer freien Sicht nach draußen boten. Man konnte tatsächlich auf einer Veranda sitzen und auf den Kosmos hinaus sehen, als wären die Fenster aus Glas.

Die Hauptantriebe und die Sprungmotoren waren achtern untergebracht. Frachträume, Lager und Hangar befanden sich unten im Bauch.

Sie ließ das Schiff rotieren und nahm die Oberseite ab.

»Du bist ziemlich gut damit«, bemerkte Solly.

»Womit?«

»Mit dem Sammeln und Visualisieren von Daten.«

»Damit verdiene ich meinen Lebensunterhalt.

Glaubst du vielleicht, wir ziehen unsere Sponsoren wie Kaninchen aus einem Hut?«

»Du stellst tatsächlich Nachforschungen über diese Leute an?«

»Selbstverständlich. Das Institut verschlingt eine ganze Menge Geld. Wir haben einfach nicht die Zeit, aufs Geratewohl nach Sponsoren Ausschau zu halten.«

»Aber es gibt Gesetze über Privatsphäre.«

»Sie sind ziemlich locker. Das meiste von dem, was du in deinem Leben gemacht hast, ist irgendwo dort draußen festgehalten, wenn du nur weißt, wo du nachsehen musst. Möchtest du vielleicht, dass ich dir ein paar Beispiele aus deinem Leben gebe?«

»Lass nur«, sagte er.

Sie lächelte, brachte die Bugsektion der *Hunter* näher heran und untersuchte das Innere. Üppige Ausstattung. Echtes Leder. Pflanzen. Wandbehänge. Das klassische Mobilheim für einen Vorstand auf Reisen.

Kim war nur einmal an Bord eines interstellaren Liners gewesen. Als sie zwölf gewesen war, hatte ihre Familie eine Reise nach Minagwa unternommen, wo Kims Mutter Verwandte besaß. Die Reise hatte elf Tage gedauert – in eine Richtung. Wenn ihre Erinnerung sie nicht täuschte, waren die Kabinen klein gewesen, die Bullaugen schmuddelig grau, und sie hatte geglaubt, die Reise würde niemals enden. Es war aufregend gewesen, in der Nähe der strahlend goldenen Sonne dieser anderen Welt herauszukommen. Und Minagwa selbst war schön, eine Zwillingswelt, beide bewohnt, beide mit Ozeanen. Trotzdem, es war die Entbehrungen nicht wert gewesen. Als sie zwei Monate später wieder nach Greenway zurückgekehrt waren, hatte Kim sich geschworen, einmal und nie wieder. Keine wochenlangen Reisen mehr eingequetscht wie in eine Sardinendose. Und sie hatte ihr Versprechen gehalten. Sie war nie wieder von Greenway weg gewesen. Obwohl sie sich die Sache bestimmt noch einmal überlegt hätte, hätte man ihr eine Reise an Bord der *Hunter* angeboten.

Der Käufer 574 war der Besitzer einer Brennerei gewesen. Im Verlauf der nächsten sechs Jahre wechselte die Jacht mehrmals den Besitzer, bevor Worldwide sie schließlich bei einer Zwangsversteigerung anlässlich eines Bankrotts erwarb. Seitdem wurde die *Hunter* hauptsächlich eingesetzt, um Vorstände oder gelegentlich Persönlichkeiten aus der Politik zwischen den Neun Welten hin und her zu chauffieren.

Sie ging die Spezifikationen durch, untersuchte Einzelheiten des Antriebs und der Navigationssysteme, die Lebenserhaltung, die Bord-KI und alles andere, das vielleicht irgendwie behilflich sein mochte. Sie war überrascht festzustellen, dass der Bordsender der *Hunter* omnidirektional arbeitete und über zusätzliche Verstärker verfügte.

Das erschien ihr merkwürdig – bis ihr wieder einfiel, welche Mission die *Hunter* und welche Erwartung ihre Passagiere ursprünglich gehabt hatten. Sie hatten nicht einfach nach Leben gesucht, sondern nach *intelligentem* Leben. Für sie hatte es nur zwei Möglichkeiten des Erfolgs gegeben. Die Entdeckung einer Zivilisation – oder die Begegnung mit einem anderen Schiff. Falls sie auf eine Zivilisation stießen, waren starke, omnidirektionale Sender viel besser geeignet. *Hallo, alle zusammen.* Kim war beeindruckt. Diese Leute hatten nicht in kleinen Dimensionen gedacht.

»Shepard«, sagte sie. »Verbinde mich mit Worldwide.«

Die KI gehorchte, und ein graphisches Symbol erschien auf dem Schirm, ein animiertes Raumschiff, das lächelte, während es sich den orbitalen Anlagen des Konzerns näherte. Eine Bai öffnete sich, und Licht fiel heraus. Eine menschliche Hand schrieb in goldener Schrift das Motto von Worldwide: STIL UND SUBSTANZ. Dann blickte Kim eine junge Frau entgegen, groß, blond und reserviert.

»Guten Abend, Dr. Brandywine«, sagte die Frau und las Kims Namen vom Monitor ab. »Mein Name ist Melissa. Wie kann ich Ihnen behilflich sein?«

»Hallo, Melissa. Ich arbeite als Forscherin beim Seabright Institute. Ich würde sehr gerne einen Blick auf die *Hunter* werfen. Aus der Nähe, meine ich.«

Melissa lächelte und unterhielt sich leise mit jemandem außerhalb des Bildes. »Selbstverständlich, Doktor. Ich wüsste nicht, was daran problematisch sein sollte. Wann möchten Sie kommen?«

»Freitag?«

»Das geht in Ordnung. Würde Ihnen der späte Nachmittag passen, sagen wir sechzehn Uhr?«

»Ja«, antwortete Kim. »Ich danke Ihnen. Ach so, noch eine Sache, Melissa. Ich bin hauptsächlich an der Vergangenheit des Schiffes interessiert.«

»Ah. Ja.« Auf Melissas Gesicht erschien wieder ein Lächeln. »Die Geschichte mit dem Mount Hope, nicht wahr?«

»Auch die, ja«, sagte Kim. »Können Sie mir sagen, ob es möglich ist, die Logs der letzten Fahrt der Tripley Foundation einzusehen?«

»Oh, ich fürchte nein, Dr. Brandywine. Wir haben nichts damit zu tun. Nicht, dass Sie mich falsch verstehen – wir waren niemals im Besitz der Logbücher.«

»Wissen Sie vielleicht, wer sie hat?«

»Bestimmt wurden sie an die Archive weitergeleitet, als das Schiff zum ersten Mal den Besitzer wechselte. So verlangt es das Gesetz.«

»Danke sehr, Melissa.« Sie beendete die Verbindung und rief ein weiteres Mal nach Shepard. »Ich möchte, dass du eine Hyperkomm-Nachricht für mich abschickst.«

»*An wen?*«

»Weiß ich nicht genau. An das Operationszentrum von St. Johns. Such die administrative Struktur und finde heraus, wohin es gehen muss.«

»*Verstanden. Text?*«

»Erbitte den Flugplan der *Hunter*, die letzte Mission für die Tripley Foundation von 573, Greenway-Zeitrechnung. Sieh das korrekte Datum nach und setz es ein.«

»*Möchtest du, dass ich die Sendung sofort abschicke?*«

»Sobald sie fertig ist.«

»*Die Signallaufzeit hin und zurück beträgt etwa vier Tage, Kim. Plus der Zeit, die sie für die Antwort benötigen.*«

»In Ordnung. Und jetzt verbinde mich bitte mit den Archiven.«

Das runde Wappen der Republik erschien: ein weißer Stern vor einem grünen Hintergrund. GROSSREPUBLIK EQUATORIA stand auf dem oberen Rand zu lesen, das Motto FRIEDEN, GERECHTIGKEIT, FREIHEIT am unteren. Das Wappen verschwand, und ein junger Mann blickte sie hinter einem Schreibtisch hervor an. Er wirkte interessiert und aufmerksam, deswegen vermutete sie, dass er ein virtueller Sekretär war.

»Guten Abend, Dr. Brandywine. Ich bin Harvey Stratton«, stellte er sich vor. »Wie kann ich Ihnen behilflich sein?«

»Mr. Stratton, trifft es zu, dass die Logbücher für

interstellare Flüge in den Archiven gespeichert werden?«

»Auch die Logbücher für interplanetare Flüge, Dr. Brandywine.«

»Wäre es möglich, Logbücher von einer Reise einzusehen, die im Jahr 573 stattgefunden hat?«

»Oh.« Sein Gesicht umwölkte sich. »Logbücher unterliegen dem Schutz der Privatsphäre. Ich fürchte, dazu benötigen Sie einen Gerichtsbeschluss.«

»Einen Gerichtsbeschluss?«

»O ja. Jedes Schiffslogbuch genießt den gleichen Schutz. Gehören Sie vielleicht einem Organ der Exekutive an, Dr. Brandywine?«

»Nein«, gestand Kim. »Ich stelle Nachforschungen an, das ist alles.«

Solly amüsierte sich wieder einmal köstlich.

»Allerdings gibt es eine Verordnung über den Übergang in das Allgemeingut«, sagte der Sekretär.

»Dann sind sie also doch zugänglich?«

Er konsultierte einen Schirm. »Für interstellare Schiffe in Privatbesitz ...« Er zögerte, fand, was er suchte, und fuhr fort: »... fünfunddreißig Jahre vom Zeitpunkt der Datenakquisition an.«

»Heißt?«

»In achtzehn Jahren sind sie frei.« Er lächelte. »Ich schätze, das hilft Ihnen nicht weiter.«

Er ging noch die verschiedenen Gründe durch, die von Gerichten anerkannt wurden. Hauptsächlich hatten sie mit legalen Maßnahmen oder technischen Fragen zu tun. Nichts klang auch nur annähernd nach reiner Neugier. Sie beendete das Gespräch.

»*Was nun?*«, fragte Shepard.

»Was würdest du empfehlen?«

»*Mir scheint keine der bisherigen Vorgehensweisen besonders fruchtbar zu sein. Kleine grüne Männchen.*

Geister. Bestimmt gibt es bessere Wege, deine freie Zeit zu verbringen, Kim.«

Sollys Augen glänzten vergnügt. »Hält deine KI dir immer derartige Vorträge?«

Sie ignorierte ihn. »Was ist am Mount Hope passiert, Shep?«

»Ich weiß es nicht. Allerdings kann ich ein paar Spekulationen anstellen.«

»Bitte sehr.«

»Ich halte es für nicht unwahrscheinlich, dass irgendjemand unvorsichtig mit einer kleinen Menge Antimaterie umgegangen ist. Anders lässt sich die große Menge frei gewordener Energie und das Fehlen jeglicher Meteoritenpartikel nicht erklären.«

»Was sollte irgendjemand am Osthang des Berges mit Antimaterie?«

»Vielleicht wollte er einem Verfolger entkommen? Die Explosion ereignete sich drei Tage, nachdem Kane und Tripley mit der Hunter *zurückgekehrt waren. Beide haben in diesem Gebiet gelebt. Einer ist verschwunden. Ich halte es für nicht unwahrscheinlich, dass wir es hier mit dem Resultat eines versuchten Diebstahls zu tun haben.«*

»Willst du damit andeuten, Tripley hat seinen eigenen Treibstoff gestohlen? Aber warum?«

»Möglich wäre auch, dass Kane ihn genommen hat. Tripley hat ihn wiederbeschafft und konnte die Einschließung nicht aufrechterhalten. Allerdings ist das alles reine Spekulation ohne jeden stichhaltigen Beweis.«

»Was kannst du mir über Benton Tripley erzählen?«, fragte sie.

Shepard legte alles auf den Schirm. Benton war ein Klon seines Vaters. Tatsächlich bestand über die Hälfte der Bevölkerung Greenways jener Zeit aus Klonen. Er war Ende dreißig, hatte nie geheiratet und genoss einen Ruf als Frauenschwarm. Er war

Vorstandsmitglied in mehr als einem halben Dutzend einflussreicher Organisationen, ein enger persönlicher Freund des Premiers, Träger eines Dutzends bedeutender Wohltätigkeitspreise, Präsident der Interstellar, Inc. sowie Vorsitzender von Lost Cause, der Nachfolgeorganisation der Tripley Foundation. Lost Cause widmete sich der Aufgabe, Spenden für die verschiedensten wohltätigen Unternehmungen zu sammeln. Es gab keine Armen mehr, aber immer noch wurden Kinder unerwartet zu Waisen oder von ihren Eltern verstoßen, Menschen, die besondere Ausbildungen nötig hatten, Forschungsvorhaben ohne ausreichende Mittel und dergleichen mehr. Lost Cause war eine der wichtigsten Organisationen Greenways für diese Bemühungen.

Tatsächlich war auch Kim in den Genuss der Hilfe von Lost Cause gekommen; nach dem Unfalltod ihrer Eltern hatte die Organisation ihr ein Stipendium verschafft. Doch sie hatte sich nie besonders für Lost Cause interessiert. In periodischen Abständen war ein Berater vorbeigekommen, um sich zu überzeugen, dass Kim wohlauf war, und sie hatte pünktlich jeden Monat Geld erhalten. Später hatte sie das Geld zurückgezahlt, doch sie hatte stets Dankbarkeit darüber gespürt, dass Lost Cause sie unterstützt hatte.

Benton Tripley sah ganz genauso aus wie sein Vater, nur, dass er glattrasiert war. Er war groß, gebräunt, mit braunem, lockigem Haar, das er nach hinten gebürstet trug, und er hatte ein freundliches Lächeln, dem sie nicht eine Minute lang glaubte. Und darin, so schlussfolgerte sie, lag ein weiterer Unterschied: Kile hatte ehrlich ausgesehen. In Bentons Gesichtsausdruck lag etwas, das ihr Misstrauen erweckte.

Shepard zeigte ihr eine Reihe von Aufnahmen. Sie sah ihn händeschüttelnd mit anderen Industriellen und mit Politikern, auf anderen Bildern war er umgeben von Frauen an den verschiedensten Urlaubsorten, dann wieder verteidigte er sich vor Gericht selbst gegen Vorwürfe wegen unfairer Geschäftspraktiken. Er schien überall zu sein. TRIPLEY BEGRÜSST DIE DELEGATION VON BARRINGER ISLAND. TRIPLEY BEI GESPRÄCHEN MIT SEINEM NEW YORKER KOLLEGEN KIP ESTERHAUS. TRIPLEY FÜHRT STUDENTENGRUPPE IN SKY HARBOUR HERUM.

Aber dann sah sie etwas, das sie vielleicht benutzen konnte. In Tripleys Büro standen drei Modelle von Raumschiffen. *Drei.*

Womit sie genau den Hebel gefunden hatte, den sie brauchte.

Shepard meldete sich zurück, als der Flieger sich Korbee Island näherte. »*Nachricht von Sheyel Tolliver*«, berichtete die KI.

»Spiel sie ab.«

Sheyels Stimme erklang und nannte Yoshis Schuhgröße. »*Sonst noch etwas, Kim?*«

Sie blickte Solly an und sagte ihm leise, dass die Größe genau zu dem Schuh passte, den sie in der Ruine gefunden hatten. »Ja. Setz schon einmal Kaffee auf.«

»Trotzdem, das heißt noch gar nichts«, sagte Solly. »Wie viele Frauen laufen mit dieser Schuhgröße herum?«

»Ziemlich viele«, gestand Kim. »Aber wie viele davon hängen deiner Meinung nach in Raumschiffen herum?«

6

Wir sind nicht allein.
Irgendwo, an Orten so fern, dass wir sie uns nicht einmal vorstellen können, erhellen Städte die Dunkelheit, und Türme erheben sich über die zerklüftete Küste. Wer in diesen fernen Städten lebt, wer aus diesen fernen Türmen blickt, das wissen wir heute noch nicht, und wir können es nicht einmal erahnen. Doch eines Tages werden wir über ihren Himmeln ankommen, und wir werden unsere Brüder und Schwestern begrüßen.

– SHIM PADWA, DIE FERNEN TÜRME, 321

»Das sollten wir wirklich häufiger tun«, sagte Matt. »Die Initiative übernehmen. Preise überreichen. Es ist ein leichter und angenehmer Weg, um neue Freunde des Instituts zu finden.«

Betuchte Freunde. Die Leitung hatte entschieden, dass der Preis Morton Cable Award heißen sollte, nach dem Mann, der die bahnbrechenden Arbeiten auf dem Gebiet des transdimensionalen Raumflugs geleistet hatte. Glücklicherweise hatte Cable Verbindungen zum Institut gehabt.

Kim war sofort einverstanden (›Großartige Idee, Matt‹) und schlug vor, dass sie den Preis im Hinblick auf Benton Tripleys Vorliebe für dekorative Raumschiffsmodelle in dieser Form statt in Form einer Plakette überreichen sollten. Matt fand die Idee gut und überließ die Einzelheiten ihr.

Früh am Freitagmorgen wurde sie von einem Taxi abgeholt. Das Meer war noch dunstig, als der Flieger in einen kristallklaren Himmel stieg und Kurs auf das Festland nahm. Auf Greenway gab es nur relativ wenig private Fahrzeuge, weil Taxis billig, in ausgezeichnetem Zustand und reichlich vorhanden waren. Kim bemerkte keinen Verkehr auf dem Meer, mit Ausnahme einer einzelnen Jacht auf Westkurs. Ein paar andere Taxis waren in der Luft und kreisten ziellos über den Inseln, während sie auf einen Ruf warteten.

Matt hatte es so arrangiert, dass Averill Hopkin die Präsentation für Tripley übernahm. Hopkin war eine preisgekrönte Autorität auf dem Gebiet der Hyperraum-Antriebstechnologien. Er war bereits in Sky Harbour und erledigte einen Auftrag als Berater für Interstellar. Somit passte alles wunderbar zusammen. Hopkin war dunkelhäutig und dunkeläugig, ein Mann ohne jede Substanz, dachte Kim. Sein Leben schien sich nur um die Physik zu drehen. Sie bezweifelte, dass er wusste, wie man sich amüsierte.

Das Taxi setzte sie am Terminal ab. Fünfzehn Minuten später war sie im Seahawk, einer Maglev, die in südlicher Richtung über die Parklandschaften Seabrights dahinglitt. Sie passierte das Institut zur Rechten und die Strände zur Linken. Nachdem sie die Stadt hinter sich gelassen hatten, beschleunigte die Maglev unmerklich bis auf sechshundert Stundenkilometer. Hin und wieder verlief die Schiene über offenem Wasser, und der Seahawk zog eine gewaltige Heckwelle hinter sich her.

Der Ausblick aus Kims Fenster wurde zu einem verschwommenen Durcheinander aus Wald, Meeresküste und Flüssen. Andere Passagiere zogen die Blenden herab und machten es sich in ihren Sitzen mit ihren Datenlinks oder einem Buch bequem. Manche schliefen, andere setzten einen Helm auf und sahen sich einen Film aus der Videothek des Zugs an.

Kim legte sich den *Herbst* auf den Schirm, der vor ihrem Sitz montiert war, und blickte lange Zeit ihr eigenes Abbild an. Es ließ sie frösteln, und doch erzeugte es ein merkwürdiges Gefühl für ihre eigene Schönheit und Macht. Markis Kanes Gefühle für sein Modell waren ganz offensichtlich.

Ein anderer Passagier, eine Frau, blieb im Gang hinter ihr stehen. Verlegen löschte Kim den Schirm.

Während der ersten Zeit nach Emilys Verschwinden hatte Kim gelegentlich bei ihrer Mutter gesessen, während sie Unterhaltungen mit einer Simulation der verlorenen Tochter geführt hatte. Ihr Vater war dagegen gewesen. Emily war auch *seine* Tochter, hatte er gesagt. Und es sei besser für alle, sie ruhen zu lassen. Er hatte Recht gehabt: Es war eine makabre Geschichte, und Kim hatte sich geschworen, niemals selbst so etwas zu tun. Wenn jemand gegangen ist, hatte sie entschieden, dann ist er gegangen. Technik zu benutzen und so zu tun, als sei es anders, war *krank*. Doch wie sich herausgestellt hatte, war es leichter gewesen, sich das Versprechen zu geben, als es dann auch zu halten. Während ihrer Kindheit hatte Kim regelmäßig mit Emily gesprochen, und in den Jahren nach dem Unfall mit ihren Eltern. Typisch für ihren Vater, dass er sie während dieser Sitzungen beschworen hatte, endlich loszulassen. *Du musst dein eigenes Leben leben, Kimberley*, hatte er mit besorgtem Gesicht gesagt. *Du kommst alleine zurecht; du brauchst uns nicht mehr.*

Nach den Begegnungen war sie jedes Mal voller Schmerz gewesen. Erwachsen zu werden hatte in ihrem Fall hauptsächlich bedeutet, die Phantome abzuschütteln. Doch um das zu tun, so hatte sie herausgefunden, musste sie sich der Realität stellen und sich eingestehen, dass alle wirklich gegangen waren. In gewisser Hinsicht, so wusste sie, hatten ihr diese Unterhaltungen mit den Toten Schäden zugefügt, insbesondere die mit Emily. Denn die Frau, die aus Kims Leben zu einer Zeit verschwunden war, an die sie sich kaum noch erinnern konnte, hatte noch ein weiteres Dutzend Jahre nachgeklungen. Erst, als Kim sich völlig gelöst hatte, war ihr die Tiefe des Verlusts bewusst geworden.

Sie fand ein Bild von Emily, Yoshi und Tripley, aufgenommen bei einem Abschiedsessen kurz vor der Abreise der *Hunter*. Emily war wundervoll angezogen mit einer dunkelgrünen weiten Hose, einer hellgrünen Bluse und einer gebrochen weißen Jacke. Die Kombination unterstrich ihre goldgesprenkelten dunklen Augen.

Emily hatte bereits einen Ruf als erfolgreiche Junior-Führungskraft bei einer Kommunikationsgesellschaft, bevor sie zur Tripley Foundation gekommen war. Kim nahm sich die Zeit, einer Ansprache an einen Country Club zuzuhören, während derer Emily den Zweck der Foundation beschrieb, was sie bisher erreicht hatte und was sie noch zu erreichen hoffte. »*Irgendwo dort draußen gibt es Leben*«, hatte sie gesagt. »*Und mit Ihrer Hilfe werden wir es finden.*«

Emily war leidenschaftlich, mit einem untrüglichen Gespür für richtiges Timing. Sie besaß alle Qualitäten eines guten Redners: Sie wusste, worauf sie hinauswollte, sie nahm sich selbst nicht so ernst, und sie wusste, wie man einen Einzeiler richtig anbrachte. Der Applaus am Schluss ihrer Rede war laut und anhaltend, und es war offensichtlich, dass

Emily jeden Einzelnen ihrer Zuhörer hätte rekrutieren können, wenn sie gewollt hätte.

Sie war zweimal verheiratet gewesen, doch zum Zeitpunkt ihres Verschwindens hatte sie keinen festen Partner gehabt. Kinder hatte es auch keine gegeben.

Terminal City lag auf einer Äquatorinsel zwei Kilometer vor der Küste. Der Seahawk verließ das Festland bei Mikai, passierte eine Reihe felsiger Landspitzen und verringerte seine Geschwindigkeit, als er sich dem Chibatsu Tunnel näherte. Die Beleuchtung in den Wagen wurde heller, und sie bemerkten ein paar Möwen. Die Vögel hatten bald gelernt, sich von den Zügen fern zu halten, mit Ausnahme der Bereiche entlang der Strecke, wo sie auf niedrigere Geschwindigkeiten verzögerten. Von jetzt an würde der Zug über die Barrier Islands fahren und im Rhythmus mit den Tunnels abwechselnd bremsen und wieder beschleunigen. Sie waren jetzt am Äquator und fuhren in westlicher Richtung.

Kim hatte angefangen, Markis Kanes Lieblingsromane zu lesen, Veronica King. In der Woche nach ihrer Rückkehr aus dem Severin Valley hatte sie vier der Bücher ausgelesen, und während der Fahrt nach Terminal City hatte sie mehrere Male versucht, ein fünftes zu beenden, doch es fiel ihr schwer, sich darauf zu konzentrieren. Sie dachte an das bevorstehende Interview mit Benton Tripley und formulierte in Gedanken die Fragen, die sie ihm zu stellen gedachte.

Der Zug hielt auf Clavis Island. Fast alle Passagiere stiegen aus, aber noch mehr kamen an Bord. Nachdem der Zug sich wieder in Bewegung gesetzt hatte, spazierte Kim zum Speisewagen und aß zu Mittag.

Während sie noch bei Gemüse und Hähnchen saß, passierte der Seahawk den letzten Tunnel, überquerte die Morgantown Bay und geriet dann in schweres Regenwetter. Entlang diesem Küstenabschnitt erstreckten sich die Berge bis unmittelbar ans Meer. Der Seahawk raste in einen Canyon und durch den Edmonton Defile, der in Wirklichkeit aus einer Serie von Kämmen und Kanälen bestand.

Sie waren zwanzig Meter über dem Meer und fuhren an einer Klippe entlang, als Kim ihre Aufmerksamkeit ein weiteres Mal auf Veronica King und die ›Dämonenlampe‹ richtete. Der Witz ihrer Geschichten bestand darin, dass die wichtigen Informationen vor den Augen des Lesers ausgebreitete wurden, ohne dass dieser es bemerkte. ›Die Dämonenlampe‹ spielte auf der großen Wüsteninsel Kawahl an einer archäologischen Grabungsstelle, die mehrere Schichten umfasste. Zwei Menschen waren ermordet worden, und das Motiv war angeblich in einem Turm versteckt. Doch nirgendwo auf diesem sonnenverbrannten Stück Erde gab es einen Turm. Außer natürlich bei der archäologischen Grabung: verschüttet nach mehreren Jahrhunderten und einer Klimaverschiebung.

Kim hatte das Buch ausgelesen, als der Seahawk nach und nach auf Meereshöhe herunter glitt und die Berge hinter ihnen blieben. Sie war auf der falschen Seite des Zuges, um etwas davon zu sehen, aber sie wusste, dass der Orbitalaufzug jetzt in Sicht kam.

Reisende, die das Bauwerk zum ersten Mal sahen, staunten meistens mit offenen Mündern. Orbitallifts waren vielleicht nicht das unglaublichste Wunder menschlicher Ingenieurskunst, aber ganz bestimmt das spektakulärste. Fünf der Neun Welten besaßen Orbitallifts, und auf Tigris war ein weiterer im Bau. Greenways Lift, der mit Terminal City verbunden war, lag nur noch zwölf Kilometer entfernt. Das gigantische Bauwerk erhob sich mitten aus der Stadt und verschwand hoch oben in den Wolken.

Die Menschen standen auf und drängten sich an der rechten Seite des Waggons. Kim erhaschte einen flüchtigen Blick auf das Gebilde und ein paar Sonnenstrahlen, die über seine Wetterseite zogen. Der Anblick erfüllte sie jedes Mal aufs Neue auf eine undefinierbare Weise mit Stolz.

Minuten später fuhr der Zug in das Bahnhofsgebäude ein und hielt. Passagiere stiegen aus und strömten in ein gewaltiges Gewirr aus Läden und Gängen, Wartebereichen und Cafeterias. Kim nahm sich eine Minute Zeit, bis sie sich orientiert hatte. Dann setzte sie sich gemächlich in Richtung Lift in Bewegung. Sie sah Menschen, die religiöse Literatur verteilten, und andere, die Unterschriften sammelten für politische oder soziale Kampagnen. Einige wollten den Vorsitzenden einer der Eisenbahnlinien seines Postens enthoben sehen, andere hofften auf Unterstützung für das eine oder andere Projekt.

Kim hatte noch ein wenig Zeit, also blieb sie auf der Hauptpromenade und trank irgendwo ein Glas Fruchtsaft. Der Gedanke kam ihr zu Bewusstsein, dass sie im Begriff stand, sich in die gleiche Position zu manövrieren, wie Sheyel es zuvor bei ihr getan hatte. Falls sie nicht ganz besonders vorsichtig war, würde Benton Tripley unweigerlich den Schluss ziehen, dass sie eine Irre war.

Einmal pro Stunde ging ein Lift nach oben. Die Gondel enthielt eine Lounge, eine VR-Einrichtung, einen Souvenirladen, der sich auf Becher und T-Shirts von Sky Harbour spezialisiert hatte, sowie das Four Moons, einen privaten Club, in dem sich Mitglieder an einer Bar entspannen oder Billard spielen oder für sich allein eine VR-Nische benutzen konnten.

Das Bordcafé der Gondel hieß Nik's. Der Laden war überteuert, und die Sandwichs schmeckten nach Plastik, doch der Kaffee war in Ordnung. An den Wänden hingen handsignierte Bilder von Berühmtheiten, die das Café auf dem Weg in den Orbit besucht hatten. Nachdem Kim eingestiegen war, ging sie direkt zum Nik's und fand einen Tisch in einer Ecke.

Die Kapazität der Gondel war mit einhundertzwanzig Passagieren angegeben, doch sie war an diesem Tag nur zur Hälfte besetzt. Kim bestellte sich Kaffee und Melone und blickte aus ihrem Fenster auf die große Halle der Mall, während der Lautsprecher verkündete, dass die Gondel gleich abfahren würde. Die Tore schlossen sich klickend.

Der Boden erzitterte, und unsichtbare Maschinen schalteten sich ein. Die Mall mit den Menschenmengen und den bunt dekorierten Läden blieb unter ihnen zurück. Einen Augenblick später passierten sie ein Gewirr von Pfeilern und Kabeln.

Für die nächsten zehn Minuten würde es so weitergehen. Der Lift würde auf der Innenseite der zentralen Ankerstrebe nach oben fahren, bis er die unteren Atmosphäreschichten hinter sich gelassen hatte. Dann, oberhalb jeglicher Widrigkeiten durch das Wetter, würde die Fahrt im Freien fortgesetzt werden.

Mehrere ihrer Mitreisenden waren wichtige Persönlichkeiten und ebenfalls zur *Star Queen* unterwegs. Kim trank ihren Kaffee aus, ließ den größten Teil der Melone liegen und wanderte durch das Café, um Bekannte zu grüßen oder alte Bekanntschaften zu erneuern. McWilliam von Extron Industries war an Bord, Larry Dixon von der National Philanthropic Society sowie Jazz White, der Counterballspieler, der in der Werbekampagne der *Star Queen* zu sehen war.

Die Aufzugsgondel verließ die schützende Röhre, und mit einem Mal war das Café von strahlendem Sonnenschein durchflutet.

Kim schlenderte in die Lounge und fand eine gepolsterte Bank. Einige der Passagiere waren mit dem Kauf von Souvenirs beschäftigt, und die meisten Kinder und Jugendlichen waren im VR-Zentrum. Andere standen an den Fenstern und genossen den Ausblick.

Wie die ›Fenster‹ an Bord der *Hunter*, so waren auch diese hier in Wirklichkeit Schirme, die Bilder von externen Kameras wiedergaben. Echte transparente Fenster waren gefährlich und der schwächste Punkt jeder luft- und druckdichten Konstruktion, daher waren sie bereits vor langer Zeit abgeschafft worden. Doch der Unterschied war nur feststellbar, wenn man ganz nahe heranging.

Matt hatte die Einladung zur Star Queen mit dem Hinweis erstritten, dass der Konstrukteur der Antriebe Max Esterly gewesen war, ein ehemaliger Direktor des Instituts, und dass aus diesem Grund die Präsenz eines Vertreters des Instituts an dem Tag, an dem der große Liner in ein Hotel umgewandelt wurde, durchaus angemessen sei. Tatsächlich hatte man sogar eine Plakette von Esterly auf dem Hauptdeck des Schiffes angebracht. Matts eigentliche Absicht hatte natürlich darin bestanden, die versammelten Entscheidungsträger an die Freuden hoch entwickelter Technologie zu erinnern und daran, dass es nichts umsonst gab. Kims Aufgabe war es, sie zu dieser Überzeugung zu bekehren.

Er hatte ihr eine Reihe von Stichworten genannt, die sie ihnen nahe bringen sollte: Wenn sich eine Gesellschaft nicht weiterentwickelt, geht sie unter. Unsere Gesellschaft *geht* unter. Wir müssen einige Dinge von Grund auf ändern. Die wichtigste Triebfeder für moderne wissenschaftliche Forschung ist das Institut. (Was wahrscheinlich eine ziemliche Übertreibung bedeutete, doch sie sagten es zu jeder Gelegenheit, und nach und nach hatte es den Klang einer Wahrheit bekommen.)

Kim war nicht vorbehaltlos mit Matts Strategie einverstanden. Der Glaube, dass eine Gesellschaft untergehen würde, war ein permanentes Charakteristikum jeder nachindustriellen Epoche. Die Menschen glaubten andauernd, dass sie in einer einstürzenden Welt lebten. *Sie selbst* waren natürlich völlig normal, aber mit allen anderen ringsum ging es bergab. Es war eine abgedroschene Phrase, und Kim war nicht sicher, ob sie irgendetwas anderes außer Langeweile hervorrufen würde, wenn sie bei der Eröffnungsfeier des *Star Queen* Hotels davon anfing.

Trotzdem hatte sie sich schon mehr als einmal gefragt, ob nicht tatsächlich etwas falsch lief. Es war nicht das Ende wissenschaftlicher Forschung. Es war auch nicht die Gesellschaft, die vor allem anderen nur noch ihr Vergnügen im Sinn hatte. Manche Untergangspropheten behaupteten, dass die menschliche Rasse einfach alt geworden sei und dass sie sich auf metaphysische Art und Weise erschöpft hätte. Dass die Menschheit eine neue

Herausforderung brauchte. Vielleicht musste sie andere wie sich selbst finden, irgendwo in den Sternen, mit denen sie kooperieren oder wetteifern konnte. Und Geschichten über Kriege austauschen. Dass so, wie die Dinge lagen, die Spezies nur auf dem Hintern saß und auf Gott wartete.

Ein großer Teil der pessimistischen Stimmung schien von der Erde selbst auszugehen. Dort schrieb man fast das Ende des dritten Jahrtausends, irdischer Zeitrechnung, und wie die Geschichte zeigte, gab es in Zeiten wie diesen immer wieder laute Rufe, dass das Ende der Menschheit gekommen sei.

Wie die Wahrheit auch immer aussah, die in Kürze bevorstehende feierliche Eröffnung des *Star Queen* Hotels war in Kims Augen kaum ein angemessener Momentfür Unkenrufe.

Obwohl das Aufkommen künstlicher Schwerkraft die Notwendigkeit radförmiger Raumstationen eliminiert hatte, waren die traditionellen Konstruktionen überall weiterhin in Gebrauch, außer in der neuesten Anlage, die in der Umlaufbahn von Tigris errichtet wurde. Irgendwann zu einer früheren Zeit hatte es danach ausgesehen, als wäre auch echte Antigravitation möglich, doch der große Durchbruch war nie erfolgt, und heute galt Antigravitation als schlichtweg unmöglich. Zu schade: Es war genau die Sorte von Technologie, mit der das Institut die illustren Gäste der Eröffnungsfeier für sich und seine Ziele hätte vereinnahmen können.

Kim blickte hinunter auf Wolkenbänke und den gekrümmten Horizont der Welt, als die Gondel langsamer wurde. Die Menschen wurden wieder munter, wanderten umher, sammelten ihr Gepäck ein, erledigten Käufe in letzter Minute, zogen ihren Kindern Jacken an. Unter Eltern hielt sich hartnäckig der Glaube, dass Sky Harbour ein zugiger Ort war.

Die Maschinen wimmerten ein letztes Mal, die Gondel kam zum Stillstand, und die Schleusenluken glitten auf. Passagiere strömten hinaus in die Lobby des Starview Hotels. Die meisten schoben ihre Karten in die Schlitze der Registrierungsmaschinen. Kim holte das Gepäck ab, das sie vorausgeschickt hatte, und ging zu ihrem Zimmer, wo sie duschte und hinterher an ihrer Rede zur feierlichen Eröffnung arbeitete. Durch das Fenster blickte sie auf den Schwanz von Sky Harbour, das gewaltige Gegengewicht des Orbitalaufzugs, das sich in Richtung Larks schlängelte, des innersten Mondes von Greenway.

Als Erstes stand die Preisverleihung an Benton Tripley auf ihrem Programm.

Ihr blieb gerade noch genügend Zeit für ein kleines Nickerchen. Dann zog sie sich an und überprüfte ihr Aussehen im Spiegel. Zufrieden mit dem Ergebnis ihrer Bemühungen nahm sie den Aufzug hinunter zum Deck C, wo die meisten Geschäftsräume und Büros zu finden waren.

Es war eine luxuriöse Sektion, abseits von den touristischen Gebieten und den Maschinendecks. Hier waren die Wände mit dunklen Paneelen verkleidet, und dicke Teppiche lagen auf dem Boden. In den Ecken standen große Kübelpflanzen. An den Wänden hingen Landschaftsbilder. Leise Musik drang aus unsichtbaren Lautsprechern. Die Beleuchtung war gedämpft und verlieh den digitalen Türschildern einen Aspekt von stiller Würde.

Die Interstellar Inc. residierte hinter einer Doppeltür aus Milchglas. Eine junge dunkelhäutige

Frau blickte von ihrem Schreibtisch auf, als Kim das Büro betrat. »Guten Tag, Dr. Brandywine«, sagte sie. »Man erwartet Sie bereits. Bitte folgen Sie mir.«

Sie führte Kim in einen kleinen Konferenzraum. Eine Kameramannschaft war dabei, alles für die Aufnahmen vorzubereiten. Averill Hopkin traf unmittelbar hinter Kim ein. Er sah aus, als sei er mit den Nerven am Ende. Nach einer kurzen Unterhaltung mit ihm wurde Kim bewusst, dass er nicht gern im Rampenlicht stand. Er war fahrig und gereizt und alles andere als begierig, an einer öffentlichen Veranstaltung teilzunehmen. Doch er hatte sich seiner Aufgabe nicht entziehen können, und jetzt stand er hier und blickte gehetzt zwischen Kim, dem Rednerpult und seiner Uhr hin und her. »Ich hasse diese grässlichen Auftritte«, gestand er.

»Das ist der Preis des Ruhms«, erwiderte sie, ohne sich ihre heimliche Belustigung anmerken zu lassen. Einen Augenblick lang überlegte sie, ob sie ihn belehren sollte, dass Public Relations mehr als neunzig Prozent von allem waren, doch dann entschied sie sich klugerweise dagegen.

»Es ist einfach so, dass ich wichtigere Dinge zu tun habe, Kim«, sagte er. Sie legte ihm beschwichtigend die Hand auf den Arm. Die Muskeln waren hart und verkrampft. »Ich bin nicht gut in diesen Dingen«, beharrte er.

»Entspannen Sie sich, Avy.« Sie lächelte ihn ermutigend an, und sie wusste genau, wie dieses Lächeln wirkte. »Sie müssen nichts beweisen. Man will nicht mehr von Ihnen, als dass Sie hier sind. Sie könnten über einen Stuhl fallen, und die anderen würden höchstens denken, dass Genies sich eben so verhalten.«

Er nickte ernst und nahm die Anerkennung ohne jede Andeutung von Bescheidenheit entgegen.

Das Rednerpult stand auf einem kleinen Podium an der Stirnseite des Konferenzraums. Es war flankiert von einem Beistelltisch und vier Stühlen. An der Wand dahinter prangte stolz das Firmenlogo von Interstellar Inc., eingerahmt von blauen und weißen Fahnen, den Farben der Company. Kim hatte den Preis in seinem Behälter aufbewahrt. Sie stellte den kleinen Kasten nun auf den Beistelltisch, nachdem Hopkin einen flüchtigen Blick auf das Modell geworfen hatte.

Nach und nach fanden sich die Mitarbeiter der Gesellschaft ein. Kim kannte einige der Manager und stellte sie dem Physiker vor. Sie zeigten sich hoch erfreut und strichen um Hopkin herum, und Kim war froh zu sehen, dass er sich ein wenig beruhigte.

Eine große, blonde Frau betrat den Konferenzraum, und schlagartig verstummten sämtliche Gespräche. Dies, so wusste Kim, war Magda Kenneal, Tripleys rechte Hand und Assistentin der Geschäftsleitung. Sie übernahm sofort das Kommando, stellte sich Hopkin vor, begrüßte Kim ein wenig geistesabwesend und begann, Anweisungen zu erteilen. Inzwischen waren etwa zwanzig Personen im Raum. Nachdem Magda jedem einen Platz zu seiner Zufriedenheit zugewiesen hatte, erhielt sie offensichtlich von irgendwoher ein Signal. Sie nickte, trat hinter das Rednerpult und bat um Aufmerksamkeit. Ein weiteres Mal verstummten die Unterhaltungen. »Ladys und Gentlemen«, sagte sie, »ich freue mich sehr, Sie heute hier begrüßen zu dürfen. Wie Sie vielleicht bereits wissen, ist Mr. Tripley seit langem ein überzeugter Anhänger des Seabright Institute …«

Ein paar Minuten fuhr sie in diesem Tenor fort und breitete die Anstrengungen ihres Bosses für eine bessere Welt aus. Dann trat sie zurück. Zu ihrer Rechten öffnete sich eine Tür, und Benton Tripley persönlich trat ein.

Die Anwesenden applaudierten begeistert. Ganz offensichtlich wusste jeder genau, wer die Gehaltsschecks unterschrieb.

Tripley, eigens für diese Gelegenheit formell in Weiß gekleidet, nahm links von Kim Platz. Er lächelte sie liebenswürdig an, und sie erwiderte die Geste. Kim war ihm noch nie begegnet; er hatte sich stets von Magda vertreten lassen, wenn es im Institut Veranstaltungen zum Lost Cause gegeben hatte.

Jetzt, aus der Nähe, bemerkte Kim, das Benton eine weit fesselndere Persönlichkeit war als sein Vater. Was sie von Kile Tripley gesehen hatte, erweckte den Eindruck eines ernsten, seriösen Mannes mit ausgeprägten intellektuellen Fähigkeiten und einer Neigung zur Schroffheit. Doch man bekam nicht das Gefühl ungeahnter Tiefen. Sein Sohn hingegen wirkte sehr viel zuträglicher, wenn man einmal von den Augen absah, die eine Oberflächlichkeit ausstrahlten, die Kim als abstoßend empfand.

Benton Tripley war kein Mann, von dem sie sich zum Essen hätte einladen lassen. Und doch besaß er einen unbestreitbar anziehenden Charme, den sie zu spüren bekam, als er sie mit einem breiten Grinsen bedachte. Mit einem Mal ertappte sie sich bei dem Wunsch, dass ihr Gefühl ihn betreffend falsch war.

Magda stellte Kim vor und wandte sich dann an Hopkin, der ein wenig eingeschüchtert aussah. Der Physiker stolperte unbeholfen zum Rednerpult, breitete seine Notizen vor sich aus und begann mit seinem Vortrag. Er sprach über das Leuchtfeuer-

Projekt und beschrieb einige weitere gegenwärtige Anstrengungen. Er erklärte, warum private Hilfe nötig war, um in einer Zeit der allgemeinen Depression die wissenschaftliche Arbeit voranzutreiben. Er wollte gerade beginnen, seiner Zuhörerschaft ein paar Themengebiete besonders ans Herz zu legen, als es Kim gelang, seinen Blick zu erhaschen und ihm zu signalisieren, dass er sich kurz fassen solle. Hopkin deutete ihren Wink richtig und unterbrach sich mitten im Satz. »... aber das ist heute eigentlich nicht das Thema«, beendete er seinen Vortrag lahm. »Wir haben uns hier versammelt, um Mr. Tripley für seine beispielhafte Großzügigkeit im Namen der Wissenschaft mit dem Morton Cable Award auszuzeichnen.«

Tripley erhob sich und trat zu Hopkin ans Pult.

Kim nahm den Behälter, entriegelte ihn und reichte ihn dem Physiker. Hopkin klappte den Deckel hoch und hob das Modell der *Hunter* heraus, wie sie 573 ausgesehen hatte. Die Aluminiumtürme und Antriebsrohre glitzerten im Licht der Scheinwerfer. Hopkin hielt das Modell in die Höhe, so dass es jeder sehen konnte. Weiterer Applaus brandete auf. Dann las er die Inschrift vor:

DER MORTON CABLE AWARD

Benton Tripley

für außergewöhnliche Verdienste
um das Fortbestehen
wissenschaftlicher Forschung

Verliehen vom Seabright Institute
am 12. Januar 600

Er überreichte ihn Tripley, schüttelte ihm die Hand und kehrte an seinen Platz zurück.

Tripley beugte sich über das Mikrofon. »Es ist wundervoll«, sagte er freundlich. »Mein Vater wäre sehr stolz gewesen.« Er fügte noch einige zur Gelegenheit passende Bemerkungen hinzu, betonte, dass Interstellar die wissenschaftliche Forschung weiterhin unterstützen werde und dass er erfreut sei, einen positiven Beitrag für eine gute Sache leisten zu können. Er dankte allen für ihr Kommen, erging sich in ein paar weiteren Allgemeinplätzen und gab schließlich unter anhaltendem Beifall das Wort zurück an Magda.

Nach der Zeremonie lud er Hopkin und Kim in sein Büro ein und zeigte ihnen, wo er seine neueste Trophäe zu platzieren gedachte: unmittelbar neben der *Regal*, Admiral ben-Haddens Flaggschiff, mit dem er die Flotte Greenways im Krieg gegen Pacifica zum Sieg geführt hatte.

Doch er wirkte müde. Vielleicht rührte seine Mattigkeit aus der langwierigen Ehrung, vielleicht hatte er zu viele Treffen mit Funktionären wie Kim hinter sich. Sie spürte, dass er nicht mehr mit dem Herzen dabei war. Es war schwer, nicht zu folgern, dass er eine ganz andere Persönlichkeit war, wenn er nicht im Rampenlicht stand. Trotzdem konnte sie sehen, dass die *Hunter* ein Volltreffer war. Kim war gar nicht sicher gewesen, ob er sich darüber freuen würde.

Das Büro war für die Maßstäbe von Sky Harbour sehr groß und geschmackvoll, jedoch nicht extravagant eingerichtet. Plaketten, Medaillen und eingerahmte Zertifikate und Bilder von Tripley zusammen mit den verschiedensten Persönlichkeiten des öffentlichen Lebens schmückten die Wände. Ein Panoramafenster, das eine ganze Seite einnahm, blickte hinaus auf die Sichel des Planeten. Der größte Teil des sichtbaren Lands war weiß.

Auf Tripleys Schreibtisch stand das Porträt eines jungen Mädchens, das mit einem Hund spielte. Seine Tochter, Choela, erklärte er. In einem Kamin brannte ein munteres virtuelles Feuer. In einem Regal standen etwa achtzig antike, ledergebundene Bücher. Außerdem bemerkte Kim neben der *Hunter* und der *Regal* die Modelle von drei weiteren Raumschiffen.

»Sie haben Ihre Hausaufgaben gemacht«, sagte er und deutete auf die *Hunter*. »Darf ich Ihnen einen Kaffee anbieten?«

»Ja, gerne«, antwortete sie. »Schwarz.«

Hopkin verzichtete.

»Ich freue mich, dass es Ihnen gefällt«, sagte sie.

Tripley beugte sich über ein Kommlink und gab ihren Wunsch an jemanden am anderen Ende der Leitung weiter. »Es passt sehr gut zum Rest der Flotte.« Seine Miene hellte sich auf, und seine Augen wurden lebendig. Was auch immer er sonst noch sein mochte, erkannte Kim, er war ein zu groß gewordener Junge.

Die *Regal* hatte ein Regal für sich allein. Ein zweites Modell stand unter Glas auf einem Tisch, der anscheinend eigens dazu gemacht worden war. Die beiden übrigen Schiffe nahmen gegenüberliegende Seiten des Büros ein, eins auf einem Beistelltisch neben einem Sessel, das andere an der Wand auf einer Halterung.

»Sie sehen sehr realistisch aus«, sagte Hopkin, der von einem Modell zum anderen wanderte. Kim vermutete insgeheim, dass ihn nichts auf der Welt weniger interessierte, doch er benutzte die Ausstellungsstücke, um seine soziale Desorientierung zu verbergen.

»Danke sehr.«

Der Kaffee wurde serviert. Hopkin sah zu, während Kim und Tripley das Getränk kosteten und für gut befanden. Schließlich fuhr er fort, in einem Tonfall, der andeutete, dass er nun über ernstere Dinge sprach. »Sie haben einen höchst effizienten Betrieb, Benton«, sagte er. »Allerdings frage ich mich, ob ich Ihnen einen Vorschlag unterbreiten dürfte?«

»Selbstverständlich.«

»Die Konstruktion der Motoren ...« Hopkins Mimik zeigte Missbilligung. »Daran ließe sich einiges verbessern.«

»Aber es sind Standardmotoren«, antwortete Tripley befremdet.

Hopkin hatte eine Idee, wie man den Wirkungsgrad verbessern konnte. Kim verlor schon bald den Faden, während der Wissenschaftler beschrieb, wie man die magnetischen Felder im Augenblick des Eindringens in den Hyperraum intensivieren konnte. Ihre Kenntnisse in Physik waren zu gering, um der Logik seiner Argumentation zu folgen, doch Tripley lauschte aufmerksam, machte sich hier und dort eine Notiz, unterbrach ihn gelegentlich mit einer technischen Frage und nickte schließlich. »Arbeiten Sie es aus«, sagte er. »Schicken Sie mir Ihre Vorschläge.«

Ihr fiel auf, dass er mit keinem Wort die Kosten erwähnte.

Das grundlegende Problem beim Hyperraum-Flug war, dass die maximal erreichbare Geschwindigkeit dem Realraum-Äquivalent von 38,1 Lichtjahren pro Standardtag zu entsprechen schien. Das so genannte Karis-Limit. Es war schnell genug, um zwischen den Neun Welten und den sie umgebenden Regionen zu reisen, doch es gab eine ganze Reihe weiter entfernter Orte, zu denen die Wissenschaftler wollten. Beispielsweise das Zentrum der Milchstraße, das mit den momentanen Antrieben hin und zurück viereinhalb Jahre entfernt lag. Konnte Hopkins Idee, so fragte sie ihn, Geschwindigkeiten oberhalb des Karis-Limits ermöglichen?

»Nein«, antwortete er. »Ich glaube nicht, dass es eine Möglichkeit gibt, dies zu tun. Trotzdem, wir wären imstande, eine beträchtliche Menge Treibstoff zu sparen und auf diese Weise die Reichweite unserer Schiffe signifikant zu erhöhen.«

Sie war ungeduldig, endlich über den Mount Hope zu sprechen. »Das klingt«, sagte sie, »genau nach der Art von Antrieb, den die *Hunter* damals wirklich gut hätte gebrauchen können.«

Hopkin blinzelte unsicher, weil er nicht wusste, worauf sie hinaus wollte. »Benton«, sagte er, »es tut mir wirklich Leid, dass wir nicht ausführlicher darüber sprechen können, aber ich muss jetzt los.« Er stand auf und lächelte gutmütig. »Es war schön, Sie wieder einmal zu sehen, Kim.« Er beugte sich vor und küsste sie auf die Wange, dann schüttelte er Benton Tripley die Hand und ging durch die Tür.

»Es wäre wirklich nicht schlecht«, sagte Tripley, »wenn er umsetzen könnte, was er vorgeschlagen hat.« Sein Blick wanderte von seinen Notizen zu dem Modell der *Hunter*. »Gehe ich richtig in der Annahme, dass Sie das Modell ausgewählt haben?«

»Wir hielten es für angemessen. Das berühmteste aller Schiffe der Foundation.«

Ein Tablett mit Käsehäppchen wurde hereingereicht. Kim nahm sich ein Stück. »Ich war beeindruckt, dass Sie von meinen Modellen wussten«, sagte Tripley.

»Eine sehr markante Dekoration, Mr. Tripley. Sind es Modelle tatsächlich existierender Schiffe?«

»Nennen Sie mich Ben, Doktor. Darf ich Kim zu Ihnen sagen?«

»Selbstverständlich, Ben«, erwiderte sie.

Auf seiner Stirn bildeten sich Falten, und seine Blicke schweiften zur *Regal*. Es war ein langes, schlankes Schiff, dessen Umrisse immer wieder in unerwartete Richtungen gekrümmt waren, eine Konstruktion eigens dazu geschaffen, gegnerische Sensoren zu täuschen. Ein phantastisches Schiff. Kim fragte sich, woran es lag, dass Kriegsschiffe stets eine so unwiderstehliche Faszination ausstrahlten. War es ihre nüchterne Natur, die Tatsache, dass sie einzig und allein zu einem bestimmten Zweck geschaffen waren? Es erinnerte sie an Eisenstadts fehlgeleitete Definition einer schönen Frau, doch der Vergleich erschien in diesem Fall durchaus angebracht.

»Mein Großvater diente auf ihr«, sagte Tripley.

»Während des Krieges?«, fragte Kim.

»Er war ben-Haddens Rudergänger.« Der Stolz in Tripleys Stimme war nicht zu überhören. Er setzte sich zurück und schwieg, damit sie das Modell bewundern konnte.

Die übrigen Schiffe waren nicht weniger faszinierend.

Eines besaß Untertassenform. »Das ist die *Choela*«, sagte er mit einem Seitenblick auf das kleine Mädchen mit dem Hund. »Ein Schiff der Company. Wir haben zwei davon.«

Und ein Liner. »Die *Buckman*. Sie ist schon seit Jahren außer Dienst, bedauerlicherweise. Sie war der erste Kontrakt der Interstellar. Zu Vaters Zeiten. Sie hat unsere Firma groß gemacht, könnte man sagen.«

Das letzte Schiff sah aus wie ein breiter Tränentropfen, der auf eine elliptische Plattform montiert war. Kim konnte nirgendwo Antriebssysteme entdecken. Das Schiff erinnerte sie ein wenig an eine Schildkröte. »Dieses Modell stammt von meinem Vater«, sagte er. »Ein rein fiktives Schiff. Wie man sehen kann.«

»Keine Antriebsrohre?«, vermutete sie.

Er nickte. »Kein besonders durchdachtes Design, aber immerhin war es dieses Schiff, das mein Interesse an Vaters Firma geweckt hat.«

»Ein Kinderspielzeug?«, fragte Kim.

»Ja.«

»Wie heißt es?«

Er konnte tatsächlich verlegen drein blicken. »Ich habe es *Valiant* genannt.«

»Das klingt nach einem Kriegsschiff. Es sieht aber gar nicht danach aus.« Spielzeug-Kriegsschiffe starrten normalerweise vor Waffen.

»Für einen Jungen ist *alles* ein Kriegsschiff.«

Von allen fünf Modellen war es das detaillierteste, mit realistischen Antennen und Sensorschüsseln und Schleusenluken. Sein dunkler Rumpf war so gearbeitet, dass sich das Licht darin fing. Im flackernden Schein des virtuellen Kaminfeuers leuchtete er in einem Augenblick purpurn, im nächsten schwarz. Sie berührte es. Es fühlte sich an wie polierter Marmor. »Ich denke, *Valiant* ist genau der richtige Name.«

»Zu seiner Zeit«, gestand er lächelnd, »ist es gegen alle möglichen Piraten und Monster ausgezogen.« Er nahm das Modell und hielt es in beiden Händen, als wollte er seine Kindheit abwägen. »Meine Großmutter hat es mir weiter vererbt.«

»Aber dann haben Sie herausgefunden, dass es überhaupt keine Piraten gibt«, sagte sie.

»Ja, leider. Zumindest nicht mit Raumschiffen.« Seine Finger glitten über den polierten Rumpf. »Wie lautet noch das alte Sprichwort? Der Stoff, aus dem die Träume sind.«

Unter den Büchern auf den Regalen entdeckte sie Harcourts *Prinzipien der Galaxienbildung*, Al Kafirs *Allein im Universum*, McAdams *Küsten der Nacht*, Magruders *So weit das Auge sieht* und Ravakams *Grenzen des Wissens*.

Ganz und gar nicht die Sorte von Literatur, die sie bei einem Mann erwartet hätte, dessen hauptsächliche Sorge der Führung eines großen Unternehmens galt. Man war eben nie vor Überraschungen sicher.

Im Kamin knisterte es, und ein großes Scheit brach. Virtuelle Funken stoben in den Raum.

»Die *Hunter* ist ein herrliches Schiff«, sagte sie, um die Unterhaltung wieder zurück in Richtung Kile Tripley zu steuern.

»Ja, das ist sie. Ich war mehrere Male an Bord, als ich noch ein Junge war. Leider muss ich gestehen, dass ich nie mit ihr geflogen bin.«

»Sie hat mehr als vierzig Jahre im Dienst der Tripley Foundation gestanden, nicht wahr?«

»Genau dreiunddreißig Jahre und sieben Monate«, erwiderte er.

»Man hat sie nach dem Tode Ihres Vaters verkauft?«, fragte sie und warf absichtlich die Fakten ein wenig durcheinander, um nicht allzu informiert über die Einzelheiten zu erscheinen.

»Nach seinem Verschwinden«, korrigierte er sie. »Sein Leichnam wurde nie gefunden. Aber um Ihre Frage zu beantworten, ja, die *Hunter* wurde ein paar Jahre später verkauft. Es schien nicht länger sinnvoll, das Schiff zu behalten. Niemand sonst war an der Erforschung des tiefen Raums interessiert.

Zumindest niemand, der etwas zu sagen gehabt hätte. Ich nehme an, Sie wissen, dass die *Hunter* für diesen Einsatzzweck konzipiert wurde?«

»Ja«, antwortete sie. »Ich weiß.« Sie wusste auch, dass Tripley erst elf Jahre alt gewesen war, als er seinen Vater verloren hatte. Er war hauptsächlich bei seiner Mutter groß geworden und hatte offensichtlich nur sehr wenig von seinem Vater Kile gesehen, der von Stern zu Stern gesprungen war. »Interessieren Sie sich auch für Entdeckungsfahrten wie Ihr Vater?«, fragte sie.

Er zuckte die Schultern. »Nicht besonders, nein. Vater wollte irgendwo intelligentes Leben finden. Natürlich hätte ich nichts dagegen, derjenige zu sein, der es entdeckt – *falls* es irgendwo dort draußen ist. Andererseits kann ich nicht gerade sagen, dass ich bereit bin, Zeit und Geld dafür zu investieren. Ich habe zu viel andere Dinge zu tun. Und die Chancen stehen zu schlecht.« Er warf einen Blick auf die Uhr seines Kommlinks. Ein Signal an sie, dass sich die Besprechung dem Ende näherte.

»Ben«, sagte sie. »Halten Sie es für möglich, dass die *Hunter* in irgendeiner Weise mit der Explosion am Mount Hope in Verbindung steht?«

Möglich, dass sein Gesichtsausdruck hart wurde – sie vermochte es nicht mit Bestimmtheit zu sagen. Doch seine Stimme wurde merklich kühler. »Ich weiß es nicht. Und ich wüsste nicht, wie das möglich sein sollte.«

»Es gab damals eine Menge Gerede über Antimaterie«, sagte sie.

Aufkeimendes Misstrauen schlich sich in seine Mimik. »Bestimmt haben Sie die Einzelheiten irgendwo in Ihren Archiven, wo Sie sie finden können, falls nötig, Kim. Sehen Sie: Auch ich habe von den Gerüchten gehört. Gott weiß, ich bin damit groß geworden. Aber ich kann mir ganz ehrlich nicht vorstellen, warum Markis oder mein Vater Treibstoff von der *Hunter* mit in das Dorf genommen und damit einen Berg in die Luft gesprengt haben sollen. Oder wie sie es überhaupt hätten anstellen soll. Wenn man eine der Zellen aus ihrer magnetischen Einschließungskammer nimmt, explodiert sie augenblicklich.« Er fixierte sie mit einem Blick, der keine Wut, aber tiefes Misstrauen verriet. Und vielleicht Enttäuschung. »Was glauben Sie denn, was passiert ist, Kim?«

Sie blickte in eine unbestimmte Ferne. »Ich weiß nicht, was ich denken soll. Die Explosion trägt alle Merkmale von Antimaterie …«

»Es gibt keine Beweise, die diese Theorie stützen!«

»Allein die Wucht der Explosion ist ein Beweis.«

Er schüttelte den Kopf und ließ sie erkennen, dass er das Vertrauen in ihren gesunden Menschenverstand verloren hatte. Sie hatte eigentlich noch darauf hinweisen wollen, dass die einzigen Menschen in der Umgebung, die Zugang zu Antimaterie gehabt hatten, Markis Kane und Kile Tripley gewesen waren, doch sie brachte ihn nur unnötig gegen sich auf. Außerdem wusste sie nicht mit absoluter Bestimmtheit, ob nicht irgendwie doch noch eine dritte Person im Spiel gewesen war.

»Damit ich das richtig verstehe«, sagte Tripley, »Sie glauben also, dass mein Vater und Kane irgendein Experiment durchgeführt haben. Und dass das Experiment schief gelaufen ist. Oder dass sie in einen Diebstahl verwickelt waren.«

»Das habe ich nicht gesagt.«

»Die Schlussfolgerung ist deutlich genug.« Seine Blicke durchbohrten sie. »Aber Sie irren sich. So war es nicht. Mein Vater war kein experimenteller Physiker. Er war Ingenieur. Er hätte sich nicht auf so etwas eingelassen. Er hätte es gar nicht gekonnt, selbst wenn er gewollt hätte.«

»Und was ist mit Markis Kane?«

»Kane war *Kommandant eines Raumschiffs*!« Er hatte sich in seinen Sitz zurückgelehnt. »Nein. Das können Sie alles vergessen. Sehen Sie, ich weiß genauso wenig wie jeder andere, was sich in Severin ereignet hat. Aber ich weiß verdammt genau, dass es nicht mein Vater war, der mit einer Treibstoffzelle herumgespielt hat. Wahrscheinlich war es ein Meteorit. Ganz einfach.«

»Ben«, entgegnete sie leise, »haben Sie vielleicht eine Idee, warum Yoshi Amara sich zum Zeitpunkt der Explosion in der Villa ihres Vaters aufgehalten hat?«

Sein Blick wurde noch schärfer. »Wie kommen Sie auf *diesen* Gedanken? Diese Anschuldigung ist mir ganz neu; davon habe ich noch nie gehört.«

Sie war zu weit gegangen. Was sollte sie ihm nun sagen? Dass sie einen Schuh gefunden hatte, der Yoshis Größe besaß? »Verschiedene Indizien weisen darauf hin«, sagte sie und preschte mutig vor.

Tripley sah aus wie ein Mann, der von Stechmücken belästigt wurde. »Dürfte ich fragen, welcher Art diese Indizien sind?«

»Kleidungsstücke. Sie gehörten wahrscheinlich ihr. Aber das lässt sich natürlich nicht mehr mit Sicherheit sagen.«

»Ich verstehe.« Er sah hinüber zur *Hunter*. »Es klingt jedenfalls nicht besonders überzeugend, Kim. Ich hoffe doch, Sie wollen die ganze Sache nicht wieder von vorn aufrollen. Was auch immer geschehen sein mag, die Betroffenen sind tot.«

Sie nickte. »Nicht alle Betroffenen. Einige fragen sich noch immer, was aus ihren Verwandten geworden ist.«

Er klatschte in die Hände. »Natürlich!«, rief er. »Das ist es, weshalb Sie Emily so ähnlich sehen!«

»Ja.«

»Sind Sie ihre Schwester? Oder die Tochter?«

»Die Schwester.«

»Es tut mir Leid«, sagte er. »Es tut mir wirklich sehr Leid. Dann werden Sie wohl sicherlich wissen, wie ich mich fühle. Doch ich denke, es ist ein Verlust, den wir beide akzeptieren müssen, ob wir wollen oder nicht.« Er war von seinem Platz aufgestanden und kam nun um den Schreibtisch herum, um sie zur Tür zu begleiten. »Lassen Sie los, Kim. Ich weiß genauso wenig wie Sie, was ihnen zugestoßen ist, doch ich habe längst damit abgeschlossen. Ich schlage vor, Sie tun das Gleiche.«

Worldwide Interior war spezialisiert auf die Innenausstattung von Privatjachten, Vorstandsfahrzeugen und des gesamten Spektrums von Schiffen, die Repräsentationszwecken genügen mussten. Die Company verkündete stolz, dass sie es war, die jedes Schiff mit dem entsprechenden Ambiente versah, nachdem Interstellar die Elektronik eingebaut hatte.

Kim wurde von Jacob Isaacs herumgeführt, dem Manager für Öffentlichkeitsarbeit. Isaacs war in seinem vierten Viertel, wie man so schön sagte, über einhundertfünfzig Jahre alt. Er hatte angefangen, grau zu werden, und sein Gang wirkte nicht mehr energisch. »Sie denken, dass ich würdevoll erscheine«, gestand er Kim mit einem Lächeln. Und tatsächlich wurden Menschen, deren Alter offensichtlich wurde, in einer Gesellschaft, in der so gut wie jeder jugendlich aussah, sowohl bei Stellenausschreibungen als auch bei Beförderungen häufig vorgezogen, was vielen anderen unfair erschien.

Sie spazierten um eine virtuelle *Hunter* herum, während Jacob die Vorzüge des Schiffs aufzählte. Doch es ging nicht um die Empfindlichkeit der Ortungsanlagen oder das Leistungsvermögen der Antriebe, sondern um die mehr kosmetischen Qualitäten. Rumpfdesign und ästhetische Überlegungen. Beachten Sie die Ballons zwischen Architrav und Portikus. Und hier, die Terrassen auf der zweiten Ebene. Die *Hunter* war ein Schiff, das man in den ruhigsten Vierteln Marathons auf einem herrschaftlichen Grundstück hätte parken können, und sie hätte nicht fehl am Platz gewirkt. Mit Ausnahme natürlich der Antriebsrohre, die aus der Rückseite ragten.

Und des Landers, der an der Unterseite des Schiffs verankert war.

Kim hatte erklärt, dass sie an einer Geschichte über die Flotte der Company im Verlauf des letzten halben Jahrhunderts arbeitete und dass sie sich aus diesem Grunde für Worldwide interessiere. Wie war die Company dazu gekommen, den Innenausbau von Raumschiffen zu betreiben?

»Die Gründerin der Gesellschaft, Ester DelSol, hat im Lebensmittelhandel angefangen. DelSol & Winnett.« Isaacs blickte Kim an, als müsste sie den Namen kennen. Kim nickte, als wäre genau das der Fall. »Die offizielle Geschichte lautet, dass sie zur Erde flog, um ihre Familie zu besuchen, und an Bord ärgerte sie sich über die schlechte Verpflegung. Sie sah ihre Chance, erwarb die Lizenz und versorgte die Liniengesellschaften mit erstklassiger Küche zu vernünftigen Preisen. Eine Sache führte zur nächsten. Es gab mehr als genug Wartungsfirmen für Maschinen und Elektronik, doch die Innenausstattung der Schiffe war ganz allein Sache der Liniengesellschaften. Es war kostspielig, aber notwendig, und die Arbeiten waren häufig mehr als schlampig.«

»Und heute sitzen Sie fest im Geschäft mit Schiffsausstattungen.«

»Aber nicht nur Innenausstattungen, sondern auch das Exterieur. Das äußere Erscheinungsbild, wenn Sie so wollen. Das Verpflegungsgeschäft haben wir übrigens inzwischen abgestoßen, schon vor einer Reihe von Jahren. Aber wir kümmern uns so ziemlich um alles andere.«

Er brachte sie hinunter zur echten *Hunter*. Das Schiff schwebte unmittelbar außerhalb des Rades, gehalten von Stützstreben. Techniker waren damit beschäftigt, eine Antenne zu ersetzen.

»Fährt sie irgendwo hin?«, fragte Kim.

»Morgen. Sie soll nach Pacifica.«

Sie schlenderten zur Eingangsröhre. »Möchten Sie einen Blick hineinwerfen?«

»Gerne.«

Sie gingen durch die Luftschleuse und kamen auf dem Hauptdeck heraus, auf einer Galerie, die von einem Dutzend Türen gesäumt war. Eine einziehbare Treppe führte auf das Oberdeck hinauf. Eine weitere, direkt gegenüber, zum Unterdeck hinunter.

Die Inneneinrichtung war elegant. Teppiche und Mobiliar waren von höchster Qualität. Die Armaturen fühlten sich an, als wären sie aus Silber. An den Fenstern hingen Vorhänge, die Wände waren dekoriert mit Motiven aus der jüngeren Vergangenheit der *Hunter*. Kim fand keinen Hinweis auf die Zeit, die das Schiff in Diensten der Tripley Foundation gestanden hatte. Und es war unmöglich, nicht den krassen Kontrast zwischen der *Hunter* und den spartanischen, öden Schiffen zu bemerken, mit denen das Seabright Institute seine Techniker und Wissenschaftler durch den Weltraum transportierte.

Das Kommandozentrum nahm einen großen Teil des Oberdecks ein. Sie besichtigten es, dann warfen sie einen Blick in den Speisesaal und die Aufenthaltsräume.

Die Pilotenkanzel war oben. Sie gingen hinauf, und Kim stand davor und spürte das Gewicht der Geschichte. Markis Kanes letzte Mission als Pilot eines Raumschiffs. Im Innern fand sie zwei lederbezogene Sitze vor einem Kontrollpaneel und einer Reihe Displays. Sie trat ein und setzte sich in den linken Sessel, den Pilotensitz.

Der Rest des Oberdecks bestand aus Quartieren. Sie fragte sich, welche Kabine wohl Emily gehört haben mochte.

Das Unterdeck enthielt den Versorgungsbereich mit den Lebenserhaltungssystemen, Ersatzteillagern und Frachträumen. Es war ein – in Anbetracht der bescheidenen Abmessungen des Schiffs – sehr geräumiger Bereich, unterteilt in fünf luftdichte Sektionen und einen zentralen Korridor, der durch die gesamte Länge der *Hunter* verlief.

»Kile Tripley wusste von Anfang an, dass er genügend Kapazität für ausgedehnte Reisen benötigte«, sagte Isaacs. »Aus diesem Grund verfügt die Hunter über vergleichsweise riesige Frachtkapazitäten, wie Sie sehen können. Sie besitzt außerdem eine Wasseraufbereitungsanlage, die ihrer Zeit weit voraus war, als sie gebaut wurde.«

Auf jeder Seite des Zentralkorridors befand sich ein Frachtraum, jeder mit eigener Ladeluke, einem eigenen Kran, eigenem Sorter und beweglichen Zwischendecks. Jacob zeigte ihr das Kühlabteil. »Den größten Teil von alledem benutzen wir nicht mehr«, sagte er. »Wir brauchen es nicht auf den kurzen Fahrten zwischen den Neun Welten.«

Die Ladeluke auf der Backbordseite war so hoch und breit wie der Frachtraum dahinter. »Tripley hat immer gehofft, dass er irgendwo dort draußen auf einen Artefakt oder eine Ruine stößt, irgendetwas, das nicht von Menschenhand erbaut wurde. Von anderen *Wesen*. Und er wollte imstande sein, etwas davon mit zurückzubringen, ohne dass zu kleine Luken ihn daran hinderten.«

»Eine *Ruine*?«

»O ja! Er war fest überzeugt, dass sich andere Zivilisationen entwickelt hatten, aber er rechnete auch damit, dass sie alle längst wieder vergangen waren. Er glaubte nicht, dass die Chance groß war, auf eine lebendige zu stoßen. Schließlich wusste er, dass sich auch die Menschheit in einem Zustand des Niedergangs befand.« Sie standen vor der Einstiegsschleuse des Landers. Das Cockpit des Gefährts ragte durch den Boden in die Kammer. »Und natürlich hatte er Recht.«

Sie war verblüfft. »Er hatte Recht? In welcher Hinsicht?«

»Nun ja.« Jetzt war er an der Reihe, überrascht dreinzublicken. »Dr. Brandywine, unsere Zivilisation geht doch langsam, aber sicher vor die Hunde. Sie wissen das genauso gut wie ich. Jeder hat nur noch sich selbst im Kopf. Es ist nicht mehr wie früher.«

Sie schlenderten zum Heck, unterhielten sich über belanglose Dinge, und Kim stimmte ihm zu, dass die Zeiten schlechter geworden waren, obwohl sie nicht davon überzeugt war. Der Korridor endete vor dem Eingang zur Energieversorgung. »Jacob«, sagte sie, »ich würde gerne einen Blick auf das Wartungs-Logbuch werfen, falls das möglich ist.« Solly hatte ihr versichert, dass die Wartungsaufzeichnungen, im Gegensatz zu den sonstigen Logbüchern, an Bord eines Schiffes aufbewahrt wurden, solange es in Dienst war.

»Wenn Sie wollen, warum nicht?«, erwiderte er. »Ich wüsste nicht, was es schaden kann.« Er tippte einen Kode in das Kontrollpaneel neben der Tür. Die Tür öffnete sich, sie traten ein, und er nahm vor einer Konsole Platz. »Allerdings denke ich, dass es Sie ziemlich langweilen wird«, sagte er.

»Mein Problem ist, dass ich einfach nicht genug über diese Dinge weiß. Die Wartungsaufzeichnungen geben mir vielleicht ein Gefühl dafür, wie viel Aufwand erforderlich ist, um ein Schiff wie dieses funktionstüchtig zu erhalten.«

»Möchten Sie vielleicht, dass ich unseren Chefmechaniker hole? Er könnte bestimmt jede Ihrer Fragen beantworten.«

»Nein, nein«, winkte sie ab. »Es geht bestimmt auch so. Nicht nötig, jemanden damit zu belästigen.«

Isaacs zuckte die Schultern und brachte ein Menü auf den Schirm. Er hatte Schwierigkeiten, das zu finden, was er suchte. Aber er war schließlich auch nur für die Öffentlichkeitsarbeit zuständig. Nach einigen Minuten ungeduldigen Wartens glitt schließlich das Wartungs-Logbuch der EIV 4471886 über den Schirm. Jacob erhob sich und überließ ihr den Platz.

Kim blätterte so beiläufig durch die Bildschirmseiten, wie es ihr möglich war, machte harmlose Bemerkungen über die Unzahl verschiedener Schmiermittel und die Intervalle zwischen den Inspektionen der Motoren und bemühte sich ganz allgemein, so zu klingen, als interessierte sie sich nur für einen groben Überblick.

Sie kehrte zum Anfang der Datei zurück. Die

Hunter war am 3. Mittwinter 544 in Dienst gestellt worden. »Ich hätte nicht gedacht, dass so viel Aufwand erforderlich ist, um ein Schiff zu betreiben«, sagte sie unschuldig.

Isaacs stimmte ihr zu. Sie blätterte wieder vor und machte sich mit dem System vertraut, nachdem die Art der Reparatur- oder Wartungsmaßnahme katalogisiert war, und sie fand die elektronische Signatur des jeweiligen Technikers. Gegen Ende des Jahres 572, kurz vor der Abreise nach St. Johns, war die Hunter generalüberholt worden. Einige Wochen später, nach der Ankunft beim Außenposten, hatte eine letzte Inspektion stattgefunden, bevor das Schiff zu den unbekannten Regionen im Sternbild des Goldenen Kelches aufgebrochen war.

Am 30. März war sie wieder in Sky Harbour gewesen, und die nächste Inspektion war durchgeführt worden. Kim ging hastig die einzelnen Punkte durch und fand heraus, dass der Backbord-Frachthangar eine neue Luke erhalten hatte und Reparaturen an den Sprungmotoren durchgeführt worden waren. Sie fragte sich, welches Problem es mit der Luke gegeben haben mochte, doch in den Aufzeichnungen war nichts davon erwähnt. Was die Motoren betraf, so reichte ihr Wissen nicht aus, um den Grad der Beschädigungen zu verstehen. Sie sah lediglich, dass eine ganze Reihe von Ersatzteilen installiert und die Maschine im Anschluss daran als voll funktionsfähig eingestuft worden war.

Der Name des verantwortlichen Technikers lautete Gaerhard. Einen Vornamen fand sie nicht. Doch das sollte nicht weiter schwierig sein.

Sie blätterte noch ein paar Seiten weiter, dann erhob sie sich, bedankte sich bei Jacob und ging.

7

Wo sind sie geblieben, die Herrlichkeit und der Traum?

– WILLIAM WORDSWORTH,
INTIMATIONS OF MORTALITY, 1807 A.Z.

Am nächsten Abend nahm Kim ein Shuttle zum *Star Queen* Hotel. Das einstige Linienschiff war hell erleuchtet, und Bilder von der Oberfläche zeigten, dass zumindest für diese eine Nacht ein neuer Stern am Himmel leuchtete.

Keine zwei interstellaren Liner sahen völlig gleich aus. Selbst Schiffe aus der gleichen Baureihe waren phantasievoll bemalt und ausgestattet, sodass ihre Einzigartigkeit nicht in Frage stand. Einige sahen aus, als stammten sie aus dem Rokoko, wie riesige Herrenhäuser aus dem letzten Jahrhundert. Andere erinnerten an Promenaden, mitsamt Parks und Spazierwegen. Dritte wiederum strahlten die Frische und Effizienz moderner Hotelbetriebe aus. Es war nicht weiter verwunderlich, gab es doch für Raumschiffe im Hinblick auf das Design so gut wie keine Beschränkungen. Die einzige (und notwendige) Bedingung war, dass ihre Konstruktion den Belastungen von Beschleunigungsmanövern oder Kurswechseln gewachsen war.

Die *Star Queen* sah aus wie eine kleine Stadt auf

einer Scheibe. Die Einstiegsröhre war so konstruiert, dass sie den bestmöglichen Ausblick auf das Schiff ermöglichte. Kim hatte Virtuals der *Star Queen* gesehen, doch die Wirklichkeit war schlichtweg atemberaubend.

Die neuen Besitzer hatten keine Mühen gescheut, um den Eindruck eines lebendigen Schiffes zu erzeugen. Die *Star Queen* sah aus, als könnte sie jeden Augenblick zum Sirius oder nach Sol aufbrechen. Ein gewaltiges digitales Banner mittschiffs zeigte in stolzen schwarzen Lettern den Namen.

Außer Kim waren noch ungefähr ein Dutzend Leute im Shuttle. Hauptsächlich, so schätzte sie, höhere Angestellte der verschiedenen Gesellschaften, die sich in Sky Harbour niedergelassen hatten und die nun zur Eröffnungsfeier gingen. Ein Mann bemühte sich, Kim in eine Unterhaltung zu verwickeln, doch sie blieb wortkarg und ausweichend, und er verstand die Botschaft. Sie war nicht grundsätzlich gegen Abenteuer unterwegs, doch im Augenblick war sie zu sehr mit ihren eigenen Gedanken beschäftigt und verspürte keine Lust, sich mit einem Burschen auseinanderzusetzen, der auf der Suche nach dem schnellen Kick war.

Am Dock gab es Musik und automatische Portiers und aufmerksame Hotelmanager. Ein Kamerateam stand ein wenig abseits und interviewte jemanden, den Kim nicht sehen konnte.

Sie war schon einmal an Bord der *Star Queen* gewesen, damals, als sie frisch von der Hochschule gekommen und noch Praktikantin am Institut gewesen war. Jetzt wanderte sie zwischen den einzelnen Räumen hin und her und erneuerte ihre Erinnerungen an diesen Trip. Hier war eine Gedenktafel für Max Esterly, und ein Bild zeigte ihn über einer Computerkonsole beim Entwurf der

Hyperraummotoren, die Schiffe wie die *Star Queen* überhaupt erst möglich gemacht hatten. Und dort die Präsidentensuite, in der Jennifer Granville die Verfassung niedergeschrieben hatte. Auf dem Glasdeck, das so genannt wurde, weil es einen wunderbaren Panoramablick ermöglichte, hatte ein Attentäter Pius XIX. niedergestreckt, den Letzten der offiziell anerkannten Päpste. Eine Plakette markierte die Stelle vor dem Hauptspeisesaal, wo ein Team von Rangers den Einsatz gegen die minagwanischen Terroristen gestartet hatte, die das Schiff in ihre Gewalt gebracht und siebzehn Tage lang in einem Akt festgehalten hatten, der ein Vorspiel zum Krieg gewesen war.

Ali Bakai und Narimoto der Gute hatten sich heimlich an Bord der *Star Queen* getroffen, um den Friedensvertrag von Ahriman auszuhandeln, den keiner ihrer Wähler gewollt hatte. Im Ballsaal hatte der berühmte Yakima Tai sein letztes Konzert gegeben, bevor er zusammen mit seiner Frau aus dem Leben geschieden war. Die Bar des Mitteldecks trug eine Plakette, die den erfundenen Platz markierte, an dem Victoria King ihren langjährigen Partner, Leibwächter und Biographen Archimedes Smith kennen gelernt hatte. Eine weitere Plakette erinnerte an die Kabine, in der Del Dellasandro *Auch Hypochonder werden krank* geschrieben hatte. Und in der Haupthalle zeigte ein Ölgemälde den stolzesten Augenblick in der Geschichte der *Star Queen*: Den Angriff pazifischer Kriegsschiffe unter dem Kommando von Pandik II., als sie mit Nachschub, technischem Personal und Ersatzteilen zu den Rebellen unterwegs gewesen war.

Kim suchte auf einem Display nach ihrer Zimmernummer. Ein Strauß Orchideen erwartete sie beim Eintreten, mit freundlichen Grüßen von

Cole Mendelson, dem Koordinator des festlichen Abends. Die Kabine war klein, wie auf einem interstellaren Schiff nicht anders zu erwarten, doch sie war auch luxuriös, auf eine zudringliche Art und Weise. Das Dekor, die Vorhänge, Bettbezüge, das Mobiliar – alles war eine Spur zu protzig.

Normalerweise wäre sie sofort unter die Dusche gegangen, doch diesmal warf sie sich auf das Bett und trat die Schuhe von den Füßen. Sie aktivierte das Terminal und gab den Namen Gaerhards zusammen mit den Stichworten TECHNIKER und SPRUNGMOTOREN in eine Suchmaschine ein.

Die Antwort kam fast im gleichen Augenblick. Es gab einen Walter Gaerhard, der bei Interstellar in Sky Harbour arbeitete.

Sie rief bei Interstellar an und hatte einen Klon Melissas auf dem Bildschirm. »Ich versuche, Walter Gaerhard zu finden«, sagte sie.

Der Klon von Melissa blickte auf das Display und musterte Kims ID. »Es tut mir Leid, Dr. Brandywine«, sagte sie. »Aber Walter ist zurzeit nicht im Dienst.«

»Könnten Sie mich vielleicht mit seiner Wohnung verbinden?«

»So etwas gehört nicht zu unserer Politik, Ma'am. Handelt es sich um einen Notfall?«

»Nein. Nein, kein Notfall. Könnten Sie mir vielleicht verraten, wo ich ihn finden kann?«

»Einen Augenblick bitte.« Sie berührte ihre Tastatur, blickte erneut auf das Display und schürzte die Lippen. »Er hat morgen die Tagesschicht. Möchten Sie, dass ich ihm eine Nachricht zukommen lasse?«

»Nein, das ist nicht nötig, danke sehr.« Besser, einfach so vorbeizugehen. Falls sich damals tatsächlich irgendetwas Unerwartetes an Bord der *Hunter* ereignet hatte, dann war es besser, niemanden unnötig aufzuschrecken.

Der eigentliche Festakt fand im großen Speisesaal statt. Am Kopfende stand auf einem Podium ein Tisch für die Sprecher und Ehrengäste. Flaggen und Wimpel hingen an den Wänden, und alles war mit Blumen und Bändern geschmückt.

Kim trug ein burgunderfarbenes Abendkleid mit einer Orchidee aus Coles Bouquet. Der Ausschnitt war zurückhaltend, doch das Kleid klebte an ihrem Leib, eine Eigenschaft, die, wie sie schnell bemerkt hatte, von der gedämpften Beleuchtung am Pult noch betont wurde. Die Erfahrung hatte sie gelehrt, dass die Persönlichkeiten, die bei Veranstaltungen wie diesen zu Gast waren, das Institut als etwas Ermüdendes betrachteten, etwas, das in der Vergangenheit lebte, engstirnig und borniert. Kim hatte herausgefunden, dass weiblicher Charme der Sache nicht schaden konnte, eher im Gegenteil: Im Allgemeinen trug er sogar noch dazu bei, die Großzügigkeit der Sponsoren zu entfachen.

Cole blickte von einer Unterhaltung auf, bemerkte Kim, winkte und kam ihr entgegen. Er besaß einen roten Schopf, war von undefinierbarem Alter, hatte lange, geschmeidige Hände und den freundlichen, wenngleich ein wenig nichtssagenden Blick, der Teil der Uniform zu sein schien, die Public-Relations-Berater unweigerlich trugen. Kim erwiderte sein Lächeln und wusste, dass Cole das Gleiche von ihr dachte.

»Schön, sie wiederzusehen, Kimberley«, begrüßte er sie. Sie umarmten sich, und sie küsste ihn auf die Wange und bedankte sich für die Blumen.

Sie hatten sich bei einem der zahlreichen

Geschäftsessen kennen gelernt, die Cole im vergangenen Jahr abgehalten hatte, um Verbindungen zu schaffen, die Vorteile der *Star Queen* als Konferenzhotel darzulegen und all diejenigen zu beschwichtigen, für die der Gedanke, den Planeten zu verlassen, und sei es in einem Orbitalaufzug, etwas Beunruhigendes hatte. Er war ein guter Verkäufer, was so viel hieß wie: Er konnte den Menschen direkt in die Augen blicken, während er die absurdesten Dinge behauptete. Doch er tat es freundlich, mit einem Zwinkern, als wollte er sagen, *Sie und ich wissen beide, dass ich ein wenig übertreibe, aber was macht das schon? Selbst wenn nicht alles stimmt, es ist immer noch verdammt gut, und Sie bekommen etwas geboten für Ihr Geld.*

Er stellte Kim ringsum vor, und sie achtete genau auf die Namen und die Gesichter, um keinen wieder zu vergessen. Es würde nicht nur heute Nacht, sondern möglicherweise noch in Jahren hilfreich sein. Niemand wendet einem brüsk den Rücken zu, wenn man ihn mit dem Vornamen angesprochen hat.

»Ich habe da jemanden, den Sie unbedingt kennen lernen müssen«, sagte er zu Kim und schob sie durch den Raum. Auf Ben Tripley zu.

Er sah sie kommen und entschuldigte sich bei seinen Begleitern, um sich ihr zuzuwenden. Dann stockte er, als wäre ihr Anblick zu viel, um ihn mit einem Mal in sich aufzunehmen. Sein Blick streifte über ihre nackten Schultern hinauf zu ihren Augen und signalisierte ihr, dass er zu dem Schluss gekommen war, sie sei eine niedrigere Kreatur, und nichts an diesem Abend könne seine Meinung ändern, auch wenn er ihr keinen Vorwurf daraus machte.

»Nett, Sie wiederzusehen«, sagte er glatt.

Sie erwiderte das Kompliment, und Cole bemerkte erfreut, dass beide sich zu kennen schienen.

»Alte Freunde«, sagte Tripley lächelnd. Ohne sie physisch zu berühren, ergriff er Besitz von ihr. Es war ein flüchtiger Augenblick, der rasch wieder verging. »Ich konnte nicht widerstehen«, sagte er. »Als ich hörte, dass Sie heute Abend reden, musste ich kommen.« Sie wechselten noch ein paar belanglose Worte, dann entschuldigte er sich. Offensichtlich hatte er jemanden gesehen, mit dem er unbedingt reden musste. Als er weg war, fiel ihr das Atmen wieder leichter.

Als es endlich losgehen konnte, waren gut vierhundert Menschen im Speisesaal. Selbstverständlich alles erlesene Gäste, herausgeputzt in Satin und Seide. Die Männer trugen weiße oder goldene Halstücher, wie sie in Mode waren, und die Frauen steckten in hautengen Abendkleidern, die in manchen Fällen bemerkenswert wenig der Vorstellungskraft überließen.

Die Kellner brachten Berge an Fleisch, Gemüse und Früchten. Vor Kim tauchte eine Flasche Wein auf, doch sie gab sie weiter in der festen Absicht, mit dem Alkohol zu warten, bis sie gesprochen hatte. Sie saß ganz in der Nähe des Pultes, zur Rechten der Hotelmanagerin, Talika McKay. Sie war eine zierliche braunhaarige Frau mit engelhaften Augen, einem wohl wollenden Lächeln, überschwänglichen Umgangsformen und dem Mitgefühl eines Hais. Kim hatte sie zweimal in Aktion erlebt, wenn eine Werbekampagne nicht so gelaufen war, wie sie es sich vorgestellt hatte.

Tripley saß mitten im Saal und war in eine Unterhaltung mit seinen Tischnachbarn vertieft, doch seine Blicke streiften sie gelegentlich. Wenn es geschah, schien sich seine Macht noch zu verstärken, und der gesamte Speisesaal schien zu verschwimmen, während er überdeutlich scharf in ihrem Blickfeld war. *Ich kenne dein kleines billiges Geheimnis*, schienen seine Blicke zu sagen. *Du bist eine Frau, die Phantomen hinterher jagt. Du kommst her und gibst vor, eine Persönlichkeit aus Wissenschaft und Forschung zu sein, aber in Wirklichkeit bist du nur attraktiv und sonst gar nichts.*

Der Tisch auf dem Podium war für McKay und Kim, für den Präsidenten der Greenway Travel Association und Abel Donner reserviert, der den Umbau des Passagierraumers zum Hotel beaufsichtigt hatte. McKay hatte die Aufgabe des Conférenciers übernommen.

Als die Gäste mit dem Essen fertig waren, trat McKay ans Pult und hieß alle Versammelten willkommen bei der Gala zur Eröffnung des *Star Queen* Hotels, wobei sie das letzte Wort ein wenig betonte. Das Hotel, so sagte sie, würde die großartige Tradition des alten Liners fortsetzen. Sie schilderte kurz die Einrichtungen des Hotels, empfahl es für Trainingsmaßnahmen von Mitarbeitern und stellte schließlich den Vorsitzenden sowie die übrigen Mitglieder des Vorstands vor, die sich allesamt kurz von ihren Plätzen erhoben und verneigten und ihre Freude darüber zum Ausdruck brachten, bei dem Ereignis anwesend zu sein.

McKay beschrieb einige der Urlaubspakete, die das Hotel ebenfalls in seinem Angebot hatte, und wies darauf hin, dass es stets eine ganz besondere Verbindung zwischen der *Star Queen* und dem Seabright Institute gegeben hatte, womit sie das Wort an Kim übergab, die sich fragte, worin diese besondere Verbindung bestanden hatte.

»Unsere Hauptrednerin an diesem Abend ...«, sagte sie.

Kim wusste, dass sie aus politischen Gründen an diesem Ereignis teilnahm. Irgendjemand vom *Star Queen* Hotel schuldete jemand anderem vom Institut einen Gefallen. Sie brauchten einen Redner, das Institut brauchte Öffentlichkeit – *et voilà*, Brandywine stand am Rednerpult. Sie wussten, dass Kim die Sache des Instituts vorbringen würde, doch man erwartete auch, dass sie nette Dinge über das neue Hotel sagte.

Rednerpulte waren etwas, das den Fortschritt der Technologie überdauert hatten, denn sie erzeugten eine Barriere, hinter der sich ein Redner verschanzen konnte. Genau deswegen mochte Kim sie nicht: Sie versperrten ihr den Zugang zum Publikum. Wäre sie dazu imstande gewesen, sie hätte es beiseite geschoben.

»Ich danke Ihnen, Dr. McKay«, sagte sie, bevor sie mit den üblichen Begrüßungen begann, ein oder zwei Scherze auf ihre eigenen Kosten machte und über ihren einzigen früheren Aufenthalt an Bord sprach. »Ich war Praktikantin beim Seabright Institute, und wir sollten zum Physikalischen Laboratorium auf dem Lark fliegen. Zufällig hatte die *Star Queen* gerade angedockt. Sie war von Caribee gekommen. Nur ein bedeutungsloses Detail, doch ich werde es bestimmt niemals vergessen. Wie weit liegt Caribee von uns entfernt? Etwas über achtzig Lichtjahre, wenn ich mich nicht irre. Jedenfalls, man ließ Besucher an Bord, und wir hatten noch ein wenig Zeit, also kamen wir genau durch jenen Eingang dort hinten. In diesen Saal. Der Captain und ein paar seiner Offiziere schüttelten den Passagieren die Hand und verabschiedeten sich, und ich versuchte mir vorzustellen, welch eine gewaltige Entfernung sie zurückgelegt hatten, wie groß die Distanz zwischen Greenway und Caribee war.

Wir alle wissen, dass es eine Zeit gegeben hat, in der die Menschen glaubten, eine solche Reise wäre niemals möglich. Niemals. Das, was wir als selbstverständlich hinnehmen, war einst der Traum anderer.

Vor neunhundert Jahren haben wir eine unbemannte Sonde von der Erde in Richtung Alpha Centauri geschickt. Alpha Centauri ist, wie Sie alle sicherlich wissen, nur vier Lichtjahre von Sol entfernt. *Vier*. Doch diese Sonde ist *immer noch* unterwegs. Sie hat noch nicht einmal die Hälfte der Strecke zurückgelegt. Und wir fragen uns heute: Warum haben sich unsere Vorfahren überhaupt die Mühe gemacht? Sie wussten, dass sie alle längst tot sein würden, bevor die Sonde ihr Ziel erreicht hätte. Seit zweitausend Jahren tot. Warum haben sie es trotzdem gemacht? Warum tun wir Menschen Dinge wie diese?

Warum haben wir gerade Alpha Maxim gesprengt? Auch wir werden seit Tausenden von Jahren tot sein, bevor es die ersten Resultate geben kann.« Sie unterbrach sich, um einen Schluck Wasser zu trinken. »Ich verrate Ihnen warum. Wir haben die Sonde nach Alpha Centauri aus genau dem gleichen Grund gestartet, aus dem wir die Sprungmotoren gebaut haben, die die *Star Queen* so viele Jahre angetrieben haben. Wir mögen keine Horizonte. Wir mögen keine Grenzen. Wir wollen immer wissen, was dahinter liegt. Wir machen nicht am Ufer Halt, oder? Was bedeutet für uns schon ein Strand, wenn nicht einen Ort, von dem aus wir in die Zukunft aufbrechen können?«

Tripley schien nicht zuzuhören. Seine Augen blickten unverrückbar zu einem Punkt irgendwo an der Decke.

»Wir sind heute Abend hier, um die Außerdienststellung eines der Symbole dieses Traums zu feiern. Die *Star Queen* hat mehr als eineinhalb Jahrhunderte lang Menschen und Fracht zwischen den Neun Welten transportiert. Sie hat sich ihre Ruhe verdient. Und es tut gut zu wissen, dass sie einen Ruheplatz gefunden hat, wo zukünftige Generationen sie anfassen und *begreifen* können. Wenigstens eine schwache Ahnung von dem bekommen, was sie einst gewesen ist.«

Sie verglich die *Star Queen* mit den Forschungsschiffen des Instituts, erwähnte Max Esterleys Beitrag zur Technologie der Sprungmotoren und schloss mit der Behauptung, dass die Schiffe nicht aufhören würden, die Grenzen weiter auszudehnen. »Einige von uns mögen sich fragen, warum der Kosmos so riesig ist, so unvorstellbar groß, dass wir niemals mehr als einen Bruchteil davon zu sehen bekommen. Ganz gleich, wie gut unsere Teleskope auch sein mögen – dort draußen gibt es ein Universum voller Licht, das einfach noch nicht die Zeit gehabt hat, bis zu uns vorzudringen. Fünfzehn Milliarden Jahre, und es ist immer noch nicht bei uns angekommen. Nun ja, vielleicht ist es so, damit wir nicht vergessen, dass es immer einen Horizont geben wird, eine Herausforderung, ganz gleich, wie weit wir kommen. Es wird immer noch eine Flussbiegung hinter der Nächsten geben.«

Tripley fand offensichtlich in die Gegenwart zurück, bemerkte, dass sie ihn beobachtet hatte, und bemühte sich, verbindliches Interesse auszustrahlen.

Hinterher kam eine Reihe Leute zu ihr und erkundigte sich über die gegenwärtigen Projekte des Instituts, stets ein Zeichen dafür, dass die Präsentation gut gelaufen war. Sie redeten über das Leuchtfeuer, und die Präsidentin der Greenway

Travel Association, eine attraktive Blondine in Grün und Weiß, fragte sich, warum es nicht möglich war, etwas Ähnliches im Hyperraum zu tun, ein omnidirektionales, multifrequentes Signal, das die Aufmerksamkeit erweckt, aber keine zwei Millionen Jahre benötigte, um eine Antwort zu bringen.

»Das Problem liegt genau darin begründet«, antwortete Kim. »Es ist prinzipbedingt unmöglich, im Hyperraum ein Signal zu erzeugen, das sich in alle Richtungen ausbreitet. Hyperraumkommunikation kann nur gerichtet erfolgen. Wenn wir wüssten, wo wir die Himmelsbewohner finden, könnten wir ihnen Hallo sagen. Aber wir wissen es nicht.« Als der Letzte gegangen war, schüttelten Cole und McKay ihr die Hand, und Tripley schlenderte herbei.

»Das war gar nicht schlecht«, sagte er, als sie allein waren. »Aber ich weiß, dass Sie nicht wirklich daran glauben.«

»*Woran* glaube ich nicht?«, fragte sie kühl.

»Dass wir nicht am Ufer Halt machen. Dass wir keine Grenzen mögen.« Seine Stimme klang, als hielte er die Feststellung für naiv.

Kim war sich keinesfalls zu schade, die Wahrheit ein wenig zu verbiegen, wenn es um das Auftreiben neuer Gelder ging. Doch sie war fest davon überzeugt, dass Neugierde und das Streben nach neuem Wissen fest in der menschlichen Natur verankert waren. »Tun Sie das?«, entgegnete sie.

»Tue ich was?«

»Akzeptieren *Sie* Grenzen?«

»Das ist etwas ganz anderes.«

»Warum?«

»Weil ich ein Individuum bin. Sie haben von der Spezies als solcher gesprochen.«

»Wir sind im Grunde alle mehr oder weniger

gleich, Ben. Wenn Sie bereit sind, sich mit dem Status Quo abzufinden und sich auf ihrer Veranda im Schaukelstuhl zurückzulehnen, lassen Sie es mich wissen. Ich würde es mir zu gerne ansehen.«

»Das ist ein billiger rhetorischer Trick. Sie geben die Frage an mich zurück. Aber es wird Zeit, dass Sie der Wahrheit ins Gesicht sehen, Kim. Wir haben unseren Gipfel hinter uns. Dieses Geschäft hier …« Er blickte sich um, und sein Blick umfasste den gesamten Speisesaal. »Es ist eine traurige Tatsache. Die interstellaren Schiffe kehren nach Hause zurück. Es gefällt mir nicht, ganz bestimmt nicht – es ist nicht gut fürs Geschäft. Aber es ist Realität. Wir ziehen uns auf unsere Neun Welten zurück, und unsere Schiffe werden eingemottet. Ich würde dies zu niemand anderem sagen, und falls Sie es tun, werde ich alles abstreiten, aber der Traum, von dem Sie reden, war schon tot, bevor Sie geboren wurden. Nur der Leichnam ist immer noch warm.«

»Falls Sie Recht haben«, sagte Kim, »dann gibt es für die Menschheit keine Zukunft. Aber ich bin noch nicht bereit, meine Sachen einzupacken.«

»Schön für Sie.« Seine Stimme klang unangenehm kühl. »Aber Sie verschließen die Augen vor den Tatsachen. Greenway und die anderen Welten machen sich bereit für den letzten Weg. Niemand, der wirklich noch irgendwo hingeht. Für die meisten Menschen ist das Leben viel zu angenehm. Sie bleiben zu Hause und lassen es sich gut gehen. Die Maschinen übernehmen die gesamte Arbeit. Ich sage Ihnen, was ich vom Leuchtfeuer-Projekt halte: Selbst wenn morgen irgendjemand antworten würde – niemand würde sich auch nur einen Dreck darum kümmern, es sei denn, sie würden uns bedrohen.«

Sie hatte sich einen Erdbeer-Miconda bestellt.

Der Cocktail war zugleich eiskalt und ließ Hitze in ihr aufsteigen. Eine gute Mischung. »Sie glauben also, mit uns geht es geradewegs bergab.«

»Die letzten Tage Roms«, sagte er. »Eine gute Zeit zum Leben, bis zu den allerletzten Tagen jedenfalls. Wenn man Hedonist ist, heißt das. Alle Männer sind Hedonisten.«

»Sind *Sie* einer, Ben?«

Er dachte über die Frage nach. »Nicht nur«, antwortete er schließlich. Sein Blick bohrte sich in sie. »Nein. Nein, Sie würden mir nicht glauben, wenn ich Ihnen sagte, dass ich einer bin.«

Im restlichen Verlauf des Abends mischte sie sich unter so viele Gäste, wie sie nur konnte. Sie lud jeden ein, das Institut zu besuchen, sicherte ihnen private Führungen zu und versprach, sie den Wissenschaftlern vorzustellen, die das Leuchtfeuer-Projekt ins Leben gerufen hatten. Um zwei Uhr Morgens kehrte sie müde und mehr als ein wenig angeschwipst in ihre Kabine zurück mit dem befriedigenden Gefühl, dass sie ganze Arbeit für ihren Brötchengeber geleistet hatte.

Doch sie hatte sechs Stunden hart gearbeitet und konnte noch nicht sofort schlafen.

Sie nahm sich eine heiße Schokolade aus dem Dispenser, zog ihren Pyjama an, ging die Bibliothek durch und entschied sich für *Die Queen unter feindlichem Feuer*, einen Bericht aus der Zeit der *Star Queen* als militärisches Transportschiff im Krieg gegen Pacifica. Sie las vielleicht eine halbe Stunde, dann wies sie den Zimmerprozessor an, das Licht zu dämpfen.

Es wurde dunkel. Eine weibliche Stimme erkundigte sich, ob sie sonst noch einen Wunsch hätte.

Kim überlegte einen Augenblick und erteilte die entsprechenden Anweisungen.

Sie legte sich zurück, starrte in die Dunkelheit und dachte über das nach, was Tripley gesagt hatte. *Das Ende Roms*. Eine Redensart, die wenigstens genauso alt war. Die Menschen hatten schon immer gedacht, dass es bergab mit ihnen ging. *Jeder glaubt, in einer Welt zu leben, die nach und nach in Scherben fällt.*

Rings um sie herum materialisierte das Flugdeck der *Star Queen*.

»*Captain, wir haben Gesellschaft!*« Cyrus Kleins Stimme klang fest.

Das taktische Display erwachte blinkend. Acht Lichtpunkte bewegten sich auf sie zu, auf Abfangkurs, von Backbord her.

Kim lehnte sich im Kommandantensitz zurück. »*Können Sie sie identifizieren, Mr. Klein?*«

»*Einen Augenblick bitte, Ma'am.*« Seine Augen verengten sich zu Schlitzen, während er auf die Ergebnisse der Sensoren wartete.

»*Besser, wir gehen vom Schlimmsten aus*«, sagte sie. »*Volle Kraft voraus. Kollision vorbereiten. Schilde hoch. Wo steckt unsere Eskorte?*«

8

Die Wahrheit ist wie die Nacktheit: Gelegentlich unvermeidlich, doch meist gefährlich, und sie sollte der Öffentlichkeit nicht gezeigt werden. Die Wahrheit gibt dem Leben seine Größe, doch es sind die kleinen freundlichen Lügen, die es erträglich machen.

– RANDLE ABRAM, BRIEFE AN MEINEN SOHN, 241

Am Morgen frühstückte Kim zusammen mit Cole. Sie bedankte sich für die erwiesene Gastfreundschaft, gab ihr Gepäck nach Terminal City auf und setzte sich in ein Shuttle nach Sky Harbour.

Die Werkstätten von Interstellar befanden sich in den unteren Hangars auf dem Pflaumen-Deck, das seinen Namen von der Farbe der Wände hatte. Kim betrat das Büro, ging zur Auftragsannahme und erkundigte sich, ob Walter Gaerhard zu sprechen wäre. Sie nannte ihren Namen und setzte sich, um zu warten. Einige Minuten später öffnete ein muskulöser Mann mit einer Hautfarbe wie schwarzes Ebenholz die Tür und trat ein. »Dr. Brandywine?«, fragte er.

»Mister Gaerhard?«

Er lächelte und reichte ihr die Hand. »Sie wollten mich sprechen?«

»Wenn Sie ein paar Minuten übrig hätten?«

»Ich kaufe nichts.«

»Darum geht es auch nicht. Darf ich Sie zum Essen einladen?«

Er musterte sie genauer, während er sich vorzustellen versuchte, aus welchem Grund sie gekommen war. »Es ist eigentlich noch zu früh, Doktor. Trotzdem, danke sehr. Was kann ich für Sie tun?«

»Wie gut ist Ihr Gedächtnis?«

»Ich bin zufrieden.« Er führte sie in ein Nebenbüro. »Kommen Sie aus der Personalabteilung?«

»Nein. Ich arbeite nicht für die Company.«

Er bot ihr einen Stuhl an und nahm ebenfalls Platz. »Und woran soll ich mich erinnern?«

»Es geht um eine Sache, die siebenundzwanzig Jahre zurückliegt.«

»Das ist ziemlich lange her.«

»Sie haben Reparaturen an den Sprungmotoren einer Jacht durchgeführt, die der Tripley Foundation gehörte. Der *Hunter*.«

Seine Gesichtszüge wurden hart. »Ich erinnere mich nicht«, sagte er. »Siebenundzwanzig Jahre sind eine ziemlich lange Zeit.«

»Interstellar muss Aufzeichnungen darüber besitzen. Würde es Ihnen vielleicht helfen, einen Blick darauf zu werfen?«

»Nicht, wenn es so weit in der Vergangenheit liegt.«

»Sie erinnern sich also nicht, auf der *Hunter* gearbeitet zu haben? Überhaupt nicht?«

»Nein.« Er stand auf. »Was erwarten Sie eigentlich von mir? Was hat das alles zu bedeuten?«

»Ich stelle Nachforschungen über die Tripley Foundation an. Die *Hunter* spielt eine Schlüsselrolle in ihrer Geschichte. Sie war Kile Tripleys persönliche Jacht.

»Tut mir Leid, aber ich erinnere mich wirklich nicht. Das ist alles viel zu lange her.« Er wandte sich in Richtung Tür und schien es mit einem Mal sehr eilig zu haben. »Noch etwas?«

»Ich bin nicht von der Polizei«, sagte Kim. »Ich unterstelle nicht, dass irgendetwas nicht mit rechten Dingen zugegangen ist.«

»Es tut mir wirklich Leid, dass ich Sie unterbrechen muss, aber ich muss zu meiner Arbeit zurück.« Er flüchtete buchstäblich aus dem Raum. Kim starrte ihm verwirrt hinterher.

Der Unfall, bei dem Kims Eltern ums Leben gekommen waren, gehörte zu der Sorte von Ereignissen, die normalerweise nicht vorkam. Selbstverständlich starben Menschen bei Unfällen: Sie fielen von Bergen, sie wurden auf dem Meer von Stürmen überrascht oder bekamen Krämpfe beim Schwimmen. Doch das Transportsystem Equatorias galt als nahezu hundert Prozent sicher. Nahezu perfekt.

Kims Tante Jessica hatte sie hinterher bei sich aufgenommen, und unter den zahlreichen Dingen, die sie von dieser wunderbaren Frau mitbekommen hatte, befand sich auch ein Sinn für das Mysteriöse. Obwohl erst Markis Kane nötig gewesen war, um Kim mit Veronica King bekannt zu machen.

Während der Zugfahrt nach Hause versenkte sie sich in den *Horror von Parkington*, eines der frühen Abenteuer der exzentrischen Privatdetektivin. Das Hauptquartier der Detektivin auf Moor Island war angefüllt mit Artefakten aus den frühen Jahren der Besiedlung. Die Atmosphäre war schaurig, und die Ereignisse spielten durchweg in heruntergekommen Ruinen entlang der Küste oder in landeinwärts gelegenen Schlupflöchern, deren windschiefe Mansarden und stumpfe graue Fenster den Wahnsinn ihrer Erbauer reflektierten.

Doch es gelang Kim nicht, die Gespräche mit Tripley und Gaerhard aus den Gedanken zu verdrängen. Sie war zu der Überzeugung gelangt, dass Tripley, falls während des letzten Fluges der *Hunter* etwas Unerwartetes geschehen war, nichts davon wusste. Und dass er auch gar nichts darüber wissen *wollte*.

Gaerhard auf der anderen Seite hatte eindeutig etwas zu verbergen. Sie fragte sich, welches Geheimnis er hüten mochte. Nach seiner Reaktion zu urteilen, war es ein Geheimnis, das ihn immer noch in Schwierigkeiten bringen konnte, selbst nach all den Jahren. Ihr fiel nur eine Erklärung dazu ein: dass die *Hunter* in Wirklichkeit überhaupt kein Problem mit den Sprungmotoren gehabt hatte, sondern dass es etwas ganz anderes gewesen war, als nach außen hin behauptet worden war. Und dass Gaerhard die Aufzeichnungen gefälscht hatte. Was wiederum bedeutete, dass er bestochen worden war. Falls das zutraf, so schlussfolgerte sie, war die *Hunter* damals tatsächlich aus anderen Gründen als wegen dringend notwendiger Reparaturen umgekehrt. Aber was für Gründe mochten das gewesen sein?

Selbst wenn Sheyel Tolliver Recht hatte und es zu einem Kontakt mit fremdem Leben gekommen war – wozu all die Geheimhaltung?

Der Seahawk ging in eine sanft schaukelnde Bewegung über, und salzige Luft fand einen Weg in die Kabine. Hin und wieder jagte ein Zug in entgegengesetzter Richtung an ihnen vorbei.

Sie rief in ihrem Büro an.

»Hallo, Kim«, sagte Andra. »Wie war es auf der *Star Queen*?«

»Einfach fantastisch«, antwortete Kim. »Sind Sie beschäftigt?«

»Bis über beide Ohren. Das wissen Sie doch.«

»Ja, ich weiß. Wenn Sie wieder unter dem Stapel hervor gekommen sind, möchte ich, dass Sie etwas für mich erledigen. Haben Sie von der Explosion gehört, die sich 573 im Severin Valley ereignet hat? Ein halber Berg ist damals in die Luft geflogen.«

»Ich erinnere mich undeutlich.« Das bedeutete, Andra wusste nichts.

»Es war der Mount Hope. Ich möchte, dass Sie alles über diesen Zwischenfall herausfinden und für mich aufbereiten. Die Berichterstattung in den Medien, die Polizeiberichte, was auch immer. Eines der Opfer, Kile Tripley, war erst seit ein paar Tagen von einer interstellaren Mission an Bord der *Hunter* zurück. Zwei weitere Mitglieder der Besatzung, zwei Frauen, sind ungefähr um die gleiche Zeit verschwunden.« Sie nannte Andra die Namen. »Finden Sie so viel wie möglich über sie heraus, was sie in ihrer Freizeit gemacht haben, wer ihre Freunde waren, alles, was Sie finden können. Auch über Kile Tripley. Er war damals Präsident der Interstellar. Darüber hinaus würde ich gerne noch wissen, ob es jemals eine Verhaftung oder eine Anklage in dieser Geschichte gegeben hat.«

»In Ordnung. Darf ich fragen warum?« Ihre Stimme war ein verschwörerisches Flüstern.

»Ich weiß es selbst noch nicht genau, Andra. Schaffen Sie das bis heute Nachmittag?«

»Wenn es unbedingt sein muss.«

»Bitte sehr. Und schicken Sie es zu mir nach Hause. Ich fahre sofort dorthin. Und Andra …?«

»Ja?«

»In der Wheeling Bay arbeitet eine Archäologin. Ihr Name lautet Kane, Tora Kane. Versuchen Sie, mir für morgen einen Termin mit ihr zu beschaffen.«

Kim lehnte sich zurück, schaltete das elektronische Buch ab und schloss die Augen. Ein Schauer erwartungsvoller Aufregung kroch ihr über den Rücken.

Als sie nach Hause kam, fand sie eine Notiz von Matt, der ihr zu ihrem »nach allen mir vorliegenden Berichten herausragenden Erfolg« gratulierte. Außerdem hatte sie für den nächsten Tag um fünfzehn Uhr eine Verabredung mit Tora Kane an einem Ort, der Colson-Grabung genannt wurde, und ein kodierter Wegweiser für das Taxi lag auch schon bei.

Außer seinen Ex-Frauen besaß Kane nur eine einzige Verwandte, und sie war zugleich die einzige Person, zu der er eine enge Beziehung unterhalten hatte: seine Tochter Tora. Tora Kane hatte den Berichten zufolge geäußert, dass ihr Vater nach dem Unglück vom Mount Hope nie wieder der Alte gewesen wäre und dass er bis zum letzten Augenblick in Severin Village geblieben wäre in der Hoffnung, der Ort würde sich wieder erholen. Doch alle hatten aufgegeben. Zu viele schlechte Erinnerungen. Und dann war auch noch die Nachricht gekommen, dass man den Damm abreißen musste.

Die Ex-Frauen hatten alle ein neues Leben angefangen. Sie schienen keinen Groll gegen Kane zu hegen, doch es war nicht zu übersehen, dass sie einen sauberen Schnitt gemacht hatten, nachdem ihre Eheverträge ausgelaufen waren.

Kim betrachtete Aufzeichnungen von Kanes Tochter, als die Dateien über Emily, Yoshi und die Katastrophe vom Mount Hope eintrafen.

Sie bereitete sich ein Abendessen aus Käse und frischen Früchten und trug es in das Wohnzimmer.

Sie stellte es auf dem Couchtisch ab, kehrte in die Küche zurück, um sich Wein zu holen, und befahl Shepard dann, mit dem Auswerten der Daten zu beginnen.

Der größte Teil der Informationen, die Andra über Emily zusammengetragen hatte, war Kim bestens bekannt. Wo Emily zur Schule gegangen war, dass sie ein paar wissenschaftliche Artikel verfasst hatte und dass sie eine viel versprechende Nachwuchskraft bei Widebase Communications Systems gewesen war, bevor sie zur Tripley Foundation gewechselt hatte.

Doch je mehr Kim sich mit den Artikeln befasste, die Bilder betrachtete und beschönigte Kommentare las, die Emilys Kollegen nach ihrem Verschwinden über sie abgegeben hatten, desto mehr wurde ihr bewusst, dass sie die echte Emily niemals wirklich gekannt hatte, geschweige denn verstanden.

Ein Auszug aus einem typischen Essay verdeutlichte, wie tief Emilys Hingabe an ihren Beruf gewesen war:

Irgendwo dort draußen beobachten Augen, die nicht die unsrigen sind, die Sterne. Daran kann überhaupt kein Zweifel bestehen. Wäre es anders, müssten wir uns eingestehen, dass unsere Existenz nur wenig Sinn ergibt, ja, dass der einzige Sinn unseres Lebens darin besteht, zu essen, zu trinken und uns fortzupflanzen.

Wir leben am Ufer eines unendlichen Meeres. Welche Macht des Universums auch immer es so eingerichtet hat, sie hat ganz bestimmt nicht gewollt, dass wir allein sind. Sie wollte, dass wir aufbrechen und die Strömungen und Tiefen dieses Meeres kartographieren, seine Inseln erforschen und schließlich alle anderen Seefahrer umarmen, denen wir unterwegs begegnen.

Unglücklicherweise liegen die Inseln weiter auseinander, als wir uns das vorgestellt haben. Viele von uns sind der Meinung, wir sollten aufgeben und einfach zu Hause bleiben. Zufrieden sein mit dem Leben unter unseren warmen Sonnen. Träge am Strand liegen. Doch ich bin fest davon überzeugt, dass wir, sollten wir diese Richtung einschlagen, den Teil unseres Wesens verlieren, der unsere wertvollste Eigenschaft ist: das Verlangen, in das Unbekannte vorzustoßen. Wenn wir uns hingegen treu bleiben, dann wird ganz sicher der Tag kommen, an dem wir unsere Gläser in der Gesellschaft von Brüdern und Schwestern erheben, die unter fremden Sonnen geboren wurden.

Es klang ein wenig übertrieben, doch Kim hegte keinen Zweifel an ihrer Ernsthaftigkeit. Emily war nicht als Wissenschaftlerin ausgebildet worden, daher neigte sie dazu, Schlussfolgerungen auf Grund emotionaler Bedürfnisse zu ziehen statt eindeutiger Beweise. Die menschliche Spezies *konnte* nicht alleine sein, weil das Universum so gigantisch war. Weil die Menschen jemanden *brauchten*, mit dem sie sich vergleichen konnten.

Die Wirklichkeit jedoch war, dass die Entstehung von Leben auf der Erde eine ganze Reihe von Bedingungen erfordert hatte, die so ungewöhnlich und so zufällig waren, dass es sich durchaus um ein einzigartiges Ereignis handeln konnte. Es schien nicht unmöglich, dass die menschliche Rasse die einzige intelligente Spezies in all den Kubik-Milliarden Lichtjahren war. Im Dunkel der Nacht und allein im Bett vermutete Kim, dass genau dies tatsächlich der Fall war. Sie hätte es nicht nach außen hin zugegeben, nicht einmal gegenüber Solly. Dazu vertrat sie die Sache des Instituts schon zu viele Jahre. Jahre, in denen sie sich bemüht hatte, Begeisterung für das Leuchtfeuer zu erwecken, das einzige Projekt des Instituts, das im Stande schien, die Menschen zu faszinieren.

Yoshi Amara hatte mit Ausnahme ihrer Dissertation, in der es um atmosphärische Thermodynamik ging, keine schriftlichen Arbeiten hinterlassen. Sie war erst Anfang zwanzig gewesen, als sie dem Team Tripleys beigetreten war. Ihre Reise an Bord der *Hunter* war, so weit Kim feststellen konnte, das erste Mal, dass sie ihre Heimatwelt verlassen hatte.

Kim spielte ein paar Videos ab, auf denen Emily die Handelskammer von Algonda zu überzeugen versuchte, sich an einer öffentlichen Stiftung für ältere Bürger zu beteiligen, oder ein Führungsseminar für Manager bei All-Purpose Transport abhielt oder an der Mellinda University zur Abschlussklasse von '71 sprach und all die Dinge sagte, die man für gewöhnlich Absolventen mit auf den Weg gab, oder wo sie als Teilnehmerin eines Symposiums mit dem Thema »Wohin führt unser Weg?« (es ging um Bevölkerungsrückgang und mangelnde Erforschung des umliegenden Weltraums) zu sehen war und leidenschaftlich für eine gemeinsame Anstrengung plädierte, die Menschen dazu zu bewegen, mehr Kinder zu bekommen.

Danach wandte sie sich der Datei über Tripley zu und beobachtete Kile bei der Gründungsversammlung der Foundation, wo er sich bemühte zu erklären, warum es lebenswichtig war, die Suche nach anderen Intelligenzen fortzusetzen. Nicht ein einziges Mal schienen ihm Zweifel zu kommen, dass sie vielleicht gar nicht existierten. Er hatte ein wenig Mühe, sich durchzusetzen, doch es war auch keine einfache Argumentation. Irgendjemand in der Zuhörerschaft rief dazwischen, dass jeder wüsste, wie sich Menschen verhalten, und falls es Außerirdische gäbe und sie genauso wären wie die Menschen, dann wäre es möglicherweise gar nicht so gut, sie zu entdecken. Lassen wir sie in Ruhe, rief er.

Gegen Mitternacht kam Kim zu dem Schluss, dass Emily und ihre Begleiter an Bord der *Hunter* – Tripley, Amara und Kane, der Pilot – genau das waren, was sie zu sein vorgaben. Durchaus möglich, dass alle bis auf Kane Phantasiegespinsten hinterher jagten, einschließlich Emily. Wäre ihre Suche nach Beweisen für eine außerirdische Zivilisation von Erfolg gekrönt gewesen und wären sie jenseits von St. Johns etwas Lebendigem begegnet, hätten sie ohne jeden Zweifel ihre Entdeckung laut vor der gesamten Welt verkündet.

Und das bedeutete, dass sich Sheyel Tolliver geirrt hatte. Es musste so sein.

Trotzdem bestand eine hohe Wahrscheinlichkeit, dass der Schuh aus der Villa Kanes Yoshi Amara gehört hatte.

Und Gaerhard hatte eindeutig etwas zu verbergen. Vor drei Jahrzehnten hatte er an Bord der Hunter etwas getan, das nach den Aufzeichnungen eine reine Routinearbeit gewesen war. Und doch hatte er augenblicklich gewusst, worum es ging, als Kim davon angefangen hatte.

Andra hatte mehr als einhundert Berichte über die Explosion am Mount Hope und das sich daran anschließende Chaos zusammengetragen.

Kim betrachtete Aufnahmen der Gegend vor und unmittelbar nach der Explosion. Der Krater war deutlich zu erkennen, einen und einen Viertel Kilometer im Durchmesser, und er sah aus, als hätte jemand eine Atombombe abgeworfen. In weitem Umkreis waren Bäume verbrannt und umgeknickt wie Streichhölzer. Das gesamte Tal hatte schwere Schäden erlitten.

Es gab buchstäblich Hunderte von Bildern der Zerstörung. Eingestürzte Gebäude, unkontrollierte Brände, Rettungsmannschaften überall, Überlebende, die benommen durch die Trümmer wanderten.

Die Sachverständigen hatten die Kraft der Explosion auf mehrere Kilotonnen geschätzt. Doch man konnte nicht die geringste Strahlung entdecken. Schließlich verkündete eine Regierungskommission offiziell, dass die Unglücksursache unbekannt war.

Nirgendwo in den Dateien fanden sich Hinweise auf ein Schiff, das Treibstoffzellen verloren hatte, oder auf die unsachgemäße Entsorgung geleerter Behälter. Selbstverständlich lag es nicht im Interesse eines möglichen Übeltäters, sich überführen zu lassen. Und die vorgeschriebenen Logbucheinträge waren nicht besonders schwierig zu fälschen.

Die Behörden hatten sowohl im Fall der Explosion als auch der beiden verschwundenen Frauen jahrelang ermittelt. Keine der Untersuchungen hatte je zu einem Ergebnis geführt.

Das Migthy Third Memorial Museum war den Heldentaten der Dritten Flotte im Verlauf des kurzen, aber blutigen Krieges mit Pacifica gewidmet. Früher einmal hatte es eine Theorie gegeben, nach der ein interstellarer Krieg ein Ding der Unmöglichkeit war, auf Grund von Beschränkungen, die aus dem Energieverbrauch herrührten, sowie wegen der schier unüberwindlichen Schwierigkeiten bei der Unterwerfung der feindlich gesinnten Bevölkerung eines ganzen Planeten. Außerdem war es nicht möglich, die interstellare Flotte eines

Gegners zu stellen, solange er dem Kampf ausweichen wollte, und nicht zuletzt sprach auch die nackte Tatsache dagegen, dass nichts, was es vielleicht zu stehlen gegeben hätte, die Anstrengung wert war, es davonzutragen.

All diese Argumente basierten auf der (falschen) Annahme, dass Krieg eine rationale Angelegenheit war und aus rationalen Gründen geführt wurde.

Historisch betrachtet haben nur wenige Führer das Verhältnis von Kosten und Nutzen ausgerechnet, bevor sie sich in eine Schlacht stürzten. Könige haben Konflikte einzig und allein aus dem Grund provoziert, ihre Truppen auf Kosten eines Dritten zu versorgen. Oder um Zehntausende unzufriedener Untertanen aus dem Land zu schaffen, damit sie woanders Unfrieden stiften konnten, wie es während der Kreuzzüge geschehen ist und später erneut im Verlauf des andreanischen Krieges auf Tigris.

Noch heute streiten die Historiker über Einzelheiten, welche Verkettung von Umständen vor mehr als sechzig Jahren zu dem Krieg zwischen Greenway und Pacifica führte, dem einzigen Krieg, der je zwischen verschiedenen Sternensystemen stattfand. Es war ein Krieg, den keine der beiden Seiten gewollt hatte. Der kritische Faktor scheint die Tatsache gewesen zu sein, dass jedermann von der Unmöglichkeit eines bewaffneten Konflikts überzeugt war. Daher hielten sich beide Regierungen nicht mit Drohgebärden und Affronts zurück.

Die bewaffneten Auseinandersetzungen nahmen ihren Lauf, als ein Zerstörer der Streitkräfte Pacificas ein Kreuzfahrtschiff der Spionage verdächtigte und das Feuer eröffnete. Zweihundertzwölf Passagiere und der größte Teil der Besatzung starben. Als Pacifica eine Entschuldigung verweigerte –

das Kreuzfahrtschiff war offensichtlich vom Kurs abgewichen –, war die Situation rasch bis zum offenen Krieg eskaliert.

Der Konflikt tobte achtzehn Monate. In dieser Zeit gab es mehrere große Schlachten. Embargos wurden gegen Dritte verhängt, und Einsätze gegen militärische Ziele endeten in blutigen Massakern, bei denen Zehntausende das Leben verloren, während die elektronische Kriegsführung die Energieversorgung und die Computernetze permanent lahm legte.

Markis Kane wurde im Verlauf des Krieges zu einem der gefeierten Helden. Er begann als Captain eines Eskort-Schiffes und stieg bis zum kommandierenden Offizier eines Zerstörergeschwaders auf. Er wurde ein halbes Dutzend Mal ausgezeichnet. Er war es, der die schlimmste Gräueltat des gesamten Krieges rächte, den Terrorangriff auf Khatalan, bei dem sechzigtausend Menschen starben, indem er den Schlachtkreuzer *Hammurabi* vernichtete, der den Überfall angeführt hatte.

Seine berühmteste Heldentat jedoch war die Schlacht von Armagon, wo sein Geschwader eine Flotte angreifender Zerstörer aufgehalten hatte. Sein eigenes Schiff, die Eskort-Fregatte *376*, war schwer beschädigt worden und galt eine ganze Weile als verloren. Kane brachte sie durchlöchert, mit zerstörten Leitsystemen und ausgebrannten Waffen zurück. Die Hälfte der Besatzung war tot, doch die *376* war mit wehenden Fahnen nach Hause zurückgekehrt.

Die Tat hatte Eingang in Lieder und Geschichten gefunden. Man hatte Bücher darüber geschrieben, und es gab nur wenige Kinder auf Greenway, die noch nicht Markis Kane an Bord der *376* gespielt hatten.

Die Dritte Flotte war Greenways Angriffsstreitmacht gewesen. Sie hatte die meisten Siege errungen und die größten Verluste hingenommen. Der Kommandeur der Flotte war aufgrund seiner Leistungen bis zum Premierminister aufgestiegen, und die Veteranen versammelten sich noch immer überall auf der Welt zu ihren Treffen.

Das Mighty Third Memorial Museum lag auf einem friedlichen Hügel am westlichen Stadtrand von Seabright, genau an der Stelle, wo nach der Überlieferung die Männer und Frauen von der Erde Greenway zum ersten Mal betreten hatten. Es stand in einem großen Park, der von Spazierwegen durchzogen war. Die Landeplätze nahmen Tag für Tag Hunderte neuer Besucher auf.

Kim stieg aus ihrem Taxi und schlenderte über einen Kiesweg nach oben, der sich unter alten Eichen hindurch wand. Zwei der Bäume waren angeblich von der Besatzung dieses allerersten Landers gepflanzt worden, der zur *Constellation* gehört hatte. Doch das war sechshundert Jahre her, und die Eichen waren höchstens halb so alt. Trotzdem eine hübsche Legende, und niemand machte sich die Mühe, ihren Wahrheitsgehalt ernsthaft in Frage zu stellen.

Es war ein wundervoller Tag. Die Sonne schien, die Luft roch nach Meer, und überall liefen Kinder, Touristen und Studenten umher. Kim betrat das Gebäude, sah im Führer nach und ging in den Ostflügel. Dort war eine ganze Sektion Markis Kane und seiner *376* gewidmet.

Es gab Fotos des Helden, Teile des Schiffes selbst und ein nachgebautes Flugdeck. Hinter einer Glaswand stand der echte Kommandantensitz. Eine der Laserkanonen zeigte einen Korridor entlang. Persönliche Gegenstände der Besatzung waren ausgestellt, einschließlich einer Jacke, die Kane gehört hatte. Die originalen Logs waren dort, gespeichert auf zwei Disks, die wie Diamanten auf der Armlehne des Kommandantensessel leuchteten. Im Museumsladen konnte man Kopien davon erwerben. Und es gab einen Streifen blutigen Stoffes, mit dem der Schiffsingenieur die Treibstoffleitungen der 376 abgedichtet hatte, nachdem das Schiff getroffen worden war.

Kim las die Kopie eines Briefes, den die Eltern eines gefallenen Besatzungsmitglieds erhalten hatten.

Sie betrat den VR-Tank und erlebte den Flug mit. Sie sah alles durch Kanes Augen. Mit zitternden Knien kam sie kurze Zeit später wieder hervor, zutiefst beeindruckt vom Mut und der Beharrlichkeit des Mannes.

Kane hätte niemals bei einem Täuschungsmanöver mitgemacht. Unter keinen Umständen, die sie sich vorzustellen in der Lage war. Und wenn Kane Sheyel gesagt hatte, dass nichts geschehen war, dann war die Sache damit erledigt. Und doch …

»Ah, Kim.« Sie wandte sich um und blickte in das liebenswürdige Gesicht von Mikel Alaam, dem Direktor des Museums. »Schön, Sie wieder einmal zu sehen.«

»Guten Morgen, Mikel.« Sie umarmte ihn und bot ihm die Wange zum Kuss. »Wie geht es Ihnen?«

Alaam trug das Haar schulterlang. Er besaß die Art von professioneller Reserviertheit, die man gewöhnlich bei Museumsdirektoren, Schriftstellern und Leichenbestattern findet. »Recht gut, danke sehr. Was führt Sie zum Mighty Third?«

»Ich interessiere mich für Markis Kane.«

»Ah, ja. Ein faszinierender Mann. Er war zur

Einweihung hier. Hat sich sogar als Berater zur Verfügung gestellt, als wir die Ausstellung zusammengetragen haben.« Es gab Bilder aus dieser Zeit: Markis Kane, der mit zwei Technikern Kaffee trank, Kane mit einem Blitzwerfer, Kane, der mit Kindern herumalberte.

»Tatsächlich? Wann war das?«

»Oh, das ist schon ziemlich lange her. Ich war damals noch Praktikant, aber ich habe ihn tatsächlich persönlich kennen gelernt. Ich habe ihm sogar die Hand geschüttelt.« Er betrachtete schwermütig seine Handfläche.

»Was können Sie mir über Kane erzählen?«

»Nicht viel. Er war ein Freund von Art Wescott, dem damaligen Direktor des Museums. Ich glaube, der ganze Wirbel um seine Person war ihm peinlich. Aber wir waren froh, ihn bei uns zu haben. Damals, als das Museum gerade eröffnet hatte.«

»Ungefähr wann?«

»Das muss so um 575 gewesen sein. Ja, genau. Es war unser erstes Jahr.« Er blickte auf das nachgebaute Flugdeck der *376*. »Ja«, fuhr er fort. »Er ging herum, redete mit jedem und schrieb Autogramme. Ein liebenswürdiger Mann. Nicht wie einige von diesen Leuten …«

Der Raum erstrahlte im hellen Sonnenlicht. Genau wie Kanes Reputation.

Das Taxi flog durch einen grauen Himmel an der Küste entlang nach Norden.

Ein Stück voraus erhob sich der Mount Morghani unmittelbar aus dem Meer und überragte die Wheeling Bay. Der Morghani hatte einer Reihe von Diktatoren im Verlauf der langen Jahre ihrer Regentschaft über das Inselreich als natürliche

Festung gedient. Esther Hox hatte die Black Hall aus seinen Hängen gegraben, die Festung, von der aus sie ihre militärischen Operationen gegen die Rebellenbanden geleitet hatte, die vier Jahrzehnte lang erfolglos versucht hatten, sie zu stürzen.

Heutzutage bildete der Mount Morghani mit seinen Festungsanlagen und dem Hafen darunter einen phantastischen Hintergrund für Seabright. Black Hall war eine große Touristenattraktion. Und eine wichtige archäologische Fundstätte.

Das Bauwerk war vierhundert Jahre alt und erbaut während des Dunklen Zeitalters, das eingetreten war, kurz nachdem Greenway seine Unabhängigkeit als politische Entität erklärt hatte. Kanonen, Laser und Raketenwerfer waren immer noch in den umgebenden Bergen aufgebaut, und der Kontrollraum, von dem aus Hox persönlich die Verteidigungsmaßnahmen überwachte, wurde noch immer Jahr für Jahr von Zehntausenden von Touristen besucht.

Black Hall war zu einem der bedeutendsten Symbole der damaligen Zeit geworden und daher auf eine unerklärliche Art und Weise ein Synonym der Romantik jener Epoche. Kim liebte diesen Ort, der von der Seabright Historical Union unterhalten wurde. Große Bereiche der alten Festung waren für die Öffentlichkeit gesperrt, weil sie nicht sicher waren. Doch unten auf dem Exerzierhof übten noch immer zweimal täglich Soldaten in den Uniformen der damaligen Zeit. Die imperialen Quartiere standen ebenfalls für Besucher offen, genau wie die Kunstgalerie und die Bibliothek. Esther Hox und ihre Nachfolger hatten vieles enteignet und noch mehr gestohlen. Heutzutage wurde alles ausgestellt.

Das Meer am Fuß des Mount Morghani schäumte

unruhig. Gischt spritzte über die Felsen, Möwen zogen ihre endlosen Kreise, und an den steinigen Stränden sammelten Kinder Muscheln.

Das Taxi überquerte die Vorderseite der alten Festung und glitt über die Bucht. Hier schoben sich Piers und Docks in das Wasser hinaus, und Lagerhäuser reihten sich am Ufer. Nach dem Ende der Kriege war die Zivilisation südwärts gewandert. Die Bauwerke lagen verlassen und verfielen langsam. Einige von ihnen standen auf Ruinen, die mehr als ein halbes Jahrtausend alt waren. Jahrhundertelang waren Vandalen und Diebe am Werk gewesen, doch heute versuchten Gruppen von Archäologen, Einzelheiten über das Alltagsleben während des Zeitalters der Diktatoren zu erforschen.

Das Taxi ging über dem Wasser tiefer und flog dicht über der Küste in Richtung Westen, wo es schließlich inmitten einer Ansammlung modularer Hütten neben zwei alten Fliegern landete, welche die Markierungen der Historischen Gesellschaft von Seabright trugen. Kim öffnete die Tür und sprang hinunter auf einen kahlen, harten Boden, aus dem nur vereinzelt Grasbüschel wuchsen. Vom Meer her wehte ein feuchter, kalter Wind.

Mehrere Menschen arbeiteten in der Nähe einer Ausschachtung, aus der sie Balken und Stahlträger und Stücke von zerbrochenem Beton geborgen hatten. Zwei Männer sahen auf, musterten Kim abschätzend und wechselten anerkennende Blicke.

Ein junger Mann, wahrscheinlich ein Student in einem höheren Semester, war damit beschäftigt, Erde von einem Stück elektronischer Ausrüstung zu bürsten. Er unterbrach seine Arbeit und kam herbei. »Kann ich Ihnen behilflich sein, Ma'am?«, fragte er.

»Ich suche nach Dr. Kane«, antwortete Kim.

Er betätigte einen Knopf auf seinem Link. »Tora«, sagte er, »Sie haben einen Besucher.«

Eine weibliche Stimme antwortete: »Ich bin gleich da.«

Augenblicke später trat eine Frau aus einer der Hütten und kam auf sie zu. Sie trug einen breitkrempigen Hut und einen Overall. Kim bedankte sich bei dem Studenten, der sich wieder seiner Arbeit zuwandte.

»Dr. Brandywine?«, fragte die Frau und streckte Kim die Hand entgegen. »Ich bin Tora Kane.« Der Hut trug ein Emblem von Glory, wie Kim bemerkte. Tora folgte ihrem Blick. »Die *Arbuckle*«, sagte sie erklärend.

Die *Arbuckle* war ein Frachter gewesen, der vor fast fünf Jahrhunderten auf Glory notgelandet war. Das machte ihn zu einem der ältesten menschlichen Artefakte im gesamten System. Kim wusste, dass die Absturzstelle für Touristen gesperrt war und dass nur ausgewiesene Gelehrte in die Nähe des Wracks kamen.

Tora besaß in etwa Kims Größe, mit zurückgebürstetem rötlichbraunem Haar, vollen Lippen und vollen Brüsten, die sich gegen den Overall drückten. Sie hatte die dunklen, ausdrucksstarken Augen ihres Vaters. Kim versank fast darin, bis sie meinte, den alten Kriegshelden und Raumschiffskapitän zu erkennen. »Ich weiß es wirklich zu schätzen, dass Sie sich Zeit nehmen, um mit mir zu sprechen«, sagte Kim und nahm die dargebotene Hand.

»Ist mir ein Vergnügen.« Tora blickte von Kim zu dem wartenden Taxi. »Habe ich etwas gewonnen?«

Eine Bö wehte vom Meer herein. »Ich dachte, Sie könnten mir vielleicht ein paar Fragen zu Ihrem Vater beantworten«, sagte Kim.

»Ah«, entgegnete Tora, als hätte sie es sich gleich denken können. »Darf ich fragen, wofür Sie sich interessieren?«

»Emily Brandywine war meine Schwester.«

Tora schluckte. »Ich hätte den Namen erkennen müssen. Und das Gesicht.«

»Ich möchte herausfinden, was Emily zugestoßen ist.«

»Natürlich.« Tora wandte sich ab und blickte auf die Bucht hinaus, sodass Kim ihren Gesichtsausdruck nicht sehen konnte. »Ich wünschte, ich könnte Ihnen helfen. Aber ich weiß wirklich überhaupt nichts. Als sie mit der *Hunter* zurückkehrten, blieb mein Vater an Bord, um die Ankunftsformalitäten zu erledigen. Die anderen drei verließen das Schiff, und er sah sie nie wieder.«

»Sind Sie sicher?«

»Ja, ganz sicher.«

»Bitte verstehen Sie mich nicht falsch, aber dürfte ich fragen wieso?«

»Weil er es mir selbst gesagt hat. Meinen Sie nicht, diese schlimme Geschichte hätte ihm nicht zu schaffen gemacht? Es geschah alles gleichzeitig: die Katastrophe im Severin Valley, das Verschwinden der beiden Frauen, der Verlust Tripleys.« Eine neuerliche Windbö versuchte, sie auf das Grabungsloch zu treiben. »Warum schicken Sie nicht Ihr Taxi fort und kommen herein?«, fragte sie.

Kim nahm den Vorschlag dankend an, und Tora führte sie in die Hütte. »Wir haben es nicht besonders komfortabel«, sagte sie, »aber wenigstens sind wir hier aus der Kälte.« Sie öffnete die Tür, und Kim trat in einen Schwall warmer Luft.

Im Innern war es muffig und beengt. Ein einzelner Raum plus einem Waschraum. An den Wänden hingen Karten der gesamten Ufergegend. Zwei

Tische waren vollgestellt mit Gläsern, elektrischen Artefakten, Münzen, Werkzeugen, Kerzen, Spielzeugen und kleinen Bruchstücken von irgendwelchen Statuen.

»Wie kommen Sie voran?«, erkundigte sich Kim.

»Gar nicht schlecht. Wir glauben, dass wir Gabriellis private Residenz entdeckt haben.«

»*Gabrielli?*«

»Einer der Berater von Hox. Falls wir uns nicht irren, sind wir möglicherweise endlich im Stande, herauszufinden, warum sie Rentzler ermorden ließen. Aber, na ja, das interessiert Sie wahrscheinlich alles nicht.« Sie nahm ein heißes Tuch und legte es auf ihr Gesicht, nachdem sie Kim ebenfalls eins angeboten hatte. Dann setzte sie sich in einen Segeltuchstuhl. »Kim«, sagte sie, und plötzlich klang ihr Tonfall bedauernd. »Wir alle haben bei dieser Geschichte jemanden verloren. Ich will nicht so tun, als sei das, was meinem Vater und mir widerfahren ist, vergleichbar mit dem Verlust Ihrer Schwester, doch sein Leben war ebenfalls zerstört.«

»In welcher Hinsicht?«

»Eine Menge Leute fanden den Tod. Es gab Gerüchte über Antimaterie. Sämtliche Missionsteilnehmer außer meinem Vater waren spurlos verschwunden. Es sah aus wie eine Verschwörung. Und die Leute suchen immer einen Schuldigen. Vater war der Einzige, der noch am Leben war, der Einzige, den sie finden konnten. Also gaben sie ihm die Schuld.«

»Davon stand nichts in den Berichten.«

»Seine Freunde verließen ihn. Menschen, die er seit Jahren gekannt hatte, wandten sich von ihm ab, blickten in eine andere Richtung, wenn sie ihm auf der Straße begegneten. Einige versuchten sogar, ihn vor Gericht zu zerren, doch es gab keine Beweise.

Schließlich verließ er das Tal. Doch es verfolgte ihn. Verzeihen Sie, aber ständig tauchten Menschen wie Sie auf und stellten Fragen. Keine offenen Anschuldigungen, doch man zog immer Schlussfolgerungen.

Mein Vater war ein anständiger Mann, Kim. Er hätte niemals jemanden verletzt, und er hätte ganz bestimmt nicht bei diesen finsteren Machenschaften mitgespielt, von denen die Leute geredet haben.«

»Zum Beispiel Treibstoffzellen gestohlen.«

»Ja. Zum Beispiel Treibstoffzellen gestohlen.« Tora erhob sich, schenkte zwei Tassen Kaffee ein und hielt Kim eine davon hin. »Es ist nur … ich fürchte, ich weiß wirklich nichts, das Ihnen helfen könnte.«

Zwei Leute traten ein, wurden Kim vorgestellt und gingen wieder. »Sie halten es nicht für möglich, dass eine Verbindung zwischen der Rückkehr der *Hunter* und der Explosion am Mount Hope besteht?«, fragte Kim.

»Nein. Ich kann verstehen, warum die Menschen versuchen, eine Verbindung herzustellen. Aber man hat die *Hunter* überprüft. *Es fehlte nicht ein einziges Mikrogramm Antimaterie. Es war alles da.* Anscheinend vergessen das alle. Mein Vater hat nichts Falsches getan. Er besaß schließlich alles im Leben, was er wollte. Er hatte keinen Grund, Treibstoffzellen zu stehlen. Oder irgendetwas anderes.«

»Und was ist Ihrer Meinung nach passiert?«

»Ich weiß es wirklich nicht. Ich habe keine Theorie. Ich weiß nur, dass mein Vater hinterher ruiniert war. Er hat nie wieder ein anderes Raumschiff kommandiert. Wussten Sie das?«

»Ja«, antwortete Kim. »Das wusste ich.«

»Nachdem Tripley tot war, stellte die Foundation

ihre Flüge ein. Niemand sonst wollte Vater. Glauben Sie nicht, dass irgendeiner den Mount Hope erwähnt hätte. Es hieß nur, tut uns Leid, doch im Augenblick brauchen wir keine Piloten. Danke sehr.

Sehen Sie, Kim, ich weiß, wie sehr Sie das alles schmerzen muss. Aber wenn Sie meinen Rat wollen, dann lassen Sie die Geschichte auf sich beruhen.«

»Du hattest einen Anruf von Dr. Flexner, Kim.«

Sie zog ihre Jacke aus und warf sie über die Lehne des Sofas. »In Ordnung, Shep. Versuch, ob du ihn erreichen kannst.«

»Es ist erst ein paar Minuten her. Er war in seinem Büro.«

Sie holte sich ein Glas Apfelsaft und ließ sich in ihren Komm-Sessel fallen.

»Er wirkte aufgebracht«, fügte Shepard hinzu.

»In welcher Hinsicht?«

»Verärgert. Wütend. Wie dem auch sei, wir haben eine Verbindung.«

Die Wände des Zimmers verschwanden, und sie saß in Flexners Büro. Er sah tatsächlich ein wenig zerknirscht aus. »Hi, Matt«, sagte sie.

»Hallo, Kim.« Er saß hinter seinem Schreibtisch und schrieb. »Ich habe eine Frage an Sie«, sagte er, ohne aufzublicken. Doch er legte den Stift weg.

»Schießen Sie los.«

Endlich hob er den Blick und sah ihr in die Augen. »Was haben Sie mit Benton Tripley gemacht?«

»Wie meinen Sie das?«

»Heute Morgen bekam ich einen Anruf von Phil. Er hatte offensichtlich einen Anruf von Tripley. Tripley ist außer sich.«

»Warum?«

»Der Grund wurde nicht ganz klar. Aber es muss etwas mit Ihnen zu tun haben. Als Sie ihm den Preis überreicht haben – haben Sie ihn da zufällig nach dem Desaster vom Mount Hope gefragt?«

»Wir haben darüber geredet.«

»Haben Sie angedeutet, sein Vater könnte in kriminelle Machenschaften verwickelt gewesen sein?«

Kim rief sich die Unterhaltungen mit Tripley ins Gedächtnis zurück. »Nein«, sagte sie. »Warum sollte ich so etwas tun?«

»Das wäre meine nächste Frage an Sie gewesen.«

»Jedenfalls habe ich nichts dergleichen getan.«

»Gut. Weil wir nämlich jeden Nutzen, den wir aus der Verleihung des Preises an Tripley hätten ziehen können, mehr als verloren haben.«

»Matt …«

»Sind Sie tatsächlich in seine Villa *eingebrochen*?«

»*Nein!*«

»Er sagt aber doch.«

Kim spürte, wie kalte Wut in ihr aufstieg. Atme tief durch und verlier nicht die Kontrolle. »Ich habe mir die Ruine im Severin Valley angesehen. Aber sie gehört ihm nicht mehr. Die ganze Gegend ist verlassen.«

»Sind Sie sich dessen sicher? Haben Sie sich über die Besitzverhältnisse informiert, bevor Sie das Grundstück betreten haben?«

»Nein …«

»Das dachte ich mir. Der Direktor hat sich heute Morgen bei Tripley entschuldigt.«

»*Entschuldigt*?« Vor ihrem geistigen Auge entstand ein Bild Benton Tripleys. Er grinste. »Aber wofür denn? Was auch immer auf dem Papier stehen mag, die Villa ist verlassen.«

»Tripley glaubt, das Institut würde seine Nase in

seine Angelegenheiten stecken.« Matt seufzte. »Kim, wir mussten ihm versichern, dass es wohl ein Missverständnis gegeben hat und wir die Angelegenheit unverzüglich beenden. Ich weiß nicht, was das alles zu bedeuten hat. Aber es *ist* zu Ende, richtig?«

»Matt, das ist eine Angelegenheit, die ich für mich privat verfolge.«

»*Nein*, Kim. Sie tun *überhaupt nichts* für sich privat. Sie sind eine Repräsentantin des Instituts. Um Himmels willen, Sie halten mehrmals in der Woche Vorträge für uns!« Sein Blick wurde hart. »Sie werden aufhören damit, und Sie werden sich nicht wieder in die Nähe dieser Villa begeben. Haben Sie das verstanden?«

Kim erwiderte seinen Blick. »Matt, ich habe gestern mit einem der Techniker von Interstellar gesprochen. Wegen der Reparaturen, die nach der Rückkehr der *Hunter* durchgeführt wurden. Er hat mich angelogen.«

»Woher wollen Sie das wissen?«

»Ich habe es ihm angesehen.«

»So. Und Sie glauben tatsächlich, das wäre ein Beweis ...«

»Hören Sie, Matt! Wenn an der ganzen Sache nichts ist, wieso regt sich Tripley dann so auf? Was hat er zu verbergen?«

»Ganz einfach. Da draußen sind verdammt viele Leute gestorben. Bei der Explosion. Sollte sich herausstellen, dass sein Vater auf irgendeine Art verantwortlich war, dann würde es Hunderte von Schadensersatzklagen gegen seine Firma hageln.«

»Nach all den Jahren?«

»Ich bin kein Anwalt, Kim. Aber wenn Sie mich fragen, ja, Tripley hat eine Menge zu verlieren, sollten Sie etwas finden, das seinen Vater belastet.«

In diesem Augenblick betrat jemand Matts Büro. Die Störung befand sich hinter ihr, sodass sie nicht sehen konnte, wer es war. Doch Matt funkelte den Besucher über ihre Schulter hinweg an. Sie hörte, wie sich die Tür wieder schloss, und er wandte sich erneut zu ihr.

»Matt, ich weiß nicht, ob ich einfach aufhören kann«, sagte sie.

Er räusperte sich. »Kim, ich kann mir ziemlich genau vorstellen, was das alles für Sie bedeuten muss ...«

»Nein, Matt, das können Sie nicht ...«

»Also schön, ich kann es nicht. Es tut mir Leid. Ich habe mir angehört, was Sie zu sagen hatten. Doch das Problem besteht darin, dass es nirgendwo einen Beweis gibt, der eine Untersuchung rechtfertigen würde. Sie erreichen nicht das Geringste, wenn Sie weitermachen, außer, dass das Institut Schaden nimmt, Sie auf der Straße landen und niemandem gedient ist.«

Kim wartete einen Augenblick, bis sie ihre Stimme wieder unter Kontrolle hatte. »Wie sollen wir denn Beweise heranschaffen, wenn wir nicht nachsehen?«

Er blickte sie gequält an. »Ich weiß es nicht, Kim. Aber Sie müssen verdammt noch mal einsehen, dass Sie das Institut repräsentieren! Rund um die Uhr. Was auch immer Sie tun, es fällt auf uns zurück.« Er stemmte beide Ellenbogen auf seinen Schreibtisch und stützte das Kinn auf die verschränkten Hände. »Ich sehe ein, dass wir nicht fair zu Ihnen sind. Trotzdem. Sie müssen verstehen, dass einfach zu viel auf dem Spiel steht.«

»Geld.«

»Sehr viel Geld.«

Sie schloss die Augen. »Sonst noch etwas?«

»Nein. Das war alles.«

»Danke«, sagte sie. Und beendete die Verbindung. Rings um sie herum materialisierte ihr Wohnzimmer. Sie stand auf, fischte ihre Jacke vom Sofa und spazierte hinaus auf die Veranda.

Das Meer sah kalt und grau aus.

9

Komm mit mir zu den verschleierten Nebeln
Jenseits der Abendröte, im Westen von St. John …

– CRES VILLARD, IM WESTEN VON ST. JOHN, 487

Die große Aufgabe, die gegenwärtig vor dem Institut lag, bestand in der Entwicklung einer Strategie, wie man das öffentliche Interesse am Leuchtfeuer-Projekt am besten ausnutzen konnte. Matt hatte bereits Interviews mit der Besatzung der *Trent* arrangiert. Es war ein mühseliger Prozess, denn das Hyperkommsignal benötigte eine ganze Weile, um die Entfernung zu überbrücken. Tatsächlich mussten die Journalisten ihre Fragen formulieren und sich bis zum nächsten Tag gedulden, bevor eine Antwort eingetroffen war. So viel also zu Spontaneität; ein ungezwungenes Frage-und–Antwort-Spiel war unmöglich.

Als Folge daraus verspürte niemand wirklich Lust, sich mit der Besatzung der *Trent* zu unterhalten. Keine der Medienagenturen hatte die Mission begleitet, weil die Fahrt übermäßig lange gedauert hatte und das geplante Ereignis nicht als *die* große Story empfunden wurde. Alles war viel zu weit weg. Und niemand glaubte noch ernsthaft an die Existenz Außerirdischer. Es war nicht das eigentliche Experiment, das schließlich doch noch Interesse erweckte hatte, sondern die Tatsache, dass Menschen im Stande waren, eine Nova auszulösen.

Also beschloss die Abteilung für Öffentlichkeitsarbeit des Instituts, sich auf diesen Aspekt der Story zu konzentrieren und auf den Nutzen, den die menschliche Rasse möglicherweise eines Tages aus dieser Fähigkeit ziehen konnte. Zu dumm nur, das niemandem ein möglicher Nutzen einfallen wollte. Vielleicht Verbesserungen im Design magnetischer Flaschen. Fortschritte im Umgang mit Antimaterie. Und möglicherweise Systeme zur Abschirmung von Gravitation, die es elektronischen Geräten ermöglichten, in immer stärkeren Gravitationsfeldern zu funktionieren.

Cray Elliott, ein Spezialist für Public Relations und Juniormitglied des Teams, nickte und schrieb alles auf. Kim machte keinen Hehl aus ihrem Unbehagen. »Warum müssen wir immer versuchen, den Menschen die Wissenschaft nahe zu bringen, damit irgendwann irgendjemand eine bessere Zahnbürste bekommt?«, brummte sie. »Was ist nur aus der menschlichen Neugier geworden?«

»Sie müssen es von der praktischen Seite sehen«, sagte Cray. Er war intelligent, überschwänglich und gut gelaunt. Und Kim verspürte nicht die geringste Lust, sich mit guter Laune zu konfrontieren.

Trotzdem, es war alles da – wenn man nur genau genug hinsah: Langstreckenflüge zwischen den Sternen würden effizienter, Energiezellen, die Wärme und Licht für ganze Städte bereitstellten, würden weiter an Kapazität gewinnen, und die allgemeine Sicherheit der Systeme würde erhöht.

»Aber überall werden die Flüge zusammengestrichen«, warf Kim ein. »Wir verfügen längst über mehr Energie, als wir jemals verbrauchen können, und es hat niemals einen Unfall gegeben, jedenfalls keinen, soweit ich weiß, bei dem Energiezellen im Spiel waren. Noch nie.« Außer wahrscheinlich Mount Hope, doch das sagte sie an dieser Stelle lieber nicht.

»Das spielt doch alles keine Rolle«, entgegnete Matt. »Das sind doch bloß Details. Kein Mensch kümmert sich um Details.«

Vielleicht hatte er sogar Recht. Es wäre nicht das erste Mal, dass sie die Wahrheit ein wenig gestreckt hätten. Erst zwei Jahre zuvor hatte das Institut ganz bewusst darauf verzichtet, aufkommenden Gerüchten entgegenzutreten, dass ein Durchbruch auf dem Gebiet der Antigravitation unmittelbar bevorstand, und das, obwohl zum damaligen Zeitpunkt keinerlei Forschung in dieser Richtung stattgefunden hatte und obwohl jeder Physiker, den Kim kannte, Antigravitation prinzipiell für unmöglich hielt.

Die Gerüchte hatten sich hartnäckig gehalten, weil die Menschen dachten, dass man, wenn man schon im Stande war, künstliche Gravitation zu induzieren, ihre Auswirkungen auch irgendwie aufheben konnte. Doch das waren zwei ganz verschiedene Dinge. Zur Erzeugung künstlicher Gravitation musste man weder die Zeit noch den Raum krümmen, sondern lediglich ein paar magnetische Felder errichten, die es ermöglichten, in Raumschiffen umher zu spazieren.

Kim hegte insgeheim den Verdacht, dass die Abteilung für Öffentlichkeitsarbeit die Gerüchte vielleicht sogar selbst in die Welt gesetzt hatte. Als sie mit Matt darüber gesprochen hatte, hatte er selbstverständlich scheinheilig alles abgestritten. Zu dumm nur, dass sie ihm immer ansah, wenn er log.

Während sie jetzt seinen Instruktionen lauschte, fragte sie sich, warum sie nicht einfach aufstand und ging. Sie verdiente gutes Geld, das Institut diente einer guten Sache, und sie zog eine Menge Befriedigung allein aus der Tatsache, dass sie so erfolgreich war. Doch solange sie beim Institut blieb, würde die Karriere, die sie sich wünschte, von der sie träumte und für die sie sich vorbereitet hatte, nicht stattfinden.

Sie erinnerte sich, wie verteidigend sie Sheyel erzählt hatte, womit sie ihr Geld verdiente: »*Es ist nicht das Gebiet, das ich mir ausgewählt habe.*«

Er hatte ihre Verlegenheit gespürt. »*Man weiß vorher nie, wie sich die Dinge entwickeln.*«

Doch so war es schon immer gewesen. Kim gehörte zu denen, die nie zu Klassentreffen gingen.

Zurück in ihrem Büro fand sie eine Nachricht von Shepard. »*Wir haben eine Antwort auf deine Nachricht nach St. Johns*«, lautete sie.

»Leg Sie mir bitte auf den Schirm, Shep.«

»*Ja, Kim. Ich war so frei, sämtliche Zeitangaben auf unsere Ortszeit umzurechnen.*«

Von:	*Leiter des Archivs, St. Johns*
An:	*Dr. Kimberley Brandywine*
Datum:	*Montag, 15. Jan. 600*
Betreff:	*Flugplan* Hunter

Auf Ihre Anfrage übersende ich folgende Informationen betreffend EIV 4471886

Flugplan Hunter, *datiert vom 11. Feb. 574*
Abreise St. Johns 12. Feb. 573 0358
Ankunft QCY 4149187 17. Apr. 573

Ziel: allgemeine Untersuchungen im Sternbild Goldener Kelch.

Geplanter Rückflug von ebendort sollte mitgeteilt werden, sobald bekannt. Wurde für den 1. Jun. 574 erwartet.

gez. J. B. Stanley, Leiter

Die gesamte Mission hätte also fünfzehn Monate dauern sollen. Kim wählte Sollys Nummer.

»Hallo, Kim.« Sein Bild erhellte den Schirm. »Wie ist das Treffen gelaufen?«

»Wie üblich. Ich hab eine Frage an dich.«

»Schieß los.«

»Ich hätte sie dir schon früher stellen sollen: Als die *Hunter* von St. Johns aufbrach – hätte man da nicht ihre Sprungmotoren kontrollieren müssen?«

»Du meinst die Station?«

»Ja.«

»Nur auf Anfrage. Die Techniker der Tripley Foundation hätten sich um die Motoren kümmern müssen, bevor die *Hunter* von Sky Harbour aufbrach. Falls du mich fragen möchtest, ob eine Panne in einem so frühen Stadium einer Reise wahrscheinlich ist, die tief in den unbekannten Raum führt, dann lautet meine Antwort nein. Trotzdem ist es passiert. Um ehrlich zu sein, Sprungmotoren müssen eine ganze Menge aushalten. Schon das kleinste Versehen reicht, um ein ernstes Problem hervorzurufen.«

»Was geschieht, wenn die Maschinen versagen, solange das Schiff im Hyperraum ist?«

»Dann heißt es bye-bye, Baby«, sagte er. »Es sei denn, sie können den Schaden beheben.«

»Was ist mit der Kommunikation?«

»Es gibt keine. Das Schiff muss zuerst in den Normalraum zurückkehren, bevor sie mit irgendjemandem reden können.«

»Das sieht nicht gerade nach Weitblick aus.«

Er zuckte die Schultern. »So sind nun einmal die Realitäten der zugrunde liegenden Physik, meine Liebe.«

»Ist so etwas denn schon einmal geschehen?«

»Ich weiß es nicht. Von Zeit zu Zeit verlieren wir

eben ein Schiff.« Er wartete auf eine Reaktion, doch sie ließ sich nichts anmerken. »Warum fragst du? Was hast du herausgefunden?«

»Absolut nichts«, antwortete sie.

Sie legte die geplante Route auf ihren Schirm und zog eine Linie zwischen St. Johns und dem Zielstern. Irgendwo auf dieser Linie hatten die Motoren versagt, und die *Hunter* war aus dem Hyperraum geraten. Sie hatten vorläufige Reparaturen durchgeführt und waren nach Greenway zurückgekehrt. Also waren sie nicht einmal in die Nähe des Goldenen Kelches gekommen. Im Gegenteil, sie konnten nicht länger als eine Woche von St. Johns aufgebrochen sein, als das Problem aufgetaucht war, da die Rückreise nach Sky Harbour selbst vom nächsten Punkt entlang der Linie wenigstens vierzig Tage in Anspruch nahm.

Eine Woche.

Das war immer noch eine gewaltige Distanz. In einer Woche konnte ein Raumschiff zweihundertsiebzig Lichtjahre zurücklegen.

Sie markierte die Linie an der Stelle. Irgendwo zwischen der Markierung und dem Außenposten war die *Hunter* aus dem Hyperraum gefallen.

»Und?«, fragte Solly, der offensichtlich ihre Gedanken gelesen hatte. »Ich meine, wir haben schließlich gewusst, dass die Maschinen ausgefallen sind. Was für einen Unterschied macht es, wo genau das gewesen ist?«

»Lass uns noch einmal von vorn anfangen«, entgegnete sie.

»Und wo ist vorn?«

»›Wir sind auf Gold gestoßen.‹ Sheyel ist überzeugt, dass es zu einem Kontakt gekommen ist. Angenommen, er hat Recht. Angenommen, die *Hunter* hat dort draußen etwas gesehen. Damit lautet die Frage: Wo waren sie, als es geschehen ist?«

»Sag du es mir. Wo waren sie?«

»In der Nähe eines Sterns.«

»Woher wissen wir das?«, fragte Solly.

»Es gibt keine andere Möglichkeit. Wenn sie einen Kontakt mit einer Wesenheit am Boden oder im Orbit hatten, dann haben wir es *ipso facto* mit einem Sonnensystem zu tun. Falls sie mit einem Schiff Kontakt hatten, dann müssen wir uns fragen, ob dieses Schiff in einem Sonnensystem oder irgendwo draußen im Nichts unterwegs war. Und falls es im Nichts unterwegs war – was hat es dort draußen gemacht?«

»Seine Maschinen repariert?«, schlug Solly vor. Allmählich begriff er, worauf sie hinauswollte.

»Richtig. Wie groß ist die Chance, dass zwei Schiffe Maschinenschaden erleiden und am gleichen Ort mitten im Nichts aus dem Hyperraum fallen? Nein, was auch immer es war – es muss sich in der Nähe eines Sonnensystems abgespielt haben.«

Sie betrachtete den Kurs der *Hunter*. »Ich zähle sieben Sonnensysteme in vertretbarer Entfernung zu ihrem Kursvektor. Falls sie etwas gefunden haben, dann in der Nachbarschaft von einem dieser sieben Sterne.«

Solly schüttelte den Kopf. »Also schön«, sagte er. »Angenommen, du hast Recht. Angenommen, es gab tatsächlich eine Begegnung. Das alles liegt siebenundzwanzig Jahre zurück. Glaubst du tatsächlich, dass die Außerirdischen immer noch irgendwo dort draußen herumhängen?«

»Wer sagt denn, dass es ein anderes *Schiff* gewesen ist?«, entgegnete sie. »Vielleicht haben sie eine bewohnte Welt entdeckt.«

Solly setzte sich auf die Kante seines Schreibtischs, während er über die Möglichkeit nachdachte. »Ja«, sagte er schließlich. »So könnte es gewesen sein.«

»Es sind nur sieben Sterne«, sagte sie einmal mehr. »*Sieben!*«

»Aber du willst mir jetzt nicht erzählen, dass du vorhast, um eine Mission zu bitten?«

»Nein.«

»Gut«, sagte er.

»Matt würde mich für übergeschnappt erklären.«

»Allerdings. Und ich bin nicht sicher, ob er damit so weit danebenliegen würde. Sieh mal, Kim, das ist alles reine Spekulation, und du hast absolut nichts in der Hand außer einem Schuh und einem Besatzungsmitglied, das eine rätselhafte Nachricht nach Hause geschickt hat, die vielleicht überhaupt nichts zu bedeuten hat. Die möglicherweise gründlich missverstanden wurde. Noch etwas – ist dir eigentlich schon einmal der Gedanke gekommen, dass Yoshi den Goldenen Kelch gemeint haben könnte?«

»Aber sie sind nicht bis zum Goldenen Kelch gekommen! Nicht einmal bis in seine Nähe.«

»Also schön.« Er zuckte die Schultern. »Was ich damit sagen will: Wenn sie dort draußen einen Baum gefunden haben oder vielleicht sogar eine Stadt, warum haben sie es verschwiegen? Warum haben sie so ein Geheimnis daraus gemacht?«

Kim wusste keine Antwort.

Er blickte auf seine Uhr. »Ich muss jetzt aufhören. Ich muss noch ein paar Berichte abliefern.«

Sie sah ihm an, dass er erleichtert war. Er hatte ernsthaft damit gerechnet, dass sie einen Narren aus sich machen könnte, indem sie versuchte, Matt von der Notwendigkeit zu überzeugen, dass das Institut ein Erkundungsteam ausschickte.

»Solly«, sagte sie, »wenn die Logbücher eines Schiffes in die Archive gehen – werden sie dann von jemandem überprüft?«

»Unter normalen Umständen kann ich mir nicht vorstellen, warum jemand das tun sollte. Aber wenn du wissen willst, ob jemand die Logbücher der *Hunter* überprüft hat, dann lautet meine Antwort: mit Sicherheit.«

»Weil die Besatzung verschwunden ist.«

»Genau. Die Polizei hätte nach Hinweisen gesucht, ob im Verlauf der Mission etwas Ungewöhnliches vorgefallen ist. Die Tatsache, dass es keine Nachuntersuchungen gab und dass niemand Tripleys Villa durchsuchte, deutet darauf hin, dass sie nichts finden konnten.«

»Vielleicht wurde die Polizei bestochen.«

»Möglich.« Beide schwiegen. »Kim«, sagte er nach einer ganzen Weile, »Matt hat Recht. Warum lässt du die ganze Sache nicht auf sich beruhen?«

Sie hätte es nur allzu gern getan. Kim verspürte keine Lust, sich mit ihrem Boss anzulegen, Tripley zu brüskieren oder Solly auf den Gedanken zu bringen, sie wäre besessen. Aber Emily war irgendwo dort draußen verschwunden, und irgendwie schien alles miteinander in Verbindung zu stehen. »Ich kann nicht«, antwortete sie leise. »Ich muss wissen, was passiert ist. Und es ist mir egal, ob jemand daran Anstoß nehmen oder ob jemand deswegen vor Gericht gestellt wird.«

Solly blickte sie ernst an. Schließlich nickte er. »Lass mich wissen, falls ich etwas für dich tun kann«, sagte er.

»Kannst du. Wie komme ich an diese Logbücher?«

Er atmete tief durch. »Wir müssten jemandem bestechen«, sagte er.

Bestechen? »Gibt es denn keinen Weg, die Bücher einzusehen, ohne das Gesetz zu brechen?«

»Nicht, dass ich wüsste. Ich denke, unsere Situation ist folgendermaßen: Du musst entscheiden, ob du es tatsächlich so ernst meinst, wie du sagst. Falls ja …« Er zuckte die Schultern.

Kim hatte noch niemals vorsätzlich das Gesetz übertreten. »Aber das können wir nicht tun!«, sagte sie.

»Das denke ich auch.« Solly blickte sie aus dem Schirm heraus an, als wollte er sagen: ›Keine Sorge, alles wird wieder gut.‹ »Ich muss jetzt wirklich weitermachen«, sagte er.

Der Bildschirm wurde dunkel. Kim saß an ihrem Schreibtisch und starrte das Gerät an. Einem Impuls folgend schaltete sie es wieder ein und lud Markis Kanes *Herbst*. Emily blickte sie aus ihren ernsten, melancholischen Augen an.

Wo bist du?

Sie dachte zurück an die schrecklichen Tage nach Emilys Verschwinden, während sie auf Neuigkeiten gewartet hatten. Ihre Eltern hatten versucht Kim zu schützen und ihr versichert, dass Emily schon wieder nach Hause kommen würde, dass sie irgendwo hingefahren wäre und bestimmt zu gegebener Zeit von sich hören lassen würde. Doch Kim hatte die Leere in den Augen ihrer Eltern gesehen, und sie hatte die Angespanntheit in ihren Stimmen gehört. Da hatte sie gewusst, dass Emily nie wieder kommen würde.

Offensichtlich hatten sie von Anfang an angenommen, dass sie Emily nicht lebend wieder finden würden. Morde waren auf Equatoria ein seltenes Verbrechen; im Durchschnitt gab es weniger als ein halbes Dutzend jährlich, und das bei einer Bevölkerung von sechs Millionen. In der Regel waren häusliche Streitereien der Auslöser, doch hin und wieder gab es auch einen Irren. Der Lukas-Killer, so genannt wegen seiner Vorliebe, biblische Ferse bei den Leichen seiner Opfer zurückzulassen, hatte zwei Jahre lang im Nordwesten sein Unwesen getrieben und dabei insgesamt sieben Menschen ermordet. Er war der übelste Verbrecher der modernen Zeit gewesen.

Was am schlimmsten für Kims Eltern gewesen sein musste, war, dass das Rätsel niemals gelöst wurde. Emilys Leichnam wurde nie gefunden.

Angesichts dieser Tatsache – was bedeutete da schon eine kleine Bestechung?

Sie tippte Sollys Nummer ein, und er erschien auf dem Schirm, nicht halb so überrascht, wie sie es eigentlich erwartet hätte.

»Können wir es einrichten?«, fragte sie.

Er blickte sie missbilligend an. »Läuft meine hübsche Gefährtin jetzt Amok?«

»Ja«, antwortete sie. »Wenn es unbedingt sein muss. Was ist? Können wir es einrichten?«

»Ich kenne jemanden«, sagte er.

»Wie viel wird es kosten?«

»Ich weiß es nicht. Vielleicht ein paar Hundert. Lass mich ein paar Anrufe erledigen. Ich melde mich dann wieder bei dir.«

Kim war mit einem Vertreter der Theosophical Society zum Mittagessen verabredet, einem Bruder Kendrick. Diesmal lautete ihr Auftrag nicht, Fördermittel loszueisen, sondern die Society zu beruhigen, dass das Leuchtfeuer keine langfristigen gesundheitsschädlichen Auswirkungen zeitigen würde, und sie zugleich davon zu überzeugen, ihre offene Opposition gegenüber dem Institut aufzugeben.

Sie aßen im Kashmir's, dessen Küche sich auf die Sebastian Island Chain spezialisiert hatte. Bruder Kendrick gab der Sorge der Society Ausdruck, dass die Serie von Novae ein Gebiet von ungefähr acht Millionen Kubiklichtjahren permanent unbewohnbar machen würde.

Kim wies darauf hin, dass es im *Zielkasten*, wie die Techniker das Gebiet nannten, sowie in dessen weiterer Umgebung keinerlei menschliche Siedlungen gab.

»Und was ist mit nicht-menschlichen Siedlungen?«, fragte Bruder Kendrick.

Die Frage brachte sie für den Augenblick aus der Fassung.

Bruder Kendrick war wie fast jeder andere Bewohner Greenways von undefinierbarem Alter. Doch er neigte zum Predigen, anstatt zu reden. Aus seinem Verhalten sprach eine kaum verhüllte Herablassung, seine Augen blieben ununterbrochen an ihr haften, und es war nicht zu übersehen, dass er mit kontrolliertem Zorn sprach. Er trug einen kurz geschnittenen schwarzen Bart und lange Haare. Die Theosophen gehörten nicht zu jenen, die sich den wechselnden Moden beugten.

»Es gibt niemanden in dieser Region«, sagte sie. »Wir haben eine gründliche Suche durchgeführt, um ganz sicherzugehen …«

»Und wie viele Sternensysteme gibt es im fraglichen Gebiet?«

»Mehrere Hundert«, sagte sie.

»Mehrere Hundert.« Es klang, als grenzte die schiere Zahl an ein Sakrileg. »Und wir haben tatsächlich alle Welten in all diesen Systemen untersucht?«

»Nicht in allen«, gestand sie. »Die meisten dieser Systeme besitzen mehrere Sonnen und können aus diesem Grunde keine planetaren Körper in stabilen Umlaufbahnen bilden. Andere haben keine Planeten in der Biozone …«

»Dr. Brandywine!« Er richtete sich auf, bis er nur noch aus Bart, Augen und Rückgrat zu bestehen schien. »Die Wahrheit ist doch, dass wir über den Ursprung des Lebens immer noch fast nichts wissen, daher erscheint es mir als ein wenig voreingenommen, so zu tun, als könnten wir auch nur mit annähernder Sicherheit sagen, welche Bedingungen für die Existenz von Leben erforderlich sind! Wir wissen mit Sicherheit nur dieses: dass nämlich mehrere Hundert Sternensysteme im Verlauf des nächsten Jahrhunderts in gewaltigen Mengen von Strahlung gebadet werden. Möglicherweise zerstören wir genau das, wonach wir vorgeblich suchen.«

Der Kellner kam herbei. Kim bestellte sich einen Salat. Diese Konfrontation hatte ihr den Appetit gründlich verdorben. Bruder Kendrick bestellte sich Cabana-Aal mit Reis.

»Bruder Kendrick«, sagte sie, »wir waren uns von Anfang an der Gefahr bewusst, und wir haben mehr als vierzehn Jahre intensiv gearbeitet, um sicherzustellen, dass niemandem etwas geschieht.«

Seine Stimme verlor ein wenig an Schärfe. »Ich weiß, dass Sie es gerne richtig machen *wollen*, Dr. Brandywine. Doch es scheint uns, dass wir mit diesen Anstrengungen ein wenig zu anmaßend sind.«

Der Kellner kam und brachte Wein. Kim erhob ihr Glas auf die Theosophical Society. Bruder Kendrick zögerte. »Ich denke, unter den gegebenen Umständen wäre dies unangemessen. Lassen Sie uns stattdessen auf Ihre Gesundheit trinken, Dr. Brandywine.«

Der Wein schmeckte schal. »Ich kann Ihnen versichern, dass wir alles nur Menschenmögliche getan haben«, beharrte sie.

»Nur das Experiment haben Sie nicht gestoppt.« Kendrick trug ein weißes Hemd mit einem grauen Schlips und grauem Jackett. Seine Augen waren von der gleichen Farbe, und überhaupt strahlte der Mann ein Grau aus, das den Gedanken nahe legte, er hätte alles Menschliche abgelegt und sei durch nichts mehr zu schockieren. Kim bekam jedenfalls die volle Wucht seines moralischen Gerichtsspruches zu spüren. »Als die Menschen die erste Wasserstoffbombe getestet haben«, sagte er, »da herrschte nicht wenig Besorgnis, die Explosion könnte eine Kettenreaktion auslösen und den gesamten Planeten vernichten. Die Wissenschaftler waren der Ansicht, dass die Wahrscheinlichkeit für ein derartiges Ereignis minimal sei, also gingen sie das Risiko ein. Sie riskierten alles, was wir jemals waren, und alles, was wir jemals werden könnten.« Er betrachtete sein Glas, dann kippte er den Inhalt in einem Zug hinunter. »Dr. Brandywine«, sagte er, »wie unterscheidet sich die Handlungsweise des Instituts von dem, was die damaligen Wissenschaftler getan haben?«

»Es *gibt niemanden* in diesem Gebiet«, wiederholte Kim. »Niemanden, dem wir Schaden zufügen könnten.«

Sonnenstrahlen fielen durch das Fenster auf Kendricks graue Gesichtszüge. »Lassen Sie uns hoffen, dass Sie sich nicht irren.«

Kim war froh, als sie wieder in ihr Büro zurückkehren konnte. Als Matt fragte, wie das Treffen gelaufen sei, klagte sie, dass Bruder Kendrick nicht von seiner Meinung abzubringen war. Kein noch so vernünftiges Argument über die Bedingungen, die für die Entstehung organischer Moleküle notwendig waren, schien ihn auch nur im Geringsten zu berühren. »Er hat tatsächlich behauptet, dass alle unsere Bemühungen inadäquat wären und dass es Sicherheit nur hätte geben können, wenn wir überall selbst nachgesehen hätten. *Überall!*«

»Das tut mir Leid«, sagte Matt. »Aber wir mussten es zumindest versuchen.«

»Das nächste Mal können Sie selbst hingehen.«

»Ich war schon beim letzten Mal dort.« Er trommelte mit den Fingern auf seinem Schreibtisch. »Ich hatte gehofft, dass er ein wenig empfänglicher gegenüber weiblichem Charme ist.«

»Jedenfalls sind Sie mir jetzt etwas schuldig«, sagte Kim.

Matt nickte. »Ich lade Sie morgen zum Mittagessen ein. Übrigens, Solly hat versucht, Sie zu erreichen.«

Solly war zurzeit in einem Seminar, und sie musste bis zum Nachmittag warten, bevor sie mit ihm reden konnte. Sein Bild erschien auf ihrem Schirm, als sie gerade nach Hause fahren wollte. »Bis jetzt kein Glück«, sagte er.

»Mit den Archiven? Ich dachte, du hättest Verbindungen dorthin?«

»Sie sind im Augenblick alle ziemlich integer. Offensichtlich haben sie einen von ihren eigenen Leuten dabei überrascht, wie er Gelder des Archivs in die eigene Tasche gewirtschaftet hat.« Er zuckte die Schultern. »Tut mir Leid.«

Am Abend war sie auf Calico Island mit einem jungen Mann zum Essen verabredet, den sie bei den Sea Knights kennen gelernt hatte. Er gehörte zu jener neuen gesellschaftlichen Schicht, die weder nach Karriere strebte noch ein Leben in ungezügelter Muße verbrachte. Heutzutage gab es eine ganze Reihe von Menschen, die einen Mittelweg gefunden hatten, auf dem sie sich von allem fern halten konnten, was ihr Leben in Routine verwandelte, und stattdessen akademische oder andere Interessen verfolgten. Sie verbrachten ihre Zeit mit Dramen oder Schach oder Wallball. Sie bereisten die Strände dieser Welt, falls ihre Mittel dies zuließen. Das Leben war kurz, argumentierte der junge Mann beim Essen, auch wenn es heutzutage länger dauerte als jemals zuvor. Er hatte sich der Suche nach der *Marmora* verschrieben, einer Maglev-Brigg, die irgendwo in den mittleren nördlichen Breiten auf der anderen Seite Greenways untergegangen war.

»Wenn es mir gelingt, die *Marmora* zu finden«, sagte er, »dann war mein Leben nicht umsonst.«

Er klang wie Kile Tripley.

Oder wie Emily, jetzt, wo sie genauer darüber nachdachte.

Vielleicht wie sie selbst?

10

Männer sind so schwerfällig und erliegen so leicht den Begierden des Augenblicks, dass der, der auf Täuschung aus ist, stets ein allzu williges Opfer finden wird.

– NICCOLÒ MACHIAVELLI, DER PRINZ, 1513 A.Z.

Kiles verwitwete Mutter, Sara Tripley Baines, lebte heute in Eagle Point, wo sie auch schon zum Zeitpunkt des Unglücks gewohnt hatte. Eine Datenbanksuche erbrachte mehrere Treffer und zwei Bilder aus jüngerer Zeit. Sie zog sich gerne formell an und war selbst im fortgeschrittenen Alter noch eine atemberaubende Frau. Ihre Haltung verriet, dass sie sich dessen durchaus bewusst war.

Sara war Präsidentin eines Clubs für Architektur, der einen jährlichen Preis für den besten Entwurf eines öffentlichen Gebäudes verlieh. Sie gehörte außerdem zum Vorstand der Tupla University, und sie nahm noch immer aktiv an Gymnastikwettbewerben teil. Kim betrachtete ein VR, das Sara bei einem Wohltätigkeitsdinner zeigte, wo sie sich bemühte, die Teilnehmer zur finanziellen Unterstützung eines Bauvorhabens zu bewegen. Ihr Vortrag war ein wenig schwerfällig, dachte Kim, aber erschreckend aufrichtig.

Kim suchte im Verzeichnis nach Saras Nummer, steckte einen der virtuellen Projektoren des

Instituts ein und ging zu einer öffentlichen Kommunikationszelle, um sicherzustellen, dass man sie nicht mit dem Anruf in Verbindung bringen konnte. Sie wählte ein Modell aus dem Inventar des Projektors, eine große, rothaarige, aristokratisch aussehende Frau, dann tippte sie Saras Nummer ein und schaltete die visuelle Übertragung ab, eine Frage der Höflichkeit, wenn man bei einer Fremden anrief.

Die Haus-KI nahm den Anruf entgegen.

»Hallo«, sagte Kim. »Mein Name ist Kay Braddock. Ich würde gerne mit Sara Baines sprechen.«

»*Dürfte ich fragen, in welcher Angelegenheit?*«

Kim zögerte. »Ich arbeite an einem Buch über das Severin Valley«, sagte sie. »Soweit ich weiß, war Sara Baines eine Augenzeugin der Katastrophe vom Mount Hope. Also habe ich mich gefragt, ob sie vielleicht bereit wäre, mir ein paar Minuten zu opfern und über Einzelheiten zu sprechen.«

Die KI bat sie zu warten, und Kim wand sich unbehaglich. Zuerst Bestechung, und dann das hier. Was würde als Nächstes kommen? Einbruch?

Dann hörte sie Saras Stimme. »Kay Braddock?«, fragte Sara mit perfekter Aussprache. »Ich denke nicht, dass ich Ihren Namen schon einmal gehört habe.«

»Ich bin wahrscheinlich noch nicht so bekannt«, antwortete Kim. »Mrs. Baines, ich freue mich, dass Sie Zeit gefunden haben, mit mir zu sprechen.«

Kims visuelles Signal leuchtete auf. Vor Sara erschien in diesem Augenblick das Bild einer vornehmen Rothaarigen. »Warum wollten Sie ausgerechnet mit *mir* sprechen?«, fragte Sara Baines.

»Ich habe sie letztes Jahr an der Tupla gesehen. Sie sprachen vor den Absolventen über das Ausbauprojekt. Sie haben auf mich den Eindruck einer aufmerksamen Beobachterin gemacht, und Sie schienen sehr besorgt um das Wohlergehen und die Geschichte unserer Gesellschaft.«

»Danke sehr«, antwortete Sara Baines, »das ist sehr freundlich von Ihnen.« Sie aktivierte ihr visuelles Signal. Kim sah eine Frau in einem grauen Polynex-Sessel mit einer schwarzen Katze im Schoß. Sie war groß, besaß klare Augen, wirkte ernst und daran gewöhnt, Verantwortung zu tragen. Gleichzeitig schien sie über die Möglichkeit erfreut, an einem Buch mitarbeiten zu dürfen. »Was für ein Buch schreiben Sie? Ich meine, ich kann mir nicht vorstellen, dass es noch unveröffentlichtes Material über die Katastrophe vom Mount Hope geben könnte.«

»Die Sichtweise einer Frau. Ich interessiere mich für die Spätfolgen bei den Familien der Opfer.«

»Oh«, sagte sie. Ihre Stimme klang mit einem Mal spröde, was Kims aufsteigende Schuldgefühle alles andere als abmilderte. »Darüber kann ich Ihnen allerdings einiges erzählen.« Sie klärte Kim darüber auf, dass sie genau genommen keine Augenzeugin gewesen sei, sondern unmittelbar nach der Explosion ins Severin Valley geflogen und dort eingetroffen war, als es noch überall gebrannt hatte. Sie sprach allgemein über die ersten Stunden nach der Katastrophe, über die Verzweiflung, die sie beobachtet hatte, die Leichen, die Panik, den schieren Schock, dem alle erlegen waren. Sie vermied die Schilderung ihrer eigenen Gefühle angesichts der Tatsache, dass ihr eigener Sohn möglicherweise ebenfalls unter den Opfern sein könnte.

»Ja«, sagte sie. »Ich wusste, dass Kile wieder zurück war. Er rief mich von zu Hause aus an. Früher verbrachte er immer zuerst ein paar Tage in Terminal City, wenn er von einem Flug zurückgekehrt war. Er traf sich mit Leuten von der Stiftung, um die Ergebnisse der Mission zu besprechen. Und wahrscheinlich ein wenig zu feiern. So war er nun einmal. Er mochte die Menschen, und er hatte eine Menge Freunde. Was für ein Unglück, dass er diesmal sofort nach Hause flog. Normalerweise wäre er nicht in den Bergen gewesen, als der Mount Hope explodierte.«

»Sie gingen also zuerst zum Haus Ihres Sohnes?«, erkundigte sich Kim.

»Selbstverständlich.«

»War es beschädigt?«

»Es hatte einen Wasserschaden gegeben. Alles war durchnässt. Aber sonst, nein. Die Villa hatte keine Schäden davongetragen.«

»Aber sie war *leer*?«

»O ja.« Ihre Stimme sank zu einem Flüstern. »Er war weg. Der arme Kile. Man hat ihn niemals gefunden.« Ihr Blick umwölkte sich. »Sein Flieger war ebenfalls weg. Er war sicherlich in der Luft, irgendwo in der Nähe der Explosion. Er flog oft in den Bergen herum, einfach so, um sich zu entspannen.«

»Es tut mir sehr Leid, Mrs. Baines.« Kim beobachtete, wie sie ihre Bluse überprüfte, ob es daran etwas zu richten gab. Die Bluse war grün mit einem weißen Muster, das an Musiknoten erinnerte. Ein wirklich hübsches Stück, dachte Kim.

»Schon gut. Es ist lange her.« Sie tupfte sich die Augen.

Zum ersten Mal in ihrem erwachsenen Leben wurde Kim bewusst, dass sie sich grausam verhielt. Trotzdem machte sie weiter. »Würden Sie mir vielleicht erzählen, was Sie gedacht und empfunden haben, als Sie die Villa zum ersten Mal betraten.«

»Bestimmt können Sie sich das denken, Miss Braddock.«

»Sie waren in großer Sorge, und Sie hatten Angst.«

»Natürlich.«

»Haben Sie Hinweise entdeckt, aus denen hervorgeht, wohin er gegangen sein könnte?«

»Nein.«

»Überhaupt nichts Ungewöhnliches?«

Sara musterte sie mit plötzlichem Misstrauen. »Nein«, antwortete sie. »Wenn man bedenkt, was draußen los war, dann war es in der Villa ziemlich normal. Mit Ausnahme der Tatsache, dass mein Sohn verschwunden war, heißt das.«

»Und wie lange nach der Explosion war das?«

»Zwei Stunden, schätze ich. Nicht mehr. Ständig kamen neue Rettungsmannschaften an.« Sie hielt inne und schüttelte den Kopf. »Solche Dinge geschehen«, fuhr sie fort. »Er war ein guter Sohn. Er hat mir viel gegeben.«

»Mrs. Baines, ist Ihnen aufgefallen, ob er vielleicht Notizen oder Aufzeichnungen über die Mission im Haus zurückgelassen hat? Irgendetwas, das hilfreich sein könnte ...« Sie stockte unsicher, während sie überlegte, wie sie fortfahren sollte.

Saras Gesichtsausdruck wurde hart. »... ich kenne die Gerüchte, Mrs. Braddock. Ich versichere Ihnen, ich hätte es als Erste gewusst, wenn sich dort draußen irgendetwas Ungewöhnliches ereignet hätte. Im Haus gab es nichts, das mit der Mission in Verbindung stand. Zumindest nichts, das mir aufgefallen wäre. Keine Aufzeichnungen. Kein Videomaterial. *Nichts*.«

»Ich verstehe.«

»Das freut mich.« Sie hatte Kims eigentliche Absicht durchschaut, doch sie war deswegen nicht wirklich beleidigt. »Als es vorbei war, habe ich versucht, die Villa zu verkaufen. Aber ich verlangte am Anfang zu viel Geld, und die Chance, sie loszuschlagen, verstrich. Nach einer Weile konnte ich sie nicht mehr hergeben. Schließlich stiftete ich sie einer religiösen Gruppierung. Soweit ich weiß, besitzt sie das Grundstück noch immer. Vermutlich wartet sie darauf, dass das Tal wieder besiedelt wird.«

»Sie müssen seine persönlichen Gegenstände aufbewahrt haben.«

»Seine Bücher, ja. Und ein paar andere Dinge. Einen Teil des Mobiliars habe ich weggegeben. Das meiste ist im Haus geblieben.« Sie wurde schwermütig. »Er hatte eine Plastik, ein Falkenpärchen, von dem ich wusste, dass Mara es mochte …«

»Mara?«

»Bentons Mutter. Außerdem habe ich eine Lampe behalten. Ich hatte sie Kile zum Geburtstag geschenkt. Dann noch ein paar Bücherstützen und ein Raumschiffsmodell für Ben.«

»Die *Valiant*«, sagte Kim.

»Ja. Woher wissen Sie das?«

Kim lächelte, und ein wilder Gedanke stieg in ihr auf. *Warum sollte irgendjemand ein Raumschiffsmodell ohne Antriebssystem bauen? War es möglich, dass Tripley eine Reihe von Aufnahmen von einem fremdartigen Raumschiff angefertigt hatte? Dass er mit ihrer Hilfe ein maßstabsgetreues Modell davon gebaut hatte? Was für eine köstliche Ironie, wenn Tripley in seinem Büro saß und das große Geheimnis ihm von seinem Bücherregal herunter ins Gesicht lachte!*

»Ich bin flüchtig mit Ben bekannt«, sagte sie mitfühlend. »Ich weiß, dass ihm dieses Modell sehr viel bedeutet.«

»Ja.« Saras Augen wurden feucht. »Mehr ist wirklich nicht geblieben. Nicht viel für ein ganzes Leben, nicht wahr?«

Kim hätte sie am liebsten rundheraus gefragt, ob

sie Hinweise darauf entdeckt hatte, dass Kim in der Villa gewesen war oder sonst irgendeine Frau, doch sie wusste nicht, wie sie es anstellen sollte, ohne Sara zu befremden. »Ich danke Ihnen, Mrs. Baines«, sagte sie nur.

»Wie soll der Titel lauten?«, fragte Sara.

»Welcher Titel?«

»Ihres Buches?«

»Oh.« Sie überlegte einen Augenblick. »*Nachwirkungen*.«

»Und Sie senden mir ganz bestimmt ein Exemplar, nicht wahr?«

»Ja«, sagte Kim. »Das werde ich.«

Das Nationalarchiv befand sich im Kaydon Center in Salonika, der Hauptstadt der Republik, im Lake Country und einhundertzwanzig Kilometer von Seabright entfernt. Salonika war eine Trophäenstadt, ein sehenswerter Ort voller Hochwege und Springbrunnen und Marmormonumente, die an die Geschichte Greenways erinnerten. Hier stand George Patkin und rief die Republik aus, dort war Millicent Hodge beim Aussetzen des ersten Schwarms Lachse in den See, der später den Namen Lake Makor erhalten sollte. Und im Liberty Green Park feuerte der einstige Astronom Shepard Pappadopoullo, nach dem Kims Haus-KI benannt war, während der Schlacht von Twin Rivers eine Rakete auf Henry Hox ab, den Sohn des Diktators.

Das Archiv war ein lang gestrecktes, nüchternes zweistöckiges Gebäude mit einer davor liegenden Mall und einem spiegelglatten Teich. Der Teich war gesäumt von Hemlocktannen. Spazierwege wanden sich über das gepflegte Gelände, und breite Marmorstufen führten zum Haupteingang hinauf, der bewacht wurde von einer Statue Erik Kaydons, des ersten Premiers von Greenway.

Kim seufzte und blickte einmal mehr auf das Bild ihres Ziels. Manville Plymouth, Assistant Commissioner für Archivaufzeichnungen des Verkehrswesens. Weil Plymouth Solly kannte, musste sie die Schmutzarbeit erledigen.

Sie trug eine silberne Perücke und Kontaktlinsen, um ihre Augenfarbe zu verändern.

Wenn er Feierabend hat, kommt er immer durch die Freedom Hall heraus, hatte Solly ihr erzählt. Er hatte die Vorbereitungen mit Unbehagen verfolgt und mehrmals den Ausdruck *besessen* benutzt. Hatte sie gedrängt, noch einmal gut über das nachzudenken, was sie zu tun im Begriff stand. Sie setzte nicht nur ihre, sondern auch seine Karriere aufs Spiel. Er hatte sogar damit gedroht, aus der ganzen Sache auszusteigen, was ihre Erfolgschancen gegen Null hätte sinken lassen, und das wusste er. Doch schließlich, als er gemerkt hatte, dass sie es trotzdem versuchen würde, war er geblieben.

Freedom Hall war die zentrale Rotunde des Gebäudes. Hier befanden sich die wichtigen Dokumente der Republik: die Menschenrechtsurkunde, die Gregory Hox die absolute Macht verwehrte, dem vierten und letzten in der Reihe der Diktatoren, die Artikel der Verfassung, die Erklärung über Pflichten und Rechte der Bürger sowie Joseph Albrights Ansprache in Canburry, mit der er den Rebellen in den dunklen Tagen der Revolution neuen Mut und neue Zuversicht gegeben hatte.

Es gab zahlreiche andere Dokumente, Briefe, Tagebücher und Artefakte aus der dreihundertsiebenundzwanzigjährigen Geschichte der Republik: Stanfield bei der Begrüßung Brodeurs, als die Erde ihr jahrhundertelanges Embargo beendete, Amahls handschriftliche Notizen betreffend die Opfer der Ärzte in Dubois, das Kapitänslogbuch der *Regal*, des ersten interstellaren Raumschiffs der Republik.

Beiläufig umrundete Kim die Galerie, während sie vorgab, interessiert die Objekte in den beleuchteten Schaukästen zu studieren.

Freedom Hall, hatte Solly erklärt, sei der einzige Ort im gesamten Gebäude, wo es ernste Sicherheitsmaßnahmen gab. Die Überwachung war lückenlos. Doch die routinemäßige Ablage nicht regierungsamtlicher Dokumente befand sich nicht hier, sondern im Ostflügel. Dort hatte es niemals Probleme gegeben, daher sorgte man sich wohl auch nicht um mögliche Diebe. Doch zuerst musste man in den Flügel gelangen, und dazu musste ein Scanner die DNS identifizieren und anschließend den Zutritt gewähren.

An dieser Stelle kam Manville Plymouth ins Spiel.

Kim musste nur ein paar Minuten warten, bevor Plymouth den Ostflügel verließ und die Halle betrat. Er schloss die Tür hinter sich und durchquerte rasch die Rotunde, ohne nach rechts oder links zu sehen. Sie warf einen letzten Blick auf das Bild, um sicherzugehen, und folgte ihm dann hinaus auf die Republic Avenue.

Plymouth war ein Fitnessjünger. Er ging jeden Tag, sieben Mal in der Woche, in ein Fitnessstudio namens Blockhouse.

Kim folgte ihm durch das verblassende Sonnenlicht. Die Gegend war voller öffentlicher Gebäude. Stadthalle, Rathaus, Gericht, die Kommission für die Vergabe von Lizenzen, die Handelskammer, die Nationale Legislative, die Nationale Kunstgalerie. Plymouth bewegte sich zielstrebig, und seine langen Beine brachten ihn rasch voran. Kim musste sich anstrengen, um mitzuhalten. Einmal erblickte sie Solly, der unauffällig neben einem Baum stand.

Doch Plymouth schlug nicht die richtige Richtung ein. Er ging nach Norden, weg vom Blockhouse, eine Avenue hinauf, durch einen Park, an einem Springbrunnen vorbei. Schließlich betrat er ein Bekleidungsgeschäft. Augenblicke später kam er mit einer Plastiktüte wieder zum Vorschein und ging kurze Zeit später erneut in einen Laden, diesmal für Elektronik.

Plymouths Muskeln bewegten sich deutlich, während er ging. Er war groß in einer Welt voll großer Menschen, mit einer außergewöhnlich schmalen Taille und breiten Schultern. Einmal blickte er sich um, und sie tat, als betrachtete sie die Bäume. Dann ging er wieder weiter, diesmal in Richtung Süden, am Klackner Museum vorbei, wo er auf einen schmalen Weg abbog, der direkt durch einen kleinen Wald hindurch zum Blockhouse führte. Beruhigt ließ Kim sich ein Stück zurückfallen und hielt sich diskret außer Sichtweite.

Trotz seines Namens war das Gebäude weitläufig und ausladend, drei Stockwerke vorn, hinten weniger, mit massenhaft dunklem Glas. Ein Dutzend breite Stufen führte zu einem Säulenvorbau hinauf. Plymouth nahm zwei auf einmal und verschwand im Innern.

Sie schlenderte lässig hinter ihm her. Er war verschwunden, wahrscheinlich in der Herrenumkleide. Doch sie war sicher, dass sie sein endgültiges Ziel kannte.

In der Frauenumkleide hielten sich zwanzig Leute auf, zogen sich um oder duschten. Kim nahm einen Spind in Besitz, holte ein Handtuch, wechselte in einen Sportanzug und ging, Sollys Anweisungen folgend, in den Bereich für Ganzkörpertraining. Ein Dutzend Menschen beiderlei Geschlechts benutzten die Maschinen. Plymouth war nicht unter ihnen.

Sie machte ein paar Kniebeugen, um sich zu lockern, während sie wartete. Schließlich tauchte er in Shorts und Sweatshirt auf, ein Handtuch um den Hals geschlungen. Er warf einen Blick zu ihr, und sie lächelte ihn freundlich an, um seine Annäherung zu ermutigen.

»Hallo«, sagte er. »Ich glaube nicht, dass ich Sie schon einmal hier gesehen habe.«

»Ich bin zum ersten Mal hier. Ich dachte, ich probier's einfach mal aus.«

»Es ist ein gutes Studio.« Er bot ihr seine Hand. »Ich heiße Mike.« Sie wusste, dass er den Namen Manville nicht mochte und niemals benutzte.

»Hallo, Mike«, sagte sie und nahm seine Hand. »Kay Braddock.«

»Sind Sie neu hier in der Gegend, Kay?« Sie gingen zu zwei Duroflex-Maschinen und blieben davor stehen.

»Bin gerade erst hierher gezogen. Ich komme aus Terminal City.«

»Salonika wird Ihnen sicher gefallen«, sagte er. »Es ist eine gute Stadt, voller Kultur. Man kann eine Menge unternehmen. Alles ist viel weniger *kommerziell* ...« Er zögerte, plötzlich besorgt, sie könnte es als Affront auffassen – doch er war bereits zu weit gegangen, um noch einen Rückzieher zu machen. »... viel weniger kommerziell als in den meisten anderen Städten.«

Sie wusste sofort, dass er eigentlich *Terminal City* hatte sagen wollen. Nicht allzu schnell auf den Beinen, der Knabe. Ihr sollte es nur recht sein. Sie beruhigte ihn, dann stellte sie den Timer auf zwanzig Minuten und stieg in die Maschine. Wenn er noch in seiner Duroflex saß, nachdem die Zeit abgelaufen war, konnte sie das Training einfach verlängern.

Die Maschine passte sich ihren Körperformen an. Schlaufen schlossen sich um ihre Handgelenke und Fesseln. Polster drückten gegen Schenkel und Po.

»Machen Sie das regelmäßig?«, rief er ihr aus seiner Maschine zu. Es war schwierig, eine Unterhaltung zu führen, während die Maschine arbeitete, doch er ließ sich dadurch nicht entmutigen.

Die Duroflex setzte sich in Bewegung, zuerst sanft, zupfte an Armen und Beinen, rollte ihre Schultern, beugte die Knie, massierte ihr Gesäß.

»Ja«, antwortete sie. »Es macht mir Spaß.«

Kim lauschte seinen gelegentlichen Bemerkungen über Theater und Museen, wie er nach Kriegsende nach Salonika gekommen war, ein neues Zuhause gefunden hatte, dass er nirgendwo anders mehr leben wollte und wie gut das Wetter doch war. Schließlich fasste er sich ein Herz und lud sie zum Abendessen ein. »Ich kenne ein großartiges Restaurant am See …«

Er war sympathisch genug, um ihre Vorurteile gegen Bürokraten zu überwinden, ungeachtet der Tatsache, dass sie selbst eine war. Und darüber hinaus besaß er sogar ein klein wenig Charme.

»Sicher«, antwortete sie. »Sehr gerne.« Ja. Ein Abendessen wäre kein allzu großes Opfer. Er war zufrieden und wurde still, während er sich der Maschine auslieferte.

Genau wie Kim.

Die Duroflex erhöhte nach und nach das Tempo. Sie dehnte ganze Muskelgruppen und ließ Kim eine Reihe von Situps durchführen. Ein warnendes Summen unterrichtete sie über eine Änderung des

Bewegungsablaufs, und plötzlich berührte Kim mit den Fingerspitzen ihre Zehen.

Die meiste Zeit überließ sie alles der Maschine, entspannt und mit geschlossenen Augen, während sie die aufsteigende Hitze spürte, die von der maßvollen Anstrengung herrührte. Kim mochte die Maschinen nicht besonders (sie zog es vor, auf altmodische Weise zu trainieren), doch dieses System hatte eindeutig seine Vorteile. Man konnte fast schlafen, während man seine Übungen absolvierte.

So ging es weiter, bis sie die ersten Schmerzen spürte. Die Maschine reagierte augenblicklich und verringerte das Tempo, aber nicht genug. Dann wurde Kim bewusst, dass Plymouths Duroflex angehalten hatte. Er kletterte gerade hinaus, schweißbedeckt, und rieb sich Kopf und Hals mit dem Handtuch ab. »Treffen wir uns hinterher in der Lobby?«, fragte er.

Der Apparat führte sie durch eine Reihe von Kniebeugen. Es war nicht gerade dazu angetan, ihre Würde zu erhalten oder auch nur eine halbwegs verständliche Antwort zu geben, also lachten beide nur, und er warf einen Blick auf ihren Timer, der noch immer sechs Minuten Restzeit anzeigte. Sie nickte. Sie würde dort auf ihn warten, sobald das System sich abgeschaltet und sie sich umgezogen hatte.

»Das ist gut.« Er warf das Handtuch in einen Wäscheeimer, schenkte ihr ein strahlendes Lächeln und stapfte aus dem Raum. Sobald er draußen war, hämmerte sie auf den STOP-Knopf. Die Duroflex lief langsam aus und entließ Kim aus ihrer Umklammerung.

Sie wäre lieber still und leise in der Maschine liegen geblieben, bis die Schmerzen in ihren Muskeln abgeklungen waren. Doch dazu blieb keine Zeit. Sie kletterte hinaus und humpelte beiläufig zum Wäscheeimer. Der Raum hatte sich ein wenig geleert, und die wenigen Leute, die noch in den Maschinen hin und her geworfen wurden, schienen ihr keine Aufmerksamkeit zu schenken. Sie hielt ihr eigenes Handtuch über den Eimer, zog Plymouths benutztes Handtuch hervor und warf dann ihres hinein.

Zehn Minuten später übergab sie Solly draußen in der Lobby einen Behälter, bevor sie ins Innere des Gebäudes zurückkehrte und dort auf Plymouth wartete.

Je weiter sich der Abend dem Ende näherte, desto unbehaglicher fühlte sie sich bei dem Gedanken, Mike Plymouth auszunutzen.

Das Restaurant, das er ausgewählt hatte, war ein malerisches kleines Bistro namens The Wicket. Es besaß einen entzückenden Ausblick auf den See und die umliegende Landschaft. Die Atmosphäre wurde von Kerzenlicht und leiser Musik und einem Kaminfeuer geprägt. Das Essen war gut, der Wein floss reichlich, und Mike legte eine Wehmütigkeit an den Tag, die sie zuerst überraschte und dann ihre Fantasie fesselte.

Er war auf Pacifica geboren und im Krieg gewesen.

»Dann haben Sie auf der *anderen Seite* gekämpft …«, sagte sie.

»Natürlich.« Eine interessante Einzelheit war, dass er an Bord der *Hammurabi* gedient hatte, als das gegnerische Flaggschiff von Kanes kleinem Geschwader angegriffen worden war. Er war in einer Rettungskapsel entkommen und elf Tage durch den Raum getrieben, bevor er von einem

Patrouillenschiff Greenways eingesammelt worden war. »Ich bin nie mehr nach Hause zurückgekehrt«, sagte er.

»Warum nicht?«

»Ich weiß es nicht genau. Ich hatte Freunde gefunden. Es gefiel mir hier. Jeder akzeptierte mich.« Außerdem, fügte er hinzu, hätte ihn die Erfahrung in der Rettungskapsel verändert.

»In welcher Hinsicht?«, fragte Kim.

»Ich glaube, ich bekam eine bessere Vorstellung von dem, was ich in meinem Leben erreichen wollte. Was wirklich zählt.«

»Und das wäre?«

»Freunde.« Und mit einem Grinsen: »Schöne Frauen. Und guter Wein.« Er blickte zu den Kerzen, die an der Wand in einem großen Halter brannten. »Der Geruch von heißem Wachs.«

Sie spürte, dass sie anfing, den Burschen wirklich zu mögen.

Mein Gott, sagte sie sich, er ist ein *Bürokrat*! Schlimmer noch, er arbeitet für die Regierung. Er ist ein Fitness-Fanatiker. Wahrscheinlich ist das hier nicht mehr als eine Masche, mit der er jeder Frau begegnet.

Er griff über den Tisch hinweg und berührte scheu ihre Hand. Sie hielt den Atem an, spürte, wie sich ihr Puls beschleunigte, stellte sich vor, wie sie sich von ihm überwältigen und irgendwo hin auf eine kleine Insel bringen ließ. Sie stellte sich vor, wie sie beide im Mondlicht an einem Strand entlang spazierten.

Sicher. Er würde sich bestimmt für eine Frau interessieren, die ihn zum Narren hielt.

Sie schwankte kurz, ob sie nicht das ganze Projekt einfach aufgeben sollte. Doch sie konnte nicht. Es ging einfach nicht. Es war sowieso viel zu spät dazu. Sie hatte ihm schon einen falschen Namen genannt.

Trotzdem fragte sie sich, was Solly wohl dazu sagen würde, wenn sie in der Nacht nicht im Hotel auftauchte.

Sie verließen das Restaurant und spazierten eine Stunde am See entlang. Die Unterhaltung wurde vertraulicher; sie bemerkte das Verlangen in seinen Augen und den Unterton in seinen Bemerkungen über die Arbeit im Archiv oder seine drei Mischlingshunde. »Ich segle gerne«, erzählte er. »Ich habe ein Segelboot auf dem Lake Winslett.«

»Warst du schon einmal tauchen?«, fragte sie.

»Nein. Aber ich würde es gerne einmal ausprobieren. Und du?«

Sie nickte. »Irgendwie passt eine Beamtenkarriere nicht zu dir.« Sie erkannte augenblicklich, dass er ihre Worte falsch verstehen könnte und wünschte, sie hätte anders angefangen.

Doch er zuckte nur die Schultern und lächelte, als wäre er an derartige Bemerkungen gewöhnt. Er mochte Statistiken und Ordnung. Es gefiel ihm, die Geschichte – die seinen Worten zufolge das reinste Chaos war – in Journale und Tagebücher einzuteilen, in Untersuchungsberichte und Aufzeichnungen über Transaktionen und dergleichen Dinge mehr und alles in zusammenhängender Form abzulegen und zu verwahren. »Das Katalogisieren der Geschehnisse gibt mir ein Gefühl, als hätte ich alles unter Kontrolle. Und ja, ich weiß genau, wie das in deinen Ohren klingt.«

Unter anderen Umständen hätte sie es als hoffnungslose stupide, geisttötende Beschäftigung angesehen. Doch in seiner Stimme lag ein fröhlicher Unterton, wenn er darüber sprach, und er schien ganz genau zu begreifen, dass sie dachte, dass es eine Arbeit für einen schwerfälligen Intellekt war. Also zuckte er nur die Schultern und lachte auf eine sich selbst verspottende Weise, die sie fast völlig hilflos machte. »Wirklich, ich bin der geborene Archivar«, sagte er.

Es fiel ihr alles andere als leicht, die Konversation mit ihm in Gang zu halten. Sie hatte sich einen falschen Namen zugelegt, und das zwang sie dazu, ein ganzes Lügengebäude zu errichten. Sie war Lehrerin, erklärte sie, und sie unterrichtete Mathematik. Man hatte ihr eine Stellung bei der Danforth University angeboten, und sie würde in etwa zwei Wochen dort anfangen. Zuerst hatte sie Probleme sich zu erinnern, dass ihr Name Kay war. Ein allgemeines Gefühl von Verwirrung begann sich in ihr auszubreiten.

Gegen Ende des Abends wurde es immer schwieriger für sie, sich zu erinnern, was sie gesagt hatte, auf welchem Fachgebiet der Mathematik sie arbeitete oder an welcher Schule in Terminal City sie bisher gewesen und wann genau sie nach Salonika gekommen war. Hatte er diese Frage überhaupt gestellt? Sie war sicher, dass er danach gefragt hatte.

Woher stammte sie ursprünglich?

»Aus Eagle Point.«

»Mein Bruder lebt dort, Kay. Aus welchem Stadtteil kommst du?«

Welchen Stadtteil kannte sie? Sie musste sich einen Namen ausdenken. »Aus Calumet«, antwortete sie in der Hoffnung, dass er sich dort nicht auskannte.

»Aha.« Seine Reaktion verriet, dass er den Ort sehr genau kannte. Spielte er jetzt mit ihr? Oder war er selbst nicht ganz ehrlich?

Allmählich begriff sie, dass dieser Abend lange in

ihrem Gedächtnis haften bleiben würde. Und sie stellte sich vor, wie sie in vielen Jahren an Mike Plymouth zurückdachte und sich mit einem Stich fragte, was wohl aus ihm geworden sein mochte.

»Ich denke, ich sollte jetzt nach Hause gehen«, sagte sie schließlich.

»Es ist tatsächlich spät geworden«, stimmte er ihr zu.

Er bestand darauf, sie zu begleiten. Also nannte sie ein Hotel, jedoch nicht das, in dem sie und Solly tatsächlich abgestiegen waren, und ein Taxi brachte sie hin. Als es aus dem wolkenverhangenen Himmel dem Landeplatz entgegensank, verstummte ihre Unterhaltung.

»Werde ich dich wiedersehen?«, fragte er, als wäre ihm etwas bewusst geworden, als hätte er begriffen, dass es keinen zweiten Abend geben würde.

»Du kannst mich hier im Hotel erreichen, Mike.« Ein weiteres Mal kehrte Stille ein. Das Taxi ging tiefer, und das Licht der Gebäude fiel in die Kabine. Sie begriff, dass sie beide verlegen waren, doch nur sie kannte den Grund für ihre Verlegenheit. Das Taxi landete, und sie stieg aus. Draußen ging ein steifer Wind. Er folgte ihr, und sie standen dort, Hände haltend, und starrten sich einander an. »Mike«, sagte sie, »ich hatte einen wunderbaren Abend.«

»Stimmt etwas nicht?«, fragte er.

»Nein, alles in Ordnung. Ich denke, ich bin nur erschöpft. Es war ein langer Tag.«

Er küsste sie auf die Wange. Sie versteifte sich, und er lächelte sie traurig an, als er die Distanz spürte. »Ich freue mich, dass wir uns kennen gelernt haben, Kay«, sagte er.

Er drückte ihre Hand, blickte zum Aufzug und

dann zurück zu seinem Taxi. »Ich würde morgen sehr gerne wieder etwas Ähnliches tun.«

»Ja«, sagte sie. »Das wäre schön.« Doch sie wollte nicht, dass er während des Tages anrief. Und vielleicht herausfand, dass sie überhaupt nicht in diesem Hotel wohnte. »Kommst du mich gegen neun Uhr abholen?«, fragte sie.

»Verlass dich darauf.«

»Gut. Und vielleicht solltest du mir deine Nummer geben. Nur für den Fall.«

»Du bist eine wunderbare Frau, Kay«, sagte er. Dann stand er neben dem Taxi, während sie über die Rampe zu den Aufzügen ging. Sie stieg ein und drückte den Knopf, der zur Lobby des Hotels führte. Er winkte, sie winkte zurück, und die Türen schlossen sich.

Du bist eine verdammte Idiotin, Kay.

»Und? Wie ist es gelaufen?«, fragte Solly.

Sie zuckte die Schultern. »Ganz gut.«

»Er hat doch wohl keinen Verdacht geschöpft, oder?«

»Nein. Er ist völlig ahnungslos.«

»Gut. Ich habe das Paket zu Alan gebracht. Er ist alles andere als glücklich.«

Alan war Sollys Freund im Labor des Instituts. »Nun ja, er weiß schließlich, dass wir etwas Illegales vorhaben, und wenn wir geschnappt werden, steckt er in der Geschichte mit drin.«

»Er weiß, dass wir ihn nicht verraten würden.«

»Was spielt das schon für eine Rolle?«, entgegnete sie. »Man muss kein Genie sein, um herauszufinden, wer uns geholfen hat.« Die Entwicklung der ganzen Angelegenheit gefiel ihr immer weniger.

»Ich bin jedenfalls für heute erledigt«, sagte Solly.

»Morgen kriegen wir, was wir brauchen, und morgen Abend könnten wir dann in das Archiv.«

»Solly«, sagte sie, »ich frage mich allmählich, ob es die Sache wert ist.«

Er ließ sie sehen, dass es für ihn keine Überraschung war. »Du weißt, was ich davon halte. Sag nur ein Wort, und es ist vorbei. Ich glaube nicht, dass wir irgendetwas gewinnen können. Ich glaube nicht, dass du irgendetwas erfährst, das du nicht schon vorher gewusst hast. Schon möglich, dass Yoshi in Tripleys Haus gewesen ist, aber auch dafür gibt es sicherlich eine harmlose Erklärung. Ich meine, mich würde es nicht weiter überraschen, falls er sie ein paar Tage mit zu sich genommen hätte, wenn sie es ebenfalls wollte.«

»Aber sie war doch angeblich zusammen mit Emily im Hotel.«

Er zuckte die Schultern. »Es hat nie einen Beweis gegeben, dass beide Frauen zusammen ins Taxi gestiegen sind. Sie haben Emilys ID benutzt. Also schön, Yoshi fuhr zusammen mit Tripley in seine Villa, um ein paar Tage mit ihm zu verbringen. Und wurde von der Explosion überrascht. Weil niemand wusste, dass sie bei Tripley war, suchte auch niemand nach ihrem Leichnam.«

Aber man hätte ihn bei der allgemeinen Suche gefunden.

»Wenn du aufhören willst«, sagte er, »dann wäre jetzt ein guter Zeitpunkt.«

Dann geschah etwas Eigenartiges: Sie erkannte, dass Solly wollte, dass sie aufgab. Gleichzeitig jedoch wäre er enttäuscht, wenn sie es tat.

Und noch etwas anderes erkannte sie: Sie konnte nicht mehr zurück. Es würde bedeuten, dass sie den Rest ihres Lebens damit verbrachte, über die Wahrheit nachzugrübeln.

11

In jedem ehrlichen Menschen wohnt ein Dieb, der nur auf die passende Gelegenheit lauert.

– DELIA THOMAS, CARIBEE ANNALS, 449

Das Päckchen traf am späten Nachmittag ein. Sie überprüften den Inhalt, einen einzelnen dünnen Handschuh, der sorgfältig in einer durchsichtigen Schachtel eingepackt war. Kim steckte die Schachtel mit dem Handschuh in ihre Jackentasche.

Sie verbrachten den Tag mit einer Besichtigung der Stadt, auch wenn Kim viel zu nervös war, um es zu genießen. Sie pickte nur in ihren Mahlzeiten, und als die Sonne endlich langsam tiefer sank, nahmen sie einen der fahrenden Steige in das Kaydon Center. Die Temperaturen gingen zurück, und ein scharfer Wind war aufgekommen.

Das Archiv sah in der Dämmerung kahl und freudlos aus. Die letzten Besucher kamen heraus und schlangen die Mäntel eng um sich. Die Kieswege und die Rampen waren vom Schnee geräumt. Ein Taxi hob gerade ab, als sie sich aus der Richtung des Sees näherten. Eine dünne Eisschicht hatte sich auf dem Wasser gebildet. Solly war ungewöhnlich still, während sie ihrem Ziel entgegenstapften.

»Und du bist sicher, dass es keine visuellen Überwachungsanlagen gibt?«, fragte sie zum dritten oder vierten Mal.

»Ganz sicher«, antwortete er. »Nur in der Freedom Hall. Oder wenn das System nicht mit deiner DNS einverstanden ist.«

Sie dachte über die Konsequenzen für ihre berufliche Laufbahn nach, falls man sie bei ihrem Tun erwischte. Genau genommen hatte sie den ganz Tag kaum an etwas anderes denken können. Und sie hätte sich einen bereitstehenden Flieger gewünscht, für den Fall, dass sie hastig verschwinden mussten. Doch ein Flieger auf dem Landefeld hätte möglicherweise nur unnötig Aufmerksamkeit erregt. Wenn die Dinge schief liefen, hatte Solly gesagt, dann würde es so oder so keine Rolle spielen. Die Behörden würden wissen, wer sie waren, noch bevor sie das Gebäude verlassen konnten.

»Und du bist immer noch sicher, dass du weitermachen willst?«, fragte er erneut.

»Was werden sie mit uns anstellen, wenn sie uns erwischen?«

»Farmarbeit, einige Monate lang. Vielleicht auch ein oder zwei Jahre im Kubus.« Der Kubus war eine transparente Zelle auf einem öffentlichen Platz. Jeder konnte den erbärmlichen Zustand sehen, in dem ein verurteilter Krimineller sein Dasein fristete. Verwandte, Familienmitglieder und Freunde wurden ausnahmslos benachrichtigt, und jeder konnte entweder persönlich kommen oder die Demütigung vom Wohnzimmer aus beobachten. Es war, so dachte sie, eine besonders grausame Methode der Bestrafung für eine vorgeblich so aufgeklärte Gesellschaft.

Sie sah bereits die Schlagzeilen: SPRECHERIN DES INSTITUTS WEGEN EINBRUCHS VERHAFTET. EXPERTEN FRAGEN: WARUM WURDE BRANDYWINE KRIMINELL?

Sie kamen vor dem Haupteingang an und wandten sich nach rechts auf einen Weg, der um das Gebäude herum führte. »Ich halte es für wenig sinnvoll, wenn wir beide hineingehen«, sagte sie zu Solly. »Ich weiß schließlich, wonach ich suche. Warum wartest du nicht draußen? Ich meine, …«

»… ich bin jetzt so weit mitgekommen«, widersprach Solly. »Vielleicht brauchst du mich.«

Sie verließen den Weg an einem Seiteneingang, gingen eine Rampe hinauf und standen vor einer Glastür. Dahinter verlief ein Gang mit Bürotüren.

Der Leser öffnete sich klickend, und eine Zeile mit Instruktionen erschien: BITTE LEGEN SIE IHRE FINGERSPITZEN AUF DIE LINSE. BEWEGEN SIE SIE NICHT, BEVOR DER IDENTIFIKATIONSPROZESS ABGESCHLOSSEN IST.

Kim sah sich um und überzeugte sich, dass niemand sie beobachtete. Dann nahm sie die Schachtel aus der Tasche, streifte den Handschuh über, zog ihn straff und zeigte ihn Solly.

»Perfekt«, sagte er.

Sie legte die Fingerspitzen auf die vorgeschriebene Stelle. Das Schloss klickte, und die Tür glitt auf. Sie und Solly traten ein, und die Tür schloss sich hinter ihnen wieder.

Der Korridor war lang und schattig, gesäumt von Türen, die hohe Decke grau und dringend renovierungsbedürftig. Die Türen waren transparent. Digitale Leuchtschilder blinkten auf, wenn sie sich den Türen näherten, und verrieten, was sich dahinter befand. Sie passierten Normen, Personal, Allgemeine Instandhaltung, Planung, Sicherheit, Spezialaufgaben.

Außer ihnen schien sich niemand im Gebäude aufzuhalten. »Es gibt überhaupt nur neun oder zehn Angestellte, die hier arbeiten«, sagte Solly. »Während der normalen Arbeitszeit, heißt das.«

»Die Assistant Commissioner.«

»Genau. Und ein paar Direktoren. Systemanalysten. Jeder hat einen Titel. Sämtliche Routinearbeit ist automatisiert. Soweit ich feststellen konnte, hängt nach Feierabend niemand mehr hier herum.«

Was den Gegenbeweis natürlich herausforderte. Sie waren nur ein paar Meter weiter gekommen, als hinter ihnen ein Schloss klickte, in Richtung der Freedom Hall. Sie drehten sich um und sahen, wie eine Bürotür geöffnet wurde. Ein Mann in einem grünen Arbeitsanzug trat auf den Gang hinaus und blickte sie neugierig an.

Kims Herz drohte auszusetzen. Ihr erster Gedanke war wegzurennen.

»Geh ganz ruhig weiter!«, flüsterte Solly drängend und packte sie entschlossen am Arm. Er inspizierte einen der Wegweiser, nickte, als hätte er gefunden, wonach er suchte, und wandte sich direkt zu dem Arbeiter.

Der Mann runzelte die Stirn. Er besaß olivfarbene Haut, breite Schultern und einen Gesichtsausdruck, der erkennen ließ, dass er einen anstrengenden Nachmittag hinter sich hatte.

»Hallo«, sagte er. »Kann ich Ihnen helfen?«

Solly winkte mit seiner ID in Richtung des Mannes. »Sicherheitsüberprüfung«, sagte er. »Ist alles in Ordnung hier?«

»Soweit ich weiß – ja.«

»Gut.« Solly blickte bedeutungsvoll zu einer der Bürotüren. »Danke.« Er drückte vorsichtig gegen die Tür und nickte, befriedigt, dass sie sich öffnen ließ. Kim verstand den Wink und prüfte ihrerseits eine Tür auf der anderen Seite des Ganges. Sie passierten den Mann im Arbeitsanzug und marschierten den Korridor hinunter, während sie weiter Türen prüften.

Er blickte ihnen hinterher, bis sie einen Seitengang erreichten und aus seinem Sichtfeld verschwanden. »Was glaubst du, Solly?«, fragte sie leise.

»Ich weiß nicht. Ich glaube nicht, dass wir besonders überzeugend waren.« Sie lauschten auf das Geräusch von Schritten. Als nichts zu hören war, spähte Kim um die Ecke und sah, wie der Arbeiter durch den Ausgang das Gebäude verließ. »Ich denke, die Luft ist wieder rein«, sagte sie dann.

Solly blickte in seine Notizen und führte sie zum nächsten Seitengang, wo sie nach links abbogen. Sie erreichten eine Sektion, die mit AKTEN gekennzeichnet war, und fanden schließlich eine Tür mit der Aufschrift INTERSTELLAR/NICHTKOMMERZIELL.

Solly zog einen Bund mit Universalschlüsseln in einem Etui hervor. Es handelte sich um Plastikchips, die so kodiert waren, dass jeder Einzelne auf zahlreiche verschiedene Schlösser passte. Er musste trotzdem vier oder fünf Chips ausprobieren, bevor sich das Schloss entriegelte und die Tür aufglitt.

»Du hättest einen guten Einbrecher abgegeben«, sagte Kim zu ihm.

Er grinste schief. »Sie machen sich keine Gedanken um Einbrecher, jedenfalls nicht hier hinten. Draußen, in der Ausstellungshalle, sieht die Sache ganz anders aus. Der Alarm geht schon los, wenn auch nur ein Moskito durch das Fenster kommt, und Wachen stürzen herbei, während sämtliche Türen automatisch geschlossen werden. Hier hinten ist das anders. Keine Menschenseele kümmert sich um verstaubte alte Akten.«

Sie traten ein und schlossen hinter sich die Tür.

Es war eine winzige Kammer. Ein kleines Fenster zeigte auf einen kleinen Hinterhof hinaus. Kim setzte sich vor das einzelne Terminal und rief das Menü auf. Sie benötigte weniger als zwei Minuten, um das Kommandolog der EIV 4471866, *Hunter*, Ankunftsdatum 30. März 573, zu lokalisieren.

»Ich hab's«, sagte sie, schob eine Disk in den Aufnahmeschlitz und befahl dem Computer, die Daten zu kopieren.

Solly hielt den Zeigefinger an die Lippen. Draußen erklangen Schritte. Er trat hinter die Tür, sodass er außer Sicht war, falls jemand hereinblickte. Kim duckte sich hinter den Schreibtisch.

Stimmen.

Zwei Leute, die sich unterhielten und lachten. Die Stimmen gingen vorüber und verklangen.

Kim stellte überrascht fest, dass sich in ihr eine Art Hochgefühl ausbreitete. Sie drückte Sollys Schulter. »Was denn?«, fragte er.

»Wir sollten so etwas häufiger machen«, sagte sie.

Sheyel rückte die Kissen in seinem Drachenstuhl zurecht. »Kim! Es ist schön, von Ihnen zu hören. Haben Sie Neuigkeiten?«

»Wahrscheinlich nicht. Ich wollte Ihnen nur Danke sagen dafür, dass Sie Yoshis Schuhgröße für mich herausgefunden haben.«

»Kein Problem. Wollen Sie mir jetzt verraten, warum Sie mich danach gefragt haben?«

»Wir fanden einen Haftschuh in Kiles Villa. Er passt zu Yoshis Größe.«

»Oh?«

»Mehr haben wir im Augenblick nicht. Und wahrscheinlich hat es nichts zu bedeuten.«

Er schwieg.

»Ich benötige mehr Informationen.«

»Selbstverständlich. Wenn ich Ihnen behilflich sein kann.«

»Hatte Yoshi künstliche Implantate oder Prothesen? Irgendetwas, das ein Sensor entdecken könnte?«

Er schloss die Augen. »Ich glaube nicht.«

»Irgendeine physische Aufrüstung vielleicht? Irgendetwas, das ersetzt wurde?«

»Nein«, antwortete er. »Nichts, von dem ich wüsste. Sie hatte einmal einen Sportunfall, beim Wraparound, und bekam ein paar Zähne überkront.«

»Ich glaube nicht, dass uns das weiterhilft. Also gut, Sheyel, ich werde sehen, ob mir noch ein anderer Weg einfällt. Wenn Ihnen doch noch etwas einfällt, rufen Sie mich an.«

Er nickte. »Danke, Kim. Ich weiß wirklich zu schätzen, was Sie tun.«

Sie unterbrach die Verbindung, schenkte sich einen Drink ein, blickte auf eine Nummer, die sie auf einen Fetzen Papier notiert hatte, und wählte erneut.

»Hallo?« Mike Plymouths Stimme. Sie ließ die visuelle Verbindung ausgeschaltet.

»Hi, Mike.« Sie ließ ihre Stimme so sanft klingen, wie es ihr nur möglich war.

»Hallo, Kay. Ich dachte mir schon, dass ich von dir hören würde.«

»Ja. Es … es tut mir Leid, Mike. Ich kann heute Abend nicht.«

»Oh. Na ja … ist alles in Ordnung mit dir?«

»Ja. Alles in Ordnung.«

»Dann vielleicht ein anderes Mal?«

Sie hatte Solly aus dem Zimmer geschoben, doch jetzt wünschte sie sich, er wäre da. »Ich glaube nicht. Es hat wirklich keinen Sinn.«

»Oh.« Er suchte nach Worten. Etwas, um die Situation zu retten. Oder seinen Stolz.

»Es tut mir Leid.« Sie dachte darüber nach, eine Geschichte zu erfinden. Irgendetwas, um seine Gefühle zu schonen. *Ich habe bereits einen Freund. Ich habe gestern gelogen.* Doch sie sagte nichts. »Ich bin im Augenblick einfach zu sehr beschäftigt.«

»Ich verstehe.« Es wurde erneut still. »Lebwohl, Kay.«

Dann war die Verbindung unterbrochen, und sie starrte auf den Apparat. »Lebwohl, Mike«, murmelte sie.

Sie ließen sich Käse und Wein aufs Zimmer kommen und machten es sich bequem, um die Logs der *Hunter* zu studieren. Kim schob die Disk in den Leser, schaltete den Schirm ein, probierte den Käse und drehte sich zu Solly um. »Bist du soweit?«, fragte sie.

Er nickte, und sie startete das Programm.

Titel erschienen, identifizierten das Schiff, nannten Zeit und Ort, listeten die kommerzielle Fracht auf (›Keine‹) und nannten den Zweck der Fahrt. Das Datum nach Seabright-Zeit war der zwölfte Februar. Der Tag der Abreise von St. Johns.

Die frühen Aufnahmen zeigten die Außenstation, Techniker und Wartungspersonal, das an der *Hunter* arbeitete. Solly schilderte ihr, was sie machten: diese überprüften die Lebenserhaltungssysteme, jene ergänzten die mitgeführten Wasservorräte.

»Wir haben es mit zwei verschiedenen Aufzeichnungen zu tun«, führte er aus. »Die eine beinhaltet den automatischen Datenstrom von den Schiffssystemen, der Lebenserhaltung, Navigation,

Energieversorgung und so weiter. Die andere ist ein Video der Brücke. Die Kameras laufen nur, wenn sie eine Bewegung feststellen. Wenn der Raum leer ist oder wenn der Pilot schläft ...« Er streckte die Hände aus, Handflächen nach oben.

»Wie viel Arbeit gibt es eigentlich für einen Piloten, Solly?«

»Es ist ein harter Beruf, Kim. Man benötigt hohe Intelligenz, umfassendes Wissen, großartige Reflexe ...«

Sie schloss die Augen. »Solly ...«

»Berufsgeheimnis.«

»Rede schon. Du kannst mir vertrauen.«

»Man könnte einen Piloten jederzeit in den Raum schießen, ohne dass etwas passiert.«

»Wirklich?«

»Sicher. Der Pilot hat nur drei Dinge zu tun. Er spricht mit der Bodenstation, sagt der KI, wohin sie fliegen soll und übernimmt das Kommando, wenn die KI abstürzt. Was niemals geschieht.«

»Das ist alles?«

»Das ist alles. Und die KI kann auch mit der Bodenstation reden.«

Er spulte vor, bis die Arbeit der Techniker beendet war. Sie wirbelten im Zeitraffer über den Schiffsrumpf, dann verschwanden sie, und das Bild wurde schwarz. Die Uhr sprang zwei Stunden vor. Die nächste Sequenz zeigte, wie Markis Kane die Brücke betrat.

Es war mehr als vierzig Jahre nach dem Krieg, doch natürlich gab es keinen physikalischen Unterschied zwischen dem Mann, der nun auf dem Pilotensitz der *Hunter* saß, und jenem Mann, dessen überlebensgroßes Bild im Mighty Third Memorial Museum aushing. Der spätere Markis Kane war vielleicht nicht mehr ganz so schlank, und seine

Gesichtszüge waren härter geworden, doch ansonsten war er noch immer der Alte.

Er trug einen blauen Overall mit einer Schulterklappe, auf der die *Hunter* im Orbit um einen beringten Planeten zu sehen war, mit dem Motte BEHARRLICHKEIT. Das schwarze Haar war kurz geschnitten, und er war glatt rasiert. Er strahlte eine natürliche Jugend und Vitalität aus, die ihn überdurchschnittlich attraktiv machten, dachte Kim. Er war ein Kriegsheld, und er besaß die Seele eines Künstlers. Was für ein Lebenslauf.

Die Brücke auf dem Video unterschied sich nicht besonders von der, die sie bei ihrer Inspektion der *Hunter* gesehen hatte. Die beiden Sitze waren neu, die Teppichbeläge waren heller, die Wände dunkler. Doch das Instrumentenlayout hatte sich offensichtlich nicht verändert.

Kane nahm auf dem linken Sitz Platz und ergriff einen Notizblock. Kim beobachtete, wie er methodisch eine Checkliste durchging. Es dauerte ungefähr zehn Minuten. Als er fertig war, stand er wieder auf und verließ den Raum. Kim rief sich den Grundriss der *Hunter* ins Gedächtnis zurück. Die Brücke befand sich auf dem Oberdeck und öffnete sich zur zentralen Rotunde hin. Die Bildaufzeichnung endete. Die Uhr sprang sechzehn Minuten vor. Kane trat wieder ein, nahm erneut auf dem Pilotensitz Platz und begann Schalter zu drücken.

»*Die* Hunter *ist startklar.*«

»Hunter, *Sie haben Starterlaubnis.*«

Kane berührte einen Knopf auf seiner Armlehne. »*Noch dreißig Minuten bis zum Ablegen, Leute. Schnallt euch bitte an.*« Sein eigenes Sicherheitsnetz senkte sich herab und sicherte ihn auf seinem Sitz. Der Sitz schwang herum und zeigte nach vorn.

Zum Zeitpunkt der letzten Reise der *Hunter* hatte

St. Johns am Rand des bekannten Weltraums gelegen, und das traf auch heute noch zu. Es gab keinen weiter draußen liegenden Außenposten. Mehrere Hundert Missionen hatten weiter hinaus geführt, doch die Zahl war nahezu lächerlich gering angesichts des gewaltigen Raums. Auf den Neun Welten gab es anhaltende Diskussionen, wer für den Unterhalt des Außenpostens aufzukommen hatte. Der Verkehr war immer weiter zurückgegangen, und die Station konnte sich längst nicht mehr selbst erhalten. Man redete bereits offen darüber, sie endgültig zu schließen.

Die *Hunter* schob sich langsam vor. Kim beobachtete, wie sich die Versorgungsschläuche lösten. Das Dock schob sich auf dem hohen Panoramaschirm und vor den falschen Fenstern vorbei, schneller und schneller, und blieb schließlich hinter dem Schiff zurück. Die Beschleunigung drückte Kane in seinen Sitz. Er redete kurz mit der Bodenstation, dann notierte er im Log, dass das Schiff abgelegt hatte und auf Kurs gegangen war und sämtliche Parameter im grünen Bereich lagen.

Solly spulte die Aufzeichnung vor. Kane blieb allein auf der Brücke, beobachtete seine Instrumente und unterhielt sich gelegentlich mit der KI. Dann, vielleicht eine Viertelstunde nach dem Ablegen, sprach er erneut in den Interkomm. »*Wir leiten in fünf Minuten die Beschleunigungsphase für den ersten Sprung ein. Emily und Kile kennen das bereits. Yoshi, wenn es anfängt, wirst du dich nicht mehr bewegen können. Es dauert ungefähr fünfundzwanzig Minuten. Wenn du vorher noch etwas zu erledigen hast, dann wäre jetzt ein geeigneter Zeitpunkt dazu.*«

»Die Sprungantriebe werden von den Hauptgeneratoren gespeist«, erklärte Solly. »Die meisten Systeme erfordern fast eine halbe Stunde beständiger Beschleunigung mit wenigstens einem g, bevor sie genügend Energie aufgebaut haben, um den Sprung in den Hyperraum zu vollbringen.«

Kane wechselte auf einen Kanal, der wahrscheinlich nicht öffentlich war, und berichtete Kile Tripley, dass die *Hunter* bei der Rückkehr einer Generalüberholung unterzogen werden sollte. Kim spulte die Aufzeichnung vor, bis auf der Konsole eine Reihe grüner Lampen aufleuchtete. »*Sprung wird eingeleitet*«, sagte Kane.

Die Lichter wurden dunkler, heller, dunkler, erneut heller.

Kane blickte auf seine Instrumente und berichtete seinen Passagieren offensichtlich zufrieden, dass der Sprung glatt verlaufen war. Er bat alle, die Durchsage zu bestätigen und informierte sie, dass sie sich jetzt wieder frei an Bord bewegen konnten. Er stand auf, streckte sich und verließ den Raum. Das Aufnahmegerät schaltete ab.

Die Uhr spielte sieben Minuten vor, dann kehrte Kane zusammen mit Tripley auf die Brücke zurück. Der Missionsleiter hatte noch einmal über die Ziele der Reise nachgedacht und überlegte, ein anderes System anzusteuern. Eine größere Anzahl älterer Systeme der Klasse G in einem relativ eng umschlossenen Bereich, zu viel Strahlung durch nahe gelegene Superriesen in einem anderen. Dort gab es eine neue Reihe von Systemen, die er gerne untersuchen wollte. Sie würden trotzdem zuerst ihre ursprünglichen Ziele ansteuern, bevor sie die Kurskorrektur durchführten. Ob Kane es ohne übermäßige Probleme bewerkstelligen konnte?

Der Kommandant schlug vor, dass Tripley ihm die Liste daließ. »*Im Augenblick sehe ich kein Problem, Kile*«, sagte er. »*Wir müssen allerdings noch berechnen, wie sehr sich unsere Reise dadurch in die Länge zieht.*

Ansonsten …« Er streckte die Hände vor und deutete damit an, dass er mit allem einverstanden war, was Kile wollte.

Während des größten Teils dieses ersten Tages und der folgenden Zeit blieb die Brücke leer. Die Uhr sprang manchmal gleich mehrere Stunden vor, und die Tage tickten vom Kalender herunter. Um genau 8:00 Uhr morgens an jedem Tag betrat Kile die Brücke, manchmal allein, manchmal in Begleitung eines anderen Besatzungsmitgliedes, und studierte die Instrumente. Er sprach mit der KI, erkundigte sich, ob es Anomalien gab, ob Schwierigkeiten vorherzusehen waren oder es irgendetwas gab, auf das sie seine Aufmerksamkeit zu richten wünschte. Die Unterhaltungen besaßen eine fast zeremonielle Qualität.

»Eine Vorsichtsmaßnahme, weiter nichts«, erklärte Solly. »Die Vorschriften verlangen es. Sie haben eine Menge Redundanz in die Prozeduren eingebaut; es ist schwer, sich vorzustellen, dass irgendeine Folge von Ereignissen zu Schwierigkeiten führen kann, ohne dass frühzeitig eine ganze Serie von Alarmen ausgelöst wird. Trotzdem halten sich alle Piloten immer noch an die gleiche Prozedur. Die Wahrheit ist, ich habe den Verdacht, sie dient lediglich dazu, dem Piloten das Gefühl zu geben, als hätte er tatsächlich etwas zu tun.«

Jetzt sah Kim zum ersten Mal die lebendige Yoshi Amara. Sie war vital und kraftsprühend und voller Begeisterung für die Mission. Sie war felsenfest davon überzeugt, dass sie nicht erfolglos nach Hause zurückkehren würden. Sie war außerdem, dachte Kim, eine prachtvoll aussehende junge Frau. Dunkle Haare, dunkle Augen, noch betont durch eine Goldkette und ein goldenes Armband.

»Sie scheint Geld gehabt zu haben«, bemerkte Solly.

Kile Tripley schien sich gerne auf der Brücke aufzuhalten. Im Gegensatz zum Piloten verbrachte er mehr Zeit dort als jeder andere. Häufig saß er zusammengesunken im rechten Sitz, die langen Beine übereinander geschlagen, und las oder fertigte Notizen an. Wenn Kile anwesend war oder einer seiner Kameraden, sprach er gerne darüber, wie es sein würde, in den Orbit einer neuen Welt einzuschwenken, die Tag-Nachtlinie zu überqueren und in der Dunkelheit Lichter auf den Kontinenten zu sehen. Kim wusste genau, dass er zahllose Male neue Planeten gefunden hatte und dass die Nacht stets ungebrochen geblieben war. Wie im Verlauf der gesamten menschlichen Geschichte.

»*Könnt ihr euch vorstellen, was es bedeuten würde*«, sagte Tripley wieder und immer wieder, »*wenn wir sie finden?*« Nicht, ob es sie überhaupt gab, sondern ob die Menschen sie entdecken konnten.

Kim sah, was Tripley offensichtlich nicht sehen konnte oder wollte. Kane war nicht davon überzeugt, ob es überhaupt etwas zu finden gab oder falls doch, so war es unter all den Sternen so sorgfältig versteckt, dass die Suche hoffnungslos war. Wir könnten bis in alle Ewigkeiten neue Planeten ansteuern, ohne etwas zu finden, sagten seine dunklen Augen. Bis wir der ganzen Sache müde sind und die Ressourcen der Stiftung einer sinnvolleren Verwendung zuführen.

Doch er schien keinen Sinn darin zu sehen, seinen Arbeitgeber aktiv zu entmutigen. Ja, sagte er. Der Goldene Kelch ist reich an Systemen der G-Klasse, gelben Sonnen wie Sol und Helios. Die Fahrtzeit zwischen ihnen wäre relativ kurz, und im Verlauf eines Jahres konnten sie eine Menge Systeme absuchen.

Wir werden eine Menge Systeme absuchen, erwiderte Tripley. Und: »*Diesmal werden wir es schaffen, Markis. Ich* weiß, *dass wir es diesmal schaffen werden.*«

Jedes Mal antwortete Kane mit einem Nicken und einem nichtssagenden Blick, der Tripley scheinbar zustimmte und Kim verriet, dass sie diese Konversation schon mehr als einmal geführt hatten. Und niemand hatte je irgendetwas gefunden.

Sie suchte nach Anzeichen von Spannungen zwischen den beiden Männern, doch es gab nichts, was darauf hingedeutet hätte, dass sie nicht miteinander auskamen, auch wenn ihre Persönlichkeiten so vollkommen unterschiedlich waren. Kane war kühl, zurückhaltend, skeptisch und methodisch. Tripley im Gegensatz dazu war ein Mensch, der dazu neigte, seinen Emotionen zu folgen. Er *wollte* an die Existenz außerirdischen Lebens glauben. Doch seine Instinkte waren gut, und auch er war im Allgemeinen rational, wenn man von seiner Besessenheit absah. Er besaß seine eigene Sicht der Dinge und gestattete nicht, dass die Realität daran etwas änderte. Hätte er sich für Religion interessiert, hätte man ihn gewiss unter jenen wieder gefunden, die argumentierten, dass es einen Gott und einen Himmel geben *musste,* weil das ganze Leben doch sonst wohl keinen Sinn ergab. Kims allgemeiner Eindruck war, dass Tripley niemals ganz erwachsen geworden war. Andererseits war er frei von jeder Böswilligkeit. Sie verwarf die Möglichkeit, dass Tripley Yoshi ermordet haben könnte. Oder irgendjemand anderen.

Sie blickte in seine Akte. Er hatte neunundzwanzig Missionen auf der Suche nach seinem heiligen Gral abgeschlossen, war insgesamt nahezu fünfundzwanzig Jahre im All gewesen. Das qualifizierte ihn als einen Fanatiker, einen *Captain Ahab.* Kein Wunder, dass das Motto der *Hunter* BEHARRLICHKEIT lautete.

Später gab Kane gegenüber Emily eine realistischere Einschätzung zu: »*Wir müssten hundert von diesen Schiffen haben*«, sagte er. »*Oder tausend. Unterwegs in jede denkbare Richtung. Dann hätten wir vielleicht eine Chance.*«

Auch Emily hatte erkannt, wie gering die Aussichten waren.

Es war das erste Mal, dass Kim ihre Schwester privat mit anderen Menschen zu sehen bekam. Die Reise dauerte bereits drei Tage, als sie endlich die Brücke betrat und Kim sie sah. Kane war bereits dort und absolvierte seine morgendliche Routine. Sie schlenderte hinter ihm heran und *drückte* seine Schulter. Kane drehte sich zu ihr um, und Kim begriff, dass die Anwesenheit des Aufzeichnungsgerätes für beide ein Hemmnis darstellte.

Solly blickte sie an, doch er sagte nichts.

Emily nahm elegant auf dem rechten Sitz Platz. Sie trug den gleichen charakteristischen Overall wie alle anderen, doch er stand am Hals gerade weit genug offen, um die Ansätze ihrer Brüste zur Schau zu stellen.

Kane berichtete, dass alles nach Plan verlief. Es war eine unverfängliche Bemerkung, doch sein Tonfall war um eine Oktave gesunken. »Sie sind ein Liebespaar«, sagte Kim mehr zu sich selbst als zu Solly.

Selbstverständlich zeigten sie es nicht offen. Im Gegenteil. Kane und Emily sahen sich mit der Art von erzwungener Gleichmut an, die nur Menschen zustande bringen, die einander lieben und sich zugleich bemühen, diese Tatsache nach außen hin zu verbergen.

Yoshi war gerade aus dem Teenageralter heraus. Ihre Abschlüsse waren vielversprechend, doch auch sie jagte diesem *Traum* hinterher. Wann immer sich eine Gelegenheit ergab, nahm Kane sie beiseite und dämpfte ihren Optimismus, indem er sie an die vielen vorangegangenen Fehlschläge erinnerte. Dass es einfach aussah, wenn man Hunderte von Klasse-G-Sonnen in einem kleinen Bereich vor sich hatte, und dass es trotzdem keinerlei Garantie gab, dass sie den richtigen fanden – falls es ihn überhaupt gab. Keinerlei Garantie dafür, dass es überhaupt irgendwo außer auf der Erde zur Entwicklung von Leben gekommen war. Sieh der Möglichkeit ins Auge, riet er ihr. »*Vielleicht sind wir tatsächlich allein.*«

»*Das kann einfach nicht sein!*«, widersprach sie ihm. »*Es ist ein grundlegendes wissenschaftliches Prinzip, dass nichts im Universum einzigartig ist.*«

Kim fiel auf, dass die Besatzung der *Hunter* nie davon redete, eine primitive Amöbe zu entdecken. Nach all den Unterhaltungen zu urteilen, wie man sich bei einem Erstkontakt verhalten würde, nach welcher Technologie man Ausschau halten sollte und welche Gefahren möglicherweise von einer extrem weit fortgeschrittenen intelligenten Spezies ausgingen, wurde Kim bewusst, dass die Besatzung der *Hunter* die Entdeckung von etwas so Einfachem wie außerirdischem Gras, das, wonach alle Welt suchte, als ein entschieden enttäuschendes Ergebnis der Mission betrachten würde. Allerwenigstens, so schienen alle zu hoffen, wollten sie irgendwo ein paar Ruinen entdecken, Beweise dafür, dass es außer dem menschlichen auch noch anderes intelligentes Leben gegeben hatte.

»*Solange wir nicht zeigen können, dass es sich an einem anderen Ort, auf einer anderen Welt wiederholt hat*«, sagte Kane immer wieder, »*solange müssen wir die Möglichkeit akzeptieren, dass die menschliche Rasse tatsächlich Gottes Schöpfung ist.*«

Sie lachte über die Vorstellung, doch Kane war nicht böse. »*Wie würdest du es sonst erklären?*«, fragte er. »*Das universale Schweigen?*«

Sie wusste keine Antwort.

Kim lauschte, während sie über ihre Strategie diskutierten. Der erste Schritt bestand darin, die Biozone einer gegebenen Sonne zu berechnen, und dann pflanzliches Leben. Sobald sie das geschafft und eine lebende Welt entdeckt hatten, würden sie weitermachen und nach Beweisen für Intelligenz suchen, sei sie vergangen oder gegenwärtig.

Es klang alles äußerst optimistisch. Aber schließlich, so sagte Tripley an einer Stelle, schließlich ist es genau das, was die Suche zu etwas Lohnenswertem macht. »*Es wäre ja wohl kein besonderes Kunststück, wenn wir in jedem System auf Leben stießen, oder?*«

Gegen vier Uhr nachmittags hatten Kim und Solly die ersten vier Tage der Mission durchgesehen. Sie hatten auf Feindseligkeiten zwischen den Besatzungsmitgliedern der *Hunter* geachtet und nach Anzeichen von irgendetwas gesucht, das zu einem Mord führen konnte. Es mochte hinderlich sein, dass sie lediglich Unterhaltungen auf der Brücke mithören konnten und dass darüber hinaus jeder, der dort redete, wusste, dass seine Worte im Logbuch aufgezeichnet wurden, doch auch so war nicht zu übersehen, dass die Besatzungsmitglieder hervorragend miteinander auskamen. Kane war während dieser Unterhaltungen fast ständig anwesend, und selten war mehr als eine Person bei ihm, bis auf einmal, als Yoshi und Tripley gemeinsam hereinkamen und ihm Sandwiches und Bier mitbrachten.

Es gab die eine oder andere Meinungsverschiedenheit, bedeutungslos und unvermeidlich bei einer Gruppe von Menschen, die über Politik und Geschichte diskutierte, über Wissenschaft und Philosophie und Bücher und offensichtlich virtuelle Spiele spielte. Kim und Solly konnten die Spiele zwar nicht mitverfolgen, doch nach den Unterhaltungen, die sie hinterher verfolgten, schlossen sie einen beträchtlichen Anteil sexueller Nebenhandlungen ein. Es gab keinerlei Hinweise auf Spannungen zwischen Kane und Tripley oder zwischen den beiden Frauen. Offensichtlich gab es eine Übereinkunft, doch Kim kam nicht hinter die genaue Natur derselben.

Solly war eingeschlafen. Kim war ebenfalls erschöpft, doch sie war entschlossen weiterzumachen, bis sie herausgefunden hatte, was geschehen war. Falls *überhaupt* irgendetwas geschehen war.

Manchmal saß Kane alleine auf der Brücke und las oder schrieb in ein Notizbuch. Hin und wieder fertigte er Skizzen auf einem Block an, den er auf einem Beistelltisch aufbewahrte. Einmal meinte sie, eine frühe Version seines *Herbstes* zu entdecken. Sie spulte die Aufzeichnungen im schnellen Vorlauf weiter, bis sie zum ersten Mal eine *leere* Brücke sah. Ein Alarmhorn schrillte, und Lichter blinkten. Sie notierte die Bordzeit: dreiundzwanzig Uhr siebzehn, am siebzehnten Februar, dem fünften Tag der Mission.

Der Schirm teilte sich und zeigte einen weiteren Bereich der *Hunter*, den Kim als den Maschinenraum identifizierte.

Sie weckte Solly.

»Sieht aus, als hätten sie ein Problem mit den Sprungmotoren«, sagte er.

»Aber sie sind doch bereits im Hyperraum. Sie kreuzen. Die Sprungmotoren werden zu diesem Zeitpunkt doch gar nicht benötigt, oder doch?«

»Aber sie laufen trotzdem«, erklärte Solly. »Und es gibt eine ganze Reihe von Dingen, die schief gehen könnten.« Er legte den Datenstrom auf den Schirm und untersuchte ihn einige Minuten lang. »Das Reserve-Zufuhrsystem«, sagte er schließlich. »Eine redundante Sicherheitseinrichtung. Es überwacht die Antimaterie-Flusskontrolle während des Sprungs. Falls ein Problem auftritt, übernimmt sie die Steuerung.«

»Heißt das, dass die Maschinen auch ohne ein funktionierendes System weiter laufen würden?«

»O ja, sicher. Aber das will niemand.«

»Warum denn nicht?«

»Weil Antimaterie ein extrem schwierig zu handhabender Treibstoff ist. Die Kontrollsysteme sind sehr ausfallempfindlich. Wenn es kein Reservesystem gibt und eine Überladung stattfindet, bläst es dich aus dem Weltraum.«

Solly schaltete rechtzeitig wieder zur visuellen Aufzeichnung zurück, um zu sehen, wie Kane die Treppe zum Maschinenraum hinunter kam. Emily folgte ihm in eine Decke gehüllt dicht auf den Fersen. Vor einer Konsole blieb Kane stehen und berührte einen Schalter. Der Alarm verstummte. »*Alles in Ordnung*«, sagte er zu ihr. »*Wir sind nicht in Gefahr*.«

Er setzte sich vor einen Monitor und ging Diagramme durch, als die anderen eintrafen. »*Es ist das Reserve-Zufuhrsystem*«, sagte er. »*Es tut mir Leid, aber ich schätze, wir müssen die Mission abbrechen*.«

»*Abbrechen?*« Emily wirkte niedergeschlagen. »*Ist es wirklich so ernst? Können wir es nicht reparieren?*«

Wäre Kim an ihrer Stelle gewesen, sie hätte sicherlich zuerst gefragt, ob sie in Schwierigkeiten steckten.

»*Natürlich kann ich eine provisorische Reparatur durchführen. Allerdings halte ich es für keine gute Idee, mit einem durchgebrannten Reservesystem im Goldenen Kelch herumzukreuzen.*«

»*Und warum nicht?*«, fragte Tripley. »*Worin genau besteht das Risiko?*«

»*Das ist nicht ganz einfach zu erklären. Es ist ein Sicherheitssystem, das wir nicht benötigen, bevor wir es dringend benötigen, wenn du verstehst, was ich meine. Aber es geht nicht um meine Meinung. Die Vorschriften besagen, dass wir umkehren müssen.*«

»*Wer sollte davon erfahren?*«

»*Ich. Wenn wir hier draußen sterben, dann bin ich dafür verantwortlich.*« Er atmete tief durch. »*Es ist nicht das Ende der Welt, Kile. Und Morgen ist auch noch ein Tag.*«

»*Ja.*« Tripley funkelte die Maschine an, als hätte sie ihn mit Absicht im Stich gelassen. »*Also schön. Was machen wir jetzt?*«

»*Ich benötige ein paar Stunden für provisorische Reparaturen. Wir kehren in den Normalraum zurück und erledigen das. Sobald ich fertig bin, springen wir erneut in den Hyperraum und fliegen nach Hause.*«

»Sie müssen den Hyperraum verlassen«, erklärte Solly, als er ihren fragenden Blick bemerkte, »für den Fall, dass etwas Unvorhergesehenes geschieht. Eine reine Vorsichtsmaßnahme, um nicht im Nichts zu stranden.«

»Das ist es!«, sagte Kim. »Das ist die Stelle, wo die Begegnung stattfindet!«

»*Nach Hause?*«, fragte Tripley. »*Warum nicht nach St. Johns? Warum müssen wir den ganzen weiten Weg nach Hause fliegen?*«

»Es ist eine größere Reparatur, für die St. Johns nicht ausgerüstet ist. Sie können nicht mehr tun als das, was ich auch machen werde, ein provisorisches Flickwerk. Um wieder raumtüchtig zu werden, brauchen wir die Hilfe von Sky Harbour.«

Emily sah Tripley an. *»Es tut mir so Leid, Kile.«*

»Also gut«, sagte Tripley. *»Mach es. Gottverdammt!«*

Kile öffnete einen Kanal zur KI. »Hunter, *Hyperraum verlassen. Bring uns raus.«*

»Halt, einen Augenblick«, sagte Kim. »Befinden sie sich in der Nähe einer Sonne?«

»Ich weiß es nicht«, antwortete Solly. »Hängt davon ab, wie du *in der Nähe* definierst. Wenn du damit in einem Sonnensystem meinst, würde ich sagen, höchst unwahrscheinlich.«

»Dann stimmt etwas nicht. Sie müssen sich etwas angesehen haben. Sie müssen irgendwo in der Nähe eines dieser sieben Sterne herausgekommen sein.«

Solly schüttelte den Kopf. »Aber so weit ist es nicht gekommen.«

Sie sahen, wie Tripley den Raum verließ, gefolgt von Emily und Kane, die Minuten später auf der Brücke wieder erschienen und sich auf den Sitzen anschnallten. Die KI zählte den Countdown herunter, und dann fiel die *Hunter* aus dem Hyperraum. Sie tauchte im Orion auf, und der Himmel war voll mit Sternen und interstellaren Wolken. Kim konnte nicht genug auf dem Monitor erkennen, um zu sehen, ob es in der Nähe eine Sonne gab.

Sie spulten die Aufzeichnung vor. Kane benötigte zwei Stunden für seine Reparaturen. Dann benachrichtigte er die anderen, dass die Reise weitergehen konnte, und leitete das Beschleunigungsmanöver für den Sprung ein. Fünfundzwanzig

Minuten später glitt die *Hunter* ohne weitere Probleme in den Hyperraum zurück und begann ihre lange Heimreise nach Sky Harbour.

Der östliche Himmel wurde bereits hell, und ein steifer Wind rüttelte an den Fenstern. »Ich glaube das einfach nicht«, sagte Kim.

Solly schaltete den Computer aus, musterte sie mit einem bedeutungsvollen Blick und schloss die Augen. »Sieht aus, als wäre alles ein falscher Alarm gewesen«, erwiderte er.

Der Kommlink weckte sie. »Kim?« Es war die Stimme von Matt. Tonlos. In Kim schrillten Alarmsirenen. »Wo steckst du?«

»In Salonika«, antwortete sie.

»Hattest du vor, in nächster Zeit ins Institut zu kommen?«

»Ich nahm an, du würdest dich melden, wenn du mich brauchst«, antwortete sie. Die visuelle Verbindung blieb deaktiviert.

»Ich brauche dich.«

Sie seufzte. »Also schön. Worum geht es?«

»Eine Delegation von Physikern und Chirurgen. Sie besichtigen morgen das Institut. Wir haben sie eingeladen.«

»Gut. Ich werde da sein. Um wie viel Uhr?«

»Zehn.«

»Bin schon auf dem Weg.«

»Es ist eine gute Gelegenheit für Public Relations. Die Medien werden hier sein. Und Johnson.«

Der führende Kosmologe Greenways. Garant für Aufmerksamkeit.

»Wir werden alle zum Essen einladen«, sagte Matt. »Ich möchte, dass du den ganzen Tross begleitest und mit ihnen redest.«

Sie hörte aufmerksam zu, sagte, dass sie sich um alles kümmern würde, und wollte die Verbindung beenden.

»Ich bin noch nicht fertig.«

»Was stimmt denn nicht, Matt?«

Solly klopfte leise und streckte seinen Kopf durch die Tür. Sie winkte ihn herein.

»Hast du Sara Baines getroffen? Ihr Fragen gestellt?«

»Sara Baines? Wer ist Sara Baines?« Sie warf Solly einen verzweifelten Blick zu.

Seine Lippen formten die Worte: *Streite alles ab.*

»Tripleys *Großmutter,* um Himmels willen! Wir haben eine weitere Beschwerde von ihm erhalten. Er sagt, irgendjemand wäre draußen bei seiner Großmutter gewesen und hätte sie ausgefragt, wegen eines Buches. Sie kann sich nicht an den Titel erinnern. Aber ich schätze, Tripley traut dir nicht über den Weg. Er hat ihr dein Bild gezeigt.«

»Und?«

»Sie sagt nein. Aber Tripley glaubt trotzdem, dass du es gewesen bist. Warst du dort?«

»Ich schätze, es wird wohl so sein, Matt.«

Sie hörte, wie er den Atem ausstieß. »Kim, was soll ich nur mit dir machen? Bist du fest entschlossen, deine Stelle zu verlieren? Wir haben das doch alles schon einmal durchgekaut, und es wird sich nicht wiederholen. Du wirst dich von Tripley fern halten, hast du mich verstanden?

»Klar und deutlich, Matt.«

»Sprich nicht in diesem Ton mit mir. Schließlich ist es deine Karriere, mit der du spielst, nicht meine. Falls du noch einmal so einen Unsinn anstellst, sehe ich mich gezwungen, dich auf die Straße zu setzen.«

»Matt, ich habe wirklich keine große Wahl …«

»Die hast du verdammt noch mal doch, Kim! Ich will nicht gefühllos sein, aber deine Schwester ist schon verdammt lange verschwunden. Lass es gut sein, hörst du? Um unser aller willen.«

Sie starrte in die Aufnahmeoptik. »Matt, wir haben einen von Yoshis Schuhen in der Villa gefunden. Tripleys Villa. Im Severin Valley.«

Am anderen Ende der Leitung herrschte lange Zeit Stille. Dann: »Hast du eine DNS-Analyse?«

»Nein. Wir haben nur ihre Größe, weiter nichts. Aber es ist ein *Haftschuh*.«

Sie konnte ihn förmlich denken *hören*. »Das klingt sehr nach einem Indizienprozess, Kim. Wir reden hier über etwas, das sich vor langer Zeit ereignet hat. Du greifst nach Strohhalmen.«

»Ich weiß«, sagte sie. »Wir sehen uns morgen.«

»Er hat Recht«, sagte Solly, als die Verbindung beendet war.

Sie blickte ihn an. »Wir müssen die Leiche finden«, sagte sie.

»Yoshis Leiche? Wie um alles in der Welt willst du das denn anstellen?«

»Vielleicht ist es gar nicht so schwierig. Sie trug schließlich Goldschmuck, und nicht gerade wenig.«

12

Und ich will, nachdem die Liebe vorbei ist,
Ein Ende, ein Ende von allem.
Ich kann mich nicht beugen, dein Freund zu sein,
Nachdem ich dein Geliebter war.

– ARTHUR SYMONS, AM ENDE DER LIEBE, 1910 A.Z.

Kim nahm den Zug zurück nach Seabright und begrüßte die Physiker und Chirurgen beim Frühstück im Institut. Es verlief glatt, doch Matt nahm sie hinterher beiseite und sagte leise, dass es gut sei, sie wieder zu sehen. Sein Tonfall war zugleich besorgt und vorwurfsvoll. Er war schon immer gut darin gewesen, Schuldgefühle in ihr zu wecken. Sie erklärte ihm, dass das Leben im Augenblick ein wenig hektisch sei und schlüpfte davon, bevor er weiter in sie dringen konnte. Hinterher ging sie direkt zum Bahnhof und nahm den ersten Zug nach Wakonda und zur University of Amberlain. Solly erwartete sie bereits im physikalischen Institut, wo er sich einen tragbaren Detektor ausgeliehen hatte, den die Techniker so eingestellt hatten, dass er auf Gold reagierte.

Als Kim von den Leuten im Labor gefragt wurde, ob sie eine Ader entdeckt hätte, nickte sie lächelnd und sagte nur, dass sie und Solly im Begriff stünden, beträchtlichen Reichtum zu erwerben.

Der Detektor war so eingestellt, dass er eine Goldmenge, wie Yoshi sie am Hals getragen hatte, auf eine Entfernung von dreißig Metern aufspüren konnte.

Anschließend stiegen sie in den Snowhawk, der ein halbes Dutzend Städte auf dem zentralen Kontinent der Republik miteinander verband, von Seabright ganz im Osten über Eagle Point bis hin nach Algonda im Westen.

Sie zogen sich in eine Erste-Klasse-Kabine zurück und saßen bereits wenige Minuten, nachdem der Zug den Bahnhof hinter sich gelassen hatte, wieder vor den Logbüchern der *Hunter*.

Die Sonne war längst untergegangenen, als der Zug den Wakonda Central hinter sich ließ und an Geschwindigkeit gewann, bis die Landschaft verschwamm und schließlich in der Dunkelheit versank. Solly hatte es sich in einem gepolsterten Sessel bequem gemacht, während Kim auf einer Bank saß, die Knie an die Brust gezogen und die Arme darum geschlungen.

Sie spulten zu der Stelle zurück, an der die *Hunter* aus dem Hyperraum gefallen war, und beobachteten, wie Kane das ausgefallene System reparierte.

Sie gingen den Abschnitt erneut durch, diesmal langsamer.

Kane beendete die Reparatur, informierte die KI und verschwand aus dem Aufnahmebereich. Vierzig Minuten später traf er geduscht und in einer sauberen Uniform auf der Brücke ein. Emily folgte ihm, und gemeinsam betrachteten sie die riesigen Sternenwolken.

»*Irgendwo dort draußen*«, sagte Emily verträumt.

»Vielleicht«, entgegnete Kane. Er war offensichtlich ihr gegenüber ehrlicher als gegenüber Tripley.

»*Aber wenn wir nicht verdammt viel Glück haben, dauert es mehr als ein Menschenleben, sie zu finden.*«

Sie setzte sich in den rechten Sitz.

»*Acht Minuten bis zum Sprung*«, meldete die KI.

Kane lehnte sich zurück und schloss die Augen. »*Wir hatten Glück*«, sagte er. »*Das erste ernsthafte technische Problem im Verlauf von mehr als einem Dutzend Missionen. Das ist wirklich nicht schlecht.*«

Sie blickte ihn an, und ihre Stimmung sank sichtlich. Emily wollte nicht nach Hause. »*Eine Menge mehr als ein Dutzend. Markis, wie lange werden die Reparaturen deiner Meinung nach dauern?*«

Er dachte kurz nach. »*Sie werden das Aggregat ausbauen und ersetzen. Ein paar Tage, nicht länger. Doch das Schiff benötigt dringend eine Generalüberholung, bevor wir zur nächsten Fahrt aufbrechen.*«

Sie unterhielten sich in diesem Tonfall weiter, während die KI den Countdown herunterzählte. Die Minuten vergingen, und die Unterhaltung verstummte, als Kane seine Aufmerksamkeit mehr und mehr der Konsole zuwandte. Die massive Energieaufladung, die jedem Sprung vorausging, wurde hörbar.

Dreißig Sekunden vor dem Übergang schalteten die Hauptantriebe ab, und die *Hunter* begann zu gleiten.

»Nichts«, sagte Solly irgendwie enttäuscht, als hätten sie die Sequenz nicht schon einmal gesehen und wüssten nicht, was geschehen würde. Die Sprungprozedur war zu weit fortgeschritten, um sie noch aufzuhalten. Wäre jetzt ein fremdes Schiff längsseits gegangen, sie hätten nichts mehr tun können.

Als die *Hunter* in den Hyperraum überging, blickte Emily aus dem Fenster auf die Sterne.

Der Snowhawk passierte ein Tal. Zwei von

Greenways Monden hingen am Himmel, die über den Wolkenfetzen trieben. Zu beiden Seiten erhoben sich dunkle Berge. Baumwipfel schwankten im Luftzug des vorbeirasenden Zuges. Im Norden sah sie das Leuchten einer Stadt. »*Man kann schließlich nicht erwarten, gleich zu Beginn Glück zu haben*«, sagte Markis Kane in diesem Augenblick. »*Wir müssen uns in Geduld üben.*«

»*Wir* haben *uns in Geduld geübt.*«

»Also gut«, sagte Solly. »Das war's wohl mit Außerirdischen. Jetzt suchen wir nur noch nach einem Motiv für einen Mord.« Er blickte Kim an. »Und du meinst, wenn jemand Yoshi und Emily umgebracht hat, dann hat er ihnen das Gold gelassen?«

»Wenn es ein Räuber oder Einbrecher war, sicherlich nicht. Aber für mich ist Tripley der Hauptverdächtige. Glaubst du, er würde jemanden wegen seines Schmucks umbringen?«

»Du glaubst wirklich, Tripley hat es getan?«

»Nein. Aber ich kann auch nicht glauben, dass sie von einem Räuber ermordet wurden. Wo immer Yoshi ist, sie trägt noch ihren Schmuck.«

Kim und Solly sahen noch weitere Unterhaltungen, allesamt trivial, Routine, was sie tun würden, wenn sie wieder zu Hause wären, wie sie die unerwartete Freizeit verbringen würden. Tripley ließ keinen Zweifel daran, dass er die nächste Mission so schnell zusammenstellen wollte, wie nur irgend möglich, und dass er hoffte, auf die gegenwärtige Besatzung zurückgreifen zu können. Sie hörten ihn die Worte nicht wirklich sagen, doch nach den Gesprächen auf der Brücke konnte kein Zweifel bestehen. Und es war ebenfalls offensichtlich, dass alle bei der nächsten Mission wieder mit dabei sein wollten.

Es nahm ihnen ein wenig die Frustration, insbesondere Yoshi, die als Praktikantin an Bord gekommen war und sich nun vielleicht Sorgen gemacht hatte, dass man sie kein zweites Mal mitnehmen würde. Die Wochen vergingen, die allgemeine Stimmung erholte sich wieder und war bereits wieder richtig gut, als sie endlich auf Sky Harbour andockten.

Yoshi sagte Kane, dass sie für die Nacht zusammen mit Emily im Royal Palms in Terminal City bleiben und anschließend ein wenig Zeit bei ihrer Familie verbringen würde, bis alles für einen weiteren Versuch vorbereitet war. Es gab kein Anzeichen, nicht die leiseste Andeutung, dass sie nicht die Wahrheit sagte.

Tripley versprach, für eine rasche Reparatur und Überholung der *Hunter* zu sorgen. Er schätzte, dass es in spätestens einem Monat wieder losgehen konnte. War das für Kane ausreichend?

Es war.

Tripley informierte ihn, dass er ihm außerdem einen Bonus für seine Leistung zahlen würde. Dann ließ er Kane allein auf der Brücke zurück.

Der Kommandant verbrachte ein paar Minuten mit den Instrumenten, nahm dann sein Skizzenbuch an sich und ging. Die Aufnahmeoptik schaltete sich ab.

Es war vorbei.

»Ganz gleich, wie oft wir uns die Logbücher noch ansehen«, sagte Solly, »es wird immer wieder das Gleiche dabei herauskommen. Es ist nichts passiert.«

Der Heimflug hatte einundvierzig Tage beansprucht. Sie spulten zurück und sahen sich die

Aufzeichnungen ein weiteres Mal an, ohne eine Vorstellung von dem, wonach sie eigentlich suchten, was sie zu finden hofften. Wenn Tripley von Yoshi redete, zeigte er unverkennbar Zuneigung. Und er schien viel zu vornehm, um physische oder psychische Gewalt gegen irgendjemanden zu richten. Sein geklonter Sohn, dachte Kim, war in dieser Hinsicht so ganz anders als der Vater.

Sie beobachteten Kanes Unterhaltungen mit den anderen Besatzungsmitgliedern, lauschten, spulten weiter. Kim beobachtete Emily, während die Tage vergingen, und sie bewunderte die Ausstrahlung ihrer Schwester, ihre Energie, ihre Entschlossenheit bei der großen Suche. Und sie sollte nur noch wenige Tage zu leben haben.

Doch nach und nach wurde eine Inkonsistenz sichtbar. Kim beobachtete das Wechselspiel zwischen Emily und Kane, spulte zu ihren Unterhaltungen im ersten Teil der Mission zurück und verglich die früheren mit den späteren. »Siehst du das auch?«, fragte sie Solly.

Er beugte sich vor und betrachtete den Schirm. Kim hatte die Aufnahme angehalten, ein paar Tage vor dem Ende der Reise. Kane und Emily hatten sich darüber unterhalten, ihre physiologischen Trainingsprogramme im Verlauf der nächsten Reise ernster zu nehmen.

»Was denn?«, fragte Solly. »Ich weiß nicht, was du meinst.«

»Was ist aus ihrer Leidenschaft geworden?«

»Was für einer Leidenschaft?«

»Sehen sie für dich etwa noch wie ein Liebespaar aus?«

»Sie haben nie wie ein Liebespaar ausgesehen.«

»Solly, sie haben es vorher verheimlicht. Vielleicht vor den anderen, vielleicht auch nur vor der

Aufnahmeoptik. Vielleicht auch voreinander. Aber jetzt ist davon nichts mehr zu spüren.«

»Vielleicht hatten sie eine Auseinandersetzung. Wir bekommen schließlich nicht alles zu sehen, Kim.«

»Aber das ist es nicht! Es gibt keinerlei Spannungen zwischen den beiden. Das ist nicht die Art von Verhalten, die jemand an den Tag legt, der sich getrennt hat. Es ist eine verbindliche Freundlichkeit zwischen Kollegen, nicht mehr und nicht weniger. Ganz und gar nicht das, was man erwarten sollte.«

Der Zug hatte unterdessen die Vororte von Eagle Point erreicht.

»Was willst du damit sagen?«, fragte Solly.

Kim beendete das Programm, doch sie starrte nachdenklich auf den Schirm, bis der Zug endlich angehalten hatte. »Ich weiß es nicht so genau«, antwortete sie dann.

Sie stiegen im Gateway ab. Kim blieb den größten Teil der Nacht auf, um noch einmal die Unterhaltungen zwischen Kane und Emily durchzugehen. Auf dem Weg nach draußen war die Leidenschaft des Kommandanten kaum zu übersehen. Er liebte ihre Schwester. Kim sah es in seinen Augen, hörte es aus seiner Stimme, bemerkte es an jeder Körperbewegung. Sie fragte sich, wie die beiden miteinander umgegangen sein mochten, wenn keine Aufzeichnungsgeräte in der Nähe gewesen waren.

Doch während der Rückreise hatte sich irgendwann alles geändert. Nicht weil, wie Solly vorgeschlagen hatte, sie sich getrennt oder zerstritten hatten. In diesem Fall hätten sie in Gegenwart des anderen kühl reagiert. Ihre Körpersprache wäre übertrieben ablehnend gewesen. Kim hätte

Zurückweisung oder Groll bei dem einen oder anderen beobachtet. Oder beiden.

Wieder und wieder lauschte sie ihrer letzten Unterhaltung, aufgenommen während der Annäherungsphase an Sky Harbour.

»Danke, Markis.«

»Danke wofür?«

»Dass du uns zurückgebracht hast. Ich weiß, dass wir einigen Druck auf dich ausgeübt haben, die Mission fortzusetzen.«

»Das geht schon in Ordnung. Ich hatte nichts anderes erwartet.«

Sie befanden sich auf Greenways Nachtseite. Die Raumstation sah ein wenig aus wie ein beleuchteter Weihnachtsschmuck. Ihre beiden Schwänze, einer in Richtung von Lark, der andere nach unten gerichtet, wo er zwischen den Wolken verschwand, waren ebenfalls beleuchtet.

»Es war wie immer angenehm, Zeit in deiner Gesellschaft zu verbringen, Markis.«

Kim schüttelte den Kopf. Die Bemerkung klang gekünstelt. Sie enthielt ungefähr so viel Emotionen wie ein Blumenkohl.

»Danke gleichfalls, Emily. Aber ich schätze, in ein paar Wochen sind wir alle wieder unterwegs.«

»Das hoffe ich doch. Ich werde es allmählich leid, immer wieder mit leeren Händen nach Hause zurückzukehren.«

Die Station wuchs auf den Schirmen, und dann näherte sich die *Hunter* einem der Docks. Menschen waren in den Operationssektionen zu sehen, und ein Techniker in einem Raumanzug erwartete sie mit einem Versorgungsschlauch. Es gab einen leichten Ruck, als die *Hunter* anlegte. Eine Reihe von Lichtern auf der Konsole blinkte rot, dann wechselte ihre Farbe nach Gelb.

»*Wir sind zu Hause*«, sagte Kane. Sie schnallten sich los und verließen die Brücke, Emily voraus. Falls sie noch etwas zueinander sagten, so war in der Aufnahme jedenfalls nichts zu hören.

Solly war während der letzten Minuten aus seinem Schlafzimmer gekommen. Er trug einen dunkelgelben Morgenmantel. »Und jetzt«, sagte er, »bleibt Kane noch ein paar Stunden auf dem Schiff und erledigt die Formalitäten. Dann fährt er nach Terminal City hinunter und bucht sich in einem Hotel ein. Tripley fliegt nach Hause zu seiner Villa. Yoshi und deine Schwester rufen ein Taxi, um damit zum Royal Palms zu fliegen. Doch dort kommen sie niemals an.«

»So sieht es aus, ja.«

»Aber wir denken, dass Yoshi irgendwie ins Severin Valley gekommen ist. Was vermutlich bedeutet, dass Emily ebenfalls dort war.«

»Vermutlich.«

»In Ordnung.« Draußen war es noch immer dunkel. »Wenn wir morgen nachsehen wollen, sollten wir jetzt besser ein wenig schlafen.«

Sie mieteten über das Netz zwei Taucherausrüstungen und ein Faltboot beim Rent-All-Emporium und einen Flieger beim Air Service. Anschließend gingen sie zu einem späten Frühstück nach unten. Der Flieger mitsamt der verfrachteten Ausrüstung wartete bereits draußen auf sie, als sie fertig gegessen hatten.

Kim verband den Detektor mit den bordeigenen Ortungssystemen, sodass die Suchergebnisse auf einem der internen Schirme dargestellt wurden.

Ein paar Minuten nach Mittag hoben sie vom Dach des Gateway ab und gingen auf südlichen

Kurs in Richtung Severin Valley. Der Tag war kalt und wolkenlos.

»Wie kommt es eigentlich«, fragte Solly, während sie durch den strahlenden Himmel flogen, »dass Kane und Tripley in der gleichen kleinen Stadt gelebt haben?«

»Tripley hat nicht hier *gelebt*«, entgegnete Kim. »Severin war ein Touristenfleck, und er verbrachte hier seine Ferien. Außerdem zog er sich in der Nebensaison hierher zurück. Er mochte die Einsamkeit.

Kane kam 559 hierher, nachdem er ein Haus von einem Verwandten geerbt hatte, der seine Kriegstaten bewunderte. Er hatte sich bereits einen gewissen Namen als Künstler gemacht, und er beschloss, dass Severin ein idealer Ort zum Arbeiten war. Die Stadt hatte damals nur tausend Einwohner oder so, also überrascht es nicht sonderlich, dass die beiden sich irgendwann begegneten. Und als Tripley jemanden suchte, der die *Hunter* kommandiert, war Markis Kane zur Hand.«

Der Mount Hope überragte eine Reihe von Gipfeln im Südwesten. Sie kamen über den Severin River herein, kaum tausend Meter über dem Boden. Dieser Abschnitt des Flusses war nicht schiffbar; er fiel in einer Serie von Katarakten bis hinunter zum Stausee. Zu beiden Seiten wuchs dichter Wald bis an die Ufer. Hin und wieder waren Farmhäuser zu sehen, alle verfallen. Die Landschaft war schneebedeckt.

Kim beobachtete einen Frachtzug auf dem Weg nach Westen. Er glitt dicht über den Baumwipfeln dahin, und die Zweige bewegten sich wie eine Bugwelle. Er hielt auf den Culbertson Tunnel zu, der durch das Bergmassiv führte. Von hier aus war der Tunnel nicht zu sehen, doch der Zug verlangsamte seine Fahrt, während er sich dem Eingang näherte.

Kim wusste die genauen Koordinaten der Villa nicht, daher schaltete sie auf manuelle Kontrolle, während der Flieger noch über dem Lake Remorse schwebte. Der See war spiegelglatt.

Solly aktivierte den Detektor. Der Bildschirm zeigte ein paar Konfigurationsdaten, wurde dunkel, dann leuchtete er grün. Keine Ortung.

Voraus lag die Ruine von Tripleys Villa einsam auf ihrem Hügel.

Der Ort sah aus, als wäre er von der Wirklichkeit der restlichen Welt abgeschnitten. Wie ein schwarzes Loch, eine Singularität, wo die Gesetze der Natur verzerrt waren und Fußspuren im Schnee einfach verschwanden.

Sie sanken bis in Wipfelhöhe herab und glitten direkt über das Dach. Der Schirm blieb grün.

Das Nebengebäude wies ebenfalls keine Spuren von Gold auf.

Kim umrundete die Villa mehrmals in immer größeren Abständen. Der größte Teil des alten Tripley-Besitzes war von neuem Wald und dichtem Unterholz überwuchert. Die Zäune waren eingestürzt, und eine Reihe von Fichten auf der Ostseite sah aus wie abgestorben.

Als Nächstes weitete sie die Suche mehrere Kilometer nach Westen hin aus. Sie steuerte den Flieger im Zickzack bis hin zu dem Rücken, der die Stadt in der Nacht der Explosion vor dem Schlimmsten bewahrt hatte. Sie flog am Grat entlang, suchte den gegenüberliegenden Hang ab und die Wälder bis zu der Stelle hin, wo der Untergrund felsig wurde.

Mit Hilfe der Karte kehrte sie zur Stadt zurück, um die Suche dort fortzusetzen. Severin Village lag im Wasser. Sie ging tiefer, bis die Kufen des Fliegers nass wurden. Der Bildschirm blieb grün.

»Du glaubst doch nicht wirklich, dass der Mörder sie in der Nähe der Stadt verscharrt hat, oder?«, fragte Solly zweifelnd.

»Wenn es ein Irrer war«, entgegnete sie. »Wer weiß schon, was er getan hat?«

Ein Mörder hätte den Leichnam wahrscheinlich im See verschwinden lassen, der damals viel kleiner gewesen war, oder im Fluss. Oder er hätte ihn nördlich der Stadt vergraben, in der Erde, die heute vom Lake Remorse überflutet war. In jedem Fall wären die Überreste noch immer unter Wasser. Also flog Kim systematisch die Oberfläche des Sees ab, bis sie nach eineinhalb Stunden jeden Quadratmeter abgesucht hatten.

Damit, so dachte Kim, waren die wahrscheinlichsten Stellen eliminiert.

Sie steuerte den Flieger entlang der Küste nach Osten. Der Schirm begann fast augenblicklich zu blinken. »Wir haben etwas«, sagte Solly. Die Intensität des Signals schwoll an und wurde wieder schwächer, während sie den Flieger in die richtige Richtung zu steuern versuchte.

Dort unten.

Nichts als Wald. »Ich kann einen Eisenzaun sehen«, sagte Kim.

»Und ein paar große behauene Steine.« Sie waren von dichtem Unterholz überwuchert, versteckt unter Bäumen.

Und ein schmiedeeisernes Tor.

»Ein Friedhof«, stellte Solly fest. Er peilte die Stelle an, so dass sie nicht erneut suchen mussten, falls sie die Reichweite des Detektors überschritten.

Kim landete auf einer kleinen Lichtung in einer Entfernung von vielleicht hundert Metern. Es gab eine kurze Diskussion, wer gehen und wer zurück an Bord bleiben würde. »Das ist meine Party«, beharrte sie.

Solly zuckte die Schultern. »Hör nicht auf zu reden, wenn du draußen bist, ja?«

»Mir wird schon nichts passieren«, entgegnete sie.

Sie schloss ihre Jacke, kletterte aus dem Flieger und stapfte in den Wald davon. Der Tag war kalt und düster und sehr still. Schnee knirschte unter ihren Schritten.

Sie verirrte sich innerhalb weniger Minuten und musste ihrer Spur zurück folgen. Sollys Peilung zeigte die kürzeste Entfernung zu dem Objekt, aber sie berücksichtigte keine Zäune, kein undurchdringliches Gestrüpp, keine Bäche und andere Hindernisse. Beim zweiten Versuch fand sie das schmiedeeiserne Tor. Ein hoher runder Torbogen trug die Inschrift ENDE DER REISE.

»Diese Leute hatten kein besonderes Taktgefühl«, berichtete sie Solly.

»Was meinst du damit?«

»Erklär ich dir später.«

»Meinetwegen. Bist du schon auf dem Friedhof?«

»Ja. Gib mir eine Richtung.«

Solly verglich die Kartenskizze, die er zwischenzeitlich angefertigt hatte, mit ihrer gegenwärtigen Position. »Nach rechts, ungefähr sechzig Grad.«

Es gab sehr viele Grabsteine, und der Friedhof war zugewuchert. Sie setzte sich in die angegebene Richtung in Bewegung.

»Gut«, sagte Solly. »Geradeaus weiter.«

Sie blickte nach rechts und links auf die Grabsteine, während sie sich voranarbeitete. Einige waren mehr als zwei Jahrhunderte alt.

»Du bist da«, sagte Solly schließlich. »Du müsstest genau davor stehen.«

Sie blickte auf einen steinernen Engel. »Nichts außer einem ganz gewöhnlichen Grab«, sagte sie. »Ein *altes* Grab. Ein Mann und seine Frau. Beerdigt Anfang des letzten Jahrhunderts.«

»Das muss es sein. Es ist dort unten.«

Sie betrachtete das Grab genauer. Sah auf die Ulmen ringsum und weitere Grabsteine und zwei Mausoleen, halb versteckt im Unterholz. »Das kann nicht sein«, widersprach sie.

»Aber es ist so. Ein ideales Versteck. Niemand käme auf den Gedanken, hier zu suchen.«

»Aber der Mörder hätte das ursprüngliche Grab öffnen müssen. Irgendjemand hätte es bemerkt.« Vielleicht war das Paar mit seinen Eheringen begraben worden. »Das ist kein Ort, an dem man eine Leiche versteckt, Solly. Man verscharrt sie entweder in den Wäldern oder bindet Steine daran und versenkt sie im See.«

Sie kehrte zum Flieger zurück, und sie hoben erneut ab und nahmen ihre Suche entlang dem südlichen Ufer wieder auf, bevor sie weiter nach Osten flogen. Sie teilten sich Sandwiches und Äpfel, während die KI die Suche steuerte. Der Nachmittag schritt fort.

Als die Dämmerung einbrach, resignierte Solly. »Ich glaube nicht, dass wir etwas finden werden«, sagte er.

»Wo haben wir noch nicht gesucht?«

»Tripley hatte einen Flieger.«

»Ja.«

»Hätte ich einen Flieger und würde eine Leiche beseitigen wollen, würde ich wohl kaum irgendwo ein Loch graben. Viel zu viel Arbeit, und die Wahrscheinlichkeit ist hoch, dass man überrascht wird.«

»Wir haben den See schon abgesucht.«

»Zur Hölle mit dem See. Ich würde auf das Meer hinaus fliegen und sie dort versenken.«

»Wenn er das getan hat«, sagte sie, »dann haben wir Pech gehabt.« Sie tippte mit dem Zeigefinger auf die Instrumentenkonsole. »Die Explosion ereignete sich drei Tage nach ihrer Rückkehr. Wir müssen annehmen, dass sich die Dinge schnell entwickelten und er die Leiche irgendwo in der Nähe beseitigen musste.« Die Sonne berührte bereits den Rand des Mount Hope.

»In den Bergen vielleicht?«, schlug er vor.

»Dort oben gibt es nichts außer Granit. Keine Chance, etwas zu verscharren.«

»Der Fluss also«, sagte Solly. »Aber weiter flussaufwärts. Auf der anderen Seite des Damms.«

»Warum würdest du sie dort oben beseitigen?«

»Das Wasser ist tief. Sieh auf deine Karte.«

Große Teile des Damms waren noch immer intakt. Die Schleusen standen offen. Der Fluss strömte durch sie hindurch und stürzte fünfzig Meter in den darunter liegenden Canyon hinab.

Sie flogen in geringer Höhe über das Bauwerk und wurden vom Wind durchgeschüttelt. Kim stieß einen Schreckensschrei aus, und der Flieger warnte sie ein wenig verspätet, dass turbulente Luftströmungen in diesem Gebiet völlig alltäglich waren. »*Wir sollten vorsichtig sein*«, fügte die KI überflüssigerweise hinzu.

Die Ruine erinnerte Kim an einen monolithischen Altar oder einen gigantischen Kieferknochen, den jemand im Fluss hatte liegen lassen.

Die Bord-KI entschuldigte sich für den rauen Flug und versicherte ihnen, dass sie sich bemühen würde, in Zukunft vorsichtiger zu sein. Gleichzeitig beschwerte sie sich, dass sie ihr einen Gipfelhöhe auferlegt hatten, die sie daran hinderte, in ruhigere Höhen aufzusteigen.

Sie blickten auf den Damm hinunter. Das Wasser flussaufwärts war ein Gewirr von schäumenden Stromschnellen und stillen Bereichen, Strudeln und Wirbeln und umgestürzten Bäumen und Sandbänken. Es rauschte dem Damm entgegen, schoss brüllend hindurch und fiel hinunter in den Canyon, der in den Lake Remorse strömte.

Solly befahl der KI, tiefer herunter zu gehen, doch sie widersprach, dass es zu gefährlich sei. »*Fallwinde*«, sagte sie. »*Es ist sicherer, wenn wir bleiben, wo wir sind.*«

Solly seufzte. »Kim«, sagte er, »lass uns die Plätze tauschen, ja?«

Sie schüttelte den Kopf. »Es nutzt überhaupt nichts, wenn du auf manuelle Steuerung umschaltest. Wenn die KI nicht mag, was wir tun, übernimmt sie einfach wieder.«

»Lass uns die Plätze tauschen«, beharrte Solly.

Sie gab nach, und sie kletterten übereinander, während der Flieger nach neuen Instruktionen fragte.

Als Solly wieder saß, blickte er suchend nach links und fand ein Paneel mit der Aufschrift A-DATA. Er öffnete es.

»Was hast du vor?« erkundigte sich Kim.

»Ich nehme die KI heraus«, sagte Solly.

Er zeigte ihr einen gelben Kabelstrang und löste die Verbindung zu einer schwarzen Box. Der Flieger verlor augenblicklich das Gleichgewicht und begann zu sinken. Solly legte verschiedene Schalter um, und ein Joystick glitt aus dem Armaturenbrett vor ihm und rastete klickend ein. Er zog ihn zu sich zurück, und der Flieger ging wieder in die Waagerechte über.

»Ich wusste gar nicht, dass du so etwas kannst?«, sagte Kim.

Solly grinste. »Man lernt doch jeden Tag etwas Neues hinzu. Bist du bereit?«

»Wozu? Du hast doch wohl nicht vor, uns in den Fluss zu stürzen, oder?«

»Keine Angst«, sagte er.

»Richtig. In Gottes Hände lege ich …«

Er steuerte auf eines der größeren Damm-Fragmente zu und ging auf der Nordseite tiefer, bis sie unmittelbar über dem Wasser schwebten. Der Abstieg verlief sanfter, als sie vermutet hätte.

»Sehr gut«, sagte sie.

Er nickte. »Es geht doch nichts über einen Profi an Bord …«

Der Schirm begann zu blinken.

»Bingo!«, sagte Kim.

»Sieht so aus, als wäre es direkt am Fuß des Damms.«

Das ergab Sinn. Wenn man irgendwo weiter flussaufwärts etwas ins Wasser warf und mit Steinen beschwerte und falls es sich dann trotzdem noch bewegte, dann würde es genau dort zur Ruhe kommen, wo das Signal herrührte.

Solly blickte hinauf in die zunehmende Dunkelheit des Abendhimmels. »Es ist zu spät, um jetzt noch weitere Schritte zu unternehmen«, sagte er. »Warum machen wir nicht für heute Schluss und kommen morgen wieder? Dann können wir im vollen Tageslicht arbeiten.«

»Wo wir schon so nahe dran sind? Es dauert doch nur ein paar Minuten. Bringen wir es hinter uns. Finden wir heraus, was dort unten liegt.«

Solly runzelte die Stirn. »Der Fluss und der Beton

könnten einem Taucher ganz schön zu schaffen machen.«

»Was nur bedeutet, dass wir vorsichtig sein müssen«, erwiderte sie. »Außerdem ist es nicht so gefährlich, wie es vielleicht aussieht.«

»Es sieht aber *ziemlich* gefährlich aus.«

Sie suchten nach einer Stelle, wo sie landen konnten.

»Dort«, sagte Solly. Er deutete auf einen großen Brocken Beton, ein Stück vom Damm, das herausgerissen und liegen gelassen worden war. Es ruhte fast flach im Wasser, ein Ende untergetaucht, mit einer Steigung von vielleicht zehn Grad. Gerade ausreichend Platz für den Flieger.

»Etwas Besseres haben wir nicht?«, fragte Kim.

»Sicher gibt es bessere Plätze zum Landen …«, er blickte in Richtung des Ufers, »… doch wir würden Probleme kriegen, wenn wir dort wieder aus dem Wasser wollen.«

Der Betonbrocken lag tatsächlich wie geschaffen für ihren Plan, wenn sie die Landung zustande brachten. Solly senkte den Flieger vorsichtig nach unten und richtete die Kufen so aus, dass sie parallel zur Steigung verliefen, mit dem vorderen Ende nach oben. »Langsam jetzt«, sagte er.

Er *tastete* mit den Kufen nach dem Beton wie jemand, der im Dunkeln nach der nächsten Treppenstufe sucht. Eine Bö trieb sie zur Seite. Er nahm den Flieger wieder hoch, kehrte über die Stelle zurück und versuchte es erneut.

Kim steuerte in Gedanken mit, als säße sie selbst an den Kontrollen, während sie sich immer wieder Ruhe einredete. Sie berührten den Grund, prallten ab, stiegen wieder auf, landeten erneut. Solly ließ die Maschine laufen. Die Hecksektion senkte sich, und mit einem Mal sah es danach aus, als sei die

Fläche doch schiefer, als sie angenommen hatten. Der Flieger drohte plötzlich ins Wasser zu rutschen.

Und dann waren sie gelandet.

Solly ließ den Motor noch eine Weile laufen. Als nichts geschah, schaltete er ihn aus und atmete tief durch. »War doch gar nichts dabei«, sagte er.

Kims Herzschlag beruhigte sich allmählich wieder. »Ich wusste, du würdest es schaffen.«

Solly öffnete die Kabinentür, kletterte nach draußen und neigte sich vor. »Es ist rutschig«, warnte er.

Einer von ihnen beiden würde bei dem Detektor bleiben müssen, um den anderen beim Tauchen zu dirigieren. Kim machte Anstalten, ihren Schmuck abzulegen. Solly beobachtete sie einen Augenblick und schüttelte dann den Kopf. »Du bleibst hier.«

»Warum?«

»Sieh dir den Fluss an.« Er musste brüllen, um den Wind und das Donnern des Wassers zu übertönen.

Kim stieg aus, tastete nach sicherem Halt auf dem Beton und nickte dann. »Es ist wirklich ein wenig rau«, sagte sie dann. »Genau deswegen musst du hier bleiben.«

»Wieso denn das?«

Das Zielgebiet lag nur ein paar Meter von dem Betonbrocken entfernt. Wirklich nicht schlecht. Sie hielt einen Haltestrick hoch. »Wenn du ins Wasser gehst und Probleme bekommst, kann ich dich bestimmt nicht rausziehen. Wir brauchen deine Muskelkraft *hier*.«

Seine Augen durchbohrten sie. »Das ist vielleicht ein blödes Argument.«

»Wieso? Außerdem, es ist mein Projekt. Und Solly – ich werde mich ein ganzes Stück sicherer fühlen, wenn ich weiß, dass du hier oben bist und mir helfen kannst, wenn es sein muss, anstatt dort unten. Ich bin hier oben überhaupt nichts wert, wenn dir etwas passiert.«

Er starrte sie an und sah, wie sie langsam wütend wurde. Weil sie Recht hatte, und er wusste es. Sie nahm ihren Taucheranzug aus dem Heck des Fliegers. »Sehen wir zu, dass wir es hinter uns bringen.«

»Die Sache gefällt mir ganz und gar nicht.«

Zwei eiserne Streben ragten aus dem Beton. »Beruhige dich«, sagte sie und befestigte den Strick an einer der Streben. Das andere Ende schlang sie sich um den Leib. »Wenn irgendetwas schief geht, kannst du mich jederzeit rausziehen.«

Die Diskussion ging noch ein paar Minuten weiter, bevor Solly nachgab. Sie blickte hinaus auf den vorbeirauschenden Fluss, und während die Wellen über den untergetauchten Teil des Betonbrockens schwappten, überlegte sie kurz, ob die Idee tatsächlich so gut war oder ob sie nicht lieber hätten warten sollen und vielleicht ein Taucherteam zusammenstellen. Sie wollte gerade einen Rückzieher machen, als Solly kopfschüttelnd den Sender ins Wasser tauchte und sie anfunkelte. »Ich bin immer noch dagegen«, brummte er.

»Es ist doch keine große Sache.«

Er schnitt eine Grimasse, offensichtlich hatte er ihre Worte nicht verstanden, doch sie zuckte nur die Schultern und sprach in ihre Atemmaske. »Es ist bestimmt nicht mehr so schlimm, wenn ich erst ein paar Meter unter der Oberfläche bin.«

Er nickte und formte mit den Lippen das Wort *dumm*.

Sie zog ihre Flossen an, verband die Antriebsjets mit ihrem Gürtel, streifte eine Lampe über das Handgelenk und zog den Konverter über die Schultern.

Er musterte sie gequält. »Viel Glück.«

Sie lächelte ihm beruhigend zu, zog die Atemmaske über und glitt ins Wasser. »So schlimm ist es gar nicht«, sagte sie.

»Der Betonbrocken bricht die Strömung. Warte nur, bis du weiter draußen bist.«

Sie tauchte unter, hörte, wie der Konverter sich einschaltete und begann, Sauerstoff aus dem Wasser zu extrahieren. Gegenläufige Strömungen zerrten an ihr, trugen sie erst in diese, dann in jene Richtung. Sie überprüfte das Funkgerät. Solly antwortete. Sie schaltete den Scheinwerfer ein und ging tiefer, während sie sich an der glatten Oberfläche des Betonbrockens entlang tastete. Das Wasser war trübe, und sie sah kaum die Hand vor Augen. Sie sank weiter und weiter, bis sie am Grund angekommen war. Der felsige Boden war von einer dicken Schlammschicht bedeckt.

»Geradeaus«, kam Sollys Stimme aus dem Empfänger. »Ungefähr zwölf Meter, würde ich sagen.«

Zuerst war das Wasser relativ ruhig. Kim entfernte sich von der Wand und bemühte sich, den Kontakt zum Untergrund nicht zu verlieren. Sie arbeitete sich an großen Trümmern vorbei, versunkenen Bäumen, Maschinenwracks und Betonruinen. Die Wasserströmung zerrte sie mal in die eine, dann wieder in die andere Richtung, dann drückte sie von oben herab, bis Kim schließlich jeden Richtungssinn verloren hatte.

Es war nicht schlimm, solange Solly sowohl sie als auch das Zielsignal auf seinem Schirm sah. »Du weichst nach rechts ab«, sagte er.

Die Strömung wurde unablässig stärker. Sie musste die Jets benutzen, um den Abtrieb zu kompensieren. Es war ziemlich gefährlich, denn sie konnte nicht das Geringste sehen.

»Du weichst erneut nach rechts ab. Noch acht Meter, genau vor dir.«

Ein weiterer Schub aus den Jets trieb sie vorwärts. Der Fluss zerrte an ihr, versuchte, sie mit sich zu reißen. Sie fand Halt an einem Maschinengehäuse und wartete, bis sie wieder Luft bekam.

»Kannst du da unten etwas sehen, Kim?«

»Einen halben Meter.«

»Gut. Du müsstest jetzt genau darüber sein.«

Der Handscheinwerfer war ein trübes Leuchten. »Ich sehe gar nichts.«

»Aber du bist genau da.«

»Vielleicht ist es vergraben.«

»Würde mich nicht überraschen. Warum kommst du nicht wieder hoch? Wir stellen ein Team mit der richtigen Ausrüstung zusammen und kommen morgen wieder hierher zurück.«

Der Lichtschein wurde von irgendetwas reflektiert. Ein Stück weit zu ihrer Rechten. Zögernd stemmte sie die Hacken in den Boden, ließ das Maschinengehäuse los und schob sich vor.

Es war ein Stück Plastik, das aus dem Schlamm ragte. »Vielleicht habe ich etwas gefunden, Solly.«

»Was ist es? Kannst du es erkennen?«

Im Innern des Plastiksacks. »Ein Schuh.«

»Bist du sicher?«

»Ja.«

Sie zog daran. »Solly, es ist ein *Fuß*!«

»In Ordnung, ganz ruhig.«

»Das ist eine *Leiche*!«

»Bist du sicher?«

»Ich denke schon.«

»Mann oder Frau?«

»Meinst du das im Ernst? Ich sehe ein Bein, das ist alles!«

»Schon gut. Alles in Ordnung mit dir?«

Sie wusste, was er in diesem Augenblick dachte. »Mir geht es gut, danke.«

»Wie sieht sie aus?« Er klang wieder durch und durch geschäftsmäßig.

»Klein. Ich glaube, es ist eine Frau. Oder ein Kind.« Sie löste eine Leine von ihrem Gürtel und befestigte sie am Plastik. Doch dabei verlor sie den Halt, und die Strömung riss sie mit sich weg.

Sollys Stimme blieb ruhig. »Kim? Was ist los? Ist etwas passiert?«

Sie prallte hart gegen etwas, doch es gelang ihr sich festzuhalten.

»Kim?«

»Die Strömung hat mich gepackt.« Sie klammerte sich an einen Ast.

»Soll ich runterkommen und dir helfen?«

»Nein!«, rief sie. »Bei Gott, ganz bestimmt nicht!«

Die Strömung zerrte mit unverminderter Wucht an ihr und drohte ihre Maske abzureißen. Sie packte danach, schob sie wieder zurück und lauschte ihrem eigenen Atem.

»Ich denke, jetzt wäre ein guter Zeitpunkt, um wieder nach oben zu kommen«, sagte Solly. »Wir können morgen früh die Behörden benachrichtigen. Sollen sie den Rest erledigen.«

»In welcher Richtung liegt oben?«, fragte sie. Die Frage war gar nicht scherzhaft gemeint: Sie brauchte seine Anweisungen, um wieder aufzutauchen, damit sie nicht an der falschen Stelle hochkam und von der Strömung in den Wasserfall gerissen wurde.

»Du musst dich ungefähr sechs Meter nach rechts bewegen, dann tauchst du direkt vor meiner Nase auf. Das Wasser ist an dieser Stelle ruhiger als überall sonst.«

Was nicht viel heißen musste.

Außerdem war es nicht ganz einfach, im trüben Wasser seinen Richtungsangaben zu folgen. Sie wurde bereits müde. Wie lange war sie überhaupt schon unten?

Sie benutzte die Jets, um nach rechts zu kommen.

»Halt, warte!«, rief Solly erschrocken. »Das ist genau die falsche Richtung!«

Doch der Fluss hatte sie bereits gepackt. Sie klammerte sich an einem Stück Eisen fest.

»Was ist los da unten, Kim?«

Sie wusste es augenblicklich. Ein Missverständnis. Sollys *rechts* war nicht ihr rechts gewesen.

»Tut mir Leid«, sagte er, als ihm endlich dämmerte, was geschehen sein musste. »Mein Fehler. Alles in Ordnung?«

»Mir geht es gut, falls du das meinst.«

»Mach dir keine Gedanken, dass du irgendwohin getrieben werden könntest, wo du nicht hin willst. Ich habe immer noch die Leine.«

Ihre Schultern schmerzten. Sie war in einen Wirbel geraten und benutzte ihn dazu, sich einen Moment lang auszuruhen, während der Fluss sie voran trug. Die Strömung schien stärker zu werden, und plötzlich taumelte sie durch das Wasser und wurde mitgerissen. Sie krachte gegen etwas und sah mit einem Mal blitzende Sterne. Das Halteseil zerrte an ihrer Hüfte. Der Fluss schoss an ihr vorbei und riss ihr die Maske auf die Stirn. Sie schluckte Wasser und verfing sich in einem Gewirr von Zweigen. Eisen oder Holz stach gegen ihren Bauch, und der Fluss zerrte und riss an ihr, doch sie kam nicht frei.

Die Strömung rauschte in ihren Ohren. Sie wirbelte Kim wie einen Spielball umher und raubte ihr die Luft.

Es gelang ihr, die Maske wieder aufzusetzen und

das Wasser mit Hilfe des Entlüftungsventils auszublasen, doch es ging nicht schnell genug, und so half sie mit dem Mund nach. Trotzdem füllte sich die Maske augenblicklich wieder.

»*Kim!*« Sollys Stimme klang, als wäre er weit entfernt. »Alles in Ordnung?«

Sie versuchte zu antworten, doch das führte dazu, dass sie noch mehr Wasser schluckte. Das Entlüftungsventil schien nicht mehr zu arbeiten, und rings um das Glas strömte Wasser in die Maske.

»Kim, was ist da los?«

Sie leerte die Maske erneut, während sie versuchte, sich von dem Baum zu befreien. Doch die Halteleine brachte sie wieder zurück.

Sie hatte sich verfangen.

Und die Strömung war zu stark geworden – oder sie zu müde. Sie konnte nicht mehr dagegen ankämpfen, konnte nicht einmal mehr klar denken.

»… steckt fest …«, sagte Solly. »Wenn du mich hören kannst, ich bin auf dem Weg. Halte durch!«

Sie wollte ihm antworten, wollte ihm sagen, dass er Hilfe holen sollte und nicht selbst herunterkommen, doch es gelang ihr nicht, das Wasser aus der Maske zu vertreiben. Sie konnte nicht reden, nicht einmal schreien.

Sie riss die Maske ab, löste den Atemschlauch, biss auf das Mundstück und atmete tief durch. Sie kam wieder so weit zu sich, dass sie klar denken konnte …

Ich darf nicht hier bleiben.

Sie versuchte, das Halteseil zu lösen, sich von den Ästen zu befreien, doch jede Bewegung wurde von der Strömung behindert.

Solly würde ihr am Halteseil entlang nach unten folgen. Doch er wäre genauso wenig imstande wie sie, diesen Gewalten zu trotzen.

Etwas krachte gegen ihren Knöchel. Die Strömung riss erneut an ihr, und ihre Schultern schmerzten. Fast hätte sie ihr Mundstück verloren. Sie hielt sich mit einer Hand am Halteseil fest, voller Panik, es könnte sich vom Gürtel lösen, während sie mit der anderen das Mundstück sicherte.

Theoretisch konnte sie tagelang auf diese Weise durchhalten. Solange der Konverter arbeitete, konnte sie einfach warten, bis Solly Hilfe herbeigeholt hatte. Doch Solly würde keine Hilfe holen; er kam selbst nach unten.

Wenn sie nichts unternahm, würden sie beide hier sterben. Oder zumindest sie.

Ihr Handscheinwerfer erlosch.

Sie bemühte sich, das Seil aus den Ästen zu lösen, doch es war zu stramm gewickelt. Sie traf eine Entscheidung, löste den Karabinerhaken vom Gürtel und befreite sich von der Leine. Dann stieß sie sich ab.

Einen kurzen Augenblick lang wurde sie von der Strömung nach oben gerissen, dann krachte sie gegen eine Wand. Das Mundstück fiel heraus. Die Wand besaß Öffnungen, Durchlasskanäle, und sie wurde in einen davon gezogen. Der Konverter auf ihrem Rücken schrammte an der Wand entlang, und sie wurde in eine schmale Nische gedrückt. Sie tastete hektisch nach dem Mundstück.

Sie steckte kopfüber fest, und das Mundstück musste irgendwo vor ihr sein, es *musste* einfach, aber es war nicht da. Sie konnte es nicht finden.

Es war eine Schleuse. Ein Abflusskanal. Doch er war teilweise durch Trümmer verstopft. Der Konverter auf ihrem Rücken hatte sich zwischen Geröll und Steinen verfangen.

Sie fand das Mundstück und schob es dankbar

zwischen die Lippen. Die Luft schmeckte wundervoll. Doch sie musste gegen die aufsteigende Panik kämpfen.

Sie würde auf keinen Fall auf dem gleichen Weg nach draußen gelangen, auf dem sie hereingekommen war, und die Öffnung war zu klein, um sich hindurchzuquetschen. Solange sie sich an ihr Atemgerät klammerte, würde sie an Ort und Stelle festsitzen.

Erneut strampelte sie, um sich zu befreien.

Wie weit mochte es sein, durch den Damm hindurch bis zur anderen Seite? Wie weit konnte es sein? Sicher nicht mehr als zwanzig Meter.

Sie nahm tief Luft, löste die Schnalle des Konverters und spuckte das Mundstück aus. Die Strömung drückte sie gegen die Riemen, doch sie wand sich frei und stieß sich ab, tiefer hinein in den Durchfluss.

Die Strömung riss sie mit, warf sie gegen Wände und Felsen. Sie versuchte, ihr Gesicht und ihren Kopf zu schützen. Einmal, für einige verzweifelte Sekunden, verfing sie sich erneut, doch das Hindernis brach beinahe im gleichen Augenblick.

Die Flutwelle trug sie durch die Dunkelheit davon. In kurzen Zeitabständen hob sie den Kopf, in der Hoffnung, eingesperrte Luft vorzufinden, doch es gab nichts außer Wasser und Beton.

Sie krachte gegen etwas Metallisches, ein Gitter wahrscheinlich oder ein Sieb, und tastete sich daran vorbei, dann bewegte sie sich wieder mit der Strömung, während sie sich verzweifelt an den Gedanken klammerte, dass das Wasser sie nur durch den Damm hindurch nach unten spülte, dass der Fluss direkt voraus lag und sie in wenigen Sekunden frei sein würde.

Eine merkwürdige Stille ergriff von ihr Besitz.

Als hätte irgendein Teil von ihr bereits aufgegeben und die Dunkelheit und das Wasser akzeptiert.

Und dann war der Druck plötzlich verschwunden, und sie fiel.

Der Fall hörte und hörte nicht auf. Das Wasser verwandelte sich in weiße Gischt, und sie erhaschte einen Blick auf den Fluss tief unten, das weiße Wasser und die dunklen Schatten. Sie atmete so tief durch, wie es nur irgend ging, richtete sich auf und prallte mit den Füßen voran auf. Sie sank in stille Tiefen. Dann, voller Freude, dass ihre Glieder noch zu funktionieren schienen, stieß sie sich vom Boden ab und tauchte wieder auf.

13

Ich glaube nicht, dass man jemals die Wahrheit erfahren wird, und ich verachte die geschriebene Geschichte.

GEORGE A. MEADE, 1871 A.Z.

Geschichte ist Unsinn.

HENRY FORD ZUGESCHRIEBEN, CA. 1915 A.Z.

Es war verdammt knapp, für beide.

Als die Luftrettung endlich bei Solly eintraf, fand sie ihn an einem Gitter im Druckrohr des Kraftwerks, wo er von der Strömung festgenagelt worden war.

Er hatte fast vier Stunden dort festgesessen.

Und er war alles andere als glücklich.

Trotzdem waren er und Kim früh am nächsten Morgen wieder am Schauplatz des Geschehens, als die Polizei einen mumifizierten Leichnam barg. Er war in einen Plastiksack eingeschweißt.

Die Bergungsoperation wurde von einem großen, dunkelhäutigen, dunkelhaarigen Beamten geleitet, der sich als Inspector Chepanga vorstellte. »Erzählen Sie mir, was Sie darüber wissen«, verlangte er.

Er trug einen schwarzen Rollkragenpullover,

und sein Bart war penibel sauber getrimmt. Er betrachtete Kim mit einer resignierten Haltung, die vermuten ließ, dass er mit schöner Regelmäßigkeit Leichen aus dem Severin geborgen hatte. In einem Zeitalter allgemeinen Wohlstands und Respekts vor dem Gesetz mochte es tatsächlich alle paar Jahre einen solchen Fall geben.

»Es ist Yoshi Amara«, sagte Kim. Solly versuchte ihr zu signalisieren, dass sie den Mund halten sollte, doch sie sah keinen Sinn darin. Es gab keinen Grund, Tripley zu schützen oder die Untersuchungen zu behindern, die jetzt ohne Zweifel wieder aufgenommen werden würden.

»Woher wissen Sie das? Woher wussten Sie, dass sie hier im Wasser lag?«

Kim berichtete von dem Haftschuh und dem Gold und wie sie die Suche geführt hatten.

Chepanga lauschte, nickte hin und wieder und runzelte mehrfach die Stirn. Zu guter Letzt sah er zu Solly hinüber, als hätte er zumindest von ihm mehr Verstand erwartet. »Sie beide haben verdammtes Glück, dass Sie noch am Leben sind«, brummte er missmutig, als wäre es ihm wenigstens genauso recht gewesen, wenn Kim ihm kein neues Problem serviert hätte.

Der Leichnam war mit Steinen versenkt worden. Es war nicht mehr viel davon übrig, bis auf Zähne und Knochen. Und ein goldenes Halsband und ein Armband.

»Tripleys Villa?«, fragte Chepanga.

»Ja.«

Er starrte auf den Fluss hinaus. »Die Spur ist schon verdammt lange kalt.«

Solly und Kim feierten ihre Rettung aus dem Severin, indem sie im teuersten Restaurant aßen, das sie finden konnten. Sie tranken auf ihren Mut und ihr Glück, und Kim lehnte sich zurück, um den Augenblick zu genießen. Sie versicherte ihm, dass er sich heldenhaft geschlagen hatte, selbst wenn die Rettung nicht gelaufen war wie geplant. Sie war tief berührt von seinem neuerlichen Beweis, dass er für sie sein Leben aufs Spiel zu setzen bereit war.

Solly hingegen nutzte die erste sich bietende Gelegenheit, um über ihren Leichtsinn zu schimpfen. Sie gestand kleinlaut, dass sie sich wohl nicht sonderlich vernünftig verhalten hatte. Es war schon beinahe wieder charmant, wie er darauf beharrte, dass sie beim nächsten Mal zur Abwechslung erst einmal auf ihn hören sollte, bevor sie sich in Dummheiten stürzte. Sie lächelte und drückte seine Hand und füllte sein Glas aus der Karaffe nach. Solly blickte sie mit allem Ernst an, den er aufbringen konnte. Er war auf seine Weise der liebste Mensch, den sie kannte. Vielleicht nicht ganz so charmant wie Mike Plymouth, aber dafür einzigartig.

Gegen Ende des Essens rief einer von Chepangas Assistenten an und bestätigte, dass es sich bei der Leiche um Yoshi Amara handelte.

Hinterher kehrten sie in ihr Hotel zurück, und Kim versuchte Sheyel anzurufen. Die Verbindung war nicht besonders gut, es gab irgendwo Schwierigkeiten mit der Leitung. Als das Bild ihres alten Lehrers schließlich auf dem Schirm erschien, war es verschwommen und farblos. Er schien um die Schultern herum zu zerfließen und wirkte immer wieder sekundenlang völlig transparent. Dazu noch seine düstere Stimmung – das Resultat war beinahe geisterhaft.

»Es tut mir wirklich sehr Leid, Sheyel«, sagte Kim, und die Worte erschienen ihr unpassend, auch wenn das Opfer seit beinahe drei Jahrzehnten tot war.

»Ermordet?«, fragte er.

»Die Polizei untersucht den Leichnam. Aber ja, ich würde sagen, wir können von Mord ausgehen.« Kim berichtete ihm die wenigen Einzelheiten, die ihr bekannt waren.

»In einem Fluss«, sagte der alte Mann.

»Es tut mir so Leid.« Sie wusste nicht, was sie sonst hätte antworten sollen.

»Ich danke Ihnen, Kim. Ich weiß zu schätzen, was Sie getan haben.« Er sah *leer* aus. Sie erkannte, dass Tolliver die Hoffnung bis zu diesem Augenblick niemals aufgegeben hatte.

»Was werden Sie nun tun?«, fragte sie.

»Ich warte die Ergebnisse der Untersuchung ab.«

»Ich möchte Sie wirklich nicht entmutigen, Sheyel, aber nachdem die Hauptverdächtigen alle tot sind, glaube ich nicht, dass es zu einer groß angelegten Untersuchung kommen wird.«

Das Bild wurde deutlicher. »Aber man wird doch sicherlich die Wahrheit herausfinden wollen, meinen Sie nicht?«

»Vielleicht. Ich habe meine Zweifel.«

»Ich verstehe.« Das Bild wurde wieder blasser, bis nur noch Tollivers Silhouette zu sehen war. »Kim«, fragte er, »sind Sie fertig?«

»Sie meinen, ob ich vorhabe, diese Sache weiter zu verfolgen?«

»Ja. Das meine ich. Weil ich … ehrlich gesagt, ich verstehe nicht … ich kann mir nicht vorstellen, was geschehen ist. Ich habe sehr viele Nachforschungen über Tripley und Kane angestellt. Ich meine, ich habe alles studiert, was es an Material über beide gibt. Ich kann mir einfach nicht vorstellen, dass einer von beiden zu einem Mord fähig war.«

»Genau das Gleiche denke ich auch die ganze Zeit, Sheyel.«

»Also werden Sie weitermachen?«

»Soweit es mir möglich ist.«

»Dann möchte ich, dass Sie vorsichtig sind, Kim. Vielleicht ist Yoshis Mörder noch immer irgendwo dort draußen.«

»Nach all den Jahren?« Sie bemühte sich, skeptisch zu klingen.

»Haben Sie jemand bei sich?«

»Ja«, antwortete sie. »Einen Kollegen. Solomon Hobbs.«

»Gut. Bleiben Sie dicht beieinander.«

An diesem Nachmittag wurde Kim von Chepanga virtuell vernommen. Er bat sie, die Geschichte bis hin zum kleinsten Detail zu wiederholen. Als sie mit ihrer Erzählung geendet hatte, fragte er sie, warum sie angefangen hatte, sich für den Fall zu interessieren. »Es war der Jahrhundertwechsel«, antwortete sie. »Ich habe über meine verlorene Schwester nachgedacht.«

Er hatte offensichtlich gehofft, mehr zu erfahren. Dann fragte er Solly, ob er noch etwas hinzuzufügen hätte.

Hatte er nicht. »Ich habe lediglich versucht, einer Freundin zu helfen.«

»Wie ist sie gestorben?«, fragte Kim.

»Ihr Genick war gebrochen.«

»Und was werden Sie nun unternehmen?«

»Wir werden selbstverständlich eine gründliche Untersuchung durchführen. Obwohl wir uns mit der Tatsache abfinden müssen, dass die Ereignisse sehr lange her sind. Ein Fall dieser Art … nun ja, wir tun, was wir können.« Er dankte ihnen beiden und schaltete ab.

»Ich denke, er wollte uns sagen, dass es vorbei ist«, sagte Solly.

»Er glaubt, dass Tripley es getan hat, und Tripley ist tot. Zumindest für das Gesetz.«

»Ja, das denke ich auch.« Solly musterte sie mit einem eigenartigen Blick.

»Was denn?«, fragte Kim.

»Du hast Sheyel versprochen weiterzumachen. Wie willst du denn weitermachen?«

»Ich weiß es noch nicht. Es muss doch etwas geben, was wir tun können!« Sie war noch immer in Hochstimmung nach ihrem tollkühnen Abenteuer unter Wasser. Wer hätte auch gedacht, dass die kleine Kim Brandywine so viel Mumm hatte? »Was hältst du davon, wenn wir ausgehen?«, fragte sie.

»Absolut.« Er machte Drinks für sie beide, kippte seinen hinunter, entschuldigte sich für einen Augenblick und kehrte in sein Zimmer zurück. Sekunden später kam er in einem limonenfarbenen Jackett zurück. »Das ist mein neues Ich. Was sagst du dazu?«

»Atemberaubend.«

»Hab ich letzte Woche gekauft. Für eine besondere Gelegenheit.«

»Gut. Das sollte uns in die richtige Stimmung versetzen für den nächsten Schritt.«

»*Uns?* Was meinst du mit uns?«

Sie neigte den Kopf und blickte geradewegs in seine Augen. Es war eine unterschwellige Bitte um Hilfe, sie wusste es, und Solly wusste es. »Ich würde dich niemals unter Druck setzen, Solly«, sagte sie.

»Natürlich nicht. Und wie«, fragte er vorsichtig, »wie würde unser nächster Schritt aussehen?«

»Wir müssen herausfinden, was aus der Beziehung zwischen Kane und Emily geworden ist.«

Sie besuchten eine Show. Tänzerinnen, Livemusik, eine berühmte Gruppe von Sängern, ein Komiker. Das Lokal war brechend voll. Hinterher schlenderten sie über die Hochwege und erfreuten sich an den Springbrunnen und den Straßencafés.

Sie kehrten im Top of the World zum Abendessen ein. Sie hatten kaum Platz genommen, als eine Nachricht von Matt kam: *Wir haben gehört, dass die Polizei Yoshi Amaras Leiche im Severin gefunden hat. Einige von uns fragen sich besorgt, ob Mitarbeiter des Instituts in diese Sache verwickelt sind.*

»Einige von uns« bedeutete im Klartext Philip Agostino, den einstigen Starphysiker, der erkannt hatte, dass er sich mehr für Macht als für Wissenschaft interessierte und der heute Direktor des Seabright Institute war. »Ich vermute«, sagte Solly düster, »die Sache wird noch ein Nachspiel haben.«

Nach der Erfahrung im Fluss schienen Probleme mit ihrem Boss nur noch unbedeutend. Kim bestellte eine Flasche Wein, die viel teurer war, als sie sich eigentlich leisten konnte, füllte beide Gläser und prostete mit ihrem Solly zu. »Für all das, was du für mich getan hast«, sagte sie.

Später, wieder zurück im Hotel, ging sie erneut die Aufzeichnung der letzten Unterhaltung zwischen Kane und Emily durch, während die *Hunter* bereits im Anflug auf Sky Harbour gewesen war. Die Beleuchtung auf der Brücke war gedämpft, und sie redeten in der entspannten Art und Weise, wie es altbekannte Kollegen taten.

»Danke, Markis.«

»Danke wofür?«

»Dass du uns zurückgebracht hast. Ich weiß, dass wir einigen Druck auf dich ausgeübt haben, die Mission fortzusetzen.«

»Das geht schon in Ordnung. Ich hatte nichts anderes erwartet.«

»Es war wie immer angenehm, Zeit in deiner Gesellschaft zu verbringen, Markis.«

Sie hielt die Aufzeichnung an, spulte zurück, ging Solly holen, der in einem anderen Zimmer zu lesen versuchte, und spielte die Passage erneut ab.

»Es war wie immer angenehm, Zeit in deiner Gesellschaft zu verbringen, Markis.«

»Pass auf.« Sie teilte den Schirm, und auf der zweiten Hälfte waren wieder Emily und Markis zu sehen, eine Unterhaltung, die sieben Wochen zuvor stattgefunden hatte, kurz nachdem die *Hunter* von St. Johns aufgebrochen war. »Hier.«

Keiner von beiden sprach. Emily drückte Kanes Schulter und nahm auf dem Sitz zu seiner Rechten Platz.

»*Alles verläuft genau nach Plan*«, sagte er.

Sie beugte sich zu ihm hinüber, so nah, wie die Sicherheitsgurte es zuließen. »*Vielleicht schaffen wir es diesmal.*«

»Ich hoffe es, Emily. Ich wünsche es mir wirklich.«

»Hör dir seine Stimme an«, sagte Kim. »Und achte auf die Körpersprache.«

Die beiden saßen mehrere Minuten beieinander und unterhielten sich über Belanglosigkeiten. Doch die Art und Weise, wie sie sich gaben, wie sie sich immer wieder gegenseitig berührten, verriet die gegenseitige Zuneigung, die sie füreinander empfanden. Kim hielt die Aufzeichnung an, als sie sich beide voller Liebe anblickten.

»Ich weiß nicht«, sagte Solly. »Was willst du damit beweisen?«

»Inkonsistenz.«

Sie ließ die Unterhaltungen noch einmal in ihrem Kopf Revue passieren und starrte zum Fenster hinaus.

»Themawechsel«, sagte Solly schließlich. »Das Institut hat vor einer Weile angerufen. Harvey hat um ein paar freie Tage gebeten. Sie brauchen einen Ersatzpiloten.«

»Für?«

»Taratuba.«

Das Schwarze Loch nahe dem Miranda-Nebel. Der Genesis-Kandidat. Die *Thomas Hammersmith* würde planmäßig in elf Tagen aufbrechen.

Es gab eine Theorie, wenngleich keine konkreten Beweise, dass Taratuba ein falsches Vakuum erschaffen hatte und in einer Art erneutem Urknall kollabiert war. Ein Baby-Universum. Das Ereignis, falls es tatsächlich stattgefunden hatte, wäre in einem anderen Raum-Zeit-Kontinuum ausgebrochen, für alle Ewigkeit von diesem Universum getrennt. Doch die Theorie besagte, dass, falls es sich so zugetragen hatte, Kung-Che-Strahlung in der Umgebung des Schwarzen Lochs existierte. Es war vielleicht eine Chance, das Feuer der Schöpfung zu berühren. Fortschritte auf dem Gebiet präkosmischer Zustände.

»Dann wirst du also eine ganze Weile lang weg sein«, sagte sie.

»Mehrere Monate.« Er blickte sie an. »Was sagst du? Ist das ein Problem für dich?«

»Nein. Nein, natürlich nicht.«

»Ich meine, diese Geschichte hat seit dreißig Jahren geruht.«

»Natürlich.«

»Du glaubst tatsächlich, dass mehr dahinter steckt?«, fragte er.

»Hinter was?«

Als hätte er ihre Gedanken gelesen: »Alternative Welten. Ein Ort, an dem du und ich in diesem gleichen Raum sitzen und diese gleiche Unterhaltung führen, mit Ausnahme der Tatsache, dass wir herausgefunden haben, was tatsächlich vor sich gegangen ist.«

Sie zuckte die Schultern. »Das ist nicht mein Gebiet, Solly, tut mir Leid. Aber ich würde zu gerne meine Notizen mit denen der anderen Brandywine vergleichen.«

Er betrachtete sie für einen langen Augenblick. »Ich frage mich«, sagte er dann unvermittelt, »ob es dort draußen irgendwo einen Ort gibt, an dem wir ein Liebespaar sind?«

Die Worte sprudelten aus ihm hervor, als müsse er sie loswerden, bevor irgendeine Macht ihm die Sprache raubte. Hinterher blickte er sie verlegen an, und sie wusste, dass er es am liebsten ungeschehen gemacht hätte, wenn das möglich gewesen wäre.

Sie nahm seine Hand und suchte nach Worten. Zwischen ihnen hatte es immer ein unausgesprochenes Einvernehmen gegeben, eine Distanz, geschaffen aus dem beiderseitigen Wunsch, ihre langjährige Freundschaft nicht wegen einer sexuellen Begegnung aufs Spiel zu setzen. Er war das Einzige, was sie als Familie besaß, und sie wollte ihn auf keinen Fall verlieren. »Ich hoffe es«, sagte sie vorsichtig lächelnd, aber in unverbindlichem Ton.

Während Solly beim Empfang anrief und Tickets für den Snowhawk bestellte, nahm Kim vor dem Monitor Platz und ging einmal mehr die Logbücher der *Hunter* durch.

Emily und Kane.

Ich liebe dich, sagten die früheren Unterhaltungen, in beiderseitiger Übereinstimmung. Es war überhaupt kein Zweifel möglich.

Und dann: »*Es war wie immer angenehm, Zeit in deiner Gesellschaft zu verbringen, Markis.*«

Die nicht-verbalen Verhaltensweisen waren beinahe *professionell* korrekt. Keinerlei Hinweis auf eine sexuelle Spannung, keine Berührungen, kein sehnsüchtiges Lächeln. Nichts. Selbst die Stimmen klangen freundlich, aber unverbindlich. *Könntest du mir bitte den Kaffee geben?*

»Es stimmt vorne und hinten nicht«, sagte sie laut.

»Wenn du es herausgefunden hast«, sagte Solly, während er sich von dem Sofa erhob, auf dem er gelegen hatte, und ausgiebig streckte, »lass es mich wissen. Wir sehen uns morgen früh.«

Kim teilte den Schirm einmal mehr, Kane und Emily zu Beginn der Mission auf der einen Seite, Kane und Emily beim Abschied auf der anderen. Sie ließ beide Sequenzen in normaler Geschwindigkeit ablaufen, dann spulte sie zurück und ließ sie erneut laufen, in Zeitlupe. Und dann sah sie es.

Mein Gott.

Sie spulte zurück und sah erneut hin. Es gab überhaupt keinen Zweifel.

»Solly!«

Sie klopfte an seine Tür.

Er kam seufzend hervor, schlang seinen Morgenmantel um sich und hatte einen Ausdruck unendlicher Geduld im Gesicht. »Was denn nun schon wieder, Kim?«, hauchte er.

Sie schaltete den Ton ab und zeigte ihm die Aufnahmen. »Achte auf die Sitze«, sagte sie.

Er setzte sich auf das Sofa. Eine kleine

Tischlampe brannte neben ihm. »Worauf soll ich achten?«

Auf der linken Seite, wo die frühere Unterhaltung zu sehen war, kam das Gespräch zu einem Ende, und Emily verlagerte ihr Gewicht, um sich zu erheben. Kim hielt die Aufzeichnung an.

Auf der rechten Seite des Schirms verstummte das Gespräch ebenfalls. Auch hier machte Emily Anstalten aufzustehen. Kim startete die Sequenz erneut, beide Aufnahmen in Zeitlupe, beide synchron. Auf beiden Schirmhälften öffnete Emily mit einer graziösen Bewegung der linken Hand die Sicherheitsgurte und schob mit der anderen Hand die Armlehne nach hinten.

Kim betätigte die Pause-Taste. »Kannst du es sehen?«, fragte sie.

»Ich geb's auf«, antwortete Solly.

»Sieh dir den Sitz an.« Das Polymodgewebe der ersten Sequenz zeigte den unverkennbaren Abdruck eines menschlichen Hinterns. Auf dem rechten Schirm war es völlig glatt.

»Das ist eigenartig«, sagte Solly.

Sie ließen andere Ausschnitte laufen. Wann immer irgendjemand vom rechten Sitz aufstand, war sein Körperabdruck noch eine Weile deutlich zu sehen, bevor sich das Gewebe nach und nach wieder straffte.

Bei jedem mit Ausnahme von Emily. Emily während des Rückflugs.

Vor dem Zwischenfall, auf dem Weg nach draußen, hinterließ auch sie einen Abdruck. Kim spielte die erste Unterhaltung auf der Rückreise ab:

»*Man kann schließlich nicht erwarten, gleich zu Beginn Glück zu haben*«, sagte Markis Kane. »*Wir müssen uns in Geduld üben.*«

»*Wir* haben *uns in Geduld geübt.*«

Emily saß noch ein paar Minuten schweigend da. Dann schnallte sie sich los. »*Ich muss gehen.*«

Kane nickte, während sie sich erhob.

Kim hielt die Aufnahme an.

Kein Abdruck im Sitz.

»Sag mir, was ich davon halten soll, Solly. Du bist doch gut in so etwas.«

Er kratzte sich am Kopf. »Ich würde sagen, auf dem Rückflug betrachten wir eine *virtuelle* Emily.«

»Also sind die Logbücher gefälscht.«

Solly atmete tief durch. »Ja. Ich würde sagen, du hast Recht. Aber ein fehlender Abdruck auf einem Sitz ist nicht gerade überzeugend. Vielleicht war das Licht ungünstig.«

»Ist es sehr schwierig, die Logbücher eines Raumschiffs zu fälschen?«

»Leicht ist es jedenfalls nicht. Man muss sämtliche visuellen Aufzeichnungen korrigieren. Und man muss sicherstellen, dass die Datenströme dem entsprechen, was man vortäuschen will. Wenn die *Hunter* einen Sprung macht, müssen die Instrumente es beweisen.«

»Könntest du so etwas tun?«

»Ein Log fälschen?« Seine Zähne blitzten im Licht der Deckenlampe. »Ja. Ja, ich denke, ich könnte es schaffen. Mit ein wenig Zeit und der Hilfe meiner Kollegen«, fügte er hinzu.

»Warum um alles in der Welt sollten sie eine virtuelle Emily benutzen?«

»Vielleicht weil die echte Emily nicht kooperieren wollte?«

»... oder nicht mehr kooperieren *konnte.*« Sie starrten sich an.

»Könnte sein«, sagte Solly. »Nein, kein gefälschtes Log übersteht eine genaue Untersuchung. Wenn du also Recht hast, müssten wir imstande sein, überzeugende Beweise zu bringen. Sämtliche Videoaufzeichnungen müssen konsistent sein. Die Beleuchtung ist immer mehr oder weniger die gleiche, sie ändert sich nur durch die Schatten der Menschen, die sich darin bewegen. Auch das müsste man ausgleichen. Es sind zu viele Details, und es gibt absolut keine Möglichkeit, alles fehlerlos richtig zu machen.

Sie wandte sich vom Schirm ab und blickte durch das Fenster hinunter auf die Stadt. »Kane?«

»O ja. Niemand anderes hätte das gekonnt. Er musste gründlich mit dem Schiff vertraut sein.«

»Was uns zur nächsten Frage bringt: Was ist mit Emily geschehen?«

»Langsam, Kim, eines nach dem anderen. Zuerst sollte das Labor die Aufnahmen analysieren, um sicherzugehen, dass deine Theorie richtig ist.«

Sie nickte, setzte sich zum Interkomm und aktivierte das Verzeichnis. Sie suchte nach dem Büro der Einreisebehörde in Sky Harbour. Sie fand die Nummer und rief an.

Ein uniformierter Beamter erschien auf dem Schirm. »Einreisebehörde.«

»Hallo«, sagte Kim, »mein Name ist Kim Brandywine. Dürfte ich Ihnen eine hypothetische Frage stellen?«

»Selbstverständlich, Ma'am.«

»Es geht um ankommende Passagiere«, sagte sie. »Wenn eine Person angeblich auf einem Schiff ist, aber in Wirklichkeit nicht, würden Sie das wissen, oder?«

»Selbstverständlich, Ma'am. Die Passagiere müssen an unseren Kontrollen vorbei.«

»Wie steht es mit Besatzungsmitgliedern?«

»Auch sie müssen an uns vorbei.«

»Dann haben Sie also ein Manifest und überprüfen jeden anhand dieses Manifests. Und wenn jemand nicht von Bord geht …«

»Oh, es tut mir Leid, da habe ich Sie wohl missverstanden. Es ist uns im Grunde genommen gleichgültig, wenn jemand nicht aussteigt. Wir kümmern uns nur um diejenigen Personen, die tatsächlich nach Greenway einzureisen wünschen.«

Sie versuchte es anders. »Gibt es bei der Einreisebehörde Aufzeichnungen über Personen, die aus ankommenden Schiffen aussteigen?«

»Ja«, sagte er.

»Befragen Sie jeden Passagier?«

»Nicht persönlich, nein. Zoll- und Einreiseformalitäten werden üblicherweise elektronisch abgewickelt.«

»Stünde ich auf einem Schiffsmanifest und würde Ihnen meine Erklärung zukommen lassen, aber dann doch nicht von Bord gehen, würden Sie das merken?«

»Nein, Ma'am. Das würden wir nicht.«

Kim bedankte sich und unterbrach die Verbindung. »Allmählich verstehe ich, wieso Emily nie in ihrem Hotel angekommen ist.« Sie schenkte sich einen Drink aus und starrte auf das Glas. »Sie ist nie von Bord der *Hunter* gegangen, was sagst du?«

»Das wissen wir nicht mit Bestimmtheit.«

»Solly, wie sind die Strafen für das Fälschen von Logbüchern?«

»Es kann kriminell sein, aber das kommt ganz auf die Umstände an. Die geringste Strafe wäre noch der Entzug der Zulassung. Logbücher sind etwas Heiliges.«

»Also würdest du sie nicht ohne einen sehr triftigen Grund fälschen.«

»Du hast es erfasst.«

»Dann möchte ich dir eine andere Frage stellen.

Wenn du einen Satz gefälschter Logs angefertigt hättest – was würdest du mit den Originalen tun?«

Solly legte die Stirn in Falten, während er über ihre Frage nachdachte. »Kommt ganz darauf an«, sagte er schließlich. »Hätte ich jemanden ermordet und aus der Luftschleuse gestoßen, würde ich die Originale sicherlich vernichten. Aber wenn jemand anderes etwas getan hätte und meine einzige Verwicklung in dieser Geschichte darin bestünde, ihm beispielsweise ein Alibi zu verschaffen, dann würde ich die Originale selbstverständlich aufbewahren für den Fall, dass ich irgendwann beweisen müsste, nicht der Mörder zu sein.«

»Ganz genau das denke ich auch. Solly, können wir diese Aufzeichnungen analysieren? Kennst du jemanden, der diskret genug ist?«

»Ich habe einen Freund«, sagte Solly.

»In Seabright?«

»Ja.«

»Bring sie morgen zu ihm hin, ja? Schärfe ihm ein, dass er mit niemandem darüber redet, aber versuche, unseren Verdacht zu bestätigen. Was glaubst du, wie lange es dauern wird?«

»Schwer zu sagen. Kommt darauf an, wie viel er im Augenblick zu tun hat. Und wie viel wir zu zahlen bereit sind.«

»In Ordnung. Es soll sich für ihn lohnen. Ruf mich an, sobald du ein Ergebnis hast.«

»Und was wirst du tun?«

»Ich werde noch ein wenig hier bleiben. Vielleicht gelingt es mir, noch mehr über diese Geschichte herauszufinden.« Sie aktivierte den Interkomm und strich ihre Reservierung für den Morgenzug nach Seabright.

14

In den Wäldern lauern Dämonen, an dunklen Flecken und im schwarzen Wasser …

– MARTIN LUTHER, TISCHGESPRÄCHE, DLXXIV

»Selbstverständlich erinnere ich mich an Sie!« Jorge Gould lächelte erfreut und hielt ihr die Hand hin, während sie beobachtete, wie er hektisch versuchte, sich an ihren Namen zu erinnern. »Sie sind die Schwester von Markis Kanes Modell.« Er deutete mit dem Zeigefinger auf sie, als wollte er sagen: »Wer könnte Sie vergessen?«

»Kim Brandywine«, half sie ihm auf die Sprünge. »Ich wollte Sie wissen lassen, dass ich äußerst zufrieden bin mit dem Kane, den Sie mir verkauft haben.«

»O ja, das war ein sehr guter Kauf, Mrs. Brandywine. Sie haben ein gutes Geschäft gemacht.« Er kam hinter seinem Ladentisch hervor und blickte sich in seiner Galerie um. »Sind Sie vielleicht an weiteren Arbeiten des Künstlers interessiert?«

»Vielleicht ein andermal«, wich sie aus. »Es gibt tatsächlich das eine oder andere Bild, das ich gerne in meiner Sammlung hätte.«

»Warum warten?« Er rieb sich die Hände. »Wir haben sehr großzügige Teilzahlungsangebote. An welche Werke hatten Sie genau gedacht?«

»Ja«, sagte sie und ignorierte seine Frage. »Kane ist ein wunderbarer Künstler.«

»Das ist er in der Tat. Habe ich Ihnen eigentlich erzählt, dass ich ihn persönlich kannte?«

»Sie haben es erwähnt.«

»Welche Werke darf ich Ihnen zeigen?«

»Jorge, ich habe nicht vor, heute etwas zu kaufen. Ich mag es nicht, mich in Schulden zu stürzen. Kaufe nur, was du dir leisten kannst, lautet mein Motto. Sind Sie nicht der gleichen Meinung?«

»Nun …«

»Ich bin sicher, Sie werden das verstehen.« Sie erwähnte den *Herbst* und die *Nächtliche Passage* und deutete an, dass sie in Kürze beide zu erwerben gedachte.

»Wunderbare Kompositionen«, sagte er. »Kane ist ein Genie.«

»Manchmal dauert es eine Weile, bis die Welt ein Talent richtig erkennt.«

Er bestand darauf, ihr weitere Arbeiten Kanes vorzuführen. *Kerzenlicht* zeigte ein Paar, das auf dem Aussichtsdeck eines interstellaren Liners beim Dinner saß. Eine Kerze flackerte neben einer Flasche Wein, dicke violette Vorhänge bedeckten die Wände, und ein Kellner mit einem Tablett stand abwartend dabei. Das Paar war hübsch und ineinander versenkt. Über ihnen leuchteten in einem gewaltigen Fenster die orangefarbenen und roten Ringe einer kürzlich entflammten Supernova und warfen ein unheimliches Licht auf die Szenerie.

In *Passage* streifte ein Überwachungsschiff durch das System eines Quasars; es war in dem Augenblick festgehalten, in dem der elektromagnetische Puls des Sterns vorbeischwang.

»Diese beiden würden ausgezeichnet zu jeder Sammlung passen«, sagte Gould.

Sie stimmte ihm zu. »Wie wundervoll es sein muss, ihn persönlich gekannt zu haben.«

»Ja. Markis und ich waren genau genommen ziemlich gute Freunde.«

»Ich beneide Sie.« Sie lächelte ihn in aller Unschuld an. »Wie mag sein Haus ausgesehen haben? Wie hat er gelebt? Ich meine mich zu erinnern, dass Sie bei meinem letzten Besuch erwähnten, er hätte in Severin Village gewohnt?«

Gould bot ihr einen Stuhl an, und beide nahmen Platz. »Ja«, sagte er. »Das ist richtig. Er lebte in Severin Village. Meine Frau wohnte damals ebenfalls in dieser Stadt.« Er wiederholte die Einzelheiten, während Kim geduldig lauschte. Schließlich fragte er, ob sie wüsste, dass Kane ein Kriegsheld gewesen sei.

»Ja, das ist mir bekannt«, antwortete Kim. »Erzählen Sie mir von seinem Haus.«

Gould wiederholte noch einmal, dass das Wohnzimmer kühl und formell gewesen war und Kane im Grunde genommen in seinem Arbeitszimmer gelebt hatte, wo er auch seine Freunde empfing. »Manchmal«, sagte Gould, »manchmal kamen Leute in die Stadt, mit denen er gedient hatte, bei der Flotte.« Er schüttelte den Kopf. »Kane und seine Freunde wussten genau, wie man feiert.«

»Es ist eine wundervolle Gegend«, sagte Kim. »Kane muss eine herrliche Aussicht gehabt haben.«

»Er hatte eine Veranda an der Seite seines Hauses, wo man Abends sitzen konnte und beobachten, wie die Sonne hinter den Bergen versank ...«

Sie fuhren mehrere Minuten in diesem Tonfall fort, bis Kim den Zeitpunkt für geeignet hielt, die eine ernste Frage zu stellen, wegen der sie hergekommen war. »Haben Sie nicht gesagt, es hätte einen geheimen Raum gegeben?«

»Einen geheimen Raum?«

»Ja. Als ich beim letzten Mal hier war, haben Sie erzählt, dass er während der letzten Jahre einen Teil des Hauses abgesperrt hätte. Er hätte niemanden dort hinein gelassen.«

»Oh, ja. Das hatte ich ganz vergessen. Es war das Arbeitszimmer. Nach dem Unglück vom Mount Hope hat er seine Besucher nicht mehr dort empfangen, sondern im Wohnzimmer.«

»Was, glauben Sie, kann der Grund dafür gewesen sein? Hat er das Arbeitszimmer vielleicht renoviert?«

»Nein, das glaube ich nicht.« Er schnitt eine Grimasse, um anzudeuten, dass er angestrengt überlegte. »Man konnte den Mount Hope von seinem Arbeitszimmer aus sehen. Vielleicht konnte er die Aussicht nicht mehr ertragen. Vielleicht hat er auch nur eine exzentrische Macke entwickelt. Künstler sind manchmal so.«

»Vermutlich, ja«, sagte Kim. »Und er hat tatsächlich *niemanden* hineingelassen?«

»Soweit ich weiß.«

»Ich frage mich, ob es vielleicht daran liegt, dass er angefangen hat, dort zu arbeiten? Zu malen?« *Oder ob er dort etwas versteckt hat, das niemand sehen sollte? Beispielsweise die echten Logbücher der* Hunter?

»Das bezweifle ich. Kane hatte ein richtiges Atelier im vorderen Teil des Hauses.«

»Und das Arbeitszimmer? Wo war das?«

»Hinten«

»Sie haben es nie wieder gesehen, nachdem er es abgesperrt hatte?«

»Nein. Nie wieder.« Er blickte sie an, dann die beiden Gemälde. »Warum nehmen Sie diese beiden wunderbaren Werke nicht einfach schon einmal mit nach Hause?«

Kim musste beim Rent-All Emporium sowohl den Taucheranzug als auch Maske und Konverter bezahlen, die allesamt entweder zerrissen oder noch im Fluss waren. Sie stellten ihr keine Fragen, doch sie kicherten hinter vorgehaltener Hand, als sie einen weiteren Taucheranzug und ein Schlauchboot mieten wollte. Dazu wäre, so erklärten sie, eine beträchtlich höhere Mietkaution erforderlich.

Eine Stunde später hob sie in ihrem gemieteten Flieger vom Landeplatz des Gateway in einen kalten grauen Nachmittagshimmel ab und ging einmal mehr auf Südkurs. Einige Minuten flog sie über einem Zug dahin, doch er gewann rasch an Vorsprung und verschwand in der Ferne der zerklüfteten Landschaft.

Sie hatte nicht mit Solly über ihren Plan gesprochen, denn er hätte darauf bestanden mitzukommen. Es wäre zwar beruhigend gewesen, doch sie war begierig auf die Resultate der Überprüfung der *Hunter*-Logbücher. Außerdem spürte sie ein Bedürfnis, sich ihrer Angst vor den einheimischen Dämonen zu stellen. Nach ihrem Abenteuer unter Wasser, so sagte sie sich, fürchtete sie nichts mehr, das sich auf zwei Beinen bewegte.

Sie blickte auf den Fahrplan, um herauszufinden, welcher Zug ihr davongefahren war. Der Overland. Ein Güterzug, der Holz, Elektronik, Maschinen und andere Dinge von Sorrentino zur Küste brachte. Kim mochte Züge. Sie hatte sie schon immer gemocht, und im Augenblick hätte sie gerne in einem gesessen.

Sie hatte die Koordinaten von Kanes Haus auf ihrer Karte eingekreist. Es hatte im Norden der Stadt gestanden, in einer Gegend, die nun tief im Wasser lag.

Sie zeichnete Verbindungen von Kanes Haus

zum Damm und zur Stadthalle (die fünfzehn Meter unter Wasser lag; trotzdem ragte der Turm noch immer über die Oberfläche) und zu einer einstigen Fliegerwerkstatt auf einem kleinen Hügel, der zu einer winzigen Insel geworden war, als der Damm eingerissen wurde.

Der Fluss sah kalt aus im grauen Licht. Sie steuerte den Flieger über den See hinaus und landete wenige Minuten später auf Cabry's Beach, mit einer Kufe halb im Wasser.

Sie öffnete die Kanzel und blickte zum Waldrand hinüber, während sie in den Taucheranzug stieg. Die Zweige schwankten sanft im Wind, der vom See her wehte. Kein Eichelhäher, der durch den nächtlichen Himmel flatterte, kein Rotwild, das aus dem Wald zum Ufer kam, um zu trinken.

Sie stieg hinunter auf den Sand. Er knirschte unter ihren Schritten. Der Wind war kalt. Sie drehte die Temperaturregelung ihres Anzugs hoch und zog eine Wollmütze bis über die Ohren. Der Himmel war schwer und wolkenverhangen.

Sie zog das Schlauchboot von der Rücksitzbank, startete die automatische Pumpe, befestigte den Motor und zog es ins Wasser. Der Boden war transparent. Sie warf ein Paddel hinein, ihre Flossen und den Konverter. Und einen Packen Bilder von Severin Village, aufgenommen um 573. Dann suchte sie noch einen Steinbrocken, den sie als Anker benutzen konnte, und verband ihn mit einer vierzig Meter langen Leine, die alle zwei Meter Markierungen trug.

Zuletzt befestigte sie einen Handscheinwerfer und eine Kamera an ihren Handgelenken und band sich einen Gürtel um, in den sie eine Werkzeugtasche mit einem Kompass und einem Laserschneider einhängte. Als sie mit allen Vorbereitungen fertig war, stieß sie das Boot vom Ufer ab und startete den Motor.

Der See war unruhig. Obwohl sie eine Fernbedienung für den Motor hatte, saß sie hinten und steuerte von Hand auf den See hinaus.

Sie steuerte zunächst die Verbindungslinie zum Damm an, dann folgte sie ihr bis zu der Stelle, wo der Turm der Stadthalle und die Insel mit der ehemaligen Werkstatt eine gerade Linie bildeten. Dann schaltete sie den Motor ab und blickte durch den transparenten Boden nach unten. Das Wasser war klar, und sie konnte eine Bank erkennen. In der Nähe lag das Wrack eines Fliegers. Hinter dem Flieger bemerkte sie eine Reihe von Pfählen. Eine Kinderschaukel. Die Schaukel bewegte sich leicht in der Strömung, als das Schlauchboot darüber hinwegglitt. Das Boot hob und senkte sich.

Sie sah ein Haus, doch es war nicht das von Kane, es besaß nicht den richtigen Umriss. Nach ihren Bildern zu urteilen war es sein südlicher Nachbar, ein Arzt, der sich während der Katastrophe durch Mut und Umsicht hervorgetan hatte.

Sie steuerte geradeaus weiter, bis sie gefunden hatte, wonach sie suchte: einen Pavillon, eine Steinmauer, ein Thunderbird-Haus.

Das war es. Die schräg angebauten Flügel und Höfe und der lang gestreckte Mittelbau, das Dach mit seinen Firsten und Giebeln – es war unverwechselbar.

Kim warf ihren improvisierten Anker über Bord und maß die Tiefe. Vierzehn Meter. Ziemlich tief. Sie sicherte das Tau an der Sitzbank, zog ihren Konverter und ihre Maske an und glitt ins Wasser. Augenblicklich fühlte sie sich sicherer, als wäre sie nicht länger den Augen der unsichtbaren Beobachter preisgegeben.

Sie setzte ihre Jets ein, um tiefer zu gehen.

Graues Licht drang von der Oberfläche herab. Das Wasser wurde kälter und dann wieder wärmer, während sie verschiedene Strömungen durchquerte. Ein Aal glitt vorbei. Sie schaltete ihren Handscheinwerfer ein, und ein Schwarm Fische ergriff hastig die Flucht. Das Schlauchboot war ein dunkler Schatten über ihr.

Sie hielt auf Höhe des ersten Stocks an, vor einem Fenster, und blickte ins Innere. Alles war dick mit Schlamm überzogen, doch sie konnte ein Bett, eine Kommode und zwei Stühle erkennen. Ein Fisch glitt aus einem Belüftungskanal, wandte sich dem Scheinwerfer zu und verschwand dann aus dem Zimmer.

Sie tauchte zum Erdgeschoss hinunter. Die Eingangstür war verschlossen, und es gab weder einen Griff noch einen Knopf, um sie zu öffnen. Sie schwamm vorbei und an der Vorderseite des Gebäudes entlang, bis sie ein offenes Fenster entdeckte. Sie schwamm hindurch.

Der Lichtkegel ihres Scheinwerfers erfasste eine Couch, einen Kamin und einen Flachbildschirm an einer Wand. Dies musste das formelle Wohnzimmer gewesen sein, in dem Markis Kane nach den Worten Jorge Goulds seine Besucher empfangen hatte.

Erstaunlich. Kane hatte seine Möbel zurückgelassen, als er von hier weggezogen war. Er hatte alles dem Wasser überlassen.

Sie gelangte in die Haupthalle. Auf einer Seite führte eine Treppe nach oben, ein paar Stühle und ein Tisch lagen umgestürzt umher, ein paar Träger waren eingestürzt.

Kim durchquerte die Halle zum gegenüberliegenden Flügel. Sie hatte Mühe, die Tür zu öffnen. Dahinter blickte sie auf das, was einst Kanes Atelier gewesen sein mochte. Ein umgekippter Holztisch, die Beine in die Höhe gereckt wie ein totes Tier. Mehrere Rollen von etwas, das wahrscheinlich Leinwand gewesen war, lagen verstreut im Schlamm. Überall Pinsel und Stücke von einer Staffelei.

An den Wänden sah sie Skizzen, fertige oder unvollendete, hauptsächlich Frauengesichter. Eingerahmt von Bäumen, Laternen, einem Vestibül, doch immer bildeten die Frauen den Mittelpunkt.

Sie waren unvollständig, als hätte er Ideen ausprobiert. Der Gesichtsausdruck der Frauen war stets melancholisch, traurig, voller Sehnsucht. Keine Spur von fröhlicher Ausgelassenheit. Die Frisuren waren unterschiedlich, die Haare manchmal kurz, manchmal schulterlang, alles in den Moden der 70er Jahre. Dann bemerkte sie, während sie an der Wand entlang glitt und die Gesichter im Licht des Scheinwerfers betrachtete, dass alle Frauengesichter Emily darstellten.

Oder sie selbst.

Ihre Nackenhaare richteten sich auf.

Sie zog die Kamera aus der Werkzeugtasche und fertigte Aufnahmen an. Sie versuchte jede noch so kleine Einzelheit festzuhalten.

Eigentlich war sie hergekommen, weil sie gehofft hatte, die Logbücher der *Hunter* zu finden. Plötzlich jedoch erschien ihr diese Möglichkeit mehr als vage. Der umgestürzte Tisch besaß eine Schublade, also öffnete sie sie. Nur ein paar Lumpen, sonst nichts.

Auf der anderen Seite des Ateliers befand sich eine weitere Tür, die zu einer umschlossenen Veranda führte. Dahinter lag ein Waschraum. Sie glitt durch die Tür und sah Plastikkübel und Blumentöpfe auf dem Boden der Veranda. Im

Waschraum fand sie einen Arzneischrank und öffnete ihn. In einem der Container befand sich immer noch Luft. Er schwebte heraus und zur Zimmerdecke hinauf.

Sie kehrte auf dem gleichen Weg zurück, den sie gekommen war, durch das formelle Wohnzimmer hindurch und in den dahinterliegenden Flügel.

Sie öffnete Schubladen, brach Schränke auf, wo die Scharniere verrostet waren, und suchte überall. Dann schwamm sie nach oben und durchwühlte Schlafzimmer und Bäder. In den Küchenschränken stand noch Geschirr. Sie war schockiert, als sie einige von Kanes Trophäen im Schlamm fand, einschließlich der Tapferkeitsmedaille des Konzils, der höchsten Auszeichnung, die die Republik Greenway zu vergeben hatte. Eigenartig auch, dass vor ihr noch niemand hier gewesen war und den Schatz gehoben hatte.

Tora sollte sie haben. Sie wischte den Orden sauber und steckte ihn ein.

Plötzlich spürte sie Bewegung im Wasser.

Und hatte ein Gefühl, als wäre sie nicht mehr allein.

Sie lauschte einen Augenblick, während sie den Raum nach einem zweiten Ausgang absuchte, doch es war nichts zu hören. Der einzige Ausgang, sollte es nötig werden zu fliehen, war das Fenster, und sie würde riskieren, sich an den noch immer darin steckenden Glasscherben zu verletzen. Abrupt wirbelte sie herum, um zu sehen, ob jemand sie beobachtete – doch der Raum war immer noch leer bis auf die Schatten an den Wänden.

Wie dumm.

Es war nicht besonders schwer, sich vorzustellen, dass Markis Kanes Geist noch immer hier spukte. Wäre sie im hellen Sonnenlicht gewesen, hätte sie über den Gedanken gelächelt und ihn verächtlich abgetan. Doch hier unten ... *Es scheint in unseren Genen zu liegen, dass wir das Übernatürliche zu akzeptieren bereit sind, trotz all unserer Entwicklung. Wissenschaft und die Erfahrung eines ganzen Lebens haben nicht viel zu sagen, wenn erst die Lichter ausgegangen sind.*

Sie kehrte in die Haupthalle zurück, leuchtete jeden Winkel aus und schwamm dann zum hinteren Teil des Hauses. Unterwegs sah sie noch in einem Schrank und einem kleinen Schreibtisch nach. Inzwischen hatte sie eine Eskorte von Fischen, langen, regenbogenfarbenen Geschöpfen, die mit ihr zogen, aber sich in Sicherheit brachten, sobald Kim sich ihnen näherte. Sie war erfreut über ihre Gesellschaft.

Zur Linken befand sich ein weiteres Schlafzimmer. Hier stand das Mobiliar mehr oder weniger noch immer an Ort und Stelle. Auf dem Boden, unter der allgegenwärtigen Schlammschicht, lag Kleidung oder Bettwäsche – unmöglich zu erkennen, ohne nachzusehen.

Sie folgte dem Korridor weiter bis zur letzten Tür, die auf der rechten Seite lag.

Das Allerheiligste.

Die Tür war verschlossen.

Sie drückte dagegen, zuerst vorsichtig, dann mit aller Kraft. Vergebens. Sie zog den Schneidlaser aus der Tasche und brannte sich ein Loch in das Türblatt, das groß genug war, um hindurchzuschwimmen.

Im Licht des Scheinwerfers sah sie einen Schreibtisch, ein Sideboard, ein paar Schränke und Tische. Und einen Sessel.

Sie schwamm hinein.

Auf der anderen Seite des Raums befand sich

eine Kammer. Vorhänge bedeckten die Wand zu ihrer Rechten. Zwei der anderen Wände besaßen große Fenster. Jenes Fenster zeigte nach Norden, in Richtung Eagle Point. Das andere, zu ihrer Linken, zeigte hinaus auf den Mount Hope. Sie stellte sich vor, wie Kane hier gesessen und den Sonnenuntergang über dem gezackten Gipfel beobachtet hatte. Was mochte er gedacht haben?

Sie stöberte durch sämtliche Schränke und Schubladen, brach Schlösser auf, immer bemüht, nichts auf dem Boden zu verstreuen – als wäre das von Bedeutung –, durchsuchte die Kammer, in der sie weitere Kleidung und mehrere ungeöffnete Packungen Skizzenpapier fand. Als sie fertig war, glitt sie zurück in die Mitte des Raums und ließ die Lampe träge über die Wände gleiten. Der Strahl erfasste die Vorhänge. Sie waren nach all den Jahren noch immer an Ort und Stelle.

Und sie bedeckten eine *Innenwand*.

Sie dachte an die Skizzen von Emily im Westflügel und die Wandgemälde, die Kane für einheimische Bibliotheken angefertigt hatte. Ihr Konverter schaltete sich ein und ließ sie aufschrecken. Die Maschine murmelte leise, während sie ihren Luftvorrat erneuerte.

Was befand sich hinter diesen Vorhängen?

Sie hob ihren Scheinwerfer.

Die Bewegung musste etwas Ruckhaftes gehabt haben, denn ihre Begleitung aus Fischen verschwand fluchtartig. Kim schwebte im Zentrum des Raums und kämpfte gegen den Auftrieb, der sie zur Decke heben wollte. Sie glitt zu den Vorhängen, berührte sie, versuchte, sie zu packen und zur Seite zu ziehen, doch sie lösten sich unter ihren Händen auf. Sie versuchte es erneut, und ein weiterer Teil fiel ab.

An der Wand war eine Zeichnung.

Eine beringte Welt.

Sie riss die restlichen Vorhänge ab.

Es war schwierig, im Halbdunkel rings um den Scheinwerferkegel etwas zu erkennen. Doch der Planet war Teil eines Wandgemäldes, das eine Frau umgab. Eine weitere Emily. Keine Frage: Kims Ebenbild, tapfer und gefasst, lächelte ihr entgegen. Sie sah aus wie an Bord der *Hunter*, mit der gleichen blauen Jacke, am Hals offen, das Haar schulterlang, die Augen gedankenvoll. Die beringte Welt ruhte in ihrer linken Hand.

Und in der Rechten hielt sie ebenfalls *etwas*.

Kim schwebte mit dem Scheinwerfer näher heran.

Es sah aus wie ein Schildkrötenpanzer.

Sie starrte das Gebilde eine Weile an, während die Kälte des Wassers in ihre Gliedmaßen kroch. Ein breiter Tropfen auf einer elliptischen Plattform.

Das Spielzeugraumschiff!

Das Spielzeugraumschiff aus Ben Tripleys Büro!

Es war die *Valiant*!

Und mehr noch. Obwohl der größte Teil des Gemäldes im Verlauf der langen Jahre unter Wasser ausgebleicht war, erkannte sie Sternbilder im Hintergrund und – was war das? Wogende Wolken? Nein, unmöglich, das mit Sicherheit festzustellen. Doch dort, in einer Ecke, das unverwechselbare Bild von NGC2024. Der Pferdekopfnebel.

Der Pferdekopf und eine beringte Welt und der Schildkrötenpanzer und Emily.

Das Wasser schien kälter geworden zu sein, und die automatische Heizung ihres Anzugs schien die Temperatur nicht halten zu können. Sie regelte die Kontrollen zwei Grad höher, dann begann sie, Aufnahmen anzufertigen.

Die einleuchtendste Erklärung war noch, dass die *Valiant* ein richtiges Schiff gewesen war, auf dem Kane früher einmal gedient hatte. Doch es schien unwahrscheinlich, dass Ben Tripley diese Information nicht besitzen sollte oder dass er nicht jeden Schiffstyp kannte, der irgendwann einmal gebaut worden war. Schließlich war das sein Geschäft.

Sie glitt näher heran und betrachtete das Schiff.

Keine Antriebsdüsen.

Genau wie das Modell.

Was für ein Schiff war das, ohne sichtbare Antriebe?

Sie hielt den Atem an: War das Schiffsmodell auf dem Regal in Tripleys Büro am Ende die Reproduktion eines realen Raumschiffs einer fremden Zivilisation? Von Außerirdischen? Der Pferdekopfnebel befand sich im Sternbild des Orion, und er wäre auf dem Kurs der *Hunter* sichtbar gewesen. Falls es zu einem Kontakt gekommen war, hatten Kane und Tripley es vielleicht jeder auf seine Weise aufgezeichnet, der eine in einem Gemälde, der andere, indem er ein Modell gebaut hatte oder hatte bauen lassen. Ihre frühere, nur halb ernst gemeinte Vermutung, dass Ben Tripleys Modellraumschiff tatsächlich die Replik eines außerirdischen Schiffes war, schien mit einem Mal ziemlich weitblickend.

Irgendetwas bewegte sich in ihren Augenwinkeln, ein rasches Huschen außerhalb des Lichtkegels ihrer Lampe. In der Nähe des Lochs, das sie in die Tür geschnitten hatte. Ein Fisch, der durch einen Sonnenstrahl geglitten war?

Sie steckte die Kamera weg, während sie darüber nachdachte, ob es die Mühe wert war, ein Team zusammenzustellen und die Wand zu bergen, um sie ans Sonnenlicht zu bringen. Die Villa war verlassen, also musste sie wohl keine rechtlichen Konsequenzen fürchten.

Der Gedanke verschwand aus ihrem Kopf, als ihr bewusst wurde, dass draußen im Korridor Licht schimmerte. Es war ein schwacher Schein, kaum wahrnehmbar, doch es war dort.

Sie schaltete ihren Scheinwerfer aus und wich in eine Ecke zurück. Wasserbewohner. Es gab keine andere Möglichkeit, ein lumineszierender Aal oder etwas in der Art. Trotzdem schob sie sich vorsichtig zu einem der Fenster hin. Die Rahmen waren gespickt von Scherben.

Sie warf einen letzten Blick in den Raum, kämpfte um ihre Fassung und wurde mit einem Becher belohnt, der ganz im Schlick vergraben war. Als sie ihn aufhob und abwischte, sah sie das Wappen und den Namenskürzel der *376*. Sie packte den Becher zu der Tapferkeitsmedaille.

Das Licht draußen im Korridor wurde heller. Ein schwaches grünes Leuchten, wie von Phosphor.

Sie stieß sich von der Wand ab und trieb durch das Zimmer, bis sie hinaus in den Gang sehen konnte, ohne sich ihm allzu weit zu nähern.

Ein Augenpaar starrte zurück. Große, grüne, starre Augen. Sie richteten sich auf Kim.

Intelligent.

Wütend.

Kim sah keinen Kopf, nur Augen, die nebeneinander schwebten, als gehörten sie überhaupt nicht zusammen, unmittelbar draußen vor der Tür im Korridor.

Sie waren groß. *Gewaltig*. Zu groß, um zu irgendeinem Lebewesen zu gehören, das halbwegs in die Haupthalle gepasst hätte.

Kims Herz explodierte, und fast hätte sie das Mundstück verschluckt. Sie wich vor der Tür zurück, durchquerte das Zimmer, aktivierte ihr Jets und schoss durch die zerbrochene Scheibe, wobei sie Holz und Glassplitter mit sich riss.

Sie jagte zur Oberfläche hinauf, während sie voller Schrecken darüber nachdachte, dass sie nichts außer den Augen hatte sehen können, kein Gesicht, keinen Körper, keinerlei körperliche Präsenz.

Es war dunkel, als sie an die Oberfläche kam. Kim blickte sich um, sah ihr Schlauchboot und jagte darauf zu, während sie halb erwartete, unterwegs gepackt und nach unten gezerrt zu werden. Sie strampelte sich über die Bordwand, schnitt die Ankerschnur durch und startete den Motor, noch bevor sie das Mundstück ausspuckte.

Das Boot setzte sich mit nervenzerfetzender Langsamkeit in Bewegung.

Sie wusste nicht, wo der Flieger stand. Der Himmel hing voller Sterne, doch das Ufer lag dunkel. Sie zwang sich, langsamer zu fahren, überprüfte ihren Kompass und steuerte nach Südwesten.

Hinter ihr ertönte ein Schnauben, aber es war nichts zu sehen.

Als sie in der Nähe des Ufers angekommen war, musste sie noch ein Stück an der Küste entlangfahren, vorbei an einem dunklen Wald, der von dunklen Häusern und schmalen Streifen sandigen Strand durchbrochen wurde. Hin und wieder sah sie Lichter zwischen den Bäumen aufflackern, die sich in die gleiche Richtung bewegten wie sie, als würde sie verfolgt.

Dann erfasste ihr Scheinwerfer die willkommenen Umrisse des Fliegers. Sie richtete das Schlauchboot auf das Ufer, fuhr es auf den Strand hinauf, sprang heraus, ließ alles stehen und liegen und rannte auf den Flieger zu.

Im Innern befahl sie der KI abzuheben. »Sofort.«

15

Ich wusste nicht, wie ich nach Draco kommen sollte.

– GEORG THOMAS & LIVIA HOWE,
THE ARCTURIAN FOLLIES, ACT II, 600

»Das hättest du niemals tun dürfen!«, sagte Solly. Er war außer sich. »Nicht allein! Das hättest du doch wissen müssen!«

»Ja«, sagte sie kleinlaut. »Jetzt weiß ich es. Ich mache es auch nie wieder.«

Solly schwieg einen langen Augenblick, bevor er schließlich sagte: »Kim, bestimmt war es nur ein Aal oder so etwas.«

Sie war immer noch in Eagle Point und saß in ihrem Morgenmantel mit untergeschlagenen Beinen auf dem Sofa. Ein virtueller Solly saß in einem virtuellen Sessel auf der Projektionsfläche. Hinter ihm war ein Fenster mit Ausblick auf das Meer zu sehen. Solly war also zu Hause.

»Es war aber kein Aal!«, beharrte sie. »Und ich habe mir das alles auch nicht eingebildet!« Und als sei das alles nicht schon genug, rannen ihr bei diesen Worten auch noch Tränen über die Wangen. »Es war wirklich dort, Solly! Gott hilf mir, ich habe es *gesehen*!«

»Ich glaube dir«, antwortete er.

»Was auch immer es war, es war dort, und es war nicht *menschlich*. Die Augen waren intelligent, aber nicht menschlich. Und es hat direkt durch mich hindurch gesehen!«

»Ich glaube dir«, wiederholte Solly. »Wir gehen also nicht mehr ins Wasser, richtig?«

Sie schluckte und bemühte sich um ihre Fassung. »Richtig«, sagte sie mit bebender Stimme.

»Es kann also kein Krake oder so etwas gewesen sein? Irgendetwas, das dir ins Innere von Kanes Haus gefolgt ist?«

»Es ist ein Süßwassersee, Solly.«

Er schwieg erneut, diesmal noch länger. Dann fragte er: »Hast du ein Bild von diesem Ding?«

»Nein«, gestand sie. »Ich war zu sehr mit meiner Flucht beschäftigt.«

»Und was war es deiner Meinung nach?«

»Willst du wissen, was ich denke? Meine ehrliche Meinung? Ich denke, Sheyel hat Recht. Ich glaube, sie haben etwas mit zurückgebracht. Und ja, ich weiß genau, wie verrückt das klingt, aber ich weiß auch, was ich gesehen habe … ich meine, ich weiß natürlich *nicht*, was ich gesehen habe, aber es war dort, und es war bestimmt kein Krake!«

»Möchtest du, dass ich zu dir nach Eagle Point herauskomme?«

»Nein. Ich habe die Nase voll. Ich fahre in zwei Stunden zurück.«

Solly wirkte erleichtert. »Du hast also tatsächlich nicht vor, noch einmal im See zu tauchen?«

»Nein!« Sie lachte auf. »Ganz bestimmt nicht.«

»Was ist mit dem Boot?«

»Ich habe den Verleih angerufen und ihnen erklärt, wo sie es finden. Sie werden mir die Bergung in Rechnung stellen, aber damit kann ich leben.«

»Also schön.« Er war sichtlich erleichtert, eine Reaktion, die sie erfreute. »Denk mal eine Minute darüber nach, ja? Wie könnte so ein *Ding* an der Einreisekontrolle vorbeigekommen sein? Wie kann es im Lift zur Oberfläche kommen?«

»Das weiß ich doch nicht! Vielleicht hat es sich im Körper von jemand anderem versteckt? Vielleicht hat es *Emily* übernommen? Vielleicht ist das der Grund, warum sie Emily nicht mehr in den Logbüchern gezeigt haben?«

»Kim ...« Er verdrehte die Augen. »Was hast du in letzter Zeit gelesen? Hast du eine Ahnung, wie deine Worte klingen?«

»Solly, ich weiß keine Antworten. Ich weiß nur, was ich sage.«

»Also schön.« Er blickte sie abschätzend an. »Und du bist sicher, dass dir nichts fehlt?«

»Mir fehlt überhaupt nichts!« Natürlich nicht. Was sollte ihr fehlen?

»Ich gehe nicht davon aus, dass du die *Hunter*-Logbücher gefunden hast?«, fuhr er fort. »Die echten?«

Sie blickte aus dem Fenster. Sonnenlicht glitzerte auf den Berggipfeln. Die Welt sah ganz normal aus. »Nein«, gestand sie. »Aber da ist trotzdem etwas.« Sie hielt eins der Bilder hoch, die sie von Kanes Wandgemälde angefertigt hatte.

Er beugte sich vor und blickte angestrengt. Kniff die Augen zusammen. »Mein Gott«, sagte er. »Das ist schon wieder Emily.«

»Sie schien sein Lieblingsmodell zu sein.«

»Das würde ich auch so sehen. Was hält sie da in den Händen?«

Kim zog die Nahaufnahmen hervor, sah, wie er den Planeten betrachtete und anschließend das Raumschiff. Er runzelte die Stirn und deutete auf die *Valiant*. »Was ist das für ein Ding? Eine Schildkröte?«

»Es muss eine Art Schiff sein. Das Merkwürdige daran ist, dass Ben Tripley ein Modell davon in seinem Büro stehen hat.«

»Das gleiche Schiff?«

»Haargenau, ja.«

»Wie zur Hölle kommt es in dieses Gemälde?«

»Solly, *vielleicht* ist es extraterrestrisch. Vielleicht ist es genau das, was sie dort draußen gesehen haben.« Sie nahm sich Zeit, um ihre Kissen neu zu arrangieren. »Ich denke, sie sind in die Nähe eines der sieben Sterne aus dem Hyperraum gekommen und haben dieses *Ding* gesehen.« Sie schüttelte das Bild der *Valiant*. »Wir müssen die Datenbänke abfragen und nachsehen, ob so etwas wie dieses Schiff je gebaut worden ist. Tripley wusste nichts davon, deshalb gehe ich jede Wette ein, dass es nicht von uns stammt. Außerdem besitzt es keinen erkennbaren Antrieb, keine Fusionsrohre … jedenfalls das Modell. Und auf diesem Bild hier …«, sie schüttelte die Fotografie, »… kann man auch nichts erkennen. Soweit ich weiß, hat alles, was wir bauen, Fusionsrohre. Wenn ich richtig liege, dann ist dieses Schiff entweder fiktiv, oder es stammt von Außerirdischen. Und wenn es fiktiv ist – warum um alles in der Welt sollte es dann in Tripleys Büro und zugleich auf Kanes Wandmalerei existieren?«

Solly trommelte mit den Fingern auf seiner Lehne. »Warum sollte Tripley überhaupt – ich meine Kile Tripley – ein Modell von einem Schiff haben wollen?«

»Das weiß ich nicht. Beantworte diese Frage, und vielleicht wird damit auch alles andere klar.«

»In Ordnung«, sagte er. »Ich möchte noch über etwas anderes mit dir reden …«

»Schieß los.«

»Du hattest Recht. Die Logbücher sind eine Totalfälschung. Oder zumindest sind sie das von dem Punkt an, als die *Hunter* den Maschinenschaden hatte.«

»Vielleicht sollten wir zuerst einer anderen Frage nachgehen: Hatten sie überhaupt einen richtigen Maschinenschaden?«

»Wahrscheinlich. Falls nicht, und falls es einen Kontakt gegeben hat, würde der ein Rendezvous implizieren. Ich denke, damit überspannen wir den Bogen ein wenig zu stark. Nein, ich denke, wir sollten davon ausgehen, dass der Maschinenschaden echt war.«

»Also gut. Wenn das, was wir in den Logbüchern gesehen haben, also der Wahrheit entspricht, würde es ausreichen, um sie aus dem Hyperraum zu werfen?«

»O ja. Wenn es ein Problem mit den Hyperraummotoren gibt, ganz gleich wie trivial, kehrt man zuerst in den Normalraum zurück, bevor man sich damit befasst. Das ist Standardprozedur. Wenn man das nämlich unterlässt und irgendetwas läuft schief, dann bleibt man für alle Zeiten verschwunden.«

»Also machen wir doch noch Fortschritte. Die Logbücher scheinen echt zu sein bis zu dem Augenblick, an dem das Problem auftaucht. Und ungefähr um die gleiche Zeit taucht die virtuelle Emily auf.«

»Was sollen wir als Nächstes unternehmen?« Sollys Stimme klang ein wenig dunkler als vorhin und signalisierte ihr, dass sein Testosteron ihn in eine Richtung trieb, in die er eigentlich gar nicht wollte. »Was hältst du davon, wenn ich zum Severin fahre und versuche, ein paar Bilder von diesem Ding zu schießen?«

»Nein. Die Vorstellung macht mir Angst, Solly. Ich möchte nichts mit diesem Ding zu tun haben.«

»Das ist keine besonders wissenschaftliche Methode der Annäherung.«

»Das ist mir egal.«

»Schon gut.«

Sie konnte sehen, dass er sich unbehaglich fühlte, dass er eigentlich mit ihr darüber diskutieren oder vielleicht sogar darauf bestehen wollte hinzufahren. Also wechselte sie erneut das Thema: »Hast du schon entschieden, ob du den Taratuba-Auftrag annimmst?«

»Noch nicht, nein. Warum? Möchtest du vielleicht mitkommen?«

»Ich werde Matt fragen, ob ich mir die *Mac* ausleihen kann. Falls ja, brauche ich einen Piloten.« Die *Mac* war die *Karen McCollum*, eines der beiden interstellaren Schiffe des Instituts, das sich gegenwärtig im System von Greenway befand.

»Wozu brauchst du ein Raumschiff? Wohin willst du fliegen?«

»Ich glaube, es ist an der Zeit, den Stier bei den Hörnern zu packen.«

»Jetzt klingst du dramatisch. Was bedeutet das überhaupt?«

»Ich will herausfinden, ob es eine Begegnung zwischen der *Hunter* und Außerirdischen gegeben hat oder nicht.«

»Und wie willst du das anstellen?«

»Ich fliege hin und werfe einen Blick auf die Umgebung.«

»Kim …« Er betrachtete sie intensiv, während er versuchte, den Sinn hinter ihren Worten zu erkennen. »Wir reden hier über eine Geschichte, die sich vor fast drei Jahrzehnten zugetragen hat …«

»Wenn die *Hunter* eine Zivilisation entdeckt hat, dann ist sie immer noch da. Sie kann schließlich nicht verschwinden.«

»Aber wir scheinen über ein *Schiff* zu sprechen! Du glaubst doch nicht ernsthaft, dass sie nach dreißig Jahren immer noch in der Gegend sind?«

»Vielleicht nicht. Aber das spielt doch auch gar keine Rolle.«

»Was denn?«

»Ihre Spuren wären immer noch da.«

Sie stieg in Blanchet Preserve aus dem Zug und nahm ein Taxi nach Tempest und zur Orlin University. Es war das erste Mal seit ihrem Abschluss, dass sie wieder dort war, und sie war erschüttert, wie sehr sich die Stadt in der Zwischenzeit verändert hatte. Der MacFarlane-Erholungspark sah verlassen aus, ein großer Teil von East Campus war zu einem öffentlichen Park geworden, und sämtliche Gebäude mit ein oder zwei Ausnahmen sahen verwittert aus.

Trotzdem war es gut, alles wiederzusehen, vielleicht auch, weil es ein alt vertrauter Anblick war, der sich in der Nachmittagssonne darbot, Teil einer festen, vorhersehbaren Welt. Hier gab es keine Gespenster. Sie zog nicht wenig Trost aus dieser Tatsache, aus dem Thompson Astronomical Center, das einen stetigen Strom von Bildern von Observationsstationen überall im Orion-Arm empfing, aus dem Piccaci Building, in dem die Mensa und das Studentenwerk untergebracht waren, aus Balfrey Park, wo sie so häufig ihre Literatur durchgearbeitet hatte, wenn das Wetter gut gewesen war. Im Norden, zwischen hohen alten Bäumen meinte sie sogar, ihr altes Appartement zu sehen.

Und dort, am Ende einer stillen Straße, stand das Haus, in dem Sheyel Tolliver hin und wieder Gruppen von Diplomanden und Mitglieder anderer Fakultäten zum Essen und Diskutieren empfangen hatte. *Suche nie nach Komplexität oder Tiefe, wenn es um diplomatische Entscheidungen geht. Mit wenigen Ausnahmen entspringen diese Entscheidungen stets irgendjemandes Eigeninteresse. Nicht dem nationalen Interesse oder dem Interesse für das Wohl der Allgemeinheit, sondern individuellem Ehrgeiz oder individuellen Zielen.*

Damals hatte sie es nicht glauben wollen, hatte den Ausspruch dem wachsenden Zynismus eines alternden Lehrers zugeschrieben. Kim war damals noch idealistisch gewesen. Heute war sie, obwohl sie sich noch immer einen starken Glauben an den grundlegenden Anstand des einzelnen Menschen bewahrt hatte, fest davon überzeugt, dass man jenen, die nach persönlicher Macht strebten, niemals trauen durfte, weil sie immer nur in ihrem eigenen Interesse handelten und sonst gar nichts.

Das letzte Treffen mit Sheyels Diskussionsgruppe hatte zwei Tage vor ihrer Prüfung stattgefunden. Es war ein Abschied gewesen, und die Studenten hatten zur Abwechslung die Geschenke mitgebracht und Sheyel eine Medaille verliehen mit der Aufschrift FUER UNEINGESCHRÄNKTE ANGEMESSENHEIT. Eine Anspielung auf seine Bemerkung, dass der Standard in ihrer Gruppe so hoch gewesen sei, dass Angemessenheit bereits eine großartige Leistung war.

Das Haus war ein Bau aus Stein und Glas, im sylvanischen Stil erbaut, mit einem Dachgarten und einem großen Panoramafenster, das die Landstraße überblickte. Ein Portikus beherrschte die Ostseite, und hinter dem Haus gab es einen Pool. Eine Laterne brannte und hieß sie willkommen.

Sie erinnerte sich, wie sie bei diesem letzten Treffen am Pool gestanden hatte, in der Hand einen

Limonendrink – wie eigenartig, dass sie sich noch an dieses Detail erinnerte –, in einer Gruppe mit Sheyel und einem anderen Lehrer sowie zwei oder drei Studenten. Das Gespräch hatte sich dem traurigen Zustand menschlicher Geschichte zugewandt. Die lange Liste von Blutvergießen, Verzweiflung, Korruption, verpassten Gelegenheiten, Unterdrückung und oftmals selbstmörderischen Vorgehensweisen.

Und Sheyel hatte über das gesprochen, was er als die Wurzel allen Übels empfand.

Es gibt, hatte er gesagt, *eine inverse Beziehung zwischen dem Grad an Macht, den eine Person besitzt, und der Ebene, auf der ihr Verstand funktioniert. Ein Person von gewöhnlicher Intelligenz, die zu Macht gelangt, ganz gleich welcher Art, neigt dazu, eine übertriebene Vorstellung von ihren eigenen Möglichkeiten zu entwickeln. Speichellecker versammeln sich um sie. Es gibt nur wenig oder keine Kritik wegen ihrer Entscheidungen. Während ihre Fähigkeit, in das Leben anderer einzugreifen, immer weiter zunimmt, verstärkt sich auch diese Entwicklung. Schließlich endet man wie Louis der Vierzehnte, der glaubte, nur Gutes für Frankreich getan zu haben, obwohl das Land, das er hinterließ, in Scherben lag.*

Die Vordertür öffnete sich, und Sheyel trat heraus. Er blickte nach oben und winkte dem landenden Taxi entgegen. Sie winkte zurück. Das Taxi ging auf dem Landeplatz nieder, und er kam herbei, um ihr beim Aussteigen behilflich zu sein.

»Es ist schön, Sie zu sehen, Kim«, begrüßte er sie. »Ich kann gar nicht sagen, wie sehr ich Ihnen danke für das, was Sie getan haben.«

»Freut mich, dass ich helfen konnte.«

Sie standen im hellen Sonnenlicht des Nachmittags und betrachteten einander. Er trug ein dunkles, weit geschnittenes Hemd mit langen Ärmeln und eine hellgraue Hose. Sie bemerkte eine Blässe, die auf den Videos und in den Virtuals nicht zum Vorschein gekommen war.

Das Taxi hob wieder ab. »Welche Pläne haben Sie für den Ausgang des Tages?«, fragte er. »Kann ich Sie überreden, zum Abendessen zu bleiben?«

»Das ist sehr freundlich von Ihnen, Sheyel«, antwortete sie. »Ich wünschte, ich könnte bleiben, aber mein Zeitplan ist sehr eng.«

»Schade«, sagte er und trat zur Seite, um sie hereinzubitten. Kim erinnerte sich nicht mehr an Einzelheiten des Mobiliars, doch die Reihen von Büchern an den Wänden waren immer noch dort und die Glastüren, die hinaus in den Patio führten. Und die gerahmte Ausgabe des Magister Folio, dessen Grundlagen die Basis der Verfassung bildeten.

»Ich musste gerade an die Zeit denken, als Sie uns zu sich nach Hause eingeladen haben.«

Er schien einen Augenblick lang verwirrt, und sie fragte sich bereits, ob er vergessen hatte, dass sein Heim den Studenten offen gestanden hatte. »Ja«, sagte er schließlich. »Ich lade keine Studenten mehr ein.«

»Das tut mir Leid zu hören«, sagte sie. »Es war eine gute Erfahrung.«

»Es gibt heute Vorschriften, die Versammlungen außerhalb des Universitätsgeländes untersagen.« Er zuckte die Schultern. »Was darf ich Ihnen zu trinken anbieten?«

Sie bat um ein Glas Rotwein, und sie gingen in sein Arbeitszimmer. »Es tut mir Leid, dass wir nicht mehr Antworten über Yoshi herausgefunden haben«, sagte sie. »Die Polizei will eine Untersuchung durchführen, aber wie bereits gesagt, ich rechne nicht damit, dass etwas Neues dabei herauskommt.«

Sie wusste nicht genau, was er sich selbst gemixt hatte, doch es war limonenfarbig und roch nach Minze. »Ich verstehe, Kim. Haben Sie denn etwas über Ihre Schwester herausgefunden?«

Sie zögerte, nicht sicher, wie sie die Antwort in Worte fassen sollte. *Etwas, sicher*. »Nein«, sagte sie. »Noch immer keine Spur.«

»Geht es Ihnen gut?«, fragte er. »Ich habe die Berichte gelesen. Fast wären Sie ums Leben gekommen.«

»Es war ein wilder Ritt«, gestand sie.

Er nahm einen Schluck von seinem Drink. »Wir haben uns immer gefragt, ob Yoshi sich vielleicht verlaufen oder irgendwo verletzt gelegen hat. Wer weiß.«

Zwei gerahmte Bilder von Yoshi Amara standen auf Sheyels Schreibtisch: Eines zeigte sie als vielleicht vier Jahre altes Mädchen draußen im Patio und an der Hand Sheyels, das andere am Tag ihrer Abschlussprüfung, wunderschön und elegant.

»So klein der Trost auch sein mag«, sagte Kim, »es scheint jedenfalls, als sei sie schnell gestorben.« Der vorläufige Polizeibericht war noch nicht veröffentlicht worden, und Kim wusste nicht mit Sicherheit, ob Yoshi gelitten hatte oder nicht. Trotzdem schien es ihr richtig, das zu sagen.

Sheyel betrachtete sie mit feuchten Augen. »Es ist jedenfalls schrecklich, so jung zu sterben.«

Kim schwieg.

Er betrachtete sie mit festem Blick. »Ich nehme an, Sie sind nicht nur gekommen, um zu sehen, wie es mir geht? Was haben Sie auf dem Herzen?«

Sie erwiderte seinen Blick. »Zuerst möchte ich Ihnen eine Frage stellen.«

Er beugte sich vor.

»Als Sie zum ersten Mal mit dieser Sache zu mir gekommen sind, haben Sie davon gesprochen, dass in den Wäldern rings um Severin irgendetwas *herumspukt*. Dass ich selbst ein paar Stunden in der Gegend verbringen sollte, wenn ich Ihnen keinen Glauben schenke.«

»Ja. Wahrscheinlich habe ich etwas in dieser Art gesagt.«

»Nach Einbruch der Dunkelheit, glaube ich, haben Sie gesagt.«

»Ich erinnere mich nicht an sämtliche Einzelheiten unserer Konversation.«

»›Ich habe es *gespürt*, Kim. Fahren Sie hinauf und sehen Sie selbst. Nach Einbruch der Dunkelheit. Ich bitte Sie, tun Sie wenigstens das. Aber gehen Sie nicht allein.‹«

»Schon möglich.«

»Ich war dort, Sheyel.«

Plötzlich schien ein kühler Luftzug durch das Zimmer zu gehen. »Und …?«

»Sie hatten Recht. Dort oben ist tatsächlich etwas. Was wissen Sie darüber?«

»Nur, dass es in dieser Gegend unheimlich ist. Ich sah mehrfach Lichter in den Wäldern, aber es gab nie etwas, auf das ich hätte zeigen können.« Er senkte den Blick. »Einigen Darstellungen zufolge ist das der wahre Grund, warum die Menschen von Severin weggegangen sind.«

»Wie hätte jemand nach dieser Katastrophe da bleiben sollen?«, fragte Kim. »Außerdem sollte der Damm eingerissen werden.«

»Man beschloss, ihn nicht zu reparieren, weil die Menschen von dort weggingen. Es war nicht anders herum.« Seine Augen wirkten verschleiert. »Es gibt eine Menge Geschichten. Lesen Sie in den Quellen nach.« Er ging zu seinen Regalen und zog mehrere Bände hervor. Mit dem Finger tippte er auf ein Buch mit einem grauen Einband; eine Zeichnung zeigte ein Phantom im Mondlicht. »Ich empfehle Ihnen vor allem dieses hier, Kim. Kathryn Klines *Gespenster von Severin*.« Das Phantom sah ganz und gar nicht aus wie die Erscheinung, die Kim gesehen hatte.

Er ging die übrigen durch, sprach kurz über ihren Inhalt und legte sie vor Kim hin. »Die Menschen neigen dazu, überreizt zu reagieren, doch die Beweise sind erdrückend.«

Sie blätterte die Bücher durch, während er ihre Gläser nachfüllte. »Ich war mehrmals dort oben, Jahre, nachdem ich mit Kane gesprochen habe. Der Damm war längst eingerissen und die Stadt verlassen. Sie waren selbst dort, Kim; Sie wissen, wovon ich spreche.

Es ist unheimlich. Vielleicht, weil ich *wusste*, dass es mit Yoshis Verschwinden zu tun hatte. Ich dachte, ich könnte fühlen, wie sich Dinge in der Dunkelheit bewegten. Das Tal hat mir Angst eingejagt. Ich denke nicht, dass ich leicht zu erschrecken bin, aber dieser Ort hat es geschafft.« Er schien sich in sich selbst zurückzuziehen. »Warum erzählen Sie mir nicht, was *Sie* gesehen haben?«

»Ich habe nicht wirklich etwas gesehen«, gestand sie. »Aber es ist unheimlich still dort draußen. Wenn Sie verstehen, was ich meine.«

Er nickte. »Haben Sie etwas über die *Hunter* herausgefunden? Gab es einen Kontakt?«

Sie zeigte ihm die Bilder. »Ich glaube, sie sind einem anderen Schiff begegnet, und ich glaube, es könnte *so* ausgesehen haben.«

Er beugte sich vor, öffnete eine Schublade und nahm eine Leselupe heraus. Er hielt sie über die

Bilder. »Sie glauben wirklich?«, fragte er. Die düstere Stimmung, die ihre Unterhaltung bis zu diesem Zeitpunkt gekennzeichnet hatte, wurde von einer Welle der Erregung weggespült.

»Ja, das glaube ich. Aber ich habe keine Beweise. Nicht einmal überzeugende Hinweise. Aber ja, ich glaube, es ist geschehen.«

Seine Augen weiteten sich, als er auf das Wandgemälde blickte. »Nicht zu fassen«, sagte er. »Das ist ja Emily!«

Die Tapferkeitsmedaille des Konzils glitzerte in der Mittagssonne. Tora Kane streckte die Hand aus und nahm sie von Kim entgegen, um sie zu betrachten. Sie las den Namen ihres Vaters auf dem Rand. »Woher haben Sie die?«, fragte sie.

»Aus Severin.«

Toras Miene verdüsterte sich sichtlich. »Sie können einfach nicht die Finger davon lassen, wie?«

»Ich dachte, Sie würden sie haben wollen.«

»Kommt darauf an.«

»Worauf?«

Sie standen in der Wheeling Bay am Strand, an der gleichen Stelle, wo sie sich bereits früher unterhalten hatten. Kim hatte die Hände in den Jackentaschen vergraben. Es herrschte Ebbe, und ein paar Möwen kreisten über dem nassen Sand. »Es kommt darauf an, was Sie sonst noch für mich haben. Wenn Sie fertig sind mit Ihrem Herumstochern, werden Sie Anschuldigungen gegen meinen Vater erheben?«

»Glauben Sie, dass er etwas Falsches getan haben könnte?«

»Sehen Sie, Kim …« Sie stieß den Namen zwischen zusammengepressten Lippen hervor. »Mein

Vater war bestimmt nicht vollkommen. Er war aufbrausend und nicht besonders taktvoll, und manchmal vergaß er, dass er eine Tochter hatte. Trotzdem war er im Grunde genommen ein sehr anständiger Mann, und ich weiß, dass er sich nicht in eine krumme Geschichte hätte verwickeln lassen.«

»Waren Sie je in seinem Haus?«

»Sie meinen in Severin? Selbstverständlich.«

»Waren Sie auch nach der Explosion vom Mount Hope noch einmal dort?«

»Ja«, antwortete Tora Kane. »Ich habe meinen Vater von Zeit zu Zeit besucht. Ich bin in diesem Haus aufgewachsen. Als ich volljährig war, erneuerten meine Eltern ihre Ehe nicht mehr. Aber ich fuhr nach Hause, wenn ich Zeit hatte.«

»Darf ich fragen, wann Sie ausgezogen sind?«

»Das war 569. Danach war ich ein- oder zweimal im Jahr zu Hause.«

»Ist Ihnen zufällig das Wandgemälde in seinem Arbeitszimmer aufgefallen?«

»In seinem Arbeitszimmer? Nein, nicht, dass ich wüsste.«

»Hätten Sie es bemerkt, wäre es schon damals dort gewesen?«

»Selbstverständlich. Hören Sie, was hat das alles zu bedeuten?«

»Es gibt ein Wandgemälde dort.«

»Na und?«

»Es stellt eine Frau dar. Meine Schwester.«

»Oh.« Sie warf einen kurzen Blick in die Sonne. »Wissen Sie, ich weiß nicht recht, welche Schlussfolgerungen Sie daraus ziehen wollen.«

»Dr. Kane, wenn ich mich nicht irre, hat Ihr Vater nach der letzten *Hunter*-Mission einen Teil des Hauses abgesperrt. Wissen Sie etwas darüber?«

»Einen Teil des Hauses?«

»Das Arbeitszimmer.«

»Das war sein privater Raum. Daran war überhaupt nichts Ungewöhnliches.«

»Hatten Sie Zutritt zu seinem Arbeitszimmer?«

Kim sah, wie sie über die Antwort nachdachte. »Nein«, sagte Tora Kane schließlich. »Nicht in den späteren Jahren. Er hielt es stets verschlossen.«

»Hat er gesagt warum?«

»Nein. Ich habe mir deswegen wirklich nicht den Kopf zerbrochen. Und ich wüsste ehrlich gesagt auch nicht, was Sie das alles angeht.«

Kim nickte. »Ich danke Ihnen trotzdem.«

»Wenn es Ihnen nicht nichts ausmacht, ich muss jetzt wieder an meine Arbeit.«

»Es tut mir Leid, dass ich Sie gestört habe«, sagte Kim. »Ich weiß, dass Sie mich nicht besonders mögen.«

Tora schwieg.

»Wenn es Ihnen ein Trost ist – ich bewundere Ihren Vater.«

»Danke sehr.«

»Ich glaube nicht, dass Sie um seinen Ruf fürchten müssen.«

Tora atmete tief durch und wandte sich ab.

Kim blickte ihr hinterher. Sie war ziemlich sicher, dass das, was sie gerade gesagt hatte, der Wahrheit entsprach.

Am Nachmittag des nächsten Tages hatte sie eine Verpflichtung im Mariners Club. Trotz des Namens hatte der Club überhaupt nichts mit Schiffen oder Booten zu tun, sondern war ein Seniorenverein. Der Name war eine Anspielung auf die Art und Weise, wie die Mitglieder sich selbst sahen: Personen, die durch das Leben gefahren und nun in einem sicheren Hafen angekommen waren – und die vorhatten, die verbleibende Zeit zu genießen.

Das Clubwappen, auf einer Fahne aufgedruckt, zeigte einen Anker und fünf Sterne, einen für jeden Leitsatz des Clubs, sowie das Motto: HALTE DEN WIND IMMER IN DEINEM RÜCKEN. Kim hatte sich Zeit genommen, um die Leitsätze des Clubs zu lesen, und jetzt flocht sie die Schlagworte in ihre Ansprache ein. Es waren profane Lebensweisheiten, wie beispielsweise *Geh immer auf dem nassen Sand* oder *Der einzige wirkliche Fehler ist, es nicht versucht zu haben*.

Das Institut ist ganz ähnlich wie Ihr Club, erzählte sie den Senioren. »Wir bemühen uns, den Horizont auszudehnen und den Blick für den Kosmos offen zu halten. Auch wir haben nicht immer beim ersten Anlauf Erfolg. So ist nun einmal das Leben. So ist die Wissenschaft. Wie die Mariner, so fürchten auch wir uns nicht vor Rückschlägen, und genau genommen ist es die Art und Weise, wie wir lernen.«

Wie üblich traf sie den Geschmack ihres Publikums genau, und als sie geendet hatte, erhielt sie begeisterten Applaus. Der MC dankte ihr herzlich für ihr Kommen, und einige Leute belagerten sie mit Fragen oder machten ihr Komplimente. Eine Frau wollte überhaupt nicht mehr aufhören, bis der Vorsitzende Kim beiseite nahm. Er teilte ihr mit, dass der Club üblicherweise die Hälfte der Einnahmen aus den alljährlichen Wohltätigkeitsveranstaltungen einer Organisation spendete, die das Geld verdient hatte, üblicherweise einer Bildungseinrichtung. Er ließ sie wissen, dass er von ihrer Präsentation beeindruckt war und die übrigen Vorstandsmitglieder seine Meinung teilten und dass das Institut damit rechnen durfte, Empfänger der diesjährigen Spende zu sein.

Es war kein kleiner Betrag, wie Kim wusste, und sie war hoch erfreut, mit dieser guten Nachricht ins Institut zurückzukehren.

Matt wartete bereits. Kim wusste, dass das nichts Gutes zu bedeuten hatte, und die allgemeine Stimmung im Büro war gedrückt. Irgendetwas war passiert. Sie vermutete, dass ihre Kollegen keine Einzelheiten wussten, doch alle spürten die Anspannung des Chefs.

»Du wolltest mich sprechen?«, fragte sie und blieb in seiner Tür stehen.

Er diskutierte gerade mit der KI über erwartete Kosten-Nutzen-Verhältnisse und führte die Unterhaltung fort, während er sie hereinwinkte. Er blickte sie nicht einmal dabei an, doch seine Stimme wurde spürbar kälter. Als er geendet hatte, schüttelte er den Kopf in einer Geste, als wäre das gesamte Universum eigens dazu geschaffen, ihn in den Wahnsinn zu treiben. Er signalisierte ihr, die Tür zu schließen, und startete ohne ein weiteres Wort die VR-Aufzeichnung.

Kim setzte sich, während das Bild Ben Tripleys Gestalt annahm.

»Das kam vor einer Stunde hier an«, sagte Matt.

Tripley saß in seinem Büro auf der Schreibtischkante. Er wirkte höchst ungehalten. »Phil«, sagte er, offensichtlich zu Philip Agostino gewandt, den Direktor. »Ich hatte Sie gebeten, diese Dr. Brandywine anzuhalten, sich nicht weiter in meine Angelegenheiten zu mischen. Jetzt hat sie eine polizeiliche Untersuchung verursacht und ungerechtfertigter Weise den Ruf meines Vaters in Frage gestellt.« Über Tripleys Schulter sah Kim die Frontsektion der *Valiant*. »Ich bin leider gezwungen, Sie darüber in Kenntnis zu setzen, dass ich meine Unterstützung des Instituts neu bewerten muss. Ihre Organisation verfügt offensichtlich über zu viel freie Zeit und eine Neigung, unglaubwürdigen Gerüchten hinterherzujagen. Sollte es in der Folge dieses Zwischenfalls dazu kommen, dass mein Ruf oder mein Besitz geschädigt werden, habe ich bedauerlicherweise keine andere Wahl, als juristische Hilfe in Anspruch zu nehmen.«

Die Aufzeichnung endete.

»Möchtest du es noch einmal sehen?«, fragte Matt.

»Ja«, antwortete Kim. »Aber schalte bitte den Ton ab.«

Er starrte sie überrascht an und erwartete wohl, dass sie die Bitte zurücknahm. Als sie schwieg, ließ er das VR noch einmal laufen. Sie ging zu seinem Schreibtisch und den Kontrollen, um es an der richtigen Stelle anzuhalten.

»Der Direktor hat mich angewiesen«, sagte Matt ärgerlich, »dich um dein Kündigungsschreiben zu bitten.«

»Tripley ist ein Spinner«, sagte sie.

»Er ist ein reicher Spinner und wichtig für das Institut«, entgegnete Matt.

Sie hielt das Bild an. Tripley hatte sich auf seiner Schreibtischplatte nach vorn gebeugt, den Mund geöffnet und deutete mit dem Zeigefinger in Richtung der Aufnahmeoptik. »Matt«, sagte Kim, »sieh dir das hier an.« Sie versuchte, die Aufnahme so zu justieren, dass mehr von der *Valiant* zu sehen war, doch das Modell ließ sich nicht mehr weiter vergrößern.

»Ja. Sieht aus wie eine Bücherstütze. Na und?«

»Es ist ein Modellraumschiff.«

Er zuckte die Schultern. »Und …?«

»Matt, ich bin ziemlich sicher, dass die *Hunter* eine Begegnung mit Außerirdischen hatte.«

»Kim …«

»Ich kann noch nichts beweisen, aber ich gehe jede Wette darauf ein.« Sie deutete auf die *Valiant*. »Und so wie das dort hat ihr Schiff ausgesehen.«

»Das Modell.«

»Genau. Ich weiß, dass es blöde klingt, aber ich bin fast sicher, dass ich Recht habe.«

»Und wenn ja, warum schweigt Tripley dann?«

»Ich glaube nicht, dass er weiß, was da in seinem Büro steht. Er weiß nichts über die Mission, und er weiß auch nichts über das Modell. Ich glaube, sein Vater hat es unmittelbar nach seiner Rückkehr in einer der einheimischen Werkstätten anfertigen lassen. Nach der Explosion hat Ben Tripleys Großmutter es in der Villa gefunden, und weil sie es für ein Spielzeug hielt, hat sie es dem jungen Tripley gegeben.«

Matt sah aus, als drückte ihn ein Schuh. »Welche Beweise hast du?«

Sie berichtete ihm von dem gefälschten Logbuch und zeigte ihm die Bilder von Kanes versunkenem Wandgemälde. Sie erzählte nichts von der Erscheinung, die sie im Korridor gesehen hatte.

»Woher willst du wissen, dass das Logbuch gefälscht worden ist?«

»Wir haben es analysieren lassen.«

»Von wem?«

»Von Experten.«

»Du willst es nicht sagen.«

»Nicht wirklich.«

Er atmet tief durch. »Kim, es tut mir Leid. Du bist ein wertvolles Mitglied unserer Organisation, und ich verliere dich nicht gern, aber du lässt mir keine Wahl. Ich möchte, dass du in dein Büro gehst und deine Kündigung schreibst. Halte eine Frist von dreißig Tagen ein, dann kann ich dir noch einen Monatslohn anweisen. Aber komm nicht mehr zur Arbeit.«

Er starrte sie über seinen Schreibtisch hinweg an. »Du weißt, ich würde es ändern, wenn ich könnte, aber ich habe dich gewarnt, verdammt noch mal. Ich habe dich gewarnt, dass so etwas passieren würde!«

Er blickte verdrossen drein und entließ sie mit einer Handbewegung. Als sie sich zur Tür abwandte, rief er sie noch einmal zurück. »Kim«, sagte er, »falls du Referenzen brauchst, dann stell bitte sicher, dass die Anfrage an mich persönlich adressiert ist und nicht an das Institut.«

Die Worte drangen nicht in ihr Bewusstsein. »Matt«, sagte sie, »das ist nicht fair. Ich habe nichts Falsches getan. Ich habe gegen keine Vorschrift verstoßen …«

»Du hast eine direkte Anweisung missachtet. Ich hatte angeordnet, dass du die Finger von dieser Geschichte lässt …«

Er stotterte ein paar Mal und fuchtelte frustriert mit den Händen.

Sie funkelte ihn an. »Ist dir denn die Wahrheit völlig egal?«

»Also schön, sag mir, wie die Wahrheit lautet! Eine Frau ist tot und eine wird noch immer vermisst. Wenn Kile Tripley der Täter war, dann spielt es keine Rolle, weil auch er längst in einer besseren Welt weilt. Es ist nicht gerade so, als könnten wir Gerechtigkeit walten lassen.

Bis jetzt hast du nichts weiter gefunden als eine Bücherstütze und eine Zeichnung auf einer Wand, und daraus leitest du eine Begegnung mit Außerirdischen ab! Wenn sie tatsächlich stattgefunden hat, warum zur Hölle haben sie niemandem davon erzählt? *Niemandem!*«

»Das weiß ich nicht, Matt. Aber wenn an meiner Geschichte nichts dran ist – warum haben sie dann die Logbücher gefälscht?«

»Ich weiß nicht, ob sie tatsächlich gefälscht sind.«

»Überprüf es selbst, wenn du willst. Wenn du es machst, und wenn du feststellen solltest, dass ich die Wahrheit gesagt habe, dann würde ich mir gerne die *McCollum* ausleihen.«

Seine Augen weiteten sich. »Du bist eine bemerkenswerte Frau, Kim, so viel steht jedenfalls fest. Aber vielleicht hast du nicht gehört, was ich dir vorhin gesagt habe: Du bist draußen. Du arbeitest nicht mehr länger für das Institut.«

»Wie ist es gelaufen?«, fragte Solly.

»Sie haben mich gefeuert.« An der Wand hing eine Vergrößerung von Ben Tripleys *Valiant*.

»Gottverdammt, Kim, ich habe dir gesagt, dass so etwas passieren würde!«

Sie zitterte vor Wut und Frustration wegen der Ungerechtigkeit von alledem.

»Vielleicht geht es wieder vorbei«, sagte Solly. »Halt den Kopf ein wenig unten und gib ihnen eine Chance, sich wieder zu beruhigen. Irgendwann werden sie merken, dass sie dich brauchen.«

»Nein«, widersprach sie. »Ich glaube nicht, dass sie mich wieder nehmen.«

Sie umarmten sich, und keiner von beiden sagte ein Wort. Schließlich brach er das Schweigen. »Sieh mal, ich habe ein paar gute Freunde beim Albestaadt.« Albestaadt war eine große Forschungseinrichtung auf Pazifica. »Ich kann dir nichts versprechen, aber ich könnte ein Wort für dich einlegen. Ich denke, die Chancen stehen nicht schlecht. Und du könntest endlich wieder forschen.«

»Danke, Solly. Vielleicht später. Ich muss zuerst noch etwas erledigen.«

»Du wirst diese Geschichte doch wohl nicht weiterverfolgen?«

»Warum denn nicht? Schließlich habe ich nichts mehr zu verlieren.«

»Man könnte dich verklagen. Außerdem, was kannst du jetzt noch tun? Welche Spur gibt es, der du jetzt noch folgen könntest?«

»Ich werde beweisen, dass eine Begegnung mit Außerirdischen stattgefunden hat.«

»Und wie?«

»Mit den Radiowellen der *Hunter*, Solly. Der Sender arbeitet omnidirektional, erinnerst du dich? Und er hatte einen Booster.«

Seine Miene hellte sich auf. »Du meinst wirklich, es würde funktionieren?«

»Warum nicht? Wir brauchen nur die richtige Ausrüstung, das ist alles.«

Sie blickten sich ein paar Sekunden lang an. »Du wirst ein Raumschiff brauchen. Matt war wohl nicht einverstanden, dir die *Mac* auszuleihen?«

»Nein. War er nicht.«

»Und … wie willst du es anstellen?«

»Ich dachte daran, sie zu *stehlen*.«

»Kim …«

»Ich meine es ernst, Solly. Ich werde tun, was ich tun muss.«

»Das glaube ich dir aufs Wort.«

»Ich kann jetzt nicht einfach so aufhören! Wenn wir mit unserer Vermutung Recht haben, wird es die größte Entdeckung aller Zeiten! Wir werden berühmt sein, unsterblich, was immer du willst!«

»Reich?«, fragte Solly.

»Schätzungsweise über jede Vorstellungskraft hinaus, ja.«

»Ja. Reich ist gut. Aber das Risiko ist ziemlich hoch. Ich denke, ich steige aus, Kim. Es tut mir Leid, aber bei Diebstahl muss ich eine Grenze ziehen. Und es wäre schwerer Diebstahl, das weißt du.« Sein Gesicht war rot, er hielt die Lippen fest zusammengepresst, und seine Augen blickten entschlossen. »Es tut mir wirklich Leid. Aber das geht weit über das Ziel hinaus.«

Ja. Wie hätte sie etwas anderes erwarten können? »Ich verstehe, Solly.«

»Was, wenn du ein Schiff chartern würdest? Besser noch, ein Schiff *mieten*? Ich könnte es steuern.«

Sie dachte über sein Angebot nach, doch sie benötigte die speziellen Kommunikationsanlagen, die es nur auf den Schiffen des Instituts gab.

»Ich würde mich an den Kosten beteiligen«, bot er an.

»Geht trotzdem nicht, Solly. Wir brauchen FALSS.« Das war das Flexible Array Langstreckenortungssystem. Wenn jemand eine Botschaft in hundert Lichtjahren Entfernung abstrahlte, würde FALSS sie auffangen.

»Kim«, sagte er, »gib auf.«

Hyperyacht Inc. verfügte über eine Reihe von interstellaren Schiffen, angefangen bei schicken Modellen für Geschäftsreisen bis hin zu Passagierschiffen der Touristenklasse. Doch die billigeren davon waren nicht für Reisen außerhalb der Neun Welten lizenziert, und die besseren waren unglaublich kostspielig. Schlimmer noch, selbst wenn es ihr gelang, das Geld irgendwie aufzutreiben, und das

Institut ihr die Kommunikationsanlagen zur Verfügung stellte, war es unmöglich sie einzubauen.

Sie legte den Gedanken ad acta und kehrte nach Hause zurück, um auf das Meer zu starren.

Und Bewerbungen abzuschicken. Es gab rund ein Dutzend Forschungsinstitute auf Greenway, doch sie hatte wenig Hoffnung, dass eines davon sie nehmen würde. Es gab schließlich nicht viel, was sie an gegenwärtigen Projekten und Erfolgen vorzuweisen hatte.

Ich stehe im Begriff, Kontakt mit einer intelligenten Spezies herzustellen.

Sicher.

Ohne Zweifel hätte sie irgendwo einen Posten als Geldauftreiber bekommen, doch sie hatte keine Lust, den Rest ihres Lebens damit zu verbringen, um Geld zu betteln. Da konnte sie sich genauso gut aus dem Berufsleben zurückziehen und sich ihren Freizeitvergnügen zuwenden, wie der größte Teil der Bevölkerung auch. Ihre monatliche staatliche Rente empfangen und auf der Veranda sitzen.

Sie begann, lange Spaziergänge am Strand zu unternehmen. Der Strand war im Winter ganz besonders einladend, und seine Leere passte zu ihrer Stimmung. Kaum jemals traf sie auf einen anderen Menschen. Jeden Tag umrundete sie die Insel, warm eingepackt in Isolierkleidung, in schnellem Marschtempo, und hielt nur gelegentlich inne, um ein paar Muscheln zu betrachten.

Eine Meeresküste ist ein ganz besonderer Ort, dachte sie. Wie die Ausläufer eines Gebirgszugs, wo wir am Rand unserer täglichen Existenz stehen und hinausblicken auf etwas, das ganz anders ist.

Hin und wieder blieb Kim bis zum Einbruch der Dämmerung draußen, sah den Gezeiten zu und ließ die Nacht in ihre Seele einziehen. Der Strand wurde zu einem heiligen Ort für sie, einem jener Plätze, wo die Unendlichkeit fast berührbar ist.

Und hier am Strand trafen sich gleich zwei Unendlichkeiten, auf der einen Seite das Meer, auf der anderen die Weite des Alls. Wenn es dunkel war, schienen sich beide miteinander zu vereinigen. Sie musste nur die richtige Stelle finden, wo das einzige echte Geräusch das Murmeln der Wellen war, und sie konnte über den Strand marschieren und spüren, wie ihr Herzschlag im Einklang mit dem Universum pulsierte.

Eine Küste ist per Definition ein Ort, wo sich das Erhabene mit dem Alltäglichen trifft. Wir lauschen den Wellen und hören uns selbst.

Jeden Tag, wenn sie nach Hause kam, wartete einen Nachricht von Solly auf sie. *Alles in Ordnung? Wie geht es dir? Ich habe mit den Leuten in Albestaadt gesprochen. Sie haben eine Stelle für dich, wenn du es möchtest. Du musst dich natürlich noch vorstellen, aber du hast den Fuß in der Tür. Ich habe ihnen von dir erzählt, und sie sind begeistert.*

Sie bedankte sich höflich und sagte ab: *Das ist sehr lieb von dir, aber ich glaube nicht.*

Das Moritami Orbital Research Center überraschte sie mit einer Einladung zum Vorstellungsgespräch; es ging um eine Anstellung als Junior-Forscherin. Das Gespräch fand in den Verwaltungsbüros in Marathon statt, und sie schlug sich gut. Wie auch anders: Derartige Gespräche waren eine ihrer Spezialitäten. Als man sie darüber in Kenntnis setzte, dass sie im Orbit leben müsste, wusste sie, dass sie die Stelle hatte. Sie verabschiedeten sich mit den Worten, dass man sie anrufen würde, und sie kehrte mit gemischten Gefühlen in die grelle Sonne des Tages zurück.

Das Positive an der ganzen Sache war, dass sie

sich endlich wieder mit Astrophysik befassen würde.

Wieder.

Als hätte sie auf ihrem Spezialgebiet jemals wirklich funktioniert.

Als sie nach Hause kam, wartete Solly auf sie.

»Wie ist es gelaufen?«, fragte er.

Sie war nicht überrascht, dass er Bescheid wusste. Die Weltgemeinschaft der Physiker und Astronomen war ein eng zusammenhängender Haufen. Informationen machten mit Lichtgeschwindigkeit die Runde. »Ganz gut«, antwortete sie. »Ich glaube, sie nehmen mich.«

Er trug Freizeitkleidung und seine Kapitänsmütze mit dem Ankersymbol. Die Kappe saß schief auf seinem Kopf, eine Marotte, die er nur in ihrer Gegenwart an den Tag legte, weil er wusste, dass er auf diese Weise lächerlich aussah und sie erheiterte. »Also hast du endlich doch noch, was du wolltest.«

»Ja.«

»Keine Gelder mehr erbetteln.«

»Keine.«

»Vielleicht erweist sich diese Geschichte letzten Endes ja doch noch als ein Segen.«

Irgendetwas an seinen Worten, oder vielleicht an seinem Tonfall oder auch nur seiner Haltung regte sie auf. Denn urplötzlich war sie wütend, und ihre Augen wurden feucht. Sie wünschte sich nichts mehr auf der Welt, als den Spuren der *Hunter* zu folgen. Herauszufinden, was dort draußen war. Herauszufinden, was Emily zugestoßen war.

»Schon gut, Kleines«, sagte er, zog sie an sich und streichelte ihr Haar.

»Du machst deine Wange nass«, sagte sie.

Er hielt sie fest, bis sie aufhörte zu schluchzen. Dann trat er zurück, und seine blauen Augen blickten sie leidenschaftlich an. »Hör zu.« Er nahm seine Mütze ab, fuhr sich mit den Fingern durch die Haare und setzte sie wieder auf. Diesmal gerade. »Wenn du noch immer weitermachen willst, können wir die *Hammersmith* nehmen.«

Sie blickte zu ihm auf, nicht sicher, ob sie richtig gehört hatte. »Du hast sie überredet, uns eines ihrer Schiffe zu leihen?«

»Nicht wirklich, nein«, gestand er. »Aber ich schätze, wir könnten sie einfach *nehmen*.«

Zwanzig Minuten später rief sie beim Moritami Research Center an. »Danke, dass Sie mich in Erwägung gezogen haben«, sagte sie. »Aber ich werde für eine Weile unabkömmlich sein.«

16

Also nimm dein Bündel und komm mit,
Wir schaffen eine schnelle Fracht zu den Sternen …

– BUD WEBSTER,
THE BALLAD OF KANSAS MCGRIFF, 1998 A.Z.

»Weißt du eigentlich«, fragte Solly, »wie lange es dauert, in das Gebiet zu fliegen, wo die *Hunter* war?«

»Vierzig Tage, siebzehn Stunden und sechsundzwanzig Minuten bis zum Zielgebiet.«

»Ich bin beeindruckt. Du hast deine Hausaufgaben wirklich gemacht.«

»Danke sehr.«

»Das Einzige, was dir jetzt noch fehlt, ist eine Transportgelegenheit.« Sein Blick schweifte in die Ferne. »Wenn wir das tun, setzen wir alles aufs Spiel. Karriere, Freiheit, Ruf, einfach alles. Also lautet meine Frage an dich: Bist du sicher?«

»Solly«, sagte sie. »Es wird funktionieren. Ich *weiß*, dass es funktionieren wird.«

»Das war keine Antwort.«

»Du meinst, ob ich sicher bin, dass ich alles tun werde, was nötig ist, um die Wahrheit herauszufinden? Ja. Ja, das bin ich. Vollkommen sicher. Ob ich sicher bin, dass wir der richtigen Spur folgen?« Sie musste eine Weile überlegen. Doch der kalte, wütende Blick dieses *Dings* im Wasser hatte sich in ihrer Seele festgefressen, und das war eine zweischneidige Sache. Irgendetwas war dort draußen im Severin Valley geschehen, und ein Teil davon spukte noch immer herum. Andererseits war sie nicht sicher, ob sie es noch näher in Augenschein nehmen wollte. Es war eine Wahrheit, die sie gerne vermieden hätte.

Und doch.

»Ja«, antwortete sie.

»Also gut. Dann tun wir es. Glücklicherweise ist die *Hammersmith* ausgerüstet. Die Nahrungsvorräte sind ergänzt, die Wassertanks sind voll, alles ist bereit zum Aufbruch nach Taratuba.«

Sie sah ihn tief durchatmen. »Solly«, sagte sie. »Hab keine Sorge. Wenn wir die *Hammersmith* nehmen, werden sie eine Weile aufgebracht sein. Aber wir kehren mit den Beweisen für einen *Kontakt* zurück! Sie werden uns mit einer Kapelle empfangen.«

Es hätte eigentlich kinderleicht sein müssen, die *Hammersmith* zu entführen. Das Institut achtete peinlich genau darauf, sämtliche Routinewartungen rechtzeitig durchführen zu lassen. Solly hatte bei der Logistik für die anstehende Mission geholfen und dafür gesorgt, dass alles Nötige an Bord war. Also hätten sie eigentlich nur einsteigen, die Maschinen anwerfen, dem Raumflugkontrollzentrum eine zufriedenstellende Geschichte erzählen und ablegen müssen. Doch Worldwide Interiors hatte angeboten, die Mannschaftsräume und Arbeitsbereiche der *Hammersmith* kostenlos zu renovieren, und einige der Arbeiter und Techniker waren noch immer an Bord, als Solly und Kim eintrafen, zweiundzwanzig Stunden vor dem geplanten Start in Richtung Taratuba.

Kim war noch nie an Bord der *Hammersmith* gewesen. Nach einer raschen Inspektion musste Solly zugeben, dass Worldwide die Ausstattung tatsächlich verbessert hatte.

Vier Arbeiter waren mit dem Verlegen von Teppichen und der Installation von Mobiliar zugange, kosmetische Verbesserungen überall im Schiff. Selbst der Frachtraum hatte einen neuen mahagonifarbenen Anstrich erhalten.

Die Flotte des Seabright Institute bestand aus fünf Schiffen, die ausnahmslos im Marlin Orbital Dock gewartet wurden. Sie waren in einer Fähre von Sky Harbour herübergekommen, hatten ihre Reisetaschen beim Serviceschalter in Empfang genommen und waren damit an Bord gegangen, vorbei am Stationschef und einer Reihe von Technikern. Genau wie Solly es vorhergesagt hatte; niemand stellte Fragen.

Sie hatte aus der Fähre einen ersten Blick auf die *Hammersmith* geworfen. Es war eine umgebaute Jacht, ein klobiges Vehikel mit drei Ebenen. Die Wohnquartiere befanden sich auf der oberen Ebene, Labors, weitere Quartiere und Freizeiträume lagen in der Mittelsektion, in der untersten waren das Maschinendeck, die Frachträume und die Lebenserhaltungssysteme untergebracht. Die Antriebe nahmen die gesamte Hecksektion der beiden unteren Ebenen in Anspruch.

Welches Ambiente auch immer in den luxuriösen Tagen existiert haben mochte, es war längst den Göttern nüchterner Wirtschaftlichkeit gewichen. Trotz der neuen Anstriche und Teppichbeläge erinnerte die *Hammersmith* an ein kleines Hotel, das viele Jahre lang heruntergekommen war und nun für einen neuen Besitzer aufpoliert wurde. Sie hatte etwas definitiv *Abgenutztes* an sich, das keine noch so gründliche Überholung ausmerzen konnte.

Der Rumpf war übersät mit Antennen, Satellitenschüsseln und einer Vielzahl anderer Apparaturen, deren Sinn Kim schleierhaft war. Der Name und Designator standen vorn am Rumpf, und der Schriftzug SEABRIGHT INSTITUTE verlief in großen schwarzen Lettern über die gesamte Länge des Schiffs.

Die *Hammersmith* besaß acht Passagierkabinen, jede davon für zwei Personen. Kim konnte sich eine davon aussuchen. Die mittleren Kabinen auf beiden Seiten des zentralen Korridors grenzten an die Brücke und ein Missionskontrollzentrum. Den rückwärtigen Bereich der oberen Sektion nahm ein großer Konferenzraum ein.

Kim grüßte einen Mann, der mit dem Einbau farbiger Paneele beschäftigt war, und sah noch mehrere andere Arbeiter im Freizeitraum. Sie suchte sich ihre Kabine aus, unmittelbar hinter der Brücke, und verstaute ihr Gepäck.

Solly stand im Zentralkorridor und aß ein Sandwich. »Wie weit sind wir?«, fragte sie ihn.

Er hob in einer hilflosen Geste eine Hand aus. »Wir können jederzeit loslegen, sobald Worldwide hier fertig ist.«

»Und wann wird das sein?«

»Schwer zu sagen. Sie scheinen es selbst nicht so genau zu wissen.«

»Können wir sie nicht bitten zu gehen?«

»Nicht, ohne dass irgendjemand die Augenbrauen hebt und Fragen stellt.«

Sie trat zum Proviantautomaten und wählte Käse und einen Kaffee. »Wie viele sind überhaupt an Bord, Solly? Arbeiter, meine ich?«

»Vier Leute von Worldwide und ein Techniker von Marlin.« Er blickte auf seine Uhr. »Wahrscheinlich werden sie alle bald Mittag machen. Wenn sie erst von Bord sind, legen wir ab.«

Sie nickte mit dem Kopf in Richtung des Proviantautomaten. »Was machen wir, wenn dieses Ding kaputt geht?«

Solly führte sie in das Missionskontrollzentrum und öffnete ein Paneel in der rückwärtigen Wand. Dahinter lag die automatische Küche. »Wir können uns auch manuell verpflegen, wenn es sein muss«, sagte er und grinste. »Was hältst du von einer Scheibe Toast zu deinem Käse?«

»Nein, danke«, antwortete sie.

»Wir können zwanzig verschiedene Essen gleichzeitig zubereiten«, sagte er.

»Und wir haben genügend Nahrungsmittel für vier Monate an Bord?«

»Keine Angst, wir haben alles an Bord, was das Herz begehrt. Die *Hammersmith* führt Vorräte für siebzehn Leute und ein halbes Jahr mit sich.« Sein Gesichtsausdruck wurde ernst. »Trotzdem gibt es etwas, worüber wir noch reden sollten.«

»Ja?«

»Ich weiß, wir gehen davon aus, dass deine Idee funktioniert und dass unsere Rückkehr mit der großartigen Entdeckung den Diebstahl dieses Schiffs mehr als wettmachen wird.«

»Darauf kannst du dich verlassen, Solly.« Sie nahm Kaffee und Käse aus dem Dispenser.

»Vielleicht. Aber meiner Erfahrung nach verläuft so gut wie niemals etwas genau nach Plan. Ganz besonders nicht bei Dingen von dieser Größenordnung.«

Sie überquerten den Korridor und warfen einen Blick auf die Brücke. Drei Sitze, ein paar Konsolen, ein Deckenschirm, zwei Reserveschirme rechts und links und zwei große Schirme an der linken Wand, die als Fenster fungierten, wenn sie aktiviert waren. »Um ehrlich zu sein, ich bin nicht besonders optimistisch. Ich vermute, dass wir keine eindeutigen Beweise finden werden. Im Grunde genommen kann ich nicht glauben, dass wir an unserem Ziel ankommen und erreichen, was du zu erreichen hoffst.«

»Also gut.« Kim wäre zwar lieber gewesen, wenn er ihr vertraut hätte, doch sie hatte von Anfang an gewusst, dass Solly skeptisch war. Keine Überraschung also. Trotzdem, so wie er jetzt redete: Machte er nur mit, weil sie ihn brauchte? »Wir werden es finden«, beharrte sie.

»Gut. Vielleicht werden wir das. Ich hoffe es. Doch bis es soweit ist, wären wir gut beraten, wenn wir einen alternativen Plan entwickeln würden.«

»Du meinst für den Fall, dass wir mit leeren Händen zurückkehren?«

»Ich meine für den Fall, dass wir feststellen, dass wir besser nicht zurückkehren.« Er atmete tief durch. »Sieh mal, Kim, wir haben beide keine Lust auf eine Gerichtsverhandlung, oder?«

»Solly«, sagte sie ernst, »du kannst immer noch aussteigen, wenn du möchtest.«

»Wenn ich aussteigen würde – was würdest du dann machen?«

Sie blickte schweigend in ihre Kaffeetasse.

»Siehst du«, sagte er. »Also bin ich dabei …«

»Danke.«

»Nein. Ich mache das nicht für dich. So verrückt bin ich nicht, Kim. Aber die Chance, dass du Recht haben könntest, ist das Risiko allemal wert. Ich will nicht den Rest meines Lebens mit unbeantworteten Fragen verbringen. Also bin ich bereit, meinen

Einsatz zu bringen. Trotzdem, falls es nicht funktioniert, Kim – ich habe Freunde auf Tigris.«

»Gut.«

»Ich habe Vorkehrungen getroffen. Nur für den Fall.«

Sie nickte.

»Sollten sich die Dinge nicht so entwickeln, wie wir uns das erhoffen, ziehen wir uns nach Tigris zurück. Es gibt zwar einen Auslieferungsvertrag mit Greenway, aber nur für Kapitalverbrechen. Also wären wir auf Tigris sicher.«

Der Techniker von Marlin ging in seine Mittagspause, doch wie sich herausstellte, arbeiteten die Leute von Worldwide in Schichten, und die Mittagsstunde kam und ging, ohne dass sich eine Gelegenheit zum Ablegen geboten hätte.

Am Nachmittag kam ein beleibter junger Mann mitsamt Reisegepäck an Bord. »O je«, sagte Solly.

»Wer ist das?«, fragte Kim.

»Webley. Ein Kosmologe vom Taratuba-Team.« Sie hörten ihn draußen auf der Gangway reden, und Solly ging hinunter, um ihn zu begrüßen. Kim folgte ihm.

Einer der Techniker zeigte Webley den Weg zu den Wohnquartieren. Der Kosmologe lächelte wichtigtuerisch, und als er Kim bemerkte, sah er an ihr vorbei, als sei sie völlig unbedeutend. »Solly«, sagte er, »schön, Sie zu sehen. Sind die anderen schon an Bord?«

Solly stellte zuerst Kim vor, dann informierte er Webley, dass außer ihm noch niemand eingetroffen war.

Webley trug eine Jacke im Kalipik-Islands-Stil, ein weißes Hemd mit lockerem Kragen, dunkle Hosen und ein rotes Halstuch. Seine Stimme war so leise, dass man sich anstrengen musste, um ihn zu verstehen, doch seine Haltung implizierte, dass es die Mühe wert war. Er hatte einen ungepflegten roten Bart, dessen Farbe sich mit dem Halstuch stach. »Läuft alles nach Plan?«, erkundigte er sich.

»Ja«, antwortete Solly steif. »Auf die Minute.«

»Gut.« Er richtete seine Manschetten und warf einen Blick auf die Uhr. »Darf ich fragen, welche Kabine ich habe?«

»Zimmer Nummer acht«, sagte Kim. Ganz am Ende des Ganges.

Als Webley weg war, warf Solly ihr einen sorgenvollen Blick zu. »Das sieht nicht gut aus«, sagte er. »Möglicherweise müssen wir unser Vorhaben aufgeben.«

Kim schüttelte den Kopf. »Nicht so schnell.« Sie ging den Gang hinunter und an Webleys Tür vorbei. Im Innern der Kabine spielte Musik. Schwere klassische Melodien, Vorwerk vielleicht oder Benado.

Zuerst musste sie die Arbeiter von Bord schaffen.

Die Mannschaft von Worldwide war noch immer beschäftigt. Einer verlegte Teppiche, ein anderer befestigte Fensterrahmen, ein Dritter verschraubte einen Tisch und Schränke in einem der Freizeiträume. Der Mann, der offensichtlich als Vorarbeiter fungierte, war ein älterer Bursche, ein Kandidat für die Mitgliedschaft im Mariner Club.

»Wie kommen wir voran?«, fragte Kim beiläufig.

»So weit, so gut«, antwortete der andere. »Uns fehlt ein Mann, wissen Sie?«, sagte er und wischte sich mit dem Ärmel über den Mund. Er sah aus, als schwitzte er. »Passiert immer wieder. Sie fangen erst in letzter Minute mit den Arbeiten an, und dann wird jemand krank oder nimmt Urlaub.«

»Warum müssen sie denn so lange warten?«, fragte Kim.

Er schnitt eine Grimasse. »Hm, äh, nun ja, Sie wissen schon … so was passiert eben.« Seine Augen wichen den ihren aus, und sie begriff, dass er log. Die Wahrheit lautete wahrscheinlich, dass keine Schmiergelder gezahlt worden waren. Die Renovierung der *Hammersmith* war ein steuerlicher Abschreibungsjob und stand nicht sehr weit oben auf der Prioritätenliste von Worldwide.

»Werden Sie bis um siebzehn Uhr fertig?«, fragte Kim.

»Schwer zu sagen.« Sein Gesichtsausdruck wurde vertraulich. »Wenn wir es nicht schaffen, gibt es Überstunden, wissen Sie?«

Auf der anderen Seite des Raums schloss der Techniker von Marlin ein Paneel und packte sein Werkzeug zusammen.

»Fertig?«, fragte sie.

»Das war's.« Er bat sie, seinen Arbeitsauftrag zu unterzeichnen; er hatte die VR-Ausrüstung modernisiert. Sie unterschrieb, er bedankte sich und ging von Bord.

Kim wandte sich wieder dem Vorarbeiter von Worldwide zu und fragte nach seinem Namen.

»Leo Eastley«, antwortete er.

»Leo, Sie und Ihre Mannschaft haben gute Arbeit geleistet«, sagte sie in ihrem besten befehlsgewohnten Tonfall. »Aber wir werden uns mit dem begnügen müssen, was Sie bis jetzt geleistet haben. Lassen Sie alles, wie es ist. Wir machen den Rest.«

Er blickte sie erstaunt an. Seine grauen Haare hingen ihm in die Augen.

»Wir haben keine Zeit mehr«, erklärte sie.

»Warum denn das?«, fragte er. »Ich dachte, wir hätten noch den ganzen Tag? Wir sind noch nicht fertig.«

»Wir müssen ein paar Tests durchführen.«

»Fangen Sie nur an, wir stehen nicht im Weg.«

»Nein, Sie verstehen nicht. Es geht um Präzisionsbeschleunigungstests, und die Anwesenheit zusätzlicher Personen würde das Resultat negativ beeinträchtigen.«

»Sind Sie sicher?«

»Ja. Tut mir ausgesprochen Leid, aber uns bleibt keine andere Wahl.«

»Wir kommen aber nicht wieder zurück. Die Arbeiten sollen planmäßig heute beendet werden.«

»Das macht nichts.«

Er zog ein Klemmbrett hervor. »Sie müssen unterzeichnen, dass alle Arbeiten ordnungsgemäß durchgeführt wurden und Sie keine Beanstandungen haben.«

»Sicher, Leo. Kein Problem.«

»Ich werde eine Notiz anheften, was geschehen ist. Möglicherweise beeinträchtigt es die Gewährleistung, wenn wir die Arbeiten nicht ordnungsgemäß beenden.«

Sie lächelte ihn an. »Kein Problem, Leo. Damit können wir leben.«

Sie unterzeichnete den Arbeitsauftrag und Leos Notiz. Er sammelte seine Mannschaft ein, und Kim blickte ihnen hinterher, wie sie durch die Luftschleuse und die Gangway marschierten. Als der Letzte von ihnen verschwunden war, tauchte ein automatischer Gepäckwagen auf. »Ist das die *Hammersmith*?« fragte die Steuerung.

»Das ist sie«, antwortete Kim.

»Wo darf ich das Gepäck abladen?«

»Wo sind die Besitzer?«

»Meinen letzten Informationen zufolge waren sie unterwegs zum Happy Harry's.«

»Happy Harry's?«

»Eine Cocktaillounge.«

»Auf Sky Harbour?«

»Jawohl.«

»Danke sehr«, sagte sie. »Du kannst das Gepäck gleich hier abladen.«

»Im Tunnel?«

»Ja. Keine Sorge, wir kümmern uns darum.« Als sie wieder allein war, rief sie Solly herbei. »Es kommen noch mehr«, sagte sie, während sie auf die Namensschilder schielte. »Wentworth, Little Deer, Moritami und Henderson. Sie sind in eine Bar gegangen.«

»Sie könnten jeden Augenblick an Bord kommen«, sagte Solly. »Wir müssen uns in Bewegung setzen, oder wir können die ganze Geschichte vergessen.«

»Aber Webley ist noch immer an Bord. Willst du ihn mitnehmen?«

»Glaubst du, dass er mitkommen will?«

»Nicht wahrscheinlich.«

»Dann unternimm etwas.«

»Ich war schon dabei.« Webley war ein vertrauter Typus. Er gehörte zu jener relativ kleinen Untergruppe von Forschern, die aus ganzem Herzen überzeugt waren, dass niemand jemals klarer in das Innere eines Atoms geblickt hatte oder genauer wusste, wie der Kosmos aufgebaut war, als sie selbst. Dass nichts im Leben wichtiger war als ihr spezifisches wissenschaftliches Fachgebiet und dass andere wussten, welche Kapazitäten sie waren. Diese Tatsache überwog alles andere, und darin bestand zugleich ihre größte Schwäche.

Webley öffnete auf Kims Klopfen hin und starrte sie an, als versuchte er sich zu erinnern, wer sie war und was sie vor seiner Tür zu suchen hatte.

»Professor Webley«, begann sie, »wir müssen im Verlauf der nächsten Stunde einige Tests durchführen. Es wird ungemütlich laut werden und eine Menge unangenehmer Vibrationen geben.«

»Oh? Aber das habe ich ja noch nie erlebt?«

»Wahrscheinlich sind Sie noch nie so frühzeitig an Bord eines Schiffes gegangen.«

»O doch, Madame, das bin ich.«

»Wie auch immer. Wir müssen die grundlegenden Maschinentests durchführen, und es wird ein schrecklicher Radau. Ich wollte zum Domino gehen, dem Lärm aus dem Weg.« Sie atmete ein wenig ein, neigte den Kopf zur Seite und setzte das bezauberndste Lächeln auf, das sie zustande brachte. »Ich würde mich freuen, wenn Sie mir Gesellschaft leisten würden?«

»Wirklich, Dr. Brandywine, ich glaube nicht …«

»Ich würde mich gerne mit Ihnen über ihre gegenwärtige Arbeit unterhalten.«

Webley legte die Stirn in Falten. »Danke sehr für Ihr Interesse, Dr. Brandywine, doch im Augenblick habe ich wirklich wenig Zeit.« Er starrte sie an wie ein ungezogenes Kind, wünschte ihr einen guten Tag und schloss die Tür vor ihrer Nase.

Sie verneigte sich leicht, wandte sich ab und ging. »So viel also zu meinem Charme«, erzählte sie Solly eine Minute später.

»Ham«, sagte Solly zur Schiffs-KI. »Starte die Hauptantriebe. Bereite alles für den Abflug vor.«

»Bestätige«, antwortete die *Hammersmith* mit weiblicher Stimme.

Kim runzelte die Stirn. Sie wollten diesen Burschen ganz bestimmt nicht kidnappen.

»Die Sechs-Uhr-Fähre ist da«, sagte Solly wie als Antwort auf ihre ungestellte Frage. »Falls Moritami und die anderen an Bord sind, können sie jeden Augenblick hier auftauchen …« Er unterbrach sich und deutete auf einen der Schirme. Drei Männer und eine Frau waren am anderen Ende des Gangwaytunnels aufgetaucht. »Wenn man vom Teufel spricht …«

»Solly, was *machen* wir jetzt?«

»Wir brauchen etwas Brennbares«, sagte er.

»Brennbares? Warum?«

»Fragen kannst du später. Was haben wir an brennbaren Materialien an Bord?«

Auf Raumschiffen gab es normalerweise nichts Brennbares. Kleidung, Mobiliar, ein paar Paneele, sonst nichts. Alles andere war nicht entflammbar.

»Warte mal, ich hab eine Idee.« Er stand auf und ging in den Missionskontrollraum. Sie hörte, wie er das Paneel abnahm, hinter dem die automatische Küche lag. Zwei Minuten später roch sie Rauch.

»Toast«, grinste er, als er wieder zurückkam. »Zwanzig Stück. Jetzt geh runter und stell dich vor Webleys Kabine. Wenn es losgeht, sieh zu, dass du ihn von Bord bringst.«

Herr im Himmel, das war einer von Sollys besten Augenblicken. Sie ging den Korridor hinunter, als ein Alarm losschrillte. Der Interkomm wurde eingeschaltet. »Hier spricht der Kapitän. Es gibt keinen Grund zur Panik, aber wir haben ein Feuer in den vorderen Abteilungen. Alle Passagiere verlassen bitte unverzüglich das Schiff. Hier spricht der Kapitän. Ich wiederhole, es besteht keine unmittelbare Gefahr. Bitte geraten Sie nicht in Panik …«

Webleys Tür öffnete sich, und er streckte den Kopf hinaus, blickte in beide Richtungen, sah Kim und runzelte die Stirn. Er wollte gerade etwas sagen, als er kleine Rauchwölkchen im Gang hinter ihr bemerkte. Der Geruch nach verbranntem Toast war inzwischen recht penetrant.

»Wir haben ein Feuer an Bord«, sagte Kim.

»Um Himmels willen, junge Frau!«, beschwerte er sich. »Wie kann denn so etwas geschehen?«

»Darüber können wir später Mutmaßungen anstellen, Professor«, antwortete Kim. »Hier entlang geht es von Bord.« Doch er kehrte in seine Kabine zurück, warf einen Koffer auf sein Bett, öffnete ihn und begann, seine Kleidung hineinzuwerfen.

»Dazu ist keine Zeit«, sagte Kim mit erhobener Stimme. Und dann, einer plötzlichen Eingebung folgend: »Das Schiff kann jeden Augenblick in die Luft fliegen.«

Das war selbst für Webley zu viel. Er warf den Deckel zu, klemmte sich den Koffer unter den Arm, raffte noch ein paar Kleidungsstücke zusammen und stürzte aus der Kabine. »Inkompetent!«, fauchte er. »Wohin ich auch gehe, überall nur Inkompetenz!«

»Hier entlang, Sir.« Kim deutete in Richtung des Gangwaytunnels. Er verschwand im Durchgang.

Draußen schrillte ein weiterer Alarm.

»Alles bereit«, sagte sie zu Solly.

»Gut. Schließ die Luke.«

»Wie denn?«

»Lass es. Ich mache es von hier aus. Komm hoch und schnall dich fest. Wir legen in einer Minute ab.«

»Aber Webley ist noch nicht in Sicherheit!«

»Ist er schon im Tunnel?«

»Ja.«

»Dann geschieht ihm nichts. Der Tunnel versiegelt sich automatisch, sobald wir die Schleuse schließen. Mach dir deswegen keine Gedanken.«

Augenblicke später schlüpfte sie auf die Brücke und setzte sich neben Solly. »Ich schätze«, sagte sie und blickte ihn an, »dass ich mich bei einer ganzen Menge Leute entschuldigen muss, wenn das hier erst alles vorbei ist.«

»Einschließlich mir«, erwiderte er.

Sie stand wieder auf und blickte den Sitz an. »Sieh her.« Sie zeigte auf die Sitzfläche. »Der Abdruck ist nicht zu übersehen.«

»Kontrollzentrum«, sagte Solly in das Mikrofon, »hier ist die *Hammersmith*. Wir müssen unerwartet früher aufbrechen. Ich erbitte Freigabe.«

»Hier Raumflugkontrolle, *Hammersmith*. Nennen Sie den Grund für die Abweichung vom Flugplan. Wir haben soeben Berichte von einem Feuer an Bord erhalten.«

Kim hatte unterdessen wieder Platz genommen, und das Sicherheitsnetz senkte sich von der Decke herab.

»Negativ, Kontrolle. Dieser Bericht resultiert aus einem Kommunikationsproblem an Bord.«

»Nennen Sie den Grund für die Abweichung vom Flugplan.«

»Taratubas falsches Vakuum hat sich vorzeitig aufgelöst.«

Kim blickte ihn überrascht an. *»Was?«*, flüsterte sie.

»Einen Augenblick, *Hammersmith*.«

»Solly«, fragte sie, *»wissen* die überhaupt, was Taratuba ist?«

»Ich bezweifle es. Umso besser. Weniger Fragen.«

Sie überflog die Reihe von Schirmen, die einen Dreihundertsechzig-Grad-Rundumblick rings um das Schiff zeigten. Die *Hammersmith* schwebte frei mit Ausnahme eines dicken Versorgungsschlauchs am Bug. Solly musste also nur den Schlauch abwerfen, und nichts konnte ihre Abfahrt verhindern. »Warum fliegen wir nicht einfach los?«, fragte sie.

»Wir könnten mit irgendetwas zusammenstoßen«, antwortete er. »Und außerdem würde sofort jemand die Sicherheit alarmieren. Schlimmer noch, falls wir bei unserer Rückkehr tatsächlich nicht ins Gefängnis geworfen werden sollten, so würde ich auf jeden Fall meine Lizenz verlieren.«

»*Hammersmith*, hier Raumflugkontrolle. Sie haben Starterlaubnis. Die Daten werden in diesem Augenblick übertragen.«

Solly bestätigte, wartete, bis eine Kontrollleuchte die ordnungsgemäße Datenübertragung signalisierte, und wandte sich dann an die Schiffs-KI. »Ham, wirf die Leinen ab, und los geht's.«

»Bestätigung«, antwortete das Schiff.

»*Los geht's?* Das ist alles? *Los geht's?*«

Das Schiff entfernte sich langsam von Dock.

»Schätzungsweise habe ich gerade ein Berufsgeheimnis verraten. Und wenn wir an unserem Zielort angekommen sind, werde ich sagen: *Danke*.«

»Im Ernst …?«

»Im Ernst. Menschliche Piloten sind tatsächlich nur an Bord für den Fall, dass es unterwegs Probleme gibt. Notsituationen. Und vielleicht auch noch, um die Befürchtungen von Passagieren zu dämpfen, die sich niemals mit der Vorstellung von vollautomatischen Transportmitteln anfreunden konnten.«

»Taxis sind aber auch vollautomatisch«, sagte sie. »Und niemand hat etwas dagegen.«

»Weil jeder weiß, wie man so ein verdammtes Ding steuern muss, wenn es darauf ankommt.«

Sie entfernten sich immer weiter von der Orbitalstation, und das Schiff nahm Kurs auf seine Orientierungssterne. »Die Beschleunigungsphase beginnt in einer Minute«, meldete die KI.

»*Hammersmith*, hier spricht die Raumflugkontrolle.« Dies war eine neue Stimme, tiefer und befehlsgewohnt.

»Sprechen Sie, Kontrolle.«

»Hier ist der Aufsichtshabende. Sie werden hiermit angewiesen, zum Dock zurückzukehren.«

»Solly!« Kim deutete auf einen der Bildschirme, wo ein lang gestrecktes, schlankes graues Schiff zu sehen war, das sich ihnen näherte.

»Schon gesehen.«

»Sie wissen Bescheid.«

»Sicher wissen Sie Bescheid. Unser Passagier hat gepetzt.« Er aktivierte das Mikrofon. »Kontrolle, das geht leider nicht.«

»Solly …«

»Ham«, sagte er, »beginne mit der programmierten Beschleunigungsphase.«

»Verstanden.«

Kim spürte, wie sie in ihren Sitz gepresst wurde, als sich die *Hammersmith* in Bewegung setzte.

»Keine Sorge, Kim«, sagte er. »Uns geschieht nichts.«

Der Schub wurde stärker, und die Orbitalstation glitt seitlich aus den Schirmen.

Eine weitere neue Stimme, diesmal weiblich, sagte ärgerlich: »*Hammersmith*, hier spricht die Orbitalpatrouille. Sie wurden angewiesen, unverzüglich zu Ihrem Dock zurückzukehren.«

»Halt dich gut fest«, sagte Solly. Die Beschleunigung nahm noch immer zu.

»Wir sollten vielleicht besser in den Hyperraum springen, oder?«

»Die Sprungmotoren werden von den Hauptantrieben aufgeladen. Wir müssen noch eine ganze Menge mehr kinetische Energie aufbauen, bevor sie einsatzbereit sind.«

»Wie viel? Wie lange dauert es?«

»Ungefähr fünfundzwanzig Minuten.«

»*Fünfundzwanzig Minuten?*« Die Vorstellung war einfach lächerlich. »Solly, wir haben keine fünfundzwanzig Minuten! Diese verdammten Renovierungsarbeiten!«

»Hammersmith, kehren sie augenblicklich zur Orbitalstation zurück, oder wir sind gezwungen, Maßnahmen einzuleiten.«

»Gibt es tatsächlich eine Möglichkeit, wie sie uns aufhalten können?«

»Du meinst, ohne uns zu beschießen?«

»Ja. Was denn sonst?«

»Höchstens ein Tursi-Feld.«

»Das Dämpfungsfeld.«

»Richtig. Damit könnten sie unsere Hauptantriebe abschalten. Aber das ist nur ein Bluff.«

»Woher willst du das wissen?«

»Wenn man einen Antrieb hochfährt und dann mitten drin einfach abschaltet, riskiert man eine ziemlich heftige Explosion. Die Wahrscheinlichkeit beträgt fast fünfzig Prozent. Sie werden das Dämpfungsfeld bestimmt nicht einsetzen, ohne vorher die Genehmigung des Instituts einzuholen. Das dauert seine Zeit. Außerdem würde Agostino niemals seine Zustimmung geben. Er will schließlich nicht sein Schiff verlieren.«

Aus den Lautsprechern drang ein Gewirr hereinkommender Stimmen: Die Patrouille, die sie erneut warnte umzukehren, die Aufsicht der Orbitalstation, die darauf bestand, dass sie wieder anlegten, und – eigenartigerweise – Webley, der zu wissen verlangte, was in Herrgotts Namen sie da zu tun glaubten.

»Entspann dich einfach«, sagte Solly, »und genieß den Ritt. Und vielleicht wäre es gar keine schlechte Idee, wenn du mir in der Zwischenzeit erzählen würdest, wohin genau wir eigentlich fliegen.«

»Zeta Orionus. Alnitak. Oder genauer gesagt, ich

möchte zu einer Stelle, die siebenundzwanzig Lichtjahre vom Alnitak entfernt liegt.« Sie kramte in ihren Taschen und zog eine Datendisk hervor. »Hier«, sagte sie. »Bring uns in dieses Gebiet.«

»Alnitak«, wiederholte er. Der am weitesten östlich gelegene Stern im Gürtel des Orion. »Warum zum Alnitak? Hast du geraten? Oder weißt du etwas, das du mir bisher verschwiegen hast?«

»Erinnerst du dich, dass du mich gefragt hast, wie lange die Fahrt dauern würde?«

»Sicher. Schließlich hast du mir eine ziemlich genaue Antwort gegeben.«

»Vierzig Tage, siebzehn Stunden und sechsundzwanzig Minuten. Das ist die Zeit, die die *Hunter* den Logbüchern zufolge für die gesamte Rückfahrt benötigt hat.«

»Die *gefälschten* Logbücher?«

»Genau die. Ich konnte mir keinen Grund vorstellen, warum sie auch den Zeitablauf hätten manipulieren sollen. Der Zeitrahmen – falls er korrekt ist – führt uns zum Alnitak. Und da ist noch etwas.« Sie zeigte ihm eine Ausschnittvergrößerung von Kanes Wandgemälde. »Siehst du das?« Sie deutete auf den Pferdekopfnebel.

»Ja.«

»Man kann ihn vom Alnitak aus sehen.«

Das Patrouillenschiff ging auf der Steuerbordseite in einer Entfernung von wenigen hundert Metern auf Parallelkurs zur *Hammersmith*.

Solly schaltete den Lautsprecher aus, und das Stimmengewirr erstarb. »Das macht mich nur nervös«, erklärte er.

»Hältst du das für eine gute Idee, ausgerechnet jetzt?«

»Kommt darauf an, ob du dir lieber ihre Drohungen anhören möchtest.«

Er stellte den Timer ein, sodass die verbliebene Zeit bis zum Sprung heruntergezählt wurde. Kim starrte auf die Anzeige wie eine Schlange auf ein Kaninchen, als könnte sie die Ziffern hypnotisieren, schneller weiterzulaufen.

Es waren noch immer mehrere Minuten bis zum Sprung, als die Schiffs-KI eine hereinkommende Nachricht von einer neuen Quelle meldete. Von einem der Satelliten. »*Vom Institut.*«

»Das wird Agostino sein«, vermutete Kim.

»Möchtest du mit ihm sprechen?«

»Bestimmt nicht«, sagte sie. »Wir reden, wenn wir wieder zurück sind. Wenn wir etwas in den Händen halten, das wir vorweisen können. Etwas, das unsere Verhandlungsposition stärkt.«

Das Patrouillenschiff war noch immer längsseits, als die Sprungmotoren hochfuhren und Solly den Übergang in den Hyperraum einleitete.

17

Es ist schwer zu erkennen, wann genau Liebe eigentlich beginnt; viel leichter fällt es festzustellen, dass sie erwacht ist.

– HENRY W. LONGFELLOW,
KAVANAUGH XXI, 1849 A.Z.

Sollys Analysten hatten die Logbücher der *Hunter* bis zu dem Zeitpunkt für unverfälscht erklärt, an dem das Schiff den Maschinenschaden erlitten hatte. Wenn man zusätzlich schätzungsweise einen Tag für die Reparaturen veranschlagte, waren Tripley und seine Mannschaft um den siebzehnten oder achtzehnten Februar herum in der Gegend beim Alnitak angekommen. Die Schätzung passte außerdem zum Zeitpunkt ihrer Rückkehr nach Sky Harbour. »Wenn all das zutrifft«, sagte Kim, »dann müsste es relativ einfach sein, einen Beweis zu finden.«

Es war der achtundzwanzigste Januar in Seabright. Kim hatte den siebzehnten Februar als Datum des Ereignisses angenommen, als Zeitpunkt des Kontakts mit den Außerirdischen, und war des Weiteren davon ausgegangen, dass bei diesem Kontakt zweifellos Funksignale übertragen worden waren. Also hatte sie ausgerechnet, wie weit die Funksignale in der Zwischenzeit gereist waren, und daraus einen Abfangkurs für die *Hammersmith* abgeleitet. Eigentlich alles ganz einfach.

»Es gibt nur diese eine Möglichkeit«, sagte sie zu Solly. »Sie müssen dort draußen auf ein Alienschiff gestoßen sein. Was bedeutet, dass es zumindest den Versuch einer Kommunikation über Funk gegeben haben muss.«

»Vielleicht bewertest du diesen Schildkrötenpanzer auf Kanes Wandgemälde einfach zu hoch«, zweifelte Solly. »Es könnte auch andere Erklärungen dafür geben. Vielleicht haben sie eine planetengebundene Zivilisation entdeckt. Vielleicht eine präindustrielle Zivilisation, ohne elektrischen Strom, ohne Funk, ohne alles. Nur Fackeln und Kerzen und das einheimische Äquivalent von Pferden. In diesem Fall würde deine Theorie ...«

»Haben sie eben nicht«, beharrte sie. »Es kann nicht so gewesen sein.« Sie saßen im Missionskontrollraum der *Hammersmith* und tranken gemütlich Kaffee.

»Und warum nicht?«

»Weil der Alnitak viel zu jung dazu ist. Nicht einmal zehn Millionen Jahre alt. Also gibt es mit Sicherheit noch keine einheimischen Lebensformen. Außerdem ist die ultraviolette Strahlung viel zu stark. Millionenfach höher als die von Helios.«

»Oh.«

»Genau. Sie würde auf der Stelle alles grillen, was sich bewegt. Wer auch immer in diesem System gewesen sein mag, es kann sich nur um eine raumfahrende Spezies aus einem anderen System gehandelt haben.«

Zwei Jahrhunderte zuvor war ein Überwachungs- und Erkundungsschiff im System des Alnitak gewesen. Sie hatten nicht viel vorgefunden: eine einzige Welt, ein eingefangener Gasriese ganz weit draußen, das war alles gewesen.

»Jedenfalls ist es lange her, dass die Radiosignale

ausgestrahlt wurden«, sagte Solly. »Drei Jahrzehnte, das bedeutet, dass sie extrem abgeschwächt sind. FALSS ist ein gutes System, aber vielleicht ist es nicht gut genug, um so schwache Signale aufzufangen. Oder sie aus dem allgemeinen Untergrundrauschen auszufiltern.«

Kim hatte sich bereits mit den Spezifikationen des Systems vertraut gemacht und war äußerst zuversichtlich. »Wenn es Signale gegeben hat, werden wir sie finden«, erwiderte sie.

Den ersten Tag der Reise verbrachten sie damit, sich häuslich einzurichten, ihre Quartiere einzuräumen und das Schiff zu erkunden. Sie fragte sich, ob sie ihn vielleicht dadurch beleidigt haben mochte, dass sie sich anfangs wenig beeindruckt von der *Hammersmith* gezeigt hatte. Doch sie konnte nicht anders, das Schiff erinnerte sie an die einfachen Wohnungen des Seabright Institute, wo Gäste untergebracht wurden, die keinen besonderen Status genossen.

Sie spazierten durch die Ebenen, und er zeigte ihr die Freizeiteinrichtungen und die VR-Sektion. Sie inspizierten die beiden verschiedenen Maschinen, den Hauptantrieb, der die *Hammersmith* durch den Realraum beförderte, sowie das transdimensionale Interface, den so genannten Sprungmotor. Das TDI war so klein und unscheinbar, dass es in Kims Hände gepasst hätte.

Sie war angenehm überrascht von der Tatsache, dass der Übergang in den Hyperraum keine unangenehmen Nebeneffekte mit sich gebracht hatte. Sie wusste heute, im Gegensatz zu damals, als sie ein Kind gewesen war, dass manche Menschen während des Sprungs ernsthaft krank wurden und dass andere merkwürdig veränderte Perspektiven wahrnahmen, dass Wände mit einem Mal weniger massiv wirkten, dass die künstliche Gravitation nachließ oder zunahm, dass manche Menschen behaupteten, die Gedanken der Leute in ihrer Umgebung lesen zu können. Es gab Geschichten über Träume, die von Außerirdischen handelten, über depressive oder auch euphorische Anfälle. Solly erzählte, dass ein Teil Wahrheit daran war. Sämtliche interstellaren Schiffe führten ein großzügiges Sortiment an Beruhigungsmitteln und Antidepressiva mit. Solly hatte Menschen mit furchtbaren Kopfschmerzen erlebt, mit Magenkrämpfen oder Zahnweh, alles ohne jeden erkennbaren physiologischen Grund. »Aber es war nie mehr als eine vorübergehende Geschichte«, sagte er. »Wie Seekrankheit.

Auch wenn«, so fügte er hinzu, »ein Teil dieser Effekte durchaus unheimlich sein kann. Träume können beispielsweise unglaublich lebendig werden. Und ich habe auch andere merkwürdige Dinge gesehen. Ich erinnere mich an eine Frau, die glaubte, sich wieder zu einem Kind verjüngt zu haben, und einen Mann, der meinte, bis über seinen Tod hinaus in die Zukunft sehen zu können. Manchmal zeigen sich alternative Persönlichkeiten. Ein älterer Passagier schwor, dass ein Dämon von ihm Besitz ergriffen hätte. Und ein weiterer bestand darauf, dass ihm ein Werwolf an Bord gefolgt sei.«

»Ein Werwolf?«

Solly blickte ihr in die Augen. »Du hast nichts Außergewöhnliches gesehen, oder?«

»Mir geht es wunderbar, danke«, antwortete sie und war insgeheim stolz auf sich selbst.

»Erzähl mir vom Alnitak.«

Kim lehnte sich auf ihrem Sitz zurück. »Eine

Sonne der Klasse O. Ziemlich heiß, ungefähr fünfunddreißigtausend Mal heißer als Helios.«

»Dann sollten wir vielleicht unsere Sonnenbrillen aufsetzen.«

»Würde ich auch so sehen. Der Alnitak selbst besitzt zwei Begleitsonnen, beide sehr weit draußen, aber immer noch nahe genug, um sicherzustellen, dass sich aller Wahrscheinlichkeit nach niemals Planeten bilden werden. Oder falls doch, dann werden sie zumindest tektonisch extrem instabil sein.«

»Aber du hast gesagt, es gibt einen Planeten!«

»Einen *eingefangenen*«, erinnerte sie ihn.

»Alnitak.« Er ließ sich das Wort auf der Zunge zergehen.

»Das stammt aus dem Arabischen. Es heißt Gürtel.«

Sie gingen zum ersten Borddinner in den Besprechungsraum hinüber und stellten ein paar Kerzen auf. Die Fenster – wären es echte Fenster gewesen – hätten nichts weiter gezeigt als das Leuchten der Positionslichter, wären sie eingeschaltet gewesen. Stattdessen hatte Solly einen Ausblick auf die Milchstraße auf die Schirme gelegt, wie sie von einem intergalaktischen Raumschiff aus zu sehen gewesen wäre.

Während des Essens redeten sie kaum. Normalerweise war Solly derjenige, der die Unterhaltung in Gang hielt, doch an diesem Abend hatte er wenig zu sagen. Die Kerzen und der Wein und der Anblick der galaktischen Spirale erzeugten eine wundervolle Atmosphäre. Das Essen war ausgezeichnet. Und doch spürte Kim das Gewicht ihrer Entscheidung und machte sich Sorgen, dass sie sich vielleicht docht getäuscht haben könnte, dass sie irgendetwas übersehen und dass sie möglicherweise

Sollys berufliche Karriere zerstört hatte. Und ihre eigene. Wahrscheinlich wurden im Augenblick überall Haftbefehle gegen sie verteilt. »Ich wünschte«, sagte sie, »mir würde irgendeine Erklärung einfallen, warum sie alles geheim gehalten haben. Ich meine, ein Kontakt mit Außerirdischen wäre schließlich die Schlagzeile des Jahrhunderts gewesen.«

»Ich weiß nicht recht«, sagte Solly.

Sie blickte von einem Maiskolben auf. »Wir haben mehr oder weniger immer angenommen, dass alle Leute genauso über Außerirdische denken wie wir. Dass jeder sie finden möchte, falls sie irgendwo dort draußen sind. Mit Ausnahme vielleicht von Canon Woodbridge und wahrscheinlich der Regierung. Aber möglicherweise gibt es eine ganze Reihe von Menschen, die den Status quo vorziehen. Denen es ganz recht wäre, wenn wir *nicht* entdecken, dass wir nicht allein im Universum sind.«

Das Kerzenlicht beleuchtete Sollys Gesicht. »Ich bin einer von ihnen«, gestand er leise.

»Du machst Witze.«

»Nein, mache ich nicht. Sieh mal, Kim, das Leben ist im Augenblick gar nicht so schlecht. Wir haben alles, was wir uns nur wünschen können. Sicherheit. Wohlstand. Du möchtest einen Beruf ausüben? Such ihn dir aus. Du liegst lieber dein ganzes Leben lang am Strand – bitte sehr, tu es. Was können uns Außerirdische geben, das wir nicht bereits hätten? Mit Ausnahme einer ganzen Menge Dinge, über die wir uns Gedanken machen müssten.«

»Es wäre vielleicht eine Gelegenheit herauszufinden, wer wir wirklich sind.«

»Das ist nichts weiter als ein Klischee. Ich weiß genau, wer ich bin. Und ich brauche ganz bestimmt keine Philosophie von irgendeinem *Ding*, das möglicherweise in meinen Augen aussieht wie ein Schweinekotelett. Die Geschichte hat nämlich einen gewaltigen Nachteil, ganz besonders, wenn man deine Erfahrung im Severin bedenkt. Und es tut mir leid, ich sehe keine Vorteile. Für dich und mich vielleicht, wenn sich diese Sache auszahlt. Aber für die menschliche Rasse und auf lange Sicht – ich glaube nicht, dass wir davon profitieren können.«

Sie schob den Stuhl vom Tisch zurück und starrte ihn an. »Wenn ich mir so überlege, wie du darüber denkst, dann verstehe ich gar nicht, wieso du überhaupt mitgekommen bist.«

»Kim, wenn sie irgendwo dort draußen sind, dann ist es nur eine Frage der Zeit, bis wir auf sie stoßen. Der Gedanke mag mir nicht gefallen, und wenn ich könnte, würde ich es verhindern. Aber ich glaube, es ist unausweichlich. Und wenn es so weit ist, wird das ein großer Augenblick sein. Also kann ich auch gleich mitmachen. Und wir sind wahrscheinlich besser dran, wenn wir wissen, was auf uns zukommt.«

»Jagdinstinkt«, sagte Kim.

»Wie meinst du das?«

»Versteck dich in den Büschen. Töte oder werde getötet. Meinst du tatsächlich, dass auf interstellare Zivilisationen die gleichen Bedingungen zutreffen?«

»Wahrscheinlich nicht, nein. Ich sage nur, es *könnte* geschehen. Und weil die Dinge im Augenblick so gut stehen, sehe ich keinen Grund, etwas daran zu ändern. Warum sollten wir ein unnötiges Risiko auf uns nehmen? Lassen wir es so, wie es ist.«

»Solly, warum, glaubst du, sind wir Menschen zum Mars geflogen?«

Er tunkte ein Brötchen in seine Soße, biss ab und kaute nachdenklich darauf. »Wir sind zum Mars geflogen«, sagte er dann, »weil wir erkannt haben, dass die Erforschung des irdischen Sonnensystems auf lange Sicht ökonomische Vorteile bringen würde.«

»Glaubst du wirklich, dass das der Grund war? Langfristige ökonomische Vorteile?«

»Das steht jedenfalls in den Geschichtsbüchern.«

»Die Geschichtsbücher schreiben auch, dass Columbus losgefahren ist, weil er einen Handelsweg nach Indien etablieren wollte.«

»Jedenfalls ist das die Erklärung, die ich gelesen habe, ja.«

»Nach außen hin, ja. Eine Tarngeschichte, Solly. Der Sinn war, Isabella ein Argument für ihre Berater zu liefern damit sie ihre Juwelen verpfänden und dem Ruf ihrer Gene folgen konnte.«

»Dem Ruf ihrer Gene?« Er blickte sie amüsiert an. »Du hattest schon immer ein Talent für Poesie, Kim.«

Sie wartete geduldig, bis er sein Weinglas geleert hatte.

»Und?«, fragte er schließlich, nachdem er sich die Lippen mit einer Serviette abgewischt hatte. »Was haben ihre Gene gerufen?«

»Nicht nach neuen Handelsrouten jedenfalls«, behauptete Kim.

»Was dann?«

»Entdeckerdrang. Erforschung. Um den Fuß auf Länder zu setzen, entweder persönlich oder durch einen Stellvertreter, die noch nie ein Mensch betreten hatte.«

»Ich weiß, was du meinst«, sagte Solly. »Aber das haben wir getan. Wir haben den Fuß im Verlauf der letzten Jahrhunderte auf eine ganze Reihe unbekannter Länder gesetzt. Was hat das mit Außerirdischen zu tun?«

»Wir haben die Erkenntnis akzeptiert, dass wir allein sind.«

»Was wahrscheinlich auch so ist?«

»Was wahrscheinlich auch so ist.« Solly griff nach der Karaffe und füllte ihre Gläser nach. »Vielleicht gibt es irgendwo dort draußen noch eine andere Spezies, aber wenn, dann ist sie wohl so weit von uns entfernt, dass es keinen Unterschied macht. Und ja, aus rein praktischen Erwägungen heraus denke ich, wir können so weitermachen, als wären wir tatsächlich allein.«

»Das Problem damit«, sagte Kim, »ist die Tatsache, dass wir bequem und selbstzufrieden geworden sind. Gelangweilt. Wir haben alles abgelegt, das uns als Spezies interessant macht.«

»Kim, ich glaube, jetzt bewertest du die Dinge über.«

»Vielleicht. Aber ich glaube, dass wir etwas brauchen, das uns Feuer unter dem Hintern macht. Das Universum ist langweilig geworden. Wir fliegen zu Zehntausenden von Sternensystemen, und es ist immer dasselbe. Immer leer. Immer steril.«

»Ist das der Grund, warum Emily an Bord der *Hunter* war? Hat sie so darüber gedacht?«

»Ja«, sagte Kim. »Sie hat einmal versucht, mir ihre Gefühle zu erklären, als wir am Strand spazieren gegangen sind.«

»Daran erinnerst du dich noch?«

»Sie hat mich gefragt, ob ich wüsste, warum Schiffe immer an der Küste entlangfahren. Warum sie niemals auf die hohe See hinaus steuern.«

»Oh«, sagte Solly. Es lag daran, dass dort draußen nichts war. Nichts außer Wasser, Tausende von Kilometern, um den gesamten Planeten herum, bis zurück zu dem Kontinent, von dem man aufgebrochen war.

»Genau in der gleichen Position sind wir als Spezies, Solly. Wir stehen am Ufer und blicken hinaus auf einen Ozean, der nirgendwo hinführt. Soweit wir wissen.« Sie schloss die Augen. »Aber wenn es wirklich nichts gibt dort draußen, überhaupt nichts, dann glaube ich auch nicht an eine Zukunft der Menschheit.«

Nach dem Abendessen sahen sie sich *On the Run* an, eine respektlose Komödie, in der verschiedene Protagonisten eines Tages feststellen, dass sie Klone irgendwelcher Kapitalverbrecher aus der Geschichte sind und das Ziel einer rücksichtslosen Menschenjagd. Es gab auch eine interaktive Version des Stücks, doch sie waren beide müde und zufrieden, nur still dazusitzen und den Film anzusehen.

Gegen Ende schlief sie ein und erwachte erst nach Mitternacht. Sie war allein im Raum. Der Projektor hatte sich selbst abgeschaltet. Solly war offensichtlich zu Bett gegangen, und sie saß noch eine ganze Weile da und starrte die Milchstraße an.

Nach und nach verlegten sie ihre Mahlzeiten ganz ins Missionskontrollzentrum. Es war ein kleiner und folglich intimerer Raum als der normale Speisesaal. Sie breiteten ein Tischtuch über einer der Konsolen aus und entdeckten, dass es richtig gemütlich war.

Solly veränderte hin und wieder die Aussicht aus den Fenstern. Manchmal waren Sternenfelder zu sehen, manchmal künstlich generierte Welten. Manchmal blickte sie auf Wasserfälle hinab, manchmal auf einen schneebedeckten Gebirgszug oder auch auf die Innenstadt Seabrights.

»Wie sieht es wirklich draußen aus?«, fragte sie.

»Absolute Schwärze«, sagte er. »Keine Sterne, nichts. Selbst die Positionslichter unserer Schiffe scheinen weniger hell zu strahlen.«

»War schon einmal jemand während eines Hyperraumflugs draußen?«

»Nein«, antwortete Solly. »Jedenfalls nicht, dass ich wüsste.«

In dieser Umgebung gab es keinerlei Gefühl von Bewegung. Sie schien mehr ein Zustand als ein real existierender Ort zu sein. Sieben Wochen bis zum Alnitak. Es würde eine lange Zeit werden, mit nur einer einzigen anderen Person an Bord. Selbst wenn es Solly war.

Raumschiffe im Hyperraum waren vollkommen von der Außenwelt abgeschnitten. Sie empfingen keine Sensorinformationen, keine Kommunikationssignale, keine Daten irgendwelcher Art. Genauso wenig, wie sie senden konnten. Solly hätte die *Hammersmith* in den Normalraum zurückbringen können, um ihre Neugier zu befriedigen, ob die Taratuba-Mission doch noch planmäßig stattgefunden hatte. Wahrscheinlich hatten sie die *Mac* genommen. Außerdem waren Kim und Solly neugierig, ob der Diebstahl der *Hammersmith* öffentlich gemacht worden war und ob das Institut versuchte, mit ihnen Kontakt aufzunehmen. Doch ein Rücksprung in den Normalraum hätte Zeit gekostet, sie hätten die Uhren neu justieren müssen, und Kim hätte das Programm ändern müssen, um die Unterbrechung in die Berechnungen mit einfließen zu lassen. Also ließen sie es.

Eine der merkwürdigeren Eigenschaften des Hyperraums war die Tatsache, dass die Zeit indifferenter war. Zeitmessungseinrichtungen an Bord transdimensionaler Passagen mussten bei der Rückkehr in den Normalraum stets neu justiert werden. Manchmal gingen sie vor, manchmal gingen sie nach. Niemand wusste, warum das so war, doch glücklicherweise war die Differenz nie größer als der Bruchteil eines Prozents, so dass die Navigation im Hyperraum nicht übermäßig beeinträchtigt wurde. Das war eine grundlegende Bedingung, weil die im Verlauf überlichtschneller Passagen zurückgelegten Entfernungen nur aufgrund der vergangenen Zeit abgeschätzt werden konnten.

Rasch kehrte eine Art von Routine ein. Sie frühstückten nach dem Aufstehen und nahmen die restlichen Mahlzeiten zu festen Zeiten ein, die Letzte jeden Tag gegen Mitternacht. Den Morgen verbrachte Kim mit Lesen. Sie verschlang ein breites Spektrum an Literatur, einschließlich biographischer Werke über Wissenschaftler und Politiker. Sie las zwei Klassiker, die zu lesen sie sich seit ihrer Zeit am College vorgenommen hatte: Blackmans *Jenseits von Pluto*, eine Untersuchung der kulturellen Veränderungen, die sich durch Reisen in entfernte Sonnensystemen entwickelt hatten, sowie Runningwaters *Enge Horizonte*, eine Geschichte über den Niedergang und das Ende organisierter Religionen. Dazu noch ein paar Romane und Essays. Und natürlich las sie ausgiebig Werke, die sich mit ihrem Fachgebiet beschäftigten.

Während der ersten Tage ihrer Reise spielten sie nach dem Mittagessen häufig Schach, doch Solly gewann jedes Mal, und so gaben sie das Schachspielen auf und wandten sich dem Poker mit drei oder vier virtuellen Gegnern zu. Außerdem nahmen sie an virtuellen Seminaren mit Julius Cäsar,

Isaac Newton, Mikel Kashvady und andere historischen Persönlichkeiten teil. Einer der Höhepunkte der ersten Wochen war, als sie Henry Mencken und Martin Luther dabei zuhörten, wie sie miteinander diskutierten.

Am sechsten Tag versuchten sie ein interaktives Spiel von Veronika King, das *Lachende Genie*. Kim mochte die Werke von Veronika King inzwischen sehr, weil in ihnen weit mehr steckte als nur eine Detektivgeschichte. Es ging um das Lösen von Rätseln, bei denen Verbrechen nicht ausschließlich die Hauptrolle spielten. Wenn ein Opfer starb, dann unausweichlich in einem von innen verschlossenen Zimmer oder unter der wachsamen Beobachtung eines Sicherheitssystems, das keinen Eindringling entdecken konnte. Im *Lachenden Genie* ging es um einen Archäologen, der sein Leben mit der Suche nach dem Grab von Makarios Hunt verbracht hatte, dem berüchtigten Diktator und Massenmörder aus dem zweiten Jahrhundert der Geschichte Greenways. Er entdeckt es schließlich auch, doch er sprengt den Eingang und erzählt niemandem, was er gefunden hat und wo das Grab liegt.

Sie fanden so viel Vergnügen an diesem Werk, dass sie am folgenden Abend den *Molekularen Gott* spielten, die Geschichte eines Physikers, der durch einen Zufall in die verloren geglaubten Tagebücher Embry Sickels gelangt, des Wissenschaftlers, dessen Werke zur Entwicklung der Sprungmotoren führten. Der Physiker, unversehens im Besitz eines unbezahlbaren historischen Dokuments, verbrennt die Tagebücher und springt aus dem Fenster seines im siebten Stock liegenden Büros.

In beiden Fällen hatten die untersuchenden Detektive, gespielt von Kim und Solly, sämtliche Zeugen und Indizien zur Verfügung. Sie tauschten die Rollen, wie sie gerade Lust hatten. Besonderes Vergnügen fand Kim an der Rolle des riesigen Leibwächters Archimedes Smith.

Sie verbrachten einen großen Teil ihrer Zeit damit, sich in virtuellen Umgebungen aufzuhalten. Kim bevorzugte Kunstlandschaften, Gegenden, die niemals existiert hatten und niemals existieren würden, wo Farben und Bilder impressionistische Formen besaßen, Springbrunnen mitten in der Luft schwebten und spürbares Licht in azurblaue Himmel sandten. Solly hatte einen mehr konservativen Geschmack; er zog Palmenstrände und Gebirgslandschaften vor und hatte eine besondere Vorliebe für die alten Ägypter mit ihren Pyramiden und dem Tal der Könige mit seinen großartigen Gräbern. Manchmal waren die Tempel nur noch Ruinen, manchmal sahen sie aus wie zu ihren besten Zeiten.

Keiner von beiden verspürte das Bedürfnis, für sich allein zu bleiben, doch da Solly dazu neigte, in Kims abstrakten Landschaften Übelkeit zu entwickeln, gab sie schließlich nach und begnügte sich mit den profaneren Umgebungen.

Sie fand reichlich Zeit zum Nachdenken, und sie verbrachte einen großen Teil davon mit dem Versuch, sich selbst zu überzeugen, dass sie das Richtige getan hatte. Sie machte sich Sorgen wegen Solly, und schließlich wurde ihr bewusst, dass sie sich verzweifelt wünschte, er möge ihretwegen nicht in Schwierigkeiten geraten.

Sie stand beträchtlich in seiner Schuld. Er hatte ihr durch schwierige Zeiten geholfen, auch nach der gescheiterten Beziehung mit dem einzigen Mann, den sie je zu lieben geglaubt hatte. Er war mit einer Buchhalterin weggegangen und hatte nichts außer einem Brief zurückgelassen, in dem er ihr ein gutes Leben wünschte. Heute wusste Kim, dass die Beziehung niemals hätte funktionieren könnte, doch die Erfahrung machte ihr immer noch zu schaffen, obwohl inzwischen mehrere Jahre vergangen waren. Solly und seine damalige Frau Ann hatten sie während dieser Zeit fast adoptiert.

Später dann, als Ann die Ehe nicht erneuert hatte, war Kim für ihn da gewesen, wenn er jemanden zum Reden gebraucht hatte, und hatte ihm all ihre Freundinnen vorgestellt.

Sie teilten eine Menge guter Erinnerungen und fühlten sich einander näher als viele Liebespaare. Sie hatten zusammen gefeiert, hatten sich gegenseitig gestützt und sich an den Erfolgen des anderen erfreut. Als Kims Wildeye-Team vor zwei Jahren eine Amateurmeisterschaft gewonnen hatte, war Solly, der Mannschaftssportarten todlangweilig fand, im Stadion gewesen und hatte sie frenetisch gefeiert.

Sie waren sich noch näher gekommen, nachdem Ann gegangen war. Doch es gab eine Grenze zwischen ihnen, und beide respektierten sie.

Doch Kim hatte begonnen, von Solly zu träumen. Und eines Abends, irgendwann im Verlauf der dritten Woche, beschloss sie, dass der Zeitpunkt gekommen war, ihm ein Signal zu geben.

Sie war an der Reihe, die abendliche Unterhaltung auszusuchen, und sie entschied sich für *Raven*, eine historische Romanze, die im zweiten Jahrhundert Equatorias spielte, als Gesetz und Ordnung und die gesamte Zivilisation am Boden gelegen hatten. Der Raven war ein dunkles Juwel, ein Artefakt, der vermutlich von einer unbekannten und möglicherweise nichtmenschlichen Rasse stammte und

Clea in die Hände fiel, einer jungen Frau, die ihn durch eine ganze Reihe von Gefahren bringen musste, um ihn seinem rechtmäßigen Besitzer zu überbringen. Sie wurde von allen möglichen Banditen, Piraten, korrupten Regierungsbeamten und dem Schlimmsten von allen, dem gefürchteten Banditenchef Aranka gejagt.

Das Programm schloss einen Selektor mit ein, mit dem das Ausmaß körperlicher Nacktheit eingestellt werden konnte, dem sie begegnen würden.

Als die Drinks in den Gläsern und die Imbisse auf den Tellern waren, startete sie das Programm.

Clea sah selbstverständlich aus wie Kim. Sie *war* Kim.

Sie hatte sich soeben einen Flieger gemietet und stand im Begriff, einen ausgedehnten Regenwald zu überqueren. Es war der letzte Abschnitt einer Heimreise. Plötzlich taumelte ein Mann unter den Bäumen hervor, dicht gefolgt von einem blutrünstigen Mob. Die Verfolger besaßen Pistolen und Laser und schossen wild auf den Flüchtenden. Der wiederum erblickte Kim/Clea und änderte seine Richtung auf sie zu. Sie war seine einzige Chance.

Sie zögerte, doch dann öffnete sie die Luke. Er sprang unter einem Hagel von Laserblitzen an Bord. Der Flieger bockte und schüttelte sich, doch dann hob er ab, und sie waren in Sicherheit.

Doch der Mann war schwer verwundet und blutete stark.

Clea untersuchte ihn und stellte rasch fest, dass er sterben würde. Sie tat, was sie konnte. In der Zwischenzeit hatte ein weiterer Flieger die Verfolgung aufgenommen. In einer spektakulären Szene lockte sie den Gegner in einen Tunnel, wo er von einem entgegenkommenden Zug erfasst und ausgeschaltet wurde. Doch auch ihr Flieger hatte

Schäden davongetragen, und sie war gezwungen zu landen.

»Was ist passiert?«, fragte sie ihren Passagier, als sie am Boden angekommen waren. »Was wollten diese Leute von Ihnen?«

Er zog den Raven hervor. Minuten später war er tot, und sie entdeckte Bewegung unter den Bäumen ringsum. Sie konnte den Artefakt gerade noch unter dem Sitz des Fliegers verstecken, als auch schon Nomaden aus dem Dunkel des umliegenden Waldes stürmten und sie gefangen nahmen.

Sie überlegten, Clea als Sklavin zu verkaufen, und sie bemühte sich, die Gunst ihrer Häscher zu erlangen, indem sie einen leidenschaftlichen Tanz im Fackelschein präsentierte. Es war diese Szene, wegen der Kim das Stück ausgesucht hatte. Der Betrachter sah die Tänzerin niemals deutlich; die flackernden Fackeln und das Feuer warfen ein viel zu unstetes Licht, durchsetzt von flinken Schatten, und alles war Tempo und Rhythmus. Leidenschaft und Versuchung.

Während sich ihre Doppelgängerin wand und drehte, lehnte sich Kim mit einer Mischung aus Nervosität und Erwartung zurück. Es war schließlich kein besonders subtiler Versuch. Falls es tatsächlich Isabells Gene gewesen waren, die Columbus den Weg nach Amerika eröffnet hatten, dann vollführten Kims Gene nun einen ähnlichen Dienst für Solly. Auf ihren Lippen stand ein Lächeln: Das ewige Weib, wirklich oder virtuell, zivilisiert oder barbarisch. Dieses Spiel änderte sich wohl niemals.

Solly beobachtete das Spiel der Schatten, doch er blickte sie nicht direkt an.

Selbstverständlich wusste er, was vor sich ging, und es war offensichtlich, dass er versuchte, sein eigenes Spiel zu spielen, indem er vorgab, sich angesichts der Szene köstlich zu amüsieren. Doch sie bemerkte die Anspannung in seinem Gesicht.

An dieser Stelle verlor sie den Faden der Geschichte. Die ganze Welt – eigenartig, dass sie in diesem Begriff dachte, eingedenk der Tatsache, dass die ganze Welt in dieser Wirklichkeit aus weiter nichts als der *Hammersmith* bestand – die ganze Welt schien sich mit einem Mal in Sollys Augen zu spiegeln, die zusammengekniffen geradeaus blickten und sich trotzdem ganz genau ihrer Anwesenheit bewusst waren.

»Ich glaube nicht«, sagte er schließlich, noch immer ihrem Blick ausweichend, »dass das eine gute Idee wäre.«

Sie ließ fast eine Minute vergehen, bevor sie antwortete. »Also gut«, sagte sie schließlich. »Ganz wie du meinst.«

Solly nahm die Fernbedienung und schaltete den VR-Projektor aus. Der Raum wurde dunkel bis auf das schwache Licht der Sicherheitsleuchten entlang der Fußleisten an den Wänden.

Keiner von beiden bewegte sich.

»Kim.« Seine Stimme klang leise und schien von weit her zu kommen. »Ich liebe dich.«

Da war es: Endlich hatte er es gesagt.

Sie stand auf und trat vor ihn, schlang die Arme um seinen Hals und zog ihn zu sich.

»Ich habe dich von Anfang an geliebt«, gestand er.

»Ich weiß.« Das machte den Augenblick besonders erschreckend. Und besonders schön zugleich.

Er zog sie zu sich hinunter. Ihre Lippen berührten sich sanft, zogen sich zurück, berührten sich erneut. »Das hätte eigentlich nicht passieren dürfen«, sagte sie.

Sie spürte sein Herzklopfen. Oder vielleicht war es auch ihr eigenes. Sie wusste es nicht genau.

Seine Wange fühlte sich heiß an, und sie presste sich an ihn, genoss die Leidenschaft des Augenblicks. Sie spürte, wie er erschauerte. Und doch schien er sich noch immer zu scheuen.

»Hab keine Angst, Solly«, sagte sie.

Gehemmt durch ein Verhaltensmuster, das mehr als ein Jahrzehnt angedauert hatte, zog er sich ein Stück weit von ihr zurück und blickte sie an. »Ich weiß nicht, ob es richtig ist«, sagte er.

»Es ist richtig.« Sie nahm seine Hand und legte sie auf ihre Brust.

Die Pritschen waren weder tragbar noch groß genug, um zwei Menschen Platz zu bieten, daher zogen sie sich nach den ersten Nächten, die sie ineinander verschlungen auf dem Fußboden geschlafen hatten, wieder in ihre jeweiligen Kabinen zurück, nachdem die Leidenschaft gestillt war. Die *Hammersmith*, sagte Solly irgendwann, war nicht für Liebespaare konstruiert worden.

Kim fand dieses Arrangement extrem unbefriedigend. Solly war der gleichen Meinung. Sie entfernten zwei Matratzen von den Liegen, suchten Kissen zusammen und zogen damit in eine dritte Kabine, die sie zu ihrem Schlafzimmer umwandelten. Es funktionierte ganz gut.

Wie nicht anders zu erwarten, schnellte die Moral an Bord des Schiffes in große Höhen. Solly enthüllte ihr stichelnd, dass sie seiner Meinung nach den größten Teil der ersten Woche in einer Art Angstzustand verbracht hatte, und als sie über ihre düstere Stimmung nachdachte, wurde ihr bewusst, dass er wahrscheinlich Recht hatte. Trotz seiner Gegenwart hatte sie sich allein gefühlt, weil sie diejenige gewesen war, die das Projekt vorangetrieben und darauf bestanden hatte, dass der Versuch das Risiko mehr als wert war. Sie war es, die sämtliche Konsequenzen tragen musste, sollten sie keine Beweise finden. Und dann hatte sie auch noch erfahren müssen, dass es Solly sogar lieber war, wenn sie nichts fanden.

Nun, wenigstens war er nun auf ihrer Seite. Sozusagen.

Kim empfand die nachfolgenden Tage bald als die glücklichsten ihres ganzen Lebens. Gegen Ende der vierten Woche fragte sie sich ernsthaft, wie sie nur so lange hatte warten können, bevor sie mit Solly eine Beziehung eingegangen war.

Gegen Mitternacht des zweiunddreißigsten Tages ihrer Reise, ab 30. Februar, sollte die zweite Nova ausgelöst werden. »Wenn wir Glück haben«, sagte sie, »ist das Projekt Leuchtfeuer überflüssig geworden, noch bevor sie Ozma auch noch explodieren lassen.« Ozma war nach den Plänen der letzte Stern in der Serie von künstlichen Novae.

Trotz des Hochgefühls, das aus ihrer wundervollen Beziehung zu Solly entsprang, wurde ihr die Tatsache, dass sie so völlig von der Außenwelt abgeschnitten waren, immer unerträglicher. »Es sind nicht nur die fehlenden Nachrichten«, schimpfte sie, »es ist, als wäre man in einem Kokon gefangen!«

»Du brauchst mehr Kerzenlicht und Musik«, sagte Solly. »Wahrscheinlich ist es der gleiche Effekt, der an Bord von Passagierraumern zu Halluzinationen bei den Gästen führt. Es gibt Kasinos und Shows und alle möglichen Arten von Unterhaltung, aber selbst dort werden die Menschen von diesem Gefühl grenzenloser Einsamkeit beeinträchtigt. Und hier sind wir sogar nur zu zweit.«

»Ich erinnere mich an einen Bericht«, sagte Kim, »über eine Frau, die auf einer unbewohnten Welt gestrandet war. Sie musste drei Monate auf Hilfe warten, und trotzdem war sie völlig normal, als man sie fand. Sie hatte alles, was sie brauchte, und sie wusste, dass sie das einzige Lebewesen auf dem Planeten war.«

Solly nickte.

»Fühlst du es?«, fragte sie.

»Sicher«, antwortete er. »Das Schiff ist wie ein altes Haus. Überall Schatten und Echos. Aber sieh mal, wenn es dir unerträglich wird, springen wir zurück in den Normalraum. Dann können wir uns wenigstens mit jemandem unterhalten. Du könntest Phil Agostino fragen, ob er sich in der Zwischenzeit beruhigt hat.«

»Wie lange würde das dauern? Mit jemandem im Institut zu reden, meine ich?«

»Mehrere Tage, hin und zurück.«

»Das ist es nicht wirklich wert, oder?«

»Ist es, wenn du es brauchst.«

»Nein«, entschied sie. »Wir bleiben im Hyperraum.«

Um Mitternacht tranken sie auf das Projekt Leuchtfeuer. Kim hatte Kristallgläser mit an Bord gemacht und Drinks gemixt. Solly gab seiner Hoffnung Ausdruck, dass sich die Menschen in ferner Zukunft immer noch an Kim Brandywine erinnerten, wenn das Licht der Novae in einigen Jahrhunderten Greenway erreichte.

Sie errötete. »An mich?«

»Eine Erinnerung an die Zeit, als die menschliche Rasse noch glaubte, sie wäre allein im Universum. Bevor Brandywine die Tür geöffnet hat.«

»Darauf trinke ich«, sagte Kim und füllte beide Gläser nach.

»Ich hätte etwas noch Wichtigeres, auf das ich mit dir trinken möchte.«

Sie lachte, stellte ihr Glas ab und küsste ihn, während sie ihre Brüste an ihm rieb und freudig feststellte, wie das Licht in seinen Augen erwachte. »Was könnte denn noch wichtiger sein?«

»Kim«, sagte er. »Ich weiß, dass dies hier besondere Umstände sind, und ich möchte nicht mehr hinein interpretieren, als wirklich daran ist. Aber ich möchte, dass du eines weißt. Wenn wir wieder nach Hause kommen, egal wo wir bis dahin gewesen sind, dann kann es zwischen uns nicht wieder werden wie vorher.«

Es war der Augenblick, vor dem sie sich gefürchtet und auf den sie gehofft hatte. »Ich glaube nicht, dass wir hier draußen und jetzt deswegen eine Entscheidung treffen sollten«, sagte sie.

»Warum nicht? Oder soll das ein Nein sein?«

Sie saßen auf ihrem improvisierten Bett, beide in Unterwäsche. Im VR lief ein Abenteuerstück von Nelson. Schiffe unter vollen Segeln beschossen sich mit ganzen Breitseiten. Sie hatte den Ton abgestellt und die Bilder so weit gedämpft, dass die Schiffe mitten in der Luft zu schweben schienen.

»Nein, ist es nicht. Ich denke nur, dass wir nichts überstürzen sollten.« Sie fragte sich noch im gleichen Augenblick, warum sie Dinge sagte, die so im Widerspruch zu ihren Gefühlen standen.

»Also gut«, sagte er.

»Solly, lassen wir es sich einfach entwickeln, ja? Erfreuen wir uns an dem, was wir haben.«

»Also gut.« Er sah unglücklich aus.

»Ich meine … hey, wie lange ist Ann schon weg?«

»Seit sieben Jahren.«

»Und so lange hast du gewartet, bis du dich mir genähert hast.« Sie war überrascht über den Ärger, der ganz plötzlich in ihr aufstieg. Woher zur Hölle kam das nun wieder?

Solly schwieg einige Augenblicke. Dann entschuldigte er sich und verließ die Kabine.

Gottverdammt! Ein Streit zwischen Liebenden.

Es hatte wirklich nicht lange gedauert.

18

Wir konnten unmöglich wissen, wer wir wirklich waren, bevor wir nicht das Flüstern von den Sternen hörten.

– CHANG WON TO, MIND AND CREATION, 404

Geh niemals wütend zu Bett.

Sie schliefen in jener Nacht miteinander, wie sie es jede Nacht seit Raven getan hatten. Doch ihre Liebe war mechanisch, reserviert und vorsichtig. Fast konnte man sagen: politisch.

»Alles in Ordnung mit dir?«, fragte sie, als sie fertig waren und still nebeneinander lagen, beide schmerzhaft bewusst, dass die Spannung zwischen ihnen sich immer noch nicht gelegt hatte.

»Mit geht es gut, danke.«

»Nein, tut es nicht. Solly, ich möchte nicht, dass du böse bist auf mich.«

»Ich bin nicht böse.«

»Doch, das bist du, Solly. Ich möchte nicht, dass du böse mit mir bist.«

»Ich bin wirklich nicht böse.«

Und so ging es weiter. Das Eigenartige daran war, dass sie ihn noch nie zuvor so gesehen hatte. Sie kannte ihn, wenn er schmollte, wenn er beleidigt war und gelegentlich sogar kalt ihr gegenüber. Doch das hier war tiefer, ein Groll, der sie sowohl überraschte als auch verletzte.

Vielleicht hatte es damit zu tun, dass auch er die verlorenen Jahre bedauerte und sie dafür verantwortlich machte. Im Schiff eingepfercht und von der Außenwelt abgeschnitten zu sein half dabei nicht das Geringste, im Gegenteil. Es war alles viel zu beengt. Und es war zu viel Einsamkeit ringsum.

Am nächsten Morgen sahen die Dinge wieder besser aus. Er entschuldigte sich bei ihr und stimmte ihr zu, dass sie selbstverständlich abwarten sollten, wie sich ihre Beziehung entwickelte, und keine überstürzten Versprechungen machen, die keiner von beiden halten konnte.

Während der folgenden Tage bereicherten sie ihre leidenschaftlichen Abende mit VR-Spielen, in denen sie die Rollen von Liebenden spielten und sich in exotischen Abenteuern aufeinander einließen. Doch es waren immer nur sie beide; kein dritter durfte sich ihnen anschließen.

Der Höhepunkt des ersten Teils ihrer Reise kam am späten Nachmittag des siebten März, dem neununddreißigsten Tag seit ihrem Aufbruch von Sky Harbour. Die automatischen Systeme der *Hammersmith* informierten sie, dass der Übergang in den Normalraum kurz bevorstand. Sie hatten im Kontrollraum gesessen und Kaffee getrunken, während sie voller Spannung auf das bevorstehende Ereignis gewartet hatten.

»*Noch fünf Minuten*«, sagte die KI.

Kim legte die Sicherheitsgurte an.

»Die Stunde Null«, sagte Solly. »Viel Glück.«

Das Schiff vibrierte ständig voller Energien von laufenden Maschinen, Lebenserhaltungssystemen und Aggregaten, die im Bereitschaftsmodus schliefen. Kim hatte sich rasch daran gewöhnt und nahm die allgegenwärtige Geräuschkulisse nur noch wahr, wenn sie bewusst darauf lauschte. Jetzt, im Anflug auf ihr Zielgebiet siebenundzwanzig Lichtjahre vom Alnitak entfernt, sammelten die Sprungmaschinen erneut Energien für die Rückkehr in den Normalraum.

Kim schloss die Augen. Sie stellte sich vor, wie sie nach Hause zurückkehrte und Agostino die unwiderlegbaren Beweise vorlegte, dass eine Begegnung stattgefunden hatte, wie sie Pressekonferenzen einberief und die Glückwünsche aus der ganzen Welt entgegen nahm. Noch in tausend Jahren würden die Menschen ehrfürchtig über den Flug der *Hammersmith* sprechen.

Die wirkliche Herausforderung, vermutete Kim, bestand darin, eine zweite Begegnung herbeizuführen.

Alles schien sehr erfolgversprechend, und sie sonnte sich im Gefühl des bevorstehenden Ruhms, als die Sprungmotoren einsetzten und das Schiff in den Normalraum zurück brachten.

»Okay«, sagte Solly. »Das war's. Wir sind da.« Er legte die Aussicht nach vorn auf den großen Schirm an der Wand. Der Himmel war voller Sterne.

»Machen wir uns an die Arbeit«, sagte Kim so aufgeregt, dass sie sich kaum beherrschen konnte.

Er ergriff ihre Hand. »Wir müssten ungefähr dreißig Stunden haben, bevor das Signal hier eintrifft. Aber da wir den Uhren nicht trauen können, sollten wir so schnell wie möglich anfangen.«

Sternbilder lösen sich in der Regel auf, wenn man sich ihnen nähert. Sterne, die, von einer Planetenoberfläche betrachtet, aussehen, als stünden sie nahe beieinander, sind in Wirklichkeit meist weit entfernt. Der Gürtel des Orion war eine strahlende Ausnahme. Die drei superhellen Sonnen standen immer noch im gleichen Abstand zueinander, doch aus einer Entfernung von weniger als dreißig Lichtjahren dominierten sie den Nachthimmel und blendeten das Auge, ganz im Gegensatz zu dem, was Menschen auf Greenway und fünfzehnhundert Lichtjahre weiter weg zu sehen bekamen.

Epsilon Orionus, in der Mitte, war auch unter seinem arabischen Namen Alnilam bekannt, *Perlengürtel*. Er war zweimal so hell wie Mintaka im Westen, umgeben von einem Dunstschleier, der unregelmäßigen Nebelwolke NGC 1990, die leuchtete wie der Himmel über einer großen Stadt.

Und schließlich, ganz im Osten, Zeta Orionus. Alnitak.

Der *Gürtel*.

Kim beobachtete, wie der Alnitak langsam ins Zentrum des Schirms wanderte, als die *Hammersmith* sich ausrichtete. Auch der Alnitak war in Dunst gehüllt, vom Flammennebel und der leuchtenden Gaswolke IC434.

»*Wir sind auf Kurs in Richtung Alnitak*«, meldete die KI. »*Wir beschleunigen auf vierunddreißig Kilometer pro Sekunde.*«

»Sehr gut. Danke, *Hammersmith*«, sagte Solly.

Die normalen Antennen des Raumschiffs richteten sich auf den Riesenstern. Ringsum im Rumpf glitten Luken auf, und weitere Antennen fuhren entlang der Mittelachse in Position.

»Ich finde das wirklich erstaunlich«, sagte Kim.

»Was denn?«

»Ich dachte immer, Piloten würden ständig an Konsolen arbeiten, Knöpfe drücken, Dinge justieren und so weiter. Aber du könntest hier mit einem Buch in der Hand sitzen, und niemand würde einen Unterschied bemerken.«

»Wir haben eine gute Lobby«, antwortete Solly.

»Vielleicht solltest du überlegen, für die Pilotenvereinigung zu arbeiten?«

Die Maschinen verstummten, und das Schiff glitt antriebslos weiter.

»*Beschleunigungsphase abgeschlossen*«, meldete die KI.

»Gut. *Hammersmith*, aktiviere bitte FALSS.«

Aus zwei Hangars, in denen ursprünglich Sonden untergebracht waren, schossen in kurzer Reihenfolge und paarweise insgesamt sechzehn Empfangssatelliten.

Kim und Solly warteten mehrere Stunden, bis die Satelliten sich in einem weiten Feld rings um die *Hammersmith* ausgerichtet hatten und auf den Zielstern gerichtet waren. Dann falteten sie sich einer nach dem anderen auf wie große weiße Blüten.

Während der gesamten Operation blieb Kim im Missionskontrollraum, mit Ausnahme von ein paar raschen Besuchen auf der Toilette und einem hastigen Imbiss. Gegen elf Uhr abends verkündete die KI, dass FALSS einsatzbereit war. Sie verfügten nun über eine Empfangsanlage, deren Durchmesser ungefähr dem des Orbits von Greenways äußerstem Mond entsprach.

Solly lächelte sie an. »Möchtest du das Kommando geben?«

»O ja!«, strahlte Kim. »*Hammersmith*, aktiviere FALSS.«

Kontrollleuchten flackerten auf. »*FALSS aktiviert.*«

Ein Schwall dumpfer statischer Geräusche drang aus den Lautsprechern.

Zur Rechten Kims erhellte sich ein weiterer Schirm. Das System startete seine Testroutinen und meldete anschließend, dass es einsatzbereit war.

»Aktiviere die programmierte Suche«, sagte Solly.

»*Suche aktiviert.*« Das statische Rauschen verebbte.

»Was nun?«, fragte Kim.

Solly blickte hinauf zu dem großen Bildschirm, der immer noch den Alnitak zeigte, und erhöhte die Vergrößerung, bis der Stern zu einer Scheibe angewachsen war. »Wir warten«, sagte er.

Sie setzte einen Kopfhörer auf und lauschte ein paar Minuten. Der Raum war voller Radiowellen, eine Kakophonie von leisem Wimmern und Kreischen und Gemurmel, die ersterbenden Schreie von Sternen, die in schwarze Löcher stürzten, das Stakkato von Pulsaren, das Rauschen kollidierender Gaswolken. Das Suchprogramm würde jedes kohärente Signal entdecken und aufzeichnen. Wenn es der *Hammersmith* gelang, eine Sendung von der *Hunter* aufzufangen (oder von etwas anderem?), dann würde die KI sie unverzüglich alarmieren.

Solly befahl der *Hammersmith,* den Ton abzuschalten.

Kim dachte über die Möglichkeiten nach und ob sie nicht eines Tages imstande sein würden, zu weit entfernten Orten zu reisen, um historisch signifikante Radiosendungen aufzufangen. Natürlich mussten sie dazu näher an Zuhause sein. Bei einer Entfernung von fünfzehnhundert Lichtjahren bis nach Greenway und sogar sechzehnhundert bis zur Erde konnte es hier noch überhaupt keine Signale aus der menschlichen Geschichte geben. Was für eine faszinierende Vorstellung, über ein Teleskop zu verfügen, durch das man hinunter zur Erde sehen konnte, wo in diesem relativen Augenblick Heinrich IV auf dem britischen Thron saß und Johanna von Orleans noch ein Schulmädchen war.

Solly stand auf. »Mehr können wir im Augenblick nicht tun«, sagte er. »Möchtest du noch eine Weile in den Fitnessraum gehen?«

Kim war überrascht, dass Solly in einem Augenblick wie diesem einfach aufstehen und davongehen konnte, auch wenn die Periode hoher Wahrscheinlichkeit noch Stunden entfernt lag. »Nein«, sagte sie. »Ich denke, ich bleibe hier und warte.«

Sie saß noch immer auf ihrem Platz, als er zwei Stunden später zurückkehrte und ihr etwas zu essen brachte.

Während der Nacht lagen sie lange wach, unterhielten sich und warteten auf den Alarm. Jetzt, da sie an ihrem Ziel angekommen waren, an einem Ort mitten im Nichts, von wo aus ganze Wolken von Sternen zu sehen waren, hatte sie ihre Zuversicht verloren. Wie albern im Grunde genommen: Sie hatte ihre Rechnungen Hunderte Male überprüft; die Ausrüstung war für ihr Vorhaben angemessen; die Naturgesetze waren präzise, was die Fortpflanzungsgeschwindigkeit von Radiowellen im Vakuum anging. Doch die *Hunter* war so lange schon wieder weg, in menschlichen Begriffen jedenfalls. Und welche Beweise hatte sie schon wirklich außer Kanes Wandbild und einem Satz gefälschter Logs?

Solly, der sein gesamtes Leben mehr oder weniger zwischen den Sternen verbracht hatte und zu der Überzeugung gelangt war, dass der Kosmos den Menschen allein gehörte, versuchte sie zu beruhigen, doch der Klang seiner Stimme verriet ihn.

Den größten Teil des folgenden Tages verbrachten sie über den Instrumenten. Kim lauschte auf die kosmischen Geräusche und beobachtete die Uhr. Sie überging das Mittagessen und versuchte zu lesen, doch kein Buch vermochte sie abzulenken. Solly beschäftigte sich damit, Instrumente zu kalibrieren, die überhaupt keine Wartung benötigten.

Sie nahmen ein leichtes Abendessen zu sich und starteten dann ein weiteres VR–Spiel, doch sie nahmen nicht an der Handlung teil, sondern sahen lediglich passiv zu. Kim fand einfach keine Ablenkung.

Sie gingen nicht schlafen. Gegen Mitternacht lag Kim auf der Couch, den Unterarm über den Augen, und lauschte der Stille.

»Es kann noch ein paar Tage dauern«, sagte Solly beschwichtigend. »Vielleicht sogar noch eine Woche. Hier draußen können wir nicht mit hundertprozentiger Sicherheit bestimmen, ob wir an der richtigen Stelle herausgekommen sind.« Auf den Schirmen erstreckte sich ein unendliches Sternenmeer. Er wollte gerade noch etwas hinzufügen, als sich die Schiffs-KI meldete. »*Ich empfange ein Signal.*«

Kim fuhr von der Couch hoch.

»*Eingang um null Uhr drei. Keine visuelle Komponente, lediglich Audio. Auf unserer Standardfrequenz.*«

»Spiel es vor«, sagte Solly. »Von Anfang an.« Es war null Uhr sechs.

Kim setzte sich auf.

Aus dem Lautsprecher drang ein einzelnes *Blip*.

Dann, Augenblicke später, zwei *Blips*.

»Ist es die *Hunter*?«, fragte Solly die KI.

Drei Blips.

Vier.

»*Unbestimmt. Es ist künstlicher Natur, mit einer Wahrscheinlichkeit von mehr als neunundneunzig Prozent.*«

Die *Hammersmith* verfügte in ihrer Datenbank über die Transmissionscharakteristik der *Hunter*. Mit einer ausreichenden Menge von Signalen war sie imstande, die Identität zweifelsfrei festzustellen.

»Es kann niemand anderes sein«, sagte Kim in freudiger Erregung. »Wir haben sie!«

Sie lauschte angespannt auf weitere Signale, doch die Lautsprecher schwiegen. »War das alles?«, fragte Solly.

»Ja. Das Signal traf vor vier Minuten ein.«

»Wenn du noch mehr empfängst, leg es direkt auf die Lautsprecher.«

»Sie haben bis vier gezählt«, sagte Kim.

Dann ging es erneut los.

Eins. Zwei.

»Was zur Hölle hat das zu bedeuten?«, fragte Solly.

Drei.

»Sie haben etwas gesehen.«

Vier.

Kim wollte vor Freude schreien. »Es muss etwas gewesen sein, mit dem sie nicht reden konnten. Sie versuchen Hallo zu sagen.«

Und wieder. Eins …

»Was für eine Art von Hallo soll das sein, bis vier zu zählen?«

»Die einzige gemeinsame Sprache, die sie haben. Wenn es tatsächlich Außerirdische sind, können sie antworten, indem sie bis fünf zählen.«

Sie legte die Handflächen gegeneinander und flüsterte ein Gebet zu welcher Macht auch immer, die das Universum kontrollierte. Dann warf sie sich ihm in die Arme. »Solly!«, sagte sie. »Es geschieht wirklich! Es ist kein Traum!«

»Lass uns noch ein wenig warten, bevor wir anfangen zu feiern …«

Das Signal endete. Kim löste sich von ihm, verschränkte die Hände und wartete.

»Auch wenn sie dort draußen wirklich jemanden gefunden haben«, sagte sie dann, »werden wir nur ihre Seite der Konversation empfangen.« Das andere Schiff würde mit an Sicherheit grenzender

Wahrscheinlichkeit ein gerichtetes Signal benutzen, im Gegensatz zur omnidirektionalen Funkanlage der *Hunter*.

»Glaubst du, sie erhalten eine Antwort?«, fragte Solly.

Es begann von vorn. Das gleiche Muster.

»Nein«, sagte sie. »Noch nicht.« Ihr Herz pochte. Die Sequenz endete. Und begann von neuem.

Eins. Zwei. Drei. Vier.

»Ich habe die Charakteristik der Signale analysiert«, meldete die *Hammersmith*. *»Es ist die* Hunter.«

Kim stellte sich vor, wie es gewesen sein musste: Irgendwo in der Nähe des Alnitak, das Schiff Tripleys mit Reparaturen beschäftigt – es fiel ihr schwer, Vergangenheit und Gegenwart zu trennen –, und plötzlich waren sie *etwas* begegnet. Dem eigenartigen Schiff ohne Antriebsrohre. Der *Valiant*.

Eins. Zwei. Drei. Vier.

»Komm schon, weiter«, flehte sie.

Solly betrachtete sie. »Glaubst du immer noch, dass sie keine Antwort erhalten?«

»Ich denke schon. Sobald sie eine Antwort von dem anderen Schiff haben, werden sie ihr Signal ändern.«

»Und was käme als Nächstes?«

»Ich weiß es wirklich nicht, Solly. Irgendetwas ...«

Eins ...

»Warum antworten die Außerirdischen nicht?«, fragte sie ungeduldig.

»Vielleicht wissen sie nicht wie?« Auch Solly brachte Vergangenheit und Gegenwart durcheinander. Sie waren – in gewisser Hinsicht – durch die Zeit gereist.

»Sie müssen einen Weg wissen, Solly! Wie sollten sie sonst durch den Weltraum fliegen?« Sie betete um ein visuelles Signal. Wäre sie an Bord der *Hunter* gewesen, sie hätte das Bild der *Valiant* aufgezeichnet und zu dem anderen Schiff zurückgesendet und damit die Fremden eingeladen, das Gleiche zu tun. Eine freundliche Geste. Eine Geste, die sie hier empfangen konnten. Und die ihnen über jeden Zweifel hinaus verraten würde, was beim Alnitak geschehen war.

Die Signalfolge wiederholte sich unablässig. Die Zeiträume zwischen den vier *Blips* waren unterschiedlich lang, was darauf hindeutete, dass sie manuell ausgestrahlt wurden. Die komplette Sequenz dauerte im Mittel acht Sekunden, mit einer Pause von ungefähr einer Minute zwischen den einzelnen Folgen.

»Empfangen wir auf sämtlichen Frequenzen?«, fragte Kim nur für den Fall, dass die Außerirdischen antworteten und ihre Sendeantenne zufällig in ihre Richtung zeigte, so dass die *Hammersmith* das Signal empfangen konnte.

»Selbstverständlich. Alle Frequenzen sind abgedeckt. Aber ich würde kein Geld darauf verwetten.«

Wieder trat eine Pause ein. Kim versuchte sich vorzustellen, welche Stimmung jetzt an Bord der *Hunter* herrschte und was sie auf den Schirmen sahen. Was sie entdeckt hatten. Sie hätte Markis Kane umbringen können. War ihm denn nicht in den Sinn gekommen, dass ein Ereignis wie dieses bei den Außerirdischen Interesse für die Herkunft der Menschen erwecken konnte? Dass sie schon allein deswegen verpflichtet gewesen waren, die Nachwelt zu informieren?

Solly blickte auf die Uhr. »Sie verspäten sich.«

Die Stille dauerte an. Fünf Minuten. Sieben Minuten.

»Vielleicht haben sie resigniert«, sagte er.

»Nein.« Unmöglich. Man gibt nicht auf, wenn man direkt vor sich einen Außerirdischen findet. »Das hätten sie bestimmt nicht getan.«

»Vielleicht doch, wenn die Außerirdischen weitergeflogen sind.«

Ihre Stimmung sank. Das war eine Möglichkeit, über die sie noch gar nicht nachgedacht hatte. Sie war bisher stets davon ausgegangen, dass eine sternenfahrende Spezies in einer Situation wie dieser notwendigerweise die gleiche brennende Neugier an den Tag legte wie Kim. Wie unbedacht von ihr.

Andererseits – falls es eine Begegnung gegeben hatte und sie auf so abrupte Weise zu Ende gegangen war – wie erklärten sich dann die nachfolgenden Ereignisse? Nein, so einfach konnte es nicht gewesen sein.

»Sie versuchen wahrscheinlich etwas anderes«, sagte sie. »Etwas, das wir nicht empfangen können.«

»Beispielsweise?«

»Wäre ich an ihrer Stelle und würde keine Antwort bekommen, würde ich wahrscheinlich anfangen, Lichtsignale auszusenden. Außerdem besteht die Möglichkeit, dass sie bereits Kontakt hergestellt haben, dass sie sich in diesem Augenblick darauf vorbereiten, Geschenke auszutauschen und sich ihre gegenseitige Freundschaft zu versichern. Vielleicht haben sie die Schleusen geöffnet und winken sich zu. Nichts von alledem würde von FALSS aufgefangen.«

»Zumindest Letzteres ist eine Möglichkeit, die du abhaken kannst. Sie hatten noch nicht genügend Zeit, in ihre Druckanzüge zu steigen.« Er blickte sie kritisch an und runzelte die Stirn. »Alles in Ordnung?«

»Wenn das so weitergeht, Solly, werde ich noch zu einem emotionalen Wrack.« Sie starrte auf das

Bild vom Alnitak, als ob sie durch schiere Willenskraft erreichen konnte, dass endlich etwas geschah. Jetzt in diesem Augenblick versteckten sich die Bilder der *Hunter* und des fremden Schiffes im alles überstrahlenden Licht des fernen Sterns. »Ich hätte noch eine weitere Frage für dich«, sagte sie.

»Schieß los.«

»Woher wollen wir wissen, ob an Bord eines fremden Schiffes überhaupt Lebensformen existieren? Was ich meine, ist, wenn wir auf etwas stoßen und es antwortet nicht – besitzen wir Sensoren, die ins Innere vordringen und feststellen können, ob jemand an Bord ist?«

»Nein«, sagte er. »Außerdem müsste jedes Schiff in der Nähe des Alnitak eine starke Abschirmung gegen die Strahlung besitzen. Die *Hunter* kann unmöglich feststellen, ob das andere Schiff eine Besatzung hat oder ob es automatisiert ist. Die einzige Möglichkeit, sicherzugehen, besteht darin, mit ihnen zu reden. Und selbst das führt nicht zu einer definitiven Antwort. Vielleicht besitzt das andere Schiff eine KI.« Er dachte noch einen Augenblick darüber nach. »Ich schätze, man müsste persönlich an Bord gehen und den Fremden die Hände schütteln.« Er grinste. »Oder was auch immer. Aber alles andere ist nur geraten.«

Zuerst erinnerte sie sich nicht, wo sie war. Die *Hunter* sendete erneut. *Blip. Blip. Blip.* Das Muster war nun eins-drei-fünf-sieben. Sie luden die Fremden ein, mit einer Neun zu antworten. Konnte die Tatsache, dass sie die Sequenz geändert hatten, bedeuten, dass sie eine Antwort erhalten hatten?

Sie lag auf der Couch. Solly hatte sie mit einer Decke zugedeckt.

»So geht das nun seit zwei Stunden, glaube ich.«

»Glaubst du?«

»Mitten in der Sequenz gab es eine Unterbrechung von vierzehn Minuten. Vielleicht ist etwas im Weg gewesen oder so. Vielleicht dieser Gasriese, den du erwähnt hast.«

Es war vier Uhr morgens. Vier Stunden, seit sie das Signal der *Hunter* empfangen hatten. »Möchtest du dich jetzt hinlegen und ein wenig schlafen?«, fragte sie.

»Ja. Ich glaube, für heute Nacht habe ich genug davon. Wie sieht es mit dir aus?«

»Ich bleibe hier.«

»In Ordnung.« Er stand auf, beugte sich über sie und küsste sie flüchtig. »Ich hätte niemals gedacht, dass sie tatsächlich auf etwas gestoßen sein könnten, das sie total ignoriert. *Hey, wir haben dort draußen Außerirdische entdeckt, aber sie wollten nicht mit uns reden. Wohin sie geflogen sind? Keine Ahnung.*«

»Nun«, erwiderte sie, »ich hoffe doch sehr, dass wir noch mehr als nur das da empfangen.« Sie deutete auf den Schirm, auf dem die neue Sequenz grafisch dargestellt wurde. »Ich sehe mich schon in Agostinos Büro mit einer Aufnahme, auf der nichts weiter zu hören ist als *Blips* von der *Hunter*.«

Solly blieb im Durchgang stehen. »Wenn schon nichts anderes«, antwortete er, »so können wir auf jeden Fall über allen Zweifel beweisen, dass Kane die Logbücher gefälscht hat. Was auch immer diese Signale wirklich zu bedeuten haben, kein Einziges davon findet sich in den Aufzeichnungen.« Er wand sich aus seinem Hemd. »Ruf mich, wenn irgendetwas passiert …«

Dann war er weg, und sie gähnte und kuschelte sich unter der Decke zusammen, während sie den

Geräuschen aus dem Lautsprecher lauschte. Eins, drei, fünf, sieben. Wieder und immer wieder.

Doch wenigstens war sie jetzt wieder wach. Sie stand auf und holte sich Kaffee. Im Missionskontrollraum war es stets kühler als im restlichen Schiff. Die Lebenserhaltungsfunktionen arbeiteten nicht ganz einwandfrei. »Komm schon, *Valiant*«, sagte sie leise. »Antworte endlich!«

Sie trank ihren Kaffee. Die *Hunter* sendete unermüdlich weiter.

Die Signalquelle lag genau in Richtung Alnitak. Die *Hunter* war irgendwo in der Nähe des Riesensterns aus dem Hyperraum gekommen, dachte Kim, wahrscheinlich in unmittelbarer Nachbarschaft zu dem eingefangenen Gasriesen. Und dort war sie auf einen weiteren Touristen gestoßen.

Die Signalfolge änderte sich unvermittelt.

Eins. Zwei. Drei. Fünf.

Fünf?

Dann *acht*.

Kim aktivierte den Interkomm.

»Ich höre es ebenfalls«, antwortete Solly in seiner Kabine. »Was hat es deiner Meinung nach zu bedeuten?«

Der Lautsprecher verstummte.

»Eine neue Serie«, antwortete Kim. »Ein wenig komplizierter diesmal. Solly, ich glaube, sie haben in der Zwischenzeit eine Antwort erhalten.«

»Wieso?«

»Warum sonst sollten sie das Signal ändern?« Sie stellte sich die Lage an Bord vor. Sie waren auf- und abgesprungen, hatten sich auf die Schultern geklopft, sich Glückwunsche ausgesprochen.

»Und wie lautet die nächste Zahl?«

»Dreizehn«, sagte sie. »Wenn es tatsächlich so ist, wie ich glaube, dann hören sie im Augenblick genau das. Dreizehn Blips von dem anderen Schiff.«

»Es wäre schön, wenn wir etwas Konkreteres hätten, um Spekulationen anzustellen.« Trotzdem kehrte er im Schlafanzug in den Kontrollraum zurück und drückte ihre Hand. »Ich hoffe, dass du Recht hast.« Sie umarmten sich.

Sie *hatte* Recht. Sie war ganz sicher, dass sie Recht hatte. Und in diesem Augenblick war sie grenzenlos glücklich.

Solly hielt sie in den Armen und wiegte sie sanft hin und her, während sie auf die nächste Serie warteten.

Als es soweit war, zählte sie bis elf. Das war alles. Elf Blips.

»Was hat das schon wieder zu bedeuten?«, fragte Solly.

»Wer weiß?«, erwiderte sie. »Elf ist eine Primzahl. Wahrscheinlich ist es eine Antwort auf etwas, das die Fremden gesendet haben.«

»Was könnte das gewesen sein?«

»Eins, zwei, drei, fünf, sieben. Lauter Primzahlen. Oder vielleicht haben sie auch nur die ersten fünf ungeraden Zahlen gesendet.«

Solly schüttelte den Kopf und schob sich in einen Sitz. »Kim«, sagte er, »das ist doch alles nur Spekulation. Wir haben keinen echten Beweis.«

»Was hast du denn erwartet?«, entgegnete sie aufgeregt. »Wir wussten von Anfang an, dass es eine einseitige Unterhaltung werden würde. Mit Ausnahme von ein paar Bildern ist das hier mehr, als ich zu hoffen gewagt habe.«

Die Lautsprecher waren wieder verstummt. Sie warteten, und die Stille zog sich fünfzehn Minuten hin. »Vielleicht denken sie über das nach, was sie als Nächstes unternehmen sollen?«, vermutete sie.

»Was würdest *du* tun?«

»Ich würde visuellen Kontakt herstellen. Von Angesicht zu Angesicht. Wenn das geschafft wäre, würde ich versuchen, physischen Kontakt aufzunehmen. Den Lander zu ihnen schicken.«

Solly nickte. »Glaubst du, bei der visuellen Verbindung könnte es zu Problemen kommen?«

Sie überlegte einen Augenblick. »Ja.«

»Welche?«

»Was, wenn sich uns Menschen bei ihrem Anblick der Magen umdreht und sie unsere Reaktion bemerken? Oder wenn wir bei ihnen derartige Reaktionen hervorrufen? Trotzdem, irgendwann muss man es versuchen, daran führt kein Weg vorbei.«

Die KI meldete sich. »Wir haben Videoempfang«, sagte sie mit ihrer honigsüßen Frauenstimme.

Sollys Blick begegnete dem ihren, und eine Woge aus Emotionen flutete zwischen ihnen hin und her. Er schaltete das Signal auf den großen Schirm an der Wand.

»Ich bereite das Signal auf«, sagte die *Hammersmith*.

»Auf den Schirm!«, befahl Solly.

Sie blickten auf das Emblem der *Hunter*, das Schiff vor einer beringten Welt. Nach einem Augenblick löste es sich auf, und Emily erschien! Sie saß in einem Pilotensitz. Kim spürte einen heftigen Stich. Wie jung sie aussah! Und wie aufgeregt sie wirkte! Sie hatte das Haar nach hinten gekämmt und trug eine locker sitzende weiße Bluse, glücklich lächelte sie in die Aufnahmeoptik. »*Wir wissen, dass ihr wahrscheinlich nichts von alledem verstehen könnt, aber ….. willkommen. Wir stammen von der Welt Greenway. Könnt ….. ihr?*«

Kims Herz pochte rasend.

Einer nach dem anderen kamen die Besatzungsmitglieder der *Hunter* vor die Optik und sprachen. Tripley war außer sich vor Begeisterung. Trotz aller äußerlichen Ähnlichkeit war er ganz anders als Benton. Ein weicherer, begeisterungsfähiger Mann, irgendwie lebendiger.

Yoshi war freundlich, wunderschön mit leuchtenden Augen und einem bezaubernden Lächeln. Sie wünschte ihren neuen Freunden alles Gute und gab ihrer Hoffnung Ausdruck, dass dies der Beginn einer neuen Ära für ihrer beider Spezies sei.

»Ich denke, jetzt sind wir tatsächlich im Geschäft«, sagte Solly.

Kim schüttelte den Kopf, während sie sich fragte, wie die Besitzer des anderen Schiffes die Bilder interpretieren würden. Das heißt, falls sie überhaupt imstande waren, sie zu empfangen. Wie hoch war die Wahrscheinlichkeit, dass ihre Ausrüstung kompatibel genug war, um visuelle Daten zu empfangen?

»Das ist eine recht einfache, logische Technologie«, erwiderte Solly. »Würde mich sehr wundern, wenn sie die Bilder nicht empfangen könnten.«

Und dann schließlich Kane. Er sprach ebenfalls aus der Brücke, und sein Verhalten war pflichtbewusst, jedoch nicht schroff. Er sagte, dass er erfreut sei, *die Insassen des anderen Schiffes* kennen zu lernen. Diese Bemerkung erzeugte bei Kim einen weiteren Freudentanz.

»Herzlichen Glückwunsch«, sagte Solly.

Kane erkundigte sich, ob die *Hunter* den Fremden vielleicht behilflich sein konnte. Er war irgendwie der Einzige der vier, dem es gelang, die geschwollene Sprache zu vermeiden, die ein solcher Augenblick bei jedem Menschen hervorzurufen schien.

Kane blickte fast eine Minute direkt aus dem Bildschirm auf Solly und Kim herab. Und dann war er weg. Das Siegel der *Hunter* erschien, dann wurde der Schirm ganz dunkel.

»Ende der Übertragung«, meldete die KI.

Kim stand noch immer im Kontrollraum. Sie war bei weitem zu aufgeregt, um sich zu setzen. »Ich würde alles dafür geben, wenn ich die Antwort der Außerirdischen sehen könnte«, sagte sie.

»Dazu musst du nur die echten Logbücher finden«, entgegnete Solly.

Sie nickte. »Wir müssen uns darum kümmern, sobald wir zurück sind. Das ist unsere wichtigste Aufgabe.«

Solly verschränkte die Arme und starrte auf den Schirm. »Ich hoffe nur, Kane hat sie nicht zerstört.«

»Das hat er ganz bestimmt nicht. Das dort war einer der dramatischsten Augenblicke in der Geschichte der Menschheit! Niemals hätte Kane die Logbücher zerstört. Niemals. Er hat sie irgendwo versteckt.«

»Aber wo? Und warum?«

»Ich weiß es nicht. Wir werden es herausfinden.«

Es dauerte lange Zeit, bis die nächste Sendung eintraf. »Weißt du«, sagte Solly, »mir geht eine von Kanes Fragen einfach nicht aus dem Kopf. Warum hat er gefragt, ob die *Hunter* den Fremden helfen könne? Ist es möglich, dass die Außerirdischen gestrandet sind? Dass sie Schwierigkeiten haben?«

»Könnte sein. Verdammter Kane! Er ist schuld, dass wir hier sitzen und Rätsel raten!«

»Ich denke, du solltest ein wenig mehr Dankbarkeit zeigen.«

»Warum um alles in der Welt denn das?«

»Hätten sie alles genau nach Vorschrift gemacht und getan, was von ihnen verlangt wurde, wäre die ganze Geschichte bereits vor siebenundzwanzig Jahren aufgedeckt worden. Du hättest niemals eine Chance gehabt, auch nur in die Nähe zu kommen. Stattdessen hat er dir ein spannendes Puzzle vermacht mitsamt der Chance, unsterblich zu werden. Sei dankbar.«

»Eine weitere Sendung kommt herein«, meldete die KI. »Ebenfalls visuelle Übertragung.«

Emily tauchte auf dem Schirm auf. »Hallo, da bin ich wieder«, sagte sie. »Darf ich zu euch an Bord kommen?«

»Was hat denn das nun schon wieder zu bedeuten?«, fragte Solly. »Sie erwarten doch wohl nicht, dass irgendjemand Englisch spricht?«

»Es sind nicht die Worte«, sagte Kim. »Es ist der Tonfall. Nicht-verbale Kommunikation. Trotzdem glaube ich nicht, dass eine absolut fremde Kultur imstande wäre, unsere nonverbalen Gesten zu deuten.«

Der Schirm teilte sich, und neben Emily tauchte die *Hunter* auf. Sie schwebte vor einem Band aus Sternen. Ein blendend greller Planetenring spannte sich hinter ihr über dem Horizont. Die Frachtluke hatte sich geöffnet, die Innenbeleuchtung wurde eingeschaltet, und Emilys Seite des geteilten Bildschirms verschwand. An ihrer Stelle tauchte Yoshi auf und winkte in Richtung der offenen Schleuse, so dass es für die Insassen des anderen Schiffs unmöglich war, das Gesagte zu missverstehen.

»Nicht schlecht«, sagte Kim.

Solly schürzte skeptisch die Lippen. »Ich bin nicht sicher, ob ich das auch so sehe.«

»Warum?«

»Sieh es einmal von der anderen Seite: Würden wir über mehrere hundert Meter leeren Raums auf ein fremdes Schiff blicken, das nicht von Menschen bemannt ist, sondern von Gott weiß was, und sie würden eine Schleuse öffnen und mich zu sich winken …« Er streckte die Handflächen nach oben. »Ich glaube nicht, dass ich das Angebot annehmen würde.«

»Solly!«, sagte sie und tat, als hätte er sie mit seinen Worten schockiert. »Wo bleibt deine Abenteuerlust?«

Die *Hunter* wiederholte ihre Sendung.

Und wiederholte sie noch einmal.

»Die Fremden scheinen sich Zeit zu lassen«, vermutete Kim.

Solly nickte. »Tripley fordert sein Glück geradezu heraus. Er sollte sie in Ruhe lassen. Sein Angebot einmal unterbreiten und fertig.«

Neben dem Rumpf der *Hunter* war ein Stück Sternenhimmel zu sehen. »Solly«, fragte Kim, »was glaubst du eigentlich, wie sie das Bild von der *Hunter* aufnehmen?«

Er überlegte einen Augenblick. »Am einfachsten wäre es, wenn sie eines der Teleskope nehmen würden.« Er blickte auf die Sterne in ihren Fenstern. »Und dann legen sie das Schiff darüber, genau wie sie es bei Yoshi getan haben.«

»Dann haben die Sterne tatsächlich so ausgesehen, in jener Nacht und aus ihrer Position?«

»Wahrscheinlich. Ja, bestimmt.«

»Und was glaubst du, war es der Ausblick nach vorn?«

»Vielleicht. Das wäre nahe liegend, oder? Warum? Welchen Unterschied macht das schon?«

»Vielleicht keinen. Aber es gibt uns die Ausrichtung der *Hunter* während des Kontakts.« Sie machte sich eine gedankliche Notiz.

»Meiner Meinung nach sollten sie wieder auf reine Funkverbindung zurückgehen und weiter reden. Versuchen, einen gemeinsamen nächsten Schritt zu vereinbaren«, sagte Solly.

»Ich glaube jedenfalls nicht, dass es funktioniert«, antwortete sie.

Beinahe zwei Stunden kam kein weiteres Signal mehr an. Dann übermittelte die *Hunter* einmal mehr das Bild ihrer offenen Schleuse, diesmal mit Tripley. Doch er winkte lediglich in Richtung der Aufnahme und deutete nicht auf die Schleuse.

»Schätze, sie haben sich ein wenig festgefahren«, sagte Solly.

Kim stieß den Atem aus. »Ich muss gestehen, dass ich überrascht bin.«

»Warum?«

»Sie haben so viele Jahre damit verbracht, Außerirdische zu finden, und als es endlich so weit ist, sind sie überhaupt nicht auf dieses Ereignis vorbereitet. Ich denke fast, sie haben niemals damit *gerechnet*, wirklich Erfolg zu haben.«

»Was sollten sie denn deiner Meinung nach tun?«, fragte Solly.

»Im Grunde genommen können Emily und ihre Freunde nicht viel tun, aber sie müssen sich darüber im Klaren sein. Sie werden keine neue Sprache erlernen, und mit ihren Zahlenspielen kommen sie auch nicht besonders weit. Es ist offensichtlich unmöglich, mit Wesen, die vielleicht wie Riesenspinnen aussehen, ein Verhältnis gegenseitigen Vertrauens aufzubauen. Ich würde sagen, man braucht ein ganzes Team von Spezialisten, um weiter als bis zu einem ›Hallo, da sind wir‹ zu kommen.«

»Und darum …?«

»Darum sollten sie sich auf eine Sache konzentrieren: Ein Datum oder einen Zeitpunkt für eine weitere Begegnung zu etablieren. Wenn ihnen das gelungen ist, haben sie alles erreicht, was sie sich nur wünschen können.«

»Und wie würdest du das anstellen?«

»Sie haben einen Planeten in günstiger Reichweite. Sie könnten ihn dazu benutzen, ein Datum auszumachen. Den Fremden beispielsweise ein paar Hundert Rotationen zeigen. Sechs Monate. *Wir kommen in sechs Monaten zurück*. Die Bedeutung wäre einfach genug zu erkennen.«

»Wie du es sagst, ja«, entgegnete Solly. »Zu schade, dass du nicht bei ihnen warst.«

Sie zog die Knie an den Leib und schlang die Arme darum. *Emily war doch bei ihnen gewesen.*

Solly zeigte erste Anzeichen von Frustration. »Was hältst du von einem Frühstück?«

»Nein, danke. Ich möchte hier bleiben.«

»Du würdest nichts versäumen. Es macht mir nichts aus, dir etwas zu bringen.«

»Nein, wirklich nicht. Ich bin nicht hungrig«, sagte sie. »Danke.«

Er schüttelte den Kopf. »Ich werde mein Vorrecht als Kommandant dieses Schiffes ausüben und darauf bestehen. Das kann durchaus noch einen Tag oder länger so weitergehen, und ich will nicht, dass du hier draußen krank wirst.«

Sie blickte auf das Statuspaneel. Auf die brennenden Kontrollleuchten. »Also schön«, lenkte sie ein.

Er brachte zwei Teller mit Schinken, Biskuits und Ananasscheiben. Kim aß still und in gedrückter Stimmung. Sie ärgerte sich über die Unfähigkeit der *Hunter*, eine effektive Strategie zu entwickeln. Solly überlegte, ob die Außerirdischen vielleicht von der offenen Schleuse erschreckt waren. Oder ob sie kulturelle Vorurteile hatten, die sie daran hinderten, mit einer fremden Spezies in Kontakt zu treten. Oder ...

»Aber wie ist das denn möglich?«, entgegnete sie. »Diese Mistviecher haben Raumflug entwickelt. Und da sie in der unmittelbaren Umgebung vom Alnitak sind, müssen sie sogar über Überlichttechnologie verfügen. Sie können doch nicht voller Vorurteile gegen fremde intelligente Spezies sein!«

»Vielleicht ist es ja ein religiöses Problem, das sie mit uns haben«, schlug Solly vor. »Vielleicht dürfen wir ihrer Philosophie zufolge gar nicht existieren und haben mit unserem Auftauchen ihr gesamtes theologisches System vernichtet.«

»Ich glaube nicht, dass raumfahrende Zivilisationen so denken.«

»Wirklich nicht? Erinnerst du dich an den Streit zwischen Christen und Muslimen, als wir Caribee besiedelt haben? Selbst die Universalisten neigen dazu, auf jeden herabzublicken, der sich nicht der offiziellen Theologie unterwirft.«

»Die da lautet, dass es keine offizielle Theologie gibt.«

»Das spielt doch keine Rolle. Es geht um die Tendenz, und die ist überall gleich. Ich weiß nicht, vielleicht leben die Außerirdischen nicht in großen, voneinander verschiedenen Gruppen, wie es die Menschen tun. Wenn es bei ihnen nur einen einzigen Typus gibt, nur eine Rasse, dann mussten sie sich vielleicht niemals mit Andersdenkenden auseinandersetzen.«

Solly aß bedächtig zu Ende, dann ließ er den Kopf hintenüber sinken und schlief ein. Nach vielleicht einer Stunde wachte er wieder auf, ging in seine Kabine, duschte und zog sich um. Als er zurückkehrte, sah er frischer aus, aber immer noch müde. »Ich kann einfach nicht glauben, dass sie nur dort herumsitzen und nichts unternehmen«, sagte er.

»Vielleicht haben sie den Lander genommen«, schlug Kim vor. »Möglich, dass sie ein Zusammentreffen arrangieren wollen.«

»Nein. Dann würde es Funkverkehr geben. Die *Hunter* müsste ihnen sagen ... ihnen *zeigen*, was sie tun müssen.«

Im Verlauf des Morgens blieben die Schirme dunkel. Solly und Kim redeten immer und immer wieder über das gleiche Thema. Am frühen Nachmittag vermutete Kim erstmals, dass das Signal inzwischen so schwach geworden war, dass selbst FALSS nichts mehr empfangen konnte.

»Möglich«, sagte Solly. »Aber nicht sehr wahrscheinlich.«

Sie gingen hinunter in den Freizeitbereich und erledigten ihr Trainingspensum. Keiner von beiden redete viel, und als sie fertig waren, geduscht und umgezogen, fragte Solly, ob sie glaubte, dass es vorbei sei.

»Wahrscheinlich«, antwortete sie.

»Und was machen wir jetzt?«

»Wir lauschen noch eine Weile. Wenn wir nichts mehr hören, fliegen wir zu einer anderen Stelle und fangen die gesamte Kommunikation noch einmal auf. Damit können wir außerdem eine zweite Peilung durchführen und die Koordinaten genau festlegen.«

»Wie lange bleiben wir noch hier?«

Die *Hunter* war bereits seit zwei Tagen in der Gegend vor dem Alnitak. »Bis morgen um Mitternacht, würde ich sagen. Wenn wir bis dahin nichts mehr gehört haben, verschwinden wir von hier.«

An jenem Abend kam er mit einer Sanftheit und Leidenschaft zu ihr, die sie überwältigte. »Ich bin froh, dass du gefunden hast, was du wolltest«, sagte er, nachdem sie sich das erste Mal geliebt hatten. »Wir kennen vielleicht noch nicht alle Einzelheiten, aber wenigstens wissen wir, was geschehen ist.«

»Küss mich, du Dummkopf«, seufzte sie.

Die Nacht war erfüllt von Lachen und ein paar Tränen, die sie weder ihm noch sich selbst erklären konnte. Sie ließ sie einfach fließen.

»Ich bin mit einer unsterblichen Berühmtheit im Bett!«, sagte er.

Und sie wusste, dass es so war. Irgendwann würden sie alles zusammengesetzt haben, würden die Antworten wissen, würden herausfinden, was Emily zugestoßen war, wieso Yoshis Leben in einem Fluss geendet hatte oder warum der Mount Hope in die Luft geflogen war. Es war nur noch eine Frage der Zeit, und noch in Tausend Jahren würden die Kinder in der Schule lernen, ihren Namen zu buchstabieren.

Sie hatte sich niemals zuvor so lebendig gefühlt wie in dieser Zeit, und sie nahm Solly mit aller Macht und lachte, als er schließlich völlig erschöpft zusammenbrach und um eine Pause flehte.

Irgendwann um fünf Uhr morgens beschloss sie, Solly bei sich zu behalten und zu tun, was auch immer dazu erforderlich war. Mehr noch, Solly war Teil dieses wunderbaren Abenteuers, und sie würde nichts davon je wieder hergeben. Die schiere Freude über ihre Entdeckung hatte sie zu einem unzertrennlichen Paar werden lassen, und die Hochzeit, wenn sie denn kam, würde lediglich eine Erinnerung an das werden, was in diesem wundervollsten aller Raumschiffe geschehen war.

Sie schliefen bis in den späten Vormittag, sahen ein VR und schlenderte dann hinunter in den Kontrollraum, wo der FALSS-Schirm noch immer dunkel war. Sie warteten nun seit mehr als vierundzwanzig Stunden, ohne dass weitere Signale eingetroffen wären. Es schien klar, dass die Party vorbei war, aus welchen Gründen auch immer. Sie warteten trotzdem. Sie nahmen ein hastiges Mittagessen zu sich, ungeduldig, die Zelte abzubrechen und zum nächsten Zielpunkt aufzubrechen, die Radiosendungen zu überholen und erneut aufzufangen und ihre zweite Peilung auf den Alnitak zu nehmen.

»Ich habe nicht viel Hoffnung«, sagte sie bedrückt nach dem emotionalen Höhepunkt des vorangegangenen Tages. Sie musste an das alte Sprichwort denken, dass man außergewöhnliche Beweise vorlegen musste, wenn man außergewöhnliche Behauptungen aufstellte. Hatte sie außergewöhnliche Beweise?

Sie erinnerte sich an das Teleskop, das sie auf Heinrich den Vierten richten wollte, und wünschte sich inbrünstig, über ein solches Instrument zu verfügen, um es auf den Alnitak zu richten. Sie wäre imstande, *beide* Schiffe zu sehen, dabei *zuzusehen*, was vor sich ging. Der Gedanke war frustrierend, zu wissen, dass all die Photonen um sie herum waren, dass die Wahrheit dessen, was mit der *Hunter* und der *Valiant* geschehen war, an ihr vorbeiströmte und mit den richtigen Geräten durchaus zu sehen gewesen wäre.

Gegen Mitternacht seufzte sie ein letztes Mal. »Zeit zu verschwinden.«

19

... Jede individuelle Existenz erlischt in einem einsamen Aufschrei hilfloser Agonie.

– WILLIAM JAMES,
THE VARIETIES OF RELIGIOUS EXPERIENCE,
VI 1902 A.Z.

Um zwölf Uhr einundvierzig am Samstag, dem zehnten März, kehrte die *Hammersmith* in den Hyperraum zurück. Der Plan lautete, zurückzukehren in einen Bereich außerhalb der sich mit Lichtgeschwindigkeit ausdehnenden Kugel aus Radiosignalen. Sie würden in der Ebene des Alnitak-Systems bleiben, doch die neue Peilung auf die Riesensonne würde aus einem Winkel von neunzig Grad zur ersten stattfinden. Sie würden ungefähr dreißig Lichtjahre zurücklegen und kurz nach acht Uhr abends an ihrem neuen Zielort ankommen.

Sie schliefen lang. Kim erwachte aufgeregt und begierig, FALSS endlich wieder auszubringen. Doch sie fand nichts, womit sie sich so lange beschäftigen konnte, und schließlich spielte sie im Freizeitraum mit der KI Schach. Sie stellte ihren Gegner auf Anfängerniveau ein und machte sich daran, ihn nach allen Regeln der Kunst zu vernichten.

Solly mit seinem unfehlbaren Gespür für das,

was sie gerade brauchte, arrangierte ein weiteres Dinner bei Kerzenlicht. Sie trank ein wenig mehr, als ihr gut getan hätte, und sie war benebelt, als die *Hammersmith* endlich wieder in den Normalraum zurückkehrte.

Diesmal war der Sprung viel kürzer gewesen, und die Abweichung vom geplanten Zielort dementsprechend gering. Nach weniger als einer Stunde lauschten sie erneut der *Hunter* bei ihren Versuchen, eine Konversation mit dem unsichtbaren Schiff der Außerirdischen in Gang zu bringen. Doch kurze Zeit darauf verloren sie das Signal wieder. Sie waren erleichtert, als es vierzehn Minuten später wieder erschien, genau nach Plan. Das schien ihre Vermutung zu bestätigen, dass der eingefangene Gasriese im Weg gewesen war.

Sie wussten, dass mehrere Stunden vergeblicher Bemühungen seitens der *Hunter* bevorstanden, bevor die *Valiant* antwortete. Also richteten sie sich auf die Wartezeit ein, schliefen oder lasen abwechselnd und alberten hin und wieder miteinander wie übermütige Teenager. »So sollten Reisen zwischen den Sternen immer sein«, sagte Solly.

Vier Stunden nach dem ersten Signal hatte die *Valiant* offensichtlich geantwortet. Die *Hunter* reagierte mit dreizehn Blips. Emily und ihre Gefährten erschienen auf dem Schirm, übermittelten ihre Grüße – und zeigten auf die offene Luke.

Wie schon zuvor fand keine weitere Übertragung statt.

Doch Kim und Solly hatten ihre zweite Peilung. Sie kompensierten die stellaren Bewegungen in der vergangenen Zeitspanne, und die Linien schnitten sich an einem Punkt, der dreihundert Astronomische Einheiten vom Alnitak entfernt lag. Direkt auf der Umlaufbahn des Gasriesen.

Trotzdem warteten sie noch weitere zwei Tage. Schließlich, als ohne jeden Zweifel feststand, dass keine weitere Transmission mehr stattfinden würde, schob Solly eine Disk in den Recorder und befahl der KI, sämtliche Aufzeichnungen von beiden Abfangpositionen zu kopieren. »Mit ein wenig Glück«, sagte er, »kommen wir ohne Gerichtsverhandlung davon.«

»Wir werden sehen.« Sie blickte auf die Disk. »Es ist bestimmt leichter zu argumentieren, dass die gesamte Besatzung der *Hunter* übergeschnappt war, anstatt zuzugeben, dass sie tatsächlich etwas gesehen haben. Was man auch gleich als Begründung für die vermisste Frau heranziehen könnte. Was wir wirklich brauchen, Solly, das ist ein Blick auf das, was die *Hunter* gesehen hat.« Sie atmete tief durch. »Okay, ich schätze, es ist Zeit für Phase zwei.«

»Du meinst den Ort des Geschehens?«

»Exakt.«

»Warum sollten wir uns die Mühe machen? Welchen Sinn hätte das? Sie sind bestimmt längst verschwunden.«

»Solly«, entgegnete sie, »versetz dich in die Lage des anderen Schiffs. Sieh mal, unsere Leute sind zurückgekehrt und haben aus Gründen, die niemand versteht, kein Wort von ihrer Begegnung erzählt. Vielleicht hat es einen Kampf gegeben, eine Meinungsverschiedenheit, wie mit der Entdeckung verfahren werden sollte oder wem der ganze Ruhm zufallen würde …«

»Das ergibt doch keinen Sinn.«

»Nein, ergibt es nicht. Aber irgendetwas *ist* passiert. Vielleicht hatten sie Angst. Vielleicht haben sie etwas so Schreckliches gesehen, dass sie alle fast den Verstand verloren hätten …«

»Und dorthin willst du mit mir?«

»Wir werden vorsichtig sein. Und sie werden uns nicht überraschen, wer auch immer sie sind. Sieh mal, der Punkt ist: *Beide* Schiffe hatten miteinander Kontakt. Für die Fremden muss das Ereignis genauso einschneidend gewesen sein wie für die *Hunter*. Was haben *sie* hinterher getan? Was würden du und ich tun?«

Er stützte das Kinn in die Hand und betrachtete sie mit festem Blick. »Angenommen, dass keine richtige Unterhaltung stattgefunden hat und das andere Schiff einfach abgeflogen ist, würde ich sagen, wir richten einen Überwachungsposten ein.«

»Siehst du einen Grund, eine Tatsache, die uns daran hindern könnte? Irgendetwas, das uns veranlassen könnte, den Zwischenfall einfach zu ignorieren?«

»Nein«, sagte er nach einigen Sekunden Bedenkzeit. »Nein. Obwohl *wir* die ganze Geschichte ignoriert haben. Ich hätte allerdings erwartet, dass wir unverzüglich unsere wissenschaftlichen Teams dort draußen postieren.«

»Und sie wären jahrelang dort geblieben und hätten gewartet, richtig?«

»Richtig. Aber *siebenundzwanzig* Jahre?«

»Vielleicht nicht ganz so lange. Ich weiß es nicht. Trotzdem, wir hätten wenigstens irgendwelche automatischen Systeme zurückgelassen, oder nicht?«

»Sicher«, sagte er. »Wir würden die Überwachung nie wieder einstellen.«

»Siehst du? Als müssen wir nichts weiter tun, als uns beim Alnitak zu zeigen, damit was auch immer die Fremden zurückgelassen haben einen Blick auf uns werfen kann. Wir fliegen zum Gasriesen und tun, was wir können, um auf uns aufmerksam zu machen. Wir halten Ausschau nach allem, das nicht dorthin gehört. Und wenn wir Glück haben – wer weiß, was wir finden?«

Mit einer Entfernung von dreihundert Astronomischen Einheiten war der Gasriese achtmal weiter von seiner Sonne entfernt als Endgame von Helios oder sechsmal weiter als der Pluto von Sol. Er besaß siebzehn Satelliten und ein dreigeteiltes Ringsystem. In den südlichen Breiten kreiste ein permanenter Sturm, wie man ihn bei Gasriesen häufig antraf. Ein vollständiger Umlauf um das Zentralgestirn dauerte ungefähr dreiundzwanzig Jahrhunderte. Trotz der gigantischen Entfernung leuchtete der Alnitak noch immer mit zwei Dritteln der Intensität, wie sie die Mittagssonne über Greenway besaß.

Solly steuerte die *Hammersmith* in Richtung des Gasriesen.

»Das System«, berichtete Kim, »wurde bereits einmal untersucht. Eine oberflächliche Sache, rein und gleich wieder raus. Sie haben nicht mehr als zwei Tage hier verbracht. Es gibt keine außergewöhnlichen Eigenheiten, wenn man vom Anblick des Sternenhimmels einmal absieht.« Womit sie die ausgedehnten interstellaren Wolken meinte, die Wiege neuer Sonnen, turbulente, explosive Ansammlungen von Materie, die sowohl von innen heraus leuchteten als auch vom Alnitak angestrahlt wurden. Der nahe Nebel NGC2024 erstreckte sich Lichtjahre weit über den rastlosen Himmel, ein Kaleidoskop aus hellen und dunklen Streifen von exquisiter Geometrie, leuchtenden Flecken und inneren Feuern. Gewaltige Blitze zuckten durch die Wolke, doch sie waren so weit entfernt, dass sie aussahen wie erstarrt.

»Ein Zeitlupengewitter«, sagte Solly. »Wie unsere Mission.«

Kim betrachtete den Nebel. »Wie meinst du das?«

»Seit langer Zeit haben wir gewusst, dass der erste Kontakt irgendwann bevorstehen würde, und dass dieses Ereignis alles verändern würde: unsere Technologie, unser Bewusstsein dessen, was wir sind, unser Einstellung gegenüber dem Universum. Wir haben diesen Blitzschlag, denn nichts anderes ist es, seit langem kommen sehen, und wir haben elfhundert Jahre lang mit dem Gedanken gespielt, wie es sein würde. Wir haben uns vorgestellt, dass außer uns anderes intelligentes Leben existiert. Wir haben es uns als furchterregend oder freundlich vorgestellt, als unglaublich fremdartig oder bemerkenswert ähnlich, als göttlich, als unbeteiligt, als gleichgültig. Ich frage mich, ob der Blitz nun endlich einschlägt. Mit dir und mir am Auftreffpunkt.«

Auf der anderen Seite des Sternenhimmels erstreckte sich ein langer, leuchtender Streifen bis in den Dunst hinein, IC434. Darüber ruhte die große dunkle Masse des Pferdekopfnebels.

»Ein Ort, der wie geschaffen ist für Künstler«, sagte sie. Sie stand am Fenster und sah hinaus auf das phantastische Schauspiel. Die strahlenden Ringe des Gasriesen durchquerten ihr Blickfeld wie eine Brücke zu der Familie von Monden, allesamt im ersten Viertel. Sie warf einen weiteren Blick auf das Bild von Kanes Wandgemälde. Unmöglich zu sagen, ob diese Welt die gleiche war, die Emily in den Händen hielt – doch Kim hätte jede Wette darauf gehalten.

Das System besaß noch zwei weitere Sonnen. Eine davon war so weit entfernt, dass sie nicht aus dem umgebenden Sternenmeer vorstach, die andere hell genug, um Licht zum Lesen zu bieten. Sie war ungefähr 1300 Astronomische Einheiten vom Alnitak entfernt und auch superhell, wenngleich längst nicht so strahlend wie das Zentralgestirn selbst. »Die Menschen haben immer geglaubt, dass Binärsonnen kein Planetensystem besitzen können«, sagte sie zu Solly. »Wir wissen es heute besser. Die Planeten werden auf ihren Bahnen ziemlich durchgeschüttelt und oftmals ganz aus dem System geschleudert, insbesondere, wenn beide Sonnen massiv sind und eng beieinander stehen, aber es gibt sie dennoch.« Sie schob sich in einen Sitz und blickte auf die Ringe und die Monde. »Der Gasriese wird nicht lange in seinem Orbit bleiben. Es ist nur eine Frage der Zeit, bevor etwas ihn herausreißt.«

Die Planetenscheibe schimmerte herbstfarben. Der Sturm war ein dunklerer Fleck, ein rundes Stück Nacht. »Ungefähr eineinhalb Jupitermassen«, sagte er. Jupitermassen waren die Standardeinheit zur Klassifizierung von Gasriesen. »Allmählich beginne ich zu verstehen, warum sie diesen Platz ausgewählt haben, während Kane die provisorischen Reparaturen durchgeführt hat.«

»Ein atemberaubender Anblick, ja«, sagte Kim. »Ich habe die Aufzeichnungen von Tripleys früheren Expeditionen gesehen. Er war schon früher hier. Wollte den Pferdekopfnebel sehen.«

Solly starrte minutenlang hinaus auf die Wolken, bevor er sich wieder zu ihr umwandte. »Was machen wir zuerst?«

Gute Frage. »Wir gehen in den Orbit. Und dann warten wir.«

»Kim«, sagte er, »wir haben selbst festgestellt, wie unvorbereitet Tripley und seine Mannschaft waren, als der Kontakt stattfand. Sind wir vielleicht bereit? Wenn irgendetwas geschieht?«

Sie richtete sich oberlehrerhaft auf. »Ich kann dich beruhigen«, sagte sie. »Es wird nichts geschehen.« Beide mussten lachen. Tatsächlich hatte Kim ein visuelles Programm vorbereitet, das sie im Fall einer Begegnung abstrahlen wollte. Es schloss Bilder der *Valiant* und der *Hunter* ein, von ihr selbst und Solly sowie Innenaufnahmen der *Hammersmith*. Es schloss Bilder von Greenways Wäldern ein, von den Meeren und von Stränden. Anatomische Diagramme von Menschen und mehreren Dutzend verschiedenen Tieren und Pflanzen. Und schließlich ein Bild von drei *Valiants* und drei *Hammersmiths* vor den Ringen des Gasriesen sowie der Gasriese selbst, gefolgt von vierhundert Linien, in Zehnergruppen angeordnet. Sie zeigte Solly den Zusammenschnitt: »Wir treffen uns hier, wenn sich der Planet vierhundert Mal um seine eigene Achse gedreht hat.«

»Gut«, sagte Solly. Ein Tag auf dem Gasriesen dauerte zwischen siebzehn und achtzehn Stunden. Also bedeutete der Zeitraum ungefähr ein Jahr. Genügend Zeit, um eine Expedition auszurüsten, eine Strategie zu entwickeln und hierher zurückzukehren. »Kim«, fragte er, »wie soll ich die Sensoren programmieren? Nach was genau suchen wir eigentlich?«

»Stell die Ortungsantennen auf maximale Streuung und Reichweite ein. Wir suchen nach allem, das normalerweise nicht hier draußen vorkommt. Verarbeitetes Metall, Kunststoffe. Alles, was nicht Gas oder Fels oder Eis ist. Und alles, was sich von allein bewegt.«

Die Daten der ursprünglichen Erkundungsmission enthielten nur wenige Details über den Gasriesen. Kim wusste, dass er einen äquatorialen Durchmesser von 187.000 Kilometern besaß und einen polaren Durchmesser von 173.000. Die mittlere Dichte betrug lediglich das 1,2fache von Wasser, woraus ein hoher Anteil leichter Elemente wie Wasserstoff und Helium folgte. Die Achsenneigung betrug 11,1 Grad.

Das hervorstechendste Merkmal waren die Ringe, die koplanar zu seinem Äquator verliefen. Ihr Gesamtdurchmesser betrug 750.000 Kilometer, und sie waren in drei deutlich voneinander abgesetzte Segmente unterteilt. Der innere Ring reichte bis fast in die obersten Wolkenschichten hinab. Sie waren alle kaum einen Kilometer dick, und als die *Hammersmith* sie passierte, waren sie für kurze Zeit nicht mehr zu sehen.

Zwei der Monde waren größer als Greenway, während ein Mond ganz außen am Rand des Systems kaum mehr als ein halbes Dutzend Kilometer durchmaß. Sein Orbit verlief fast im rechten Winkel zum Äquator.

»Es würde uns weiterhelfen«, sagte Kim, »wenn wir genau wüssten, wo die Begegnung stattgefunden hat.«

»Wie meinst du das?«

»Die Höhe über dem Planeten. Die orbitale Neigung, falls möglich.«

»Ich wüsste nicht, wie wir das feststellen sollten«, entgegnete Solly. »Wir können in einer der Sequenzen die Ringe erkennen, aber vom Planeten ist überhaupt nichts zu sehen.«

»Aber wir wussten, wann alles geschah«, widersprach Kim. »Wir wissen es sogar auf die Minute genau.« Der Kontakt hatte am siebzehnten Februar um dreiundzwanzig Uhr zweiundvierzig stattgefunden, Schiffszeit. »Wir haben ein Bild der Ringe, und wir haben ein Bild vom Sternenhintergrund.«

»Die Sterne sehen von überall im System gleich aus«, wandte Solly ein.

»Die Sterne, da gebe ich dir Recht«, sagte sie.

Aber nicht die Monde. Und ganz bestimmt gab es in den Aufnahmen von der *Hunter* wenigstens einen Mond zu sehen.

Es waren sogar zwei.

Sie spielten die Aufnahmen erneut ab, die *Hunter* vor dem schwarzen, sternenübersäten Himmel, die Frachtluke offen, die Beleuchtung eingeschaltet. Wie warm und einladend das Innere aussah, dachte Kim, ganz besonders, als Yoshis einladendes Gesicht erschien und sie zum Eintreten aufforderte. Es war eine offene, fast sexuelle Andeutung, und Kim fragte sich, was die Außerirdischen davon gehalten hatten.

Sie studierten die Monde des Gasriesen, bis sie die Mechanik enträtselt hatten. Dann rechneten sie die orbitalen Positionen bis zum fraglichen Zeitpunkt zurück, dem Augenblick, in dem das Bild mit der sich öffnenden Schleusentür übermittelt worden war. Sie verglichen die Positionen der Monde mit dem Winkel der Ringe.

»Gut so.« Solly zeichnete ein Diagramm auf einen der Hilfsschirme. »Damit alles so aussieht wie auf den Aufnahmen, muss sich die *Hunter* etwa *hier* befunden haben.« Er zeigte ihr die Stelle, elf Grad nördlich der äquatorialen Ebene und in einer Höhe von fünfundvierzigtausend Kilometern. »Allerdings dauert die Aufnahme nur ein paar Minuten, und das reicht nicht aus, um einen vollständigen Orbit zu bestimmen.«

»Wir haben noch eine zweite Aufnahme«, erinnerte ihn Kim. Das Bild mit Emily, das zwei Stunden später gesendet worden war.

Solly startete die Aufnahme, fand weitere Monde, diesmal drei, wiederholte den gesamten Vorgang und lächelte schließlich triumphierend. »Ich denke, wir sind wieder im Geschäft«, sagte er.

Sie war entzückt. »Gut. Dann bring uns bitte in den gleichen Orbit, Solly. Allerdings möchte ich, dass wir ein wenig schneller sind, als es die *Hunter* war.«

»Warum denn das?«

»Damit wir alles überholen, was mit der gleichen Geschwindigkeit wie die *Hunter* unterwegs ist.«

Solly runzelte die Stirn.

»Mach es einfach, ja?«

»Einverstanden, Kim.«

»Und dann suchen wir so gründlich, wie wir nur können.«

»Was genau erwartest du eigentlich zu finden?«

»Nichts«, antwortete sie und fühlte sich wie Veronika King, die immer die gleiche Antwort auf derartige Fragen gab. »Doch die Möglichkeiten sind grenzenlos.« Sie wollte nicht über ihre Hoffnung sprechen, dass die Außerirdischen noch immer irgendwo waren, das Schiff ein bewegungsunfähiges Wrack. Aber *möglich* war es.

Solly erteilte der KI neue Anweisungen. »Wir werden noch heute am späten Abend in den Orbit gehen«, sagte er zu Kim. »Wir benötigen ungefähr zwölf Stunden, um den Orbit einmal vollständig abzusuchen.«

Etwas in Sollys Stimme ließ sie aufhorchen. »Stimmt etwas nicht?«, fragte sie.

»Ich habe daran gedacht, bevor wir aufgebrochen sind, aber damals war nicht der richtige Augenblick, um darüber zu reden.«

»Dann tu es jetzt, Solly.«

»Wir sind unbewaffnet, Kim«, sagte er. »Ist dir der Gedanke gekommen, dass dieses Ding vielleicht keine freundlichen Absichten hegt, falls es noch hier ist?«

»Ich halte das für unwahrscheinlich.«

»Warum?«

Sie blickte auf die Sternenfelder hinaus. »Solly, selbst wenn sie eine aggressive Spezies sind, würde es keinen Sinn ergeben haben, in einer Einöde wie dieser auf jemanden zu feuern, oder? Was könnten sie schon gewinnen?«

»Vielleicht mögen sie einfach keine Fremden, wer weiß? Irgendetwas ist jedenfalls mit der *Hunter* geschehen, oder hast du das schon vergessen?«

»Wir müssen annehmen, dass sie rational denken und handeln, Solly. Sonst wären sie wahrscheinlich erst gar nicht bis hierher gekommen.« Sie genoss das Gefühl, mit ihm zusammen in dieser weiten leeren Einöde zu sein. Es war etwas anderes, wenn man aus den Fenstern blicken konnte und wusste, dass sie tatsächlich dort waren. »Sie haben nicht auf die *Hunter* geschossen. Oder falls sie es getan haben, haben sie keinen großen Schaden angerichtet. Das Schiff kam unbeschädigt und sicher wieder zu Hause an.«

»Vielleicht befinden sie sich mit ihrer eigenen Spezies im Krieg?«, vermutete Solly. »Vielleicht lag Ben Tripley gar nicht so falsch, als er das Schiffsmodell *Valiant* taufte. Gut möglich, dass es ein Kriegsschiff gewesen ist.«

»Solly«, sagte Kim geduldig, *»alle sind heil und unversehrt wieder zu Hause angekommen.«*

»Sind sie das? Wer will das wissen? Vielleicht wurden sie übernommen. Vielleicht ist etwas anderes an ihrer Stelle zurückgekehrt.« Er schnitt eine schaurige Grimasse und summte eine Melodie aus der uralten Horrorserie *Midnight Express*. Kim lachte. Trotzdem lief ihr ein eisiges Frösteln über den Rücken.

Kurz nach dem Abendessen gingen sie in den Orbit, den die *Hunter* damals eingenommen hatte und der ungefähr in Äquatorhöhe verlief.

Die Ringe beherrschten den gesamten Himmel, ein gewaltiger leuchtender Bogen, unter dem die kupferfarbenen Wolken bis in alle Ewigkeit dahinrollten. Blitze zuckten in der Tiefe, und hin und wieder sahen sie den feurigen Schweif eines Meteoriten.

Es war ein Ort unendlicher Schönheit und Würde. Fast konnte man glauben, er war eigens dazu geschaffen, das menschliche Auge und den menschlichen Verstand zu erfreuen.

Es war, dachte Kim, für sich allein genommen ein Grund, zwischen den Sternen zu reisen. Selbst wenn wir wirklich allein sind, reicht die bloße Existenz von Welten wie dieser mit dem wunderbaren Sternenhimmel darüber aus, um die Rasse über den Ursprung ihrer Heimatwelt hinaus zu erheben. Das, was mit den Menschen heute geschah, hatte in gewisser Hinsicht etwas Dekadentes, dieser allgemeine Rückzug auf das Bequeme und Vertraute, auf die gewohnte Umgebung. Der Mangel an Interesse für all die Dinge, die einst als wichtig und wertvoll gegolten hatten.

Wir haben angefangen, *virtuelle* Leben zu führen.

Niemand musste mehr arbeiten, und wenige taten mehr, als ihren Freizeitinteressen zu frönen. Kim hatte sich selbst immer für ehrgeizig gehalten, und doch hatte sie während ihres gesamten Lebens niemals einen Drang verspürt, nicht einmal, als sich eine Gelegenheit dazu ergeben hatte, über die Grenzen ihrer Heimatwelt hinaus zu reisen. Die Menschen beschwerten sich über die langen Wochen in den spartanischen Kabinen, sie wurden krank im Hyperraum, die interstellaren Reisen waren sündhaft teuer. Also gaben sie sich mit imaginären Bildern zufrieden, hübschen technologischen Feuerwerken, erschaffen im warmen, behaglichen Komfort ihrer Wohnzimmer. Leg ein Holzscheit ins Kaminfeuer und besuche Beteigeuze.

Sie sprach mit Solly über ihre Gedanken, erklärte ihm, wie sie sich fühlte angesichts der Sternenwiegen in den Fenstern, des Pferdekopfnebels, der Ringe des Gasriesen. Die Existenz einer anderen intelligenten Spezies schien mit einem Mal nicht mehr so wichtig wie noch wenige Stunden zuvor.

»Willkommen im Club, Kim«, sagte er, als sie geendet hatte. »Diejenigen von uns, die hier draußen herumfliegen, wissen das seit Jahren. Es spielt wirklich keine besondere Rolle, ob es im Orion Außerirdische gibt oder nicht. Es gibt einfach viel zu viel zu sehen, um sich über Kleinigkeiten zu beschweren. Und selbst wenn sich herausstellt, dass wir die Einzigen im Universum sind, die das alles sehen können, dann reicht es immer noch.«

Sie hatte stets geglaubt, dass Solly dazu neigte, die intellektuelleren Aspekte des Lebens zu vernachlässigen. Er hatte längst nicht so viel gelesen, wie er eigentlich sollte, und er schien sich viel zu sehr für das Praktische und Profane zu interessieren, ein Mann, der selten über philosophische Probleme nachdachte. Doch im Verlauf dieser Reise hatte er sie mehrmals überrascht, besonders mit seinen Bemerkungen über die Zeitlupenblitze. Wenn man Solly fragte, welchen Sinn das Leben hatte, antwortete er, dass er im Wesentlichen in einem guten Essen mit guten Freunden oder einer schönen Frau bestand.

Kim hingegen hing der eher konfusen Vorstellung nach, dass der Sinn des Lebens im Ausweiten intellektueller Horizonte bestand. Im Erreichen von Zielen. Jetzt blickte sie aus dem Fenster und kam zu der Entscheidung, dass, gleichgültig, was sich sonst noch ergeben würde, ihr Sinn damit erfüllt worden war, hierher zu kommen und das hier zu sehen.

Und wenn sie einen Ort auswählen durfte, an dem sie außerirdischen Intelligenzen begegnen wollte, dann war dieser Ort ohne Zweifel genau hier.

Unter ihr flammte die Atmosphäre im Licht der fernen Sonne auf. Es sah *warm* aus dort unten, und es fiel leicht, sich unter den leuchtenden Nebeln gewaltige Ozeane und Kontinente vorzustellen. Tatsächlich betrug die Temperatur in den obersten Wolkenschichten milde siebzehn Grad Minus, denn die Hitze entstand tief unten. Also nicht schlecht, wenn man Wasserstoff und Methan atmete.

Solly richtete die Ortungsantennen auf den weiten Kreis ihres Orbits, ohne den umgebenden Raum in einer sechstausend Kilometer durchmessenden Kugel zu vernachlässigen. Damit sank zwar die Effizienz der Suchoperation um ein gutes Drittel, doch er war gerne bereit, diesen Preis zu zahlen, wenn er dadurch vermeiden konnte, im Orbit überrascht zu werden. Kim war nicht in der Stimmung, mit ihm über diesen Punkt zu streiten.

Sie umkreisten den Planeten alle zweiundachtzig Minuten. Es war spät geworden, doch keiner von beiden machte Anstalten schlafen zu gehen.

Während der dritten Umkreisung ging der Alarm los.

»*Organisches Objekt voraus*«, meldete die KI.

Sie rannten auf die Brücke, und Solly legte die Bilder des Objekts bei maximaler Vergrößerung auf den Schirm. Sie befanden sich über der Nachtseite des Gasriesen, und so bekam er kaum mehr als eine Markierung in der Schwärze. Doch die Analyseprogramme waren bereits online.

Kalzium.

»*Das Objekt ist länglich, etwa zwei Meter, und weniger als einen Meter breit.*«

Kohlenstoff.

Die Entfernung betrug zwölfhundert Kilometer.

Solly entspannte sich ein wenig. Er befahl der KI einen Abfangkurs. Kim spürte, wie die Antriebe hochfuhren. Das Schiff begann zu beschleunigen.

Kalium.

Der weite Bogen der Ringe unter ihnen lag größtenteils im Schatten, doch zwei Monde spendeten ein wenig Licht.

Chlorhydrat.

Die Sonne kam bereits hinter dem Horizont hervor. Es würde die Sicht nicht gerade verbessern.

»Nicht mehr lange«, sagte Solly.

Kim spürte, wie sich ihr Magen zu verkrampfen begann. Schweigend saßen sie da, und beide fröstelten, bis Solly die Temperatur des Raums erhöhte.

Neunhundert Kilometer, und sie näherten sich rasch.

Sie flogen in den Sonnenaufgang hinein.

Natrium.

Der Marker schien sich zu verändern, wurde abwechselnd heller und dunkler. »Es taumelt«, sagte Solly.

Sie rasten der Sonne entgegen, passierten sie und hatten sie bald darauf im Rücken, sodass sie endlich ein deutliches Bild bekamen.

Es war ein Leichnam.

Kim atmete kaum noch. Ihre Hände hielten die Lehnen des Sitzes gepackt; sie war sich schmerzhaft bewusst, dass Solly sie genau beobachtete.

»Alles in Ordnung mit dir, Kim?«, fragte er.

Sechshundert Kilometer.

Der Leichnam trug einen dunkelblauen Overall mit einem Schulteremblem. Sie konnte keine Einzelheiten erkennen, doch sie wusste auch so, was darauf zu lesen stand. BEHARRLICHKEIT.

Kim beobachtete, wie der Leichnam durch seinen einsamen Orbit taumelte.

Emily.

Als sie sie endlich eingeholt hatten, befanden sie sich schon wieder auf der Nachtseite. Solly befahl der KI, den Körper durch die Frachtschleuse an Bord zu holen. Dann wandte er sich Kim zu. »Und du bist ganz sicher, dass du …?«

»Ja. Keine Sorge.«

Er nickte. »Bleib hier. Wenn irgendetwas Unerwartetes geschieht, während ich weg bin …«

»Was meinst du mit *unerwartet*?«

»Wenn wir überrascht werden …«

»Oh.«

»… dann sagst du der *Hammersmith,* sie soll uns hier wegbringen.«

»Sie gehorcht *mir?*«

»Natürlich.«

»Solly, sei vorsichtig.«

»Verlass dich darauf.«

»Du wirst nicht nach draußen gehen, oder?«

»Nicht weiter, als ich unbedingt muss.« Er schaltete die Kamera des Frachtraums auf den Schirm, sodass sie die Bergungsaktion verfolgen konnte. Dann drückte er sie einen Augenblick lang an sich, bevor er nach unten ging. Ein paar Minuten später marschierte er in einem Druckanzug und mit einem Jetpack auf dem Rücken in den Frachtraum und winkte ihr zu.

»Kim, kannst du mich hören?«, drang seine Stimme aus dem Lautsprecher.

»Klar und deutlich, Solly.«

»Ich pumpe jetzt die Luft ab. Sobald ich damit fertig bin, öffne ich die Luke.« Er stand vor der großen Luke, die anderthalbmal so hoch war wie er selbst und gut sechs Meter breit.

»Was muss ich dabei tun?«

»Gar nichts«, antwortete er. »Ich mache alles von hier aus.«

»Was, wenn du rausfällst?« fragte sie, und es war nicht nur als Scherz gemeint.

»Ich kann nicht rausfallen«, antwortete er. »Ich bin angeleint.«

Die Maschinen verzögerten das Schiff. Statt mit stetigem Bremsstrahl modulierte die *Hammersmith* ihre Annäherung mit Hilfe gelegentlicher Stöße aus den Korrekturtriebwerken.

Das Objekt kam in Reichweite ihrer Scheinwerfer, und sie erhielt ein gutes Bild. Es war Emily, ohne jede Frage.

»Ich glaube das einfach nicht!«, sagte Solly. »Warum um alles in der Welt sollten sie Emily hier draußen zurückgelassen haben?«

»Weil sie nicht erklären wollten, auf welche Weise sie gestorben ist.« Kalte Wut stieg in Kim auf. Diese verdammten Bastarde hatten ihre Schwester tatsächlich umgebracht.

Warum nur?

Der Leichnam trieb bis auf weniger als hundert Meter heran. Durch die Außenkameras beobachtete Kim, wie sich die Luke des Frachtraums öffnete. Sie sah Solly, eingerahmt vor dem hellen Licht des

Hintergrunds und angestrahlt von den intensiv leuchtenden Ringen des Gasriesen.

Die Korrekturtriebwerke flammten erneut auf. Die *Hammersmith* rollte leicht seitwärts und verlangsamte ihre Geschwindigkeit noch weiter, bis fast keine Differenz mehr zu dem treibenden Leichnam bestand. Er verschwand seitlich aus dem Aufnahmebereich der vorderen Kameras und tauchte vor den Backbordkameras wieder auf.

»Alles in Ordnung, Solly?«

»Ja, kein Problem. Ich hab sie gleich bei mir hier drin.«

Sie beobachtete, wie er sich aus der Luke lehnte. Einen Augenblick später zog er den Leichnam zu sich herein, ließ ihn vorsichtig zu Boden gleiten und legte ihn außerhalb des Aufnahmebereichs der Kameras.

»Ich will sie sehen«, sagte Kim.

»Nein, bestimmt nicht«, widersprach Solly.

Doch sie bestand darauf, und Solly zog die Tote vor die Kamera.

Der Leichnam war ausgetrocknet und eingefallen, doch die Uniform sah noch immer aus wie frisch aus der Reinigung. Emily trug schwarze Haftschuhe und weiße formelle Handschuhe.

Das schwarze Haar umrahmte noch immer ein Gesicht, das selbst in seinem mumifizierten Zustand Erschrecken und Angst ausdrückte. Der Tod, erkannte Kim, hatte ihre Schwester plötzlich und unerwartet ereilt.

»*Kim*«, meldete die KI in diesem Augenblick, »*ich entdecke eine Bewegung. Neunhundert Kilometer von unserer Position entfernt.*«

»Was für eine Art von Bewegung?«

»*Nicht–orbital.*«

»Kommt es in unsere Richtung?« Hoffnung

erwachte in ihr, doch nicht ohne ein Gefühl von aufkeimender Besorgnis.

»Ja. Es nähert sich mit fast einem Kilometer pro Sekunde.«

»Schließ die Luke und stell wieder Normaldruck her, *Hammersmith*. Solly, hast du mitgehört?«

»Ja, hab ich. *Hammersmith*, ist das Objekt auf Abfangkurs?«

»Ich würde es eher als Kollisionskurs bezeichnen, Solly.«

»Wird es denn langsamer, oder behält es seine Geschwindigkeit bei?«

»Es beschleunigt.«

»Also gut. Wir verlassen den Orbit.«

»Einen Augenblick«, widersprach Kim. »Wir wissen nicht, ob es feindlich ist.«

»Es verhält sich jedenfalls so, das steht verdammt noch mal fest. Wenn sie mit uns reden wollen, können sie den Funk benutzen.«

»Solly, um Himmels willen, das ist der Grund, warum wir hergekommen sind! Wenn dort draußen jemand ist und wir nach Hause laufen, zu was um alles in der Welt soll dann die ganze Sache gut gewesen sein?«

»Kim, vertrau mir. Es hat es auf uns abgesehen.«

Er hatte Recht. Sie wusste, dass er Recht hatte, und das erfüllte sie mit Wut. Mit was für einer Art von Dummheit hatten sie es hier zu tun?

Weglaufen.

»*Hammersmith*«, sagte sie, »kannst du das Objekt auf den Schirm legen?«

»Negativ, Kim. Es ist zu weit entfernt. Aber ich kann feststellen, dass es kein erkennbares Antriebssystem besitzt.«

Kim stieß die Faust in die Luft. »Hast du das gehört, Solly? Keine Antriebsrohre! Die gleiche Technologie! Die *Valiant* ist tatsächlich echt!«

»Ich habe es gehört, Kim. Du hattest die ganze Zeit über Recht. Aber es ist trotzdem gefährlich. *Hammersmith*, bist du bereit zum Start?«

»In fünfzehn Sekunden, Solly.«

»Komm schon, Solly! Denk doch mal nach!«

»Das tue ich die ganze Zeit, Kim!«

»Sieh nur, wie klein es ist!«

»Genau das bereitet mir Kopfzerbrechen, Kim. Minen sind auch klein. Atomare Sprengköpfe sind klein. Schiffe mit freundlich gesinnten Außerirdischen sind ganz bestimmt *nicht klein*!«

»Solly ...«

»Vertrau mir. Ich würde auch gerne so darüber denken wie du, und ich möchte, dass wir Erfolg haben. Aber ich will nicht, dass wir dabei getötet werden. *Hammersmith*?«

»Bereit, Solly.«

»Dann bring uns hier weg. Beschleunige für den Augenblick mit zwei g und nimm den besten Kurs weg von dem sich nähernden Objekt.« Und zu Kim gewandt: »Wenn dieses Ding von einer freundlich gesinnten Intelligenz gesteuert wird, muss es erkennen, dass wir Angst haben, und sich wieder zurückziehen. Wenn es uns immer noch hinterherkommt, weiß ich alles, was ich wissen muss.« Er öffnete einen der Frachtcontainer, legte den Leichnam hinein und sicherte ihn.

»Sie denken vielleicht nicht so wie wir«, widersprach Kim.

»Niemand, der uns freundlich gesinnt ist, würde so ein Ding auf uns abfeuern, ohne vorher wenigstens den Versuch einer Kommunikation über Funk zu unternehmen. *Hammersmith*, haben wir irgendwelchen Funkverkehr?«

»Negativ, Solly.«

»Leg mich bitte auf den Multikanal«, sagte Kim.

Solly warf ihr einen mitleidigen Blick zu. »Vielleicht ist alles ja nur ein Missverständnis«, sagte sie.

Er seufzte laut genug, dass sie es hören konnte. »Ich bin ganz allein hier draußen mit einer verrückten Wissenschaftlerin«, stöhnte er.

Sie sprach in ihr Kehlkopfmikrofon. »Hallo, hier ist Kim Brandywine an Bord der *Hammersmith*. Wir kommen in Frieden.«

Statisches Rauschen.

»Ist da draußen jemand?«

»Nur wir beiden Idioten«, sagte Solly. »Ich schätze, die ganze Operation läuft automatisch ab. Wir fliegen herein, lösen den Alarm aus und sie schießen.«

»Das kann nicht sein. Das wäre total dumm.«

»Vielleicht ist es dumm, aber ich gehe jede Wette ein, dass es so ist und nicht anders. Ich würde sagen, diese Außerirdischen sind eine ziemlich hinterhältige Bande.«

Kim versuchte es mehrmals, bevor sie aufgab. Wo befindet sich das Objekt jetzt?«, erkundigte sie sich schließlich bei der KI.

»*Es nähert sich rasch. Sechshundert Kilometer.*«

Solly wartete ungeduldig im Frachtraum, während der Druck wiederhergestellt wurde.

»Solly«, fragte sie, »warum gehen wir das Risiko nicht ein?«

»Sie sind feindlich gesinnt! Warum begreifst du das nicht? Wir sollten uns lieber der Realität stellen!« Eine Glocke läutete, und er zog seinen Helm ab, während er aus dem Aufnahmebereich der Kamera rannte. »*Ham*«, rief er, »was kannst du uns sonst noch über dieses Objekt erzählen?«

»*Die Ummantelung reflektiert unsere Ortungssignale, Solly. Bedauerlicherweise kann ich wenig zusätzliche Informationen anbieten. Allerdings hat das Objekt seinen Kurs und seine Geschwindigkeit verändert und kommt näher, auch wenn es jetzt nicht mehr weiter beschleunigt. Trotzdem befindet es sich noch immer auf Kollisionskurs.«*

Kim hörte mit wachsender Bestürzung zu. Dieses Ding sah tatsächlich ganz und gar nach einem Lenkprojektil aus! Wie konnten sie nur so gottverdammt dumm sein? Wie alles andere an dieser Geschichte, so ergab auch das nicht den geringsten Sinn.

Solly kam auf die Brücke, warf sich in seinen Sitz und schnallte sich fest. »Aufregend, was?«, rief er ihr zu.

»Ich schätze, ich habe mich geirrt und du hattest Recht.«

»Schätze ich auch.« Er blickte hinauf zu dem Schirm, auf dem das Bild ihres Verfolgers zu sehen war. »In Ordnung, *Ham,* dann wollen wir mal. Volle Kraft voraus!«

Die *Hammersmith* machte einen Satz nach vorn.

»Wie lange, bis wir springen können?«, fragte Solly das Schiff.

»Einundzwanzig Minuten und zehn Sekunden. Das Objekt kommt noch immer näher.«

Die geschätzte Zeit bis zum Aufprall blinkte in der unteren rechten Ecke: Siebzehn Minuten und vierzig Sekunden. »Unmöglich zu entkommen«, sagte Kim. »Wir können genauso gut umkehren und versuchen, mit den Fremden zu reden.«

»Mit einem *Torpedo*?«

Sie versuchte nachzudenken. »Verfügen wir überhaupt über Verteidigungseinrichtungen?«

»Wir könnten nach draußen gehen und es mit einem Stock verhauen.« Solly blickte unglücklich drein. »Ich wünschte, es würde richtigen Treibstoff verbrennen.«

»Warum denn das?«

»Es ist klein. Der Treibstoff würde rasch ausgehen. Was für eine Energieversorgung mag dieses Ding haben?«

»Ich kann höchstens spekulieren«, antwortete Kim.

»Dann schieß mal los.«

»Magnetische Feldlinien wären eine Möglichkeit. Antimaterie eine weitere. Vielleicht benutzt es Quantenzellen.«

»Wie können sie sich ohne Schubrohre bewegen?«

»Vielleicht benutzen sie die gleiche Technologie, die wir zur Erzeugung künstlicher Gravitation einsetzen. Nur, dass in ihrem Fall die Felder außerhalb des Fahrzeugs entstehen. In jeder beliebigen Richtung. Sie fallen einfach immer hinein.«

»Wie dem auch sei«, sagte Solly, »sie müssen über eine ziemlich hohe Reichweite verfügen.«

»O ja, ganz bestimmt sogar«, antwortete Kim. »Ohne jeden Zweifel. Trotzdem sind sie vielleicht nicht imstande, mit uns mitzuhalten. Gib weiter Gas.«

»Du bist optimistischer als ich. Dieses verdammte Ding ist nur noch fünfhundert Kilometer entfernt und kommt jede Minute über vierzig Kilometer näher. Diese Annäherungsrate ist konstant geblieben, ganz gleich, wie stark wir beschleunigt haben!«

»Wie steht es mit Ausweichmanövern?«

»Das können wir versuchen, wenn es noch näher gekommen ist.«

Das Objekt war inzwischen nahe genug, um auf den Schirmen plastisch zu erscheinen. Es besaß hyperbolische Form. Tatsächlich sah es aus wie ein *fliegender Sattel*. Sogar ein Horn und Seitenteile gab es, die an Steigbügel erinnerten. Die *Hammersmith* zeichnete einen Maßstab ein, um die Größe des Objekts zu verdeutlichen: dreißig Zentimeter lang, fünfzehn breit. Vier Zentimeter dick. Es war *kleiner* als ein Sattel. Die Außenhülle war glatt und grau, mit Ausnahme einer Reihe schwarzer linsenförmiger Gebilde an den Seiten der ›Sitzfläche‹. Sie war weiß, und Kim konnte keine weiteren Markierungen entdecken. »Es sieht jedenfalls ganz und gar nicht nach einer Bombe aus«, stellte sie fest.

»Freut mich zu hören.«

»Können wir zu den Ringen entkommen? Vielleicht finden wir dort etwas, wo wir uns verstecken können?«

»Wir sind zu weit weg. Aber ich sage dir, was wir tun können.«

»Ja?«

»Wir schicken eine Subraum-Transmission nach St. Johns. Mit einer Kopie an Matt. Wir sagen ihnen, was wir vorgefunden haben und was im Augenblick geschieht.«

»Ich bin nicht sicher, ob ich aller Welt verraten will, was wir hier tun.«

»Warum nicht?«

»Weil wir dann die Kontrolle über unsere Entdeckung verlieren, darum.«

Solly blickte sie an. »Allmählich beginne ich zu verstehen, was mit der *Hunter* passiert sein muss.«

»Selbst wenn wir verjagt werden und mit nichts in der Hand zurückkehren, wird sich sehr bald jemand um diese Geschichte kümmern. Ich sage dir, was wir tun, Solly. Wir bereiten die Transmission vor, komprimieren sie und machen alles bereit zum Senden. Wenn es danach aussieht, als würde es zum Schlimmsten kommen, schicken wir sie ab. Einverstanden?«

Er stimmte zu, und sie instruierte die KI, was zu tun war und wie die Nachricht aussehen sollte. Sie würde eine kurze Beschreibung von allem enthalten, was sie bisher unternommen und herausgefunden hatten, insbesondere die Entdeckung von Emilys Leichnam, gepaart mit der Empfehlung, dass niemand, der zum Alnitak flog, ohne ausreichende Defensivbewaffnung kommen sollte.

Als sie fertig war, fügte Solly noch Bilder des Objekts hinzu, und die KI komprimierte alles zu einem Hyperkomm-Signal, das weniger als eine Sekunde dauerte.

In der Zwischenzeit hatte Kim auf dem Navigationsschirm die Lage beobachtet. Das Objekt näherte sich unaufhaltsam.

»Noch fünf Minuten bis zur Kollision«, meldete die *Hammersmith*.

»Vielleicht ist es ein Wärmesucher«, sagte Kim. »Was, wenn wir die Maschinen abschalten?«

Er schüttelte den Kopf. »Die erste Ortung war in neunhundert Kilometern Entfernung. Das ist viel zu weit für einen Wärmesucher. Außerdem wäre das wohl eine ziemlich primitive Technik für jemanden, der offensichtlich keine Reaktionsmasse benötigt. Nein, dieses Ding verfolgt uns visuell. Besser, wenn wir weiter flüchten.«

Sie hatten zwei Uhren auf den Schirm gelegt: Eine zeigte den Zeitpunkt der Kollision, die andere, etwa drei Minuten hinterher, die Zeit bis zum Erreichen der Sprungfähigkeit.

»Wir könnten es mit den Lander versuchen«, schlug Kim vor.

»Und das Schiff aufgeben?« Er blickte sie an. »Wenn wir das machen, verbringen wir den Rest unseres Lebens hier – bestenfalls.«

»Warum in Gottes Namen sollten sie das tun?«,

fragte Kim. »Dieses verdammte Ding kann doch unmöglich so dumm sein!«

»Ich weiß es nicht«, entgegnete Solly. »Ich bin nicht gerade Experte in außerirdischer Psychologie.«

Die Zeit bis zur Kollision betrug nur noch weniger als zwei Minuten.

»*Ham*, auf mein Kommando hin führen wir eine Dreißig-Grad-Wende nach Backbord durch.«

»Solly, bei dieser Beschleunigung werden du und dein Passagier extremen Kräften ausgeliefert. Möglicherweise werdet ihr sogar verletzt.«

»Das ist sehr aufmerksam von dir, *Ham*. Ich weiß deine Sorge zu schätzen.«

»Ich bin stets um das Wohl meiner Besatzung und Passagiere bemüht.«

Das Objekt war nur noch fünfzig Kilometer entfernt. Eine Minute bis zum Aufschlag. Solly wartete, bis die Uhr die letzten zehn Sekunden herunterzählte. »*Ham*«, sagte er. »Jetzt!«

Die *Hammersmith* rollte hart nach links, und die Nase hob sich. Kim wurde nach rechts geschleudert. Ihre Organe wurden gegeneinander gepresst, während der Sitz sie nach oben drückte. Ihr Herz hämmerte laut, und ihre Sicht verschwamm. Sie befürchtete, das Bewusstsein zu verlieren. Das Rumpeln der Antriebe in den Wänden erhöhte sich noch. Sie bemühte sich angestrengt, sich auf den Bildschirm und das Objekt zu konzentrieren.

»Es ist vorbeigeflogen«, sagte Solly. Dann blickten sie sich an. »Du siehst nicht gut aus.«

»Mir geht es prima«, sagte sie.

»Objekt hat Kursänderung eingeleitet«, meldete die *Hammersmith*.

Kim schloss die Augen. Im Augenblick war es ihr beinahe egal.

»Wir haben uns eine Minute oder so erkauft«, sagte Solly.

Sie schüttelte ihre Benommenheit ab.

»*Objekt kommt erneut näher.*«

Das Bild beherrschte den Schirm. Es war ein lächerlich grotesker Anblick. Ein verdammter alberner Sattel.

»Es kommt uns hinterher«, sagte Solly.

Und dann meldete *Ham*: »*Solly, es verringert seine Geschwindigkeit. Es kommt längsseits. An Backbord.*«

Das Objekt verschwand vom Schirm und tauchte Sekunden später wieder auf, als es in den Aufnahmebereich einer weiteren Kamera geriet.

»*Es läuft weiterhin auf parallelem Kurs, und es verzögert noch immer.*«

»Hart nach rechts, *Ham*.«

Diesmal blieb es bei ihnen.

»Vielleicht ist es doch nicht feindlich«, sagte Kim. »Es hätte uns längst in die Luft jagen können, wenn es gewollt hätte.«

»Vielleicht.«

Der Entfernungsmesser zeigte an, dass der Abstand nur vier Meter betrug.

Vier Meter.

»*Es hat seinen Kurs und seine Geschwindigkeit der unseren angepasst*«, meldete die Schiffs-KI.

Die Sprungstatusanzeige signalisierte, dass sie in zwei Minuten bereit waren, in den Hyperraum zu wechseln. »Warte noch, Solly«, sagte Kim. »Gib ihnen doch wenigstens eine Chance.«

»Du hast einen echten Selbstmordkomplex, weißt du das? Aber wir spielen dein Spiel.«

»*Objekt nur noch zwei Meter entfernt*«, meldete die *Hammersmith*.

»Wohin ist es verschwunden?«, fragte Kim nach einer weiteren Schrecksekunde.

»Es ist zu nah. Die Sensoren können es nicht mehr erfassen.«

»Das Objekt hat sich an unserem Rumpf verankert«, meldete die KI.

Sie saßen still, ohne zu atmen, ohne ein Wort zu reden.

Kim packte die Lehnen ihres Sitzes. Man konnte wirklich nicht vorhersehen, wie sich so ein Außerirdischer verhielt. »Was geschieht, wenn wir jetzt springen?«, fragte sie so leise, dass Solly sich zu ihr hinüberbeugen musste, um etwas zu verstehen.

»Schwer zu sagen«, antwortete er ebenfalls flüsternd. »Vielleicht werden wir es los. Vielleicht kommt es aber auch mit uns.«

Kims Herz schlug bis zum Hals. »Glaubst du immer noch, es könnte eine Bombe sein?«

»Was sonst sollte es sein?«

»Sprungbereitschaft«, meldete die *Hammersmith* in diesem Augenblick.

»Verdammt!«, sagte Kim. »Lass uns verschwinden!«

Solly musste nicht überzeugt werden. »Wohin?«, fragte er.

»Was meinst du?«

»Greenway? Oder gleich nach Tigris?«

»Solly, das ist jetzt nicht der geeignete Augenblick für eine Diskussionsrunde.«

»Dann entscheide du.«

»Greenway«, sagte sie.

»Bist du sicher?«

»Ja.«

Solly blickte sie nachdenklich an, dann befahl er der KI, sie nach Hause zu bringen.

Die Sprungmotoren setzten ein, und die Beleuchtung wurde dunkler. Dann erloschen die Schirme, Alnitak war verschwunden, der beringte Gasriese war verschwunden, die Sternenwolken waren verschwunden.

»Übergang erfolgreich vollzogen«, meldete die *Hammersmith*.

»Und das Objekt?«

»Ist immer noch da.«

20

Was ist in den Strahlen des Mondlichts, das die Illusion eines Augenpaares erweckt, eines Lauschers in den Schatten?

– SHEYEL TOLLIVER, NOTIZEN, 591

»Wenn es uns angreifen wollte«, sagte Kim, »dann hätte es das inzwischen bestimmt längst getan.«

»Wahrscheinlich hast du Recht. Also sollten wir in Sicherheit sein. Für den Augenblick.«

»Was meinst du mit: *für den Augenblick*?«

»Wir können es ja wohl nicht gut mit nach Hause nehmen, oder.«

»Warum nicht?«

»Vielleicht ist es ein Signalapparat?«

»Das glaubst du doch nicht im Ernst?«

»Was könnte es sonst sein, wenn es keine Bombe ist?«

Sie dachte darüber nach. »Vielleicht ein Geschenk.«

»Ein trojanisches Pferd beispielsweise?«

»Solly, meinst du nicht, du bist ein wenig zu paranoid?«

»Ja. Natürlich. Aber was ist an einer Paranoia falsch, wenn man gejagt wird? Wir haben keine Vorstellung von ihren technologischen Fähigkeiten. Und bis jetzt scheinen ihre Absichten nicht besonders freundlich.«

»Also gut«, sagte sie. »Dann sehen wir zu, dass wir es loswerden.«

Solly nickte. »Genau mein Gedanke.«

Das Objekt saß nicht weit von der Hauptschleuse entfernt auf dem Rumpf.

Solly erhob sich und machte Anstalten zu gehen. »Ich kümmere mich darum«, sagte er.

»Was hast du vor?«

Sie verließen die Brücke und gingen nach unten. Solly öffnete einen Spind auf dem Hauptkorridor. »Es gibt nur eine Sache, die wir tun können. Nach draußen gehen und es abschießen.« Er runzelte die Stirn. »Ich glaube nicht, dass es gefährlich ist, Kim. Wahrscheinlich hoffen sie, dass wir unseren kleinen blinden Passagier nicht bemerkt haben.«

Kim nickte. »Und was soll ich tun?«

»Du bleibst hier im Warmen.« Er nahm eine isolierte Stange hervor und wog sie in der Hand. »Das müsste seinen Zweck erfüllen.«

»Was hältst du davon, wenn ich diesmal nach draußen gehe?«

»Wie viel EVA-Erfahrung hast du?«

»Wie schwer kann es schon sein?«

»Es ist nicht schwer. Aber es hilft, wenn man weiß, was man zu tun hat.« Er küsste sie.

»Solly«, sagte sie, »warum würden sie uns etwas auf den Rumpf heften, das wir einfach mit einer Stange wieder entfernen können?«

»Du meinst, das war nicht ihr Plan?«

»Genau. Ich meine, dass es sich nicht lösen lassen wird.«

»Finden wir es heraus.«

Kim hatte häufig genug Schach gespielt, um die Grundprinzipien zu kennen. Gehe immer davon aus, dass der Gegner den bestmöglichen Zug macht. »Die Sache gefällt mir nicht«, sagte sie.

Solly bemühte sich auszusehen, als hätte er alles unter Kontrolle. »Vielleicht ist es nur ein Spiel.

Wenn mehr dahinter steckt, wenn dort draußen irgendetwas passiert, dann sag der *Hammersmith*, sie soll nach St. Johns fliegen, ja? Flieg nicht nach Hause. Wenn wir schon das Risiko eingehen müssen, etwas zu verlieren, dann besser den Außenposten und nicht Greenway.«

Sie fühlte sich leer und ausgebrannt, als sie ihm zusah, wie er in seinen Druckanzug stieg. Und plötzlich musste sie an das Projekt Leuchtfeuer denken. *Hier sind wir. Kommt und holt uns.* Aber nein, das war wirklich zu dumm. Es war nicht vernünftig.

»Was mich an dieser Geschichte so ärgert«, sagte sie ihm über Funk, nachdem er sich fertig angezogen hatte und in der Luftschleuse verschwunden war, »ist die Tatsache, dass ich offensichtlich nie imstande bin, irgendetwas zu tun, um dir zu helfen.«

»Bis jetzt hast du fast alles allein gemacht, Kim. Jetzt setz dich hin, und in einer halben Stunde bin ich wieder zurück.«

Sie deaktivierten die künstliche Gravitation und schalteten sämtliche Außenlampen der Backbordseite ein. Minuten später zeigte eine Kontrollleuchte an, dass sich die Außenluke der Schleuse geöffnet hatte. Sie wies die KI an, Solly mit sämtlichen Kameras zu beobachten, die das Schiff auf ihn richten konnte.

»*Kim,* sagte die *Hammersmith,* »*er hat auch eine Kamera auf seinem Helm.*«

»Kannst du sie aktivieren?«

»*Selbstverständlich.*«

»Dann tu das.«

Drei Schirme wurden hell und zeigten Solly einmal von der Seite, einmal von hinten sowie das, was seine Helmkamera sah. Eine vierte Kamera richtete sich auf das Objekt.

Solly befestigte das Halteseil an einen Sicherheitsring unmittelbar außerhalb der Luftschleuse und stapfte anschließend zielstrebig über den Rumpf, gesichert durch seine magnetischen Stiefel.

Es gab keine Sterne und keinen Sternenhimmel. Zeit und Raum existierten zwar in diesem fremden Universum, doch Ersteres war komprimiert, Letzteres schien zu schwanken. Es war nicht wie eine Nacht unter schweren, dichten Wolken, denn selbst Wolken wären *sichtbar* gewesen, spürbare Objekte, deren Präsenz man fühlen konnte, deren Gewicht den Beobachter bedrückte. Dies hier war ein wirkliches Nichts, ein Fehlen von allem, ein Universum, das der Theorie nach weder Materie noch Energie enthielt mit Ausnahme der winzigen Beträge, die durch Sprungmotoren gelegentlich von außen zugeführt wurden.

Es erinnerte Kim an die schrecklichen Augenblicke in dem Durchfluss des Damms, als die Welt sich rings um sie zusammengezogen hatte, sie unter sich zu begraben drohte. Als das einzige Licht, das Licht ihres Handscheinwerfers, in einer Dunkelheit des Bewusstseins und des Verstandes verblasst war, die scheinbar ewig anzuhalten schien.

Solly bewegte sich zwischen Antennen und Sensoren und Gehäusen hindurch, die den Rumpf der *Hammersmith* übersäten. Sie sah, wie er sich dem fremden Objekt näherte und seinen Scheinwerfer darauf richtete. Es hatte sich zwischen einer Wartungsluke und einem Sensormast festgesetzt.

»Was meinst du, Kim?«, fragte Solly.

»Ich weiß nicht«, antwortete sie. »Sei bitte vorsichtig.«

Er berührte das Objekt mit der Spitze seiner isolierten Stange. Es reagierte nicht. »Ich schätze, ich werde ihm einen Schubs verpassen«, sagte er.

»Aber nicht zu fest«, riet sie.
»Ich schubse.«
Sie sah keine Reaktion.
»Es sitzt ziemlich fest«, berichtete er. »Wahrscheinlich magnetisch verankert.«
Er bückte sich und versuchte, die Stange unter das Objekt zu schieben. Der Sattelsitz öffnete sich wie eine Iris. Kim zuckte zusammen.
Genau wie Solly.
Es war, als würde sie ein dunkles Auge anstarren.
»Solly …«, flüsterte sie.
»Ich sehe es.« Die Öffnung maß im Durchmesser ungefähr zwanzig Zentimeter. Die Dunkelheit darin war greifbar und vielleicht ein paar Zentimeter tief.
»Sei bitte vorsichtig.«
Solly wartete ab, ob vielleicht noch etwas anderes geschehen würde. Als das Objekt sich nicht mehr rührte, setzte er seinen Versuch fort, die Stange darunter zu schieben. Kim konnte nicht viel sehen: Alles war eine Mischung aus Schatten und grellem Licht und Sollys Armen dazwischen. Sie wünschte, er könnte es mit nach drinnen bringen, damit sie es genauer betrachten konnten, doch selbst das schien zu gefährlich.
Wer hätte das gedacht? Sie waren im Besitz eines ohne jeden Zweifel extraterrestrischen Artefakts, und sie würden nichts unversucht lassen, ihn wieder loszuwerden.
Sie sehnte sich danach, dass es endlich vorbei und Solly wieder an Bord war.
Es gelang ihm irgendwie, die Stange unter das Ding zu schieben, und er grunzte laut, während er angestrengt arbeitete. Plötzlich schienen der Rumpf und der Sensormast zu *wabern*. Es war kaum sichtbar in dem schlechten Licht.

Der Effekt kam und ging so schnell, dass Kim nicht sicher war, ob sie vielleicht eine Sinnestäuschung erlitten hatte.

Das Objekt löste sich.

»In Ordnung«, sagte Solly. Er schob die rechte Hand darunter und zog es vom Rumpf der *Hammersmith* wie ein Mann, der eine Orange schält. Als es gelöst war, hob er es hoch, hielt es vor die Aufnahmeoptik, damit sie es sehen konnte und alles aufgezeichnet wurde, drehte es ein halbes Dutzend Mal, so dass sie jeden Blickwinkel einfangen konnte, und dann schleuderte er es davon. Sie beobachtete, wie es in die Dunkelheit hinaus trieb.

»Gut gemacht, Solly.«

»Danke.«

Er schob die Stange in seinen Gürtel und kehrte zur Luftschleuse zurück. »*Ham*, wo befindet sich das Objekt jetzt?«, fragte er die Schiffs-KI.

»*Treibt noch immer weiter nach draußen, Solly. Momentane Geschwindigkeit drei Kilometer pro Stunde. Keinerlei Anzeichen von interner Energie.*«

Kim blickte zu dem Schirm hinauf, der die Bilder aus Sollys Helmkamera zeigte, und beobachtete, wie das beleuchtete Rechteck der Schleusenluke näher kam. Er glitt hindurch, die Tür schloss sich, und die Gravitation kehrte ins Schiff zurück. Kim sah die Bank gegenüber der, auf der Solly saß, einen Teil des Kontrollpaneels mit einer gelb blinkenden Leuchte darauf, einen Handgriff und einen von Sollys Füßen.

»*Ham*«, sagte er, »verfolge das Objekt, solange es geht. Wenn irgendeine Änderung eintritt, informierst du uns bitte sofort.«

»*Verstanden, Solly.*«

Die Kontrollleuchte würde weiter gelb blinken, bis der Luftdruck in der Schleuse normales Niveau erreicht hatte. Dann würde sie konstant grün leuchten.

Kim dachte über den Zwischenfall nach. Es schien durchaus möglich, dass die *Hunter* den ersten Kontakt verpfuscht hatte, und dass sie jetzt in diesem Augenblick genau das Gleiche taten. »Gut möglich, dass wir uns zum Gespött der gesamten Menschheit machen, Solly«, sagte sie zaghaft.

»Trotzdem gefällt mir das alles kein Stück. Wir haben herausgefunden, dass es zu einer Begegnung mit Außerirdischen gekommen ist, Kim. Und ich denke, jetzt ist es an der Zeit, die ganze Angelegenheit an ein Team von Spezialisten zu übergeben, die vernünftig vorbereitet zum Alnitak zurückkehren, um …«

Die blinkende Kontrollleuchte wurde dunkler.

Und wieder heller.

Das war nicht normal.

»… die Sache systematisch anzugehen«, schloss Solly.

Hinter der Kontrollleuchte *waberten* die Wand und das Paneel. Wie durch flimmernde Luft über der Straße hinweg an einem besonders heißen Tag.

Es war fast schon wieder vorbei, bevor Kim es richtig bemerkte. »Solly«, sagte sie, »haben wir vielleicht ein Problem mit deiner Kamera?«

»Nein«, antwortete er. »Ich hab's auch gesehen.« Betroffenes Schweigen breitete sich im Schiff aus. Kim verließ die Brücke und erwartete Solly vor der Innenluke der Schleuse. Er kam heraus.

Sie schaltete sämtliche Lichter auf maximale Leistung und blickte sich in der Schleusenkammer um. Alles wirkte völlig normal.

»*Ham*«, sagte sie, »lass doch bitte noch einmal die Sequenz aus Sollys Helmkamera ablaufen, beginnend etwa vor vier Minuten. Leg die Aufnahme auf eines der Fenster hier unten.«

Im Gang befanden sich zwei große Bildschirmfenster. Auf beiden war ein Sternenhimmel wie über Greenway zu sehen. Jetzt wurde einer der Schirme dunkel, dann zeigte er das Schiff aus Sollys Sicht und wie er von außen in die Schleuse schwebte.

»Das reicht nicht«, sagte Kim. »Geh bitte noch zwei Minuten weiter zurück, *Ham*.«

»Vielleicht war es ja nur eine Schwankung in der Energieversorgung«, sagte Solly.

»Vielleicht.«

Sie sah zu, wie er sich im Zeitraffer rückwärts bewegte, wie der Sattel rückwärts wieder zum Schiff segelte und sich auf den Rumpf setzte, und wie Solly die Stange als Hebel einsetzte.

Solly arbeitete eifrig an dem Sattel. Die runde Irisblende in der Sitzfläche schloss sich.

»Gut«, sagte Kim. »Halt die Aufnahme hier an.«

Solly legte den Helm ab und schälte sich aus seinem Druckanzug. Dann setzte er sich, um die Magnetstiefel auszuziehen.

Der Sensormast *waberte* erneut.

»*Ham*, halte die Aufnahme an«, sagte Kim.

Solly runzelte die Stirn. Sie wiederholten die Szene mehrere Male. Dann zeigte sie ihm die Sequenz in der Luftschleuse, und sie beobachteten, wie die Kontrollleuchte dunkler und wieder hell wurde, während das Paneel zu flimmern begann. Es schien sich ein wenig zu verkrümmen und wurde dabei dunkler, als wäre etwas davor vorbeigegangen – als hätte sich der Raum auf irgendeine undefinierbare Weise verändert.

»Passieren solche Dinge normalerweise im Hyperraum?«, fragte sie und starrte auf den Schirm.

»Nein.« Er schaltete auf die Kamera am Bug, spulte die Aufnahme zurück, und sie beobachteten das gesamte Szenario aus einer anderen Perspektive.

Der Sensormast befand sich im Vordergrund. Solly war dahinter. Und diesmal war es *Solly*, der flimmerte!

»Ich verstehe das nicht«, murmelte er.

Kims Herz pochte heftig. »Ich auch nicht. Aber es jagt mir Angst ein, Solly.«

Als sie Emily vorsichtig aus dem Overall schälten, sahen sie, dass irgendetwas sie in Höhe des Bauchnabels beinahe in zwei Teile zerschnitten hatte. Das Fleisch sah verbrannt aus, doch es war keine Spur von Blut zu erkennen.

»Sie haben sie gewaschen, bevor sie sie aus der Luftschleuse gestoßen haben«, sagte Solly, während er ein Laken über den verstümmelten Leichnam deckte.

»Was mag ihr nur zugestoßen sein?«, fragte Kim.

»Vielleicht ein Laser?«, mutmaßte Solly unsicher.

Sie legten die Leiche in den Container zurück, und Kim sagte sich immer wieder, dass sie jetzt wenigstens wusste, was aus ihrer Schwester geworden war. Aber es bedeutete keinen Trost.

Die Analyse der Aufzeichnungen lieferte keinen weiteren Hinweis auf das, was draußen vor dem Sensormast oder in der Luftschleuse geschehen war. Vielleicht nur eine optische Täuschung oder ein paar Störungen im Raum-Zeit-Kontinuum. Schließlich war Solly draußen, außerhalb des Schiffs gewesen. Vielleicht gab es im Hyperraum

Nebenwirkungen, wenn man die Luftschleuse eines Schiffs öffnete – sie fanden jedenfalls keine bessere Erklärung. Also verdrängten sie den Zwischenfall aus ihren Gedanken, so gut es ging, und kehrten zur normalen Bordroutine zurück.

Als die nächsten Tage ohne Störung vergingen, vergaßen sie die Geschichte.

Ihre Unterhaltungen drehten sich immer mehr um den Empfang, den man ihnen bereiten würde, wenn sie erst nach Greenway zurückgekehrt waren. Polizei oder Festparade? Kim war unerschütterlich optimistisch. Man kann schließlich nicht ausgerechnet diejenigen verdammen, die eine der drängendsten Fragen der Wissenschaft und der Philosophie beantwortet haben, oder? Solly, der schon länger im Institut arbeitete als sie, vermutete hingegen, dass Agostino durch ihren Erfolg eher noch wütender reagieren würde. »Wir mögen vielleicht für die Nachwelt von Bedeutung sein«, sagte er, »aber unsere Zeitgenossen sehen das möglicherweise anders. Erinnerst du dich, wie es Columbus ergangen ist?«

»Wie denn?«

»Er starb in einem spanischen Gefängnis.«

Andererseits, dachte Kim, konnte man ruhigen Gewissens davon ausgehen, dass Agostino alles aus ihrem Abenteuer herausschlagen würde, was irgendwie herauszuschlagen war. Er würde es so darstellen, als wäre es von Anfang an ein Projekt des Instituts gewesen und seine persönliche Initiative. Solange sie mitspielten, wären ihre Karrieren gesichert, das stand fest.

Kims Interesse an der Wissenschaft war im Allgemeinen eher selbstlos, angetrieben von dem Wunsch, die Grenzen des Wissens weiter nach draußen zu schieben und Teil der kollektiven Anstrengung zu sein. Sie hatte diese Mission nicht für sich allein unternommen, doch sie verspürte auch einen Widerwillen bei dem Gedanken, dass irgendjemand anderes sich mit ihren Lorbeeren schmücken könnte, insbesondere nach allem, was sie zum Erreichen ihres Ziels durchgemacht hatte.

Fünf Nächte nach ihrem Aufbruch aus dem Alnitak-System stand Kim zum Abendessen unter der Dusche. Sie war ganz in diesen und ähnlichen Gedanken versunken.

Da nur zwei Leute an Bord waren, gab es keine Notwendigkeit, die Wasservorräte einzuschränken. Sie hatte gerade die Haare gewaschen und trocknete sich mit einem Handtuch das Gesicht ab, als sie mit geschlossenen Augen eine Bewegung im Waschraum zu spüren glaubte.

»Solly?«, fragte sie.

Er hatte sich schon einmal hereingestohlen, als sie unter der Dusche gestanden hatte, und die Gelegenheit schamlos ausgenutzt, indem er sie in den Duschvorhang gewickelt und sie dann durch das transparente Plastik hindurch gestreichelt hatte.

Doch Solly antwortete nicht, und als sie die Augen öffnete, war niemand da.

Sie verwarf den Zwischenfall und die damit verbundene schwache Enttäuschung, zog sich an und ging zum Missionskontrollraum, wo Solly ein Abendessen mit Hühnchen, Fruchtsalat und frisch gebackenem Brot vorbereitet hatte. Sie unterhielten sich über Belanglosigkeiten, als die Schiffs-KI sich unvermittelt meldete: *»Solly«*, sagte sie, *»ich verliere die Kontrolle über einen Teil meiner Funktionen. Sie werden irgendwohin umgeleitet. Zu einem alternativen Manager.«*

»Das kann nicht sein«, entgegnete Solly. »Willst du andeuten, dass sich ein Virus in dein Betriebssystem eingeschlichen hat?«

»Es fällt mir schwer genau festzustellen, was die Ursache ist, Solly.«

»Welche Systeme verlierst du?«

»Ich habe Probleme mit der Kommunikation, der Diagnostik und der Lebenserhaltung. Der Zustand verschlechtert sich weiter, während ich hier mit dir spreche.«

»*Ham*, was können wir tun, um das zu ändern?«

»Ich weiß es nicht, Solly. Vielleicht solltest du auf manuelle Steuerung gehen. Falls sich der Prozess fortsetzt, bin ich in Kürze nicht mehr in der Lage, zuverlässig zu funktionieren.«

»Können wir das?«, fragte Kim. »Können wir das Schiff manuell nach Hause bringen?«

»Sicher«, sagte Solly. »Es bedeutet lediglich, dass wir sämtliche Schalter selbst umlegen müssen. Und dass wir beim Andocken vielleicht den einen oder anderen Kratzer abkriegen, aber ansonsten ist es kein Problem.« Trotzdem wirkte er besorgt.

Sie beendeten ihr Abendessen in etwas angespannterer Stimmung, bevor sie zur Brücke gingen. Kim nahm noch etwas vom frisch gebackenen Brot mit.

Solly entfernte ein Wandpaneel mit der Aufschrift AUTO OFF. »*Ham*«, sagte er, »ich werde dich in regelmäßigen Abständen überprüfen. In der Zwischenzeit versuchst du bitte, das Problem zu lokalisieren und auszuschalten.«

»Jawohl, Solly. Ich werde mich bemühen, das zu tun.«

Solly legte einen großen kürbisfarbenen Hebel um. Eine Reihe orangefarbener Kontrollleuchten blinkte auf. »Endlich muss der Pilot doch noch etwas tun, um sein Geld zu verdienen«, sagte er zu Kim.

»Was machen wir jetzt?«, fragte Kim.

»Wir entspannen uns.« Solly deutete auf die Navigationskonsole in seinem Pult. »Wenn du irgendwo rote Lampen aufflackern siehst und ich bin nicht da, dann rufst du mich.«

»Würden denn nicht Alarmsirenen losheulen, wenn irgendwas nicht stimmt?«

»Vielleicht. Aber falls wir einen Virus im System haben, dürfen wir uns nicht mehr darauf verlassen.« Er schien den Zweifel in ihrem Gesicht zu bemerken. »Keine Sorge, Kim. Uns geschieht nichts.«

»Das ist alles?«

»Das ist alles. Das Schiff ist immer noch zum größten Teil automatisiert. Es erzeugt immer noch heißes Wasser, lädt die Energiezellen auf und versorgt uns mit Nahrung. Der einzige Unterschied zu vorher besteht darin, dass wir jetzt ein paar Knöpfe mehr drücken müssen, bis die Dinge so sind, wie wir sie haben wollen.« Er verstummte, während er über ihre Lage nachdachte. »Wenn es eine Abweichung zwischen den vorgegebenen und den tatsächlichen Parametern geben sollte, dann bemerkt sie das Schiff nicht. Was bedeutet, dass wir den Heizregler hin und wieder hoch oder runterdrehen müssen. Kein Problem, wenn man einmal von der eher kleinen Unbequemlichkeit absieht.«

Kim nahm sich Zeit, bevor sie die Frage stellte, die ihr eigentlich auf der Seele brannte. »Solly«, begann sie, »glaubst du, es ist möglich ...« Sie zögerte erneut.

»Dass ...?«

»... dass der Virus von diesem *Objekt* stammt?«

»Nein«, entgegnete er vielleicht ein wenig zu hastig. »Es ist ein Fehler in der Programmierung, Kim. So etwas kommt vor.«

Kim vermied angestrengt, das Thema noch einmal anzuschneiden. An diesem Abend gingen sie hinunter in den Erholungsraum und sahen sich

Party of Five an, ohne jedoch am Spiel selbst teilzunehmen. Es war eine leichte Komödie, in der die Hauptdarsteller herausfanden, dass ihre Nachbarn eine Gruppenehe aus zwei Männern und drei Frauen führten.

Sie lachten nur wenig, und Kim musste den größten Teil der Zeit daran denken, wie groß und leer das Schiff mit einem Mal schien. Solly gab sich alle Mühe, entspannt dreinzublicken, doch auch er lachte immer wieder an den falschen Stellen.

Bevor sie schlafen gingen, reaktivierte er die KI, jedoch ohne ihr die Kontrolle über die Systeme zurückzugeben. »*Ham*, hast du zwischenzeitlich Fortschritte mit dem Virus gemacht?«

Die falschen Fenster zeigten auf einen Ozean hinaus. In der Ferne sah Kim einen blasenden Wal.

»*Ham*?«, wiederholte Solly. »Antworte mir.«

Er warf Kim einen ernsten Seitenblick zu und versuchte es erneut. Die KI hatte noch nie länger als eine oder höchstens zwei Sekunden zu einer Antwort benötigt.

Kim stand auf, steckte die Hände in die Taschen und wandte sich von den Fenstern ab. »Sieht so aus, als wäre die KI jetzt ganz abgestürzt«, sagte sie.

»Sieht so aus, ja.«

»Ist so etwas überhaupt schon jemals passiert?«

»Noch nie. Aber es ist auch das allererste Mal, dass ich eine KI abschalten musste. Vielleicht führt das dazu, dass sie nicht mehr mit uns redet.«

»*Ham*?«, fragte Kim. »Bist du da?«

Sie gingen hinauf zur Brücke. Solly setzte sich an seine Konsole und startete eine Diagnose der Systeme. »Es wird ein paar Minuten dauern«, sagte er.

Die Fenster zeigten die gleiche Meereslandschaft, diesmal ohne blasenden Wal.

»Wenn wir wieder zu Hause sind«, fragte sie plötzlich, »dann wirst du mich nicht verlassen, oder?«

Er blickte sie an, dann nahm er sie in die Arme. »Nein. Ich liebe dich.«

Sie küssten sich.

»Kim …?«

»Ja?«

»Möchtest du mich heiraten?«

Es kam ohne jede Warnung. »Ja«, sagte sie und hatte Mühe, ihre Stimme zu kontrollieren. »Ich glaube, das würde ich sehr gerne.«

Das Diagnoseprogramm summte. Keine Probleme. Alles war in bester Ordnung.

»Das kann nicht sein«, sagte Solly. »Wir können ja nicht einmal mit der KI reden!«

Solly tischte an diesem Abend das Beste auf, was die Bordküche zu bieten hatte, zur Feier ihrer Verlobung. Sie liebten sich bei Kerzenlicht und leiser Musik, bevor sie in ihr gemeinsames Schlafzimmer zurückkehrten.

Obwohl sie ganz allein an Bord waren, achtete Kim stets darauf, dass die Schlafzimmertür geschlossen war. In dieser Nacht jedoch trug Solly sie über die Schwelle und warf sie auf die Matratze und die Kissen, also blieb die Tür zum ersten Mal offen.

Die Nacht zog sich hin, mit gelegentlichen Pausen für Solly, während derer sie über ihre Zukunft redeten. Dann erwachte in ihm erneut die Lust, und sie gab sich ihm voller Freude hin.

Solly war in jener Nacht fast unerschöpflich. Trotzdem kam irgendwann der Augenblick, als er sich zur Seite rollte und alle viere von sich streckte.

Sie warf sich auf ihn und genoss seine Lippen auf ihrem Hals und seine Hände, die ihren Körper streichelten. Die Beleuchtung überall an Bord war gedämpft, wie nachts üblich, was bedeutete, dass der Korridor draußen hinter der offenen Tür bis auf das schwache Licht der Notbeleuchtung dunkel lag.

Sie warf den Kopf voll Ekstase in den Nacken, stöhnte und seufzte, teilweise, weil ihr danach war, teilweise, weil sie wusste, dass er es mochte. Ihr Blick fiel durch die offene Tür.

Und sie sah eine Bewegung.

Es war ein Schimmer, ein Schatten, etwas ganz am Rand der Wahrnehmung, und doch war es da.

Ihre Lust war augenblicklich verflogen, und sie wollte, dass Solly aufhörte, doch er war in voller Fahrt.

Irgendetwas nahm dort draußen Gestalt und Form an.

Ein Augenpaar. Unmittelbar draußen vor der Tür, oben an der Decke.

Und mit einem Mal war sie wieder zurück in Kanes Villa, voller Angst und Entsetzen wegen des kühlen, emotionslosen Blicks dieses Dings in dem anderen Korridor unter Wasser. Solly hielt sie immer noch, und seine Hände spielten mit ihr. Sie streifte sie ab und rollte sich vom Bett. Ohne den Blick von dem *Ding* abzuwenden, gestikulierte sie Solly, dass etwas nicht stimmte. Sie tastete nach einem Gegenstand, den sie als Waffe benutzen konnte, doch das Beste, was sie finden konnte, war ein Haftschuh.

»Was ist denn?«, fragte er verwirrt.

Die Augen besaßen die gleiche smaragdene Farbe wie jene in Kanes Villa, doch diese hier waren golden gesprenkelt. Vertikal stehende Iris. Katzenaugen. Kalt, leidenschaftslos, analytisch. Ganz ähnlich jenen in Kanes Villa. Doch in diesen Augen hier stand kein Wahnsinn. Nur Feindseligkeit.

Die Augen waren körperlos.

Sie schwebten wenige Zentimeter unterhalb der Decke.

Solly starrte sie an, doch sie hielt ihn mit ausgestreckter Hand von sich in dem Versuch, ihn zum Stillhalten zu bringen. Sie fand die Fernbedienung auf einem Nachttisch und schaltete die Lichter ein. Es wurde hell.

Solly blickte sie an. Blickte hinaus in den Korridor.

Er war *leer*.

»Kim?« Er starrte sie an. »Was ist denn?«

Sie zitterte, unfähig zu reden. »Es war dort draußen.«

»Draußen? Was war draußen?« Er stapfte in den Korridor und sah in beide Richtungen. »Hier ist nichts«, sagte er. »Was hast du denn gesehen?«

Sie versuchte, es zu beschreiben, doch es klang, als litte sie an Halluzinationen.

»Also schön«, sagte er, als sie es schließlich mit jener Erscheinung in Kanes Villa im See verglich. »Finden wir es heraus.«

Sie schlüpfte in ihre Kleidung, und Solly zog seine Hose an. Dann nahm er einen Lampenständer als Waffe. Sie untersuchten jeden einzelnen Raum auf der Etage. Solly ging in die Zimmer, während Kim draußen stehen blieb, um sicherzustellen, dass sich nichts an ihnen vorbeischleichen konnte.

Solly blickte in Schränke und Toiletten und hinter und unter Betten. Sie gingen gründlich vor, und Kim stellte befriedigt fest, dass er sie ernst nahm, trotz der Absurdität ihrer Behauptung, anstatt zu sagen, was er ganz bestimmt dachte: dass sie Gespenster sah.

Sie gingen hinunter auf die zweite Ebene und setzten ihre Suche fort, und schließlich durchsuchten sie auch noch die unterste Ebene. Lange Fenster im Korridor gestatteten die Sicht in sämtliche Frachträume und den kleinen Hangar. Solly kletterte sogar durch das offene Cockpit in den Lander hinein. Das kleine Beiboot war an der Unterseite der *Hammersmith* verankert. Sie inspizierten die Recyclingbereiche, die Wassertanks, die Frachträume. Als sie endlich fertig waren, wandte er sich zu ihr um. »Kim, wir haben alles abgesucht. Es kann sich nirgendwo mehr verstecken.«

Es spielte keine Rolle. »Ich habe es gesehen«, beharrte sie. Es war unmöglich, sie wollte den Gedanken verdrängen, wünschte sich, dass es nichts als eine Illusion gewesen war, ein *Traum*. Eine Folge des Weins vielleicht, den sie früher am Abend getrunken hatte. Doch sie war hellwach gewesen. Solly hatte dafür Sorge getragen.

»Es war da«, beharrte sie. »Es ist in dem Augenblick verschwunden, als ich das Licht angemacht habe.«

»Wie eine ganz gewöhnliche Reflexion also.«

»Ja.«

»Es war aber keine Reflexion.«

»Nein. Es war keine Reflexion. Es kann keine Reflexion gewesen sein.«

Es gab einen Wartungstunnel mit mehreren Zugängen, doch es hätte Zeit gekostet, einen zu öffnen und wieder zu verschließen. Solly untersuchte die Klappen; alle waren fest geschlossen und von außen verriegelt.

»Ich habe es wirklich gesehen.«

»Ich glaube dir.«

Sie kehrten durch die mit Teppich ausgelegten Korridore in ihr Schlafzimmer zurück und schalteten die Lichter aus. Die Beleuchtung wurde wieder so dunkel wie zuvor. Kim starrte in das Halbdunkel und studierte die Reihe kleiner Sicherheitslampen, die automatisch angingen, wenn es Nacht wurde an Bord und die Deckenbeleuchtung schwächer wurde. Sie entdeckte nichts, das auch nur halbwegs einem Augenpaar ähnlich gewesen wäre, wie sie es gesehen hatte. Keine optische Täuschung also.

Am meisten erschreckte sie jedoch die Ähnlichkeit dieses Dings mit der Erscheinung, die sie unter Wasser in Kanes Villa gesehen hatte. Sie fragte sich, ob es diesem Ding irgendwie gelungen war, ihr bis an Bord der *Hammersmith* zu folgen.

Sie hatte die Erfahrung im Severin Valley die ganze Zeit über verdrängt, sie in einer fernen Ecke ihres Verstands eingesperrt und sich eingeredet, dass es weiter nichts als eine optische Täuschung gewesen war oder das Ergebnis von zu viel Sauerstoff.

Und jetzt wurde sie erneut damit konfrontiert. Und zum ersten Mal in ihrem Erwachsenenleben stellte sie ihre Weltanschauung in Frage, ihre Annahme, dass das ganze Universum rational war. Dass alles von in sich stimmigen Gesetzen beherrscht wurde. Dass es keinen Platz gab für das Übernatürliche.

»Alles in Ordnung mit dir, Kim?« Solly stand vor ihr und zog sich richtig an. Er machte sich offensichtlich Sorgen um sie.

»Ja, sicher. Mir geht es prima.«

Es gab noch eine weitere Möglichkeit, die wahrscheinlicher schien.

Sie setzte sich an die Konsole und wiederholte die Aufzeichnungen aus Sollys Helmkamera. Sie hielt das Bild an, als das *Flimmern* erschien, einmal draußen auf dem Rumpf und dann wieder in der Luftschleuse.

Das Ding, das sie gesehen hatte, stand irgendwie mit dem Sattel in Verbindung. Dieses Objekt war keine Bombe gewesen, sondern ein *Transportmittel*.

Wenn es so war, so fragte sie sich, konnten dann Solly und sie überhaupt noch ein Wort miteinander reden, ohne dass man sie belauschte? Hatten die Außerirdischen ihre Sprache bereits weit genug gelernt, um ihre Unterhaltungen mitzuhören?

Sie erzählte Solly von ihren Gedanken.

»Also gut«, sagte er. »Von jetzt an gehen wir davon aus, dass wir einen Eindringling an Bord haben. Das würde auch erklären, was mit *Ham* geschehen ist.«

»Zum einen das«, sagte sie. »Und zum anderen wissen wir jetzt, dass es nicht versuchen wird, uns im Schlaf zu ermorden.«

»Ich würde mich zwar nicht darauf verlassen, aber warum glaubst du das?«

»Weil es uns nach Hause folgen möchte.«

»Kim, ich möchte zwar nicht darauf herumreiten, aber der Kurs ist bereits eingegeben. Wenn es uns aus dem Weg schafft, muss es nichts weiter tun als stillsitzen und die gute alte *Hammersmith* ans Dock steuern.«

Sie saßen auf dem Bett und starrten hinaus in den Korridor, der mit einem Mal wie fremdes Territorium war, wie ein Durchgang zu einer anderen Welt. »Nein«, sagte sie. »Es weiß wahrscheinlich nicht, wo das Ziel unserer Reise liegt. Es möchte, dass wir weiter funktionieren, bis wir zu Hause angekommen sind. Bis es ganz sicher ist.«

»Ich hoffe wirklich, du hast Recht.«

21

Für Mut weit über bloße Pflichterfüllung hinaus.

– Aufschrift auf der Tapferkeitsmedaille des Konzils

Am nächsten Morgen suchten sie das Schiff erneut ab, alle drei Ebenen, den Maschinenraum, den Lander und jeden anderen Raum, der ihnen einfiel. Diesmal entfernte Solly auch die zahlreichen Wartungsklappen und Paneele und spähte in die Kabelkanäle und Tunnel dahinter. Sie fanden nichts. »Es fällt schwer zu glauben, dass wir etwas an Bord haben, das nicht da sein dürfte«, sagte er.

Zögernd sprach sie aus, was wahrscheinlich beide gedacht hatten: »Vielleicht sollten wir nicht nach Hause zurückfliegen.«

Sie saßen in den hohen Lehnsesseln im Besprechungsraum. Es war später Nachmittag; beide waren erschöpft von der langen Suche und der damit einhergehenden Frustration. »Kim«, sagte Solly, »wir können den Flug jederzeit unterbrechen und um Hilfe rufen. Aber was machen wir dann? Wenn es an Bord gehen konnte, ohne dass wir es gesehen haben, dann könnte es das bei jedem Rettungsschiff ebenfalls.« Er rieb sich die Augen. »Wir haben alles getan, was in unserer Macht steht, um sicherzustellen, dass es keinen Eindringling gibt. Also fliegen wir entweder nach Hause, oder wir bleiben irgendwo hier draußen sitzen, bis uns entweder das Essen oder die Luft ausgeht.«

Während ihrer Suche hatte sie gespürt, dass Solly ihrer Geschichte immer zweifelnder gegenüber gestanden hatte. In der vollen Beleuchtung des Bordtags wirkten die Korridore und Kabinen der *Hammersmith* weit weniger bedrohlich und die Gefahr gering. Ihre Möglichkeiten, sollten sie tatsächlich einen Eindringling an Bord haben, waren gering. Besser also, den ganzen Zwischenfall als das Ergebnis von zu schwacher Beleuchtung, aufgepeitschter Leidenschaft und zu viel Alkohol abzutun. »Sieh mal«, sagte er, »schlimmstenfalls müssen wir die Kontrolle über unsere Hyperraumkommunikation behalten und verhindern, dass es irgendetwas sendet, dann brauchen wir uns keine Sorgen zu machen. Ganz gleich, was sonst noch geschieht.«

»Und du bist sicher, dass wir das können?«

»Nötigenfalls kann ich die Sender mit einem Schraubenschlüssel bearbeiten.«

Die Stimmung blieb gedrückt. Kim schloss die Schlafzimmertür hinter ihnen ab, auch wenn beide nicht wussten, ob es ihnen etwas nutzen konnte. Es war, so beschwerte sie sich bei Solly, als lebte man in einem verwunschenen Haus. Die Tage vergingen ohne weiteren Zwischenfall, doch Kim wusste, dass das Ding da draußen war, dass es durch Korridore und Windungen schwebte, stets gerade eben nicht sichtbar. Hin und wieder erhaschte sie kurze Blicke darauf; immer nur die Augen, manchmal im Licht einer Lampe, manchmal im Dampf einer Dusche. Sie erahnte Bewegungen in der Dunkelheit, einen kalten Lufthauch, der um ihre Knöchel strich, flüsternde Geräusche in den Schottenwänden. Selbst das unablässige Gebrumm der Schiffsmaschinen klang hin und wieder böse.

Wenn Solly irgendetwas von alledem bemerkte, dann sprach er jedenfalls nicht darüber.

Es war unvermeidlich, dass sie seltener und unregelmäßiger miteinander schliefen. Wenn es dann doch geschah, dann waren beide unkonzentriert, leise und verstohlen, als wären andere an Bord des Schiffs, die sie jeden Augenblick überraschen konnten.

Ihre gesamte Spontaneität schwand dahin. Während der Zeit, über die sie schon jetzt als die ›guten alten Tage‹ zu denken begann, hatten sie jederzeit irgendwo im Schiff miteinander anfangen und irgendwo anders fertig werden können. Jetzt hingegen war es so, dass sie sich jedes Mal hinter den verschlossenen Türen ihres kleinen Schlafzimmers verbarrikadierten, doch erst nachdem Kim sämtliche Lichter eingeschaltet und den Raum gründlich inspiziert hatte.

Sie fühlte sich ungeschützt und verletzlich, wenn sie beide schliefen. Doch als sie Solly gegenüber davon anfing, blickte er sie so bestürzt an, dass sie nicht weiter darauf drängte, abwechselnd Wache zu stehen.

Er musste sie für ein verängstigtes Kind halten und sich fragen, auf was für eine Beziehung er sich da wohl eingelassen hatte. Doch sie *fühlte* sich auch wie ein verletztes Kind. Wären die Rollen umgekehrt gewesen und Solly derjenige, der Dinge in leeren Korridoren sah, hätte sie ganz sicher angefangen, an ihrer Beziehung zu zweifeln. Sie fürchtete bereits, sie könnte ihn über diese Geschichte verlieren, und das war vielleicht sogar das Schlimmste daran. Doch sie konnte einfach nicht anders. Es gab eine Gefahr an Bord, und Solly glaubte ihr nicht so recht.

Sie wurde schlecht gelaunt und verdrossen, zum einen wegen Solly und zum anderen wegen ihrer eigenen Ängste. Und in ihr wuchs ein ungezügelter Hass auf dieses *Ding*, das sich einfach so bei ihnen einquartiert hatte. Sie wartete und betete förmlich, dass es sich selbst auf deutlichere Weise zeigen würde.

Sollys Bemühungen, die KI wieder zum Arbeiten zu bringen, brachten keinerlei erkennbare Resultate. Hin und wieder erhielt er ein paar unsinnige Antworten, manchmal per Stimmsynthese, manchmal auf den zahlreichen Schirmen an Bord, in denen *Ham* verkündete, dass die Abreise unmittelbar bevorstand und die Passagiere ihre Sitze aufsuchen sollten, um sich auf die Beschleunigungsphase vorzubereiten, oder dass das automatische Verpflegungssystem überlastet war und eine neue Zuführung benötigte. Immer wieder schlug die KI Kursänderungen oder Veränderungen im Missionsablauf vor, und sie wünschte ihnen zu allen Tageszeiten einen guten Morgen.

»Wir brauchen jemanden, der weiß, was er tut«, brummte Solly verdrossen, trotzdem gab er niemals auf in seinen Bemühungen.

Ohne die Hilfe von *Ham* musste er hin und wieder selbst Hand anlegen. Er war mit Routineaufgaben wie der Regelung des Energieflusses zwischen den einzelnen Maschinen beschäftigt. Weil einige Systeme zusammen mit der KI aufgehört hatten zu funktionieren, überraschte es ihn nicht sonderlich, wenn es zu Fehlfunktionen kam oder dass niemand ihm verraten konnte, welcher Natur diese Fehlfunktion war. Als irgendwann die Bordkommunikation ausfiel, benötigte er mehrere Stunden und musste in Versorgungsschächten und Kabeltunnels herumkriechen, bis er schließlich das fehlerhafte Relais gefunden und ausgetauscht hatte. Die Selbsttestprozeduren der Sprungmotoren kamen zu immer größeren Abweichungen, und regelmäßig schrillten Alarme durch das Schiff. Solly war nicht imstande, den Fehler zu entdecken, und behalf sich letztendlich damit, die Alarme einen nach dem anderen zu deaktivieren in der Hoffnung, dass die Maschinen bis zu ihrem Ziel durchhalten würden.

Er gestand gegenüber Kim, dass er auf dieser Reise eine ganze Menge lernte.

Kim half ihm, wo immer sie konnte, doch es geschah selten genug. Elektronik war nicht ihr Fachgebiet, doch sie stellte unablässig Fragen und lernte ebenfalls nicht wenig.

Im Verlauf der dritten Woche stießen sie auf ein relativ ernstes Problem, als eines Nachts um drei Uhr in der Frühe der Alarm losging und signalisierte, dass die Stickstoff-Sauerstoffmischung der Bordatmosphäre die zulässigen Toleranzen überschritten hatte. Solly wusste nicht, was er deswegen unternehmen konnte, und der Alarm ging im Verlauf der folgenden Stunden noch mehrmals los und warnte, dass die Parameter immer weiter vom Soll abwichen. Er brummte mürrisch, dass der Fehler aller Wahrscheinlichkeit nach eher beim Alarmsystem selbst zu suchen war anstatt bei den Lebenserhaltungssystemen, doch er arbeitete unverdrossen weiter an der Fehlersuche und tauschte jede Funktionsgruppe aus, für die es Ersatzteile an Bord gab, bis der Alarm irgendwann verstummte.

Kims frühere Hochstimmung wollte sich nicht

mehr einstellen. Sie wanderte nicht mehr allein durch das Schiff, sondern hielt sich stets in Sollys Nähe. Sie las mehr als je zuvor, hauptsächlich Bücher und Artikel über ihr Spezialgebiet, doch auch Romane und Werke von Simon Wescott, dem klassischen Philosophen des zweiten Jahrhunderts, der versucht hatte zu erklären, wie sich in einem mechanistischen Universum das Bewusstsein entwickelt hatte.

Hin und wieder, wenn sie allein war, überraschte sie sich dabei, wie sie zu dem unbekannten Besucher redete. »Ich weiß, dass du da bist«, sagte sie mit gedämpfter Stimme ins Leere, so dass Solly sie nicht hören konnte. »Warum zeigst du dich nicht endlich?«

Gegen Ende der Reise verstummten ihre Gespräche über den Besucher ganz. Sie vermieden jede Andeutung, doch die Aura lag ständig in der Luft wie die üblen Dämpfe aus einem undichten Abfallbeseitigungssystem. Es gab einfach nichts mehr zu sagen. Während der vorangegangenen drei Wochen hatte Kim nichts Ungewöhnliches mehr gesehen. Sie versuchte sich einzureden, dass alles bloß Einbildung gewesen war oder es wenigstens in einen Winkel ihres Bewusstseins zu verdrängen, wo es nicht ständig störte, genau wie ihre frühere Begegnung in Kanes Villa im Lake Remorse. Doch damals hatte sie aus dem Severin Valley flüchten können. Heute saß sie zusammen mit diesem Ding im gleichen Schiff fest.

Und so kam es schließlich zu einem unruhigen Stillhalten, zu einer bewussten Vermeidung des Themas. Ihre Unterhaltungen waren zwangsläufig eher misstrauisch als informativ, eher förmlich als intim. Es war, als hätten sie ein Rhinozeros an Bord, dessen Anwesenheit niemand wahrhaben wollte.

Am letzten Tag der Heimreise jedoch, als sie sich dem Zeitpunkt des Rücksprungs in den Normalraum näherten, brachte Solly das Thema noch einmal zur Sprache. »Es tut mir wirklich Leid, dass es so gekommen ist«, sagte er.

Seinem Tonfall entnahm sie, dass er ihr keinen Vorwurf daraus machte. »Es ist nicht deine Schuld«, entgegnete sie und unterdrückte bewusst den Ärger, der in ihr aufzusteigen begann.

»Wir müssen entscheiden, ob wir den Zwischenfall melden wollen oder nicht.«

Übersetzung: Möchtest du eingestehen, dass du Halluzinationen hattest?

Sie befanden sich beide auf der Brücke. Alles verlief nach Plan, und der Countdown zum Rücksprung lief. Solly wartete darauf, dass die Statusleuchten angingen, worauf er die Eingabetaste drücken und die Rückkehr in ihr normales Universum einleiten würde.

»Ich habe da eine Frage«, sagte Kim wie beiläufig.

»Schieß los.«

»Wenn wir den Hyperkommtransmitter benutzen – woran erkennen wir, dass er arbeitet?«

Seine Kieferknochen wurden hart. »Könntest du die Frage vielleicht anders formulieren, Kim? Wie könnte ich *nicht* wissen, dass ich mit dem Transmitter arbeite?«

Sie versuchte es. »Wenn wir via Hyperkomm senden, leuchtet dann irgendetwas auf deiner Konsole auf?«

»Sicher. Genau hier.« Er deutete auf zwei Leuchten über der Kommunikationskonsole. »Orange bedeutet, dass *Ham* mit der Übertragung begonnen hat und einen Kanal öffnet, und Grün, dass wir reden können.«

»Kannst du es vielleicht testen?«

»Was testen?«

»Das System. Dich überzeugen, dass es funktioniert.«

»Kim, warum denn?« Er blickte sie verwirrt an.

»Vertrau mir, Solly. Bitte.«

Normalerweise hätte er wahrscheinlich einfach die KI gebeten, eine Verbindung herzustellen. Doch wie die Dinge lagen, musste er die Konsole auf seinen Schoß ziehen, im Handbuch nachschlagen und ein paar Tasten drücken.

»Und?«, fragte sie.

»Das ist eigenartig.«

Keine Kontrollleuchten.

»Ein Problem?«

»Die Statuskontrollen hätten aufleuchten müssen«, sagte er.

»Wie die Dinge liegen, würden wir also nichts davon bemerken, wenn jemand den Sender benutzt?«

Er überprüfte die Dioden. Beide waren durchgebrannt. »Wie bist du darauf gekommen?«

Sie zuckte die Schultern. »Es schien eine Möglichkeit zu sein.«

Er ging zum Ersatzteilschrank und kehrte mit zwei neuen Dioden zurück. »Das hat etwas mit dem Eindringling zu tun, nicht wahr?«

»Mir gefällt jedenfalls nicht, was da geschieht, Solly.« Sie war plötzlich unendlich müde, sehnte sich nach echtem Sonnenlicht und einem echten Ozean. Die virtuellen Weiten in den Fenstern der *Hammersmith* reichten einfach nicht an die Realität heran. Ganz gleich, wie weit sich der Ozean in den Fenstern erstrecken mochte, sie wusste immer, dass sie in einer Kammer eingesperrt war. »Wann werden wir planmäßig andocken?«, fragte sie.

»Gegen sechs Uhr morgen früh.«

Es war nicht ganz zweiundzwanzig Uhr, und bis zum Rücksprung waren es nur noch ein paar Minuten. »Zwanzig Stunden?«, fragte sie. »Das erscheint mir aber ziemlich lang.«

»Es liegt an der Zeitverschiebung während des Hyperraumflugs«, erklärte er. »Wir wissen im Voraus nie genau, wo wir materialisieren. Also legen wir die Koordinaten ein gutes Stück von Greenway weg.«

»Klingt vernünftig.«

»Überprüf deine Sicherheitgurte, ja?«

Sie konnte hören, wie die Sprungmotoren Energie aufnahmen. Solly aktivierte die externen Sensoren und Kameras. Sie lehnte sich zurück, doch sie hielt die Kontrollleuchten des Hyperkommtransmitters weiter im Auge.

Als es nur noch eine Minute bis zum Übergang war, seufzte Solly: »Du rechnest wirklich damit, dass etwas passiert, nicht wahr?«

»Ich denke, dass bereits etwas passiert ist«, erwiderte sie. »Aber um deine Frage zu beantworten: Ja. Ich glaube, wir sollten mit Matt Kontakt aufnehmen, sobald wir dazu imstande sind. Ich möchte ihm berichten, was los ist.«

»Und was willst du ihm sagen? Dass du glaubst, wir hätten etwas an Bord, das nicht da sein dürfte?«

»Genau.«

Er wurde ernst.

»Wenn du das tust, kommen wir vielleicht in absehbarer Zukunft nicht nach Hause. Du wirst ihnen einen gewaltigen Schrecken einjagen, und wir verbringen die nächsten Jahre an Bord der *Hammersmith*.«

»Ich weiß nicht, welche Möglichkeit wir sonst hätten, Solly.«

Der Countdown zeigte Nullen, und er drückte die Eingabetaste.

Eine Welle aus Übelkeit ging durch ihren Leib, doch sie bemühte sich, ihren Atem unter Kontrolle zu halten und an andere Dinge zu denken. Beispielsweise, wie schön es trotz der Probleme mit Solly gewesen war. Oder dass Emilys Leichnam unten in seinem Container lag und irgendjemand dafür bezahlen würde.

Die Übelkeit verflog rasch, und die Fenster erhellten sich mit vertrauten Sternbildern. Auf einem der Nebenschirme erschien Greenway mit seinen Monden.

»Rücksprung durchgeführt«, sagte er.

Kim nickte und behielt die Hyperkomm-Leuchten im Auge.

Solly aktivierte eine Verbindung nach Sky Harbour. »Hier ist die *Hammersmith*. Wir nähern uns mit manueller Steuerung. Der Bordrechner ist ausgefallen. Wir bitten um Unterstützung.«

Während sie darauf warteten, dass das Signal Greenway erreichte und die Raumflugkontrolle antwortete, überflog Solly seine Instrumente. »Alles scheint normal zu sein«, sagte er.

Kim wusste nicht, was sie von alledem halten sollte. Sie wünschte sich, dass das Problem verschwand, wollte mit ihrer Entdeckung nach Hause und ihren Erfolg feiern. Doch sie wollte auch beweisen, dass sie die ganze Zeit über Recht gehabt hatte, damit Solly sah, dass die Erscheinung tatsächlich existierte. Vielleicht wollte sie sich selbst ebenfalls überzeugen. Und vielleicht wollte sie eine Entschuldigung von irgendjemandem.

»*Hammersmith*, hier spricht Sky Harbour.« Eine

weibliche Stimme. »Wir haben Sie bereits erwartet. Ein Patrouillenschiff wird Sie zum Dock eskortieren.« Die Stimme nannte Solly einen Kursvektor und eine Geschwindigkeit.

»Das klingt überhaupt nicht gut«, sagte er.

Er steuerte das Schiff auf den vorgegebenen Vektor und zündete die Hauptantriebe. Auf dem Navigationsschirm erschien ein fremdes, weit entferntes Signal. »Das wird unsere Eskorte sein«, sagte er.

»Wie weit sind sie von uns weg?«

»Mehrere Stunden.«

Irgendetwas erregte Kims Aufmerksamkeit. Eine Bewegung, ein flackernder Schatten. Sie blickte sich auf der Brücke um. Alles schien völlig normal.

»Was ist?«, fragte Solly.

»Ich weiß es nicht.« Sie streckte die Hand nach den Dioden des Hyperkommtransmitters aus. Sie waren *warm*. »Ich schätze, sie sind wieder durchgebrannt«, sagte sie.

Er runzelte die Stirn und fühlte selbst. Und runzelte die Stirn erneut, während er die orangefarbene Diode ausbaute und untersuchte. »Tatsächlich, du hast Recht.«

»Gibt es noch eine andere Möglichkeit herauszufinden, ob wir senden?«

»Ja.« Er betätigte eine Taste. »Patrouillenschiff, hier ist die *Hammersmith*. Können Sie uns hören?«

»*Hammersmith,* hier Patrouille Eins-eins. Wir empfangen Sie klar und deutlich. Benötigen Sie Hilfe?« Diesmal war es eine männliche Stimme. Bondolayer Akzent, jede Menge gerollter R's.

»Senden wir ein Hyperkommsignal aus?«

»Warten Sie, *Hammersmith*.« Die Stimme klang geduldig. Kim wischte sich über den Mund, während sie auf die Antwort wartete, die scheinbar unendlich lange benötigte. Dann war die Stimme wieder zu hören: »*Hammersmith*, positiv.« Sie klang verwirrt. Wie konnte die *Hammersmith* senden, ohne dass der Pilot davon wusste? »Gibt es ein Problem?«

»Der Computer ist ausgefallen«, antwortete Solly, während er aus seinem Sitz kletterte. »Außerdem haben wir eine Reihe weiterer kleinerer Fehlfunktionen.« Er beendete die Verbindung und rannte im Laufschritt aus dem Raum. Minuten später war er zurück. Er sah blass aus. »Du hattest Recht, Kim«, sagte er. »Irgendetwas geht hier vor, und dieser Hundesohn versucht mit seinen Leuten daheim Kontakt aufzunehmen.«

»Als Erstes wird er ihnen verraten, wo Greenway liegt«, sagte sie. »Schalt den Sender ab.«

»Das habe ich gerade.«

»Gut.«

Er rief erneut das Patrouillenschiff. »Hier ist die *Hammersmith*. Hat die Hyperraumtransmission aufgehört?«

»Negativ.« Die Stimme verstummte für einen Augenblick. Dann: »*Hammersmith*, wie ist Ihre Lage an Bord?«

»Ich denke, wir müssen sie warnen«, sagte Kim.

»Das wäre keine gute Idee. Wenn sie uns glauben, schicken sie uns vielleicht einfach eine Rakete entgegen.«

»Ich denke nicht, dass sie so etwas tun würden.«

»Sei dir nicht zu sicher. Diese Situation ist plötzlich ziemlich unheimlich geworden.«

Plötzlich. »Solly, das war sie *von Anfang an*.« Es gelang ihr nicht, den tadelnden Vorwurf aus der Stimme zu halten.

Er versuchte sich zu entschuldigen, doch sie winkte ab. »Schon gut, kein Problem.«

Das war es natürlich doch. Trotzdem verspürte sie tief im Innern so etwas wie Dankbarkeit, dass nun der Beweis erbracht war. Sie hatte Recht gehabt.

Solly rief erneut das Patrouillenschiff und gab einen detaillierten Bericht über die elektronischen und mechanischen Probleme. »Das wird ein Alptraum«, sagte er zu ihr, als er geendet hatte. Dann deaktivierte er die Antriebe.

»Du hast gesagt, du könntest die Anlage notfalls mit einem Schraubenschlüssel bearbeiten?«, erinnerte sie ihn.

»Uns bleibt wohl gar nichts anderes übrig. Allerdings befindet sich der Sender in der untersten Ebene, ganz hinten im Schiff. Ich brauche mindestens eine halbe Stunde, bis ich dort bin. Das ist viel zu lang.«

»Also, was machen wir?«

»Lass mich nachdenken.« Er reichte ihr einen Handscheinwerfer, bat sie, ihm zu leuchten, und öffnete einen Spind. Er verschwand im Innern, und sie konnte hören, wie er herumkramte und ein Paneel öffnete. Dann wurde der Raum dunkel. Doch es war nicht die normale Dunkelheit der Brücke, wo man allein im Lichtschein der Schirme und Instrumente sitzen konnte. *Alles war dunkel*: Schirme, Anzeigen, Statuslampen, Indikatoren, und das elektronische Summen war ebenfalls erstorben. Es herrschte vollkommene Schwärze und absolute Stille. Sie wollte ihre Haltung ändern und stellte fest, dass sie aus dem Sitz schwebte. Die künstliche Gravitation war ebenfalls ausgefallen.

Ein paar Sicherheitslampen, die auf einem separaten Stromkreis arbeiteten, leuchteten trübe auf. Hinter ihr wurde eine batteriebetriebene Lampe eingeschaltet. »Das sollte reichen«, sagte er.

»Ich stelle diese Frage wirklich nicht gerne, aber funktionieren unsere Lebenserhaltungssysteme noch?« Sie schwebte frei in der Luft.

»Nein. Alles ist abgeschaltet, bis auf die Motoren. Sie laufen getrennt von der restlichen Stromversorgung. Aber wir können uns lange genug halten, bis wir den Sender endgültig zerstört haben.«

Sie wechselten in Haftschuhe und schwebten durch das Schiff in die untere Ebene mit den breiten Korridorfenstern, durch die man in Fracht- und Lagerräume sah. Ihre Handscheinwerfer warfen lange Schatten hinter Stapeln mit Nahrungsmitteln und esoterischer Ausrüstung, die für die Taratuba-Mission gedacht gewesen war, zwischen Recyclingmaschinen und dem Gravitationskontrollsystem. Solly öffnete einen Wandschrank und nahm ein paar Werkzeuge hervor. Als er alles hatte, führte er sie nach vorn zum Bug.

Zu beiden Seiten des Korridors waren große Wassertanks eingebaut. Sie knieten hinter dem Steuerbordtank nieder, und Solly verankerte seine Lampe mit dem magnetischen Fuß, bevor er ein Paneel öffnete.

Kim sah ihm bei der Arbeit zu, dann stand sie auf und kehrte in den Korridor zurück. Sie konnte das große Treppenhaus am anderen Ende im Schein der Notbeleuchtung erkennen. Das Cockpit des Landers in seinem Hangar sah im Licht ihres Handscheinwerfers aus wie ein Fischkopf, der durch den Boden ragte. Die runden Bullaugen starrten sie leer und blicklos an.

Solly hatte das Paneel inzwischen neben dem Tank abgelegt und blickte in einen Wartungsschacht. »Es wird eine Weile dauern«, sagte er, während er hineinkroch. »Ich muss eine Menge anderer Dinge aus dem Weg räumen, bevor ich an den Sender komme.« Er nahm seine Lampe und war verschwunden.

Die Dunkelheit schloss sich ringsum.

Sie hörte das dumpfe Klappern und Kratzen von Metall auf Metall, während Solly sich durch den Schacht zu seinem Ziel voran arbeitete. Hin und wieder gab es lautere Geräusche, metallisches Knallen und Krachen. Der Lärm beruhigte sie ein wenig. Sie hielt sich dicht in seiner Nähe.

Einige Minuten später hörte sie ein zufriedenes Grunzen. »Das wird dem Hundesohn die Suppe versalzen«, sagte er grimmig.

In diesem Augenblick kehrte die Gravitation mit aller Wucht zurück, und oben im Treppenhaus flammte die Deckenbeleuchtung wieder auf. Kim erhielt einen heftigen Schlag zwischen die Schulterblätter, obwohl sie mit beiden Haftschuhen auf dem Decksboden gestanden hatte. Es war, als wäre sie unerwartet in einem dunklen Raum in ein Loch getreten. Sie verdrehte sich das Knie und ächzte vor Schmerz auf. »Solly!«, rief sie protestierend. »Das nächste Mal warnst du mich vorher!« Ihre Stimme wurde von den Wänden zurückgeworfen.

»Das war ich nicht!«, rief er zurück.

Überall flammte jetzt die Beleuchtung auf, im Korridor, in den verschiedenen Frachträumen und sogar im Wartungsschacht.

»Die Stromversorgung ist wieder eingeschaltet!«, sagte sie.

»Das sehe ich auch. Dieses gottverdammte Ding hätte mich fast gegrillt!«

Sie roch etwas Verbranntes. Dann tauchte Solly im Zugang auf. »Zumindest hätten wir ein Problem aus der Welt geschafft«, sagte er. »Jetzt wird niemand mehr mit irgendwem Verbindung aufnehmen.«

»Solly«, sagte sie ganz leise, »warum wurde die Energieversorgung wieder eingeschaltet?«

»Irgendjemand hat den Schalter umgelegt.« Er hielt den schweren Schraubenschlüssel in der Rechten.

»Was machen wir jetzt?«

»Wir sehen zu, dass wir unseren Besucher loswerden.«

»Und wie wollen wir das anstellen? Ich meine, wir können ihn nicht einmal *entdecken*!«

Sie kehrten durch den Korridor zurück und blieben am Fuß der Treppe stehen, von wo aus sie zum ersten Absatz hinauf sehen konnten. Die Schottentür stand offen, genau wie sie sie verlassen hatten.

»Wir brauchen jedenfalls Hilfe«, sagte sie.

»Die ist jetzt gar nicht mehr so leicht herbeizurufen«, widersprach er. »Ich habe gerade den Sender zerstört.«

»Du meinst, wir können auch keine normalen Funksignale mehr senden?«

»Exakt. Du musst schon schreien, wenn du Hilfe brauchst. Ich hätte nur den Hyperkomm außer Betrieb gesetzt, wenn ich gewusst hätte, wie ich es anstellen soll. Man muss schon Ingenieur sein, um sich mit diesen Apparaten so richtig auszukennen.«

»Und was machen wir jetzt?«

Solly legte den Arm um sie und hielt sie einen Augenblick lang fest. »Bleib in meiner Nähe.«

Er führte sie die Treppe hinauf zu der Sicherheitstür, wo er zögernd den Kopf auf den Gang hinaus streckte und beide Richtungen des dahinterliegenden Korridors absuchte. »Ich kann nichts sehen«, sagte er.

Die Türen zu den verschiedenen Kabinen waren allesamt geschlossen, mit Ausnahme des Eingangs zum Freizeitraum, der immer offen stand. Sie spähten hinein, und als sie nichts fanden, stiegen sie die zweite Treppe zur obersten Ebene hinauf.

Von der Brücke drang das leise Flüstern der Instrumente. Sämtliche Konsolen waren eingeschaltet und arbeiteten.

Kim bemerkte erschrocken, dass die Statuskontrollen rot blinkten, doch Solly informierte sie, dass es lediglich Warnleuchten waren, die den Ausfall der Sendeanlagen meldeten.

Die Patrouille redete zu ihnen, erkundigte sich, was los sei, wies sie darauf hin, dass sie vom Kurs abgewichen waren, drängte sie zu antworten und versicherte ihnen, dass Hilfe unterwegs sei. Sie würden in spätestens zwei Stunden längsseits gehen, sagten sie.

Solly ging in den kleinen Nebenraum und zeigte ihr den Energiehauptschalter. Es war ein großer schwarzer Hebel. Er stand nach oben, in der ›Ein‹-Stellung. »Das ist der letzte Beweis«, sagte er. »Wir haben tatsächlich einen Eindringling an Bord.«

»Kann er nicht irgendwie von allein wieder nach oben geraten sein?«

»Nein«, antwortete Solly. »Es ist ganz und gar unmöglich, dass er sich von alleine einschaltet. Die Konstruktion verhindert es.«

»Vielleicht sollten wir der Patrouille mit den Landescheinwerfern signalisieren«, schlug sie vor. »Ihnen irgendwie zeigen, dass wir nicht mehr senden können.«

»Das werden sie schon selbst herausfinden«, erwiderte Solly. Er sank in seinen Sitz. »Dieses Ding ist unsichtbar. Aber es besitzt Masse, richtig? Es muss Masse besitzen. Es bewegt immerhin Schalter!«

»Nein«, widersprach Kim. »Wir wissen, dass es physisch existiert, aber das heißt noch lange nicht, dass es einen festen Körper besitzt.«

»Was auch immer, jedenfalls wird es Zeit, dass wir es loswerden.«

»Aber wie?«

»Ganz einfach.« Er nahm zwei Druckanzüge aus dem Spind und reichte ihr einen davon. »Zieh das hier an.«

»Warum? Was hast du vor?«

»Wir blasen es aus dem Schiff.«

Zuerst verstand sie nicht, was er meinte, doch dann dämmerte es ihr. »Du willst das Schiff evakuieren. Druckabfall auf allen Stationen.«

»Sicher. Das ist die einzige Möglichkeit, die mir noch einfällt.«

»Genial, Solly«, sagte sie. »Darauf wäre ich nie gekommen.«

Er zuckte die Schultern. »Ich habe es einmal in einem alten Video gesehen.«

Sie streifte ihre Kleidung ab und stieg in den Druckanzug. Es war das erste Mal, dass sie überhaupt einen trug, und sie benötigte Sollys Hilfe, um den Helm richtig aufzusetzen. »Alles in Ordnung?«, fragte er schließlich.

Sie hatte das Gefühl, als bekäme sie nicht genügend Luft.

»Entspann dich«, antwortete er und hantierte an ihrem Tornister. »Ist es so besser?«

Es war besser. »Danke.«

»Kein Problem.« Er zeigte ihr die Kontrollen auf den Handrücken, wie sie Temperatur und Luftgemisch regeln konnte und noch allerlei weitere Funktionen. Dann zog er seinen eigenen Druckanzug an, während sie ihm demonstrierte, dass sie alles verstanden hatte. Er verschloss seinen Helm und aktivierte den Anzugsender.

»So«, sagte er. »Und jetzt vertreiben wir das Schreckgespenst aus unserem Schiff.«

Sie verstauten ihre persönlichen Dinge, Toilettenartikel, Kleidung, Kommlinks. Dann gingen sie durch das gesamte Schiff, alle drei Ebenen, und öffneten jede einzelne Kabinentür und jedes Schott.

Dann kehrten sie zur Brücke zurück und setzten sich. Kim blickte sich um, doch sie fand nichts mehr, das ihre Aufmerksamkeit erfordert hätte. »Ich glaube, wir sind soweit«, sagte sie.

Solly nickte und schaltete die Belüftung sowie die Lufterneuerung ab.

Kim drückte den Knopf auf ihrer Armlehne, und das Sicherheitsnetz senkte sich auf sie herab. »Ich bin bereit.«

Solly beugte sich über seine Konsole, und seine Finger huschten über die Tastatur.

»Was ist los?«, fragte sie.

»Ich musste zuerst die Sicherheitssysteme überbrücken. Aber jetzt kann es losgehen.«

Die Stimme des Patrouillenschiffs erkundigte sich einmal mehr, ob die *Hammersmith* auf Empfang war. »Bitte blinken Sie mit ihren Scheinwerfern, falls Sie mich hören«, sagte sie. Und einen Augenblick später: »Wir haben eine Nachricht für Sie vom Seabright Institute. Bitte antworten Sie, falls Sie dazu imstande sind.«

»Solly«, sagte sie, »hast du das gehört?«

»Zuerst die Arbeit, dann das Vergnügen.«

»Also gut.«

»Ich öffne die Schleusen.«

Sie hörte, wie sich unten im Schiff ein schweres Schott auf seinen Lagern bewegte. Dann ertönte ein leises Murmeln, das rasch zu einem ohrenbetäubenden Hurrikan anschwoll. Ein Sturm erhob sich auf der Brücke und versuchte, sie aus ihrem Sitz zu zerren. Lose Gegenstände segelten vorüber.

Es dauerte weniger als zwei Minuten. Dann verklang der Sturm genauso schnell, wie er begonnen hatte, und Stille breitete sich aus.

»Wir haben Vakuum«, sagte Solly.

Sie schnallten sich wieder los, gingen nach unten zur Luftschleuse und sahen hinaus. Helios war hinter dem Schiff, auf der ihnen abgewandten Seite. Voraus glitzerten die drei hellen Sterne vom Gürtel des Orion. »Was meinst du?«, fragte Kim.

»Müsste funktioniert haben. Ich habe jedenfalls noch nie von einer Lebensform gehört, die totalem Druckabfall widerstehen könnte.«

»Wie lange sollen wir die Schleusen offen lassen?«, fragte Kim.

»Ich würde noch ein paar Stunden warten. Du hast vermutlich nichts Ungewöhnliches nach draußen segeln sehen?«

»Nein.«

»Zu schade.«

Sie kehrten auf die Brücke zurück, und Solly gab dem Patrouillenschiff Lichtsignale.

»Bitte geben Sie Bescheid, ob Sie diese Übertragung hören können«, kam die Antwort. »Blinken Sie einmal für ja, zweimal für nein.«

Solly blinkte einmal.

»Befinden Sie sich in unmittelbarer Lebensgefahr?«

Solly blinkte zweimal. Nicht, dass es einen Unterschied gemacht hätte: Soweit Kim sehen konnte, waren sie noch wenigstens eine Stunde entfernt, und sie bezweifelte, dass sie schneller herbeikommen konnten.

Die Patrouille erkundigte sich, ob der Pilot das Schiff unter Kontrolle hatte.

Solly blinkte einmal.

Ob er einen neuen Kurs einschlagen konnte?

Ein Blinken.

Er ging auf den angewiesenen Kurs und beschleunigte. Anschließend beantwortete er Fragen nach dem Zustand der *Hammersmith*. Schließlich gab sich das Patrouillenschiff zufrieden, weil keine unmittelbare Gefahr bestand, und verband sie mit dem Seabright Institute.

»Hallo.« Matts Stimme. »Solly, alles in Ordnung bei euch? Kim? Seid ihr wohlauf?«

Solly blinkte einmal und hörte, wie das Patrouillenschiff seine Antwort über den Sender weitergab.

»Man hat mir berichtet, ihr hättet Probleme mit eurer Sendeanlage und könntet nicht antworten.« Er klang erleichtert. »Aber sie glauben, dass ansonsten alles in Ordnung ist und dass sie euch bald bergen können. Wir sind froh, dass ihr wieder zu Hause seid. Ich glaube zwar nicht, dass die Offiziellen ebenso glücklich darüber sind, aber wenigstens haben sie ihr Schiff zurück. Vielleicht werden sie nicht vor Gericht gehen. Ich breche in ein paar Stunden auf und treffe euch in Sky Harbour. Hattet ihr Glück mit eurer Suche?«

»Er klingt irgendwie nicht besonders glücklich«, sagte Solly. »Was soll ich ihm antworten?«

»Sag ihm *ja*.«

Solly blinkte einmal.

»Das heißt, *ihr habt etwas gefunden*?«

Ja.

»*Intelligent?*«

Sie dachte, dass es wahrscheinlich keine gute Idee war, in aller Öffentlichkeit darüber zu reden, und dass Matt dies sehr gut selbst wusste, doch dass er sich einfach nicht beherrschen konnte.

Ja.

»Ich treffe euch, sobald ihr angedockt habt.«

Er unterbrach die Verbindung.

»Wahrscheinlich hängt die Strafverfolgung davon ab«, sagte Solly nachdenklich, »ob Agostino mit unseren Resultaten zufrieden ist oder nicht.«

»Er wird nicht zufrieden sein«, mutmaßte Kim. »Wir haben einen Außerirdischen getroffen und ihn getötet.« Sie verstummte. Nach einer Weile fragte sie: »Warum versuchst du nicht, die KI wieder hochzufahren?«

»*Ham*«, fragte Solly, »bist du da?«

»*Ich bin da, Solly.*«

Ein weiteres gutes Zeichen. Solly stieß einen erleichterten Seufzer aus. »Gott sei Dank«, sagte er.

»Bist du völlig funktionsfähig, *Ham*?«, fragte Kim.

»*Ja. Ich denke schon.*«

»Weißt du, was geschehen ist?«

»*Ich wurde …*«

»Ja?«

»*… von einer …*«

»Sprich weiter, *Ham*.«

»*… von einer Intelligenz übernommen.*«

»Künstlich?«

»*Das weiß ich nicht.*«

»Ist sie jetzt weg?«

»*Ich kann ihre Gegenwart jedenfalls nicht entdecken. Obwohl ich vermute, dass sie sich ohne Probleme vor mir verbergen könnte, wenn sie das will.*«

»Was kannst du uns über diese Intelligenz berichten?«

»*Sie ist nicht im Katalog aufgeführt.*«

»War sie biologisch?« Kim stellte die Fragen, während Solly lauschte.

»*Ich denke nicht, nein. Ich glaube, sie war molekular organisiert und wurde von elektrischen Feldern erzeugt, möglicherweise durch beschleunigte Quantenaktivität. Es war eine sehr ungewöhnliche Präsenz. Sie schien zu einem bestimmten Zweck geschaffen.*«

»Zu welchem Zweck?«

»Ich würde sagen, um ein Raumschiff in ihre Macht zu bringen.«

»Ich frage mich«, sagte Solly, »ob sie uns kidnappen sollte, bevor wir das Alnitak-System verlassen konnten.«

»Möglich wäre es«, antwortete Kim. »Aber dazu hätte sie sehr schnell sein müssen.«

»Ich glaube, sie hatte eine alternative Funktion. Im Hinblick auf uns.«

»Und welche?«

»Im Schiff zu bleiben und ihre …« Die KI suchte nach einem passenden Begriff. *»… ihren Supervisor über unseren endgültigen Zielort zu informieren.«*

»Wer ist dieser Supervisor?«

»Das weiß ich nicht.«

»Die Intelligenz hinter diesem Ding muss ein ziemlicher Schwachkopf sein«, brummte Kim. »Warum haben sie versucht uns zu kidnappen, anstatt zuerst mit uns zu reden und sich vorzustellen?«

»Was weißt du sonst noch über seine physische Konsistenz?«, fragte Solly.

»Ich konnte freie Wasserstoffmoleküle entdecken. Methan. Sauerstoff. Allerdings schien es keine kohärente physische Gestalt zu besitzen.«

»Ein Geist«, bemerkte Kim.

»Ich verstehe nicht, in welchem Zusammenhang menschliches Volkstum damit steht.«

»Schon gut, *Ham*«, sagte Solly. »Das tun wir auch nicht.«

»Eins von diesen Dingern hängt beim Lake Remorse herum«, sagte Kim.

Solly nickte. »Vermutlich hast du Recht.«

»*Hammersmith*«, erkundigte sich das Patrouillenschiff, »werden bei Ihnen EVA-Arbeiten durchgeführt?«

Solly blinkte zweimal. Nein.

»Ihre Luftschleuse steht weit offen.«

Wenn dieses Ding jetzt immer noch nicht weg war … Solly schloss die Schleusen, reaktivierte die Luftzufuhr und startete die Pumpen. Vierzig Minuten später war der normale Atmosphärendruck wiederhergestellt, und sämtliche Kontrollleuchten brannten grün. Sie stiegen aus ihren Druckanzügen.

»Was als Nächstes?«, fragte er, während er in seine normale Kleidung schlüpfte.

»Wir gehen nach Hause«, antwortete sie. »Wir schicken Matt eine Nachricht. Wir brauchen die Hilfe des Instituts, um einen Weg zu finden, wie wir das Schiff von oben bis unten absuchen können, um ganz sicherzugehen, dass der Eindringling weg ist. Dann übergeben wir ihnen die abgefangenen Funksprüche und warten in aller Ruhe ab, bis die Welt uns dankt.«

Solly antwortete mit einem leisen *okay*.

Das Patrouillenschiff war unterdessen in Sichtweite gekommen. Sie beobachteten, wie es von Backbord nach Steuerbord manövrierte, während es offensichtlich eine visuelle Inspektion der *Hammersmith* durchführte. Es war kleiner als das Institutsschiff, doch es sah effizient und tödlich aus. Eine Ringantenne rotierte langsam. »*Hammersmith*«, sagte das Schiff, »wir kommen jetzt an Bord. Blinken Sie einmal, wenn Sie verstanden haben.«

»Das ist keine normale Vorgehensweise«, sagte Solly. »Wahrscheinlich haben sie Befehl, uns in Gewahrsam zu nehmen.«

»Das wird sich alles klären, sobald Matt …« Auf

Sollys Gesicht stand plötzlich ein betroffener Ausdruck. »Was ist denn?«, fragte sie.

Er bedeutete ihr still zu sein und lauschte angestrengt. Das Geräusch der Maschinen veränderte sich. Die Hauptantriebe wurden lauter, und Kim sank in den Sitz zurück, nein, sie wurde von der Beschleunigung in den Sitz *gedrückt*. Die *Hammersmith* änderte den Kurs.

»Was zur Hölle ...?« Solly drückte auf eine Reihe von Knöpfen.

Das Patrouillenschiff verlangte, dass sie auf ihren alten Kursvektor und die angewiesene Geschwindigkeit zurückgingen.

»Was geht da vor?«, fragte Kim.

»Ich weiß es nicht. *Ham,* was ist los? *Ham*?«

Die Hauptantriebe wurden immer noch lauter. »Wir nähern uns Sprunggeschwindigkeit«, sagte Solly.

»Dieses gottverdammte Ding ist immer noch an Bord!«, flüsterte Kim erschrocken.

Solly ging einmal mehr auf manuelle Steuerung und legte den Hauptschalter für die Motoren um. Nichts geschah. Die *Hammersmith* beschleunigte unbeirrt weiter.

»Dieses Ding entführt das Schiff!« Kim spürte, wie Panik in ihr aufstieg. »Es will uns mit sich nach Hause nehmen!«

»So weit kommt es nicht.« Solly kehrte in den Nebenraum zurück, um einmal mehr jegliche Energiezufuhr abzuschalten.

Sie hörte, wie er das Paneel abnahm und den Hebel umlegte. Nichts geschah. »Gottverdammt!«, fluchte er. »Es funktioniert nicht! Dieser verdammte Hundesohn hat den Schalter überbrückt!«

»Was können wir tun?«, fragte Kim.

Solly kehrte zu seinen Instrumenten zurück. »Es

will nach Hause«, sagte er. »Und es will uns mitnehmen.«

»Können wir die Maschinen nicht abschalten?«

»Nur, wenn wir vorher die Energiezufuhr stoppen. Dazu ist nicht genügend Zeit.«

Sie schnallte sich los. »Was, wenn wir sie mit einem Schraubenschlüssel bearbeiten?«

»Sie würden wahrscheinlich auf der Stelle explodieren. Nein, ich kenne einen besseren Weg.«

Sie folgte ihm hinaus in den Korridor und die Treppe hinunter. »Was denn, haben die Maschinen etwa einen Selbstzerstörungsmechanismus?«

»So etwas in der Art, ja. Wir müssen nichts weiter tun, als die Sprungmotoren vorzeitig anzuwerfen. Bevor sie bereit sind. Das bedeutet augenblickliche Überladung. Hast du die Disk?«

»Was denn? Was meinst du damit?«

»Wir jagen das ganze Schiff in die Luft, Kim. Komm schon, weiter.«

Er meinte die Disk mit den aufgefangenen Funksprüchen der *Hunter*. Sie rannte in ihre Kabine und holte sie. »Deinen Kommlink auch!«, rief er ihr hinterher.

Sie hätte gerne noch ein paar andere Dinge gerettet, doch es sah nicht danach aus, als hätten sie genügend Zeit zum Packen.

»Hast du nicht gesagt, es gäbe einen Mechanismus, der das verhindert?«, fragte sie.

»Den habe ich bereits überbrückt.« Sie waren unterwegs zur untersten Ebene.

»Wie aktivieren wir die Motoren, ohne dabei selbst getötet zu werden?«

»Vom Lander aus«, sagte er. »Aber wir müssen uns beeilen.«

Sie holten Emilys Leiche, dann führte Solly den Weg zum Hangar, wo er vor dem Kontrollpaneel stehen blieb. »Ich musste das noch nie selbst machen«, sagte er und tippte einen Befehl ein. Im Lander öffneten sich zwei Schleusen; die eine zum Cockpit, die andere zum Frachtraum. Sie verstauten Emily im Frachtraum und stiegen ins Cockpit. Solly nahm den Pilotensitz und begann, Knöpfe zu drücken. Die Energiezufuhr wurde eingeschaltet. Dann wandte er sich zu ihr um und blickte sie traurig an.

»Ich habe noch etwas vergessen«, sagte er. »Bleib sitzen, ich bin gleich wieder zurück.«

Er drückte ihren Arm und stieg aus.

Sie blickte ihm hinterher, während er durch den Hangar rannte und hinaus in den Korridor. Was konnte so wichtig sein, dass …?

Die Luke schloss sich, und die Verriegelung rastete ein. Sie blickte hinaus in den leeren Hangar. »Solly?«

Das Geräusch der Hauptantriebe änderte sich erneut.

Sie versuchte, ihn über ihren Kommlink zu erreichen. »Wo steckst du, Solly?«

Die Verbindungstür zwischen Hangar und Korridor schloss sich. Ein furchtbarer Verdacht stieg in ihr auf. »Solly!«

»Kim.« Seine Stimme drang aus dem Kommlink. »Kim, es tut mir so Leid.«

»*Nein!*«, schrie sie ihn an. »*Das kannst du nicht tun …!*«

»Ich habe keine Wahl, Kim. Hör zu …«

»Ich verstehe das nicht!«

»Ich kann die *Hammersmith* nicht vom Lander aus sprengen, Kim.«

»Aber du hast gesagt …«

»Ich habe gelogen. Es tut mir so Leid, Kim, aber ich habe gelogen. Hätte ich das nicht, hättest du darauf bestanden, bei mir zu bleiben, und das durfte ich nicht zulassen.«

»Dann komm zurück an Bord. Lass die Patrouille das tun! Sie können dieses Ding zur Hölle blasen!« Sie versuchte, die Luke zu öffnen, um aus dem Lander zu steigen, doch auf dem Kontrollpult blinkten rote Lampen und meldeten, dass der Luftdruck draußen bereits gefährlich weit abgesunken war. Alle Schotten waren verriegelt.

»Wir haben nicht mehr genügend Zeit, Kim! Sie werden kein Schiff des Instituts zerstören, nur weil wir das sagen! Dieses Ding wird entkommen. Es wird die *Hammersmith* mitnehmen, und die Außerirdischen werden alles über uns erfahren!«

»Bitte, Solly!«, schluchzte sie. »Tu es nicht.«

Der Lander setzte sich in Bewegung und löste sich aus seiner Verankerung.

»Ich kann dieses Ding nicht steuern, Solly!«

»Musst du auch nicht. Der Start erfolgt automatisch und bringt dich in sicheren Abstand. Danach sagst du dem Computer, er soll dich zum Patrouillenschiff bringen. Oder du wartest, bis sie dich aufsammeln.«

»Solly, ich will nicht ohne dich leben!«

»Ich weiß, Liebes. Ich habe es immer gewusst.«

Sie hämmerte mit den Fäusten gegen die Luke. »*Nein, Solly! Nein, nein, nein …!*«

»Lebwohl, Kim. Vergiss mich nicht.«

Sie kniff die Augen zusammen gegen die aufsteigende Tränenflut. Die Motoren vibrierten. Das Startkatapult klickte und heulte. Dann wurde der Lander nach draußen geschleudert, und sie war mitten zwischen den Sternen.

Eine weitere Stimme ertönte im Cockpit. Das Patrouillenschiff. »Bitte melden Sie sich, Lander. Was geht da vor?«

»Nicht, Solly! Tu es nicht!«, schrie sie. »Ich komme zu dir zurück! Lander, bring mich zur *Hammersmith* zurück!«

Doch ein blendend greller Blitz erhellte das Cockpit, und sie hörte die Stimme aus dem Patrouillenschiff sagen: »O mein Gott!«

22

Echte Freunde sind unsere größte Freude und unsere größte Sorge zugleich. Man möchte sich fast wünschen, dass alle wahren und geliebten Freunde an ein und dem gleichen Tag aufhören zu leben.

– FRANCOIS FENELON
ANLÄSSLICH DES TODES DES DUC DE CHEVREUSE,
1714 A.Z.

Kim nahm nur am Rande wahr, dass sie von der Patrouille geborgen wurde. Sie gaben ihr Beruhigungsmittel und stellten einen weiblichen Offizier ab, der sich um sie kümmern sollte, bis das Mittel wirkte. Kim fiel in einen alptraumhaften Schlaf, in dem Solly noch lebte und mit ihr redete, als sei nichts geschehen, und das, obwohl sie die ganze Zeit über wusste, dass er tot war und dass es nur eine Zuflucht war, die so lange vorhielt, bis sie in der realen Welt wieder erwachte.

Sie bemerkte kaum, dass man sie auf eine Bahre legte und in Sky Harbour in einen Orbitallift verfrachtete und dass sie unten in einen Flieger getragen wurde.

Die reale Welt, als sie endlich zu sich kam, bestand aus weißen Laken, einem unbequemen Kissen im Nacken und Matt Flexner. Und dem Eindruck, dass jemand hinter ihm stand.

»Wie fühlst du dich, Kim?«

In ihrer Erinnerung waren weiße Flecken. Sie

wusste noch, dass sie im Lander gewesen war, aber nicht mehr, wie sie hineingekommen war. Sie erinnerte sich daran, dass sie Emily gefunden hatte, aber nicht, wie sie die Spur gefunden hatte. Sie wusste, dass Solly tot war. Doch dieses Wissen war begleitet von einem Gefühl allgemeiner Taubheit.

»Gut«, sagte sie. »Mir geht es prima.«

»Möchtest du uns erzählen, was geschehen ist?«

Unvermittelt trat die Person hinter Matt in ihr Blickfeld. Canon Woodbridge. Leger gekleidet in schwarze weite Hosen und einen grauen Pullover. Sie hatte ihn nicht mehr gesehen seit jenem Abend, als sie über das Projekt Leuchtfeuer gesprochen hatten. Er kam an das Bett, lächelte sie gezwungen an, zog einen Stuhl heran und sagte Hallo.

Kim erwiderte den Gruß. Dann: »Solly ist tot, Matt.«

»Das wissen wir, Kim. Wie ist es passiert?«

»Wo sind wir?«

»Im Friendship Hospital. Du bist gesund. Man hat dich entlassen.«

»Dort draußen lauert etwas, Matt. Außerirdische.«

Woodbridge betrachtete sie schweigend. »Was ist geschehen?«, fragte er schließlich. »Wo haben Sie Emily Brandywines Leichnam gefunden?«

Jetzt stürzten die Erinnerungen auf sie ein, obwohl Einzelheiten noch immer fehlten. »Sie haben sie zurückgelassen«, sagte sie.

»Wo?«

»Alnitak.«

»*Wo?*«, fragte Woodbridge.

»Das ist einer der Sterne im Gürtel des Orion«, erklärte Matt.

Sie konnte den Puls an Woodbridges Halsschlagader sehen. »Bitte berichten Sie, was geschehen ist, Kim«, sagte er mit überraschend sanfter Stimme.

Sie erzählte alles. Sie schilderte, wie sie versucht hatten, herauszufinden, wohin die *Hunter* geflogen war. Sie schilderte, wie sie die Funksignale zwischen der Tripley-Mission und dem unbekannten Schiff abgefangen hatten, und zeigte ihnen die Disk. Sie beschrieb das Objekt, das die *Hammersmith* verfolgt hatte, und wie Solly nach draußen gegangen war, um es vom Schiff zu entfernen. »Aber es hat nicht funktioniert«, schloss sie. »Irgendetwas ist an Bord gekommen. Und es hat versucht, die *Hammersmith* zu übernehmen.«

»Kim«, sagte Matt, »bist du ganz sicher?«

»Ja, das bin ich«, antwortete sie. »Du findest alles in den Logbüchern.«

»Von den Logbüchern ist nicht mehr viel übrig«, entgegnete er leise.

Natürlich nicht. Ihr Verstand funktionierte noch immer nur mit halber Geschwindigkeit. Die *Hammersmith* war in die Luft geflogen. Und Solly mit ihr.

»Das ist im Augenblick nicht so wichtig«, sagte Woodbridge. »Was auch immer geschehen ist, es ist vorbei.«

»Sie müssen die Menschen warnen«, sagte Kim. »Niemand soll in das Gebiet um den Alnitak fliegen. Verhängen Sie eine Quarantäne. Halten Sie die Leute fern.«

Woodbridge runzelte die Stirn. »Ich wüsste keinen Weg, wie wir das tun könnten.«

»Warum nicht? Diese Dinger sind *bösartig*, Canon.«

»Genau deswegen können wir das nicht tun. Sehen Sie, Kim …« Er drehte den Stuhl herum und schob ihn näher an ihr Bett, dann verschränkte er die Arme über der Lehne und stützte das Kinn darauf. »Es ist nicht so, dass wir es nicht täten, wenn wir könnten. Aber wir haben keinerlei Möglichkeit, ein solches Verbot durchzusetzen. Nicht einmal gegenüber Schiffen, die unter der Flagge Greenways laufen, geschweige denn irgendeiner der anderen Welten.«

»Dann geben Sie doch wenigstens eine Warnung heraus.«

»Was glauben Sie, was dann passieren würde?« Er senkte die Stimme, als wollte er sie ins Vertrauen ziehen.

»Jedes private Schiff mit Langstreckenkapazität würde sich sofort dorthin aufmachen«, vermutete sie.

»Ganz recht. Genau das würde geschehen.« Er blickte Matt an. »Ihr Kollege hier überlegt bereits, ob er nicht selbst hinfliegen soll. Stimmt es nicht, Matt?«

»Nicht, wenn diese Biester tatsächlich bösartig sind«, antwortete Flexner.

Woodbridge zwang sich zu einem beruhigenden Lächeln. »Was bedeutet, dass irgendjemand ihnen irgendwann unsere Adresse verraten würde. Falls Ihre Geschichte und Ihre Interpretation korrekt sind, dann haben wir ein ernsthaftes Problem.«

»Und was gedenken Sie zu tun?«

»Nichts.«

»Verzeihung?«

»Nichts. Nicht das Geringste. Wir wollen die Menschen aus der Gegend fern halten. Das ist unsere wichtigste Sorge.«

»Sie haben doch gerade gesagt, dass Sie das nicht könnten.«

»Ich habe gesagt, wir können kein Verbot durchsetzen, sich aus der Gegend fern zu halten. Aber niemand wird in diese Gegend fliegen. Wann war der letzte Überwachungsflug zum Alnitak?«

»Vor zweihundert Jahren«, sagte Matt.

Woodbridge blickte befriedigt zur Decke. »Genau das, was ich sage. Das System liegt weit abseits, niemand schert sich darum, und es ist nicht gerade das, was man eine Touristengegend nennt. Wenn wir nichts von alledem verlauten lassen, zu niemandem darüber reden, dann können wir halbwegs sicher davon ausgehen, dass es zumindest in nächster Zeit keine weiteren Besucher geben wird.«

»Und was ist auf längere Zeit?«, fragte Kim.

»Die Regierung wird insgeheim anfangen Vorbereitungen zu treffen. Ich bin sicher, dass diese Vorbereitungen automatische Sonden einschließen. Wir sollten imstande sein, ohne unnötiges Risiko herauszufinden, was dort vor sich geht. Selbstverständlich hängt alles ganz davon ab, dass kein Wort über Außerirdische aus diesem Zimmer dringt.« Er blickte Kim an. »Ich bin sicher, wir dürfen uns auf Ihre Diskretion verlassen?«

»Ich hatte eigentlich mit einer Parade gerechnet«, sagte Kim in dem Versuch, es scherzhaft klingen zu lassen.

Ein beunruhigtes Lächeln spielte um Woodbridges Lippen. »Ich werde etwas arrangieren.« Er erhob sich und wandte sich zu Matt um. »Das Institut wird selbstverständlich sämtliche Vorwürfe fallen lassen.«

»Oh«, sagte Matt. »Ich glaube nicht, dass Phil Agostino diese Nachricht freudig aufnimmt.«

»Er hat keine andere Wahl. Vergessen Sie den Zwischenfall. Das Schiff wurde nicht gestohlen; es war eine Störung in der Kommunikation, weiter nichts.«

»Ich werde ihm sagen, was Sie wünschen«, erwiderte Matt. »Aber wie erklären wir unserem Aufsichtsrat den Verlust der *Hammersmith*?«

Woodbridge zog eine Jacke an und ging zur Tür. »Das weiß ich nicht. Wir sind mit unseren Untersuchungen noch nicht fertig. Sagen Sie Agostino, dass ich ihn heute Nachmittag anrufen und ihm die Ursache für das Unglück mitteilen werde. Es *war* ein Unfall, nichts anderes.« Er blickte Kim bedeutungsvoll an, während er weiter zu Matt redete. »Wann ist die nächste Nova geplant?«

»In zwei Wochen.«

»Und es wäre die Dritte, nicht wahr?«

»Ja.«

»Die Nova, die den zeitlichen Abstand etabliert. Identische Zeiträume zwischen den einzelnen Sonnenexplosionen.«

»Das ist richtig.«

»Der Beweis dafür, dass die Novae künstlich ausgelöst wurden.«

»Richtig.«

»Stoppen Sie es.«

»*Stoppen?*« Matt blickte ihn entsetzt an. »Das können wir nicht tun!«

»Ich denke nicht, dass das Konzil einer dritten Sprengung zustimmen wird. Unter den gegebenen Umständen wäre es keine gute Idee, dem Universum von unserer Existenz zu erzählen.«

»Aber, Canon, das Licht der Novae erreicht den Alnitak frühestens in tausend Jahren!«

»Matt.« Die Stimmung wurde angespannt. »Schon in wenigen Tagen wird eine einstweilige Verfügung vorliegen, die das gesamte Projekt aus Gründen des Umweltschutzes auf Eis legt. In der Verfügung wird zwar ›vorübergehend‹ stehen, doch machen Sie sich keine Hoffnungen. Es wird keine weiteren Sprengungen mehr geben.«

Matt starrte Kim an, und sie konnte deutlich sehen, dass er ihr die Schuld daran gab.

»Noch etwas, das Sie wissen sollten, Canon«, sagte sie. »Dieses Wesen auf dem Schiff …«

»Ja?«

»Es gibt ein Zweites von seiner Art, oder zumindest etwas, das ihm sehr ähnlich ist, im Severin Valley.«

Er runzelte die Stirn. »Das Gespenst vom Severin?«

»Ja.« Sie sah, wie er Matt anblickte. Zu viele wilde Geschichten für einen einzigen Tag.

»Wir werden uns darum kümmern«, versprach er.

»Canon«, fragte sie, »ist das schon einmal passiert? Wurde schon einmal etwas vertuscht?«

Er strich sich in offensichtlicher Überraschung über den Bart. »Ich weiß nicht, wovon Sie reden.«

»Von der Zeit vor siebenundzwanzig Jahren.«

»Oh«, sagte er. »Die *Hunter*. Nein. Nicht, nicht dass ich wüsste.« Er schien die Zweifel in ihrem Gesicht zu bemerken. »Ich würde Sie nicht anlügen, Kim.«

»Ich glaube Ihnen«, sagte sie.

In der Tür drehte er sich noch einmal um. »Ich bin froh, dass Sie wieder in Ordnung sind. Und es tut mir sehr Leid wegen Solly.«

Zu Hause begrüßte Shepard sie freudig. Er war froh, sie nach all der Zeit wiederzusehen. Er hatte sich Sorgen gemacht, sagte er, wegen der Geschichten über ihren Unfall. Und es tat ihm schrecklich Leid wegen Solly.

Nachrichten warteten auf sie.

Die meisten stammten von Freunden oder Verwandten. Einige mit Ratschlägen, andere gaben unverblümt zu, froh zu sein, dass sie am Ende doch keine gewöhnliche Diebin war. Das Institut hatte bereits seine Stellungnahme abgegeben, in der es zum Ausdruck brachte, dass die gesamte *Hammersmith*-Affäre auf einem Missverständnis beruhe. Ein paar Anwälte hatten sich gemeldet, die meinten, Kim solle jemanden verklagen, meistens das Institut, weil es ein Schiff mit unsicheren Maschinen betrieben hatte oder weil sie diffamiert worden war. Sheyel gab seiner Sorge Ausdruck, der Zwischenfall könnte mit der *Hunter* in Verbindung stehen, und dass er dankbar und überrascht gewesen war festzustellen, dass sie so viel Mühen auf sich genommen hatte, um die Wahrheit herauszufinden. Er war, fügte er hinzu, begierig zu erfahren, inwieweit sie das Rätsel gelöst hatte.

Die Todesursache Emilys waren dem gerichtsmedizinischen Gutachten zufolge schwere Verletzungen der Brust und des Bauchbereichs, möglicherweise verursacht durch einen Partikel- oder Laserstrahl. Gerüchte über einen Skandal gingen um: Es hätte Streit an Bord gegeben, und sie war aus der Luftschleuse gestoßen worden; Kane und Tripley hatten gemeinsame Sache gemacht und die beiden Frauen ermordet, möglicherweise, weil sie sich geweigert hatten, an irgendeinem bizarren sexuellen Ritual teilzunehmen; das Leben an Bord der *Hunter* war orgiastisch gewesen, und der Mord war nach einer wilden Nacht voller Ausschweifungen erfolgt; Kane und Tripley waren homosexuell und hatten keine Lust mehr gehabt, den ständigen Forderungen der beiden Frauen nachzugeben, weswegen sie die eine als Lektion für die andere getötet hatten. Die Behörden versprachen, die ganze Angelegenheit bis ins kleinste Detail aufzuklären. Der Ruf beider Männer war gründlich zerstört. Und Kim fühlte sich schuldig.

Ben Tripley war zu seiner Überraschung von einem Hagel von Verdächtigungen in die Defensive gedrängt worden. Tora Kane hatte eine knappe Verlautbarung herausgegeben, dass ihr Vater niemals vorsätzlich einem anderen Menschen Schaden zugefügt hätte. Am nächsten Tag kommentierte ein Herausgeber trocken, dass im Verlauf des Krieges unzählige Verteidiger Pacificas unter seinen Händen gestorben waren.

Die offizielle Geschichte verlegte den Schauplatz von Emilys Tod mehrere hundert Lichtjahre weg vom Alnitak, um kein Interesse an der tatsächlichen Fundstelle zu wecken.

Kim hatte noch immer keine Idee, warum oder wie die beiden Frauen gestorben waren. Sie fühlte sich verantwortlich wegen der Vorwürfe, die gegen Tripley und Kane erhoben wurden, doch selbst sie konnte nicht mit Sicherheit ausschließen, dass die beiden Männer genau das getan hatten, weswegen man sie verdächtigte. Schließlich waren die beiden Frauen ermordet worden, so viel stand nun einmal fest.

Im Institut wurde ihr ein kühler Empfang bereitet. Sollys Freunde, die offensichtlich zahllos waren, fragten sich nicht selten in ihrer Gegenwart, was so wichtig gewesen sein könnte, dass er sein Leben dafür gegeben hatte, und wie es ihr gelungen war, im Lander zu entkommen, während Solly im Schiff mit den, wie es in der offiziellen Verlautbarung geheißen hatte, überladenden Sprungmotoren zurückgeblieben war. Sie bedrängten sie und verlangten Antworten, und die Geschichte, die Kim erzählte, nämlich dass sie einem mutmaßlichen Erstkontakt nachgegangen seien, wurde als wenig überzeugend abgetan. Kim wurde zu einer Aussätzigen.

Agostino stellte sie wieder ein, doch er weigerte sich, sie in seinem Büro zu empfangen, als sie sich bei ihm bedanken wollte. Man informierte sie, dass er ihr die Schuld dafür gab, dass das Projekt Leuchtfeuer eingestellt worden war. Sie wies Matt darauf hin, dass das Projekt sowieso obsolet geworden war.

»Das spielt doch keine Rolle«, entgegnete Matt. »Viele Menschen haben ein Leben lang für das Projekt gearbeitet. Es hat uns Geld für andere Forschungen gebracht; niemand weiß das besser als du. Und die Allgemeinheit weiß eben nicht, dass es überflüssig geworden ist. Sie glaubt, dass es irgendwie fehlgeschlagen ist.«

Als Emilys Leichnam freigegeben wurde, arrangierte Kim eine feierliche Bestattung.

Die Zeremonie fand an einem schönen Nachmittag im April unter einem stillen Himmel statt. Kim hatte einen kleinen Hain nicht weit vom Institut ausgewählt, und viele Freunde und Familienangehörige waren gekommen. Die Sea Knights waren ebenfalls da, boten ihr Mitgefühl an und stützten sie.

Zwei Tage später fand ein ähnliches Begräbnis für Solly statt.

Es war ein windgepeitschter Hügel in der Nähe des Ozeans. Sollys Familie war da, größtenteils Leute, die sie noch nie zuvor gesehen hatte. Die Sea Knights waren ebenfalls wieder gekommen und standen unter einem flatternden Banner mit ihren Insignien, einem Dreizack vor weißem Hintergrund. Vertreter des Instituts waren in großer Zahl versammelt. Selbst Agostino zeigte sich. Sollys Freunde traten vor, wie es der Brauch gebot, um letzte Worte über ihn zu sprechen. Andere standen nur da und wischten sich die Augen.

Der Wind wehte vom Ozean herein. Ein mit Solly befreundeter Komponist hatte extra ein Stück geschrieben: Though Tomorrow Never Come – Als gäbe es kein Morgen. Er hatte eine Sängerin mitgebracht, und Kim stand da und lauschte, während die Tränen über ihre Wangen rannen.

Schließlich wurde, wie sie vermutet hatte, auch ihr Name aufgerufen.

Sollys Bruder stellte sie vor: »Kim Brandywine, die junge Lady, für die Solly sein Leben gegeben hat.« Alle blickten sie erwartungsvoll an. »Kim«, fügte Sollys Bruder hinzu, »warum kommst du nicht hoch und sagst ein paar Worte?«

Sie hatte gehofft, dass man sie in Ruhe und allein lassen würde, doch es war wohl unvermeidlich und das Wenigste, was sie tun konnte; also hatte sie sich darauf vorbereitet. Sie hatte ein Beruhigungsmittel genommen in der Hoffnung, die Fassung zu bewahren, doch es konnte ihre Trauer und ihren Verlust nicht lindern. Sie fühlte sich leer im Kopf und vergaß die Zeilen, die sie auswendig gelernt hatte. Stattdessen redete sie stockend, halb automatisch, und gab banale Phrasen von sich, die der Wind von ihren Lippen wehte.

»… selbstloseste Mensch, den ich je gekannt habe …« Am Horizont war ein Segel, und das Meer wirkte unwirklicher als alle Landschaften in den Fenstern der *Hammersmith*, als Solly noch an ihrer Seite gestanden hatte.

Die Sonne schien hell, und der Himmel war leer. »… ich wäre heute nicht hier …«

Sie kämpfte die Tränen herunter, und gegen Ende hob sie die Stimme über den Wind. »Gott hilf mir, ich habe Solly geliebt …« Zwei Möwen kreisten über der Brandung.

Und dann hörte sie die Stimme eines Kindes:

»Und warum hat sie ihn dann allein gelassen, Mami?«

Als sie geendet hatte, dankte Sollys Bruder ihr höflich, nannte ein paar weitere Sprecher, verkündete, dass im Südpavillion ein paar Erfrischungen bereit stünden, und beendete sodann die Trauerfeier.

Kim blieb noch minutenlang stehen, unfähig, sich zu bewegen. Mehrere Sea Knights kamen zu ihr und wünschten ihr alles Gute. Dann blickte sie unvermittelt in Sollys wache blaue Augen. Sie gehörten einer jungen Frau mit langen dunklen Haaren.

»Ich bin Patricia Case«, stellte sie sich vor. »Sollys Schwester. Ich wollte Sie nur einmal aus der Nähe sehen.« Sie stieß die Worte mit eisiger Stimme hervor, kämpfte mit ihren Tränen, wandte sich ab und stapfte davon.

Es war das erste und einzige Mal in ihrem bisherigen Leben, dass Kim nackter Verachtung gegenüber gestanden hatte. »Es war nicht so, wie Sie denken!«, rief sie der Frau hinterher. »Es war nicht so …«

Die Medien stellten sie in einem ähnlichen Licht dar. Eine hilflose Passagierin auf einem Forschungsschiff, die in einem Rettungsschiff gestrandet war, nachdem die Maschinen verrückt gespielt hatten.

Sie erhielt Anfragen für Interviews oder Gastauftritte in verschiedenen Talkshows sowie lukrative Angebote für Exklusivberichte über die Ereignisse an Bord der *Hammersmith*. Kim lehnte alles ab.

Ben Tripley hatte ihr zu Hause eine Nachricht hinterlassen. Sie spielte die Aufzeichnung ab und war überrascht, als er sie nur traurig ansah und ihr sein Beileid ausdrückte. Es ging ihr sehr nah. Sie hatte eigentlich erwartet, dass er sie für den zerstörten Ruf seines Vaters verantwortlich machen und darauf hinweisen würde, dass er sie gewarnt hatte. Doch er vermied alle Vorwürfe und sagte nur, dass er verstand, wie hart es für alle Betroffenen sei. Und er drückte sein Bedauern wegen Emily aus. »Ich weiß nicht, was geschehen ist«, sagte er. »Ich kann es mir nicht einmal vorstellen, aber es tut mir sehr Leid. Ich wünschte, es wäre anders gekommen.«

Wie sollte sie antworten? Sie hatten von Anfang an Recht? Ich weiß ebenfalls nicht, was geschehen ist, und vielleicht ist Ihr Vater ja völlig unschuldig, aber der Schaden ist angerichtet? Vielleicht wäre alles anders gekommen, wenn Ihr Vater und Markis Kane berichtet hätten, was dort draußen vorgefallen ist. *Es ist nicht meine Schuld*.

Nach langem Überlegen zeichnete sie eine Nachricht auf, in der sie ihm dankte und ihrer Überzeugung Ausdruck verlieh, dass sein Vater im Verlauf der behördlichen Untersuchungen rehabilitiert werden würde. Sie sah sich die Aufzeichnung noch einmal an, kam zu dem Schluss, dass es eine einzige Katastrophe war, und löschte alles.

Sie zögerte den Anruf bei Sheyel hinaus, weil sie einmal mehr nicht wusste, was sie sagen sollte. Sie verspürte keine Lust, ihn zu belügen, doch ihre Abmachung mit Canon Woodbridge verhinderte, dass sie Sheyel die Wahrheit erzählte. Trotzdem brauchte sie jemanden, mit dem sie reden konnte, und Sheyel schien der Einzige zu sein, der ihr noch geblieben war.

Sie tippte seine Nummer ein. Augenblicke später

tauchte sein Drachenstuhl auf. Dann spazierte er ins Bild und nahm darin Platz. »Kim«, sagte er. »Wie schön, Sie wiederzusehen.« Er trug einen dunkelbraunen Umhang.

Sie tauschten Höflichkeiten aus, obwohl sie deutlich sehen konnte, wie gespannt er war, etwas über die Reise der *Hammersmith* zu erfahren. Er sah noch blasser und mitgenommener aus als bei ihrem letzten Besuch. Sheyel Tolliver war alt geworden.

»Ich kann Ihnen nicht viel Neues erzählen«, sagte sie. »Ich wollte mich nur melden, um Ihnen zu sagen, dass es mir gut geht.«

»Ich verstehe.« Sein silbernes Haar und sein Bart waren zottig und ungepflegt; sie vermutete, dass er die Nachricht über Yoshis Schicksal nicht gut aufgenommen hatte. »Sie haben einen Freund verloren«, stellte Tolliver fest.

»Solly Hobbs. Ja.«

»Ich habe gelesen, was er getan hat. Solche Freunde sind selten.« Er griff neben sich und nahm eine Tasse hoch. Dampf stieg aus ihr auf. »Was werden Sie nun tun?«

Gute Frage.

»Ich denke, ich sollte mich bei Ben Tripley entschuldigen«, sagte sie.

»Und wann werden Sie das tun?«

»Vielleicht morgen, wenn ich einen Termin bei ihm bekomme.«

»Sie wollen persönlich zu ihm gehen?«

»Ja. Ich denke, das sollte ich. Außerdem möchte ich noch einmal einen Blick auf die *Valiant* werfen.«

»Die *Valiant*?«

Es war ihr nur so herausgerutscht. Was zur Hölle – er wusste es doch sowieso schon. »Das Schiff auf Kanes Wandgemälde«, sagte sie. »Sie erinnern sich doch noch an das Modell?«

»O ja«, antwortete er. »Wie könnte ich das vergessen.« In seinen Augen leuchtete etwas sehr Merkwürdiges auf, doch sie dachte nicht weiter darüber nach. Wahrscheinlich lag es am Licht.

Sie rief Tripleys Sekretärin an, die ihr einen Termin für den kommenden späten Nachmittag zusagte. Kim bedankte sich und wählte die Nummer von Tora Kane.

Tora meldete sich sofort, doch der Schirm blieb dunkel. »Ja, bitte, Kimberley? Was wünschen Sie?«

Der Schlüssel zu den Logbüchern der *Hunter*, dachte Kim, musste bei der Tochter des Kommandanten liegen. Es gab niemand anderen.

»Ich möchte mich entschuldigen«, antwortete sie. »Ich weiß, dass Sie eine schwere Zeit durchmachen.«

»Und Sie sind genau die Richtige, um darüber mit mir zu reden.« Tora verstummte, und Kim hörte im Hintergrund das Rauschen des Ozeans. »Gibt es sonst noch etwas?«, fragte sie schließlich.

»Ja. Ich wollte Sie wissen lassen, dass ich Ihren Vater nicht in irgendeiner Weise für mitschuldig am Tod der beiden Frauen halte.«

»Das kommt ein wenig spät.« Ihre Wut war kaum zu überhören. »Sie haben seinen Namen ruiniert, das wissen Sie sicherlich, oder? Sie haben ihn zerstört.« Ohne jede Vorwarnung brach ihre Stimme. Sie schluckte, wartete, atmete tief durch und sprach weiter. »Alles, wofür er gelebt hat, alles, was er vollbracht hat – Sie haben es zerstört. Und was die Leute über ihn erzählen ist eine Lüge!«

»Vielleicht können wir die Wahrheit herausfinden.«

»Sicher können wir das. Sie wollen die Wahrheit?

Fahren Sie zum Museum und werfen Sie einen Blick hinein.« Die Stimme bebte vor Zorn. »Sonst noch etwas?«

Ja! Wo sind die echten Logbücher der Hunter? »Besitzen Sie Zugriff auf irgendetwas, das uns beweisen könnte, wie die Mission wirklich verlaufen ist?«

Tora Kane schwieg. Kim wünschte, sie könnte in das Gesicht der Frau sehen. »Nein«, sagte sie schließlich, doch ihr Zögern verriet Kim, dass sie log.

»Tora«, sagte Kim, »Ich brauche Ihre Hilfe, sonst geht es nicht.«

»Tun Sie mir einen Gefallen, Dr. Brandywine«, entgegnete Tora Kane. »Lassen Sie alles, wie es ist. Ich will Ihre Hilfe nicht.« Sie unterbrach die Verbindung.

Kim ging zum Fenster und blickte nach draußen auf das Meer.

Sie weiß etwas.

»Shep?«

»Ja, Kim?«

»Ich möchte mit Solly sprechen. Wie lange wird es dauern, um …?«

»Die Daten zu erfassen und seine Psyche zu assemblieren? Nicht lange, Kim. Du musst mir allerdings zuvor sämtliche Details eurer Mission geben. Und ich rate dir dringend von dieser Prozedur ab.«

»Tu es trotzdem.«

»Kim, du hast selbst oft gesagt, dass …«

»Wie lange brauchst du?«

»Das kann ich erst mit Bestimmtheit sagen, wenn ich weiß, was an Daten vorhanden ist. Falls es einen Onlinezugriff gibt, kannst du schon heute Nacht mit ihm reden.«

Eine Stunde später stieg sie die Stufen zum Mighty Third Memorial Museum hinauf.

Man musste nicht besonders scharfsinnig sein, um sich zu denken, was sie erwartete. Ein anderer Held aus der Schlacht von Armagon hatte Markis Kanes Platz eingenommen. Der Angriff auf die *Hammurabi* war aus den Displays verschwunden. Die Vitrine mit den ausgestellten Artefakten der *376* war leer.

Selbst die Bilder, die Markis Kane zeigten, wie er dem Museumspersonal bei der Vorbereitung der Ausstellung half, waren verschwunden.

Sie suchte Mikel und fand ihn schließlich bei einer Gruppe von VIPs, die in einem Simulator den Angriff eines Laserboots auf ein gegnerisches Großkampfschiff nacherlebten. Er bemerkte sie und bedeutete ihr mit einem Wink, in seinem Büro auf sie zu warten. Doch sie kehrte zu der leeren Vitrine zurück. Fünfzehn Minuten später, als er zu ihr kam, stand sie immer noch dort. »Ich bin froh, dass Sie gesund und munter sind«, sagte er. »Es muss eine schreckliche Erfahrung gewesen sein.«

»Es war nicht schön, da haben Sie Recht, Mikel.« Sie kamen in seinem Büro an, und er setzte sich. Nicht hinter seinen Schreibtisch, sondern auf eine Couch.

»Kann ich Ihnen eine Kleinigkeit anbieten?«, fragte er. »Vielleicht einen Kaffee?«

»Nein, danke«, lehnte sie ab. »Mikel, was ist mit der Markis-Kane-Ausstellung passiert?«

»Wir haben sie abgebaut.«

»Das sehe ich. Dürfte ich fragen warum?«

Er blickte sie aus großen Augen an. »Das ist nicht Ihr Ernst. Sie sollten doch wohl am besten wissen, dass der Mann ein Mörder war! Was hätte ich Ihrer Meinung nach denn tun sollen?«

»Sie wissen nicht, ob es wirklich so war.«

»Entweder er war ein Mörder, oder aber er deckte Tripley, nachdem dieser die Morde begangen hatte. Die Einzelheiten spielen keine Rolle.« Sein Blick wurde anklagend. »Ich bin überrascht, dass Sie Einwände haben. Ich meine, es war doch wohl Ihre Schwester, die sie aus der Luftschleuse geworfen haben. Ich hätte geglaubt, Sie wären erfreut, dass wir die Ausstellung abgebaut haben.«

»Wir wissen immer noch nicht, was genau sich dort draußen ereignet hat.«

»Kim.« Seine Stimme gewann ihre bürokratische Gleichmut zurück. »Es tut mir wirklich Leid, aber ich verstehe Ihr Verhalten nicht. Kane hat sich eines Verbrechens schuldig gemacht; vielleicht war es Mord, vielleicht war es Mittäterschaft oder auch nur das Verschleiern hinterher, aber *jeder* weiß das.«

Sie schob die Hände in die Taschen und blickte durch das Bürofenster hinaus in die Ausstellungshalle, auf die Bilder von Kampfschiffen, die Fotos ihrer Kommandanten. Zu ihrer Linken lief auf einem großen Schirm eine Rekonstruktion der Schlacht von Armagon.

»Kinder kommen in dieses Museum«, fuhr Mikel fort. »Wie würde es aussehen, wenn wir einem Mörder Ehre erweisen?«

»Mikel«, sagte Kim, »ich fürchte, Sie werden peinlich berührt sein, wenn eines Tages die Wahrheit herauskommt.«

Er blickte sie gelangweilt an. »Ich wüsste nicht, warum das so sein sollte. Wie viele Menschen waren denn außer Kane und Tripley auf diesem Schiff? Außerdem, falls sich herausstellen sollte, dass ich mich geirrt habe und er tatsächlich unschuldig ist, dann baue ich die Ausstellung eben wieder auf und fertig.«

»Und fertig, ja?«

»Kim, wissen Sie etwas, das ich nicht weiß?«

»Nein«, sagte sie.

Er atmete tief durch. »Sehen Sie, ich habe das wirklich nicht gewollt. Es war eine schreckliche Nachricht, als ich von Emily erfahren habe. Ich wusste nicht viel über Kile Tripley, aber Kane … Wir haben nicht viele Helden auf Greenway. Wir können uns nicht leisten, auch nur einen davon zu verlieren. Ganz besonders jemanden wie Markis Kane.«

»Dann wenden Sie sich nicht von ihm ab.«

»Hallo, Solly.«

Er trug ein grünes Hemd, am Hals weit offen, dunkelblaue weite Hosen und die Schirmmütze, die er normalerweise aufgehabt hatte, wenn sie zum Segeln gegangen waren. Shep hatte ihm seinen Kapitänsessel aus der Yacht gegeben. »*Hi, Kim. Schön, dich zu sehen.*«

Augenblicklich schossen ihr die Tränen in die Augen. Sie wusste – sie hatte es die ganze Zeit über gewusst –, dass das keine gute Idee gewesen war. Und doch behauptete die Psychoanalyse noch immer, dass dies die beste Form von Therapie nach einem unerwarteten Verlust war. Wenn man nicht zu weit ging. »Ich hasse dich für das, was du getan hast«, sagte sie.

»*Aber es wäre sinnlos gewesen, wenn wir alle beide gestorben wären.*« Er lächelte genau wie früher; es war eine sehr gute Simulation. »*Wie geht es dir?*«

»Es ging schon mal besser.« Sie starrte ihn an, als könnte sie ihn mit schierer Willenskraft zurückholen. Pack das Bild, halte es fest, lass ihn nie wieder los. Es schien irgendwie ganz einfach. Als müsste sie nur die Hand nach ihm ausstrecken, um ihn in das Diesseits zurückzubringen.

»*Wie reagieren die Menschen auf die Neuigkeiten, die du mitgebracht hast? Wann findet die Parade statt?*«

»Wir bewahren Stillschweigen darüber. Ich habe mit Woodbridge gesprochen. Er macht sich Gedanken wegen der Möglichkeit, dass noch andere zum Alnitak fliegen könnten.«

»*Das überrascht mich nicht.*«

»Wenn es nach mir ginge, würde ich versuchen, herauszufinden, woher diese Hundesöhne kommen, und ihnen die Flotte auf den Hals schicken.«

»*Das hört sich überhaupt nicht nach meiner friedlichen Kim Brandywine an.*«

»Ich fühle mich auch nicht so. Sie haben Emily umgebracht. Und sie haben *dich* umgebracht.« Er nickte zustimmend. »Solly, sie haben mir alles genommen, was mir je etwas bedeutet hat.«

»*Nicht alles. Du reagierst über …*«

»Wie kannst du das sagen!«

»*Weil du noch eine lange Zukunft vor dir hast, Kim. Es tut mir sehr leid, dass ich sie nicht mit dir teilen kann. Aber wir sind ein Risiko eingegangen, und es lief nicht so, wie es sollte.*« Er setzte seine Schirmmütze schief. »*Was hat Woodbridge gesagt?*«

»Er hat zugestimmt, dass die Fremden gefährlich seien und wir den Kontakt vermeiden sollten.«

»*Ja. Sie sind gefährlich. Aber hör zu, Kim …*«

»Ja?«

»*Woodbridge erzeugt so ein unbehagliches Gefühl in mir. Er ist ein wenig zu selbstgerecht, wenn du mich fragst.*«

»Er ist ganz in Ordnung, Solly.«

»*Du hast ihm doch wohl nichts vom Archiv verraten, oder?*«

»Nein.«

»*Gut. Behalte es für dich.*« Er betrachtete sie lange Zeit schweigend. »*Was hast du als Nächstes vor, Kim?*«

»Ich möchte zu Ben Tripley und mich wieder mit ihm vertragen.«

»*Du willst zu ihm?*«

»Morgen.«

»*Meinetwegen.*«

»Du hältst es für falsch?«

»*Tripley ist ein Blödmann. Du schuldest ihm überhaupt nichts.*«

»Trotzdem ...«

»*In Ordnung. Aber sei vorsichtig mit diesen Typen. Vertrau keinem von ihnen.*«

»Solly, Ben ist nicht verkehrt. Er ist nur ein wenig zugeknöpft. Außerdem fühle ich mich schuldig. Alle Welt glaubt, dass Kane und Tripleys Vater die Mörder von Emily und Yoshi sind.«

»*Vielleicht liegen sie damit gar nicht falsch. Wer war außer ihnen noch an Bord der* Hunter*?*«

»Ich glaube einfach nicht, dass sie es waren.«

»*Du weißt, was du zu tun hast, nicht wahr?*«

»Sicher«, antwortete sie. »Ich muss die echten Logbücher der *Hunter* finden.«

23

Vertrautheit und Unsichtbarkeit sind zwei Seiten der gleichen Münze.

– OLAN KABEL, REMINISCENCES, 116

Die Valian*t* stand auf ihrem Regal wie immer, blitzend und auf Hochglanz poliert. Ihre schimmernde Gegenwart und Tripleys Unwissenheit, welche Bedeutung diesem Modell zukam, amüsierten Kim nicht wenig. Eine gemeine, niederträchtige Reaktion, dachte sie, aber sie konnte nichts dagegen tun.

»Ich war nicht sicher«, begann sie, »ob Sie mich überhaupt empfangen würden.« Sie waren allein in seinem Büro.

Er verbarg seine Gefühle hinter einer unbeteiligten Miene und sachlichem Tonfall. »Warum sollte ich nicht, Kim?«, erwiderte er. Er blieb hinter seinem Schreibtisch sitzen, und sie stand vor ihm.

»Ich wollte wirklich nicht, dass so etwas passiert«, sagte sie.

»Das weiß ich.« Er lehnte sich in seinem Sessel zurück. »Aber wir alle wissen, wie es mit guten Absichten so geht. Sie haben den Ruf meines Vaters vernichtet.« Seine Stimme blieb tonlos. »Er hat diese beiden Frauen nicht ermordet. Er hätte keinem Menschen etwas zu Leide getan.«

»Ich glaube das Gleiche. Ich glaube, dass im Verlauf der Reise etwas Unerwartetes geschehen ist. Irgendetwas, das zu der Tragödie geführt hat.« Sie setzte sich vor seinen Schreibtisch. Sie hatte alles einstudiert, was sie ihm sagen wollte, doch in seiner Gegenwart lösten sich ihre Worte auf. »Das war nicht meine Schuld«, sagte sie.

»Ich weiß. Mehr oder weniger jedenfalls. Trotzdem kann man nichts mehr daran ändern. Ich weiß, dass Sie nicht aus Rachsucht so gehandelt haben, Kim. Ich hätte vorgezogen, wenn Sie mehr auf mich gehört hätten ... Aber ...« Er zuckte die Schultern. »Dazu ist es jetzt ein wenig zu spät.«

»Ben, ich *musste* dieser Sache nachgehen. Ich wollte die Wahrheit über meine Schwester wissen.«

»Und haben Sie die Wahrheit herausgefunden, Kim?«

Ihr Blick wanderte zum Modell der *Valiant*. »Teilweise jedenfalls.« Sein Interkomm summte. Er stellte den Anrufer durch, sagte, dass er sich später um die Angelegenheit kümmern würde, und wandte sich wieder an Kim. »Und welche Wahrheit haben Sie herausgefunden?«

Ja, welche Wahrheit hatte sie herausgefunden? Dass die *Valiant* eine Replik des Raumschiffs ist, dem die Tripley-Mission jenseits von St. Johns begegnet ist? Dass Außerirdische in die *Hunter* eingedrungen sein müssen? Wie sonst waren die Geschehnisse zu erklären? Sie starrte die *Valiant* an wie ein heiliges Objekt. »Erzählen Sie mir doch bitte noch einmal, woher Sie dieses Modell haben.«

Er blickte das Schiff an und fragte verwirrt: »Was hat das denn mit alledem zu tun?«

»Haben Sie Geduld mit mir, Ben.«

Er zuckte die Schultern. »Ein Erbstück.«

Kim stand auf und trat zum Regal, um die *Valiant* aus der Nähe zu betrachten. Sie betastete den Rumpf. »Darf ich?«

»Warum nicht.«

Sie nahm das Modell hoch und untersuchte es. »Ich würde gerne auch so etwas haben, für meinen Neffen.«

Er sah auf das Schiff. »Wenn Sie mögen, besorge ich Ihnen eine Risszeichnung.«

»Oh, sehr gerne.«

»Es ist wirklich ein schönes Stück. Habe ich erwähnt, dass es ursprünglich von meinem Vater stammt?«

Sie nickte. »Ihre Großmutter hat es Ihnen gegeben.«

Seine Kiefermuskeln arbeiteten. »Das ist korrekt. Ich nehme an, das wissen Sie von ihr?«

»Auch dafür möchte ich mich entschuldigen«, sagte sie.

»Schon gut. Offensichtlich haben Sie mich in einem großzügigen Augenblick erwischt.« Er entspannte sich. »Warum interessieren Sie sich dafür? Was steckt dahinter?«

»Gedulden Sie sich noch einen Augenblick, und ich erzähle es Ihnen.« Sie hielt das Modell unter eine Lampe und betastete das polierte Material. »Haben Sie sich als Junge niemals darüber gewundert, dass es keine Antriebsrohre besitzt? Keine erkennbaren Motoren, um von einem Ort zum anderen zu fliegen?«

»Kim«, fragte er verblüfft, »worüber reden wir hier eigentlich?«

Sie stellte das Modell vor ihm auf den Schreibtisch und hielt ihm ein Foto von Kanes Wandgemälde hin. Er nahm es entgegen, sah es an und starrte verblüfft auf das Schildkrötenraumschiff in Emilys Hand. Er blickte zu seinem Modell, runzelte die Stirn und schaltete eine Schreibtischlampe ein. »Woher haben Sie das?« fragte er.

»Es ist ein Wandgemälde in Markis Kanes Villa.«

Seine Blicke gingen zwischen dem Foto und dem Modell hin und her. »Es ist das gleiche Objekt, nicht wahr?«

»Sieht so aus, Ben.«

»Was zur Hölle hat es in einem von Kanes Gemälden zu suchen?« Ehrlich überrascht legte er das Bild zur Seite und nahm das Modell in beide Hände. Er hob es hoch und starrte es an, als sähe er es in diesem Augenblick zum allerersten Mal. Sie beobachtete ihn, wie er das Modell untersuchte, seine Antennen und Sensorschüsseln und Schleusenluken. An der Unterseite des Rumpfes war eine lang gestreckte Klappe zu sehen, vielleicht der Zugang zu einem Frachtraum oder einem Hangar. Und dort eine vertraut aussehende Ringantenne, wie sie für Hyperkommtransmissionen benutzt wurde. Und eine Gondel, die in der Phantasie eines Jungen vielleicht Raketen enthalten haben mochte.

Dann änderte sich sein Gesichtsausdruck. Er hob das Modell hoch und runzelte die Stirn.

»Stimmt etwas nicht?«, fragte sie.

»Ich weiß nicht.« Er starrte das Modell an, wog es in den Händen. »Es fühlt sich irgendwie leichter an als früher.« Er stellte es wieder ab und kratzte sich am Hals. Dann fuhr er mit den Fingerspitzen über die Hecksektion. »Das ist eigenartig«, sagte er verwirrt.

Sie beobachtete, wie er die Augen zu Schlitzen verengte.

»In der Hecksektion müsste eine Delle sein, aber sie ist nicht da.«

»Ich verstehe nicht.«

»Eine Delle im Rumpf. Man konnte es nur sehen, wenn man ganz nah dran war.« Er starrte sein Modell an. »Und die Kanone sieht anders aus.«

Zum ersten Mal bemerkte Kim einen kurzen Metallstumpf, der aus der Nase der *Valiant* ragte. »Inwiefern anders?«

Er berührte den Stumpf mit dem Zeigefinger. »Die Mündung ist abgerundet.«

»Und?«

»Sie müsste sich rau anfühlen. Was auch immer ursprünglich dort gewesen ist, es muss abgebrochen sein.«

»Was wollen Sie mir sagen, Ben? Wurde das Modell repariert? Oder …?«

»… Das ist nicht mein Schiff. Das ist eine Nachbildung.«

»Sind Sie sicher?«

»Selbstverständlich bin ich sicher.« Er stellte es auf seinen Schreibtisch und starrte es an. »Ich will verdammt sein, wenn ich weiß, was das zu bedeuten hat.« Er nahm das Foto von Kanes Wandgemälde hoch und tippte eine Nummer in seinen Interkomm. »Mary, könnten Sie bitte einen Augenblick hereinkommen?«

Mary schob den Kopf durch die Tür. Sie war die dunkelhäutige Vorzimmerdame. »Sir?«

Er deutete auf die *Valiant*. »Dies ist ein Duplikat«, sagte er. »Wissen Sie, was mit dem Original geschehen ist? Hat jemand es zerbrochen und ein Ersatzmodell anfertigen lassen?«

»Nein, Sir«, antwortete Mary. »Nicht, dass ich wüsste.«

»Ich will verdammt sein, wenn ich das verstehe«, sagte er, als Mary wieder gegangen war. Er richtete den Blick auf Kim. »Wissen Sie etwas darüber?«

»Nein.« Sie tastete mit den Fingerspitzen über das Modell auf der Suche nach der Delle. »War es schon immer beschädigt?«

»Solange ich mich erinnern kann.«

»Eigenartig«, sagte sie, warf einen Blick auf ihre Uhr und erhob sich. »Nun ja, ich will Sie nicht den ganzen Tag lang aufhalten, Ben. Ich wollte Ihnen nur sagen, dass es mir Leid tut, Ihnen so viele Probleme gemacht zu haben, und dass ich sicher bin, dass der Ruf Ihres Vaters wiederhergestellt werden wird, sobald die ganze Geschichte aufgeklärt worden ist.«

Er musterte sie prüfend. »Erzählen Sie mir, was Sie über die *Valiant* wissen.«

Sie schüttelte den Kopf. »Das habe ich gerade getan. Ich habe das Modell auf dem Wandgemälde wiedererkannt. Ich dachte, Sie wüssten vielleicht, was das zu bedeuten hat.«

»Ich habe nicht die geringste Ahnung«, erwiderte er niedergeschlagen.

»Danke, dass Sie mir Ihre Zeit gewidmet haben, Ben.« Sie ging zur Tür.

»Kein Problem.« Diesmal stand er auf. »Danke, dass Sie hergekommen sind. Sie lassen mich wissen, wenn Sie herausfinden, was da vor sich geht? Mit meinem Raumschiff?«

»Selbstverständlich.«

Sie spürte seine Blicke im Rücken, während sie zum Lift ging.

Während der Fahrt hinunter ins Erdgeschoss versuchte sie angestrengt, sich einen Reim aus dem soeben Gehörten zu machen. Warum sollte jemand ein *Schiffsmodell* stehlen? Die Lifttüren öffneten sich, und sie gesellte sich zu der Menge, die zielstrebig über die Promenade wanderte. Aussichtsplattformen boten einen wunderbaren Ausblick auf die Wasserwelt.

Warum?

Sie schlenderte durch die Mall und betrachtete Schaufenster, während sie über die Möglichkeiten nachdachte. Es waren hauptsächlich Bekleidungs- und Souvenirläden, ein Reisebüro und ein Kosmetikshop. Und einen Modellbauladen, der auf Spiele und Puzzles spezialisiert war. Sie hatten ein Poster im Fenster, ein Bild von Escher, eine Treppe, die von Absatz zu Absatz anstieg und am Schluss doch wieder beim untersten Absatz ankam, ohne dass es jemals sichtlich nach unten gegangen wäre. Sie starrte das Bild an, versuchte herauszufinden, wo die Perspektive umschlug und wie die Treppe wieder zum untersten Absatz zurückkehrte.

Und mit einem Schlag wurde ihr bewusst, warum die *Valiant* gestohlen worden war. Und wer sie an sich genommen hatte.

Zehn Minuten später stand sie erneut vor dem Vorzimmer der Interstellar Inc. Sie öffnete die Tür in der Hoffnung, nur Mary zu sehen, doch sie hatte sich eine Geschichte ausgedacht für den Fall, dass sie Ben Tripley in die Arme lief.

Die Sekretärin saß allein an ihrem Schreibtisch. Sie blickte auf und erkannte Kim.

»Guten Tag, Dr. Brandywine. Haben Sie etwas vergessen?«

»Einen Stift«, antwortete Kim und suchte umständlich die Couch ab, auf der sie gesessen und gewartet hatte, bis sie zu Tripley hereingebeten worden war. »Oh, da ist er ja.« Sie zog einen Stift aus dem Ärmel und hielt ihn hoch, sodass Mary ihn sehen konnte.

»Nun, das ging ja schnell«, sagte Mary.

»Ja.« Kim ging langsam wieder zum Ausgang, während sie in ihrer Jacke fummelte, offensichtlich, um den Stift an seinem gewohnten Platz in einer Innentasche zu verstauen. Vor Marys Schreibtisch blieb sie stehen. »Mary, ich frage mich, ob Sie mir vielleicht eine Frage beantworten könnten?«

»Wenn ich kann?«

»Diese Geschichte mit Mr. Tripleys hübschem Raumschiffsmodell. Haben Sie ein Sicherheitsproblem in diesem Haus?«

»O nein! Nicht, dass ich wüsste. Es ist das erste Mal, dass so etwas geschehen ist. Ich bin sicher, die Angelegenheit wird sich aufklären, und das Modell taucht wieder auf. Wahrscheinlich hat es irgendjemand beim Saubermachen weggestellt oder so etwas.«

»Und die Putzkolonne kommt immer wann?«

»Nachts.«

Nach und nach gerieten sämtliche Steine des Puzzles an ihren Platz. Es war eine Frage der Wahrnehmung, und sie war genauso blind gewesen wie Tripley. Wer hätte das gedacht?

Sie fuhr mit dem Lift nach unten und nahm in bester Laune den Zug nach Blanchet Preserve. Von dort aus flog sie mit einem Taxi nach Tempest und zu Sheyel Tollivers Adresse. Auf dem Weg dorthin legte sie sich zurecht, was sie sagen würde, eine Mischung aus Ermahnung und Glückwünschen. Sie war immer noch in allerbester Stimmung und bereit zu feiern, und sie erwartete halb, dass er ihr aus dem Haus entgegen kam, während sie sich näherte. Er würde wissen, dass sie ihm auf die Schliche gekommen war, und er wäre sicherlich begierig, ihr seine Trophäe zu zeigen.

Es war zwar alles nicht ganz moralisch, doch sie verdrängte den Gedanken, während das Taxi durch die warme Mittagssonne glitt. Darüber nachdenken konnte sie auch später noch. Außerdem ging es schließlich genau genommen nicht um Diebstahl. Sheyel wollte genau wie sie nichts weiter, als ein offenes Rätsel zu lösen. Und beweisen, dass er von Anfang an Recht gehabt hatte.

Und bei Gott, sie würden der Welt die Augen öffnen!

Die Baumwipfel blieben zurück, und das Taxi umrundete Sheyels Haus. Die KI würde ihn in diesem Augenblick über den sich nähernden Besucher informieren und über das landende Taxi, doch die Haustür blieb geschlossen.

Der Flieger landete auf dem Rasen, sie bezahlte und stieg aus. Das Taxi hob ab.

Sie ging zum Vordereingang. Das Haus lag still und verlassen. »Sheyel«, sagte sie. »Herzlichen Glückwunsch.«

Der Nachmittag war angenehm warm und still. Insekten summten, und ein Eichelhäher beobachtete sie neugierig vom Rand eines Springbrunnens herunter.

»Sheyel?«

Eine sanfte Brise raschelte in den Baumwipfeln.

Sie blickte auf die leeren Fenster. Der Eichelhäher flatterte auf und landete auf dem Dach.

Kim probierte es über den Kommlink. Eine weibliche Stimme meldete sich. »*Es tut mir Leid, aber Professor Tolliver ist im Moment nicht zu sprechen. Wenn Sie ihm eine Nachricht hinterlassen möchten, tun Sie das bitte jetzt.*«

»Mein Name ist Kim Brandywine«, sagte sie der KI. »Ich arbeite für den Professor. Ich habe ein paar Ergebnisse, über die er sicherlich unverzüglich informiert werden möchte. Kannst du mich bitte mit ihm verbinden?«

»*Es tut mir Leid, Dr. Brandywine, aber Professor Tolliver möchte nicht gestört werden. Sobald er sich meldet, werde ich ihm sagen, dass Sie versucht haben, ihn zu erreichen.*« Die KI unterbrach die Verbindung.

Wo steckte Sheyel? Sie hätte anrufen sollen, bevor sie den ganzen weiten Weg hierher auf sich genommen hatte, aber sie war davon ausgegangen, dass sie ihn zu Hause antreffen würde, und sie hatte ihn überraschen wollen. Und seinen Coup mit ihm zusammen feiern, persönlich, wie es sich gehörte.

Sie ging um das Haus herum, doch sie sah niemanden, weder drinnen noch draußen.

Wohin konnte er gegangen sein?

Es gab nur einen Ort, der ihr einfallen wollte.

Sheyel hatte stets gesagt, dass nur wenige menschliche Handlungsweisen von Vernunft gesteuert wurden. Die Menschen handelten emotional und aufgrund von Vorurteilen. Sie wollen glauben, was sie immer geglaubt haben, und filtern sämtliche Beweise für das Gegenteil heraus. Bis sie eines Tages zu weit gehen und auf den Felsen der Realität stranden.

Wenn sie sich in Sheyel nicht täuschte, dann stand er selbst im Begriff, gegen ein paar Felsen zu laufen.

Sie rief Shepard bei sich zu Hause an.

»Du musst etwas für mich tun.«

»Selbstverständlich, Kim.«

»Ich möchte, dass du für mich eine Entität simulierst.«

»Verzeihung?«

»Betrachte es als intellektuelle Übung.« Sie beschrieb den Eindringling an Bord der *Hammersmith* so gut sie konnte. Und die Kreatur im See. Offensichtlich stofflich. Grüne Augen, grüner Schimmer. Elektrische Felder. Freie Wasserstoffmoleküle. Methan, Sauerstoff.

»Ich kann dir ein Modell berechnen«, sagte Shepard einige Minuten später. *»Allerdings glaube ich nicht, dass sich eine solche Lebensform auf natürliche Weise entwickeln könnte.«*

Kim hatte unterdessen ein neues Taxi herbeigerufen und beobachtete nun, wie es näher kam. »Das spielt keine Rolle. Was hast du herausgefunden?«

»Ungleichmäßige Ladungsverteilung in individuellen Zellen.«

»Erklär mir das.«

»Ein lebendes System muss nicht notwendigerweise eine kohärente Umhüllung besitzen, eine Haut oder etwas in der Art. Es ist durchaus denkbar, dass Bereiche gegensätzlicher Ladungen, eingehüllt beispielsweise in einer Tasche aus ionisiertem Gas, recht effektiv geeignet sind, sich innerhalb des Systems gegenseitig zu manipulieren.«

»Das klingt wie eine lebende Batterie.«

»Ganz so einfach ist es auch wieder nicht. Lass es mich genauer erklären …«

»Nein, nein, das reicht mir. Könnte ein solches System Intelligenz entwickeln?«

»Ich weiß nicht genau, wie sich Intelligenz definiert, doch ich denke, es wäre durchaus zu höchst komplizierten Aufgaben imstande.«

»Beispielsweise ein Raumschiff zu steuern?«

»Durchaus möglich.«

»Woher würde es seine Energie beziehen?«

»Du hast angedeutet, dass es eine grünliche Färbung besitzt. Grüne Augen. Das könnte auf Chloroplasten hinweisen. Womit es imstande wäre, Sonnenlicht zu konvertieren.«

Sie wies den Flieger an zu starten. »Wie könnte man eine Kreatur wie diese bekämpfen?«

»Man müsste sie in extrem starke Winde locken. Die Moleküle voneinander trennen. Genügend externen

Druck ausüben, sodass es nicht mehr imstande ist, seine Integrität aufrecht zu erhalten.«

»Es auseinander sprengen.«

»*Ja. Ganz genau.*«

»Was aber, wenn ich keinen Hurrikan zur Hand habe? Was könnte ich sonst noch einsetzen?«

»*Ich würde sagen, dass es außerdem noch empfindlich auf Kurzschlüsse und hohe Elektrizität reagiert.*«

Sie flog mit dem Taxi in die Stadt zurück und betrat einen Technikladen, der von einer älteren Frau in einem schicken schwarzen Kostüm geführt wurde. Sie besaß silbergraues Haar und ein sanftes Gesicht und wirkte irgendwie fehl am Platz, die Sorte von Dame, die man in einem Salon erwartete, wo über Kunst diskutiert wurde. »Kann ich Ihnen behilflich sein?«, erkundigte sie sich.

»Ja«, antwortete Kim. »Können Sie mir vielleicht verraten, ob irgendjemand in letzter Zeit bei Ihnen ein Modellraumschiff hat anfertigen lassen?« Sie zeigte ihr ein Foto der *Valiant*. »Es sieht aus wie das hier.«

Die Frau betrachtete das Bild. »O ja, ich erinnere mich«, sagte sie dann. »Wir haben ein solches Modell gemacht. Wir besitzen sogar noch die Schablone.«

Hab ich dich, Sheyel. »Wären Sie imstande, das gleiche Modell für mich zu bauen?«

»Das gleiche Modell?«

»Bitte.«

»Sicher, warum nicht.« Sie aktivierte einen Terminplaner auf ihrem Schirm. »Morgen um diese Zeit?«

»Oh«, sagte Kim. »Das ist zu lang, fürchte ich. Ich bin nämlich nur auf der Durchreise und mit dem nächsten Zug wieder weg. Ich hatte gehofft, Sie könnten es bauen, während ich hier warte?«

Die Frau nickte zu sich selbst und konsultierte erneut den Planer. »Es dauert etwa eine Stunde«, sagte sie dann.

»Sehr gut. Machen Sie es. Ich komme in einer Stunde wieder.«

»Aber es kostet einen Eilzuschlag.«

Die dritte Ausgabe der *Valiant* sah genauso aus wie die beiden anderen. Wenn das alles vorbei ist, sagte sie sich, dann habe ich ein wundervolles Andenken.

Die Besitzerin des Ladens verpackte das Modell in einer Schachtel und nahm die Bezahlung entgegen. Kim bedankte sich und ging zur Station. Sie kam gerade rechtzeitig an, um einem Frachtzug nach Osten hinterher zu sehen. Die Lichter wurden kleiner und kleiner, und dann erschien ihr Zug hinter einer Kurve.

Die Fahrt von Preserve nach Eagle Point dauerte knapp zwei Stunden. Sie versuchte zu schlafen, doch ihre Anspannung war zu groß. Nach einer Weile gab sie auf und beobachtete die Landschaft und die einbrechende Dämmerung.

Kurz vor halb neun abends betrat sie die Lobby des Gateway, meldete sich an, ging auf ihr Zimmer und aktivierte den Kommlink. »Ich brauche heute Nacht einen Flieger«, sagte sie.

»*Selbstverständlich, Dr. Brandywine*«, antwortete eine elektronische Stimme, weder weiblich noch männlich. »*Hatten Sie ein spezielles Modell im Sinn?*«

»Das Gleiche wie beim letzten Mal, falls das möglich ist.«

»*Kein Problem. Sonst noch etwas?*«

Kim überlegte einen Augenblick. »Ja«, sagte sie.

»Ein Kruzifix, einen Holzpflock und eine silberne Kugel.«

»*Verzeihung?*«

»Ach, schon gut«, sagte sie. »Das war nur ein Scherz.«

Als Nächstes rief sie beim Plaza Sporting Goods an und bestellte einen tragbaren Mikrowellenherd. »Ich fliege in ein Naturschutzgebiet«, erklärte sie, »wo offenes Feuer verboten ist.«

»*Ah.*« Die Stimme gehörte einem automatischen Verkäufer. »*Da hätten wir genau das Richtige für Sie. Welche Größe wünschen Sie?*«

»Das Größte, das Sie haben.«

»*Das Familienmodell also. Sehr gut. Dieses Modell ist groß genug, um einen ausgewachsenen Jagdvogel zu garen.*«

»Ausgezeichnet. Genau das brauche ich.«

Ihr blieb gerade noch Zeit genug für einen schnellen Imbiss, als sie auch schon vom Empfang informiert wurde, dass der Flieger bereit stand und ihr Paket vom Plaza Sporting Goods eingetroffen war. Sie zog ihre Jacke an und blickte sich noch einmal im Zimmer um. Als sie das letzte Mal im Gateway übernachtet hatte, war sie mit Solly hier gewesen. Und er hatte sie gedrängt, nicht ohne ihn zurück ins Severin Valley zu fliegen.

Sie steckte einen Laserschneider in die Tasche, nahm das Modell der *Valiant* und fuhr hinauf.

Zehn Minuten später war sie unterwegs nach Süden. Über den Bergen weit im Westen flackerten Blitze. Es war ein wundervoller Abend, kühl und still. Zwei Monde stiegen gerade über einem dunstigen Horizont auf, ein Dritter stand genau über ihr.

Die Lichter der Stadt blieben allmählich hinter ihr zurück. Kim versuchte, sich in der dunklen Kanzel zu entspannen, und stellte sich die Reaktion ihres alten Lehrers vor. Sie rechnete damit, dass er erfreut war, sie zu sehen und ihr seine Trophäe zu zeigen. Und vielleicht eine Zeugin dabeizuhaben, wenn er das fremde Wesen aus seiner Deckung lockte. Aber sie war nicht sicher. Sheyel wurde immer unberechenbarer.

Auf dem Schirm entdeckte sie einen weiteren Flieger, ein wenig zurück und auf Parallelkurs. Es war ein schwarz-weißer Cloudrider, ein luxuriöses Modell, wie es von VIPs und Geschäftsleuten bevorzugt wurde.

Sie beobachtete es mehrere Minuten lang, bis es den Kurs änderte und sich entfernte.

»*Doktor*«, meldete sich die KI, deren Name Jerry lautete, »*Sie haben noch immer kein Ziel angegeben.*«

»Wir haben noch kein Ziel«, antwortete sie. »Immer weiter in Richtung Mount Hope.«

Sie war zu der Erkenntnis gelangt, dass Sheyel die *Valiant* wahrscheinlich nicht zurückgeben würde.

Hatte sie eine moralische Verpflichtung, ihn zur Rückgabe zu drängen? Darauf zu *bestehen*? Wahrscheinlich. Trotzdem war sie irgendwo tief in ihrem Innern erfreut, dass ihm dieses Kunststück gelungen war. Und im Grunde genommen wollte sie auch nicht, dass Tripley es zurückbekam. Welches Recht hatte er an einem Schatz dieser Größenordnung? Er war durch bloßen Zufall in seinen Besitz gelangt und hatte seine Bedeutung nie begriffen.

»*Wir sind angekommen, Doktor*«, sagte Jerry. »*Haben Sie weitere Anweisungen?*«

Unten war nichts zu sehen. Selbst der Lake Remorse verlor sich in Dunkelheit. »Kreisen«, ordnete sie an. »Sechshundert Meter über dem Boden, dicht unter der Küste. Wir suchen nach einem gelandeten Flieger.«

»Ich werde Ihnen Bescheid geben, wenn ich einen entdecke.«

Der Flieger glitt langsam über dem Ufer des Sees dahin. Kim suchte nach einem Licht, doch sie konnte nichts entdecken. Nach einer Weile berichtete Jerry, dass sie den See einmal vollständig umrundet hätten. *»Ich kann kein anderes Fahrzeug in der Umgebung entdecken, weder am Boden noch in der Luft.«*

»Bist du sicher?«

»Ja. Möchten Sie, dass ich die Suche ausdehne?«

»Nein.« Sheyel war offensichtlich noch nicht da, doch er würde eintreffen, bevor die Nacht vorbei war. »In der Stadt gibt es eine freie Fläche. Lande dort, aber lass die Tür geschlossen.« Nicht, dass sie sich der Illusion hingegeben hätte, eine geschlossene Kanzeltür würde unwillkommene Besucher abhalten. Trotzdem würde sie sich ein wenig sicherer fühlen.

Sie legte die Hand auf den Mikrowellenherd und unternahm einen weiteren Versuch, Sheyel anzurufen. Einmal mehr antwortete nur die KI.

Kim war einigermaßen sicher, dass sie wusste, was Sheyel Tolliver mit der *Valiant* vorhatte. Er wollte das Modell als Köder einsetzen, um das Phantom hervorzulocken, das *Ding*, das die Explosion vom Mount Hope überlebt hatte. Sheyel Tolliver wollte den Erstkontakt herstellen. Er war überzeugt, dass man vernünftig mit der Kreatur reden konnte, genau wie sie es gewesen war. Man musste sie nur dazu bringen.

Tödliche Einfältigkeit.

Der Flieger landete zwischen zerfallenen Gebäuden. Der Himmel war klar und voller Sterne.

Sie schaltete die Beleuchtung aus, doch die Maschinen ließ sie weiter laufen.

24

Es ist eigenartig, dass ausgerechnet diejenigen, die behaupten, eine rational–wissenschaftliche Weltsicht zu besitzen, beharrlich und trotz aller gegenteiligen Beweise die Existenz von Geistern bestreiten, dass sie sich manifestieren können und dass sie allem Anschein nach eine besondere Vorliebe für Anwesen am Ufer entwickeln.

– AMY CONN,
BERÜHMTE GESPENSTER SEABRIGHTS, 591

Die zerfallenden Gebäude warfen im Mondlicht lange Schatten. Ein kalter, scharfer Wind wehte vom See herein. Er heulte durch die verlassene Stadt und rüttelte am Flieger. Kim kam sich albern vor, eingeschlossen in der Kanzel wie ein kleines verängstigtes Kind. Schließlich öffnete sie den Einstieg und kletterte hinunter, doch sie blieb jede Sekunde wachsam.

Kurz vor Mitternacht riss Jerry sie aus ihren Gedanken. »*Ein Flieger nähert sich.*«

Auf dem Schirm blinkte ein Echo. Es näherte sich von Südwesten her. Aus der Richtung von Terminal Island.

Sie stieg wieder in die Kanzel. »Können wir mit ihm reden?«

»*Einen Augenblick bitte.*«

Kim tastete nach dem Duplikat der *Valiant* auf

dem Rücksitz, fand es und legte es neben sich, so dass es im Aufnahmebereich der Kamera lag.

»*Die Verbindung steht, Dr. Brandywine*«, meldete Jerry.

»Sheyel«, fragte sie, »sind Sie das?«

»Kim.« Er klang ehrlich überrascht. Und erfreut. »Wo sind Sie?«

»Ich schäme mich für Sie«, erwiderte Kim. »Sie haben das Raumschiff gestohlen.«

Eine lange Pause entstand, bevor er antwortete. »Ja. Das habe ich.«

»Und was haben Sie damit vor?«

»Ich will mit seinem Besitzer sprechen. Wenn das möglich ist. Ich würde mich freuen, wenn Sie mir Gesellschaft leisten. Wo sind Sie?«

»Am Boden. In der Stadt.«

»Ich habe einen breiten Uferstreifen im Osten des Sees auf dem Schirm. Wir werden dort landen.«

Sie sah die Scheinwerfer des Fliegers näher kommen. »Es ist unmöglich, Sheyel. Ich meine das, was Sie sich vorgenommen haben.«

»Warum nicht?«, fragte er überrascht. Und irgendwie enttäuscht.

»Was auch immer dieses einheimische Gespenst sein mag, Sie *können* nicht mit ihm reden.«

»Woher wollen Sie das wissen?«

»Ich weiß es. Glauben Sie mir, Sheyel. Es handelt sich um eine Art KI, geschaffen, um ganz spezifische Funktionen zu erfüllen, soweit ich es beurteilen kann. Vielleicht handelt es sich um eine Art automatischen Piloten. Aber es wird nicht mit Ihnen reden.«

»Ziehen Sie keine voreiligen Schlüsse, Kim«, sagte Tolliver. Sein Flieger hatte zur Landung angesetzt. »Alles deutet auf die Tatsache hin, dass es intelligent ist.«

»Dieses Ding ist verwirrt, Sheyel. Und es ist gefährlich!«

»Es ist einsam und verlassen. Es ist hier auf Greenway gestrandet und seit beinahe drei Jahrzehnten allein. Sie müssen das allmählich begreifen!«

»Sheyel …«

»Wenn Sie dem unbekannten Hallo sagen wollen, dann ist es immer gefährlich! Ich akzeptiere diese Gefahr. Außerdem habe ich noch nie von einer bösartigen KI gehört.«

»Ich schon.«

»Sie lassen sich von Ihrer Fantasie mitreißen, Kim.«

»Nein, gottverdammt! Ich weiß im Gegenteil ganz genau, wovon ich rede! Lassen Sie es in Ruhe, wenigstens so lange, bis …«

»Ich glaube, Sie haben Angst davor, Kim. Ich bin enttäuscht von Ihnen. Allerdings kann ich es verstehen, nach allem, was Sie durchgemacht haben …«

»Seien Sie nicht dumm, Sheyel. Dieses Ding ist vielleicht schuld an Emilys und Yoshis Tod. Hören Sie, lassen Sie uns ausführlich über alles reden. Fliegen wir nach Eagle Point, und ich erzähle Ihnen alles. Wenn Sie morgen immer noch herkommen wollen, dann meinetwegen; dann komme ich mit.«

Die Lichter des anderen Fliegers verschwanden hinter den Bäumen. »Kim, wissen Sie mit Sicherheit, dass es jemanden angegriffen hat?«

»Nein. Aber …«

»Da haben Sie's. Wir werden heute Nacht in die Geschichte eingehen, Sie und ich. Sind Sie nun dabei oder nicht?«

»Sheyel …«

»Wissen Sie, was ich hier bei mir an Bord habe?«

»Ja«, antwortete sie. »Das weiß ich.«

»Nein, ich denke nicht, dass Sie das wissen. Sie glauben, ich habe eine Replik von einem außerirdischen Raumschiff.«

»Nein. Sie haben das Schiff selbst.«

»Oh.« Sie bemerkte den Respekt in seiner Stimme. »Sehr gut, Kimberly. Wirklich ganz ausgezeichnet. Wie lange wissen Sie es schon?«

Sie war versucht zu lügen, ihm zu sagen, dass sie es bereits – genau wie ganz ohne Zweifel er selbst – in dem Augenblick erkannt hatte, als sie das Modell Tripleys auf dem Wandgemälde bemerkt und festgestellt hatte, dass es identische Schiffe waren. »Seit einer Weile«, antwortete sie stattdessen. »Sie haben mir nicht die ganze Wahrheit erzählte, nicht wahr, Sheyel?«

»Sie meinen über meine Unterhaltung mit Yoshi? Ja, ich gebe zu, dass ich ein paar Einzelheiten unterschlagen habe. Sie hat mir erzählt, dass sie ein Schiff mit zurück gebracht hätten. Aber sie wollte keine weiteren Fragen beantworten. Sie sagte, ich würde die Einzelheiten noch früh genug erfahren.«

»Und was haben Sie davon gehalten? Dass sie das Schiff irgendwo im äußeren System versteckt haben?«

»Um ehrlich zu sein, Kim, ich wusste nicht, was ich davon halten sollte. Ich vermutete, dass das, was sie mit zurückgebracht hatten, völlig anders war als das, was wir vielleicht erwarteten. Und ich wusste nicht, ob sie es nicht vielleicht im See versteckt hatten. Das ist der Grund, warum ich so oft hierher gekommen bin.« Sie hörte, wie die Motoren seines Fliegers abschalteten und die Kanzeltür aufschwang. »Und jetzt muss ich los, Kim. Kommen Sie mit, wenn Sie wollen.«

»Ich wünschte, Sie würden mit sich reden lassen,

Sheyel.« Sie befahl ihrem Flieger, das andere Fahrzeug ausfindig zu machen und dort zu landen. Jerry hob ab und folgte dem Ufer des Sees nach Osten.

Sheyel war auf Cabry's Beach gelandet, ganz in der Nähe der Stelle, wo auch sie und Solly gestanden hatten. »Sei vorsichtig«, ermahnte Kim ihren Flieger. Es war nicht mehr viel Platz. Und zu Sheyel gewandt sagte sie: »Wir wissen nicht, zu was dieses Ding imstande ist, wenn es Zugang zu dem Mikroschiff erhält.«

»Es wird überhaupt nichts damit anfangen können.« Er war aus der Kanzel geklettert und hob nun ein Paket aus dem Gepäckfach.

»Und warum nicht?« Kims Flieger landete im hohen Gras, und sie sprang zu Boden.

»Weil ich es durchleuchtet habe. Es arbeitet mit Antimaterie als Energiequelle, aber es besitzt keinen Treibstoff mehr. Keine Antimaterie.«

»Oh.«

»Jetzt wissen wir also, was verantwortlich ist für die Explosion vom Mount Hope, nicht wahr?«

»Schätze, das wissen wir.«

Er zog einen Klapptisch aus dem Gepäckfach, rastete die Beine ein und stellte ihn dicht am Wasser in den Sand. Er wackelte ein paar Mal daran, bis er sicher stand.

Dann öffnete er den Behälter, entfernte die Schutzhülle und hob die *Valiant* heraus. Er betrachtete sie ehrfürchtig und stellte sie auf den Tisch.

Kim hätte sich das Mikroschiff gewaltsam aneignen können. Sie hätte es in ihren eigenen Flieger werfen und damit verschwinden können. Doch irgendetwas hinderte sie daran; sie war unfähig, ihrem alten Lehrer zu widersprechen oder neugierig herauszufinden, was geschehen würde, oder vielleicht zögerte sie auch nur, eine Entscheidung zu treffen.

Was auch immer der Grund war, sie verhielt sich jedenfalls passiv.

Er nahm eine batteriebetriebene Lampe aus dem Gepäckfach, stellte sie neben dem Raumschiff auf den Tisch und schaltete sie ein. Die *Valiant* funkelte und glänzte. Kim trat zum Tisch und versuchte zu *begreifen*, was sie längst als Wahrheit erkannt hatte: Dass dieses kleine Ding tatsächlich ein Raumschiff war, erbaut von außerirdischen Intelligenzen. Dass es zwischen den Sternen gereist war. Dass es eine Entität beherbergt hatte ähnlich der, die in den Korridoren und Räumen der *Hammersmith* gespukt hatte.

Sheyel beobachtete sie misstrauisch. Zum ersten Mal bemerkte sie diesen Ausdruck in seinen Augen. »Es ist wunderschön, nicht wahr?«, fragte er leise.

»Sie haben gesagt, Sie hätten es durchleuchtet. Was ist da drin?«

»Wenn man von der Größe und dem fremdartigen Antriebssystem absieht, könnte es fast eins von unseren eigenen sein. Eine Brücke, Kabinen, ein Kontrollraum, alles da. Aber keine Sitze, keine Liegen, nichts dergleichen.«

»Was ist mit dem Antriebssystem?«

»Ich konnte keins entdecken. Aber das bedeutet nur, dass wir ein paar Experten zu Rate ziehen müssen, die sich die Sache genauer ansehen.«

Kim dachte an Markis Kanes Angebot zu helfen. »Es muss Probleme gehabt haben, als die *Hunter* es entdeckte.«

»Warum wollen Sie immer …« Irgendetwas draußen auf dem See brachte ihn zum Verstummen. Sie folgte seinem Blick und bemerkte eine Reflexion. Wahrscheinlich ein fernes Gewitter. Sie sah zum Mount Hope und entdeckte Blitze in der Gipfelregion.

»Haben Sie Bilder gemacht?«, fragte sie.

Er wandte sich nur zögernd wieder zu ihr um. »Ja«, sagte er.

»Darf ich sie sehen?«

»Selbstverständlich.« Doch er machte keine Anstalten, sie zu holen. Stattdessen starrte er wieder auf den See hinaus.

Sie sah die Reflexion erneut. Weit draußen, aber heller diesmal.

Hm.

Er hob den Arm in einer triumphierenden Geste.

Es mochte nur eine Wolke Glühwürmchen draußen auf dem Wasser sein, aber es bewegte sich mit entnervender Präzision und nahm, während sie hinsah, erst die Form einer Spirale, dann einer Wolke an.

Sheyel hob beide Hände zum Gruß.

»Zurück«, sagte Kim. »Gehen Sie in den Flieger. Schnell.«

Die Wolke bestand aus Myriaden winziger Sterne, die umeinander wirbelten und tanzten.

Sie wurde sichtlich größer. Und heller.

»Sie kommt in unsere Richtung«, sagte Kim.

»Hallo!«, rief Tolliver, und seine Stimme hallte durch die Nacht. »Ich weiß, dass ihr mich nicht verstehen könnt. Aber wir müssen reden!«

Die Wolke war wunderschön, doch ihr zielstrebiges Verhalten machte Kim Angst.

»Wir haben euer Schiff mitgebracht.« Mit einer halben Drehung deutete Sheyel auf die *Valiant*.

Der Wind frischte auf und raschelte in den Bäumen. Kim wurde unvermittelt gewahr, dass ein weiterer Flieger ganz in der Nähe hinter ihnen landete. Es war der Cloudrider von vorhin. Die Lichter erloschen, und die Maschine erstarb. Sheyel war zu sehr gefangen, als dass er etwas bemerkt hätte.

Augenblicke später tauchten drei Gestalten unter den Bäumen auf, zwei Männer und eine Frau. Sie erfassten die Situation und schwärmten aus. Kim meinte, Waffen zu erkennen. Und dann trat eine vierte Gestalt aus dem Wald.

Tripley.

»Wir wollen mit euch reden!« rief Sheyel zu der leuchtenden Erscheinung. »Wir sind eure Freunde!«

Die Wolke näherte sich weiter.

Kim schätzte die Entfernung zwischen der *Valiant* und ihrem eigenen Flieger und dem Winkel zu den Neuankömmlingen für den Fall, dass sie das Raumschiff packen und damit flüchten musste.

Tripley stand dort und betrachtete die Szene. Sein Blick ging zwischen Tolliver und der Wolke hin und her. Offensichtlich war er doch nicht so dumm, wie sie geglaubt hatte.

Die Wolke war nur noch ein paar Meter vom Ufer entfernt. Sie schwebte auf dem Wasser, fast, als würde sie von ihm getragen. Mehrere Flecken interner Lumineszenz wurden heller, scheinbar willkürlich im oberen Bereich verteilt, und Kim sah bestürzt, wie sie sich zu Augen zusammenzogen. Den gleichen Augen, die sie in der versunkenen Villa Kanes gesehen hatte.

Alle erstarrten.

Die Augen blickten *irre*. Das war nicht die kühle Boshaftigkeit, die Kim an Bord der *Hammersmith* beobachtet hatte. Das hier war reiner Irrsinn.

Kim schob sich unauffällig in Richtung ihres Fliegers.

Wo die fremdartige Erscheinung die Wasseroberfläche berührte, verwandelte es sich in Dunst und Nebel, und Kim erinnerte sich an die verschwundenen Fußabdrücke bei ihrem ersten Besuch in der Gegend.

Tripley kam vorsichtig zu ihr. »Mein Gott, Kim!«, flüsterte er. »Was ist das für ein *Ding*?« Seine Begleiter brachten ihre Waffen in Anschlag. Sie trugen graue Uniformen, und sie sahen aus, als wüssten sie, was sie taten. Die Frau stand nur wenige Meter von Kim entfernt. Nach dem Namensschild auf ihrer Jacke hieß sie BRICKER.

»Ich denke, das war die Besatzung der *Valiant*«, sagte Kim. Seine Anwesenheit konnte nur bedeuten, dass er die Wahrheit über sein Modellschiff kannte. Zufrieden stellte sie fest, dass sich ihre Stimme fast normal anhörte. »Ich bin froh, dass Sie Hilfe mitgebracht haben.«

»Meine Sicherheitsleute. Ich dachte, dass der Dieb möglicherweise gefährlich werden könnte.«

»Sie sind mir gefolgt.«

»Selbstverständlich. Sie besitzen zwar eine ganze Menge Talente, Kim, aber Handeln gehört nicht dazu.«

Sheyel stolperte nach vorn ins Wasser und näherte sich dem Gebilde. Er redete ununterbrochen und hob die Hände zur Begrüßung. Das smaragdfarbene Leuchten wurde abwechselnd heller und dunkler, als würde irgendwo in seinem Innern ein Herz schlagen.

»Gehen Sie weg von diesem Ding, Sheyel!«, rief sie warnend.

Es erinnerte an ein Gespenst, durchschimmernd und bleich und substanzlos. Während sie hinsah, platschte Tolliver durch das Wasser, und es zog sich auseinander, um ihn zu umarmen. Eine plötzliche Windbö riss an dem Gebilde, und für einen kurzen Augenblick schien es seine innere Kohärenz zu verlieren. Es *verschwamm* förmlich. Doch es zog sich rasch wieder zusammen.

Tripleys Sicherheitsleute unterhielten sich flüsternd und richteten ihre Waffen auf das fremde Ding.

Und Sheyel schien plötzlich die Gefahr zu erkennen, in der er schwebte. Er schrie auf und stolperte rückwärts. In einer einzigen fließenden Bewegung erhob sich die fremdartige Entität und hüllte ihn ein.

Die Sicherheitsleute warteten auf Tripleys Befehl zu feuern. Doch Tripley zögerte.

Kim sah Sheyels Silhouette durch die Schichten des Gebildes. Sein Körper zuckte konvulsivisch. Blitze aus grünem Licht durchzuckten das Gebilde.

Dann wurde Tolliver schlaff, und es ließ ihn achtlos in das flache Wasser fallen. Sein Körper *rauchte.*

Das Gebilde schwebte auf den Strand zu. Kim erkannte, dass es zum Tisch und zur *Valiant* wollte.

Tripley gab das Signal, und seine Leute eröffneten das Feuer. Der Wald erwachte vom Rascheln erschrocken flüchtender Tiere.

Die Sicherheitsleute hatten sich gut postiert und nahmen die fremde Entität ins Kreuzfeuer. Laserblitze zuckten durch die Nacht. Sie trafen die Kreatur, und sie leuchtete strahlend hell auf. Zuckte. Einige Schüsse gingen vorbei, trafen in Bäume oder das Wasser des Sees. Die Nacht erfüllte sich mit Dampf und Geysiren und Schreien. Und dann schoss das Gebilde mit überraschender Geschwindigkeit zur Seite und hüllte einen der Männer ein.

Kim rannte vor, um zu helfen, doch Bricker stieß sie beinahe lässig zu Boden. »Sie halten sich da raus, Süße«, sagte sie. »Sie bringen sich nur selbst um.«

Tripley, der selbst keine Waffe trug, zog Kim aus der Schusslinie.

Die gesamte Gegend verwandelte sich in eine Kaskade strahlender Lichter, ein buntes Feuerwerk. Schreie mischten sich unter das Murmeln der Laser und das Kreischen der Vögel.

Kim erinnerte sich an ihre eigene Waffe und löste sich aus Tripleys Griff. Sie rannte zu ihrem Flieger.

Der Kampf am Ufer hielt mit unverminderter Heftigkeit an. Das Gespenst ließ sein Opfer gehen, und der Mann fiel rauchend und bewegungslos auf den Sand. Es bewegte sich auf Tripley zu. Sie meinte, in seinen Augen so etwas wie Wiedererkennen zu bemerken. Es ignorierte die beiden anderen, die noch immer feuerten, und glitt auf Tripley zu. Er blickte sich erschrocken nach einer Waffe um, doch alles, was er finden konnte, war eine Holzplanke.

Die beiden verbliebenen Wachen feuerten mit allem, was sie hatten. Das Gebilde erschauerte und stieß ein eigenartiges Heulen aus, trotzdem benötigte es nur Sekunden, um Tripley zu überwältigen und ihn mit seinen amöbenähnlichen Pseudopodien zu umhüllen.

Kim riss die Mikrowelle aus ihrer Verpackung. Sie sah aus wie eine zusammenklappbare Blechkiste. Sie zerrte daran, und sie entfaltete sich zu einem Würfel mit einer Kantenlänge von vielleicht einem halben Meter.

Das Gebilde verschwand zusammen mit Tripley unter den Bäumen. Die Sicherheitsleute verfolgten es unablässig feuernd, doch der Beschuss ließ nach, als die batteriebetriebenen Waffen nach und nach leerer wurden. Der Wald war erfüllt von flackernden gespenstischen Lichtern. Ein Baumstamm explodierte, und ein Mensch schrie auf. Kim konnte nicht unterscheiden, ob es ein Mann oder eine Frau war.

Sie stellte den Würfel ab und packte das Magnetron aus. Es war eine orangefarbene Kugel von der Größe eines Baseballs. Sie steckte die Kugel in die dafür vorgesehene Aussparung.

Hinter ihr wurden die rubinroten Laserblitze immer seltener. Und hörten ganz auf. Nur das langsame, smaragdfarbene Pulsieren blieb.

Im Wald kehrte Totenstille ein, und Kim hörte nichts mehr außer ihrem eigenen erregten Atem.

Das grüne Licht kam in ihre Richtung.

Sie dachte daran, alles stehen und liegen zu lassen, in ihren Flieger zu springen und zu flüchten, doch das hätte bedeutet, alle im Stich zu lassen. Einschließlich der *Valiant*.

Das Gespenst glitt durch das Unterholz und hielt inne.

Die irrsinnigen Augen richteten sich auf sie.

Mein Gott.

Es kennt mich.

Es glaubt, ich sei Emily.

Sie kramte die Fernbedienung und den Batteriesatz aus der Verpackung. Sie steckte die Fernbedienung ein und überflog hektisch die Anleitung des Batteriepacks. Das Gerät lieferte vier Kilowattstunden. Sie schob es in die Mikrowelle, fummelte an den Verbindungen, ließ es fallen und tastete danach, ohne den Blick von dem Gespenst zu nehmen.

Es beobachtete sie.

Ließ ihr Zeit.

Dummes Biest.

Als hätte es ihre Gedanken gelesen, öffnete es sich erneut, eine riesige Blüte, die Anstalten machte, Kim zu verschlingen. Elektrizität pulsierte durch die transparenten Schleier.

Endlich hatte Kim den Batteriepack eingesetzt.

Sie zog ihren Laser und machte sich daran, ein Loch in die Frontabdeckung des Ofens zu schneiden. Das Gebilde kam näher und hüllte sie ein. Sie bekam keine Luft mehr. Die Augen waren verschwunden, und Kim verspürte eine plötzlich Woge von Wärme und Wohlgefühl, als der Nebel sie von allen Seiten umhüllte.

Sie boxte mit der Faust den runden Ausschnitt aus der Ofentür, stellte ihn auf die Beine, richtete ihn schräg nach oben und betätigte die Fernbedienung.

Das Gebilde zuckte.

Kim schwenkte den Ofen ein wenig, und das ganze Gebilde knisterte und wand sich. Sie erhielt einen elektrischen Schlag an der Schulter und roch verbranntes Fleisch, doch sie verbiss sich den Schrei und hob den Ofen hoch. Sie drehte sich einmal im Kreis, und der Nebel wich sich windend und zuckend vor der unsichtbaren Strahlung zurück.

Die Nacht erfüllte sich mit Elektrizität. Das Gebilde zog sich zurück. Sie wirbelte in einem schwindelerregenden Tanz davon. Plötzlich sah Kim nur noch Dunstschleier und ersterbende Funken, die sich in den Nachthimmel erhoben wie die ersterbenden Flammen eines Lagerfeuers, wenn jemand einen Eimer Wasser auf die Scheite gegossen hat.

»Viele Grüße von Solly!«, rief sie und verfolgte es mit dem Strahl.

Die Wolke erhob sich und glitt gegen die Windrichtung auf den See hinaus.

Gegen den Wind.

Dieses Mistding war also immer noch lebendig.

Sie stolperte hinter ihm her und platschte durch das Wasser, mit hoch erhobenem Ofen und unablässig feuernd. Das Wasser reichte ihr bis zu den

Oberschenkeln, als sie in ein Loch stolperte und das Gleichgewicht verlor. Die Mikrowelle segelte ins Wasser.

Sie hob sie auf und betätigte sie erneut, doch sie zischte und knisterte nur, und eine kleine Rauchwolke stieg auf.

Sie warf den Ofen hin, rannte zum Ufer zurück und zerrte Sheyel aus dem Wasser. Dann ging sie in den Wald, fand Tripley zusammengesunken an einem Baum, Bricker mit dem Gesicht nach unten auf einer kleinen Lichtung und die restlichen Sicherheitsleute in der Nähe liegend. Alle schienen tot zu sein.

Draußen auf dem Wasser kreisten die Glühwürmchen und erholten sich.

Sie rannte zum Tisch, nahm die *Valiant* und trug sie zu ihrem Flieger. Sie legte das Schiff auf den Rücksitz neben das Modell, das sie in Blanchet Preserve hatte anfertigen lassen.

»Jerry«, sagte sie zur KI des Fliegers, »wir sind fertig hier. Zurück zum Hotel.«

Das Gespenst sammelte sich. Sie sah, wie es stärker wurde, heller, während der Flieger abhob. Zu ihrem Entsetzen löste es sich von der Wasseroberfläche, und begann sie zu verfolgen.

»So schnell es geht«, drängte sie die KI.

Sie stiegen höher und kamen zwischen vereinzelte Wolken. Der Himmel war voller Monde.

Unten zog das Gespenst lange Ranken hinter sich her, während es aufstieg. Es formte sich um, veränderte seine Gestalt, nahm Kugelform an. Nebelschwaden blieben hinter ihm zurück. Es sah aus wie ein Komet.

Das Ding will die *Valiant*. Nur die *Valiant* …

Hatte es schlechte Erinnerungen? Sie war sicher, dass es sie mit ihrer Schwester verwechselte. Und es war ziemlich offensichtlich auf Tripley losgegangen, der harmlos ein wenig abseits gestanden hatte. »Jerry«, sagte sie, »stell eine Verbindung zur Luftrettung her.«

»*Gibt es einen Notfall, Dr. Brandywine?*«

Sie musste sich zusammenreißen, um die KI nicht hysterisch anzuschreien. »Ein kleines Problem, nicht weiter schlimm«, sagte sie.

Jerry gehorchte, und aus dem Lautsprecher drang eine männliche Stimme. »Hier spricht die Luftrettung. Bitte identifizieren Sie sich.«

»Mein Name ist Dr. Kim Brandywine, und ich bin in einem Redbird unterwegs.« Jerry übermittelte die Zulassung und eine kurze Beschreibung des Fliegers. »Wir stecken in Schwierigkeiten.«

Das Gespenst kam rasch näher.

»Bitte schildern Sie Ihr Problem, Dr. Brandywine.«

»Ja«, sagte sie. »Das ist nicht ganz einfach. In der Nähe der Stadt beim Lake Remorse liegen fünf Tote. Sie sind ganz leicht zu entdecken. Zwei Flieger stehen am Ufer.«

Er wurde aufmerksam. »Was ist mit ihnen passiert?«, fragte er.

Die Sensoren hatten das Gebilde erfasst, und sie beobachtete es auf dem Schirm.

»Sie wurden ermordet.«

Ein langes Schweigen dehnte sich aus, und dann sprach eine neue Stimme. Diesmal weiblich. »Dr. Brandywine, hier spricht die Schichtleiterin der Luftrettung. Melden Sie gerade einen Mord?«

»Fünf, um genau zu sein.«

»*Dr. Brandywine*«, sagte Jerry, »*hinter uns befindet sich eine Energiequelle. Sie verfolgt uns, aber ich bin außerstande, sie zu identifizieren.*«

»Das überrascht mich nicht.«

»Dr. Brandywine, bitte schildern Sie Ihre Lage und die Umstände des Notfalls. Was ist geschehen? Sind Sie verletzt?«

»*Sie kommt näher*«, sagte Jerry. »*Ist sie gefährlich?*«

»Absolut tödlich«, antwortete Kim. »Sie darf uns nicht einholen.«

»*Wir nähern uns bereits Höchstgeschwindigkeit.*«

»Ich bin nicht verletzt, nein«, berichtete sie der Luftrettung, auch wenn ihre linke Schulter verbrannt war und höllisch schmerzte. Außerdem hatte sie sich das Knie verdreht, als sie im Wasser gestolpert war.

»Was ist mit den Leuten in der Stadt? Wer hat sie ermordet?«

»*Es kommt immer noch näher*«, sagte Jerry. »*Bei gleich bleibender Geschwindigkeit wird es uns in etwa neunzig Sekunden eingeholt haben.*«

»Kannst du nicht schneller fliegen?«

»*Wir fliegen bereits mit maximalem Schub, Dr. Brandywine.*«

»Luftrettung«, sagte Kim, »ich habe hier gleich alle Hände voll zu tun. Falls mir etwas zustößt – Sie müssen Mikrowellen benutzen.«

»Können Sie das wiederholen?«

»Keine Zeit.«

»Wir haben bereits eine Einheit losgeschickt. Es wäre hilfreich, wenn Sie uns die Lage schildern könnten. Bitte versuchen Sie, ruhig zu bleiben.«

Kim schaltete den Sender ab. »Jerry«, sagte sie, »können wir ein Bild von diesem Gespenst an die Luftrettung übermitteln?«

»*Von diesem was?*«

»Von unserem Verfolger.«

»*Das können wir, Dr. Brandywine.*«

»Dann tu es.«

Das Wasser des Sees huschte unter ihnen vorbei.

Das Ufer war in weiter Ferne und nicht zu sehen. Zeit, eine Entscheidung zu treffen.

»*Was wollen Sie tun?*«, fragte Jerry.

Die *Valiant* lag auf dem Rücksitz, schwarz und wunderschön. Welche Sterne hast du besucht, mein kleiner Freund?

Sie öffnete die Schachtel mit der Kopie der *Valiant* und schaltete die Kabinenbeleuchtung ein, um sie zu betrachten. Selbst die Kopie würde ein kleines Vermögen wert sein.

»*Dr. Brandywine, ich habe ein Bild unseres Verfolgers an die Luftrettung übermittelt sowie meine Logbücher an meine Mietzentrale.*«

»Sehr gut. Mal sehen, was er davon hält.«

Sie nahm die Kopie der *Valiant* und legte sie auf den Beifahrersitz neben sich.

»Jerry, öffne die Tür.«

»*Es tut mir leid, Dr. Brandywine, aber das kann ich nicht. Es ist zu gefährlich, die Tür während des Fluges zu öffnen.*«

»Aber es ist notwendig, um einer Kollision mit unserem Verfolger zu entgehen. Öffne die Tür.«

»*Bitte nehmen Sie es mir nicht übel, Dr. Brandywine. Ich weiß, dass sich das andere Fahrzeug eigenartig verhält, doch bis jetzt habe ich nur Ihr Wort, dass es eine Gefahr für diesen Flieger darstellt.*«

Kim seufzte und blickte nach unten. Sie suchte nach dem Paneel, das Solly ihr gezeigt hatte. Sie öffnete die kleine Klappe. Das gelbe Kabel.

»Tut mir leid, Jerry«, flüsterte sie und zog den Stecker. Sie rief sich die restliche Prozedur ins Gedächtnis zurück, drückte auf die Schalter, die Solly gedrückt hatte, und aktivierte die manuelle Steuerung.

Das Gespenst war nur noch Sekunden hinter ihr. Kim sah Sterne in den dünnen Schleiern, sie konnte sogar die drei Riesen des Orion-Gürtels erkennen, Mintaka, Alnilam und den Alnitak.

Das nördliche Ufer kam rasch näher. Sie ging tiefer und flog dicht über dem Wasser dahin.

Das Gespenst folgte ihr. Kim hielt die Kopie des Mikroschiffs in den Armen, öffnete ihren Sicherheitsgurt und zog die Tür auf. Der Wind heulte herein und wollte sie wieder zuschlagen. Sie stemmte den Fuß dagegen, hielt sie offen und seufzte. Sie hätte vorgezogen, das Schiff nach draußen zu halten, wo ihr Verfolger es sehen konnte, doch sobald sie es durch die Tür schob, riss der Fahrtwind es aus ihrer Hand.

Sie sah, wie es ins Wasser fiel.

Zu ihrem Entsetzen achtete das Wesen überhaupt nicht darauf und verfolgte sie weiter.

Entweder hatte es den Köder nicht bemerkt, oder es hatte herausgefunden, dass es nur eine Finte gewesen war. Kim murmelte einen Fluch, den sie noch nie zuvor benutzt hatte, und zerrte die *Valiant*, das Original, auf ihren Schoß. Sie versuchte, sich ihre Position zu merken, einhundert Meter vom Ufer entfernt. Dreißig Grad von einem eingestürzten Pier. Eine kleine Landzunge zur Linken, die ins Wasser ragte. Und dann stieß sie klopfenden Herzens den wertvollsten Artefakt über Bord, den die Menschheit je gekannt hatte.

Das Gespenst verfolgte sie unbeirrt weiter.

Mein Gott, es verfolgte *sie*.

Sie jagte über das Wasser und das Ufer und in geringstmöglicher Höhe über die Baumwipfel hinweg. »Du dämliches Mistding!«, kreischte sie, als die Tür des Fliegers knallend zuflog. »Ich hab es in den See geworfen!«

25

Mut braucht eine Gelegenheit.

– WILLIAM SHAKESPEARE, KING JOHN II,
1596 A.Z.

Der Flieger war nicht schnell genug.

Die Kreatur war jetzt ganz nah. Nah genug, dass Kim Augen erkennen konnte, inzwischen vier an der Zahl, allesamt im vorderen Bereich, wie Fenster im Cockpit eines Flugzeugs.

Sie hängte sich ans Heck des Fliegers und starrte in die Aufnahmeoptik der rückwärtigen Kamera, als könnte es sie durch den Flieger und den Schirm hindurch sehen. Es berührte den Flieger und begann, Ruder und Antriebsdüsen zu umschlingen. Kim riss den Steuerknüppel heftig zur Seite und nach hinten, um zugleich Höhe zu gewinnen. Die Kreatur versuchte ihr zu folgen, doch die Wende war zu eng, und es löste sich auf und zerstreute sich über den Himmel. Sie gratulierte sich zu ihrem Glück, ging auf zweitausend Meter und steuerte Eagle Point an. Mit Höchstgeschwindigkeit.

Die Luftrettung redete noch immer auf sie ein, fragte, was los sei, verlangte zu wissen, wo die Leichen lagen, welcher Art ihre Notlage sei, und sie versicherten ihr eine Anzeige und harte Konsequenzen, falls sich herausstellte, dass die übertragenen Bilder Fälschungen waren.

»Dieses Ding ist echt«, antwortete sie schließlich.

»Was ist es?«

Hinter ihr verdichtete sich der Schwarm aus Glühwürmchen einmal mehr.

Verdammtes Mistding.

»Dr. Brandywine, was ist bei Ihnen los?«

»Ich werde von diesem Ding gejagt. Ich weiß nicht, was es ist!«

»Also gut, halten Sie sich von ihm fern. Hilfe ist unterwegs.«

»Sagen Sie den Leuten, dass sie um Himmels willen vorsichtig sein sollen! Dieses Ding ist tödlich!«

»Was können Sie uns sonst noch darüber sagen?«

»Ich weiß, dass gerichtete Mikrowellen es aufhalten können.«

»Mikrowellen.« Aus dem Lautsprecher drang eine kurze Unterhaltung mit jemand anderem, dann fragte die Stimme: »Woher kommt es?«

»Das weiß ich nicht. Aber es hat sich irgendwie wieder gesammelt und jagt jetzt erneut hinter mir her.«

»Wir sind in wenigen Minuten bei Ihnen.«

Kim sah, wie sich aus Richtung Eagle Point Lichter näherten. »Danke«, sagte sie.

Inzwischen hatte sie mehrere Kilometer Vorsprung gewonnen, und das Gebilde war nur noch ein undeutlicher leuchtender Fleck im Mondlicht. Doch sie sah, wie sich der Kometenkopf reformierte und erneut die Verfolgung aufnahm.

Ihren Sensoren entnahm sie, dass es schneller wurde. Schneller und schneller.

Sie wartete, beobachtete seine Annäherung, bis es den Himmel hinter dem Flieger auszufüllen schien. Sein irrer Blick starrte sie von den Bildschirmen herunter an. Als Kim anfing, das Heck des Fliegers einzuhüllen, drehte sie einmal mehr ab, und es wurde wieder davon geschleudert.

So ein gottverdammtes dummes Mistding.

Der Schweif berührte ihren Steuerbordflügel. Die Beleuchtung erlosch, und eine rote Warnlampe auf der Konsole blinkte wütend, als der Motor ausging. Der Flieger fiel. Der Himmel drehte sich um sie, und ihr Magen rebellierte. Ein Maschinenschaden war etwas, das normalerweise einfach nicht vorkam. Und falls doch, dann verlangten die Vorschriften, einen Augenblick zu warten, bevor man sie erneut startete. Um die elektronischen Speicher zu leeren. Sie wartete so lange, wie es ging, während der Flieger trudelnd in die Tiefe stürzte. Dann hämmerte sie auf den Knopf, und die Maschine war wieder da.

Bäume rauschten unter ihr vorbei.

Sie zog den Knüppel an sich und gewann genügend Höhe, um ein paar Hügeln auszuweichen, doch sie blieb dicht über dem Boden. Wo die Luft dicker war. Was dem Gespenst mehr Probleme bereiten sollte, ihr zu folgen.

Es war nicht mehr auf den Schirmen, doch sie meinte seine Reste zu sehen, lange dünne Schleier vor dem Hintergrund der Sterne.

Die rote Warnlampe blinkte immer noch.

Die Batterien.

Sie aktivierte die Statusanzeige ihrer Energieversorgung.

BEI GLEICHBLEIBENDEM VERBRAUCH KANN DER FLIEGER NOCH VIERUNDDREISSIG MINUTEN IN DER LUFT BLEIBEN.

»*Kim.*«

Eine neue Stimme, männlich. »*Steuern Sie nach Nord-osten und gehen Sie ein wenig höher. Wir übernehmen es von hier an.*«

Abseits zu ihrer Rechten und ein wenig über ihr war ein Polizeiflieger aufgetaucht.

»Ich bin wirklich froh, Sie zu sehen«, sagte sie. »Achtung, Leute, dieses Ding ist wirklich gemeingefährlich.«

Das Gespenst gewann an Substanz.

Ein zweiter Flieger kam heran. Kim suchte nach ihrer Frequenz, in der Hoffnung, dass sie hören konnte, was sie miteinander redeten, doch ohne Jerry war es aussichtslos.

Die Warnlampe blinkte wütend. Lande, bevor du nach unten fällst. Normalerweise hätte sie jetzt nach dem nächsten geeigneten Fleck gesucht, um zu landen, aber nicht in dieser Nacht. Sie kehrte auf ihren alten Kurs in Richtung Eagle Point zurück.

Die Polizei hatte das Feuer eröffnet. Sie setzte Pulslaser ein, große, schwere Waffen, die weitaus mehr Schaden anrichten konnten als die kleinen Handlaser von Tripleys Sicherheitsleuten.

Unter dem energetischen Ansturm begann das Gebilde orange und weiß zu flackern. Ganze Fetzen wurden davon gewirbelt. Schleier schossen in die Luft, und die Kreatur begann, sich aufzulösen.

Der Polizeiflieger ging näher und griff aus kürzester Distanz an.

»Das ist bestimmt keine gute Idee …«, sagte Kim über Funk.

Aus ihrer Position sah es aus wie ein kleines Gewitter. Doch unvermittelt hörte es auf, die Lichter erloschen, und der Polizeiflieger verschwand in der Dunkelheit. Augenblicke später entstand am Boden ein Feuerball. Das Radio schwieg.

Die Energieanzeige gab ihr noch dreißig Minuten. Es wurde allmählich eng.

Wo konnte sie landen, wo sie sicher war vor diesem gottverdammten Ding?

»Kim.« Die Luftrettung. »Fliegen Sie weiter. Verschwinden Sie aus der Gegend.«

»Das versuche ich ja.« Der Himmel hinter ihr war dunkel. »Das Schießen hat aufgehört«, sagte sie.

»Ich weiß.«

Ihre Sensoren erfassten das Gebilde.

»Sie brauchen etwas, das effektiver ist als die Laser. Haben Sie nicht irgendetwas, das konzentrierte Mikrowellen aussendet?«

»Wir kümmern uns darum, Kim. Können Sie schneller fliegen?«

»Ich verliere Energie. Ich bin nicht sicher, ob ich noch bis zur Stadt komme.«

»Fliegen Sie einfach weiter nach Osten. Weg von den Bergen. Suchen Sie nach einer Stelle, wo Sie landen können. Wir haben weitere Einheiten auf den Weg gebracht.«

Nach Osten. »Wenn Sie nichts Besseres haben als beim letzten Mal«, sagte sie, »verlieren Sie nur noch mehr Leute. Mich eingeschlossen. Vielleicht sollten Sie die Armee zur Hilfe rufen.«

»Vertrauen Sie uns, wir kümmern uns darum.«

Auch gut.

Das Gebilde näherte sich wieder. Bewegte sich mit zunehmender Geschwindigkeit durch die Nacht.

Dieser verdammte Dummkopf von Sheyel. Niemand hört mir jemals zu.

Eine Lichterkette raste über das Land nach Westen und auf die Berge zu. Die Nacht wirkte friedlich, ruhig und normal. Was auch immer zu ihrer Rettung ausgeschickt worden war, es war noch nicht auf dem Schirm zu sehen. In all der dunklen Weite bewegten sich nur der Maglev-Zug und ihr Verfolger. Doch Kim hatte inzwischen einen beträchtlichen Vorsprung gewonnen.

Trotzdem wollte die Kreatur sie töten, und es gab allem Anschein nach nicht viel, was sie dagegen unternehmen konnte.

Die Lichterkette begann zu erlöschen, von vorn nach hinten. Der Zug fuhr in den Culbertson Tunnel ein.

Sie beobachtete ihn, bis er verschwunden war. »Luftrettung, wie lang ist der Culbertson Tunnel?«

»Sechsundzwanzig Kilometer. Warum fragen Sie?«

Sie war schon durch den Tunnel gefahren, und sie versuchte sich an das Innere zu erinnern. Doch es war zu dunkel gewesen, um irgendetwas zu sehen.

Sie rief die Fahrpläne für Eagle Point auf einen Schirm. Es gab ein halbes Dutzend Pendelzüge sowie acht Fernzüge für Passagiere. Frachtzüge verkehrten häufiger, doch nicht so exakt nach Fahrplan. Der Drei-null-vier würde bald aus Worldend an der Westküste in den Tunnel einfahren. Ein Güterzug. Er würde Flieger, Mobiliar und Baumaterialien bringen. Neun Waggons. Vollautomatisch. Keine Menschen an Bord. Und er sollte in zwanzig Minuten eintreffen.

»Können Sie überprüfen, ob der 304 heute fährt und ob er pünktlich ist?«, fragte sie die Luftrettung.

»Sicher.« Eine kurze Pause. »Warum?«

»Tun Sie's einfach. Für mich. Ich erklär's Ihnen später.«

Sie legte eine Karte mit den Maglev-Routen auf den Schirm. Der Güterzug würde auf der westlichen Schiene fahren. Durch den Culbertson. Seine normale Geschwindigkeit in offenem Land betrug um die vierhundert Stundenkilometer, doch für die Fahrt durch den Tunnel würde er auf zweihundertzwanzig Kilometer abbremsen.

»Der Zug verkehrt heute«, meldete die Luftrettung. »Und er ist pünktlich.«

»Auf die Sekunde?«

»Wie meinen Sie das?«

Sie erzählte ihm, was sie vorhatte. Er hielt den Atem an. Es konnte unmöglich ihr Ernst sein. Viel zu gefährlich, und man konnte es nicht gestatten. Seine Instruktionen lauteten, dass er sie dazu bringen sollte, immer weiter zu fliegen, bis sie das Gebilde eliminiert hatten.

»Es wird nicht funktionieren. Mit Lasern können Sie es nicht töten, und ich habe bald keine Energie mehr. Wenn ich erst landen muss, bin ich eine sitzende Ente für dieses Ding.«

»Warum ist es hinter Ihnen her?«

»Es mag meine politischen Ansichten nicht.« Kim funkelte den Sender wütend an. »Ich weiß es nicht.« Mehrere Lichtpunkte tauchten am Himmel auf. »Ihre Leute sind gleich hier«, sagte sie.

»Sehr gut. Fliegen Sie einfach weiter.«

Sie zählte vier Polizeigleiter. Diesmal blieben sie auf Distanz und feuerten auf große Entfernung. Sie wichen augenblicklich aus, wenn das Gebilde einen der Gleiter angriff. Kim bewunderte die koordinierte Vorgehensweise der Polizisten, die immer wieder aus verschiedenen Richtungen schossen. Trotzdem schien das Gebilde diesmal keine größeren Schäden mehr davonzutragen.

Kim legte den Steuerknüppel um und ging in eine weite Kurve. Sie lenkte auf den Tunnel zu. Hinter ihr blitzten die rot-weißen Strahlen der Laser wie Lichtsäbel durch die Nacht. Dann änderte sich der Blickwinkel, und sie konnte sie nicht mehr sehen.

Der Kanal der Luftrettung war minutenlang still gewesen. Jetzt meldete sich ihr Kontaktmann wieder. »Okay, Kim, es sieht ganz danach aus, als hätten Sie Recht. Wir müssen etwas anderes versuchen.«

»Was denn?«

»Wir werden versuchen, Sie aus der Luft zu bergen. Das geht schneller, als wenn Sie erst landen müssten.«

Sie starrte nach unten auf den Wald. »Nein«, sagte sie.

»Es ist vollkommen gefahrlos, Kim.«

Ihr Magen drehte sich bei der Vorstellung um. »Bestimmt ist es das. Aber es ist hinter *mir* her, nicht hinter dem Flieger. Es würde überhaupt nichts nützen, wenn Sie mich evakuieren.«

»Sind Sie sicher?«

»Ja, das bin ich. Können wir vielleicht später darüber diskutieren?«

»Es tut mir Leid. Ich weiß, dass es im Augenblick nicht gut aussieht.«

»Ich neige dazu, Ihnen Recht zu geben.«

»Wir hatten eben noch nie mit so etwas zu tun gehabt.«

»Also gibt es keine Vorschriften für eine Situation wie diese, nicht wahr?«

»Sehen Sie, Kim, wir tun alles, was in unserer Macht steht.«

»Ja.« Ihre Stimme wurde sanfter. »Ich weiß. Aber ich werde trotzdem zum Tunnel fliegen.«

»Wir glauben nicht, dass das eine gute Idee wäre.«

»Dann nennen Sie mir eine bessere.«

Der Sprecher am anderen Ende schwieg betreten.

»Ich brauche Ihre Hilfe«, sagte sie.

»Warten Sie bitte.«

»Beeilen Sie sich. Die Zeit wird knapp.«

Sie sah die Südstrecke, als sie darüber hinweg flog. Es war die gleiche Strecke, die von den Zügen zwischen Terminal City und Eagle Point befahren wurde. Ein magnetisches Band von zwanzig Zentimetern Breite, das in Waldgebieten in Wipfelhöhe verlief und auf einem stabilen Traggerüst aus Stahl ruhte. Wenn der Winkel richtig war, reflektierte das Band das Mondlicht.

Wäre es hell gewesen, hätte sie wahrscheinlich auch die Schneise sehen können, die von den Maglev-Zügen durch den Wald geschnitten worden war. Sie verkehrten mit Überschallgeschwindigkeit und erzeugten explosive Winde, die alles zur Seite schoben, was sich in der Nähe des Bandes befand.

Bäume und Unterholz wuchsen schräg rechts und links des Bandes, als wollten sie sich so weit davon fern halten, wie es ging. Es sah aus wie das sich teilende Rote Meer, nur dass es ein Blättermeer war, das von einer unwiderstehlichen Macht getrennt wurde.

Sie folgte der Maglev-Route nach Westen und in Richtung der Berge. Hinter Eagle Point türmte sich ein gewaltiges Massiv auf, das höchste und mächtigste Gebirgsmassiv von ganz Greenway. Schneebedeckte, majestätische und ohne Tunnel unpassierbare Berge. Die Zufahrten waren übersät von alten Bergstürzen. Tiefe Canyons, schroffe Klippen und abgegangene Lawinen.

»Hallo? Luftrettung, können Sie mich hören?«

Nichts. Sie stellte sich vor, wie jemand eine Hand über das Mikrofon hielt, während eine hitzige Diskussion entbrannte und andere Anrufe tätigten.

»Wie wäre es fürs Erste«, fuhr Kim fort, »wenn Sie die Sicherheitseinrichtungen abschalten könnten?« Alles, was den Zug anhalten konnte, falls Detektoren ein Hindernis im Tunnel entdeckten.

»Sprechen Sie weiter, Dr. Brandywine. Wenn Sie immer noch keinen besseren Plan haben …«

Sie hatten inzwischen wahrscheinlich ihre Identität überprüft. »Gut. Ich brauche ein paar Details. Wie lang ist der Tunnel? Genau? Wie groß ist sein Durchmesser? Verläuft er in einer Kurve? Falls ja, wo und wie eng ist sie? Und wann fährt der Güterzug ein? Ich muss es auf die Sekunde genau wissen.«

»Das ist vielleicht nicht ganz einfach.«

»Warum? Drücken Sie ein paar Knöpfe. Es kann doch nicht so schwer sein.«

»Nicht in der zur Verfügung stehenden Zeit.«

»Wie ist Ihr Name?«

»Tom. Tom Pace.«

»Tom, Sie sind alles, was ich an Hilfe habe.«

»Kim«, sagte Pace, »ich dachte, das sollten Sie vielleicht wissen. Wir haben das Militär zu Hilfe gerufen.«

»Gute Idee. Wann ist es hier?«

»In spätestens einer Stunde.«

»Das könnte ein wenig zu spät sein. Haben Sie inzwischen die Zahlen für mich?«

»Ich arbeite noch daran.«

Weiter vorn erhob sich eine graue Wand, und sie sah die Einfahrt des Tunnels. Sie war zu früh. Sie ging in eine enge Kurve nach Norden. Sie musste Zeit gewinnen und dem verdammten Biest eine Chance geben, näher zu kommen.

Sie überprüfte ihre Energiereserven. Sie betrugen nur noch dreizehn Minuten.

»Kim, ich habe die Informationen.«

»Schießen Sie los.«

»Erstens: der Tunnel verläuft geradeaus.«

»Gott sei Dank.«

»Er misst zwischen neunzehn und einundzwanzig Metern in der Breite. Die Höhe beträgt achtzehn Meter, doch das Band verläuft drei Meter über dem Boden, also haben Sie nur fünfzehn Metern lichte Höhe. Der Tunnel ist sechsundzwanzig Komma eins Kilometer lang. Der Güterzug fährt um genau neun Uhr zweiundvierzig Minuten und fünfundvierzig Sekunden auf der Westseite ein. Plus oder minus dreißig Sekunden. Tut mir Leid, aber genauer geht es nicht. Er wird seine Geschwindigkeit auf zweihundertzwanzig Kilometer verlangsamen. Möchten Sie, dass ich die Zahlen wiederhole?«

Sie überprüfte die satellitengestützte Uhr. Es war kurz nach neun Uhr einunddreißig. Sie tippte die Zahlen in den Rechner, bekam die gewünschten Resultate und stellte den Timer ein.

»Kim, das ist keine gute Idee.«

»Ich weiß, Tom.« Sie konnte sehen, wie sich das Gespenst von Süden her näherte, ein leuchtender Fleck, der sich vor dem Hintergrund der Sterne bewegte.

Sie beendete die Warteschleife und ging erneut auf Westkurs, indem sie ihre Geschwindigkeit so wählte, dass sie genau um neun Uhr fünfunddreißig in den Tunnel einfliegen würde. Ihre Sensoren fanden das Magnetband, und sie war auf dem Weg.

»Viel Glück«, sagte er. »Die Sicherheitsmaßnahmen sind deaktiviert.« Dann verstummte er zu ihrer unendlichen Erleichterung.

Der Timer zeigte an, dass es bis zum Einflug in den Tunnel noch eine Minute dauerte. Sie blickte nach vorn auf die rasch näher kommenden Gipfel und schätzte, dass sie genau planmäßig flog.

Die Kreatur hatte den größten Teil ihres Rückstands wieder aufgeholt. Sie kam näher. Die Berge erhoben sich rings um sie herum, und sie war gefangen. Kein anderer Ausweg mehr als der Tunnel. Ihr Verfolger blieb hartnäckig hinter ihr.

Vierzig Sekunden vor dem Einflug aktivierte sie die KI wieder.

Augenblicklich verarbeitete der Bordrechner die Daten von den zahlreichen Sensoren. »*Dr. Brandywine!*«, sagte die KI vorwurfsvoll, »*was haben Sie nur getan?*«

»Wir müssen durch den Tunnel hindurch«, sagte sie zu der KI. »Ich brauche deine Hilfe dazu.«

Die KI verschwendete keine Zeit mit Diskussionen. Sie ging ein wenig tiefer, peilte die Einfahrt an und verlangsamte ihre Geschwindigkeit.

»Aus der Gegenrichtung kommt ein Zug«, informierte Kim die KI. »Er fährt um neun Uhr zweiundvierzig und fünfundvierzig Sekunden ein, plus minus dreißig Sekunden Abweichung.«

Die KI antwortete nicht, und Kim nahm an, dass sie den Fahrplan überprüfte. »*Sie haben Recht. Ich werde eine Beschwerde einreichen.*«

»Das geht in Ordnung. Bring uns nur durch den Tunnel.«

Die Granitwand ragte bis in den Himmel hinauf.

»*Sie sind sich der Tatsache bewusst, dass der Zug vielleicht nicht pünktlich kommt?*«

»Er kommt pünktlich«, entgegnete sie.

»*Null*«, meldete der Timer, als sie in den Tunnel jagten. Die Scheinwerfer beleuchteten Betonwände. Unter ihnen erstreckte sich das glitzernde Maglev-Band.

»*Ich hoffe sehr, Sie wissen, dass es ein Vergehen darstellt, den Piloten abzuschalten. Es ist bei Geldstrafe oder gar Gefängnis verboten.*«

»Bitte konzentriere dich auf das, was vor dir liegt«, sagte Kim.

»*Wissen Sie, dass die Energiekapazität sehr niedrig ist?*«

»Ja.«

»Offensichtlich hat es einen Unfall gegeben. Wie konnte es geschehen, dass das System so weit ausgebrannt ist?«

»Gib endlich Ruhe, Jerry. Bring uns aus dem Tunnel raus, und ich ersetze jeden Schaden. Versprochen.«

»Das ist wirklich sehr merkwürdig.«

»Was denn nun schon wieder?«

»Hinter uns ist gerade ein weiteres Fahrzeug in den Tunnel eingefahren.«

»Sehr gut.« Das Gespenst würde in den Luftwirbeln des Fliegers ziemliche Probleme haben. »Hab ich dich in der Falle, du verdammtes Mistding.«

Sie jagten durch den Tunnel, und Kim klammerte sich an ihre Sitzlehnen. Die Wände rasten langsamer vorbei.

Sie warf einen Blick auf die Instrumente. Jerry hatte den Flieger auf einhundertsiebzig Stundenkilometer verlangsamt. Und er wurde noch langsamer. »Jerry ...«

»Kim, bei dieser Geschwindigkeit verlieren wir unsere Stabilität.«

»Du darfst nicht langsamer fliegen, Jerry! Wir müssen bei zweihundert Klicks bleiben, oder wir kommen nicht am anderen Ende heraus!«

»Unmöglich. Nicht ohne gegen die Wand zu prallen.«

»Jerry ...«

»Ich bin nicht verantwortlich für diese Situation.«

Es war neun Uhr siebenunddreißig. Sie hatten genau fünf Minuten, um den Tunnel hinter sich zu bringen. »Jerry, wir müssen es versuchen ...!«

»Es tut mir Leid. Ich habe keine andere Wahl, als auf eine beherrschbare Geschwindigkeit herabzugehen.«

Sie flogen langsamer als einhundertfünfzig.

»Es ist eine Frage der Wahrscheinlichkeit. Sie ist gleich Null, dass wir den Tunnel mit der von Ihnen verlangten Geschwindigkeit bewältigen können. Und sie ist größer Null, dass der Zug ein paar Sekunden später kommt … Falls ja …«

Sie zog den Stecker erneut und versuchte zu steuern, doch die Tunnelwände jagten zu schnell an ihr vorbei. Sie konnte den Flieger nicht kontrollieren und musste noch weiter verlangsamen, unter hundertzwanzig, ja sogar unter hundert Stundenkilometer.

Das Gespenst war weit zurückgefallen, doch es verfolgte sie immer noch.

Um neun Uhr vierzig hatte sie gerade die erste Hälfte hinter sich. Ihre Geschwindigkeit war auf achtzig gesunken. Die Welt schien sich zu verlangsamen. Mit einem Stich des Bedauerns dachte sie an Solly, daran, wie es war, jung zu sterben, und das Geheimnis, das sie nun doch nicht mehr lösen würde.

Die Uhr zeigte neun Uhr zweiundvierzig und fünfundvierzig Sekunden. Der Güterzug war im Tunnel, oder er würde es zumindest verdammt bald sein, und sie näherte sich ihm mit einer Gesamtgeschwindigkeit von fast dreihundert Stundenkilometern.

Nicht gut.

Der Flieger berührte mit der Unterseite die Führungsschiene. Kim flog weiter, verlangsamte ihre Geschwindigkeit noch mehr.

Voraus flackerte ein Licht. Das einzelne Scheinwerferlicht des Güterzugs.

Ende der Fahnenstange.

Sie feuerte die Bremstriebwerke, und der Flieger senkte sich auf das Band, kippte über die Seite weg und krachte gegen die Tunnelwand. Kim wurde in ihre Sicherheitsgurte geschleudert. Die Kabinenbeleuchtung erlosch, irgendetwas knisterte und begann zu brennen. Als der Flieger zur Ruhe gekommen war, hing sie kopfüber in ihrem Sitz.

Die Tunnelwand, die Decke, die Träger des Maglev-Bands, alles verschwand im grellen Licht des heranrasenden Scheinwerfers.

Sie befand sich im Untergeschoss des Tunnels. Der Flieger hatte sich mit der Nase voran verkeilt, und das Heck ragte in die Fahrbahn des Zuges. Kim schlug auf den Auslöseknopf und fiel aus dem Sitz.

Sie trat die Tür auf und krabbelte auf allen vieren nach draußen. Der Tunnel erzitterte.

Sie taumelte ein paar Meter vorwärts in dem Versuch, vom Flieger wegzukommen, und erhaschte im heranrasenden Lichtschein einen letzten Blick auf die Kreatur.

Das Maglev-Band wurde von einem Gerüst getragen, mit einem Pfeiler ungefähr alle zehn Meter. Kim warf sich hinter den nächstgelegenen, suchte Halt und vergrub den Kopf unter den Armen. Der Zug raste an ihr vorbei und krachte in den zerstörten Flieger.

Sie schloss die Augen und machte sich so flach und klein wie möglich, als ein Hurrikan aus Sturm und kreischendem Metall über sie hinwegging.

Der Boden erzitterte.

26

Falls es stimmt, dass Artefakte Bruchstücke verlorener Welten sind, dann sind sie gleichermaßen auch Spiegel unserer selbst.

– TAIA DELLARIA,
EINE KURZE GESCHICHTE DER MINAGWANISCHEN ARCHÄOLOGIE, 588

Sie erwachte in einem angenehmen, sonnendurchfluteten Zimmer. Gelbe Vorhänge rahmten die Fenster, und aus einem Lautsprecher drang leise Musik. Fast im gleichen Augenblick wurde eine Tür geöffnet, und jemand kam zu ihr herein. Er oder sie trug einen Arztkittel.

Kim konnte sich nicht erinnern, wie sie hierher gekommen war. Sie erinnerte sich an überhaupt nichts mehr seit der Begräbnisfeier für Solly. Sie versuchte sich auf ihren Besucher zu konzentrieren, als ihr auffiel, dass ihr rechtes Bein völlig gefühllos war.

»Ich fürchte, es ist gebrochen«, sagte der Arzt. Er war männlich, groß und dunkelhäutig und besaß eine tiefe Stimme. Es gelang ihr nicht, sein Gesicht zu erkennen. »Aber in ein paar Tagen sind Sie wieder auf den Beinen.«

»Bin ich in einem Krankenhaus?«, fragte sie.

»Ja.« Seine dunklen Augen schienen über irgendetwas erfreut. »Wie fühlen Sie sich?«

»Nicht besonders.« Sie war im Zug nach Eagle Point gefahren. Ja, das war es: Sie befand sich in Eagle Point. Auf der Suche nach Sheyel.

Der Arzt klopfte mit einem Stift auf einen Monitor und nickte zufrieden. »Sie machen sich ausgezeichnet«, sagte er. »Wahrscheinlich werden Sie sich noch eine Weile angeschlagen fühlen, aber sie haben keine ernsthaften Verletzungen davongetragen.«

»Gut«, sagte sie.

Der Kampf am Seeufer fand langsam den Weg in ihre Erinnerungen.

»Kim?«

Sheyel war tot. Alle waren tot.

»Kim? Hören Sie mich?«

»Ja, Doktor.«

»Ich würde Ihnen gerne ein paar Fragen stellen. Erstens, wie lautet Ihr voller Name?«

Er zog einen Stuhl heran und fragte sie nach ihrem Beruf, wie sie zur Spendensammlerin geworden und ob sie gut darin war. Er wollte ihr Geburtsdatum wissen, welche Bücher sie in letzter Zeit gelesen hatte, wo sie zur Schule gegangen war und was sie studiert hatte. Er fragte, ob sie sich daran erinnerte, wie sie ins Krankenhaus gekommen war, und als sie sich den Schädel wegen einer Antwort zermarterte, beruhigte er sie mit den Worten, dass das nicht ungewöhnlich sei und sie sich deswegen keine Gedanken machen solle. Es würde schon alles wieder zurückkehren.

Sie war mit der *Valiant* geflohen.

Er fragte sie nach ihrer Meinung zu verschiedenen politischen Themen, ob sie selbst einen Flieger besäße und ob sie gerne am Meer lebte. Und er wollte von ihr wissen, wie es möglich war, dass das Universum nicht unendlich war.

Der Polizeiflieger hatte sich der Kreatur zu sehr genähert. Sie versuchte, die Erinnerung abzuschütteln, sie einem Delirium zuzuschreiben, doch sie ließ sich nicht verbannen. Es war tatsächlich geschehen.

Und da war der Tunnel gewesen.

»Übrigens wartet jemand, der gerne mit Ihnen reden würde. Er hat darum gebeten, sobald wie nur irgend möglich zu Ihnen durchgestellt zu werden. Fühlen Sie sich zu einer Unterhaltung imstande?«

»Wer?«, fragte sie.

»Ein Mr. Woodbridge.«

Oh. Er hatte nicht lange gebraucht. »Ja«, sagte sie. »Stellen Sie ihn durch.« Sie blickte den Arzt an. »Was ist mit dem Gespenst?«, fragte sie ihn.

Er runzelte die Stirn. »Was für einem Gespenst?«

»Dem *Ding*. Was auch immer es ist. Es hat versucht, mich zu töten.«

»Es tut mir Leid, Kim«, antwortete der Arzt, »aber darüber weiß ich nichts. Allerdings frage ich mich, ob Sie wirklich schon fit genug sind, um Gespräche zu führen. Vielleicht sollten Sie sich erst noch ein wenig ausruhen.«

Sie hatte die *Valiant* in den See geworfen. Mein Gott, hatte sie das wirklich getan? »Nein, nein, mir geht es gut, wirklich.« Sie wollte sich aufsetzen, und er half ihr und schob ihr Kissen in den Rücken. »Stellen Sie ihn durch«, bat sie.

»In Ordnung. Aber nur fünf Minuten. Nicht länger. Kann ich sonst noch etwas für Sie tun?«

»Vielleicht etwas zu essen«, sagte sie.

»Ich lasse Ihnen ein Frühstück bringen.« Er ging, und sie schloss die Augen.

Der Projektor wurde hell, und sie blickte auf ein virtuelles Bild von Woodbridge.

Er saß in einem altmodischen Eichenstuhl.

Wegen ihrer Bettlägerigkeit war der Projektor geneigt, und Woodbridge sah von irgendwo an der Decke auf sie herunter. Er wirkte besorgt. »Kim«, sagte er, »alles in Ordnung mit Ihnen?«

»Ich muss noch ein wenig liegen, aber ansonsten geht es mir gut, danke.«

»Was ist geschehen?«

Sie zögerte.

»Keine Sorge, wir sind auf einer abhörsicheren Leitung«, beruhigte er sie.

Das war nicht der Grund für ihr Zögern. Falls sie ihm von der *Valiant* erzählte, war sie das Schiff los. Entweder es landete in einem Forschungslabor der Regierung oder wieder im Besitz der Tripleys. Verdammt. Nach allem, was sie durchgemacht hatte, war sie die legitime Besitzerin dieses Schiffs, falls überhaupt irgendjemand. Und sie wusste auch nicht, wem sie irgendetwas schuldig gewesen wäre.

»Ich hatte einen Anruf von Sheyel Tolliver«, berichtete sie. »Er bat mich, zum Severin zu kommen und ihn dort zu treffen.« Sie erklärte, dass Sheyel wahrscheinlich auch Tripley informiert hatte, weil Tripley ebenfalls dort gewesen war. Doch bevor sie herausfinden konnte, worum es eigentlich gegangen war, hatte dieses *Ding* angegriffen.

Sie beschrieb den Kampf am Seeufer und ihre Flucht bis in den Tunnel.

»Eigenartig«, sagte Woodbridge, als sie geendet hatte. »Was wollte Tolliver dort draußen? Warum wollte er Sie und Tripley bei sich haben?«

»Ich weiß es nicht«, antwortete Kim.

»Und warum hat dieses *Ding* plötzlich verrückt gespielt? Ich meine, es ist doch wohl offensichtlich, dass es all die Jahre dort gewesen sein muss, nicht wahr? Was ging da vor?« Er blickte sie stirnrunzelnd an. »Kim, gibt es vielleicht irgendetwas, das Sie mir verschwiegen haben?«

Seine mephistophelischen Blicke durchbohrten sie. Doch sie hielt ihm stand und dachte daran, wie leicht es ihr inzwischen fiel, andere Menschen zu belügen. »Nein«, antwortete sie. »Ich war genauso überrascht wie Sie es jetzt sind.«

»Diese Kreatur«, sagte er. »Man hat mich informiert, dass keine Spur von ihr gefunden wurde.«

»Sehr gut.«

»Dabei kommt mir der Gedanke, dass sie eine gewisse Ähnlichkeit mit dem Wesen besitzt, das Sie auf der *Hammersmith* an Bord hatten.«

»Ich bin sicher, dass es die gleiche Art von Wesen war, Canon.«

»Gibt es Grund zu der Annahme, dass noch weitere Wesen dieser Art dort draußen herumspuken?«

»Nicht, dass ich wüsste.«

Er blickte sie streng an. »Gut. Hoffen wir, dass Sie Recht behalten. Die einheimischen Behörden möchten sich mit Ihnen unterhalten. Seien Sie vorsichtig, was Sie ihnen verraten. Keinerlei Verbindung zur *Hunter* oder zur *Hammersmith,* haben Sie das verstanden? Keine Geschichten von Außerirdischen. Ja? Sie wollten sich mit Freunden treffen, und sie wissen nicht, wer oder was Sie angegriffen hat und warum.«

»Canon, warum pfeifen Sie die Leute nicht einfach zurück?«

»Kann ich nicht. Die Menschen würden denken, dass wir etwas zu verbergen haben. Keine Angst, Kim, Ihnen wird nichts geschehen. Ich habe volles Vertrauen in Sie, dass Sie nichts preisgeben, was Sie nicht verraten wollen.« Er lächelte und schaltete ab.

Ein Krankenpfleger in Begleitung einer Schwester kam herein und brachte ihr ein Frühstück. »Dr.

Brandywine«, sagte sie, »draußen warten ein paar Leute von der Polizei, die mit Ihnen sprechen möchten …«

»Die Reparatur des Tunnels wird fast eine halbe Million kosten!« Matt Flexner war außer sich. »Sie müssen ein ganzes Jahr lang jeglichen Verkehr umleiten. Du hast dich bei den Leuten des Transportgewerbes nicht gerade beliebt gemacht. Oder bei den Steuerzahlern.«

»Es tut mir wirklich sehr Leid«, antwortete sie. »Unter den gegebenen Umständen hatte ich keine andere Wahl.« Abgesehen von den gebrochenen Knochen hatte sie ein paar innere Verletzungen und ein paar Verbrennungen erlitten, und sie wäre sicherlich verblutet, wäre nicht die Luftrettung so schnell zur Stelle und der Unfallort nicht von Westen her zugänglich gewesen.

»Kim, ich kann sehr gut auf deinen Sarkasmus verzichten. Du bist eine Repräsentantin des Instituts, und das bedeutet, dass wir jetzt den ganzen Ärger abkriegen.«

»Matt«, entgegnete sie, »versuch bitte zu verstehen: Ich bin um mein Leben geflohen. Die Interessen des Instituts waren mir zu diesem Zeitpunkt egal.«

Er wurde ruhiger. »Ich weiß. Das Problem ist, dass man dir gesagt hat, du sollst nicht in den Tunnel fliegen. Trotzdem, ich bin froh, dass du es heil überstanden hast.«

»Das freut mich zu hören.«

Er nickte. »Schätze, ich habe es nicht besser verdient, wie?«

»Stimmt.«

Vor ihm lag ein ganzer Stapel Bilder des Gespensts, aussortiert aus den Medien. »Was genau war dieses Ding denn nun?«

»Wahrscheinlich eine künstliche Lebensform. Und wie es aussieht, ist sie an Bord der *Hunter* nach Greenway gekommen.«

Seine Augen wurden weit. »Wie kann das sein?«

Matt war jemand, auf den man sich bei einem Streit nicht unbedingt verlassen konnte, doch er wusste, wie man den Mund hielt. Und Kim *musste* mit irgendjemandem reden. Erst recht, wenn sie die *Valiant* analysieren lassen wollte.

Sie war noch immer unschlüssig, was sie mit dem Mikroschiff anfangen sollte, nachdem sie es erst wieder aus dem See gefischt hatte. Es mit nach Hause nehmen und ins Arbeitszimmer stellen? Seine Existenz geheim halten, während sie versuchte, so viel wie möglich darüber herauszufinden? Alles andere führte lediglich dazu, dass man ihr die *Valiant* augenblicklich wegnehmen würde.

»Matt«, sagte sie, »ich erzähle dir alles, was ich weiß. Aber ich verlange eine Gegenleistung.«

»In Ordnung.« Er verschränkte die Arme vor der Brust, als hätte sie seine Ehre in Frage gestellt. »Sag mir, was du willst.«

»Du redest mit niemandem über das, was ich dir gleich erzähle, ohne dass du vorher mich um Erlaubnis gebeten hast. Absolutes Stillschweigen, ja?«

»Zuerst sagst du mir, worum es geht.«

»Nein. Ich sage dir überhaupt nichts, bevor du nicht eingewilligt hast.«

Seine Kiefermuskeln arbeiteten, doch er schwieg. »Also gut«, sagte er schließlich. »Was gibt es denn so Geheimnisvolles?«

»Ein Raumschiff«, sagte sie. »Ein *Mikro*schiff. Von einem anderen Planeten.«

Seine Augen wurden rund. »Das ist nicht dein Ernst!«

»Hast du je erlebt, dass ich mit solchen Dingen scherze?« Sie hatte Matt noch nie so verwirrt gesehen. »Sie haben mir gesagt, dass ich in ein paar Tagen wieder auf den Beinen bin und entlassen werde«, sagte sie. Die rekonstruktiven Techniken der modernen Medizin trugen dafür Sorge. »Wenn du möchtest, zeige ich es dir.«

»Mir *zeigen*? Wo ist es denn?«

»Wir müssen ein Boot mieten.«

Sie mieteten außerdem eine Taucherausrüstung. Matt konnte nicht einmal schwimmen, und er machte sich Sorgen, was geschehen würde, sollte ein Problem auftauchen, während Kim unter Wasser war. Er fürchtete, dass sie noch nicht wieder ganz fit war, doch sie versicherte ihm, dass es ihr bestens ging. Sie durfte lediglich das Bein noch nicht allzu stark belasten.

Er hatte den einzig möglichen Rückschluss gezogen. »Du willst mir also erzählen, dass es im See liegt«, sagte er, als sie vom Nordufer ablegten.

»Natürlich.«

»Kim, selbst wenn es so ist, ich ertrinke bei dem Versuch, einen Blick darauf zu werfen.«

»Du musst nicht unter Wasser.«

»Du meinst, es ist vom Boot aus sichtbar?«

»Ich hoffe nicht.«

»Aber was …?«

»Gedulde dich ein wenig.« Sie hatte einen Sensor mitgebracht, trotzdem benötigte sie fast zwei Stunden, bis sie die Stelle gefunden hatte. Zu diesem Zeitpunkt war Matt am Ende seiner Geduld angekommen.

»Ich sagte dir doch, dass es klein ist«, erinnerte sie ihn.

Er runzelte die Stirn. »*Wie* klein denn?«

Sie hielt die Hände einen halben Meter auseinander. »Ungefähr so. *Wirklich!*«, fügte sie hinzu. »Es ist ein Mikroschiff.«

Sie legte ihr Gerät an und glitt über den Dollbord ins Wasser. Mit ihren Jets glitt sie nach unten. Das Wasser war ziemlich klar, und Kim hatte keine Probleme, die *Valiant* zu finden. Sie klaubte das Schiff aus dem Schlick, kehrte an die Oberfläche zurück und reichte es Matt ins Boot. Er schnitt eine zweifelnde Grimasse, nahm es entgegen und starrte es an.

»Hör endlich auf, immer anzunehmen«, ermahnte sie ihn, »dass Außerirdische so groß sind wie wir Menschen.«

Nach und nach schien er die Möglichkeit zu akzeptieren. Auf dem Rückweg nach Eagle Point saß er da, mit der *Valiant* im Schoß, und sagte Dinge wie: »Nun ja, denkbar wäre es. Warum eigentlich nicht? Vielleicht ist es tatsächlich möglich.« Andererseits: »Kim, gnade dir Gott, wenn das nur ein dummer Scherz ist.«

Sie wickelten das Mikroschiff in Packpapier und verstauten es in einer Tragekiste, bevor sie es in den Flieger stellten.

»In Ordnung«, sagte Matt, »als Erstes müssen wir ein Team zusammenstellen, dass sich die Sache genauer ansieht. Wir werden es auseinandernehmen und herausfinden, wie es konstruiert ist. Vielleicht können wir Rückschlüsse auf seine Besatzung ziehen.« Er blickte sie bedeutungsvoll an. Die Botschaft war nicht zu übersehen: Wenn sie sich täuschte, würden sie sich beide ziemlich lächerlich machen.

»Wir haben ein Problem«, sagte sie, als der Flieger abhob.

»Was denn nun schon wieder, Kim?«

»Wenn wir Experten einsetzen, ist die Neuigkeit in wenigen Stunden um die halbe Welt.«

»Willst du mir erzählen, dass Woodbridge nichts davon weiß?«

»Wenn er etwas davon wüsste – glaubst du ernsthaft, wir würden das Schiff dann noch in unseren Händen halten?«

Matts Kiefermuskeln arbeiteten angestrengt. »Kim, ich sehe keine Möglichkeit, wie das zu vermeiden wäre. Wir *müssen* Woodbridge informieren.«

»Dann können wir die Sache vergessen.«

»Ich verstehe nicht …«

»Denk doch mal darüber nach! Sobald das Konzil erfährt, was wir haben, werden sie es uns wegnehmen. Sie werden eine Angelegenheit der planetaren Sicherheit daraus machen. Uns bleibt nicht einmal mehr genügend Zeit, um das Schiff aus dem Kasten zu holen.«

Matt schwieg lange Zeit. Sie beobachtete, wie er den Artefakt anstarrte und dann nach draußen auf den Himmel sah. »Du hast Recht«, sagte er schließlich. »In Ordnung. Finden wir heraus, wem wir vertrauen können. Wir beschränken die Zahl der Eingeweihten auf das absolut unumgängliche Minimum. Wir mieten irgendwo ein Labor, abseits vom Institut.«

»Das klingt schon besser.«

»Wir sagen es Phil.«

»Nein.«

»Kim, er mag ja ein verdammter Hundesohn sein, aber er weiß, wie man ein Geheimnis bewahrt. Wir können ihm vertrauen.«

»Es ist mir egal, ob wir ihm vertrauen können oder nicht. Ich sehe keinen Grund, warum wir ihn einweihen sollten!«

Die Diskussion ging hin und her. Am Ende gab Matt nach, als sie sich beharrlich weigerte, Agostino mitmachen zu lassen.

Auf dem ganzen Rückweg zum Hotel starrte er missmutig aus dem Fenster, während er die *Valiant* in seinem Schoß umklammerte. Er sprach nicht, seine Kiefermuskeln traten hart hervor, und seine Blicke waren abwechselnd triumphierend und dann wieder frostig.Als sie auf dem Dach landeten, sagte er: »Lass mich dir eine Frage stellen: Warum zerbrichst du dir so den Kopf darüber? Das Konzil würde deine Leistung und deinen Anteil an der Entdeckung sicherlich würdigen. Du würdest berühmt werden; du wärst reich, noch bevor die Sache vorbei wäre. Was willst du mehr?«

»Ich möchte Teil des Teams sein, das die *Valiant* untersucht«, sagte sie. »Ich will da sein, wo die Dinge geschehen.«

»Und …?«

»Ich will herausfinden, was mit Emily geschehen ist. Wie es passieren konnte, dass sie getötet und über Bord geworfen wurde. Und wer es getan hat …«

Der Nachmittag draußen am See hatte beide hungrig gemacht. »Das Blue Fin?«, schlug sie vor. Es war ein Restaurant unten in der Mall, das sich auf die Küche der Westküste spezialisiert hatte.

»Was machen wir mit *dem* da?«, fragte er.

»Es geht bereits los, nicht wahr?«, fragte sie. »Wir sollten es besser mit uns nehmen«

Sie waren früh, und das Restaurant war noch fast leer. Sie fanden einen Tisch in einer Ecke und stellten den Tragebehälter auf einen freien Stuhl an der

Wand. Kim bestellte sich einen *shonji,* einen Cocktail mit Rum und Erdbeeren. Matt, der nur selten Alkohol trank, vergaß seine Prinzipien und entschied sich für einen Tyrolean Pistol. Und beide nahmen den Fisch des Tages.

Matt besaß eine volle Stimme. Ein tiefer Bass, der, wenn er sich für etwas begeisterte, noch auf einige Entfernung hin deutlich zu hören war. Deswegen musste er sich sehr zusammenreißen, um leise zu sprechen. »Was meinst du?«, fragte er. »Was würde das Konzil unternehmen, wenn es davon wüsste?«

»Ich weiß es nicht«, sagte sie. »Aber ich glaube, dass die Außerirdischen Psychos sind. Also hat Woodbridge durchaus Recht, wenn er sich sorgt. Und wenn wir die Informationen haben, die wir suchen …«, sie warf einen Seitenblick auf den Behälter, »… übergeben wir es an die Regierung.«

»Wie willst du die Geschichte erklären?«

»Wir müssen nichts erklären. Wir übergeben Woodbridge das Schiff und der Öffentlichkeit jede Technologie, die wir vielleicht finden.« Sie hoben ihre Gläser und stießen an. »Ich glaube nicht, dass wir viel unternehmen können. Woodbridge wird verärgert sein, dass er nicht eingeweiht wurde. Aber er wird sich den Grund denken können, und bis dahin spielt es sowieso keine Rolle mehr.«

In jener Nacht, als sie allein in ihrem Hotelzimmer lag, stellte sie eine Verbindung zu Shepard her und ließ ihn Solly projizieren.

»Du spielst mit dem Feuer, Kim.«

»Ich weiß.«

»Ich kann mir beim besten Willen nicht denken, dass auch nur einer eurer Experten imstande ist, den Mund zu halten.«

»Solly, ich weiß nicht, was wir sonst tun könnten. Ich habe daran gedacht, mit Woodbridge zu reden …«

»Nein. Dein Gefühl, was Woodbridge betrifft, ist durchaus richtig. Wenn du ihm die Valiant *gibst, siehst du sie nie wieder.«*

»Und was soll ich deiner Meinung nach machen?«

»Wie willst du denn etwas planen, bevor du weißt, was dort draußen beim Alnitak geschehen ist?«

»Du meinst wieder einmal die Logbücher.«

»Richtig.«

»Ich weiß immer noch nicht, wo sie sind, Solly.«

»Wer könnte es denn wissen? Irgendjemand muss es doch wissen.«

»Ja.« Sie blickte ihm in die Augen. »Mir fällt nur eine Person ein, die dafür in Frage kommt.«

Zu Matts Missbehagen nahm Kim die *Valiant* wieder in Beschlag, als sie nach Seabright zurückgekehrt waren. Sie gestattete ihm, das Schiff zu halten, während sie im Zug saßen, und die Kiste auf dem Weg zur Capital University zu tragen. Dort überredete sie ein paar Freunde, sie ins Labor zu lassen, und fertigte einen vollständigen Satz von Virtuals des Mikroschiffs an, aus jeder Perspektive, einschließlich des Innenraums. Dann benutzte sie ein öffentliches Telefon, um unter dem Namen Kay Braddock ein Postfach in Marathon anzumieten. »Ich weiß nicht, wer meine Post holen wird«, sagte sie zu dem Beamten und bat um eine ID-Nummer. Dann setzte sie das Mikroschiff in eine gepolsterte Versandkiste und schickte sie zu ihrem Postfach.

Am nächsten Morgen meldete sie sich zur Arbeit und erhielt den Auftrag, für Paragon Media eine

Reihe von Artikeln über die Aktivitäten des Instituts zu schreiben. Den ganzen Tag über kam Matt immer wieder zu ihr. War die *Valiant* unbeschadet angekommen? Er nannte das Mikroschiff ›den Nippes‹ und wollte wissen, wo es war, ob jemand ein Auge darauf hatte und was sie als Nächstes plante.

Alles war in bester Ordnung, versicherte sie ihm, und die *Valiant* war in einem sicheren Versteck, wo niemand sie finden konnte. Niemals. Das war vielleicht übertrieben, doch es schien den gewünschten Effekt zu zeigen und ihn sowohl zu beruhigen als auch zu verwirren. Angenommen, dir passiert etwas, Kim? Was dann?

Sie zuckte die Schultern. »Ich passe eben auf.«

Matt nannte Namen, Leute, die seiner Meinung nach am Projekt mitarbeiten sollten. Sie nahm die Liste und versprach, sich wieder bei ihm zu melden.

Was ihre Pläne anging – Kim würde einmal mehr das Gesetz brechen. Sie seufzte bei dem Gedanken, was aus der einstigen ehrbaren und anständigen jungen Frau geworden war, die anlässlich der ersten von Menschen ausgelösten Nova vor einem Weltpublikum gesprochen hatte. Ob er Lust hatte, ihr zu helfen?

»Nein, das werde ich nicht tun. Und ich denke, du solltest das lieber vergessen. Was auch immer du vorhast.« Er blickte sie missbilligend an. »Nein, sag mir nichts«, fuhr er fort. »Ich will nichts davon wissen.«

Am Nachmittag ging sie in einen Elektronikladen in der Seabright Place Mall. »Ich brauche ein Abhörgerät«, sagte sie dem automatischen Verkäufer. Es war ein Standardwerkzeug in den Büchern von Veronika King.

»*Tut mir wirklich sehr Leid, Ma'am*«, antwortete der Automat. »*Aber so etwas führen wir nicht.*«

»Wissen Sie vielleicht, wo ich es bekommen könnte?«, fragte Kim.

»*Nein, leider nicht. Sie sind illegal. Verkäuflich nur an Behörden und Einrichtungen der Exekutive.*«

Sie versuchte es bei einem Polizeiausrüster, wo es Uniformen der verschiedensten Moden gab, eine ganze Reihe nicht-tödlicher Waffen und alles nur Denkbare an Kommunikationsausrüstung. Sie fand einen Mikrotransmitter und begann ein beiläufiges Gespräch über Abhörgeräte, doch der Verkäufer informierte sie, dass sie nicht an Jedermann verkauft werden durften. Man musste ein Formular ausfüllen und benötigte eine Genehmigung.

Das Institut unterstützte ein Elektroniklabor beim Hastings College, etwa vierzig Kilometer außerhalb von Seabright. Es wurde geleitet von Chad Beamer, einem guten Bekannten von Kim, der sie außerdem mochte.

»Es könnte mich meinen Job kosten«, sagte Beamer, nachdem sie ihm erzählt hatte, wonach sie suchte.

»Ich verrate es niemandem, großes Ehrenwort«, sagte sie.

Er musterte sie aus zusammengekniffenen Augen. Beamer hatte einen Ruf als Herzensbrecher, wahrscheinlich wohlverdient. Aber er war auch ein verdammt guter Techniker. »Wofür brauchst du es?«

»Ich will dich nicht anlügen, Chad«, antwortete sie. Beamer war kleiner als der durchschnittliche Mann seiner Generation. Seine Eltern hatten mehr Wert auf Langlebigkeit als auf Körpergröße gelegt. Er würde ein paar Jahrzehnte länger leben.

»In Ordnung. Jagst du hinter einem Mann her?«

»Das wäre eine von mehreren möglichen Erklärungen.«

Er nickte. »Gib mir zwei Tage Zeit.«

Matt war alles andere als glücklich über ihre Vorgehensweise. Er bat sie zu bleiben, schloss seine Bürotür und wies seine Sekretärin an, dass sie nicht gestört werden wollten. »Das alles dauert eine Ewigkeit!«, sagte er. »Wann kann ich es endlich wieder sehen?«

»Sobald wie möglich, Matt«, sagte sie sanft. »Sobald wir das Labor eingerichtet und am Laufen haben.«

»Das kann noch Wochen dauern, Kim!«

Sie blieb standhaft. Er resignierte und ließ sie gehen, nachdem sie ihm versichert hatte, dass sie vorgesorgt hatte für den Fall, dass ihr irgendetwas zustieß. Was sie tatsächlich getan hatte.

Sie hatte eine Notiz verfasst, wie die *Valiant* wieder zu finden war, sie in einen Umschlag gesteckt und einem ihrer Taucherkameraden von den Sea Knights gegeben, mit Instruktionen, dass der Umschlag im Falle des Falles an Matt Flexner zu übergeben sei.

Ihre eigene Entschlossenheit, dafür zu sorgen, dass keine wichtigen Informationen verloren gingen, gaben ihr auch das Gefühl, dass sie sich in Markis Kane nicht geirrt hatte. Er hatte mit Sicherheit die echten Logbücher für die Nachwelt aufbewahrt. Irgendwo musste es eine Spur von ihnen geben. Selbst wenn er das Monster war, als das die Medien ihn jetzt darzustellen pflegten, würde er die Aufzeichnungen seiner Taten und Errungenschaften für die Veröffentlichung aufbewahren, sobald er sicher war vor dem Gesetz.

Und die Spur führte so gut wie sicher über Kanes einziges Kind, Tora.

Kim ging früh nach Hause, mixte sich einen Drink und bat Shepard, ein Simulacrum von Sheyel zu erzeugen.

»*Ich besitze kaum Daten über ihn*«, protestierte Shepard.

»Gib dir Mühe«, entgegnete Kim. »Such die Daten aus dem Netz.«

Sie lauschte dem elektronischen Gemurmel, Shepards Methode, ihr mitzuteilen, dass er sich nicht richtig ausgerüstet fühlte, um eine ihm zugewiesene Aufgabe zu erledigen, und dann tauchte Sheyels Bild vor ihr auf. Er saß in seinem gewohnten Drachenstuhl, die Augen halb geöffnet und in dem Anlass entsprechender melancholischer Stimmung.

»*Guten Tag, Kim*«, sagte er. »*Es ist schön, Sie wiederzusehen.*«

»Danke, gleichfalls, Sheyel. Es war nicht schön, Sie zu verlieren. Ich wünschte wirklich, die Dinge hätten sich anders entwickelt.«

»*Und ich ebenfalls. Ich wünschte, ich wäre nicht so dumm und entschlossen gewesen.*«

Sie sahen sich an.

»*Ich verstehe immer noch nicht, warum es so unversöhnlich war*«, sagte er. »*Schließlich war es so viele Jahre in den Wäldern, ohne irgendjemandem etwas anzutun.*«

»Sie haben geglaubt, wenn Sie ihm die *Valiant* zeigen, würde es reagieren. Ich schätze, genau das hat es getan.«

»*Ich wünschte, ich könnte etwas daran ändern, Kim. Aber ich bin froh, dass wenigstens Sie sicher und wohlauf sind.*« Er rückte eines seiner Kissen zurecht. »*Und wo ist es jetzt?*«

»Es ist vernichtet. Und das hat uns einiges gekostet.« Sie zog die Beine an den Leib und schlang die Arme darum. »Sheyel, ich möchte, dass Sie wissen, dass ich die Sache nicht auf sich beruhen lasse. Ich glaube, ich habe eine recht klare Vorstellung davon, was geschehen ist. Ich denke, Yoshi wurde von der gleichen Kreatur getötet, die auch für Ihren Tod verantwortlich ist.«

»Ja. Das ergibt Sinn. Wissen Sie denn auch schon, wie es geschehen sein könnte?«

»Noch nicht, Sheyel. Aber ich hoffe, dass ich in den nächsten Tagen eine Antwort finde.«

»Sehr gut. Ich würde mich freuen, wenn Sie mich wieder anrufen, sobald Sie den Rest herausgefunden haben. Und mir alles erzählen.«

»Ja«, sagte sie. »Selbstverständlich.«

Tora Kane lebte in einem einzeln stehenden Haus in einem Eichenwald etwa zehn Kilometer nordwestlich von Seabright. Kim fuhr an mehreren aufeinander folgenden Tagen dorthin und schlenderte frühmorgens durch die Gegend. Sie merkte sich, wann Tora das Haus verließ (gegen neun Uhr fünfzehn) und wann sie zurückkehrte (normalerweise gegen achtzehn Uhr dreißig). Sie fand heraus, dass Tora einen eigenen Flieger besaß. Soweit sie feststellen konnte, lebte die Archäologin allein und ohne Haustiere.

Hinter dem Haus gab es einen Werkzeugschuppen mit einer Leiter darin. Das war eine gute Nachricht; Kim hatte damit gerechnet, auf einen Baum klettern zu müssen, um sich Zutritt zu verschaffen.

Die Märsche waren anstrengend gewesen. Trotz der modernen Medizin war sie noch nicht wieder völlig genesen, und sie wusste, dass ihre Ärzte wütend mit ihr geschimpft hätten, wenn sie gewusst hätten, was sie tat.

Zu Hause arbeitete sie mit Shepard an einem virtuellen Anwalt, der zugleich glaubwürdig und eindringlich war.

Das Modell war von Aquilla Selby abgeleitet, dem berühmten Strafverteidiger des letzten Jahrhunderts. Selby war kein Anhänger schwerer Bestrafungen gewesen und hatte sich darauf spezialisiert, die Wehrlosen zu verteidigen. Er hatte eine große Zahl von Mördern und Sadisten vor der Todesstrafe bewahrt und in einigen Fällen sogar einen Freispruch erwirkt.

Selby hatte sein Alter nie verborgen, sondern den Alterungsprozess im Gegenteil kultiviert. Er hatte graue Haare und eine gefurchte Stirn besessen und die Form würdevoller Reife ausgestrahlt, die vor Gericht so viel zählte, und das, obwohl er körperlich ein gesunder Dreißigjähriger gewesen war.

Kim veränderte seine Erscheinung ein wenig, gab ihm braune statt blaue Augen, schnitt ihm die Haare entsprechend der heutigen Mode, rasierte ihm den Bart ab und machte ihn ein wenig schlanker. Sie straffte seine Gesichtszüge und gab ihm hohe Wangenknochen und eine schmale Nase.

»Was sagst du?«, fragte sie Shepard, als das fertige Produkt vor ihr stand.

»*Er sieht gut aus*«, antwortete die KI. »*Ich würde jedenfalls auf ihn hören.*«

Nachdem das äußere Erscheinungsbild stand, bearbeitete sie seine Stimme. Sie eliminierte den deutlichen Akzent von Terminal City und die für die heutige Zeit zu schwülstige Ausdrucksweise. Dann fügte sie ein wenig Rauheit hinzu und veränderte die Sprechgeschwindigkeit. Als sie fertig war, klang er wie ein zeitgenössischer Bewohner von Greenways Ruby Archipelago.

Als Nächstes kümmerte sie sich um ihre Ausrüstung. In dem Paket mit dem Mikrotransmitter befand sich außerdem ein Empfänger sowie eine Flexantenne für Langstreckenübertragung.

Sie mietete einmal mehr einen Flieger und befestigte die Antenne auf der Kanzel, bevor sie zu Bett ging und sich gründlich ausschlief.

Am nächsten Morgen meldete sich Chad. »Alles ist bereit«, sagte er.

Sie flog am Nachmittag zu ihm und nahm ihr Päckchen in Empfang.

»Vergiss nicht«, ermahnte er sie, nachdem er ihr gezeigt hatte, wie das Gerät arbeitete, »falls du in Schwierigkeiten gerätst – ich weiß von nichts.«

Sie versprach ihm, dass sie selbst unter Folter nichts ausplaudern würde.

Am Abend landete sie einen Kilometer von Toras Haus entfernt und ging den Rest der Strecke zu Fuß. Die Lichter brannten, als sie eintraf, und sie sah Bewegung im Innern des Hauses. Tora hatte Besuch. Mehrere Personen, wie es aussah. Draußen auf dem Landeplatz standen drei Flieger.

Kim wusste, dass der schlanke orange-schwarze Kondor der Archäologin selbst gehörte. Sie beobachtete das Haus einige Minuten, bis sie sicher war, dass sich niemand draußen aufhielt. Dann umrundete sie das Anwesen und befestigte den Mikrotransmitter mit Klebeband an einer Wasserleitung, die in einen Brunnen führte. Als sie zufrieden war, zog sie sich in den Wald zurück und schaltete ihren Empfänger ein. Das Signal kam laut und deutlich durch.

27

Kein Schatz sollte als sicher vor Dieben erachtet werden, solange auch nur eine andere Person weiß, wo er liegt.

– Aus den Notizen von COLIN COLIN, 2440 A.Z.

Am nächsten Tag stand Kim in aller Frühe auf. Sie nahm ein leichtes Frühstück zu sich und verwandelte ihr Äußeres in das eines attraktiven jungen Mannes einschließlich Schnurrbart, den sie persönlich sehr schick fand. Dann flog sie mit ihrem gemieteten Flieger zu Tora Kanes Haus. Sie hatte die Zeit so abgepasst, dass sie über dem Grundstück war, als die Archäologin aus der Tür trat. Sie hielt eine Tasse in der Hand und eine Ledertasche unter dem Arm, als sie in den Flieger stieg und davon flog.

Kim verfolgte ihren Flug, bis sie an der Grabungsstelle gelandet war. Dann landete sie nahebei auf einer Lichtung, denn sie wollte nicht, dass Kanes Haus-KI den Flieger möglicherweise später identifizieren konnte. Es gab nur wenige Häuser in der Gegend, und keins davon in Sichtweite. Niemand schien unterwegs zu sein.

Sie konnte nicht wissen, ob es ein Sicherheitssystem gab, das sie bei ihrem Tun beobachtete und alles aufzeichnete. Falls ja, würde Tora das Bild eines jungen Mannes erhalten und Kims Plan wäre zunichte gemacht, doch wenigstens konnte man die Spur nicht direkt zu ihr zurückverfolgen.

Sie ging zur Rückseite des Hauses, holte die Leiter aus dem Schuppen und kletterte aufs Dach hinauf. Dann zog sie ihr Abhörgerät aus der Jackentasche und befestigte es an einem Sims. Es besaß die gleiche stumpfbraune Farbe wie alles andere in seiner Umgebung, also würde es niemandem auffallen, der sich in einem Flieger von oben her näherte.

Zufrieden kletterte sie nach unten, stellte die Leiter zurück in den Schuppen und verließ das Grundstück.

Sie kehrte nach Hause zurück, um an Aquilla Selbys Gesprächsführung zu arbeiten. Kaum hatte sie damit angefangen, als auch schon Matt anrief und wissen wollte, ob alles in Ordnung sei, womit er wahrscheinlich meinte, ob sie bereits von der Polizei verhaftet worden war. Er berichtete ihr, dass er ein Labor gefunden hatte, das sie zur Untersuchung der *Valiant* benutzen konnten, doch es würde noch ein oder zwei Wochen dauern, bis sie hinein könnten.

Er fragte erneut, ob sie sich nicht erweichen lassen und ihm Zugang zu dem ›Nippes‹ gewähren wollte. Er redete so umständlich, dass jeder, der ihr Gespräch belauschte, unweigerlich wissen würde, dass er seine Worte verschlüsselte.

»Besser, wir lassen alles so, wie es ist«, entgegnete sie.

»Ich verstehe einfach nicht, warum du mir nicht vertraust«, sagte er.

Sie erwiderte die üblichen Dinge, dass es nichts mit ihm zu tun hätte, sondern dass Geschichten wie diese leicht aus der Hand gerieten und sie sich auf die Sicherheit konzentrieren müssten und so weiter.

Er resignierte und informierte sie, dass er die Liste der in Frage kommenden Forscher bis auf sechs heruntergeschraubt hatte.

»Allerhöchstens drei«, beharrte sie in dem sicheren Wissen, dass selbst drei zu viele waren.

Sie kamen überein, dass keinerlei Fühler ausgestreckt wurden, bevor das Labor tatsächlich zur Verfügung stand.

Nachdem er aufgelegt hatte, saß sie noch eine Weile da und betrachtete den Siebdruck von Kanes *Sturmwarnung*. Es war eine unheilschwangere Landschaft. Turmruinen in der Ferne und herannahende Gewitterwolken.

Sie ging das Selby-Skript mehrmals durch, bis sie schließlich zufrieden war. Dann lud sie die Datei in ein Compupak, aß zu Abend und unternahm einen langen Spaziergang durch die Dämmerung. Die Gezeiten auf Greenway folgten nicht dem regelmäßigen Rhythmus, den man auf Planeten mit nur einem Mond fand. Greenways Gezeiten waren fast willkürlich; das Wasser der Ozeane wurde von vier Monden und Helios hin und her gezerrt.

Im Augenblick herrschte extreme Ebbe. Das Wasser war weit draußen, und der Strand war viel breiter als gewöhnlich im Verlauf eines Monats. Kim schlenderte am Wasser entlang und ließ die Wellen über ihre Füße plätschern, während sie beobachtete, wie nach und nach die Sterne erschienen. Sie sahen weit entfernt aus, und einmal mehr fragte sie sich, wie eine Intelligenz, die imstande war, derart gewaltige Entfernungen zu überbrücken, sich so irrational verhalten konnte. Und doch hatte Greenway einen Krieg mit Pacifica ausgetragen.

Solche Dinge konnten offensichtlich geschehen. Die Menschen, die die Wissenschaft der Physik vorantrieben und Sprungmotoren entwickelten, waren nicht die gleichen, die politische Entscheidungen trafen oder sich von den Medien mitreißen ließen, geschweige denn, dass sie sich von jahrhundertealten Traditionen beherrschen ließen, die einst vielleicht dem Zusammenhalt von Nationen gedient hatten, aber inzwischen längst kontraproduktiv geworden waren.

Nimm nicht an, dass eine Spezies intelligent ist, nur weil sie intelligente Individuen hervorbringt. Brandywines Korollar.

Vielleicht würden sich die Menschen eines Tages an sie wegen einiger philosophischer Prinzipien erinnern und nicht, weil sie die *Valiant* entdeckt hatte. Sie lächelte bei dem Gedanken und entschied, dass sie damit ebenfalls zufrieden war.

Am nächsten Morgen flog sie nach Parkside hinüber, wo sie eine öffentliche Kommunikationszelle benutzte, um sicherzustellen, dass niemand ihre Spur aufnehmen konnte, auch wenn die Dinge nicht nach Plan verliefen.

Die Zelle befand sich in einer schmalen Einkaufsstraße, die am Meer entlang verlief. Es war noch früh in der Fremdenverkehrssaison, und nur wenige Menschen waren unterwegs: Ein paar Universitätsstudenten in den Semesterferien, ein paar Einheimische auf Verdauungsspaziergang. Keine Touristen. Der Morgen war hell und wolkenlos, die Luft noch immer kühl, und vom Meer her wehte ein scharfer Wind.

Sie aktivierte das Selby-Programm und tippte Tora Kanes Nummer ein.

Am anderen Ende der Leitung ertönte ein Freizeichen.

Ein paar Kinder mit Luftballons jagten durch die Straße. Kim beobachtete die lange Reihe von Brechern, die auf den Strand rollten.

»Hallo?«, meldete sich Tora Kanes Stimme. Das Bild blieb dunkel.

»Dr. Kane?«, fragte Kim, doch Tora würde die Stimme hören, die sie für Selby konstruiert hatte. »Mein Name ist Gabriel Martin. Ich war vor vielen Jahren der Anwalt Ihres Vaters.«

Die Videoübertragung wurde aktiviert. Tora trug eine hellblaue Bluse und weite blaue Hosen. Arbeitskleidung.

Sie blickte verwirrt drein. »Was kann ich für Sie tun, Mr. Martin?«

Kim aktivierte ihrerseits die Bildübertragung, und in Tora Kanes Projektionsfläche materialisierte die große, aristokratische Gestalt des Anwalts. »Doktor Kane, lassen Sie mich zunächst feststellen, dass Markis ein guter Freund war, nicht nur ein Mandant. Ich schulde ihm eine Menge Dank, doch darüber möchte ich jetzt gar nicht weiter sprechen; die Einzelheiten spielen wirklich keine Rolle.

Leider kann ich nichts mehr für Markis tun, möge er in Frieden ruhen. Doch ich bin in der glücklichen Position, wenigstens Ihnen ein paar Informationen zukommen zu lassen, die Sie möglicherweise ganz nützlich finden werden.«

Möge er in Frieden ruhen. Das hatte ziemlich gut geklungen, als sie es in das Skript aufgenommen hatte. Wie echte Rechtsanwälte sich mit ihren Mandanten unterhielten. Doch jetzt klang es so gestelzt und künstlich, dass sie sich auf die Unterlippe biss und fürchtete, Tora Kane könnte die Scharade durchschauen. Doch nichts dergleichen geschah.

»Ich weiß den Gedanken zu schätzen, Mr. Martin. Um welche Information handelt es sich?«

Für Tora stand der Anwalt vor seinem großen Schreibtisch, der übersät war mit Disks, Stiften und einem dicken Notizbuch. An der Wand hinter dem Schreibtisch hing eine ganze Reihe von Diplomen und Zertifikaten mit großen Bändern und Siegelstempeln und ein Bild von Martin, wie er dem Premier die Hand schüttelte. »Ich weiß nicht so recht, wie ich mich ausdrücken soll, Dr. Kane, denn es handelt sich im Grunde genommen nur um ein Gerücht. Allerdings stammt es aus eigentlich zuverlässigen Quellen.«

Tora wartete, dass er endlich auf den Punkt kam.

Martin alias Kim ließ sich Zeit. Er machte deutlich, dass er auf der absoluten Vertraulichkeit seiner Information bestand und dass er alles abstreiten würde, sollte sie auf den Gedanken kommen, Dritten gegenüber davon zu sprechen. Desweiteren würde er sich in diesem Fall ganz aus der Angelegenheit zurückziehen.

»Ja«, sagte sie, und ihre Ungeduld wurde deutlich erkennbar. »Ich habe verstanden. Und was haben Sie mir nun mitzuteilen?«

»Ich habe gehört, dass die Regierung in den Besitz der *Hunter*-Logbücher gekommen ist. Der *echten* Logbücher, meine ich.«

Tora erbleichte, doch dann fing sie sich wieder. »Ich weiß nicht, wovon Sie sprechen«, sagte sie. »Was für echte Logbücher? Soweit ich weiß, wurden die Logs der *Hunter* bereits vor einigen Jahren in das Archiv gebracht?«

»Dr. Kane.« Kim ließ Selbys Stimme zugleich mitfühlend und wohl informiert klingen. »Ich verstehe, dass es Ihnen widerstrebt, über diese Angelegenheit zu sprechen. Immerhin geht es hier um

Gesetzesverletzungen, nicht wahr? Bei denen Sie sich der Mittäterschaft schuldig gemacht haben.«

»Ich weiß nicht, wovon Sie reden.« Ihr Tonfall wurde kalt. Sie schien sich zu fragen, wie viel ihr Anrufer tatsächlich wusste, und wahrscheinlicher noch, wie viel die Regierung in Erfahrung gebracht hatte.

»Schon gut, das macht nichts«, fuhr Kim in Martins Persona fort. »Ich bin in den Besitz dieser Informationen gelangt, weil Ihr Vater Freunde in den allerhöchsten Positionen hatte. Es gibt immer noch einige, die nicht möchten, dass sein guter Ruf geschädigt wird oder seiner Tochter etwas geschieht; oder dass Markis' gesamter Besitz zum Gegenstand eines Rechtsstreits wird, was durchaus geschehen könnte, sollte sich herausstellen, dass gewisse Verdächtigungen zu Recht bestehen. Oder falls auch nur begründete Zweifel betreffend seiner Rolle beim Unglück vom Mount Hope aufkommen oder beim Tod von Yoshi Amara und Emily Brandywine. Ich weiß, dass Sie die alleinige Erbin Ihres Vaters sind. Und Sie sollten sich der Tatsache bewusst sein, dass sämtliche materiellen Güter und Immobilien aus der Erbmasse beschlagnahmt und enteignet werden könnten, falls es zu einem Prozess mit negativem Ausgang für Sie kommt.«

Sie sah aus, als hätte Kim sie in die Enge getrieben. Kim litt mit einem Mal unter heftigen Gewissensbissen, doch dann sagte sie sich, dass es keine andere Möglichkeit gab. Die Frau hätte all das vermeiden können, wenn sie kooperiert hätte. »Selbst nach all den Jahren?«, fragte Tora. »Gibt es denn keine Verjährungsfrist?«

»Ich fürchte nein. In Fällen wie diesem, wo Menschen das Leben verloren haben und absichtlich Beweismittel gefälscht wurden, um der Strafverfolgung zu entgehen ...« Er schüttelte traurig den Kopf. Kim hatte keine Ahnung, ob ihre Worte der Wahrheit entsprachen, doch das spielte keine Rolle. Tora kaufte ihr die Geschichte für den Augenblick ab, und das war alles, was zählte.

»Wie verlässlich ist Ihre Information, Mr. Martin?«

Aha. Zeit zum Zuschlagen. Kim hatte erreicht, was sie erreichen wollte. »Absolut verlässlich, Dr. Kane.«

Tora starrte dem Anwalt in die Augen. »Falls ich Ihre Hilfe benötige, würden Sie zur Verfügung stehen?«

»Selbstverständlich«, antwortete Martin. »Es wäre mir eine Ehre.«

»Danke sehr.« Ihre Stimme klang unsicher.

»Ich hoffe, ich konnte Ihnen behilflich sein, Dr. Kane. Guten Tag.«

Kim unterbrach die Verbindung.

Sie verließ die Zelle und benutzte ihren Kommlink, um Shepard anzurufen und sich mit ihrem Überwachunssystem verbinden zu lassen. Der Transmitter an Tora Kanes Flieger würde Kim alarmieren, falls sie irgendwohin flog, und das Abhörgerät auf dem Dach würde jedes Gespräch aufzeichnen, das sie im Haus führte.

Kim spazierte durch die Einkaufsstraße. Nur ein paar Läden hatten geöffnet. Einer davon führte Sportartikel, und sie sah sich gerade Badeanzüge an, als der Alarm losging.

»Was gibt's, Shep?«, fragte sie in ihren Kommlink.

»Sie ruft im Mighty Third Museum an. Möchtest du mithören?«

»Bitte.«

Sie hörte das Freizeichen in der Leitung. Dann

antwortete eine automatische Stimme. *»Guten Morgen, Sie sind verbunden mit dem Mighty Third Museum. Was kann ich für Sie tun?«*

»Könnte ich bitte mit Mikel Alaam sprechen?«

»Wen darf ich melden?«

»Tora Kane.«

»Einen Augenblick bitte, ich werde nachsehen, ob er im Hause ist.«

Während Tora wartete, fiel Kim wieder ein, dass Markis Kane Präsident der Scarlet Sleeve Society gewesen war. Und Veronica King.

Versteckt vor aller Augen.

Der Gestohlene Brief.

Ein Beobachter hätte gesehen, wie unvermittelt ein Lächeln um Kims Mundwinkel spielte. *Ich will verdammt sein,* dachte sie.

»Hallo, Tora. Schön, von dir zu hören. Wie geht es dir?« Kim erkannte Mikels höfliche Tenorstimme.

»Ganz gut, Mikel, danke.« Sie zögerte. »Es ist eine Weile her.«

»Ja, das ist es.« Er ist verlegen, dachte Kim. Wahrscheinlich ist es das erste Mal, dass er mit ihr redet, seit die Ausstellung über ihren Vater abgebaut worden ist. »Was kann ich für dich tun?«

»Bist du am späteren Vormittag im Museum?«

»Ja, ich bin hier. Ich habe um halb elf eine Konferenz. Wolltest du vorbeikommen?«

»Ja. Falls es dir passt.«

»Tora, es tut mir wirklich Leid wegen dieser Geschichte.«

»Ich verstehe, Mikel. Es ist nicht deine Schuld.« Ihr Tonfall sagte etwas anderes. »Wann hast du Zeit?«

»Die Konferenz dauert nicht länger als eine Stunde. Danach stehe ich dir zur Verfügung.« Kim bemerkte ein Zögern in seiner Stimme. Er glaubt wohl, sie will vorbeikommen, um für ihren Vater zu sprechen.

»Können wir zusammen Essen gehen?« Es schien mehr ein Befehl als eine Frage.

»Ja, gern. Das wäre schön.«

Sie unterhielten sich noch ein wenig über Belanglosigkeiten, wie schön, wieder von dir zu hören, ich wollte die ganze Zeit mal anrufen, aber ich hatte immer so viel zu tun und so weiter. Sie versicherten sich noch einmal, dass sie sich auf das gemeinsame Essen freuten, und beendeten die Unterhaltung.

So weit, so gut. Was als Nächstes?

Versteckt vor aller Augen.

Sie hatte gehofft, Tora Kane zu den *Hunter*-Logbüchern folgen zu können. Möglicherweise wollte Tora die Aufzeichnungen vernichten, sobald sie sie in ihren Besitz gebracht hatte. Kim nahm an, dass Kanes Tochter zu sehr Wissenschaftlerin war, um so etwas zu tun, doch man konnte nie wissen. Jedenfalls schien sie Glück zu haben. Sie hatte nicht einmal dem Peilsender folgen müssen, womit sie eigentlich gerechnet hatte. Stattdessen hatte Kim nun sogar die Gelegenheit, vor Tora dort zu sein und die Dinge so zu arrangieren, dass es aussah, als hätte Gabriel Martins düstere Warnung Hand und Fuß.

Doch die Zeit war knapp.

Sie rief Shepard an.

»Was gibt's, Kim?«

»Shep, ich möchte, dass du mir einen Brief vom Mighty Third schreibst. Verwende ihren Briefkopf und schreib eine Bestätigung, dass Kay Braddock für den heutigen Tag einen Termin zu Sichtung der Materialien aus dem Krieg gegen Pacifica hat.«

»Was willst du denn damit, Kim?«
»Mach dir darüber keine Gedanken, Shep.«
»Soll ich es auch unterzeichnen?«
»Mit Mikel Alaams Unterschrift, ja. Er ist der Direktor des Museums.«
»Kim, das ist strafbar!«
»Ich wüsste keine andere Möglichkeit, seinen Namen auf das Dokument zu bekommen.«
Shepards Elektronik gab die merkwürdigsten Geräusche von sich. *»Weißt du eigentlich«*, sagte er, *»dass du eine professionelle Banditin geworden bist?«*
»Ich kann es nicht ändern.«
»Was hast du jetzt vor?«
»Ich muss mich umziehen«, antwortete sie. »Ich brauche neue Kleidung.«

Um zehn Uhr vierzig traf Kim beim Museum ein. Sie trug einmal mehr eine männliche Verkleidung und den schicken Schnurrbart. Enge Unterwäsche verbarg ihre Brüste, und eine weite Bluse mit ausgepolsterten Schultern verlieh ihr ein breiteres Kreuz. Ihr Haar leuchtete jetzt rot, sie hatte ihre Hautfarbe abgetönt und trug dunkle Kontaktlinsen. Sie war überzeugt, dass nicht einmal Mikel selbst sie erkennen würde.
Sie trug zwei Datendisks bei sich, beide sorgfältig beschriftet.
Sie schenkte einer jungen Frau in den Verwaltungsbüros ein strahlendes Lächeln, verstellte ihre Stimme, so gut es ging, und fragte in vertraulichem Tonfall nach dem Direktor. »Mein Name ist Jay Braddock«, sagte sie. »Ich bin Forscher in der Arbeitsgruppe von Professor Teasdale.« Teasdale war die anerkannte Kapazität auf dem Gebiet des Pacifica-Krieges.

»Es tut mir Leid, Mr. Braddock …«, erwiderte die junge Frau.

»Dr. Braddock«, korrigierte Kim freundlich.

»Es tut mir Leid, Dr. Braddock, doch Direktor Alaam befindet sich zurzeit in einer Konferenz.« Ihrem Namensschild nach hieß sie Wilma LaJanne, und sie war wahrscheinlich eine Studentin in der praktischen Ausbildung.

»Das ist aber dumm«, sagte Kim.

Wilma sah auf ihren Bildschirm. »Sein Terminplan ist bis zum späten Nachmittag voll.«

»Das kann unmöglich sein«, entgegnete Kim. Würdevoll zog sie den Brief heraus, den Shep für sie vorbereitet hatte. »Ich habe einen Termin! Um zehn Uhr fünfundvierzig.«

Wilma las den Brief durch und biss sich auf die Unterlippe. »Ich weiß gar nicht, was ich sagen soll, Dr. Braddock. Ich werde ihn augenblicklich informieren, dass Sie warten, sobald die Konferenz zu Ende ist. Leider kann ich nicht viel mehr tun.«

»Wann erwarten Sie, dass die Konferenz zu Ende ist?«

»Gegen elf Uhr dreißig, Sir. Aber ich kann es nicht genau sagen.«

»Das reicht nicht«, sagte Kim. »Das reicht ganz und gar nicht! Ich habe einen sehr engen Zeitplan, verstehen Sie? Professor Teasdale wird sicherlich nicht erfreut sein.« Sie blickte gequält drein, bevor sie Wilma hoffnungsvoll und Hilfe suchend ansah. Als Wilma nicht reagierte, verschränkte Kim die Arme vor der Brust und lächelte. »Aber vielleicht können Sie mir ja auch weiterhelfen. Ich brauche wirklich nicht viel.«

»Das würde ich sehr gerne«, antwortete Wilma zweifelnd. »Aber ich bin erst seit vierzehn Tagen hier im Museum.«

Kim nahm das Schreiben wieder an sich, faltete es zusammen und schob es in eine Innentasche. »Sie wissen sicherlich, wer Professor Teasdale ist, nicht wahr?«

Wilma nickte.

»Dann werden Sie auch wissen, dass Professor Teasdale an einer definitiven Geschichte des Krieges gegen Pacifica arbeitet?«

»Ja«, antwortete Wilma und nahm den Wink dankbar an. »Ich habe davon gehört.«

»Das Museum hatte bis vor kurzem eine Ausstellung über die *376* und die Schlacht über Armagon. Hinten im Ostflügel.«

»Ja. Wir haben sie erst vor einer Woche abgebaut. Nachdem die Wahrheit über Markis Kane ans Tageslicht gekommen ist.«

Kim zeigte ihr Missbehagen. »Das war eine schlimme Geschichte, nicht wahr?«

Wilma gab ihr durch eine Grimasse zu verstehen, wie peinlich sie die Tatsache berührte, dass das Museum je eine Ausstellung zu Ehren dieses Mannes veranstaltet hatte.

»Jedenfalls«, fuhr Kim fort, »gibt es in der Ausstellung ein paar faktische Daten, die unserer Forschung weiterhelfen würden. Vielleicht können Sie mir zeigen, wo das Material jetzt untergebracht ist? Und es so einrichten, dass ich darauf Zugriff erhalte?«

Wilma blickte sich nach jemandem um, den sie fragen oder an den sie das Problem weiterreichen konnte. Doch es gab niemanden. »Ich weiß nicht, ob ich das darf, Sir.«

Kim lächelte verzweifelt. »Ich verspreche, dass ich nichts durcheinander bringe. Es wäre wirklich eine große Hilfe, und ich brauche ganz bestimmt nur ein paar Minuten.«

Wilma überlegte, ob die Erfüllung der Bitte sie in Schwierigkeiten bringen konnte.

»Professor Teasdale ist ein guter Freund von Mikel Alaam«, fügte Kim hilfreich hinzu.

Die Lippen der jungen Frau verzogen sich zu einem Lächeln. Kim vermutete, dass sie recht hingerissen von Jay Braddock war. Eine amüsante Feststellung.

»Selbstverständlich«, sagte Wilma. »Warten Sie, ich sehe nach, ob ich einen Schlüssel finde.«

Sie ging in eines der Büros, und Kim hörte Stimmen. Augenblicke später spähte ein dunkelhäutiger Mann mit eisblauen Augen aus der Tür auf sie, runzelte die Stirn und zog sich wieder zurück, ohne ein weiteres Anzeichen, dass er ihre Existenz zur Kenntnis genommen hätte. Wilma kehrte mit einem Schlüssel zurück.

»Das war Dr. Turnbull«, sagte sie ohne weiteren Kommentar, als wäre Turnbull allgemein bekannt.

Sie führte Kim zu einem Frachtaufzug, und sie fuhren nach unten und in die Eingeweide des Gebäudes. Wilma trat nervös von einem Bein aufs andere, bis der Lift schließlich anhielt und die Türen aufglitten. Die Beleuchtung schaltete sich ein, und Kim sah, dass sie in einer Art Lagerhalle angekommen waren, die mit Gittern in kleine Räume unterteilt war. Wilma suchte ein wenig, doch schließlich fand sie heraus, wo sie hin mussten. »Hier entlang bitte«, sagte sie und ging los. Weitere Lichter schalteten sich ein. Wilma hielt den Schlüssel hoch, Schlösser klickten, und die Türen zweier Zellen öffneten sich. »Das ist sämtliches Material von der *376*-Ausstellung.«

Der Pilotensitz, die Teile des Raketenwerfers sowie die verschiedenen übrigen heiligen Artefakte aus der Schlacht über Armagon waren bereits von einer dünnen Staubschicht bedeckt. Irgendjemand hatte ein paar Container dazugestellt, doch bis jetzt war noch nichts von allem eingepackt worden.

»Nach was genau suchen Sie, Dr. Braddock?«

Wilma blieb dicht bei ihr. Was nur bedeuten konnte, dass sie den Auftrag hatte, dafür zu sorgen, dass der Besucher nicht irgendetwas entwendete.

»Ein paar Details über die Kommando- und Kontrollfunktionen während des Kampfes«, antwortete Kim.

Kim steckte eine Hand in die Tasche und tastete nach den beiden Ersatzdisks, die sie mitgebracht hatte. Sie waren auf die gleiche Weise beschriftet wie die beiden Disks in der Ausstellung: *376* VISUELLES LOG, 17. Juni 531 sowie *376* SYSTEM LOG, 17. Juni 531. Es war eines der am meisten gefeierten Daten in der bunten Geschichte Greenways.

Hier unten lagerte auch Material, das nicht in der Ausstellung gewesen war, hauptsächlich Teile der Inneneinrichtung der *376* und anderer Schiffe, die an der Schlacht über Armagon teilgenommen hatten, ein Nachbau der Kapitänskajüte, eine Reihe von Bechern mit den Insignien der verschiedenen Schiffe, Uniformen, Kopien von Briefen, die das Konzil an die Familien derer geschickt hatte, die im Kampf gefallen waren.

Kim verdrängte den Gedanken daran und konzentrierte sich darauf, die Logbücher zu suchen.

»Kann ich Ihnen irgendwie behilflich sein, Dr. Braddock?«, fragte Wilma.

»Nennen Sie mich doch Jay«, antwortete Kim, als ihr bewusst wurde, dass sie sich nicht getäuscht hatte, was den Eindruck anging, den sie auf die junge Frau machte. Sie lächelte Kim einladend entgegen. Kim wusste, dass Wilma keine Ahnung hatte, wo was verstaut war; sie hatte bereits Mühe gehabt, das richtige Abteil zu finden. Also war es besser, wenn sie es vermied, ihre Aufmerksamkeit auf die beiden Disks zu lenken. »Nein«, antwortete sie. »Es geht schon so. Ich glaube, ich finde mich ganz gut zurecht.«

Wilma trat ein paar Schritte zurück, und Kim bemerkte ein in Plastik eingeschlagenes Paket mit einem Aufkleber, auf dem ›Logs‹ stand. Es besaß die richtige Größe und lag auf einem Arbeitstisch, der nach einem anderen Aufkleber zu urteilen der einstige Besprechungstisch der *376* war. Kim kramte ein wenig in den anderen Materialien, bis Wilma gelangweilt wegsah. Dann nahm sie das Paket in die Hand und öffnete es.

Zwei Disks.

VISUELLES LOG und SYSTEM LOG, 17. Juni 531.

Im gleichen Augenblick hörte sie das Surren des Aufzugs. Jemand kam nach unten.

Wilma drehte sich zum Aufzug um, und Kim steckte die beiden Disks hastig in ihre Tasche und packte die Fälschungen zurück.

Der Aufzug hielt, und die Türen glitten auf.

Stimmen ertönten.

Mikel. Und eine Frau.

Tora.

»Oh«, sagte Wilma dankbar. »Da kommt ja Dr. Alaam.«

Die Konferenz schien früher zu Ende gewesen zu sein. »Er weiß, dass ich hier bin?«

»Ich habe ihm eine Nachricht hinterlassen.«

Kim tat, als würde sie die falschen Disks untersuchen, dann wickelte sie sie rasch wieder ein und legte das Paket zurück auf den Tisch.

Mikel und Tora kamen zum Gitter. Beide sahen überrascht auf den Besucher. »Was ist hier los?«, fragte Mikel und blickte fragend von Wilma zu Kim und wieder zurück. »Ist das Braddock?«

»Ja«, sagte Wilma.

»Ich dachte, Sie würden oben warten?« Er musterte Kim neugierig, und ihr stockte der Atem, während sie darauf wartete, dass er sie erkannte. »Kenne ich Sie irgendwoher?«, fragte er.

»Wir haben uns ein- oder zweimal gesehen«, antwortete Kim mit tiefer Stimme. »Professor Teasdale arbeitet noch immer an der Geschichte des Krieges, und ich habe ein paar Materialien nachgesehen.«

»Ja«, sagte Mikel. »Ich erinnere mich. Nun ja, schön, Sie wieder einmal zu sehen, Braddock. Wir sind froh, wenn wir helfen können. Allerdings schlage ich vor, dass Sie sich in Zukunft anmelden, bevor Sie vorbeikommen.«

Wilma kam ihr zu Hilfe. »Dr. Braddock besitzt ein Schreiben von uns.« Diplomatischerweise und zu Kims Glück hatte sie nicht ›von Ihnen‹ gesagt.«

»Oh.« Mikel dachte darüber nach, als Tora Kane ungeduldig die Initiative übernahm. »Können wir jetzt vielleicht weitermachen?«, fragte sie.

»Ja«, antwortete Mikel. »Natürlich.«

Kim lächelte höflich. »Nun«, sagte sie, »ich denke, ich habe alles, was wir brauchen.«

»Schon?«, fragte Wilma erstaunt. »So schnell?«

»Wir mussten uns nur wegen einiger Details Sicherheit verschaffen, das war alles«, erklärte sie und nickte Tora zu, die mit verschränkten Armen dastand und vorgab, sich für eine Navigationskonsole zu interessieren. Kim hatte Mühe, ein Grinsen zu unterdrücken. Sie warteten darauf, dass Kay Braddock endlich ging, damit sie die Disks einpacken konnten.

Nein. Wahrscheinlicher war, dass Mikel von alledem nichts wusste. Tora spielte das gleiche Spiel, das Kim auch gespielt hatte. Sie fragte sich, welche Geschichte sie dem Direktor aufgetischt hatte. Oder ob sie ihn einfach ohne Erklärung überfahren hatte. Wie dem auch sei, es würde nichts geschehen, solange Kim und Wilma sich in der Nähe aufhielten.

Kim verabschiedete sich und stieg in Begleitung Wilmas in den Aufzug. Wilma wartete eindeutig darauf, dass Jay einen Annäherungsversuch unternahm. Als nichts geschah, blickte sie enttäuscht drein und stieg dann im Erdgeschoss aus. Kim fuhr weiter bis zum Dach.

Toras Kondor stand abseits vom Taxilandeplatz in einer privaten Bucht. Kim schlenderte zu dem Flieger, entfernte den Peilsender, stieg in ein Taxi und flog in bester Stimmung nach Hause.

Sie schob das visuelle Log in die Konsole und instruierte Shep, die Daten abzuspielen.

Die Wand über dem Sofa wurde hell, der Bildschirm leuchtete auf, und sie blickte auf die Brücke der *Hunter*. Ein Techniker arbeitete, und auf seiner Brusttasche sah Kim das Symbol von St. Johns.

Das Datum war der 12. Februar 573.

Spezialisten kamen und gingen, kalibrierten Sensoren, überprüften Sende- und Empfangsgeräte und testeten eine Unzahl anderer Funktionen.

Die Aufzeichnung war identisch mit dem, was Kim bereits aus dem Archiv kannte. Sie schaltete den schnellen Vorlauf ein. Die Techniker rasten durch die Brücke, dann gingen alle, und der Schirm wurde dunkel. Die Borduhr machte einen Sprung von mehr als zwei Stunden, und Kane tauchte auf.

Sie schaltete auf normale Abspielgeschwindigkeit zurück. Kane drehte sich um und blickte in die Aufnahmeoptik, direkt aus dem Schirm heraus auf Kim. Seine Kiefermuskeln traten hervor, sein Mund war ein dünner Strich. Er ging eine Checkliste durch, erhob sich von seinem Sitz und verließ die Brücke. Die Kamera schaltete ab. Sechzehn Minuten später (Schiffszeit) aktivierte sie sich erneut.

»Die *Hunter* ist bereit zum Abflug«, sagte Kane zur Raumflugkontrolle.

»*Hunter*, Sie haben Starterlaubnis.«

Kane informierte seine Passagiere, dass die *Hunter* in sechzig Sekunden ablegen würde. Dann legte er seine Sicherheitsgurte an.

Kim sah alles noch einmal: den Start der *Hunter*, Kanes Warnung an Kile Tripley im Verlauf der ersten Minuten der Reise, dass die *Hunter* nach der Rückkehr eine Generalüberholung benötigte, der Wechsel in den Hyperraum. Sie sah die Passagiere einen nach dem anderen auf die Brücke kommen und lauschte den inzwischen vertrauten Unterhaltungen. Sie ließ die Phasen, in denen Kane allein auf der Brücke war, im schnellen Vorlauf passieren.

Die Besatzung der *Hunter* unterhielt sich über das, was sie im Goldenen Kelch zu finden hoffte. Über ihren Traum.

Nichts anderes zählte.

Tripleys sich wiederholende Versicherungen, dass sie es diesmal schaffen würden, enthielten im Nachhinein eine bittere Note.

Einmal mehr beobachtete sie Kanes intimen Umgang mit ihrer Schwester Emily.

Sie saß in düsterer Stimmung da und sah die Aufzeichnungen an. Sie rechnete nicht damit, dass es Abweichungen geben könnte, bevor die *Hunter* beim Alnitak ankam. Sie sollte sich irren.

Es war fast drei Uhr nachts am sechsten Tag, als

Kane in einem Morgenmantel und mit einer Tasse Kaffee in der Hand auf der Brücke erschien. Er setzte sich, überprüfte seine Instrumente, blickte auf die Uhr und aktivierte seine Sicherheitsgurte. »Alles herhören, schnallt euch bitte an.«

Stimmen drangen über den Interkomm.

Yoshi: »Kann mir vielleicht mal jemand sagen, was los ist?«

Emily: »Wir haben eine Überraschung für dich.«

Yoshi: »Mitten in der Nacht?«

Tripley: »Ja. Mitten in der Nacht. Du wirst es nicht bereuen.«

Yoshi: »Und was bitteschön soll das sein? Markis, was hast du vor?«

Kim hielt die Aufzeichnung an, setzte sich in ihrem Sessel zurück und starrte auf Kanes Gesicht im Schein der Instrumente. In der manipulierten Version war von dieser Szene nichts zu sehen gewesen.

Keine Überraschung für Yoshi.

Jetzt wusste sie, warum Walt Gaerhard, der Techniker von Interstellar, sich geweigert hatte, etwas von der Reparatur an den Sprungmotoren zu erzählen, die er mit seinem Namen unterschrieben hatte.

Es hatte keine Reparatur gegeben.

Die *Hunter* hatte nie einen Maschinenschaden gehabt.

28

Wir schätzen Wahrheit – nicht, weil wir von Prinzipien beherrscht wären, sondern weil wir neugierig sind. Wir wiegen uns gerne in dem Glauben, dass wir keine Manipulation von Fakten tolerieren. Doch das genaue Wissen, was sich ereignet hat, richtet häufig mehr Schaden an, als dass es nützt. Mysterien und Mythologie sind deswegen ein sicherer Weg, weil sie jeglicher Manipulation zugänglich sind. Die Wahrheit, Ladys und Gentlemen, ist schlicht überbewertet.

– E. K. WHITLAW,
PLÄDOYER BEIM AMTSENTHEBUNGSVERFAHREN
VON MASON SINGH, 2087 A.Z.

Aus den Logbüchern der Hunter,
17. bis 19. Februar 573

»Das ist das Allerschönste, was ich je gesehen habe.« Das war Yoshis Stimme. Doch nur Kane war zu sehen. Er saß entspannt in seinem Sitz. Er blickte zur Rechten und auf irgendetwas, das außerhalb der Sichtweite der Kamera lag. Kim rief sich die Brücke der *Hunter* ins Gedächtnis und wusste, dass er aus dem großen Doppelfenster blickte. Auf dem vorderen Hauptschirm war die Alnitak-Region zu sehen, die gewaltigen Wolken, die dunkle Masse des Pferdekopfnebels, die leuchtenden Gaswolken von NGC2024, die Riesensonne selbst und die geschwungenen Ringe des Gasriesen.

»Wir dachten, das solltest du nicht verpassen.« Diesmal redete Emily. »Es gibt nichts Vergleichbares, wo wir bisher gewesen sind.«

Jetzt trat Emily ins Bild und setzte sich in den linken Pilotensitz.

»Ich denke«, sagte Yoshi, »wir sollten heute Abend draußen auf einer der Terrassen zu Abend essen.«

»Genau das, was wir vorhatten.« Das war Tripley. Aus Emilys und Kanes Körpersprache schloss Kim, dass die anderen nicht auf der Brücke waren. »Genau genommen ist es schon so etwas wie eine Tradition bei uns. Das machen wir jedes Mal, wenn wir hier draußen sind.«

Etwas auf dem Instrumentenpaneel erweckte Kanes Aufmerksamkeit. Er regelte ein paar Einstellungen nach, blickte auf seine Schirme und runzelte die Stirn. »Hey, das ist interessant.«

»Was denn, Markis?«, fragte Tripley.

»Ich weiß nicht. Wir haben ein Echo …«

»Was für ein Echo?«

»Metall. Es bewegt sich fast senkrecht zur Ebene des Systems.«

Emily beugte sich vor, um einen besseren Blick auf den Schirm zu haben. »Hat das etwas zu bedeuten? Was ist denn an einem Eisenbrocken so Besonderes?«

»Dieser Brocken hier scheint eine regelmäßige Form aufzuweisen.« Und nach einer Pause: »Aber regt euch nicht vorzeitig auf. Ich bin fast sicher, dass es nichts zu bedeuten hat.«

Trotzdem erschien auf Emilys Gesicht ein Hoffnungsschimmer.

»Markis?« Erneut Tripleys Stimme.

»Ich hab es auf deinen Monitor gelegt, Kile. Wir sind noch zu weit entfernt, um etwas zu erkennen.«

»Meinst du, es könnte sich um ein künstliches Objekt handeln?«

»Ich halte es für einen Eisenbrocken.« Kane drückte auf einen Knopf. »Um alle noch einmal daran zu erinnern, die Stiftung verlangt, dass wir während einer außergewöhnlichen Situation alles aufzeichnen, was sich irgendwo an Bord ereignet, bis die Situation gelöst ist. Mit Ausnahme der Privatquartiere natürlich. Wir werden in einer Minute die Kameras aktivieren. Also zieht euch alle hübsch ordentlich an, ja?«

»Kannst du uns ein Bild von diesem Objekt geben, Markis?«, fragte Yoshi.

»Es ist noch zu weit entfernt.«

»Wie weit ist weit?«

»Siebenhunderttausend Klicks. Es befindet sich im Orbit und verschwindet gleich hinter dem Planeten. Wir werden es in ein paar Minuten verlieren.«

»Nicht ganz, hoffe ich«, sagte Emily.

»Keine Chance«, erwiderte Kane. Sie beobachteten, wie es sich dem Horizont entgegen senkte und schließlich hinter dem Rand des Gasriesen verschwand.

»Kile, gehe ich recht in der Annahme, dass wir einen genaueren Blick auf das Objekt werfen wollen?«

Tripley lachte. »Sicher. Warum nicht, wenn wir schon einmal hier sind?«

»Wie lange, bis wir es wieder sehen können?«, fragte Yoshi.

»Das kann ich nicht sagen. Wir hatten es nicht lange genug auf den Schirmen, um seinen Orbit zu berechnen.«

»Häng dich einfach nur dran«, sagte Tripley.

»In Ordnung.« Kane erteilte der KI eine Reihe von Befehlen. »Wenn wir uns an die Verfolgung machen, muss die *Hunter* drehen. Alles anschnallen.« Die *Hunter* rotierte, ging auf neuen Kurs, und die Hauptantriebe zündeten.

Sie beschleunigten fast eine drei Viertel Stunde lang, bis das Objekt wieder auftauchte. »Es ist noch immer zu weit entfernt«, sagte Kane.

»Markis.« Das war die KI. »Das Objekt bewegt sich auf einer unregelmäßigen Kreisbahn. Es geht rasch tiefer und stürzt der Oberfläche entgegen. Es wird in sechs Wochen in der Atmosphäre verglühen.«

»Wie lange dauert es, bis wir es eingeholt haben?«, fragte Tripley.

Kane gab die Frage an die KI weiter.

»Morgen am späten Vormittag«, lautete die Antwort.

Auf der Brücke brannten nur zwei schwache Leuchten.

Ringe und Monde dominierten die Schirme. Gegen zwei Uhr siebzehn am Morgen weckte die KI Kane auf. »Wir haben ein Bild, Markis«, sagte sie.

Das Objekt war *glatt*, nicht der zerklüftete Klumpen aus Eisen und Fels, den man vielleicht erwartet hätte. Seine Form erinnerte an einen Schildkrötenpanzer.

Kane untersuchte das Objekt fast zehn Minuten lang, vergrößerte es, tippte auf der Konsole herum und nickte schließlich zu sich selbst. Dann aktivierte er den Interkomm und sagte leise: »Freunde, wir haben eine Anomalie.«

Einer nach dem anderen kamen sie auf die Brücke getappt, alle barfuß, alle in Morgenmänteln.

Alle vorsichtig aufgeregt. Emily starrte auf den großen Hauptschirm, die anderen wandten sich den Fenstern zu, auf denen Kane das Objekt abgebildet hatte. »Es ist eine Simulation«, sagte er, »aber sie ist sehr ähnlich dem, was dort draußen wirklich ist.«

Sie betrachteten schweigend das Bild. Yoshi stand nahe bei Tripley, und sie schienen sich zueinander hingezogen zu fühlen. Emilys Gesicht leuchtete.

»Es ist nicht sehr groß«, sagte Kane.

»Wie groß ist es?«

»Ein wenig mehr als einen halben Meter lang und ungefähr siebzig Zentimeter breit.«

Kim konnte fast spüren, wie sich die Enttäuschung auf der Brücke ausbreitete.

»Es sieht aus wie ein Spielzeug«, sagte Yoshi. »Sieht aus, als hätte irgendjemand es über Bord geworfen.«

Es taumelte langsam um seine eigene Achse.

Tripley stand neben einer Konsolenlampe. Er schaltete sie ab, damit sie besser sehen konnten. »Nur um der Vollständigkeit halber«, sagte er, »besteht die Möglichkeit, dass es sich um eine lokale Lebensform handelt?«

Emily schüttelte den Kopf. »Unwahrscheinlich. Alnitak strahlt viel zu viel UV ab.«

»Aber wir wissen nicht wirklich, ob Leben unmöglich ist«, entgegnete Tripley.

»Möglich ist fast alles«, sagte Emily. »Aber lasst uns nicht schon jetzt anfangen zu spekulieren.«

Antennen und Sensoren kamen in Sicht. Kane klopfte gegen das Fenster. »Es hat einen Klayson-Ring!«

Es dauerte eine Minute, bis ihnen klar wurde, welche Schlussfolgerungen sich daraus ergaben.

Ein Klayson-Ring deutete auf Hyperraum-Fähigkeit hin.

»Mal abgesehen von der Größe«, sagte Emily, »hat einer von euch schon mal so ein Design gesehen?«

Kane schüttelte den Kopf. »Ich habe bereits in den Datenbanken nachgesehen«, sagte er. »Es passt zu überhaupt nichts, das wir gebaut haben.«

»Es ist eine Sonde«, sagte Emily. »Wahrscheinlich hat sie irgendein Forschungsschiff zurückgelassen, das hier im System war.«

»Kann nicht sein«, widersprach Kane.

»Warum nicht?«

»Der Klayson-Ring.«

»Einige unserer Sonden besitzen Klayson-Ringe«, beharrte Emily.

»Sicher, aber sie sind nicht so winzig. Wir wissen gar nicht, wie man einen Sprungmotor in ein so kleines System packen kann. Es sei denn, in den letzten Monaten hat es ein paar gewaltige technische Fortschritte gegeben, von denen ich nichts weiß.«

»Willst du damit sagen, dass es ein außerirdischer Artefakt ist?« fragte Yoshi. Sie hauchte die letzten Worte nur.

Kane stand auf, trat zum Fenster und betrachtete das Gebilde. »Ich möchte keine allgemeine Aufregung verursachen, aber ich glaube nicht, dass wir oder irgendjemand, den wir kennen, dieses Ding hier zurückgelassen hat.«

Sie blickten einander an. Auf ihren Gesichtern erschien ein zaghaftes Lächeln. Emily presste die Hand auf die Lippen. Tripley blickte sich auf der Brücke um, als fürchtete er, jemand könnte eine andere, einfachere Erklärung liefern. Yoshi stand regungslos neben Kane und starrte auf die Fenster.

»Lasst euch nicht von seiner Größe täuschen«, sagte Kane. »Vielleicht können wir trotzdem mit ihm Kontakt aufnehmen. Vielleicht ist eine KI oder etwas Ähnliches an Bord.«

»Ich möchte eine Frage stellen«, sagte Tripley. »Muss denn intelligentes Leben groß sein?«

Emily nickte. »Theoretisch zumindest, ja. Schließlich muss das Gehirn eine gewisse Größe besitzen.«

Aber niemand wusste es mit Bestimmtheit.

Kane blickte von seiner Konsole auf. Diesmal schien er allein auf der Brücke zu sein. »Kile«, sagte er in den Kommlink.

Tripley und die anderen erschienen buchstäblich binnen Sekunden.

»Ich messe Energieemissionen«, eröffnete er ihnen. »Das Objekt ist nicht tot.«

»Das ist ja wunderbar!« Tripley stieß die rechte Faust in die Luft und drehte sich zu den Frauen um. »Meine Damen!«, sagte er. »Ich glaube, wir haben es tatsächlich geschafft!«

Alle fielen sich in die Arme. Emily küsste Kanes Hals, während er vorgab, verlegen zu sein, und Yoshi warf ihre Arme um ihn.

»Von diesem Augenblick an«, verkündete Tripley, »gehen wir von der Annahme aus, dass dort drüben Leben existiert.«

Als sie die Schildkröte eingeholt hatten, befanden sie sich hoch über dem Nordpol des Gasriesen und blickten auf die gesamte Pracht der Ringe hinunter. Kane steuerte die *Hunter* bis auf vierzig Meter an das fremde Objekt heran. Er hatte den Annäherungsvektor so ausgewählt, dass der Alnitak hinter ihnen war und die Aufnahmeoptiken nicht blenden konnte.

Alle hatten sich im Missionskontrollzentrum versammelt, mit Ausnahme von Kane, der auf der Brücke blieb. Tripley nahm hinter der Kommunikationskonsole Platz, blickte die anderen an und gab dann Kane das Signal, dessen virtuelles Bild einen der Sitze einnahm. Kane nickte, und Tripley legte den Zeigefinger auf die Übertragungstaste. Kane hatte darauf hingewiesen, dass die KI zwar sämtliche Sendeversuche übernehmen konnte, aber der Augenblick war in geschichtlicher Hinsicht einfach zu groß.

»In Ordnung«, sagte Kane. »Wenn du so weit bist …«

Tripley drückte auf die Taste. Einmal, zweimal. Er blickte die anderen an und strahlte. »Vielleicht …«, sagte er, »vielleicht wurde gerade die erste Unterhaltung …«

Er drückte die Taste erneut. Dreimal.

»… zwischen Menschen und ihren Brüdern von den Sternen …«

Viermal.

»… eingeleitet.«

Sie blickten einander erwartungsvoll an. In den Fenstern taumelte der Schildkrötenpanzer träge vor dem Hintergrund einer Mondlandschaft.

»Alles dunkel da drüben«, sagte Kane.

Emily schüttelte den Kopf. »Es ist zu klein. Eine Schande ist das, wirklich. Aber ich gebe mich auch mit einem Artefakt zufrieden.«

»Du gibst viel zu schnell auf«, entgegnete Yoshi. »Versuch es noch einmal, Kile.«

Tripley sendete die Sequenz erneut. Eins, zwei, drei, vier.

Der Raum wurde allein von den Ringen des Gasriesen erhellt.

»Ich denke, Emily hat Recht«, sagte Tripley.

»Wenn es dort drüben jemanden gäbe, hätte er sicherlich versucht zu antworten.«

Sie sandten das Signal ein drittes Mal ab. Und dann saß nur noch Yoshi an der Konsole und versuchte es unermüdlich weiter.

»Wir sollten uns über etwas im Klaren sein«, sagte Kane und betrachtete das Bild. Er deutete auf ein Objekt in der Nase des Schildkrötenpanzers. Es sah aus wie eine Klammer oder eine Gabel. »Möglicherweise verfügt das Gebilde über Angriffsfähigkeiten.«

»Warum sollte es uns angreifen?«, fragte Emily.

»Was passiert, wenn du ein fremdes Tier aufscheuchst? Du weißt es nicht. Was ich damit sagen will, ist, dass es passieren *könnte*. Und ich möchte keine unliebsame Überraschung erleben.«

»Sie werden schon nicht auf uns schießen«, sagte Tripley. »Warum sollten sie? Sie kennen uns schließlich nicht einmal.«

Kanes Stimme blieb kühl. »Denk mal über den Größenunterschied nach. Wir sind wahrscheinlich mehrere hundert Mal so groß wie sie. Falls es dort drüben wirklich etwas Lebendiges gibt, dann sind sie in diesem Augenblick mit Sicherheit äußerst nervös. Wäre die Situation umgekehrt, wäre ich es ganz bestimmt.«

»Und was schlägst du vor?«, fragte Emily.

»Dass wir darauf vorbereitet sind, jederzeit den Rückzug anzutreten. Was ich damit sagen will: Ich wünsche, dass sich alle verdammt schnell anschnallen, wenn ich das Kommando gebe, und zwar ohne Murren und ohne Widerspruch. Ich bezweifle zwar, dass es so weit kommen wird, aber falls doch, muss ich schnell handeln.«

»Einverstanden«, sagte Emily, ohne ihre Belustigung auch nur im Ansatz zu verbergen. »Falls sie schießen, verschwinden wir. Ich glaube nicht, dass irgendjemand dagegen argumentieren wird.«

»Und was machen wir nun als Nächstes?«, fragte Yoshi. »Sie scheinen ihren Empfänger nicht eingeschaltet zu haben. Was können wir sonst noch tun, um auf uns aufmerksam zu machen?«

»Wir könnten Blinksignale geben«, schlug Emily vor.

Tripley nickte. »Gute Idee.«

Kane schaltete die Positionslampen ein und aus, wartete ein paar Sekunden, schaltete sie ein und aus, wartete ein paar Sekunden.

So ging es einige Zeit weiter. Schließlich fragte Tripley, ob sonst noch jemand eine Idee hatte.

»Ja«, sagte Yoshi. »Warum ziehen wir uns nicht ein Stück zurück, damit sie sich nicht bedrängt fühlen? Sollen sie den nächsten Zug machen, wenn sie Lust dazu haben. Sie müssen doch genauso neugierig sein wie wir.«

Alle stimmten darin überein, dass es zumindest einen Versuch wert war, und Kane manövrierte die *Hunter* in eine Entfernung von fünf Kilometern, bevor er wieder auf einen parallelen Orbit ging.

Die nächsten Stunden verbrachten sie mit einer langen, sinnlosen und sich häufig im Kreis bewegenden Diskussion. Das Schildkrötenschiff schien kein Kampfschiff zu sein, denn die Region um den Alnitak war nach allem, was sie wussten, ein Niemandsland und ein Gebiet, das unmöglich von irgendwelchem strategischen Wert sein konnte. Aus den gleichen Gründen handelte es sich wohl nicht um ein Handelsschiff. Damit blieb nur die Möglichkeit eines Forschungs- oder Erkundungsschiffs übrig. *Falls* es nicht vollständig automatisiert war und *falls* es sich tatsächlich um ein Schiff handelte, dann sollten sich Wissenschaftler an Bord befinden. Doch falls sich Wissenschaftler an Bord befanden, warum hatten sie dann bisher nicht geantwortet?

Tripley schlug vor, dass sie es erneut per Funk versuchten. Sie wechselten die Signalfolge auf die ersten Primzahlen drei-fünf-sieben und wiederholten die Sequenz automatisch. Zwei Stunden später gaben sie auf und schalteten den Sender wieder ab.

»Wir müssen anfangen, uns darüber Gedanken zu machen«, sagte Emily, »was wir unternehmen, falls sie nicht antworten.«

»Nichts leichter als das«, entgegnete Kane.

Alle sahen ihn überrascht an. Kane vermied es normalerweise geflissentlich, Vorschläge zu unterbreiten, die den Verlauf der Mission betrafen, im Gegensatz zu technischen Angelegenheiten oder die Führung des Schiffs. »Wir schießen so viel Bilder wie nur möglich und fliegen damit nach Hause.«

»Nein«, widersprach Tripley. »Das kommt überhaupt nicht in Frage.«

»Selbst wenn es keine weiteren Überlegungen gäbe«, sagte Yoshi, »sieht es doch wohl ganz danach aus, als trieben sie hilflos und ohne Motoren durch den Raum und würden in nächster Zeit abstürzen. Falls sich noch jemand an Bord befindet und wir einfach abfliegen, werden alle sterben.«

»Außerdem, wenn wir mit nichts mehr in der Hand als mit Bildern zurückkehren«, sagte Tripley, »würde uns die wissenschaftliche Gemeinde steinigen.«

»Mir fallen drei mögliche Gründe ein, warum sie nicht antworten«, entgegnete Kane. »Erstens, das Schiff ist vollautomatisch. Zweitens, alle an Bord sind längst tot. Und drittens, sie spielen Versteck.

Die Tatsache, dass sie in einem instabilen Orbit kreisen, legt die Vermutung nahe, dass sie einen Maschinenschaden haben. Sie können nicht flüchten und sind wahrscheinlich auch nicht imstande zu kämpfen. Sie haben ein anderes Schiff mit gigantischen Ausmaßen vor der Nase, möglicherweise das gewaltigste künstliche Objekt, das sie jemals gesehen haben. Also halten sie still in der Hoffnung, dass wir uns zurückziehen. Oder …«

»Oder was?«

»Oder dass bald Hilfe eintrifft.«

»Du glaubst, sie haben einen Notruf abgesetzt?«

»Sicher. Wenn sie die Möglichkeit hatten.«

»Könnten wir ihn abfangen?«

»Wir wissen nicht genug über ihre Technik. Falls sie Hyperkomm benutzen, was ich für wahrscheinlich halte, dann müssten wir schon astronomisches Glück haben, um den Funkspruch aufzufangen.«

Emily schlug vor, es noch einmal mit dem normalen Sender zu versuchen.

»Warum soll es diesmal funktionieren, wenn es die anderen Male auch nicht funktioniert hat?«, entgegnete Tripley.

»Sie hatten Zeit zu sehen, dass wir keine Bedrohung darstellen. Vielleicht sind sie jetzt eher bereit, ein Risiko einzugehen.«

Kane wies die KI an, mit den Sendeimpulsen zu beginnen, diesmal wieder die Vierersequenz.

»Ich habe die Möglichkeit nie in Betracht gezogen«, sagte Tripley, »dass eine Situation wie diese eintreten könnte. Wir haben stets angenommen, dass Außerirdische, sollten wir ihnen begegnen, ähnlich sind wie wir. Neugierig, eifrig auf Kommunikation bedacht und freundlich gesinnt.«

Ein neues Geräusch drang aus den Lautsprechern.

Ein Blip.
Dann zwei Blips.
Und dann drei.
»Es kommt von der Schildkröte«, meldete Kane.
Vier.
Und *fünf*.
Tripley hämmerte auf die Konsole.
Sie zählten weiter bis *acht*.

Im Kontrollzentrum brach ein Freudentaumel los. Sie stießen Fäuste in die Luft, umarmten sich, schüttelten sich die Hände. Und ein paar Tränen flossen auch.

»Mein Gott, sie sind wirklich da!«, flüsterte Tripley.

»Zeichnen wir das alles auf?«, fragte Emily zu Kane gewandt. »Für das Log?«

Der Kommandant der *Hunter* blickte direkt in die Kamera. »Ja«, sagte er. »Das hier werden unsere Kinder noch in tausend Jahren in der Schule zu sehen bekommen.«

Tripley holte vier Gläser und eine Flasche Wein.
Das Schildkrötenschiff sandte ein weiteres Blip.
Dann zwei.
»Sie zählen erneut«, sagte Tripley.
Drei. Fünf.
Acht.
Sie blickten sich an. Warteten.

»Acht«, sagte Tripley. »Was kommt nach der Acht? Sie warten offensichtlich auf eine Antwort.«

Emily zuckte die Schultern. »Dreizehn«, sagte sie.

»Wie kommst du darauf?«

»Jede Zahl ist die Summe der vorhergehenden.«

»Das klingt logisch«, sagte Tripley. Er schaltete den Sender auf Handbetrieb und tippte die Antwort ein.

Die Blips kamen erneut: Eins, zwei, drei, fünf, sieben.

»Primzahlen«, sagte Emily.

Tripley grinste. Offensichtlich gefiel ihm das Spiel mächtig. »Elf«, sagte er.

Emily stand am Fenster und blickte hinaus auf das winzige Raumschiff. »Ich glaube, es ist an der Zeit für ein visuelles Signal«, sagte sie.

Tripley stimmte ihr zu. »Gut. Aber was wollen wir ihnen zeigen?«

»Worauf sind sie wohl am meisten neugierig?«

»Auf uns?«, schlug Yoshi vor.

»Ja.« Tripley strahlte. »Einer von uns sollte Hallo sagen. Eine von euch Frauen …«

»Warum eine der Frauen?«, fragte Emily. »Ich denke, jeder sollte einmal in die Aufnahme treten. Sie sollen sehen, mit wem sie es zu tun haben.«

»Einverstanden. Machen wir es so. Emily, du suchst am längsten von uns allen nach den Außerirdischen. Du sprichst als Erste.«

Emily war sichtlich bewegt. »Sicher«, sagte sie. »Damit kann ich leben. Sehr gut.« Sie war bereits dabei, Notizen zu verfassen.

Kane war offensichtlich zufrieden. »Ihre sprachlichen Fähigkeiten reichen möglicherweise nicht aus«, sagte er.

»Das ist nicht für die Fremden. Es ist für unsere Kinder in tausend Jahren.«

»… die das hier auch hören und sehen werden«, erinnerte sie Yoshi.

»Das macht doch nichts. Sie werden es bestimmt verstehen.«

Emily setzte sich und gab ein Zeichen, dass sie bereit war. Tripley justierte ein letztes Mal das Bild und schaltete die Übertragung ein. »Du bist auf Sendung«, sagte er. Sie blickte direkt in die Kamera und setzte ihr bezauberndstes Lächeln auf. »Wir wissen, dass ihr wahrscheinlich nichts von dem hier verstehen werdet«, sagte sie. »Aber wir wollen trotzdem Hallo sagen. Grüße von der Welt Greenway. Können wir euch vielleicht irgendwie behilflich sein?«

Die anderen drei sprachen danach. Tripley gab seiner Hoffnung Ausdruck, dass aus dieser zufälligen Begegnung eine für beide Seiten nutzbringende langfristige Beziehung entstehen würde. Yoshi wünschte ›unseren interstellaren Freunden‹ alles Gute und erklärte, dass mit dieser Begegnung eine neue Epoche für beide Spezies begann.

Schließlich war Kane an der Reihe. Er sah nicht aus, als freute er sich darauf, doch als Yoshi ihn als ihren Kommandanten vorstellte und sagte, dass er etwas sagen müsse, erhob er sich und trat vor die Kamera. »Wir freuen uns sehr, eure Bekanntschaft zu machen. Wenn wir euch irgendwie behilflich sein können, dann lasst es uns wissen.«

Und mit diesen Worten beendete er die Sendung.

»Nun?«, fragte Tripley. »Wie waren wir?«

»Ich denke, ihr wart fantastisch«, sagte Kane.

»Irgendein Zeichen bisher? Irgendeine Antwort?«, fragte Emily.

»Bis jetzt nicht.«

Kane sank in seinen Sitz zurück. Tripley fragte, ob er es für wahrscheinlich hielt, dass die Schildkröte über die geeignete Ausrüstung verfügte, um ein visuelles Signal zu entschlüsseln. Kane versicherte ihm, dass sie ganz bestimmt entsprechend ausgerüstet war.

Sie warteten.

Die Minuten vergingen. Und eine weiße Kontrollleuchte flackerte auf.

»Eine Antwort«, verkündete Kane.

Es erinnerte an einen Schmetterling.

Kim, die in ihrem Wohnzimmer saß und ein gespenstisches, durchsichtiges Etwas erwartete, riss überrascht die Augen auf und beugte sich vor. Ihr Puls begann zu hämmern.

Der Schmetterling blickte die vier Besatzungsmitglieder der *Hunter* aus kühlen, goldenen Augen an. Es waren keine Facettenaugen wie bei irdischen Insekten; sie waren eher wie bei Säugetieren. Das Wesen besaß einen Thorax und Mandibeln und mehrere Gliedmaßenpaare, insgesamt sechs, wie es schien, doch es war schwierig zu erkennen. Auf seinem Rücken bewegten sich langsam rot-golden gefleckte Flügel.

Es trug eine überraschend profane grüne Bluse. Die untere Körperhälfte war nicht zu sehen.

Es gab keinerlei Gesichtszüge, die nach menschlichen Gesichtspunkten eine Mimik hätten darstellen können. Von irgendwo – es war unmöglich festzustellen woher – erklang ein rhythmischer Singsang, durchsetzt von einer raschen Folge von Klickgeräuschen.

Das Bild war sowohl auf den Monitoren des Kontrollzentrums als auch der Brücke zu sehen, und Kane hatte es außerdem auf sämtliche Fenster gelegt.

Das fremde Wesen saß auf einem Traggerüst, wahrscheinlich dem Äquivalent eines Stuhls. Auf einer Wand hinter ihm waren ein paar Instrumente zu sehen, und die Brücke, falls es sich darum handelte, schien normale Größe zu besitzen. Eine eigenartige Illusion – jeder, der die Sendung empfing, würde ein paar krasse Fehlschlüsse aus den Bildern ziehen. Der Schmetterling schien in etwa genauso groß zu sein wie ein Mensch.

Das Wesen hob die oberen Gliedmaßen in einer

Geste, die aussah wie ein Gruß. Es behielt diese Haltung genau eine Minute und siebzehn Sekunden bei. Dann wurde der Schirm dunkel.

»Was ist passiert?«, fragte Tripley.

Kane schüttelte den Kopf. »Offensichtlich ist es das Ende der Sendung«, sagte er. »Schätze, sie sind nicht für Smalltalk zu haben.«

»Können wir ein Bild der Hauptschleuse von außen zeigen?«, fragte Emily Kane. »Unserer Hauptschleuse, meine ich?«

»Negativ. Wir verfügen über keine Kamera, die diesen Blickwinkel abdeckt. Warum?«

»Was ist mit der Frachtluke?«

»Das ginge.«

»Was hast du vor?«, fragte Tripley.

»Ich denke, wir sollten ihnen eine Einladung schicken.« Sie erklärte ihre Idee, doch Tripley schien immer noch zu zögern, als sie geendet hatte.

»Du hältst das für klug?«

»Was haben wir zu verlieren? Markis hat Recht; ihr Schiff ist beschädigt, und vielleicht treffen wir damit genau den richtigen Tonfall bei den Fremden.«

»Also schön«, sagte Tripley. »Probieren wir's.«

Kane richtete eine der Backbordkameras auf die Luke, öffnete sie und schaltete die Schleusenbeleuchtung ein. Emily straffte ihr Bluse und überprüfte ihre Frisur. Als sie fertig war, teilte Kane den Schirm und legte sie auf die eine Hälfte und die offene Luke auf die andere.

»Noch mal hallo«, sagte er. »Hättet ihr Lust an Bord zu kommen?«

In den Fenstern war wieder das Bild des Minischiffs zu sehen. Es schwebte ernst und schweigend vor dem Hintergrund der Sternenwolken.

Emily wartete. Und versuchte es erneut.

Und ein drittes Mal.

»Ich glaube, jetzt bin ich beleidigt«, sagte sie schließlich.

»Was ist bloß los mit ihnen?« Zwei Stunden waren vergangen, und Tripley konnte seine Frustration nicht mehr verbergen. »Glaubt ihr, sie haben die offene Luke als eine Bedrohung angesehen?«

»Keine Ahnung. Wir haben es hier mit Schmetterlingen zu tun, verdammt noch mal! Vielleicht haben sie ja schlechte Erfahrungen mit Spinnen gemacht?«

»Und was sollen wir jetzt tun?«, fragte Emily.

»Die offene Tür müsste eigentlich ein universales Zeichen sein«, beharrte Tripley. »Sie bedeutet doch lediglich, dass sie willkommen sind. Warum versuchen wir es nicht noch einmal?«

»Soll Yoshi ihnen winken«, sagte Emily. »Vielleicht hat sie mehr Glück.«

Yoshi übernahm Emilys Platz vor der Kamera, lächelte süß und sah so harmlos aus, wie sie nur konnte, während sie freundlich winkte.

Noch immer keine Antwort.

»Mir ist gerade etwas eingefallen«, sagte sie dann. »Wahrscheinlich wissen die Fremden überhaupt nicht, wie groß wir sind. Als Individuen, meine ich. Wahrscheinlich denken sie, wir wären zu Tausenden hier an Bord.

»Du hast Recht«, sagte Emily verblüfft.

»Was heißt …?«

»Was heißt, dass ein physisches Aufeinandertreffen möglicherweise keine gute Idee wäre. Jedenfalls für den Augenblick.«

»Eine neue Sendung kommt herein«, sagte Kane.

»Nur Audio diesmal.« Er legte die Übertragung auf den Lautsprecher.

Sie sendeten wieder Blips.

Eins.

Zwei. Drei.

Vierzehn.

»*Vierzehn?*«, fragte Tripley verwirrt.

»Das ist keine Serie«, sagte Yoshi.

Emily atmete tief durch. »Meine Meinung. Aber was versuchen sie uns zu sagen?«

Die Sequenz wurde wiederholt. Eins. Zwei. Drei. Vierzehn.

Und noch einmal.

»Sie sagen, dass wir verschwinden sollen«, sagte Emily. »Vierzehn passt in keine Serie. Sie wollen, dass wir weggehen.«

»Und was machen wir nun?«, fragte Tripley.

»Was schon? Wir fliegen nach Hause«, sagte Kane. »Wir nehmen ihre Botschaft ernst und verschwinden. Ich glaube nicht, dass wir hier noch mehr ausrichten können außer dem Ruf unserer Spezies schaden.«

»Das können wir nicht, Markis«, sagte Tripley. »Das wäre verrückt!«

Emily sah müde aus. »Und was schlägst du stattdessen vor, Kile?«

»Markis, bist du immer noch der Meinung, dass sie treiben?«

»Ja, gar keine Frage.«

»Dann können wir nicht einfach verschwinden.« Er war hin und her gerissen. »Wir wissen nicht, wie weit sie von zu Hause entfernt sind. Und wir wissen auch nicht, ob Hilfe unterwegs ist.« Er blickte Hilfe suchend zu Emily. »Möchtest du sie hier zurücklassen? Auf die Gefahr hin, dass sie in diesem Gasriesen verglühen?« Er deutete hinter sich.

»Könntest du den Rest deines Lebens mit dieser Schuld verbringen?«

»Warum warten wir nicht einfach ab, ob jemand vorbeikommt, um ihnen zu helfen?«, schlug Yoshi vor. »Wenn in einem angemessenen Zeitraum niemand auftaucht, könnten wir immer noch versuchen, sie an Bord zu nehmen.«

»Und was ist ein angemessener Zeitraum?«, fragte Tripley. »Soweit wir wissen, geht ihnen die Lebenserhaltung aus, während wir hier debattieren. Gott allein weiß, wie lange sie schon hier gestrandet sind.«

»Aber sie sagen doch, dass wir verschwinden sollen!«, sagte Emily.

Yoshi runzelte die Stirn. »Da bin ich nicht so sicher. Vielleicht ist ihre Nachricht auch ein Notruf. Sie brechen die Sequenz ab, das bedeutet, etwas stimmt nicht. Vielleicht denken sie, dass wir ihre Botschaft verstehen müssen. Genauso wie wir glauben, dass sie unsere offene Tür verstehen müssen.«

»Seht mal«, sagte Tripley am Ende seiner Geduld. »Was ist das Schlimmste, das uns passieren kann, falls wir sie aufnehmen? Wir kehren nach Greenway zurück ...«

»St. Johns liegt näher.«

»Nach Greenway. Wir werden Hilfe benötigen. Wir stellen auf dem Heimflug ein Team zusammen, das uns bereits erwartet, wenn wir andocken. Wir tun, was in unserer Macht steht für diese armen Bastarde. Und dann geben wir ihnen den Schlüssel zu unserer Welt und lassen sie ihrer Wege gehen.«

»Falls es funktioniert«, sagte Yoshi, »wäre das jedenfalls ein großartiger Weg, gegenseitige Beziehungen einzuleiten.«

»Dann sind wir uns also einig. Markis, hast du Einwände?«

»Ich würde die Hände von der Sache lassen. Aber es ist deine Entscheidung, Kile. Ich mache mit, wie immer du dich entscheidest.«

»Dann machen wir es.«

»Und wie?«, fragte Yoshi.

Tripley atmete tief durch. »Wie du bereits gesagt hast. Dieses Schiff scheint nicht mehr manövrierfähig zu sein. Also nehmen wir es doch einfach an Bord.«

Emily und Tripley zogen ihre Druckanzüge an, gingen nach unten und evakuierten den Frachtraum.

»Wenn ich das Kommando gebe«, sagte Kane, »dann öffnet ihr die Luke. Aber nicht vorher. Ich habe keine Lust auf eine Überdosis von Alnitaks Strahlung. Wir drehen das Schiff so, dass die Luke der Sonne abgewandt ist. Trotzdem ist es nicht sicher, also werden wir uns beeilen. Sobald die Tür offen ist, müsst ihr nichts mehr tun. Ich bringe die Schildkröte an Bord. Falls es eine Reaktion gibt und wir manövrieren müssen, dann haltet euch irgendwo fest. Und sobald das Schiff in der Schleuse ist, schließt ihr die Luke wieder. Alles klar?«

»In Ordnung, Markis«, sagte Tripley.

Die Korrekturtriebwerke auf der Steuerbordseite feuerten, und in einer langsamen Seitwärtsbewegung näherte sich die *Hunter* ihrem Ziel.

Mit aufgesetzten Helmen betraten sie die Luftschleuse und setzten sich auf die Bank. Der Schirm in der Außentür fungierte als Fenster, allerdings enthüllte der Blickwinkel der Aufzeichnungskamera im visuellen Log nicht alles, was die beiden sahen.

»Bis jetzt keine Reaktion«, sagte Kane.

Er benötigte fast eine Stunde, um die Entfernung

zu überbrücken. Als es soweit war, signalisierte er Tripley, die Innenluke zu öffnen. Und dann die Außenluke.

»Noch immer nichts« sagte Kane. »Und noch etwa zwei Minuten bis zum Kontakt.«

Sie verließen die Schleuse und verschafften Kane Platz zum Manövrieren.

»Wir schalten gleich die Gravitation ab«, sagte Kane. »Haltet euch fern von dem Objekt. Falls etwas Unerwartetes geschieht, verschwindet. Wenn jemand stirbt, bekommen wir jede Menge Papierkram, und das würde uns auch nicht weiterhelfen.«

»Alles in Ordnung?«, fragte Emily ihren Partner.

»Bestens«, antwortete Tripley.

»Sehr gut«, sagte Kane monoton. »Ich schalte jetzt die Gravitation ab. Macht keine plötzlichen Bewegungen, ja?«

Vor der Luftschleuse erschien das außerirdische Raumschiff.

»Bleibt weg«, warnte Kane. »Die Schildkröte gleitet auch ohne euer Zutun in die Schleuse. Sobald sie drinnen ist, schließt ihr die Tür. Und macht einen großen Bogen um das Schiff.«

Die Außenscheinwerfer der *Hunter* strichen über den Schildkrötenrumpf. Kim bemerkte etwas, das ihr bisher nicht aufgefallen war: Die Geometrie ähnelte dem hyperbolischen Objekt, das sich an die *Hammersmith* geheftet hatte.

»Keine Sorge«, sagte Emily. »Uns geschieht schon nichts.«

»Ganz sicher. Aber haltet trotzdem Abstand, bis wir sicher sind, dass es ungefährlich ist. Sobald wir uns davon überzeugt haben, müssen wir uns einen Weg ausdenken, wie wir es während der Heimreise nach Greenway sichern.«

»Vielleicht«, sagte Yoshi, die alles vom Korridor

her verfolgte, »vielleicht hätten wir vorher ein wenig gründlicher über alles reden sollen.«

Die Schildkröte war unmittelbar außerhalb der Luftschleuse. Kane bewegte die *Hunter* mit winzigen Schüben auf das fremde Objekt zu. Tripley stand da und beobachtete es. Wahrscheinlich war er gefangen von seinem Anblick, doch unter dem Helm war sein Gesicht nicht zu erkennen. Er war viel zu nah, und Emily nahm ihn beim Arm und zog ihn sanft aus dem Weg.

Das Schiff schwebte in die Schleuse. Passierte die Außenluke und glitt in den Frachtraum. Und in das Licht der Scheinwerfer.

»Hey«, sagte Kane. »Wir bekommen ein visuelles Signal!«

Tripley warf einen verblüfften Blick auf einen der Monitore. Das Bild des Mikroschiffs verschwand, und der Schmetterling war zu sehen. Seine Antennenfühler zuckten aufgeregt, und der klickende Singsang war eine Oktave höher als zuvor.

»Ich glaube, es hat Angst«, sagte Emily.

»Vielleicht.« Tripley blickte vom Schirm auf die Schildkröte. »Aber bald werden sie uns zweifellos dankbar sein.«

Tripley schwebte zur Luftschleuse in der Absicht, die Luke zu schließen. Doch das Mikroschiff *bewegte* sich. Es rotierte ein paar Grad um die eigene Achse, richtete den Bug auf den offenen Himmel jenseits der Luke und setzte sich in Bewegung. Es war eine Art *Satz,* als ob es keine volle Kontrolle über seine Antriebe hätte.

»Bleibt weg«, warnte Kane. »Es will nach draußen.«

Emily wollte Tripley zurückziehen. »Sie haben Angst«, sagte sie. »Sie haben gerade herausgefunden, wie groß wir sind. Mach keine bedrohlichen

Bewegungen.« Und dann schwebte sie – unfasslich! – vor das fremde Schiff und hob die Hände. »Keine Angst«, sagte sie. »Wir wollen euch doch nur helfen.«

Mehrere Dinge geschahen gleichzeitig.

Tripley drückte auf einen Knopf, und die Schleusenluke begann, sich zu schließen. Kane rief Emily eine Warnung zu, dass die Fremden sie nicht hören konnten und dass sie aus dem Weg gehen solle. Und das Bild des Schmetterlings verschwand von den Schirmen.

Starrköpfig hielt Emily ihre Stellung und blockierte den Fluchtweg des fremden Schiffs durch die Luke, die sich immer schneller schloss. »Bitte«, sagte sie. »Gebt uns doch eine Chance zu helfen.«

Ein Zwillingsstrahl roten Lichts schoss aus der Gabel im Bug des Schiffs. Er traf Emily mitten in den Bauch und schleuderte sie durch die Luftschleuse ins All. Tripley schrie auf und wollte sie packen, doch stattdessen gab er ihr nur einen Stoß und änderte ihren Kurs und wäre dabei fast noch selbst nach draußen gesegelt. Er starrte dem sich entfernenden Körper hinterher, wirbelte herum und warf sich auf die Schildkröte. Kane befahl ihm anzuhalten, doch es war zu spät. Der Leiter der Mission packte das Mikroschiff, und sein Schwung trug beide quer durch die Kammer. Sie krachten in die Wand, und Tripley prallte in der Schwerelosigkeit zurück. Er hielt das Schiff immer noch gepackt.

Die Außenluke glitt endgültig zu.

»Wir gehen auf ein g«, sagte Kane.

Tripley mitsamt Mikroschiff polterte zu Boden.

Auf einem der Schirme war Emily zu sehen, die noch immer weiter von der *Hunter* wegtrieb. In ihrer Spur schäumte rotes Blut.

»Die Lebenserhaltungsmonitore zeigen ...« Kanes Stimme brach. Er brauchte einen Augenblick, um die Fassung zurückzugewinnen und den Satz zu beenden. »... zeigen keinen Puls mehr.«

Yoshi blieb eisenhart. »Ich sage, wir lassen sie gehen. Wir lassen sie gehen, verschwinden von hier und vergessen alles, was hier geschehen ist.«

»Sie haben Emily umgebracht!«, sagte Tripley. »Wie können wir sie da einfach gehen lassen?«

»Sie hatten Angst. Sie wollten fliehen.«

»Aber es bestand kein Grund dazu.«

Kane meldete sich zu Wort. »Niemand hat mehr Grund als ich, die kleinen Bastarde tot zu wünschen.« Er verstummte, und seine Kiefermuskeln arbeiteten. »Aber es waren besondere Umstände. Yoshi hat Recht. Setzt sie auf ihren Orbit zurück und lasst sie gehen.«

Tripley schüttelte den Kopf. »Das würde bedeuten, dass Emily für nichts gestorben ist. Was sollen wir den Leuten erzählen, wenn wir wieder zu Hause sind? *Wir haben Außerirdische gefunden, aber sie wollten nicht mit uns reden. Wir wissen nicht, wie ihr Schiff funktioniert, wir hatten keine Gelegenheit zu fragen. Wir wissen auch nicht, woher sie kommen. Alles andere könnt ihr uns fragen. Ach, übrigens – wir haben Emily verloren.*«

»Was willst du tun?«, fragte Kane.

»Wir nehmen sie mit. Wir haben uns längst festgelegt. Um Himmels willen, Markis, wir haben den Preis bezahlt. Wir sind es Emily schuldig!«

»Hätten wir unsere Gehirne benutzt ...«

»Es ist zu spät für Selbstvorwürfe. Du möchtest, dass ich die Schuld auf mich nehme? Meinetwegen. Es ist alles meine Schuld.«

»Das bringt Emily auch nicht wieder zurück, Kile.«

»Ich weiß, Markis. Es war dumm von uns. Wir sind ein Risiko eingegangen. Aber jetzt muss es auch zu etwas gut gewesen sein. Wie sollen wir jetzt noch einfach so nach Hause fliegen?«

»Kile?« Das war Yoshis Stimme. Sie klang angespannt. »Ich glaube nicht, dass uns irgendjemand diese Sache danken wird.«

»Was meinst du damit? Wie kannst du das sagen? Das ist es, wonach die gesamte Menschheit gesucht hat! Es ist der Heilige Gral!«

»Sicher, die Menschen werden sich über unsere Entdeckung freuen, aber uns selbst … uns wird man auslachen.«

Tripley schüttelte verzweifelt den Kopf. »Du wolltest sie genauso sehr an Bord nehmen wie ich!«

»Denk doch mal darüber nach«, sagte Yoshi. »Wir wissen nicht, ob sie per Hyperkomm um Hilfe gerufen haben. Passt auf Riesen auf mit offenen Schleusenluken. Schießt, sobald ihr sie seht. Was glaubst du, was die Menschen über die Aufzeichnungen sagen werden, die zeigen, wie du das Mikroschiff angreifst und gegen die Wand schleuderst?«

»Markis, ist das wirklich alles im visuellen Log festgehalten?«

»Ja, ich fürchte ja, Kile.«

»Mein Gott! Aber … diese Bastarde sind Killer!«

»Nur, weil wir sie gegen ihren Willen entführt haben«, widersprach Yoshi. »Sie haben sozusagen in Notwehr gehandelt und hatten jedes Recht dazu. Die Medien werden es genauso sehen. Ich will hier niemandem die Schuld geben, aber wir müssen sehr genau über das nachdenken, was wir zu Hause erzählen werden. Unser Ruf, unsere Karrieren, einfach alles steht auf dem Spiel. Selbst in den Geschichtsbüchern werden wir als Trottel der allerersten Güte dastehen. Man wird noch in hundert Jahren über uns lachen.«

Sie saßen im Missionskontrollraum. Emilys Leichnam war geborgen worden und lag auf ihrer Koje. Das Schiff der Außerirdischen war auf allen Schirmen zu sehen. Es wurde von der künstlichen Gravitation am Boden des Frachtraums festgehalten. »Wir können dieses Ding doch nicht einfach wegwerfen!« Tripley flehte beinahe.

Niemand antwortete.

29

Der Mensch edler Gesinnung muss sich mehr um die Wahrheit kümmern als um das, was andere von ihm denken.

– ARISTOTELES, 340 V.A.Z.

Kim wiederholte die Sequenz mit den Geschehnissen im Frachtraum. Sie hielt das Bild im Augenblick des Auftreffens an, als der Zwillingsblitz Emily traf. Sie vergrößerte den Ausschnitt mit dem Helm ihrer Schwester. Hinter dem spiegelnden Glas sah sie Emilys Gesicht, das mehr Überraschung als Angst verriet.

Emily war schnell gestorben, und das war ein schwacher Trost. Doch nach dem Angriff hatte es ein paar Sekunden gegeben, als die Lichter ausgegangen waren, in denen Kim fast Emilys Gedanken lesen konnte. *Ich hatte es in meinen Händen, ein Schiff, das von einer anderen Zivilisation gebaut wurde, und jetzt werde ich niemals erfahren, wer sie sind …*

Ihre Kameraden verfielen mehr und mehr in eine Haltung von klassischem Fatalismus. Sie würden die Schildkröte mit nach Greenway nehmen und alles über ihre Erbauer herausfinden, was herauszufinden war. Doch zuerst mussten sie dafür sorgen, dass das Vehikel keine Schäden mehr anrichten konnte.

Sie fanden heraus, dass die Waffe, die es gegen

Emily eingesetzt hatte, die Gabel am Bug war. Sie benutzten eine Stange, um die Gabel abzubrechen, dann verstauten sie das Schiff in einem Frachtcontainer.

Als Nächstes brach eine erhitzte Debatte aus, die zu der leidenschaftslosen, wenngleich zögerlich gefassten Entscheidung führte, dass der gesamte Zwischenfall verschleiert werden musste. »Bis eines Tages die Zeit gekommen ist, um zu enthüllen, was wir gefunden haben«, sagte Tripley. »Falls dieser Zeitpunkt jemals kommt.« Kane war entschieden dagegen, vielleicht weil ihm der Gedanke nicht gefiel, die Logbücher zu fälschen, aber auch und hauptsächlich, weil ihm diese Arbeit zufiel. Doch schließlich beugte er sich dem Argument, dass ihre Karrieren ruiniert und ihr Ruf bis ans Ende ihrer Tage zerstört sein würden, sollte die Wahrheit ans Tageslicht kommen. Man würde sich ihrer Dummheit erinnern, solange die Spezies überdauerte.

Also würden sie das Mikroschiff mit zurück nach Greenway nehmen und es dort selbst untersuchen. Und bis dahin, so hofften sie, würde einer von ihnen einen Ausweg aus dem furchtbaren Dilemma finden, in das sie sich hineinmanövriert hatten.

Ihre Strategie erforderte, dass sie Emily zurückließen, denn es gab keine Möglichkeit, ihren Tod zu erklären. Tripley entwickelte den Plan, mit einer falschen Emily nach Terminal City zurückzukehren, ein Hotelzimmer auf ihren Namen zu reservieren und ihre ID zu benutzen, um die Illusion zu erzeugen, dass sie in ein Taxi gestiegen war. Sollten sich die Behörden den Kopf zerbrechen, warum sie niemals an ihrem Ziel angekommen war.

Nachdem der Plan so weit gediehen war, bestand ihre letzte Handlung vor dem Aufbruch aus dem

Orbit darin, Emilys Leichnam dem Weltraum zu übergeben.

All das war in den Logs zu sehen, als hätte Kane gewollt, dass es der Zukunft erhalten blieb … damit die Geschichte eines Tages ein Urteil fällen konnte?

Nach dem Begräbniszeremoniell endeten die Logs unvermittelt. Der Schirm wurde dunkel, und die Disk wurde ausgeworfen.

Kim saß in der Dämmerung und lauschte dem Rauschen der Brandung.

»Kim, ein Anruf von Canon Woodbridge.«

»Stell ihn durch, Shep.«

Doch es war nicht Woodbridge selbst, sondern einer seiner Mitarbeiter, ein junger Mann mit ernstem, wichtigtuerischem Gehabe. »Dr. Brandywine?«

»In Person.« Wenn er seinen Namen genannt hatte, dann hatte sie es jedenfalls nicht gehört.

»Dr. Woodbridge möchte, dass Sie morgen nach Salonika kommen. Er hat mich gebeten, ihnen sein Bedauern darüber auszudrücken, dass er nicht persönlich anrufen kann, doch er ist gegenwärtig sehr beschäftigt.«

»Warum?«, fragte sie.

»Dr. Woodbridge ist immer sehr beschäftigt, Dr. Brandywine.«

»Ich meine, warum möchte er mich in der Hauptstadt sehen?«

»Ich glaube, es geht um eine Auszeichnung oder etwas in der Art. Er legt größten Wert auf Ihr Erscheinen, Dr. Brandywine.«

»Können Sie mir verraten, worum es geht?«

»Es tut mir leid, ich bin nicht über die Einzelheiten informiert. Ihr Transport wurde bereits arrangiert. Sie werden morgen früh um neun Uhr abgeholt. Ich hoffe sehr, es kommt Ihnen nicht ungelegen?«

Zehn Minuten später meldete Shepard einen weiteren Anruf. Tora Kane.

Kim seufzte. Sie saß auf dem Sofa und bemühte sich wenig erfolgreich, in der letzten Ausgabe von *Cosmic* zu lesen, und ihr war nicht nach noch mehr Feindseligkeiten zumute. Trotzdem wappnete sie sich innerlich, bevor sie Shepard befahl, die Verbindung herzustellen.

»Brandywine«, sagte Tora. Die Frau war in der Tat *schwierig*.

»Hallo«, sagte Kim.

Die Archäologin stand neben einer antiken Vase. »Gehe ich richtig in der Annahme«, sagte sie, »dass Sie das gestern im Mighty Third Museum waren?«

»Ich denke nicht«, entgegnete Kim.

»Bitte verschwenden Sie nicht meine Zeit. Ich bin nicht dumm.«

Kim zuckte die Schultern.

»Ich habe ihn gleich gewarnt, dass es kein gutes Versteck sei«, sagte Tora.

Redete sie über ihren Vater? Oder meinte sie Mikel? »Was genau wollen Sie?«, fragte Kim.

»Ich folge einer alten Anweisung«, sagte sie und musterte Kim auf die Art und Weise, wie man ein lästiges Insekt betrachtete.

»Eine Anweisung? Von wem?«

»Von meinem Vater. Markis Kane.«

»Oh?«

»Zuerst jedoch muss ich sicher sein, dass ich mich an die richtige Person wende. Haben Sie gestern etwas aus dem Museum gestohlen oder nicht?«

»Halt, einen Augenblick«, sagte Kim und unterbrach die Audioverbindung. »Shepard, wird dieses Gespräch auf der Gegenseite aufgezeichnet?«

Es dauerte nur einen Augenblick, bis die KI die Leitung überprüft hatte. »*Nein*«, antwortete sie.

»Falls sie anfängt mitzuschneiden«, sagte Kim, »unterbrichst du die Verbindung augenblicklich.«

»*Das werde ich, Kim.*«

»Schalte die Audioverbindung wieder ein.«

Tora Kane starrte Kim unter halb geschlossenen Augenlidern hervor an. »Ich hoffe, jetzt fühlen Sie sich sicher genug, um mir die Wahrheit zu verraten?«

»Ich habe die Logs«, sagte Kim.

»Dann gibt es noch etwas, das Sie sehen sollten.«

»Und das wäre?«

»Kommen Sie morgen Abend zu mir. Um neunzehn Uhr.«

»Sie können mir nicht sagen, um was es sich handelt?«

Tora Kane unterbrach die Verbindung.

Pünktlich um neun Uhr setzte ein Regierungsflieger auf Kims Landeplatz auf. Sie stieg ein, zeigte dem Begleitoffizier ihre ID, und der Flieger hob ab und glitt durch einen wolkenverhangenen Himmel voller Gewitter nach Nordwesten davon.

Kim war erschöpft und ausgebrannt. Die Bilder aus dem Frachtraum der *Hunter* hatten ihr keine Ruhe gelassen. Immer wieder hatte sie Emilys Gesicht vor sich gesehen und Tripleys irren Angriff gegen die *Valiant*.

Was sollte sie als Nächstes tun?

Es schien einfach genug: Die Neuigkeiten an die Öffentlichkeit bringen. Es wäre eine gewaltige Story, und auch wenn die Besatzung der *Hunter* nicht gerade ruhmbekleckert daraus hervorgehen würde, so bedeutete es zumindest, dass ein Teil der üblen Gerüchte und Verdächtigungen aus der Welt geschaffen war. Doch es war unmöglich, das zu tun, ohne gleichzeitig zuzugeben, dass es einen Kontakt gegeben hatte. Was wiederum bedeutete, dass sie die Vereinbarung mit Woodbridge brechen musste.

Wenn die Neuigkeiten heraus waren, würde es für die Menschen kein Halten mehr geben. Jeder, der Zugang zu einem Schiff hatte, wäre unterwegs zum Alnitak. Und was würden sie dort vorfinden? Eine Spezies, die der Menschheit wegen der unstreitigen und gewaltsamen Entführung eines ihrere Raumschiffe feindlich gesinnt war?

Der Flieger landete auf dem Dach des National Security Center. Regen prasselte in Strömen herab. Das Fahrzeug rollte in einen der Hangars, und Kim stieg aus. Eine Eskorte junger weiblicher Offiziere erwartete sie bereits.

Sie wurde mehrere Etagen nach unten und in ein kleines Büro geführt. Augenblicke später kam auch Woodbridge herein. Er schüttelte ihr die Hand und fragte, ob im Institut alles zu ihrer Zufriedenheit lief. Noch bevor Kim Luft holen und antworten konnte, öffnete ein Assistent die Tür und meldete, dass alles vorbereitet sei.

»Sehr gut«, sagte Woodbridge. Er zeigte nicht das geringste Interesse an den Umständen im Institut, während er sie durch einen Korridor in ein Konferenzzimmer führte, in dem bereits etwa zwanzig Leute warteten, Kaffee tranken und umherliefen.

Es war eine festliche Angelegenheit. Auf einem Büfett gab es Käse, Wein und Gebäck. Woodbridge begann, Kim den anwesenden Persönlichkeiten vorzustellen – ausnahmslos schienen sie Titel zu besitzen, Direktor Sowieso und Commissioner Sowieso. Dann öffnete sich eine Seitentür, und alle Gespräche verstummten. Die wenigen, die noch nicht gestanden hatten, erhoben sich von ihren Plätzen.

Kim konnte nicht sehen, wer hereingekommen war, doch sie hatte gehört, wie sich Stimmen draußen genähert hatten, und dann ging ein Raunen durch den Raum. Sie sah, dass es Talbott Edward war, ein Mitglied des Konzils von Greenway. Er ging nach vorn, während Menschen nach rechts und links auswichen, und trat hinter das Rednerpult, wo er wartete, bis alle Platz genommen hatten.

»Ladys und Gentlemen«, begann er. »Schön, dass Sie alle gekommen sind. Ich finde viel zu selten Zeit, mich bei Ihnen blicken zu lassen.« Edward war groß und außergewöhnlich dünn, mit einem makellosen Haarschnitt. Er trug an beiden Handgelenken Armbänder, und sein Blick ging immer nur zwischen seinen Beratern und den Gästen hindurch, als würde er niemanden der Anwesenden wirklich sehen.

»Heute habe ich eine besonders dankbare Aufgabe zu erfüllen.« Er blickte über seine Audienz hinweg, suchte Kim und schien sie wieder zu erkennen. Wahrscheinlich erkannte er sie tatsächlich, dachte sie, doch nur an der Tatsache, dass sie die junge Frau neben Canon Woodbridge war. »Dr. Brandywine, würden Sie bitte zu mir nach vorne kommen? Und Sie auch, Canon.«

Er begrüßte sie mit einem herzlichen Handschlag, während sein Blick schon wieder zur Seite glitt. Er lächelte Woodbridge an und setzte seine Rede ein paar Minuten lang fort. Er sprach über die Fortschritte in Technik und Wissenschaft und wie extrem wichtig es war, dass die Republik in der Forschung nicht ins Hintertreffen geriet.

»Wir im Direktorat für Wissenschaft und Forschung nehmen uns regelmäßig Zeit, um Menschen auszuzeichnen, die dem Rest mit ihrem Beispiel vorangehen.« Er schien diese Phrase für ganz besonders schick zu halten, denn er wiederholte sie gleich noch einmal. »Die den Rest mit ihrem Beispiel in eine bessere Zukunft führen. Und heute wollen wir unseren Dank Dr. Kimberley Brandywine aussprechen für ihre besonderen Leistungen auf dem Gebiet der Kosmologie.«

Woodbridge zog eine kleine weiße Schachtel hervor und hielt sie ihm hin.

Edward nahm sie entgegen, öffnete sie und zog einen silbernen Orden mit rotem Band hervor. Er hob ihn in die Höhe, sodass jeder im Raum ihn sehen konnte. »Der Brays Stilwell Award für besondere Verdienste«, sagte er und bewegte die Hand in elegantem Schwung zu ihrem Revers, wo er den Orden anheftete. »Meinen herzlichen Glückwunsch.« Er schüttelte erst Kim, dann Woodbridge die Hand.

Kim hatte noch nie von dem Brays Stilwell gehört. Sie sagte artig Danke, spürte einen Anflug von Befriedigung und lächelte Woodbridge und das Mitglied des Konzils strahlend an.

Edward sagte, er gehe davon aus, dass sie ihre wundervolle Arbeit fortsetzen werde. Dann schüttelte er noch ein paar Hände, warf einen gehetzten Blick auf die Uhr und verließ den Raum.

Die versammelten Gäste kamen nach vorn, bewunderten den Orden und gratulierten ihr. »Er ist wirklich sehr hübsch«, sagte Kim zu Woodbridge. »Danke sehr.«

»Es ist eine hohe Auszeichnung«, erwiderte er.

»Genau genommen sogar die höchste, die wir zu vergeben haben. Doch niemand wird je den wahren Grund erfahren, warum Sie diesen Orden erhalten haben, Kim. Außer Ihnen, mir, Edward und ein paar Mitarbeitern des Stabes.«

Kim wusste selbst nicht, warum sie den Orden bekommen hatte.

Er legte ihr die Hände auf die Schultern, als wollte er sie in die Schlacht schicken. »Kann ich Sie dazu überreden, mit mir zu Mittag zu essen?«

Es wurde bereits dunkel, als Kim vor Tora Kanes Haus landete. Tora stand neben dem Landeplatz und nippte an einem Drink, während die Maschine aufsetzte und Kim herauskletterte. »Guten Abend, Brandywine«, sagte sie.

Kim nickte und blickte zum Taxi zurück. »Soll ich ihm sagen, dass es warten kann?«

»Kann nicht schaden.«

Es war ein angenehmer Abend Ende April, kurz nach Sonnenuntergang. Die Luft war angefüllt mit dem Duft der umgebenden Wälder. Ein paar Eichhörnchen unterbrachen ihre Jagd um den Stamm einer alten Eiche herum und beobachteten die beiden Frauen.

Sie stiegen zur Veranda hinauf, und Tora bot Kim einen Platz an. Sie wählte einen Stuhl aus Rohrgeflecht; Tora setzte sich in den Schaukelstuhl. Auf einem Beistelltisch standen eine Karaffe und ein weiteres Glas. »Blue Riggers«, sagte Kims Gastgeberin. »Mögen Sie vielleicht ein Glas?«

»Danke sehr«, sagte Kim, fest entschlossen, das übellaunige Verhalten ihrer Gastgeberin nicht zu erwidern.

Tora füllte das zweite Glas und reichte es Kim.

»Wie haben Sie herausgefunden, wo sich die Logbücher befunden haben?«

»Die Logs?« Kim zuckte die Schultern. »Es schien mir ein Platz zu sein, der so richtig zu Ihrem Vater gepasst hätte.«

»Was denn, die Logbücher in einem Museum zu verstecken? Wo alle Welt sie sehen kann? O ja, das hat ihm gefallen.«

Der Blue Rigger schmeckte tatsächlich ausgezeichnet.

Kims Blick begegnete dem ihren. »Sie wussten es die ganze Zeit, nicht wahr? Sie wussten ganz genau, was an Bord der *Hunter* geschehen war.«

»Ja«, gestand Tora. »Ich wusste Bescheid.«

»Haben Sie die Logs gesehen?«

»Nein.« Tora stellte ihren Drink ab. Starrte in die wachsende Dunkelheit. »Nein. Ich verspürte keinen Drang, mir die blutigen Einzelheiten anzusehen. Aber ich wusste, was geschehen war. Es verfolgte und quälte ihn.«

»Was ist mit dem Mount Hope? Was ist mit dem Rest der Geschichte?«

Tora öffnete eine Schublade des Beistelltisches und nahm eine Disk heraus. »Er wusste, dass irgendwann irgendjemand tun würde, was Sie getan haben. Dass irgendwann zumindest ein Teil der Wahrheit herauskommen würde. Wären es nicht Sie gewesen, dann eben jemand anderes.« Im Fenster brannte eine Lampe. »Meine Anweisungen lauten, dass ich den Behörden diese Verlautbarung übergeben soll, falls die Logbücher gefunden würden. Sie sind zwar nicht die Behörde, doch es erscheint mir nur logisch, dass Sie die Person sind, die diese Verlautbarung erhält.«

Kim nahm die Disk entgegen. »Möchten Sie sie sehen?«

»Das habe ich bereits.«

Kim schob die Disk in eine Jackentasche. »Sie sollten wissen, dass ich noch keine Entscheidung getroffen habe, ob ich an die Öffentlichkeit gehe.«

Tora Kane zuckte die Schultern. »Tun Sie meinetwegen, was Sie nicht lassen können, und seien Sie verdammt dafür.«

Kim erhob sich und wandte sich zum Gehen.

Tora blieb auf ihrem Schaukelstuhl sitzen. »Sie sollten allerdings wissen«, sagte sie, »dass Sie lediglich eine Kopie erhalten haben. Kein Teil der *Hunter*-Story soll veröffentlicht werden, wenn nicht alles offen gelegt wird. Falls Sie es nicht tun, werde ich dafür sorgen.«

Als Kim wieder zu Hause war, schob sie die Disk in den Abspieler.

Das erste Bild zeigte die *Valiant*. Eine Uhr in der rechten unteren Ecke zeigte das Datum und die Zeit: 3. April 573, 18:48 Uhr. Die Explosion am Mount Hope, erinnerte sich Kim, hatte an genau jenem Tag kurz nach sieben Uhr abends stattgefunden.

Die *Valiant* stand auf einem Tisch. Sie war in grelles Licht getaucht. Über dem Mikroschiff sah Kim einen Teil eines Apparats, den sie als Durchleuchtungseinheit erkannte. Mehr war nicht zu sehen, doch der Tisch sah aus wie der, den sie in Kile Tripleys Kellerräumen gesehen hatte.

Eine Hand kam ins Bild und justierte den Sensor. Und sie hörte Kile Tripleys Stimme: »Ist es besser so, Yoshi?« Der Arm steckte in einem weißen Kittel. Er verschwand wieder aus dem Bild, und Kim sah nichts mehr außer dem Schiff und dem Tisch.

»Gut so, ja. Das wird reichen.«

Kiles Stimme: »Markis, wir können anfangen.«

»Komme direkt.«

Die Uhr lief weiter.

»Fertig?«, fragte Tripley.

Yoshis Stimme: »Alles bereit.« Dann erschrocken, in höherem Tonfall: »Hey, Kile! Was ist *das*?«

Kim sah nichts.

»Ich weiß es nicht.« Der Arm kam zurück, ging auf der Backbordseite hinter das Schiff und versperrte die Sicht der Kamera. »Hey, sie haben eine Luke geöffnet!«

Der Tisch und das Schiff *flimmerten*.

An einem Dutzend verschiedener Stellen stieg Dampf aus der *Valiant*, als würde das Raumschiff Luft ablassen.

Der Arm zuckte zurück.

Die Stimmen klangen aufgeregt und verwirrt.

»Was ist das?«

»Sie sind nicht tot!«

»Mein Gott, Kile, bleib weg davon!«

»Los, wir verschwinden nach oben!«

Die Beleuchtung wechselte abrupt, als hätte jemand einen Vorhang vor den Scheinwerfer gezogen. Und etwas, das aussah wie eine überdimensionierte Libelle tauchte hinter dem Schiff auf und schwebte aus dem Bild.

Kile schrie Yoshi zu, dass sie aufpassen solle, und dann hörte Kim weitere Rufe und Schreie, aber nichts mehr von Yoshi. Etwas Schweres – es musste Tripley sein – rannte durch den Flur und stampfte die Treppe hinauf. Weitere Rufe, einige jetzt von Kane, und dann hörte sie ein übelkeitserregendes Krachen, das Geräusch von aufklatschendem Fleisch und brechenden Knochen.

Yoshi.

Die schweren Schritte rannten die Treppe hinunter. Kim nahm an, dass Yoshi die Treppe hinunter gestürzt oder gestoßen worden war und dass Tripley versuchte, ihr zu helfen. Er fluchte, dass er den verdammten Bastard umbringen würde – das waren genau seine Worte –, dann rannte er die Treppe wieder hinauf und aus dem Labor.

Die *Valiant* blieb unberührt auf dem Tisch, bis die Aufzeichnung endete.

Ein weiteres Bild erschien: Markis Kane in einem schwarzen, weit geschnittenen Hemd. Das Datum war nun der 11. August 575. Mehr als zwei Jahre nach der ersten Aufnahme.

Auf seinem Gesicht waren Falten erschienen. Mehrere Sekunden starrte er wortlos in die Kamera. Kim glaubte, Unsicherheit zu erkennen. Ganz und gar nicht der Markis Kane, den sie kennen gelernt hatte.

»Ich weiß nicht«, begann er schließlich, »wer irgendwann diesen Bericht über die letzte Fahrt der *Hunter* und die Zerstörung von Severin Village sehen wird. Wir alle sind verantwortlich, jeder, der an der Mission teilgenommen hat. Wegen der anderen und vielleicht auch um meinen eigenen Ruf hätte ich es vorgezogen, wenn die beiden Ereignisse geruht hätten, das eine unentdeckt, das andere unaufgeklärt. Doch ich muss annehmen, dass der Betrachter dieser Aufzeichnungen genug in Erfahrung gebracht hat, sodass der Rest einer Erklärung bedarf.

Ich gestehe freimütig, dass ich die Hauptverantwortung für das Unglück trage, das Severin Village am 3. April 573 heimgesucht hat. Ich habe gegen besseres Wissen der Entführung des außerirdischen Schiffes zugestimmt. Ich habe die Strategie vorgeschlagen, wie das Schiff der Fremden an Bord zu bringen sei, und ich habe den Plan selbst in die Tat umgesetzt. Meine Handlungsweise führte direkt zum Tod von Emily Brandywine. Ich habe außerdem versäumt, Kile Tripley seinen Plan auszureden, das Schiff der Fremden nach Greenway zu schaffen, obwohl ich sehr genau wusste, dass genügend Potential für genau die Sorte von Unglück vorhanden war, das dann schließlich auch eingetreten ist. Ich bin nicht vorgetreten und habe meine Schuld eingestanden, und das war ehrlos von mir. Ich hoffe, dass ich gestorben bin, bevor die Wahrheit eines Tages aufgedeckt wird, was unvermeidlich scheint, und dass ich keiner irdischen Justiz mehr Rechenschaft ablegen muss.

Wir fanden keinerlei Anzeichen von Leben an Bord des fremden Schiffes, nachdem wir es in unseren Besitz gebracht hatten. Wir nahmen an, dass Kiles Angriff gegen das Schiff alle getötet hatte, die an Bord gewesen waren. Unsere Gefühle deswegen waren gemischter Natur. Es war ganz sicher nicht die Art und Weise, wie man sich einen Erstkontakt vorstellt. Doch die Fremden hatten schließlich als erste Blut vergossen. Sie haben Emily getötet.

Kile beabsichtigte, unsere Entdeckung eine Zeit lang geheim zu halten und ein paar diskrete Forscher an das Projekt zu setzen. Er wollte eines der freien Laboratorien der Stiftung benutzen, um dort den Artefakt zu zerlegen und seine Geheimnisse zu entschlüsseln. Doch das Problem war, dass die Laboratorien ausnahmslos in dicht besiedelten Gegenden liegen.

Wir wussten nichts über die Antriebstechnologie der Fremden. Doch wir hielten es für klug, davon auszugehen, dass es den einzigen Treibstoff benutzte, mit dem unserem Kenntnisstand nach der

Übertritt in den Hyperraum möglich ist: Antimaterie. Das stellte uns vor ein einzigartiges Problem. Falls die Fremden tatsächlich Antimaterie benutzten, dann bestand durchaus die Möglichkeit, dass wir bei unseren Untersuchungen das Einschließungssystem beschädigten. Falls das geschah und die Energie des fremden Schiffes zu weit absank, würde es explodieren und uns sowie einen großen Teil der näheren Umgebung mitnehmen. Also benötigten wir ein Labor in einer abgelegenen Gegend.

Ich sollte noch erwähnen, dass wir glaubten, über ausreichend Zeit zu verfügen, da jeder Test, den wir durchgeführt hatten, darauf hinwies, dass es im Schiff noch einen Energiefluss gab und dieser Fluss stabil zu sein schien. Selbstverständlich war diese Schlussfolgerung – wie das nachfolgende Unglück bewiesen hat – auf unsichere Daten gestützt.

Um die Gefahr möglichst klein zu halten, entschied Kile, dass die Stiftung ein Labor in Shimmer einrichten sollte, wo ein Unfall niemandem Schaden zufügen konnte mit Ausnahme derer, die freiwillig dort arbeiteten. Wir schickten eine Hyperraumtransmission ab, bevor wir das Alnitak-System verließen, und Kile ordnete an, dass die Vorbereitungen unverzüglich beginnen sollten. Es würde trotzdem mehrere Monate dauern, bis die Forschungseinrichtung betriebsbereit wäre.

Zu meiner eigenen Verteidigung möchte ich darauf hinweisen, dass ich den fremden Artefakt im Orbit um den Gasriesen zurücklassen wollte, wo er niemandem Schaden zufügen konnte. Doch Kile war zu begierig, das Schiff zu einem Platz zu schaffen, wo wir es in Ruhe untersuchen konnten. Zumindestens, so sagte er, sollten wir die Leichen der Besatzung bergen und so rasch wie möglich untersuchen.

Kile erbot sich auch, das Schiff mit zu seiner Sommerresidenz im Severin Valley zu nehmen. Es war ein Kompromiss, mit einem geringeren Schadenspotential als beispielsweise Terminal City oder Marathon. Damals erschien uns seine Argumentation nicht unlogisch.

Ich hielt die Möglichkeit einer Katastrophe für unwahrscheinlich, doch ich kann im Nachhinein nicht mehr sagen, worauf ich meine Überzeugung stützte. Wir dachten, dass wir innerhalb weniger Tage herausfinden könnten, welchen Treibstoff die Fremden benutzten und in welchem Zustand ihr Einschließungssystem war.

Unglücklicherweise hatten wir nicht so viel Zeit.

Es war nicht schwierig, den Artefakt am Zoll und den Einreisekontrollen vorbeizuschmuggeln. Yoshi hatte das Schiff in ihrem Gepäck und deklarierte es als Spielzeug für einen Neffen. Sie nannte einen bescheidenen Wert, der unter der Freimenge lag.

Wir nahmen das Schiff mit zu Kile nach Hause, und es stellte sich rasch heraus, dass die Mittel, die uns dort zu seiner Untersuchung zur Verfügung standen, weit geringer waren, als Kile vorgegeben hatte. Wir mussten fast alles extra herbeischaffen, was wir benötigten. Das Resultat war, dass wir die wenige Zeit verschwendeten, die uns geblieben wäre. Beispielsweise benötigten wir einen vollen Tag, um einen Vanover-Sensor aufzutreiben, der uns ermöglichte, das Schiff zu durchleuchten.

Ich kann nicht genau sagen, was im Einzelnen zu den Ereignissen des 3. April geführt hat, denn ich war oben, als ich plötzlich bemerkte, dass es ein Problem gab. Kile und Yoshi arbeiteten im Laboratorium im Keller, und unvermittelt begannen sie zu schreien. Ich rannte zur Treppe und sah Yoshi, die mir entgegenstürzte. Sie schien Todesangst zu haben.

Dann bemerkte ich, dass ein Wesen, das aussah wie eine lebendige Wolke, aus dem Schiff gekommen war und Yoshi angriff. Als Kile und ich ihr zu Hilfe eilen wollten, ließ es sie los, und sie fiel die Treppe hinunter, wobei sie mit dem Kopf aufschlug und wahrscheinlich bereits tot war, als Kile bei ihr ankam. In der Zwischenzeit jagte das Wesen mich. Es versetzte mir einen elektrischen Schock, der mich vorübergehend betäubte. Während ich zu Boden ging, meinte ich, ein winziges Gefährt zu entdecken, einen Lander, wenn man so will, der im Gefolge der Kreatur an mir vorbeiglitt. Ich war mir nicht ganz sicher, weil ich so durcheinander war. Außerdem hatte ich mich bei meinem Sturz am Arm verletzt und Blut in den Augen. Jedenfalls, *irgendetwas* sprengte ein Loch in ein Fenster, und die Wolke mitsamt dem Lander, falls es tatsächlich einer war, verschwand in der Nacht.

Etwa um die gleiche Zeit muss Kile gemerkt haben, dass er Yoshi nicht mehr helfen konnte. Er stürmte die Treppe hinauf und fragte mich, wohin die Eindringlinge verschwunden wären.

Ich deutete auf das Fenster, und ohne ein weiteres Wort rannte er hinterher. Ich versuchte noch, ihm sein Vorhaben auszureden, und rannte hinter ihm her nach draußen, sobald ich wieder auf den Beinen stehen konnte, doch er saß bereits in seinem Flieger und hatte abgehoben. Ich rief ihm hinterher, es nicht zu tun, doch er war nicht von seinem Plan abzubringen.

Ich rief ihn über seinen Kommlink. Er sagte, dass er die Außerirdischen verfolgen würde, dass er sie auf dem Schirm hätte und dass er diesmal sicherstellen wollte, dass sie kein Unheil mehr anrichteten. Dann sagte er noch, er würde sich wieder melden, sobald es vorbei wäre, und unterbrach die Verbindung. Ich unternahm wiederholte Versuche, ihn noch einmal anzurufen, doch er antwortete nicht mehr.

Ich kehrte ins Haus zurück, um zu sehen, ob ich nicht doch noch etwas für Yoshi tun konnte. Doch sie war bereits tot. Wenige Minuten später hörte ich die Explosion, die den halben Berg wegsprengte. Das ganze Haus erzitterte, und der Strom fiel aus. Als ich nach draußen ging, regneten noch immer Trümmer auf die Stadt herab.

Überall brannten Feuer. Schreiende Menschen lagen in den Ruinen.

Gott hilf mir, ich wusste, es waren die Treibstoffzellen. Die Außerirdischen hatten es irgendwie geschafft, sie in den Lander zu transferieren, und Kile und ich waren für das Unglück verantwortlich.

Damals glaubte ich, die Menschen wüssten augenblicklich, wer dahinter stecken musste. Wie konnte es anders sein? Wir waren eben zurück, und die Explosion war durch Antimaterie ausgelöst worden. Kile war wahrscheinlich in der Explosion umgekommen. Ein Besatzungsmitglied war verschwunden, und ein Drittes lag tot in der Villa. Ganz offensichtlich mussten wir doch etwas im Schilde geführt haben.

Ich konnte den Gedanken an die öffentliche Demütigung nicht ertragen und tat, was in meiner Macht stand, um zu verhindern, dass die Behörden auf unsere Aktivitäten aufmerksam wurden. Dazu musste ich zwei Dinge bewerkstelligen.

Erstens musste ich Yoshis Leichnam verschwinden lassen, so dass er nicht am Ort der Katastrophe gefunden und noch mehr Fragen aufwerfen konnte.

Ich wickelte sie in Plastik ein, band ein Gewicht daran und versenkte sie im Fluss oberhalb des Damms, dort, wo er am tiefsten ist.

Zweitens musste ich das Raumschiff loswerden. Ich hatte bereits beschlossen, es in den Bergen zu vergraben und dann den Sturm von Verdächtigungen auszusitzen, der sich nach der Katastrophe erhob. Doch als ich wieder in Kiles Villa eintraf, war zu meinem Entsetzen Kiles Mutter anwesend und hatte die Dinge in die Hand genommen. Ich hatte keine Gelegenheit, das Mikroschiff in meinen Besitz zu bringen, und so ließ ich es zurück in der Hoffnung, dass niemand es als das erkennen würde, was es tatsächlich war.

Einige Tage später, als ich sie besuchte, sprach sie davon, es ihrem Enkel zu vermachen.

Das Ding, das Yoshi angegriffen hat, spukt noch immer in den Bergen herum. Immer wieder kommen Menschen mit Geschichten zurück, und es ist zu einer Art lokaler Berühmtheit geworden. Glücklicherweise nimmt kaum einer die Geschichten ernst. Und wer es dennoch tut, wird als Irrer abgestempelt.

Ich empfinde Mitleid mit der Kreatur, die einsam und verlassen auf einer fremden Welt leben muss. Ich glaube nicht, dass sie Yoshi absichtlich verletzt hat. Sie wollte lediglich einen Weg für das Fluchtfahrzeug bahnen. Hin und wieder gehe ich selbst in die Wälder und suche nach ihr. Wenn sie in der Nähe ist und mich erkennt, dann hält sie sich von mir fern.

Die verlorene Besatzung des Mikroschiffs hat trotz allem meinen Respekt. Sie haben zwei, wahrscheinlich drei unserer Leute getötet. Und doch müssen sie gewusst haben, dass eine Explosion unmittelbar bevor stand, deswegen haben sie den

Treibstoff aus dem Schiff entfernt. Steckt irgendein unerfindlicher Grund dahinter, oder haben sie es getan, weil sie erkannten, dass wir in einer besiedelten Gegend waren. Haben sie sich geopfert, um Lebewesen zu verschonen, für die sie weder Mitleid noch Sorge empfinden mussten?«

Gegen neun Uhr abends stiegen die drei großen Sterne im Gürtel des Orion über dem Meer auf. Kim saß auf der Veranda und starrte hinaus. Im Haus nebenan feierten sie einen Geburtstag, mit lauter Musik und Feuerwerk. Als der Lärm verebbte und die Lichter irgendwann am frühen Morgen erloschen, saß sie noch immer dort.

30

Bei einem Freund geht man davon aus, dass er einem wohlgesonnen ist. Bei einem Fremden jedoch … ah, das ist etwas ganz anderes.

– SHEYEL TOLLIVER, NOTIZEN, 573

»Und du hast geglaubt, Tripleys Großmutter hätte die Leiche im Fluss versenkt.« In Matt Flexners Augen glitzerte seltener Humor.

»Ich konnte mir nicht vorstellen, wer es sonst getan haben könnte. Ich habe nicht eine Sekunde daran gedacht, dass Markis Kane dahinterstecken könnte.«

»Meinst du, Tora Kane weiß Bescheid?«

»Sie weiß alles.« Sie saßen auf der Sonnenterasse vor Kims Haus. Es war noch ein wenig kühl, doch der Tag war schön und das Geräusch der Brandung beruhigend.

»Ich frage mich, was der Zoll sagen wird, wenn herauskommt, dass jemand ein ganzes Raumschiff an den Kontrollen vorbeigeschmuggelt hat.« Matt schloss die Augen. »Und was wirst du jetzt tun? Du kannst nicht einfach auf so einer Entdeckung sitzen bleiben.«

»Was schlägst du vor?«

»Wir übergeben die Sache Woodbridge.«

»Und dann?«

»Dann nichts. Wir sind draußen.«

»Matt …«

»Sieh mal, Kim, ich verstehe ja, wie du dich fühlst. Der Ruf von Kane und Tripley ist ruiniert. Die Menschen halten sie für Mörder, aber in Wirklichkeit haben sie nur ziemlich gründlich Mist gebaut. Du hast eine Übereinkunft mit Woodbridge, und er hat vollkommen Recht. Wir müssen eben sehen, dass wir irgendwie damit fertig werden.«

Sie blickte hinaus aufs Meer. »Matt, es geht nicht mehr um den Ruf von irgendwem. Oder um Politik. Denk mal darüber nach, was da draußen passiert ist. Beim Alnitak, meine ich.«

»Sie haben es vermasselt.«

»Ja, das haben sie. Sie sind dem Schiff einer außerirdischen Zivilisation begegnet und hatten nichts anderes im Sinn, als es zu *kidnappen*.«

»Ich weiß.«

»Eines der bedeutsamsten Ereignisse in der menschlichen Geschichte. Wir müssen einen Weg finden, die Dinge wieder in Ordnung zu bringen.«

»Sprichst du etwa von den Außerirdischen?«

»Wovon sonst?«

»Kim, wie um alles in der Welt sollten wir das tun? Es ist vorbei! *Fini*. Zu spät.«

»Vielleicht auch nicht. Wir könnten versuchen, eine weitere Mission auf die Beine zu stellen. Wir könnten zum Alnitak zurückkehren und versuchen, mit ihnen zu reden.«

»Du bist vielleicht gut! Bist du nicht selbst diejenige, die gesagt hat, die Fremden wären mörderische Bastarde? Wer wollte sie denn alle tot sehen? Hast du nicht Woodbridge aufgescheucht und ihn gewarnt, nur ja niemanden in die Nähe des Alnitak zu lassen? Genau das hast du gesagt.«

»Matt …«

»Und du hast ihn aufgefordert, das Projekt Leuchtfeuer einzustellen. Ein Projekt, auf das unser Direktor nebenbei bemerkt äußerst stolz war. Und unsere Kollegen haben *Jahre* daran gearbeitet.«

»Ich habe mich getäuscht. Denk darüber nach, was passiert ist. Die Besatzung der *Valiant* hat sich *geopfert,* um Mitglieder einer Spezies zu retten, die sie entführt und auf einer fremden Welt ausgesetzt hat. Was glaubst du, warum sie das getan hat?«

»Ich weiß es nicht, Kim. Vielleicht waren die Fremden nicht besonders hell im Kopf.«

»Ich denke, sie haben ein Recht darauf, die Wahrheit zu erfahren.«

Ein paar Jogger kamen vorbei. Sie winkten freundlich, und Matt und Kim winkten zurück. »Schnickschnack«, sagte Matt. »Sind diese Biester nun gefährlich oder nicht?«

»Selbstverständlich sind sie gefährlich. Aber überleg nur, wie der *Hunter*-Zwischenfall auf sie gewirkt haben muss. Sieh mal, *wir* wissen, dass die *Valiant* hyperraumtauglich war. Was bedeutet, dass sie auch über Hyperraumkommunikation verfügen. Wenn sie in Schwierigkeiten steckten, was offensichtlich der Fall war, dann hatten sie sicherlich längst einen Hilferuf abgesetzt, als die *Hunter* vor Ort eintraf. Was taten sie wohl, als sie die *Hunter* sahen? Sie sandten eine weitere Nachricht nach Hause, oder? ›Ihr müsst euch unbedingt dieses gigantische Schiff ansehen, das gerade hier aufgetaucht ist!‹«

»Einverstanden.«

»Und was sagen sie als Nächstes?«

»Die Fremden versuchen uns zu entführen?«

»Genau. Die Sendung wird wahrscheinlich mittendrin unterbrochen. Das ist der Grund, warum

Solly und ich so unfreundlich empfangen wurden, als wir über dem Alnitak materialisierten. Frag dich, wie wir Menschen reagieren würden, falls so ein Riesenschiff einen von uns entführen würde! Kein Wunder, dass sie unsere Heimatadresse wissen wollten.« Sie hörte, wie er tief durchatmete, und fragte sich, warum er so verängstigt war. Warum gab es in den höheren Etagen der verdammten Stiftung niemanden wie Solly?

Flexner schüttelte den Kopf. »Es ist zu spät, um den Schaden wieder gutzumachen. Ich meine – wie willst du das anstellen? Es sieht doch so aus, als würden die Fremden mittlerweile zuerst schießen und dann Fragen stellen. Und wir können nicht einmal mit ihnen reden!«

»Sicher können wir das.«

»O ja. Zwei vier sechs acht. Das ist wirklich hilfreich«

»Matt, wir müssen eben mit etwas anderem als mit Sprache kommunizieren. Etwas, das sie verstehen.«

Er stand auf und wanderte zum Ende der Veranda, von wo aus er auf das Meer starrte. »Und was würdest du vorschlagen?«

»Die *Valiant*. Ich schlage vor, wir kehren zurück und zeigen eine Geste unseres guten Willens.«

»Heißt?«

»Wir bringen die *Valiant* zurück. Wir sagen ihnen, dass es uns leid tut und überlassen ihnen, herauszufinden, was das bedeutet. Das Wichtige ist die Geste. Wir stellen uns hin, geben ihnen die Möglichkeit, auf uns zu schießen, zeigen ihnen, dass wir ihnen vertrauen, und geben ihnen ihr Schiff zurück.«

»Klingt wie eine sichere Formel, um sich umbringen zu lassen.«

»Vielleicht«, sagte sie. »Aber Wesen, die sich für Fremde opfern …« Ein paar spielende Kinder rannten durch den Hof und am Flieger des Instituts vorbei. Kim blickte ihnen hinterher.

»Lass mich darüber nachdenken«, sagte Flexner. »Wir können die Sache leichter abschätzen, wenn wir uns dieses Schiff ein wenig genauer angesehen haben. Wenn wir eine Vorstellung haben, wie ihre Technologie aussieht.« Er sah sie unsicher an. »Stimmt etwas nicht?«, fragte er.

»Ich glaube nicht, dass wir riskieren können, das Schiff zu untersuchen, Matt«, erwiderte sie.

Seine Miene wurde hart. »Und warum nicht?«

»Weil es herauskommen wird. Ich glaube nicht, dass wir das Geheimnis bewahren können. Und wenn es erst einmal heraus ist, verlieren wir das Schiff, und alles ist vorbei.«

»Wir *können* Stillschweigen bewahren«, beharrte er. »Ich habe mir die Leute sehr genau angesehen, die bei der Sache mitmachen.«

Er klang ängstlich.

»Nein. Wir haben nur eine einzige Chance, das Richtige zu tun, Matt.«

»Es spielt wirklich keine Rolle, was du oder ich denken. Woodbridge würde es niemals zulassen.«

»Da stimme ich dir zu. Also werden wir ihm nichts sagen.«

»Nein.« Flexner schüttelte den Kopf. »Das können wir unmöglich tun.«

Komm schon, Matt, zeig endlich einmal Rückgrat. Nur dieses eine Mal. »Dann vergiss die *Valiant*. Sie bleibt, wo sie ist.«

»Kim, ich wünschte, du wärst vernünftig.«

Sie spielte die Gelegenheit aus. »Wir müssen unseren Zug machen, bevor die Nachricht nach draußen dringt, dass wir ein außerirdisches Schiff haben. Wir müssen das Rendezvous so planen, dass keinerlei Risiko für irgendjemanden außer Schiff und Besatzung besteht. Wir werden die Datenbanken löschen, so dass sie uns nicht hierher zurückverfolgen können, selbst im schlimmsten Fall nicht. Und wir geben jedem ein schnellwirkendes Gift, wenn du es willst.«

»Kim, du bringst mich in eine schreckliche Position.«

»Ich weiß.« Sie blickte ihn an. »Matt, du kannst dafür sorgen, dass es geschieht.«

»Phil würde es niemals erlauben.«

»Dann erzähl es ihm nicht.«

»Was? Wie soll das gehen, ohne dass ich mit Phil spreche!«

»Matt, diesmal bist du an der Reihe.«

Er zog seinen Schlüssel aus der Tasche und ging zu seinem Flieger.

»Ich gebe dir Bescheid«, sagte er.

Sie blickte ihm hinterher, zog die Disk aus dem Abspieler und versah sie mit einem neuen Etikett BUCHFÜHRUNG. Dann setzte sich ein paar Minuten hin und beobachtete die einlaufende Flut. »Shep, ich möchte mit Solly reden.«

»Ich bin dagegen, Kim. Dein Gemütszustand hindert dich daran …«

»Shep …«

Sie hörte das übliche elektronische Gebrumm. Diesmal dauerte es länger als gewöhnlich, doch dann erschien Solly. Er trug einen Taucheranzug, runzelte die Stirn, sagte etwas wenig Schmeichelhaftes über Shepard, zog die Flossen und den Konverter aus, setzte sich auf eine virtuelle Bank und blickte Kim an. *»Hi, Baby«*, sagte er.

»Hallo, Solly.« Ihre Kraft schien sie zu verlassen. »Ich wünschte, wir könnten es noch einmal tun.«

»*Was denn?*«, fragte er.

»Tauchen. Zusammen tauchen.«

Solly nickte.

Sie lauschte dem Rauschen des Meeres. »Ich vermisse dich, Solly.«

»*Ich weiß. Du musst dir Zeit lassen, Kim. Es wird noch andere Männer in deinem Leben geben.*«

»Bitte sag das nicht …«

»*Tut mir Leid.*« Und nach einem Augenblick: »*Ich sollte nicht hier sein.*«

»Das bist nicht du, das ist Shepard.«

»*Nein, das bin ich.*« Er blickte ihr lange in die Augen. Es war sehr still. »*Ich möchte dir etwas vorschlagen.*«

»Schieß los.«

»*Ich möchte nicht, dass du es persönlich nimmst.*«

Sie wusste, was kommen würde. »Keine Sorge, Solly.«

»*Es wäre besser, wenn du mich nicht mehr rufen würdest. Für eine Weile jedenfalls, bis du dein Leben wieder im Griff hast.*«

Sie starrte ihn an. Sein Bild verschwamm. »Solly, ich ertrage es nicht, ohne dich zu sein.«

»*Ich weiß.*«

»Nein, weißt du nicht! Du hast so etwas noch nie durchgemacht!«

»*Kim, du warst das Beste, was mir im Leben widerfahren ist. Und ich würde die Reise zum Alnitak gegen nichts auf der Welt eintauschen. Sie war den Preis wert.*«

Er wurde immer undeutlicher und verblasste nach und nach. Als er nicht mehr zu sehen war, stand sie auf, um ins Schlafzimmer zu gehen. An der Treppe blieb sie noch einmal stehen. »Shepard?«

»Ja, Kim?«

»Woher wusstest du eigentlich, was an Bord der *Hammersmith* passiert ist?«

Die KI antwortete nicht.

Zwei Tage später rief Matt bei ihr an und berichtete, dass er Fortschritte mit der Alnitak-Mission machte und optimistisch war. Sie erkundigte sich, ob sie irgendetwas tun konnte.

»Halt dich nur aus allem raus«, antwortete er.

Es war Nachmittag. Sie war gerade nach Hause gekommen, nachdem sie bei einem Mittagessen vor der Literarischen Gesellschaft von Seabright gesprochen hatte. Regen prasselte herunter. In dieser Jahreszeit kamen jeden Nachmittag Stürme und Gewitter auf, immer kurz vor drei und so pünktlich wie die Maglev-Züge. Kim lag auf ihrem Sofa, lauschte dem Trommeln des Regens und dachte an die *Valiant*, als sich Shepard meldete. *»Kim«*, sagte er. *»Tora Kane ist in der Leitung. Sie möchte mit dir reden. Sie sagt, dass es dringend wäre.«*

Kim blickte sich in ihrem Wohnzimmer um. Es war nicht besonders aufgeräumt. »Stell sie durch, Shep. Nur Audio.« Es klickte, und sie fragte: »Hallo, Tora. Was kann ich für Sie tun?«

»Kim, ich bin zu Hause. Könnten Sie vorbeikommen? Ich möchte Ihnen etwas zeigen.«

»Sicher. Worum geht's?«

»Nicht über eine ungesicherte Verbindung. Ich sage es Ihnen, sobald Sie hier sind. Bitte beeilen Sie sich.«

Also redeten sie sich inzwischen mit Vornamen an. Verwirrt rief Kim einen Flieger herbei. Zehn Minuten später befand sie sich in der Luft und auf dem Weg nach Norden. Regen prasselte auf den

Flieger, und der Wind schüttelte die Maschine kräftig durch. Doch als Tora Kanes Haus in Sicht kam, ließ der Sturm wieder nach. Das Taxi sank auf den Landeplatz hinunter, und Kim stieg aus, nachdem sie die KI instruiert hatte, auf sie zu warten. Sie stapfte durch die Pfützen und stieg die Treppe zur Veranda hoch.

»*Kann ich Ihnen helfen?*«, erkundigte sich Toras Haus-KI.

»Dr. Kane bat mich vorbeizukommen.«

»*Es tut mir Leid, aber Dr. Kane ist nicht zu Hause.*«

»Das kann nicht sein. Bist du sicher?«

»*Dr. Kane befindet sich außer Haus. Ich nehme gerne eine Nachricht für sie entgegen, falls Sie es wünschen, Ma'am.*«

Kim starrte die Eingangstür an. Nichts rührte sich im Haus.

Sie zog ihren Kommlink aus der Tasche, suchte Kanes Nummer und rief die Archäologin an. Es klingelte zweimal.

»Kane?«

»Tora, hier ist Kim Brandywine.«

»Hallo, Brandywine. Was kann ich für Sie tun?«

»Ich bin bei Ihnen zu Hause. Sie hatten mich gebeten vorbeizukommen?«

»Sie sind *wo*?«

»Bei Ihnen zu Hause. Vor Ihrer Haustür.«

»Was machen Sie bei mir zu Hause? Ich weiß nichts von einer Bitte. Wer hat Sie angerufen?«

»Vergessen Sie's«, sagte Kim und unterbrach die Verbindung. Sie stellte eine Verbindung zu Shepard her, doch ihre KI antwortete nicht.

Das sah nicht gut aus. Rasch ging sie zum Taxi und flog zurück nach Hause.

Zwei Stunden später betrat sie Matts Büro. Er blickte überrascht von seinem Schreibtisch auf und erschrak, als er ihr Aussehen bemerkte. »Alles in Ordnung mit dir?«, fragte er.

Sie schloss hinter sich die Tür und setzte sich. »Irgendjemand hat Shep manipuliert.«

»Oh. Was haben sie gefunden?«

»Ich schätze, alles.«

»Die Kane-Disk?«

»Die auch.«

Er blickte sich in seinem Büro um, als fragte er sich plötzlich, ob es noch sicher war. »Warum? Wer sollte so etwas tun?«

»Mir fällt nur eine Person ein.«

»Woodbridge.«

»Exakt.«

»Und was meinst du mit ›alles‹? Wissen sie, was wir heute Morgen besprochen haben?«

»Das lässt sich nicht mit Bestimmtheit sagen. Shep hat das Gespräch nicht geführt, aber vielleicht wurden wir abgehört.«

Matt nickte langsam. »Und was haben sie bekommen, das sie nicht schon längst wussten?«

»Die *Valiant*.«

»Sie wissen, wo du das Schiff versteckt hast?«

»Sie wissen, dass es *existiert*.«

»Das ist nicht gut.« Er atmete tief durch. Blickte sie unsicher an. »Ich wollte dich eigentlich jetzt gleich anrufen.«

»Weswegen?«

»Ich habe mit Agostino gesprochen.«

»Ich dachte, wir wären übereingekommen, ihn außen vor zu lassen?«

»Komm schon, Kim! Sei vernünftig! Er versteht unsere Lage und ist bereit, ein Team von Spezialisten für den Erstkontakt zusammenzutrommeln.«

»Meine Güte, Matt! Agostino ist wahrscheinlich der Grund dafür, dass sie in meinem Haus waren!«

»Das glaube ich nicht. Wann ist das gewesen?«

»Gegen drei.«

»Ich habe vor weniger als einer Stunde mit ihm geredet.« Es war inzwischen fast fünf.

»Also gut«, sagte sie. »Sieh mal, Matt, sie werden nach der *Valiant* suchen. Wir müssen uns beeilen, wenn wir etwas erreichen wollen.«

»Der Plan war, nächste Woche aufzubrechen. Ist das etwa nicht Beeilung genug?«

»Nicht mehr, Matt. Wir müssen schon morgen los.«

»Das ist nicht machbar.«

»Es muss sein. Am besten wäre es, wenn wir noch heute Abend verschwinden könnten. Sag allen, dass wir morgen aufbrechen. Wer nicht da ist, muss hier bleiben.«

»Wir brauchen Vorräte, Kim, Treibstoff, Wasser. So etwas kriegt man nicht über Nacht.«

»Diesmal muss es sein. Entweder du schaffst es bis morgen früh, oder die Sache ist gestorben.«

»Ich werde tun, was ich kann«, sagte Flexner. »Wir werden die *McCollum* benutzen. Sie liegt im Dock und ist startklar. Wir brauchen also nur noch die Wissenschaftler.«

»Dann bring sie auf Trab. Haben wir einen Piloten?«

»Ali Kassem. Kennst du ihn?«

»Hab ihn ein- oder zweimal getroffen.« Solly hatte gut von Kassem gesprochen. Das reichte ihr.

Am späten Abend rief Matt bei ihr zu Hause an. »Wir haben eine Einladung erhalten«, sagte er. »Kannst du morgen vor der Terminal City Business Association sprechen?«

Es war das Signal. Sie würden am nächsten Abend aufbrechen.

Sie beschwerte sich, dass der Auftrag sehr kurzfristig wäre, und er entschuldigte sich und sagte, dass er ursprünglich vorgehabt hätte, den Vortrag selbst zu halten, aber ihm sei etwas dazwischen gekommen, und er wäre ihr dankbar, wenn sie einspringen könnte.

»Also gut«, sagte sie. »Aber du bist mir etwas schudig.«

Glücklich ging sie zu Bett.

31

Nichts in meiner Hand, nichts in meinem Ärmel …

– STANDARDSPRUCH VON ZAUBERERN,
NEUNZEHNTES UND ZWANZIGSTES JAHRHUNDERT A.Z.

Kim schlief tief und fest und war bereits um sechs Uhr morgens wieder auf den Beinen. Sie frühstückte ausgiebig und packte ihre Sachen. Sie steckte einen Taucheranzug und einen Metalldetektor in eine Tragekiste, instruierte Shepard, Anrufer im Verlauf dieses Tages zu informieren, dass sie einen Auftritt in Marathon hätte, und allen späteren Anrufern mitzuteilen, dass sie im Urlaub sei und in nächster Zeit wohl nicht zu erreichen.

Kurze Zeit später traf sie auf dem Bahnhof ein und wies den Lader an, ihr Gepäck direkt weiter nach Terminal City zu befördern. Dann stieg sie selbst ein. Gegen neun Uhr vierzig war sie unterwegs nach Marathon.

Marathon war eine Gartenstadt. Hier lebten hauptsächlich Menschen, die mit einfachen Dingen und einer grundlegenden Versorgung zufrieden waren und die ihre Zeit mit Hobbys und Kunst verbrachten. Marathon besaß mehr Theater je Einwohner als jede andere Stadt auf Greenway, mehr Schauspielhäuser, mehr Bibliotheken und auch mehr Swimmingpools.

Kim blickte aus dem Fenster, als der Maglev-Zug in den Bahnhof einlief.

Sie stieg aus, aß irgendwo zu Mittag und mietete sich ein Pferd. Dann ritt sie durch Wälder, die noch vom Tau des frühen Morgens feucht waren, vorbei an Wasserfällen und Sportplätzen zum Büro der UDI. Die United Distribution Inc. befand sich im oberen Stockwerk eines kleinen Blockhauses. Im Erdgeschoss gab es ein Geschäft für Kommunikationstechnik und einen Spirituosenladen. Sie stieg die Treppe hinauf und zeigte dem automatischen System ihre ID.

Das System holte ihr Paket und stellte es auf dem Tresen ab, sodass sie den Aufkleber sehen konnte, den sie in Eagle Point angebracht hatte. »Ist es das richtige Paket?«, fragte der Automat.

»Ja«, antwortete Kim.

»Bitte setzen Sie Ihren Daumenabdruck hierher.« Es wollte eine Empfangsbestätigung. Kim leistete der Aufforderung Folge, nahm das Paket und trug es nach unten, wo sie es auf das Pferd lud. Ein Mann, der hinter seinem Schreibtisch geschlafen hatte, schreckte hoch, erblickte Kim und grüßte. Sie erwiderte seinen Gruß, stieg in den Sattel und ritt zur Stadt zurück.

Sie ritt langsam. Es war ein angenehmer, sonniger Frühlingstag, doch Kim war viel zu sehr mit ihrer Umgebung beschäftigt, bereit, beim ersten Anzeichen von Gefahr loszupreschen. Der Wald machte sie verletzlich, und im Nachhinein wurde ihr bewusst, dass die Entscheidung, ein Pferd statt einem Taxi zu benutzen, nicht gerade eine gute Idee gewesen war.

Doch niemand tauchte auf, und Kim kehrte sicher zum Stall zurück. Sie nahm ihr Paket und ging damit zum Bahnhof, wo sie sich auf eine Bank setzte und auf die Ankunft des Zugs nach Terminal City wartete.

Außer ihr waren nur ein paar andere Personen auf dem Bahnsteig: zwei Familien mit Kindern, ein paar Leute in Skikleidung, die offensichtlich in die Berge wollten, und zwei Männer, die aussahen wie Geschäftsreisende.

Der Zug nach Terminal City kam durch eine lang gestreckte Kurve dicht über den Baumwipfeln von Osten her. Er bewegte sich bei niedrigen Geschwindigkeiten beinahe lautlos, und die Aussicht war durch das Dach des Stationsgebäudes blockiert, daher gab es keinerlei vorzeitige Anzeichen, wenn er einfuhr. Er tauchte einfach hinter der Biegung auf, glitt in den Bahnhof und sank zu Boden. Ein paar Passagiere stiegen aus, und die Leute, die auf dem Bahnsteig gewartet hatten, stiegen in die Waggons. Kim nahm ihr Paket unter den Arm und folgte ihnen.

Der Zug war halb leer. Sie fand ein Abteil für sich allein, schloss die Glastür und setzte sich. Der Zug fuhr an, glitt aus dem Bahnhof und wurde immer schneller. Dann verlangsamte er sein Tempo wieder, als er ein paar Bergrücken westlich von Marathon überquerte, bevor er schließlich auf Höchstgeschwindigkeit ging.

Flüsse und Seen jagten vorbei. Es gab keinen Halt mehr bis Marseille in einer Entfernung von hundertfünfzig Kilometern, was nicht daran lag, dass es unterwegs nur Wildnis gegeben hätte. Die Geschwindigkeit des Zuges verlangte, dass er weitab von besiedelten Gebieten verkehrte.

Kim packte die Kiste mit der *Valiant* aus, öffnete den Deckel und spähte hinein. Ihr stockte der Atem. Im Innern ruhte ein Modellraumschiff, aber es war nicht die *Valiant*. Sie starrte auf den Aufkleber. Es war der Gleiche, den sie in Eagle Point beschriftet hatte.

Ihr Herz begann zu hämmern. Sie nahm das Modell aus der Kiste. Es war Markis Kanes *376*.

Woodbridge besaß einen schrägen Sinn für Humor, so viel stand fest.

Sie hörte eine Bewegung draußen auf dem Gang, dann wurde die Abteiltür aufgeschoben, und ein blonder Mann in einer pechschwarzen Jacke trat ein, blickte sie an und setzte sich ihr gegenüber. Sie erkannte einen der Passagiere in ihm, die mit ihr in Marathon eingestiegen waren.

Sie schloss die Kiste wieder. Die Landschaft draußen vor den Fenstern war verschwommen; in der Ferne glitten majestätisch Berge vorbei.

»Stimmt etwas nicht, Dr. Brandywine?«, erkundigte sich der Fremde.

Sie blickte ihn nicht an. »Das wissen Sie doch ganz genau.«

Er schwieg minutenlang. Dann zeigte er ihr seine ID. Sie achtete nicht auf den Namen, doch sie las die Worte NATIONAL BUREAU OF COMPLIANCE.

»Darf ich Sie bitten, mit mir zu kommen?«, fragte er freundlich.

»Wohin?«

»Bitte sehr.« Er stand auf und öffnete die Tür für sie.

Sie trat an ihm vorbei auf den Gang.

»Nach rechts, Dr. Brandywine«, sagte er.

Sie ging vor ihm her in den nächsten Waggon und blieb auf seine Anweisung hin vor einem geschlossenen Abteil stehen. Die Vorhänge waren vor die Fenster gezogen. Der blonde Mann klopfte. Die Tür wurde geöffnet, und er trat zur Seite.

Kim blickte ins Innere des Abteils und sah Canon Woodbridge. Und die *Valiant*. Sie ruhte auf dem Sitz neben ihm, verdeckt durch ein darüber geworfenes Laken, doch Kim erkannte die Form des kleinen Schiffs.

»Bitte kommen Sie doch herein, Kim«, sagte Woodbridge und lud sie ein zu sitzen. »Es tut mir sehr Leid, dass wir uns unter diesen Umständen begegnen. Ich weiß, wie hart es für Sie gewesen sein muss.« Hinter ihr schloss sich leise die Tür.

»Hallo, Canon.« Sie lächelte schwach. »Ich habe nicht damit gerechnet, Sie hier zu treffen.«

»Nein. Das glaube ich.« Er blickte neben sich zur *Valiant*. »Verraten Sie mir eines«, sagte er. »Ist das wirklich ein Raumschiff?«

Sie tat, als wäre sie überrascht. Es fiel ihr schwer, seinem durchdringenden Blick standzuhalten. »Ich weiß gar nicht, wovon Sie reden.«

»Kim.« Er klang enttäuscht. Sie konnte ihm vertrauen, er würde schon das Richtige tun, sagte seine Haltung. Alles kommt wieder in Ordnung, nur keine Angst. »Es wird viel einfacher, wenn wir ehrlich miteinander sind, Kim.« Er zog das Laken beiseite. »Ist das hier das Schiff vom Orion?«

»Es sieht so aus«, sagte sie resignierend.

»Einfach unglaublich.« Er berührte es sanft, als fürchtete er, es könne sich auflösen. »Es ist so *winzig*!«

Sie verschränkte die Arme und lehnte sich zurück.

»Ich bin sehr enttäuscht, dass Sie so einen wertvollen Artefakt in Ihrem Besitz hatten, ohne mich davon in Kenntnis zu setzen.«

»Ich hätte vorgezogen, niemanden in Kenntnis zu setzen.«

»Ja«, sagte er. »Offensichtlich. Ich dachte, ich kann Ihnen vertrauen.«

»Ich wusste, dass Sie es mir wegnehmen würden.«

»Kim.« Der Zug hatte begonnen zu schwanken, und er legte beschützend die Hand auf den Artefakt. »Ich glaube nicht, dass ich Ihre Beweggründe verstehe. Ich meine, das geht weit über alles hinaus, was Ihnen oder mir gut täte. Was hatten Sie mit diesem Schiff vor?«

»Es ist sehr wertvoll.« Sie senkte den Blick. Schuldig im Sinne der Anklage, du verdammter Hundesohn. »Ich wollte es für mich behalten.«

Er musterte sie. »Wollten Sie ein Lösegeld dafür?«, fragte er.

»Ich wollte es einfach nur behalten.«

»Sie überraschen mich immer wieder, Kim. Sie scheinen eine Neigung zu entwickeln, Raumschiffe zu stehlen.« Er deckte die *Valiant* wieder zu. »Sie sind eine richtige kleine Diebin, Kim.«

»Es gehört mir«, sagte sie starrsinnig. »Ich habe es gefunden.«

»Oh, das wissen wir beide besser, nicht wahr? Rein rechtlich betrachtet würde ich sagen, es gehört den Erben Tripleys. Und ich darf Ihnen versichern, dass wir es den Tripleys zurückgeben, nachdem wir es gründlich untersucht haben.«

»Ich schätze, dass nicht mehr viel davon übrig sein wird, wenn Sie fertig sind.«

»Wahrscheinlich nicht, nein.« Er seufzte. »Aber das ist unvermeidlich. Wer weiß, welche Technologien sich darin verbergen. Wenn ich recht informiert bin, hatte der junge Tripley es die ganzen Jahre in seinem Büro stehen, ohne zu ahnen, was es war?«

»Ben? Ja, das stimmt.«

»Kaum zu glauben.« Etwas draußen in der Landschaft erweckte seine Aufmerksamkeit, und er drehte den Kopf. Kim folgte seinem Blick zu einer Brücke, die in der Ferne einen Fluss überspannte.

Zwei Kinder saßen am Ufer und angelten. »Ach ja, die einfachen Freuden des Lebens. Nicht wahr, Kim?«

Sie antwortete nicht.

»Nun«, fuhr er fort, »Sie werden trotzdem nicht mit leeren Händen dastehen. Ganz sicher nicht. Wir werden in Kürze eine öffentliche Verlautbarung herausgeben. Ich persönlich werde dafür sorgen, dass Sie gebührend erwähnt werden.«

»Noch ein Orden«, sagte sie.

»Ja. Diesmal wird es der Orden der Republik, schätze ich. Eine sehr hohe Ehrung. Natürlich hängt alles ganz von ihrer Kooperation ab.«

»Danke«, sagte sie.

»Der Orden ist mit einem beträchtlichen Geldpreis verbunden. Und Sie können Ihr Honorar für zukünftige Vorträge frei bestimmen.«

»Irgendwann«, sagte sie, »irgendwann werden wir diesen Fremden begegnen. Wie wollen Sie mit dieser Situation umgehen, Canon?«

»Um ehrlich zu sein, Kim, ich hoffe, dass wir sie niemals wiedersehen. Ich mag diese Außerirdischen nicht, sie sind irgendwo dort draußen, weit weg vom Schuss, und es sollte nicht schwer fallen, ihnen aus dem Weg zu gehen. Es gibt extrem wenig Verkehr in der Alnitak-Region. Wir haben das nachgeprüft. Was glauben Sie, wie viele Schiffe in den letzten hundert Jahren dort draußen waren, abgesehen von unseren Erkundungsschiffen und den wenigen Besuchen durch Kile Tripley und seine Leute? Und Ihr eigenes kleines Abenteuer natürlich.«

»Ich weiß es nicht.«

»Die Antwort lautet *Null*, Kim. Niemand. Also haben wir wohl kein Problem, solange wir keines einladen.«

»Sie wollen die Tatsache einfach ignorieren, dass es eine weitere Zivilisation in unserer Region der Galaxis gibt? Sie wollen die Tatsachen einfach unter den Tisch kehren?«

»Kim, ich bin überrascht über Ihren Gesinnungswandel. Noch vor wenigen Tagen hätten Sie selbst am liebsten die Flotte auf die Fremden gehetzt.«

»Sie wissen, warum ich meine Meinung geändert habe.«

»Die Aussage Markis Kanes.«

»Aus der hervorgeht, dass wir mit diesen Wesen *reden* können, Canon.«

»Oh, ich bin sicher, dass wir das können. Nach einer anfänglichen Periode der Instabilität. Des Risikos und der Unwägbarkeiten. Wer weiß, welche Auswirkungen der Umgang mit einer fremden Spezies und einer fremden Kultur nach sich zieht? Uns geht es gut; wir haben keine Probleme. Der Status quo ist recht gut, meinen Sie nicht? Alle leben ein gutes Leben. Mir scheint, wir haben nichts zu gewinnen und möglicherweise alles zu verlieren, wenn wir diese Sache weiter verfolgen.«

»Ich kann mir nicht vorstellen, dass diese Einstellung unsere Spezies in den Weltraum gebracht hat.«

»Kim, seien Sie realistisch. Haben Sie auch nur einen Gedanken daran verschwendet, was ein Kontakt bedeuten könnte? Selbst wenn wir davon ausgehen, dass die Fremden nicht böswillig sind, was meiner Meinung nach zumindest fragwürdig erscheint – überlegen Sie, wie groß das Potential für unglückliche Zwischenfälle ist. Es ist sehr wahrscheinlich, dass die Außerirdischen uns technologisch haushoch überlegen sind. Was geschieht, wenn Kulturen mit ungleichen Fähigkeiten und Entwicklungsständen aufeinander treffen? Was ist aus den Insulanern der Südsee geworden? Den Azteken? Oder vielleicht möchten Sie die Sache lieber von der anderen Seite betrachten: Falls wir die überlegene Spezies sind, werden wir den Außerirdischen Schaden zufügen. Dieses Prinzip scheint universelle Gültigkeit zu besitzen, gleichgültig, wie gut die Absichten der überlegenen Spezies auch sein mögen.«

»Wir könnten Vorsichtsmaßnahmen ergreifen.«

»Können wir das wirklich? Ich bezweifle es.«

»Canon, das ist die Gelegenheit für eine vollkommen neue Perspektive aus der Sicht einer nichtmenschlichen intelligenten Spezies. Das Potential für neues Wissen ist unermesslich. Aber das ist nicht einmal das Entscheidende. Diese Wesen sind in mancherlei Hinsicht genau wie wir. Wir wissen das jetzt ...«

»Wir wissen es nicht wirklich, Kim. Sehen Sie, ich sage nicht, dass Sie Unrecht haben. Ich sage nur, dass wir es nicht genau wissen *können*. Warum sollten wir das Risiko eingehen?«

»Weil wir eine Verpflichtung haben«, erwiderte sie. »Wir haben die verdammte Pflicht, Hallo zu sagen, allerwenigstens. Wir sind der Teil des Universums, der *denkt*. Wie können wir *nicht handeln,* nur weil wir das Risiko ausschließen wollen? Sie reden über den Status quo, Canon. Ist das wirklich alles, was wir noch im Sinn haben?«

»Die Diskussion ist ein wenig zu abstrakt für meinen Geschmack.« Woodbridge seufzte. »Das alles könnte viel einfacher sein, wenn Sie praktischer denken würden, Kim. Trotzdem ist es gut möglich, dass die Geschichte eines Tages feststellen wird, dass Sie Recht hatten und ich Unrecht. Oder auch nicht. Für den Augenblick jedenfalls ist das Leben auf den Neun Welten sehr angenehm, und diese Wesen im Orion sind eine zu große Unbekannte. Allein schon aus diesem Grund werden wir sicheren Abstand zu ihnen halten.«

»Ihnen ist klar, dass Sie damit unsere Abmachung verletzen«, sagte sie. »Ich fühle mich nicht mehr länger an mein Wort gebunden.«

Woodbridge zuckte die Schultern. »Das hier«, er deutete mit einer Kopfbewegung auf das Mikroschiff, »das hier ändert die gesamte Gleichung. Ich bin sicher, die Regierung wird schon in den nächsten Tagen eine Verlautbarung herausgeben.«

Der Zug wurde langsamer und durchfuhr eine lang gestreckte Schlucht.

»Sie wollen an die Öffentlichkeit?«, fragte Kim überrascht. »Warum?«

»Oh, ganz einfach. Eine Entdeckung wie diese lässt sich nicht geheim halten. Sobald wir Wissenschaftler zu Rate ziehen, wird die Neuigkeit die Runde machen. Wir sind nicht annähernd so gut im Bewahren von Regierungsgeheimnissen, wie die Leute immer zu denken scheinen.«

»Also wird es irgendwann doch eine oder mehrere Missionen zum Alnitak geben …«

»Sie werden nicht zum Alnitak, sondern nach Zeta Tauri fliegen. Dorthin verlegen wir den Schauplatz der Begegnung mit den Außerirdischen. Gerüchte werden nach draußen dringen, und wir werden sie selbstverständlich abstreiten Also wird alle Welt glauben, dass Zeta Tauri der richtige Ort ist. Und unsere Schiffe werden dort sicher sein vor den Fremden.«

»Außer, ich sage etwas anderes.«

»Das ist der Grund, auf den ich angespielt habe, als ich sagte, wir brauchen Ihre Unterstützung. Sollten Sie weiterhin darauf bestehen, Ihren eigenen Weg zu gehen, Kim, fliegen Sie schlicht und ergreifend ganz aus dem Szenario. Wir haben bereits eine alternative Erklärung vorbereitet. Ohne Sie, sodass es keinen Grund gibt, warum irgendjemand Ihnen Glauben schenken sollte.« Er legte die Handflächen gegeneinander. »Ich möchte nicht, dass Sie glauben, ich drohe Ihnen, Kim. Ich versuche nur, Ihnen die Realität deutlich zu machen. Bitte verstehen Sie meine Situation. Ich habe kein Vergnügen daran, doch es ist von grundlegender Bedeutung, dass wir jeglichen Kontakt mit den Fremden vermeiden. Sie von allen Menschen sollten noch am ehesten die Weisheit hinter dieser Entscheidung sehen, Kim.«

Er klopfte gegen die Tür. Zwei Frauen traten ein. Sie brachten einen Container mit und stellten die *Valiant* hinein, bevor sie Woodbridge fragten, ob er noch irgendetwas brauchte. Er verneinte, und sie nahmen den Container und gingen damit nach draußen.

»Falls Sie eine Möglichkeit zur Kooperation sehen, Kim, kann ich es einrichten, dass Sie dabei sind, wenn wir dieses Schiff zerlegen.«

Ihre Zeit war um. Er erhob sich und öffnete ihr die Tür. »Sie sind eine sehr talentierte junge Frau, Kim«, sagte er. »Falls Sie Interesse hätten – der Stab des Konzils könnte Sie gebrauchen.«

Kim kehrte in ihr Abteil zurück und ließ sich in den Sitz fallen. Geistesabwesend starrte sie hinaus auf die vorbeifliegende Landschaft. Nach und nach wich der Wald ausgedehnten Prärien. Der Zug wurde langsamer und lief durch eine Kurve in Richtung Westen, und Kim erblickte den Orbitalaufzug.

Der Zug beschleunigte wieder, passierte eine Reihe von Hügeln und jagte auf einen See hinaus.

Die Schockwelle wirbelte das Wasser auf wie der Bug eines Schiffs. Am Ufer blickte ihnen ein Krokodil hinter.

Einmal mehr verlangsamte die Maglev ihre Geschwindigkeit, sank zur Erde hinunter, durcheilte einen Zypressenwald und kam in einer ausgedehnten Parklandschaft heraus. Ein paar Kinder unterbrachen ihr Ballspiel und winkten. Menschen auf Sitzbänken blickten auf und wandten sich dann wieder ihren Büchern oder Gesprächen zu.

In Morgantown Bay kam er auf die Hauptverkehrsstrasse und passierte einen kurzen Abschnitt voller Klippen und Inseln, bevor er immer langsamer wurde und schließlich in Terminal City einlief. Die Türen öffneten sich.

Niedergeschlagen trat Kim auf den Bahnsteig hinaus. Nirgendwo war etwas von Woodbridge oder seinen Leuten zu sehen. Sie nahm ihr Gepäck und gab alles bis auf die Kiste mit dem Taucheranzug und dem Metalldetektor nach Sky Harbour auf, wo es bleiben würde, bis sie es abholte.

Niemand schien sie zu beobachten. Sie warf einen Blick auf die Fahrpläne und stellte fest, dass ihr noch fünfundfünfzig Minuten bis zum nächsten Zug nach Eagle Point blieben.

Der Zug, aus dem sie gerade ausgestiegen war, füllte sich mit Passagieren. Eine Glocke ertönte, die Türen schlossen sich, und er stieg auf seinen Magneten in die Höhe, bevor er sich langsam in Bewegung setzte und den Bahnhof verließ. Er würde nach Osten zurückkehren.

Kim ging hinauf zum Dach des Gebäudes, rief ein Taxi und ließ sich zum Beachfront Hotel bringen.

Dort angekommen nahm sie einen Aufzug hinunter zum Erdgeschoss und zur Lobby. Überall drängten sich kleine Läden. Sie schlenderte in einen davon, kaufte einen Kamm, ging zurück zum Empfangsschalter und reservierte ein Zimmer. Dann fuhr sie wieder zum Dach hinauf. Zwei Taxis landeten gerade. Sie stieg in eines davon ein und ließ sich zum Bahnhof bringen.

Noch immer war nirgendwo etwas von Beschattern zu sehen. Gut. Sie hatten, was sie wollten, hoffte sie jedenfalls, und würden sich nicht weiter mit ihr befassen. Sie landete auf dem Bahnhofsdach, ging zu einem Automaten und löste ein Ticket nach Eagle Point.

Dann fand sie eine freie Bank und setzte sich. Auf einem der Schirme lief eine Holoshow.

Zehn Minuten später traf ihr Zug ein. Sie stieg ein, setzte sich und blätterte träge durch die Bibliothek. Die Türen schlossen sich, und der Zug setzte sich planmäßig in Bewegung. Er schwebte über die Parks und Wohngebiete im Norden von Terminal City, überquerte die Vandermeer Bridge zum Festland und beschleunigte. Die Bäume blieben zurück, und sie rasten über wogende Felder.

Die sanft schaukelnde Bewegung wiegte sie in den Schlaf. Sie träumte von dem Gespenst, doch irgendwie wusste sie, dass es nur ein Traum war, und sie zwang sich zum Aufwachen. Der Waggon war von Sonnenlicht durchflutet, der Himmel leuchtete in strahlendem Blau, und Kinderlachen erfüllte den Raum. Alle schienen in Urlaubsstimmung zu sein.

Ein Kellner erschien, und Kim nahm sich einen geeisten Ananasdrink.

Es war Spätnachmittag, als sie in Eagle Point ankamen. Kim stieg aus, schlenderte zum Schalter der Touristeninformation und rief das Handelsregister auf. Als sie gefunden hatte, wonach sie suchte, betrat sie einen der zahlreichen Gleitstege. Minuten später sprang sie vor dem Home Shop wieder ab. Sie kaufte weißes Band und ließ es in sechs Streifen von jeweils zwanzig Zentimetern Länge schneiden.

Als Nächstes ging sie zum Rent-All-Emporium einen Block weiter, wo sie ein Faltboot, einen Konverter und einen Jetpack mietete, zusammen mit ein paar Tauen, wie sie Bergsteiger benutzen.

Sie ließ alles nach Wing Transport liefern, wo sie einen Flieger mietete. Eine und eine viertel Stunde nach ihrer Ankunft in Eagle Point war sie unterwegs in Richtung Süden. Sie flog über eine Landschaft dahin, deren Einzelheiten schmerzhaft vertraut geworden waren. Sie fand den Severin River und folgte seinem Verlauf durch die Canyons und über den Damm hinweg zum Lake Remorse.

Der See lag glitzernd und still in der Nachmittagssonne. Kein Boot kräuselte die Oberfläche mit seinen Wellen. Es war fast, als wäre die Gegend losgelöst von Greenway, als wäre sie Bestandteil einer fremden Welt geworden, der Welt, aus der das Gespenst gekommen war.

Sie zog den Metallsensor aus ihrer Kiste und verband ihn mit dem Ortungssystem des Fliegers. Als sie damit fertig war, flog sie einmal das Ufer ab, vielleicht, um sich zu überzeugen, dass sie wirklich allein war, vielleicht auch, um schnell fliehen zu können, sollte irgendetwas aus den Bäumen hervorkommen und sie verfolgen. Sie erschauerte bei der Erinnerung und verdrängte den Gedanken aus ihrem Kopf.

Auf Cabry's Beach hatte jemand ein Denkmal für Sheyel, Ben und die drei Sicherheitsleute errichtet.

Sie schwebte über dem Gebilde und zögerte; sie verspürte den Wunsch, zu landen und den Toten ihren Respekt zu erweisen. Doch die Zeit war knapp. Sie nahm sich vor zurückzukommen, sobald das hier erledigt war.

Kim wandte sich nach Norden und ging auf den gleichen Kurs, den sie bei ihrer Flucht vor dem Gespenst eingeschlagen hatte. Sie folgte ihrer Spur über den See und steuerte die Gruppe von Bäumen an, während sie den Winkel zwischen den Bergen und der Stadt und den Wipfeln abschätzte. Sie war sechzig Meter vom Ufer entfernt gewesen, als sie die *Valiant* ins Wasser geworfen hatte.

Genau hier.

Sie ging tiefer, bis sie sich nur noch wenige Meter über dem Wasser befand, und behielt den Sensor im Auge. Er leuchtete mehrmals auf, doch die Position war jedes Mal nicht ganz die Richtige. Zu weit östlich. Oder zu weit draußen.

Schließlich jedoch fand sie, wonach sie gesucht hatte. Sie markierte die Stelle mit einer Boje, suchte einen Landeplatz und ging hinunter. Als sie mit Matt hier gewesen war, hatte sie nicht viel gespürt, nur eine Art Betäubung. Doch heute war sie wieder allein unterwegs, und die Gegend bedrückte sie, dämpfte ihre Stimmung.

Sie versuchte, sich auf Solly zu konzentrieren, sich vorzustellen, dass er bei ihr war und ihr sagte, sie solle ruhig bleiben. Nichts da, wovor sie sich fürchten musste.

Sie wuchtete das Faltboot aus dem Flieger, zog an einem Nippel und beobachtete, wie es sich aufblies. Hoch über ihr kreiste ein Falke. Sie war froh über seine Gesellschaft.

Sie band die Leinen zusammen und legte sie ins Boot. Dann fügte sie ihre weißen Streifen hinzu und suchte am Ufer nach zwei Steinen, einem hellen und einem dunklen, die sie ebenfalls ins Boot warf.

Danach kehrte sie zum Flieger zurück und stieg in ihren Taucheranzug. Sie schnallte sich den Konverter und die Jetpacks um, stöpselte den Sensor aus dem Armaturenbrett und steckte ihn in ihre Tragetasche.

Sie war in Hochstimmung, als sie das Boot vom Ufer abstieß und hinaus zur Boje paddelte. Der Tiefenmesser zeigte zwölf Meter an. Tiefer als sie gehofft hatte, aber längst nicht außer Reichweite. Sie aktivierte den Sensor erneut. Dort entlang. Dichter ans Ufer.

Sie paddelte zu der angezeigten Stelle, band die kürzere Leine an den dunklen Stein und warf ihn als Anker über Bord.

Es wäre einfacher gewesen, mit einem Partner im Boot zu arbeiten, wie sie es zusammen mit Solly beim Damm getan hatte. Jetzt musste sie ohne den Vorteil eines Beobachters tauchen, der sie dirigieren konnte. Sie befestigte den Sensor an ihrem Scheinwerfer, schnallte den Scheinwerfer an ihr Handgelenk und glitt über Bord.

Das Wasser war kühl und klar, doch in der Tiefe herrschte Dunkelheit. Sie sank tiefer, bis sie am Grund angekommen war. Dann drehte sie sich langsam um ihre eigene Achse, während sie darauf wartete, dass der Sensor aufblinkte. Als nichts dergleichen geschah, schwamm sie einen kleinen Kreis und verlor prompt die Orientierung. Der leichtere der beiden Wege funktionierte also nicht.

Sie tauchte wieder auf, kletterte in das Boot und dachte nach. Ein Flieger auf Südkurs schoss vorüber. Sie blickte der Maschine hinterher, bis sie nicht mehr zu sehen war.

Es wurde allmählich spät. Der Nachmittag verlor an Farbe.

Sie nahm ihre zweite Leine und befestigte die

weißen Bänder in regelmäßigen Fünf-Meter-Abständen.

Als sie damit fertig war, schlang sie sich das Seil über die Schulter, steckte den hellen Stein in ihre Gürteltasche, glitt ein weiteres Mal über Bord und tauchte hinunter zu ihrem improvisierten Anker.

Sie befestigte die Leine mit den Bändern an der Ankerleine, maß eine Entfernung von fünf Metern ab und markierte die Stelle mit dem hellen Stein.

Etwas Hartes stieß gegen sie, wahrscheinlich eine Wasserschildkröte, und flüchtete erschrocken. Ein gutes Zeichen.

Sie orientierte sich am ersten Band, fünf Meter, und suchte die unmittelbare Umgebung des Ankers ab. Als sie wieder bei dem hellen Stein angekommen war, ohne Erfolg, richtete sie ihre Aufmerksamkeit auf den Bereich außerhalb des Kreises und schwamm ein weiteres Mal um den Anker herum.

Hiernach brachte sie den Stein zehn Meter weit von der Ankerleine weg (das zweite weiße Band) und wiederholte ihre Vorgehensweise.

Sie fand die *Valiant* bei der nächsten Umkreisung. Sie lag kopfüber in einem Gewirr aus Wasserpflanzen. Vorsichtig befreite Kim das Schiff, drückte es an ihre Brust, gratulierte sich und stieg zur Wasseroberfläche auf.

32

Ich liebe es, verbotene Meere zu befahren …

– HERMAN MELVILLE, MOBY DICK, 1851 A.Z.

Matt wartete bereits vor der Gangway-Röhre auf sie. Die *Valiant* ruhte in einer großen Gene-Teddy-Schachtel, auf der ein Bild der beliebten Kinderpuppe klebte. »Ist es das?«, fragte er.

»Das ist es.« Sie war überrascht, ihn zu sehen, auch wenn er aussah wie jemand, der zur Exekution geführt wurde. »Stimmt was nicht?«

»Nein. Warum fragst du?«

»Kein besonderer Grund. Nett von dir, dass du gekommen bist, um uns zu winken.«

»Winken? Ich komme mit!«

Sie hatte nicht eine Sekunde geglaubt, dass Matt Flexner sich einem persönlichen Risiko aussetzen würde. »Gut«, sagte sie. »Wir können alle Hilfe gebrauchen, die wir kriegen. Wann legen wir ab?«

»Zwei Leute fehlen noch. Sobald sie hier sind, ich schätze in etwa einer Stunde …«

»Je früher, desto besser«, sagte sie. »Ich schlage vor, wir starten, sobald sie in der Schleuse sind.«

Er nahm die Kiste, und sie gingen durch die Röhre nach oben. »Ist etwas passiert?«

Sie erzählte ihm von Woodbridge. Er lauschte, und seine Miene wurde von Minute zu Minute dunkler. »Haben wir einen Deckmantel für diese Mission?«, fragte sie.

»In den Plänen steht, dass wir nach Taratuba zurückfliegen. Nichts Ungewöhnliches also. Aber er wusste, dass du nach Terminal City wolltest.«

»Ich fahre oft hierher. Das ist auch nicht ungewöhnlich. Und ich habe ein Zimmer im Beachfront Hotel gebucht. Wir müssten ein paar Stunden Zeit haben.« Sie mussten unbedingt unterwegs sein, bevor Woodbridge herausfand, dass er nur ein Spielzeug in den Händen hielt, und nach ihr zu suchen anfing. Falls es diesmal ein Problem mit der Patrouille gab, hatte sie keinen Solly hinter den Kontrollen.

»In Ordnung«, sagte Matt. »Wir verschwinden, so schnell es geht. Aber ich will niemanden zurücklassen. Die Leute haben alles stehen und liegen lassen, um an der Expedition teilzunehmen ...«

»Du hast ihnen doch wohl nicht verraten, was dahinter steckt, oder?«

»Ich habe ihnen nur gesagt, dass es ihnen nicht Leid tun wird ...«

»Hoffentlich behältst du Recht.«

Wo die *Hammersmith* an ein billiges Hotel erinnert hatte, sah die *McCollum* aus wie ein heruntergekommenes Bürohaus mit Notquartieren für Leute, die von einem Blizzard überrascht worden waren. Das Innere des Schiffs war grau, dunkel und bedrückend. Wenn Kim auf einem ihrer Vorträge deutlich machen wollte, wie dringend das Institut Gelder benötigte, pflegte sie Bilder von der *McCollum* zu zeigen.

Der Rumpf der *McCollum* besaß die Form einer Kiste mit abgerundeten Ecken. Die Kabinen waren spartanisch, für jeweils zwei Passagiere ausgelegt, und insgesamt gab es Raum für vierundzwanzig

Leute. Die Bordeinrichtungen waren eigentlich gar nicht so übel; der Freizeitbereich war vernünftig, das Missionskontrollzentrum modern, Besprechungsraum und Brücke waren auf dem neuesten Stand, und die Piloten hielten die *McCollum* für das zuverlässigste Schiff in der bescheidenen Flotte des Instituts. Was wahrscheinlich nicht sonderlich viel zu bedeuten hatte.

Das Versorgungsdeck befand sich auf der oberen Ebene. Auf dem Rumpf war ein 8,6-Meter-Teleskop montiert.

»Wir haben einen robotisierten Rausschmeißer dabei«, berichtete Matt.

»Einen *was*?«

»Ein automatisches System, das wir nach draußen schicken können und das alles beseitigt, was sich an unseren Rumpf heftet.«

Mehrere Mitglieder des Teams hatten sich in der Messe versammelt. Ein Mathematiker, ein Biologe, ein Sprachwissenschaftler und verschiedene andere. Matt stellte Kim alle vor. Einige kannte sie bereits. Sie schüttelten sich die Hände, und plötzlich redeten alle durcheinander und überhäuften sie mit Fragen. Worum geht es eigentlich? Wohin fliegen wir?

Sie waren auf Matts Wort hin gekommen, hatten ihm vertraut.

Kim erklärte, dass sie zuerst noch einige Zeit in ihrer Kabine benötigte und dass noch zwei weitere Wissenschaftler erwartet wurden, die jeden Augenblick an Bord kommen mussten. Sobald alle da wären, würde sie Rede und Antwort stehen und sie über das große Geheimnis aufklären.

Dann bat sie Matt, sie zu informieren, sobald alle an Bord waren, entschuldigte sich und zog sich in ihre Kabine zurück. Zehn Minuten später klopfte es an ihrer Tür. Sie öffnete und blickte in das grinsende Gesicht von Ali Kassem, dem Kommandanten der *McCollum*.

»Hallo, Kim«, sagte er. »Was geht hier vor?«

»Hallo, Ali.« Sie trat zur Seite und schloss hinter ihm die Tür. »Schön, dich wieder einmal zu sehen.«

»Danke, gleichfalls. Was soll diese Geheimnistuerei?«

»Wie viel weißt du?«

»Nur, dass der Flug nicht nach Taratuba geht.«

»Setz dich, Ali«, sagte sie. »Bekommst du Gefahrenzulage?«

»Warum? Sollte ich?«

»Ja.«

»Das ist dein Ernst?«

»Mein voller Ernst.«

»Also schön, klär mich auf.«

Sie lieferte ihm eine dreiminütige Kurzfassung der Geschichte, wobei sie Woodbridges Versuch, ihr die *Valiant* wegzunehmen, nicht erwähnte. Als sie fertig war, blickte er sie erschüttert an. »Und?«, fragte sie. »Bist du immer noch dabei?«

»Was würdest du tun, wenn ich sage, dass das nichts für mich ist?«

»Ich wäre zumindest in Schwierigkeiten.«

Die restlichen Mitglieder des Teams kamen unbehelligt an Bord. Außer Matt, Ali und Kim waren es acht Personen. Sie versammelten sich im Besprechungsraum, und Matt erklärte, dass er gerne noch weitere Mitarbeiter eingeladen hätte, dass er tatsächlich andere eingeladen *hatte,* doch die einen hätten vor dem Ablegen Einzelheiten wissen wollen, anderen war das Unternehmen zu kurzfristig gekommen. Acht Wissenschaftler, so schloss er, waren eigentlich nicht ausreichend, um die vor ihnen liegende Aufgabe zu lösen, doch ihnen blieb keine andere Wahl. Dann übergab er das Wort an Kim.

»Uns bleiben nur noch ein paar Minuten bis zum Ablegen«, sagte sie. »Also werde ich versuchen, nicht Ihre Zeit zu verschwenden.« Sie trat hinter das Pult und sagte: »Wir haben Kontakt.«

Schlagartig herrschte Totenstille im Raum. Keiner wagte zu atmen.

»Mit Außerirdischen. Es ist wahr. Es ist geschehen. Tatsächlich hat es sogar bereits *zwei* Begegnungen gegeben.«

Jetzt hatte sie sie. Sie bestürmten Kim mit Fragen, doch Kim winkte ab. Sie beschrieb die Entdeckungen der *Hunter* und der *Hammersmith* und berichtete, was sich im Culbertson-Tunnel tatsächlich ereignet hatte. Sie erzählte, dass die Regierung fest entschlossen war, alles geheim zu halten, wenigstens für den Augenblick, und dass das der Grund war, warum sie ihnen nicht vorher hatte sagen können, worum es ging. Sie zeigte ihnen die *Valiant*, doch sie gestattete ihnen nicht, das Mikroschiff zu inspizieren. »Das können Sie alles später«, sagte sie. »Fürs Erste müssen Sie wissen, dass wir hoffen, die Kommunikation mit den Fremden wieder herzustellen und die Fehler wieder gutzumachen, die vor siebenundzwanzig Jahren begangen wurden. Wir wissen so gut wie nichts über das, was uns erwartet. Wir sind ziemlich sicher, dass die Fremden uns inzwischen feindlich gegenüberstehen, und wir müssen annehmen, dass sie nicht zögern, die *McCollum* zu zerstören. Wir werden dort draußen ganz allein sein. Und aus diesem Grund können Sie jetzt überlegen, ob Sie mitkommen oder nicht.« Sie drehte sich zu Ali um. »Wer von Bord möchte, kann dies jetzt tun. Sobald wir abgelegt haben, gibt es kein Zurück mehr.«

»Wie gefährlich ist es?«, fragte der Anthropologe, Maurie Penn.

»Das weiß ich genauso wenig wie Sie. Ich würde sagen, die Gefahr ist *beträchtlich*.«

»Ich bin dabei«, sagte der Mathematiker. »Eine Gelegenheit, mit einer fremden Spezies zu reden! Zur Hölle, ja!«

Es gab keine wirkliche Diskussion. Zum einen lief ihnen die Zeit davon, und zum anderen war die Aussicht auf eine Begegnung mit den Außerirdischen einfach zu verlockend. Selbst diejenigen, die normalerweise gezögert hätten, ihr Leben für irgendeine Sache aufs Spiel zu setzen, beispielsweise der KI-Spezialist Gil Chase, waren überwältigt von den sich ergebenden Möglichkeiten. Alle wollten bleiben. Was hätte sie, Kim, denn anderes von ihnen erwartet, lautete die allgemeine Antwort.

Die offizielle Besprechung war damit zu Ende. Die Liegesitze wurden in Beschleunigungsposition gedreht, und Ali machte sich auf den Weg zur Brücke.

Maurie Penn setzte sich neben sie. »Eine Mission wie diese! Wir hätten viel mehr Vorbereitungszeit gebraucht.«

»Die Umstände gestatten aber nicht mehr.«

Alis Stimme unterrichtete sie, dass der Start unmittelbar bevorstand. Die Deckenbeleuchtung wurde dunkler.

Jeder Sitz im Besprechungsraum verfügte über einen eigenen Monitor mit der Möglichkeit, die Bilder jeder externen Kamera anzuzeigen. Kims Monitor zeigte den Blick auf Greenway hinunter, und sie vergrößerte den Kontinent Equatoria. Der Schnee im Norden hatte sich weiter zurückgezogen, und der gesamte Kontinent schimmerte in frischem Grün. Im Westen erstreckte sich der Mandan-Archipel bis hinter den Horizont.

Das Ankerseil des Orbitalaufzugs verlief in weitem Bogen nach unten, als würde es von schweren Stürmen gepeitscht, und verschwand in den Wolken.

Kim spürte einen leichten Schub.

»Wir sind unterwegs«, sagte Ali.

Etwas mehr als vierzig Minuten später und ohne von der Patrouille auch nur ein einziges Mal behelligt worden zu sein, wechselten sie in den Hyperraum. Kim atmete erleichtert auf.

Die *Valiant* wurde ohne weitere Verzögerung zum Objekt genauester Untersuchungen. Nach der anfänglichen Woge der Euphorie kamen einige Mitglieder der Expedition zu dem Schluss, dass Kim sie zu einem leichtfertigen – und verrückten – Abenteuer überredet hatte. Doch Flexners Reputation rettete den Tag. Matt war durch und durch solide, stand mit beiden Beinen auf der Erde und ließ sich nicht leicht zu unüberlegten Aktionen hinreißen. Vielleicht war also doch etwas an Kim Brandywines unglaublicher Geschichte.

Schließlich, nachdem jeder Gelegenheit gefunden hatte, einen Blick auf das Mikroschiff zu werfen, warnte sie vor dem Versuch, es auseinander zu nehmen, und verstaute es in einer Glasvitrine in einem der ungenutzten Abteile der oberen Ebene. Zögernd aktivierte sie das Alarmsystem.

»Ich halte das für keine gute Idee«, sagte Matt zu ihr. »Damit signalisierst du den anderen, dass du ihnen nicht vertraust.«

Kim wusste es selbst. Sie entschuldigte sich bei

den anderen mit den Worten, dass sie Wissenschaftler wären und die Versuchung möglicherweise zu groß sein könnte. »Wir brauchen es intakt«, sagte sie, und mit diesen Worten kam sie zum eigentlichen Zweck der Mission. »Wir werden es den Fremden zurückbringen.«

Die Wissenschaftler starrten sie aus großen Augen an, und protestierendes Gemurmel erhob sich. Tesla Duchard, die Biologin, sah aus, als hätte sie einen Schock erlitten.

Doch Kim verteidigte ihren Plan, und zu ihrer Erleichterung stellte sie fest, dass Matt sie unterstützte. »Die *Hunter* hat großen Schaden angerichtet«, sagte er. »Wenn wir dies wieder gutmachen können und es uns gelingt, eine konstruktive Basis zu etablieren, dann werden wir viel mehr gewinnen als ein gestrandetes Raumschiff.«

Einige murrten noch, doch am Ende sahen sie ein, dass Kim Recht hatte.

Sandra Leasing, die Hyperraumantriebe entwarf und baute, führte aus, dass die Fremden ein transdimensionales Eintrittssystem benutzten, welches sich nicht von ihrem eigenen unterschied. »Möglicherweise«, schloss sie, »gibt es einfach keinen anderen Weg, überlichtschnell zu reisen.«

»Die wirkliche Frage ist meiner Ansicht nach«, sagte Mona Vasquez, die Psychologin, »warum sie keinen erkennbaren Hauptantrieb besitzen. Wie bewegen sie sich durch den Normalraum?«

»Mir fällt nur eine Möglichkeit ein«, antwortete die Physikerin Terri Taranaka. »Wenn man keine Reaktionsmasse am Heck *ausstößt*, dann muss man etwas nach vorn auswerfen. Etwas, das einen *anzieht* oder an dem man sich voran*ziehen* kann.«

»Und was soll das sein?«, fragte Maurie.

»Ein Gravitationsfeld. Man erzeugt ein Gravitationsfeld entlang einem geplanten Kursvektor, genau wie wir es im Hyperraum machen. Das Resultat ist, man *fällt* nach vorn.«

»Verfügen wir über eine ähnliche Technologie?«, fragte Tesla.

»Tun wir«, antwortete Matt. »Allerdings sind wir nicht imstande, das Feld stark genug zu machen, um es praktisch zu verwenden. Irgendwann wird es sicherlich soweit sein, und wenn nur aus dem einen Grund, dass wir keine Unmengen an Reaktionsmasse mehr mit unseren Schiffen herumschleppen müssen.«

Kim zeigte dem versammelten Team die echten Logbücher der *Hunter* und genoss ihre Reaktionen, als das außerirdische Wesen auf den Schirmen erschien. »Cho-cho-san«, sagte Terri. »Ein Schmetterling.«

Sie diskutierten über die Reaktion der *Hunter* auf die unerwartete Begegnung und dachten zum ersten Mal ernsthaft darüber nach, was sie erwartete und wie sie sich am besten verhalten sollten.

Kim gelangte zu der Überzeugung, dass sie dem Team Woodbridges Anstrengungen, die *Valiant* in seine Gewalt zu bringen, nicht verheimlichen durfte. Wenn die *McCollum* im Alnitak-System erst wieder in den Normalraum zurücksprang, würden sie ohne jeden Zweifel eine offizielle Anweisung vorfinden, den Artefakt umgehend nach Greenway zurückzubringen. Kim musste ihre Mannschaft dagegen impfen. Und am wichtigsten von allem, sie musste Ali überzeugen.

Der richtige Zeitpunkt dazu kam an einem Donnerstag, als sie die Hälfte der Strecke hinter sich hatten und das Ereignis mit einer kleinen Party feierten. Die Gruppe feierte gerne, wie sich inzwischen herausgestellt hatte, und Kim gefiel es. Die

Atmosphäre an Bord blieb gut, und sie redeten häufig davon, dass sie an der Schwelle eines neuen Zeitalters standen. Gil hatte diesen Begriff geprägt. Gil war distanziert und förmlich und gelangte rasch in den Ruf, kühler als die KI's zu sein, die er schuf und wartete. Kim kannte ihn seit ein paar Jahren und hatte den Eindruck, dass er durch und durch selbstsüchtig war und sich für nichts außer seinen eigenen Prioritäten interessierte. Doch wie es schien, deckten sich seine Ziele – zumindest während dieser Expedition – mit den ihren.

Gegen Ende der Party bemerkte Paul McKeep, dass das Institut gut daran getan hatte, die Existenz des Mikroschiffs geheim zu halten. »Die Regierung ist einfach zu konservativ«, sagte er. »Sie hätten unsere Expedition niemals genehmigt.« Paul war der Mathematiker ihrer Gruppe.

Kim warf einen Seitenblick zu Ali, um sich zu überzeugen, dass er zuhörte. Dann hob sie die Stimme und sagte: »Da wäre noch etwas, das ihr vielleicht wissen solltet, Leute.«

»*Noch etwas?*«, lachte Mona.

»Ja«, sagte Kim. »Das Institut hat die Existenz des Schiffs nicht geheim gehalten. Woodbridge hat herausgefunden, was es mit der *Valiant* auf sich hat. Er hat versucht, mir das Schiff wegzunehmen.«

»Wie hast du es geschafft, die *Valiant* trotzdem zu behalten?«, fragte Ali.

»Ich habe ihm ein Duplikat gegeben.«

Sie wurde mit erheitertem Gelächter belohnt. Nur Ali blieb ernst. »Du weißt, was das heißt«, sagte er leise.

»Ja.« Kim blickte ihm direkt in die dunklen Augen. »Wenn wir in den Normalraum zurückkehren, wartet eine Hyperkommnachricht auf uns.«

Er runzelte die Stirn, stand auf und ging nach

draußen. Die anderen verstummten. Kim sah Matt fragend an. Sie wollte Ali hinterher und sicherstellen, dass er dem Druck von zu Hause widerstehen würde.Doch Matt schüttelte nur den Kopf. *Nein*, sagte sein Blick. *Das ist nicht der richtige Zeitpunkt*.

Die Reise erweckte in Kim immer wieder wehmütige Erinnerungen an den Flug mit Solly. Die Entfernung schien zu schrumpfen, als säße sie in einem Zug, der durch eine vertraute, aber dunkle Landschaft fuhr. Die Landmarken waren abstrakt, flüchtig, und sie rasten vorbei. Orte, die sie schon einmal gesehen hatte. Hier haben wir Schach gespielt, und Solly hat immer gewonnen. Ich habe mich geärgert. Und hier haben wir die Lösung vor Veronika King gefunden, im *Verwunschenen Balkon*.

Wie dumm. Wie unglaublich dumm sie gewesen war. Irgendwann war ihr alles aus den Händen geglitten.

Den größten Teil der Zeit verbrachten sie damit, eine Strategie für den Kontakt zu entwickeln. Sie beabsichtigten, mit dem Senden zu beginnen, sobald sie in den Normalraum zurückkehrten, um sicherzustellen, dass sie gehört wurden. Eine neue Art von Projekt Leuchtfeuer, dachte Kim.

Sie debattierten endlos darüber, wie man am besten eine Syntax und ein Vokabular etablierte. »Wir wollen keine neuen Zahlenspiele mehr«, erinnerte sie Gil Chase immer wieder.

Sie wussten, dass die Technologie ihrer beider Spezies ein gemeinsames System für den Austausch von akustischen und visuellen Signalen verwendete. »Wir könnten für den Anfang Bilder benutzen«, sagte Eric Climer. Er war Linguist. »Aber es wäre hilfreich gewesen«, beschwerte er sich bei Kim, »wenn ich vorher etwas vom Zweck der Mission gewusst hätte. Dann hätte ich die richtige Software mitbringen können.«

Sie formulierten Fragenkataloge für den Zeitpunkt, an dem eine gemeinsame Kommunikationsbasis entwickelt worden war. *Wie weit reicht eure Geschichte zurück?* Um diese Frage zu stellen, mussten sie zuerst ein gemeinsames System zur Zeitmessung entwickeln.

Woher kommt ihr?

»Nein«, widersprach Maurie. »Diese Frage würde ich nicht stellen. Es klingt zu sehr danach, als wollten wir sie aushorchen.«

»Was machen wir«, entgegnete Sandra, »wenn sie uns diese Frage stellen?«

»Wenn man bedenkt, was geschehen ist«, sagte Paul, »dann sollten wir besser vermeiden, ihnen derartige Informationen in die Hände zu geben.«

Kim nickte. »Einverstanden.« Sie wollte nicht verantwortlich sein für eine anrückende Invasionsflotte, falls es zum Schlimmsten kam und der Versuch einer Verständigung zum dritten Mal scheiterte.

»Aber wenn sie zu dem Schluss gelangen, dass wir *ihnen* nicht vertrauen«, sagte Matt, »wie können wir dann erwarten, dass sie *uns* vertrauen?«

»Können wir nicht«, sagte Mona. »Aber wir benötigen auch nicht viel gegenseitiges Vertrauen. Zumindest nicht am Anfang. Sie werden unser Zögern sicherlich verstehen, derartige Informationen preiszugeben. Ich halte es für das Beste, wenn wir ehrlich zu ihnen sind.«

»Und welche Fragen wollen wir ihnen sonst noch stellen?«, erkundigte sich Terri.

»Gibt es sonst noch jemanden?«, schlug Ali vor. *»Habt ihr sonst noch jemanden da draußen gefunden?«*

»Eure Schiffe sind bewaffnet. Warum?«

»Wie erklärt ihr euch die Ordnung des Universums? Die Existenz des Universums selbst? Warum ist da nicht Nichts?«

»Habt ihr die Existenz eines alternativen Universums bewiesen? Und falls ja, habt ihr etwas darüber erfahren können?«

»Glaubt ihr, dass das Leben eine spirituelle Dimension besitzt?«

»Wie wollt ihr ›spirituell‹ definieren?«, wandte Mona ein. Keiner hatte eine Idee.

»Was macht ihr in eurer Freizeit?«

»Sollten wir wirklich danach fragen?«, zweifelte Terri. »Warum sollte uns interessieren, ob sie Bridge spielen?«

Maurie, von dem der Vorschlag stammte, schüttelte bestürzt den Kopf. »Was die Menschen in ihrer Freizeit unternehmen, verrät uns eine ganze Menge über die Natur ihrer Gesellschaft und wo ihre *wahren* Werte liegen, ganz im Gegensatz zu dem, was ihre Werte angeblich sind.«

»Was, wenn sie uns diese Frage stellen?«, wandte Mona ein. »Werden wir eingestehen, dass der Großteil unserer Bevölkerung faul auf dem Hintern sitzt und sich in elektronischen Fantasien ergeht?«

»Besser nicht«, sagte Gil. »Falls diese Wesen wirklich feindselig sind, würden wir sie zu einem Angriff auf Greenway förmlich *einladen*.«

»Also werden wir lügen«, sagte Matt.

»Sicher.« Gil blickte frustriert drein. »Wir wollen schließlich keine neuen Probleme schaffen. Vielleicht sollten wir mehr über das nachdenken, was sie *uns* fragen, anstatt umgekehrt. Weil sie vielleicht genauso denken wie wir. Was also sagen wir, falls sie uns Fragen stellen, die geeignet sind, beispielsweise unser technologisches Wissen auszukundschaften?«

»Ich glaube nicht, dass wir uns darüber ernsthaft den Kopf zerbrechen müssen«, sagte Paul. »Um das zu erfahren, müssen sie nur das Feuer eröffnen und zusehen, wie lange wir brauchen, um uns in Sicherheit zu bringen.«

Niemand hielt es für wahrscheinlich, dass im Alnitak-System lebendige Vertreter der Fremden warteten. Alle waren überzeugt, dass die *McCollum* einen automatischen Außenposten vorfinden würde, eine Ortungsstation, die Ausschau hielt nach zurückkehrenden Riesenraumschiffen. Menschen hätten sich jedenfalls ganz genauso verhalten, und niemand konnte sich eine intelligente Spezies vorstellen, die das Interesse an einem Ort einfach aufgab, an dem in vergangenen Jahrzehnten zwei Begegnungen mit Fremden stattgefunden hatten.

Sie kamen mit sieben zu eins Stimmen überein, dass jeder weitere Versuch der Außerirdischen, ein Objekt am Rumpf der *McCollum* zu befestigen, als feindlicher Akt betrachtet werden sollte, in welchem Fall sie jeden Versuch einer Kontaktaufnahme augenblicklich beenden würden.

Später erklärte Ali gegenüber Kim, dass er sich sowieso nicht an das Ergebnis dieser besonderen Abstimmung gehalten hätte – schließlich lag die Sicherheit der *McCollum* in seinem Verantwortungsbereich, und sie sollte sich nicht einen Augenblick der Illusion hingeben, dass er erst die Genehmigung von irgendjemandem an Bord einholen würde, um zu verschwinden, falls ihm irgendein Aspekt am Verhalten ihres voraussichtlichen Kontakts missfiel.

Falls es einem fremden Objekt tatsächlich trotz all ihrer Bemühungen gelang, sich am Rumpf der *McCollum* zu verankern, würde er den Roboter nach draußen senden, um es zu entfernen. Und um sicherzustellen, dass es nicht wieder zurückkehrte, würde der Roboter es mit mehreren Tausend Volt Starkstrom grillen, bevor er es in den Raum stieß. Und nachdem die Operation erst begonnen hatte, würde niemand mehr die Schleuse öffnen. Der Roboter war entbehrlich und würde im System zurückbleiben.

Falls jedoch nichts sie bedrohte oder willkommen hieß, würden sie eine Grußbotschaft aussenden und warten, was geschah. Die *McCollum* hatte genug Vorräte gebunkert, um zehn Wochen lang in der Region zu bleiben. Falls im Verlauf dieser Zeit nichts geschah, würden sie eine automatische Sonde und einen Hyperkommtransmitter zurücklassen und sich auf den Heimflug begeben.

Wie zu erwarten, entwickelten sich ein paar Romanzen. Paul und Terri fanden zueinander, und Eric erzeugte Spannungen, indem er sowohl mit Mona als auch mit Tesla anbandelte. Matt war verheiratet, und entweder ignorierte er Sandra Leasings offenkundiges Interesse, oder er ging mit so viel Diskretion zu Werke, dass Kim keinerlei Beweise sah.

Ali blieb professionell höflich gegenüber allen, doch er hielt Distanz gegenüber allen Frauen. Während einer abendlichen Unterhaltung im Freizeitraum bemerkte er beiläufig, dass emotionale Affären zwischen Schiffsführern und Passagieren der Ordnung an Bord nicht zuträglich waren.

Kim war ein gutes Stück jünger als die meisten

anderen. Sie wusste, dass ihre Begleiter in ihr kaum mehr als ein gerade erwachsen gewordenes Kind sahen. Was sie nicht weiter beeindruckte; Solly war immer noch viel zu gegenwärtig, als dass sie über eine neue Beziehung nachgedacht hätte.

In den letzten Tagen vor der Ankunft über dem Alnitak-System baute sich allmählich Spannung auf.

Der berühmte Psychologe des vierundzwanzigsten Jahrhunderts, Edmund Trimble, hatte behauptet, dass eine verlängerte Lebensspanne für den Menschen schädlich wäre. Zum einen, hatte er gesagt, bestand das Leben für die meisten Menschen aus einer unablässigen Serie verpasster Gelegenheiten. Konsequenterweise wurden die Menschen jenseits des siebzigsten oder achtzigsten Lebensjahres nicht nur unflexibel, sondern in zunehmendem Maße zynisch. Wie sich herausstellte, waren seine Befürchtungen übertrieben, wenn auch nicht vollkommen aus der Luft gegriffen. Das Durchschnittsalter der Expeditionsmitglieder (Kim und Ali ausgeschlossen; Ali war gerade erst einundvierzig) betrug hundertsechsundzwanzig Jahre. Die allgemeine Überzeugung, basierend auf so vielen Jahren der Erfahrung, lautete, dass irgendetwas schief gehen *musste*. Beispielsweise, dass niemand sie erwartete; dass die Gelegenheit verstrichen war und sie am Ende nichts weiter in den Händen halten würden außer der *Valiant*, den Logbüchern der *Hunter* und vielleicht einem weiteren *Gespenst*, das sie durch das System jagte.

Am letzten Abend vor dem Rücksprung in den Normalraum feierten sie Kims sechsunddreißigsten

Geburtstag. Sie öffneten ein paar Flaschen und tranken auf sie. Gil steuerte einen Kuchen bei, sie schmückten die Messe mit Papiergirlanden und veranstalteten ein Fest, das, wie es Kim schien, die Bedeutung des Anlasses bei weitem übertraf.

33

Wie Schiffe in der Nacht, die einander begegnen,
nur ein Signal in der Dunkelheit, ferne Stimmen.
Auf dem Ozean des Lebens gehen wir aneinander vorbei
und sprechen miteinander, ein Blick, eine Stimme,
dann wieder Dunkelheit und Stille.

– LONGFELLOW, TALES OF A WAYSIDE INN, 1863 A.Z.

Kim saß bei Ali auf der Brücke, als sie in den Normalraum zurückkehrten. Sie befanden sich im Alnitak-System, und von unten drangen die erstaunten und begeisterten Rufe herauf, als die Aussicht auf den Fenstern erschien.

Der Kommandant der *McCollum* hatte sich während der gesamten Reise zurückgehalten. Er war unbeteiligt und kontrolliert geblieben. Die Art von Verhalten, die man sich in einem Notfall wünschte. Jetzt stellte Kim erfreut fest, dass auch Ali den Atem anhielt, als die gigantischen leuchtenden Gaswolken auf den Schirmen erschienen. Er drehte die Beleuchtung herunter und erhob sich aus seinem Sitz.

»Das ist der Grund, warum die *Hunter* jedes Mal hier einen Zwischenstopp eingelegt hat«, bemerkte Kim.

»Die Hand des Allmächtigen«, sagte er. »Sie ist immer noch bei der Arbeit.«

Kim war mit den Instrumenten der *Hammersmith*

vertraut gewesen, und sie hatte es sich zur Aufgabe gemacht, auch die Bedienung der Konsolen der *McCollum* zu lernen, insbesondere die der Langstreckensensoren, die beim ersten Anzeichen eines Objekts Alarm schlagen würden, das sich entgegen den Gesetzen orbitaler Mechanik bewegte. Jetzt wanderten ihre Blicke zu den Anzeigen und suchten nach verräterischen Zeichen, doch alles blieb ruhig.

Ali stand minutenlang andächtig im Licht der Wolken, bevor er der KI befahl, Kurs auf den Gasriesen zu nehmen. Er wandte sich zu Kim um. »Viel Glück«, sagte er.

»Das können wir brauchen.«

Sie versammelte das Team im Missionskontrollraum und ging noch einmal den Plan durch. Matt fragte, ob die Fremden bereits versucht hätten, Kontakt aufzunehmen.

Jetzt, da sie hier waren, schien es logisch. Unausweichlich. »Nein«, antwortete sie. »Bis jetzt haben wir noch nichts gehört.«

Sie begannen mit dem Ausstrahlen eines visuellen Programms. Es bestand aus dem numerischen Austausch zwischen der *Hunter* und der *Valiant* sowie einer kurzen Grußbotschaft durch Mona Vasquez: *Hallo. Wir sind froh und glücklich über die Gelegenheit, euch zu begrüßen, und sagen hallo.*

Das ›Hallo‹ kam absichtlich zweimal vor, um seinen Gebrauch zu verdeutlichen. »Es ist ein angemessener Anfang«, sagte Maurie auf seine etwas anmaßende Art.

»*Wir hoffen*«, fuhr Mona fort, »*dass sich zwischen unseren beiden Spezies eine lange und fruchtbare Beziehung entwickeln wird. Wir möchten Ideen und Informationen mit euch austauschen, sobald sich dazu eine Gelegenheit ergibt.*«

Mona fügte hinzu, dass sie und ihre Freunde weit von zu Hause weg waren und dass sie die Reise hierher nur aus dem einen einzigen Grund angetreten hatten, die Wesenheiten zu treffen, die vor langer Zeit schon einmal hier in der Gegend um den Alnitak gesehen worden waren. Sie betonte den Namen der Riesensonne. Die Buchstaben und ein Bild der Sonne erschienen auf dem Schirm, während sie sprach.

Als die Sendung geendet hatte, bekam sie schwachen, spöttischen Beifall. Die Automatik wartete sechzig Sekunden ab, dann wiederholte sie die Ausstrahlung.

Niemand rechnete mit einer augenblicklichen Antwort, doch Kim ließ die Hoffnung nicht sinken. Als jedoch nach den ersten paar Stunden immer noch niemand geantwortet hatte, und als offensichtlich wurde, dass der Kontakt nicht so rasch hergestellt werden würde, brummte sie verdrießlich in sich hinein, schüttelte die aufkommende Mutlosigkeit ab und ging zum Essen.

Die anderen Mitglieder der Expedition wanderten ziellos im Schiff umher und warteten halb ängstlich, was wohl geschehen würde.

Die meisten hatten sich zu zweien oder dreien vor Fenstern versammelt, und Kim fand Mona in einer solchen Gruppe, zusammen mit Terri und Maurie.

»Hier bekommt man jedenfalls eine Ahnung für die Weite des Weltraums«, sagte sie gerade zu den beiden anderen. »Es ist nicht so wie auf Greenway oder auf der Erde, wo man nachts nichts außer Sternen und Monden sieht, als wäre alles nur eine Schale mit Löchern darin. Hier blickt man nach draußen und sieht diese Wolken, und man erkennt, dass das Universum unendlich ist. Es würde einen gewaltig unterschiedlichen Eindruck auf eine sich entwickelnde Zivilisation machen.«

»Wenn es eine gäbe«, erwiderte Maurie.

»Das ist richtig«, sagte Terri. »Und auch wieder nicht. Hier draußen gibt es keine einheimischen Lebensformen. Viel zu viel UV-Strahlung.«

»Sie muss sich ja nicht im Orbit um den Alnitak entwickelt haben«, sagte Mona. »Es könnte auch ein wenig weiter draußen sein. Genügend Entfernung vorausgesetzt, verschwindet die Strahlung, und die Aussicht ist immer noch die gleiche.«

Sie saßen in einer Runde. Kim nahm auf einem Stuhl Platz.

»Ich frage mich«, sagte Maurie, »was für Gesellschaften sich auf der Erde entwickelt hätten, wenn wir unter einem Himmel wie diesem gelebt hätten.«

»Religiöse Fanatiker«, sagte Kim.

Terri kicherte. »Die hatten wir doch auch so.«

Mona schüttelte den Kopf. »Ich bin nicht sicher, ob sich unter diesen Bedingungen religiöser Eifer entwickelt hätte. Ich denke, es wäre einfacher gewesen, die mechanischen Aspekte unserer stellaren Umgebung zu erkennen, die zu Hause auf der Erde nicht so offensichtlich sind.«

»*Kim.*« Alis Stimme, von der Brücke. »*Ich habe hier eine Nachricht an dich.*«

»Ich bin auf dem Weg.«

Als sie auf der Brücke eintraf, stand die Botschaft bereits auf dem Schirm:

An: GR717 *Karen McCollum.*
Von: SEA.
Betreff: Artefakt.
Persönlich an Dr. Kimberley Brandywine.

Das SEA war das Sekretariat für extraterrestrische Angelegenheiten. »Zeig mir den Text, Ali.«

»Du kannst die Botschaft auch in deiner Kabine lesen, Kim, wenn dir das lieber ist.« Er blickte besorgt drein. »Ist das die Reaktion auf das, was Sie mit Woodbridge gemacht haben?«

Sie grinste. »Wahrscheinlich. Aber jetzt ist es sowieso zu spät, um daran etwas zu ändern. Lass die Botschaft laufen, ja?«

Dr. Brandywine,
falls Sie das Objekt mit an Bord haben, werden Sie hiermit angewiesen, es in offizielle Hände zu geben. Jede Weigerung zieht unverzügliche Strafverfolgung nach sich. Dies ist die letzte Warnung.

Talbott Edward

Talbot Edward war Woodbridges Boss. Der Mann, der ihr den Brays Stilwell Award verliehen hatte.

»Was glaubt er denn, wie wir das bewerkstelligen sollen?«, sagte Ali. »Er muss doch wissen, wo wir sind.«

»Er will sich rückversichern.«

»Da bin ich nicht so sicher.« Seine Augen waren im Halbdunkel nicht zu erkennen.

»Was denn sonst?«

»Ich denke, wir werden Gesellschaft kriegen.« Er schwang herum und blickte sie an. »Hast du tatsächlich vor, das Mikroschiff seinen Besitzern zurückzugeben? Seinen *ursprünglichen* Besitzern?«

»Ja.«

»Und wie willst du das tun?«

»Ganz einfach. Sobald wir sie gefunden haben.«

»Verrat mir wie.«

»Ich gehe vor die Tür und gebe es ihnen.«

»Ist das nicht gefährlich? Das sind immerhin die gleichen Kreaturen, die versucht haben, Sie im Severin Valley umzubringen.«

»Ich glaube, das war nicht typisch für sie. Ich glaube, das Ding, das im Severin Valley gestrandet war, hatte den Verstand verloren.«

»Ich hoffe wirklich, sie sind nicht alle so.«

»Sie *müssen* einfach vernünftig sein, Ali. Sonst wären sie nicht hier draußen.«

Aus seiner Kehle kam ein dumpfes Stöhnen. »Vielleicht«, sagte er. »Aber in meinen Ohren klingt das wie ein Grabspruch.«

Im Verlauf der ersten Tage trat so etwas wie Routine ein. Sie arbeiteten an verschiedenen Projekten, während sie die Sensoren beobachteten. Maurie und Terri wurden nicht müde, an den Fenstern zu stehen und nach draußen zu blicken. Für Kim sah es aus, als würde die Leere zurückstarren. Nach und nach schienen die Annahmen, die sie während des Herflugs geteilt hatten – dass ein Kontakt praktisch unausweichlich war und die Außerirdischen gespannt auf das Erscheinen eines weiteren Riesenschiffs warteten – übertrieben optimistisch, dann zweifelhaft und zu guter Letzt hoffnungslos naiv. Spekulationen wurden laut, dass die Gelegenheit verstrichen war. Verstrichen wegen der Unbeholfenheit der ersten Expedition. Kim hörte ein paar Kommentare, die andeuteten, dass sie und Solly es beim zweiten Mal besser hätten machen können, wenn sie nur vorher ein wenig nachgedacht hätten.

Die gegenwärtige Situation, das Schweigen aus dem leeren Himmel, schien in den Augen der anderen irgendwie Kims Schuld zu sein. Wäre sie gleich im Januar zu ihnen gekommen mit ihrem Wissen, anstatt allein hierher zu fliegen, wäre die Situation vielleicht noch zu retten gewesen.

Kim sah es in ihren Augen, hörte es an ihren Stimmen, und als die Tage verstrichen und der Gasriese in den Fenstern immer größer wurde, änderte sich auch ihre Meinung zur *Valiant*. Wenn das Mikroschiff früher ein einzigartiger Artefakt gewesen war, eine Verbindung zu einer anderen Zivilisation, dann war es inzwischen nur noch eine Kuriosität, die von den zurückgehenden Wogen der Geschichte ans Ufer gespült worden war, ein Symbol menschlicher Inkompetenz.

»Wenigstens wissen wir jetzt«, sagte Paul, »dass wir nicht allein sind.«

»Vielleicht spielt es keine Rolle, wenn wir sie nicht finden«, sagte Maurie.

Die Bemerkung erzeugte ein Stirnrunzeln bei allen, die sie hörten.

»Warum sagst du so etwas?«, fragte Gil.

»Was schätzt du, wie alt ihre Zivilisation ist?«

Matt zeigte seine Ungeduld. »Woher sollen wir das wissen?«, sagte er.

»Sie könnte leicht schon eine Million Jahre sein. Sechs Millionen. Wie sieht eine Zivilisation aus, die schon so lange existiert? Wollen wir *wirklich* mit ihnen reden?«

»Warum nicht?«

Maurie atmete tief durch. »Was könnten wir ihnen zu sagen haben, das sie noch interessiert?«

Kim spielte Schach mit Mona, als Ali sich von der Brücke meldete. »Kannst du bitte für einen Augenblick nach oben kommen?«

Sie ließ das Spiel stehen und stieg die Treppe zur

Brücke hinauf. Als sie die Brücke betrat, blickte er sie merkwürdig an. »Wir werden gescannt«, sagte er.

»Von wem?«

Er zuckte die Schultern. »Keine Ahnung.«

»Von wo kommt das Signal?«

»Kann ich auch nicht sagen. Wir können es nicht zurückverfolgen. Aber *irgendjemand* hat ein Auge auf uns geworfen.«

»Meinst du, dass die Flotte eingetroffen ist?«

»Vielleicht. Aber ich bezweifle, dass es unsere Leute sind. Falls ja, dann sind sie verdammt gut. Unsere eigenen Scanner zeigen überhaupt nichts an.«

Die Schirme waren dunkel. »Und was willst du damit sagen? Dass wir gefunden haben, weswegen wir hergekommen sind?«

»Ich sage nur, dass die Technologie hinter dem fremden Ortungsstrahl extrem weit entwickelt ist.«

»Wunderbar!«, rief sie und klopfte ihm auf die Schulter. »Was können sie über uns herausfinden?«

Ali stützte das Kinn in die Hand. »In welche Richtung wir fliegen beispielsweise. Welche Technik unsere Antriebe benutzen. Vielleicht können sie die Lichtemissionen analysieren. Schwer zu sagen, wo ihre Grenzen liegen. Falls es wirklich die Außerirdischen sind. Es wäre sicherlich hilfreich gewesen, wenn wir das Mikroschiff vorher seziert hätten.«

Kim ignorierte den enthaltenen Vorwurf. »Besteht die Möglichkeit, dass sie in unser Schiff sehen können?«

»Ich glaube nicht, dass irgendjemand diesen Rumpf durchdringen könnte. Wir jedenfalls ganz bestimmt nicht. Der Rumpf der *McCollum* ist so konstruiert, dass er hohe Energieeinstrahlung problemlos überstehen kann. Wir könnten ganz nahe an den Alnitak heranfliegen, wenn wir wollten, ohne dass uns etwas geschieht. Also lautet die Antwort nein, wahrscheinlich sind sie nicht imstande, in unser Schiff zu blicken. Allerdings können sie Rückschlüsse auf unsere elektronische Ausrüstung ziehen, auf unsere Bewaffnung beziehungsweise die Tatsache, dass wir keine mitführen, die Funktionsweise unserer Maschinen und so weiter.«

»Danke«, sagte Kim. »Sonst noch etwas?«

Er zuckte die Schultern. »Lass dich nicht so sehr hinreißen, dass du vergisst, dass die Fremden beißen können. Okay?«

Sie kehrte in den Missionskontrollraum zurück, rief alle zusammen und gab die Nachricht weiter. *Irgendjemand beobachtet uns.* Die Reaktionen waren gemischt. Hochstimmung, Aufregung gepaart mit einem Anflug von Beunruhigung. Paul empfahl, dass sie wieder auf Sendung gingen und das zweite vorbereitete Paket ausstrahlten. Die anderen stimmten zu, und Kim erteilte Ali den Auftrag. Eine Minute später meldete er, dass die *McCollum* auf Sendung war.

Das zweite Paket bestand aus einer Liste von Begriffen, zusammen mit Bildern und der Aussprache von einhundertsechsundsechzig Objekten, von denen sie hofften, dass beide Spezies sie kannten. Die Liste schloss Worte wie ›Stern‹, ›Planet‹, ›Wolke‹, ›Fluss‹, ›Schiff‹, ›Regen‹, ›Wald‹ und ›Lampe‹ ein. Eric, der angeblich auf einer Schauspielschule gewesen war und außerdem über eine fantastische Aussprache verfügte, hatte seine Stimme beigesteuert.

Sie hatten außerdem Verben beigefügt, zusammen mit Beispielen für ihren Gebrauch, ein paar

Personalpronomen sowie die Frageworte wer, was, wo, wann und warum. Eric war der Meinung, dass die Erklärungen der Frageworte, die durch Bilder und Fallbeispiele erläutert wurden, für die Fremden wahrscheinlich unverständlich blieben, auch wenn die Begriffe hilfreich waren und es die Anstrengung wert war.

Aufgrund der Überlegung, dass die Technologie der Außerirdischen vielleicht nicht kompatibel war, wurde die Sendung in Echtzeit übertragen, nicht in komprimierter Form. Sie dauerte fünfundsechzig Minuten und würde jede Stunde wiederholt werden.

Gleich nach Beginn der ersten Sendung meldete Ali, dass der unidentifizierte Ortungsstrahl verschwunden war. Er hatte insgesamt siebzehneinhalb Minuten auf der *McCollum* geruht.

Kim hielt es für eine gute Idee, die Sendung mit einem Bild der *Valiant* zu ergänzen. Während die Botschaft ausgestrahlt wurde, ging sie die verschiedenen Perspektiven durch, die sie von dem Mikroschiff aufgenommen hatte. Das Mikroschiff von vorne, von oben, gebadet im Licht des Alnitak, das Mikroschiff als Silhouette vor einer blauen Welt und noch ein Dutzend andere. Am besten war, entschied sie, wenn sie nur ein einziges Bild beifügte.

Schließlich entschied sie sich für die *Valiant* im vollen Sonnenlicht, gesehen von Backbord und leicht von unten. Es war ein majestätisches, wunderbares Schiff, das durch einen hellen Himmel glitt. Das Bild strahlte Optimismus und Kraft aus, und sie hoffte, dass die Außerirdischen die gleiche emotionale Botschaft empfingen wie sie, wenn sie auf das Schiff blickte.

»Das sollte wirklich für eine Antwort reichen«, sagte Matt, der unbemerkt hinter sie getreten war.

»Und es zeigt wieder einmal, dass man unbedingt PR-Leute dabei haben sollte, wenn man einen Erstkontakt herstellen will.«

Kim grinste bei dem Gedanken. Flexners Theorem. Doch Matt hatte Recht.

Sie versuchte sich in die Lage der Außerirdischen zu versetzen. Sie *mussten* von dem Wunsch angetrieben sein, zumindest in gewisser Hinsicht, herauszufinden, was mit ihrem Schiff geschehen war, das vor so vielen Jahren verschwunden war. Und dort waren die, die etwas darüber wussten und die offensichtlich gekommen waren, um darüber zu reden. Wie konnten sie dieser Versuchung widerstehen?

Als Ali meldete, dass sie jetzt senden könnte, lud sie Matt ein, den Knopf zu drücken.

»Ja«, sagte er. »Sehr gerne.« Und das Bild der sonnenüberfluteten *Valiant* ging nach draußen ins All.

»Jede Wette, dass wir im Verlauf der nächsten paar Stunden etwas von ihnen hören«, sagte sie.

Sie kehrten in den Kontrollraum zurück, wo sich der gesamte Rest des Teams versammelt hatte, um auf das zu warten, was in aller Augen *die historische Antwort* sein würde. »Keiner will auf der Toilette sein, wenn es losgeht«, sagte Tesla zu Kim.

Kurz nachdem die erste Sendung vollständig war, informierte sie Ali von der Brücke, dass die *McCollum* erneut gescannt wurde.

Nicht lange nach dem Ende der zweiten Sendung meldete Ali einen weiteren Scan.

Und über eine Stunde später einen dritten. »Alle dreiundsechzig Minuten, wie es scheint«, sagte er.

Der Nachmittag verging. Schließlich ging Tesla doch noch auf die Toilette.

Um sechs Uhr aßen sie zu Abend. Es war stiller als gewöhnlich, und sie ermahnten sich gegenseitig zu mehr Geduld. Ali, der seine Mahlzeiten normalerweise auf der Brücke zu sich nahm, saß bei ihnen.

Der fremde Scan kam noch mehrmals im Verlauf des Abends, in einem Abstand von genau dreiundsechzig Minuten und siebzehn Sekunden. »Wir müssen wahrscheinlich warten, bis sie mit ihrer Heimatbasis Kontakt hatten«, meinte Matt. »Wenn sie nichts Besseres besitzen als wir, dann kann das eine Weile dauern.«

Diese Möglichkeit munterte niemanden auf. Trotzdem war die gegenwärtige Situation in Kims Augen eine entschiedene Verbesserung gegenüber dem Empfang, der Solly und ihr zuteil geworden war.

Gegen halb zwölf resignierte sie und ging zu Bett. Sie las noch eine Stunde in einer Sammlung politischer Aufsätze und schlief irgendwann ein. Als sie wieder erwachte, war es drei Uhr nachts. Sie tappte durch den Korridor in Richtung Waschraum. Unten hörte sie Stimmen aus dem Missionskontrollraum. Sandra und Eric und noch jemand, dessen Stimme sie nicht erkannte.

Sandra lachte.

Ein paar Minuten später, sie kam gerade wieder in ihre Kabine zurück, knackte der Lautsprecher, und Ali meldete sich: »Kim, tut mir Leid, wenn ich dich wecken muss ...«

»Schieß los, Ali. Ich bin wach.«

»Wir haben noch immer keine Antwort. Aber da ist etwas anderes, das du sehen solltest. Kannst du für eine Minute zu mir auf die Brücke kommen?«

Sie schlüpfte in ihren Morgenmantel und ging zu ihm.

Ali saß vor einem der Nebenschirme. Als sie eintrat, wandte er sich zu ihr um. »Die Flotte ist eingetroffen«, sagte er.

Sie wusste nicht, was sie erwartet hatte, doch die Nachricht versetzte ihr einen Stich der Enttäuschung. »*Unsere* Flotte?«

»Ja, unsere Flotte. Ein Banshee und zwei Eskortschiffe.«

»Und sie kommen in unsere Richtung?«

Er nickte nur.

»Wie viel Zeit bleibt uns noch?«

»Bevor sie hier sind? Ungefähr acht Stunden.«

»Das ist nicht so gut«, sagte sie.

»Sie sind vor ein paar Minuten auf den Schirmen aufgetaucht.«

»Aber sie haben nicht hinter den Scans gesteckt?«

»Negativ. Ganz sicher nicht.«

Nun, dachte sie, das ist immerhin etwas.

34

Schweigen so tief wie die Unendlichkeit.

– THOMAS CARLYLE, SIR WALTER SCOTT, 1838 A.Z.

Am Morgen war die Situation unverändert. »Um die Wahrheit zu sagen«, meinte Ali, »ich fühle mich unbehaglich, wenn mich jemand beobachtet, den ich nicht sehen kann. Ich bin froh, dass der Banshee hier ist.«

Kim leerte ihre Kaffeetasse, ohne zu antworten. Inzwischen wusste jeder an Bord, dass die Flotte eingetroffen war. Einige gaben freimütig zu, dass es ihnen ging wie Ali. Doch alle wussten, dass es das Ende ihrer Expedition bedeutete.

Das unidentifizierte Scansignal traf ein, hielt drei Sekunden lang an und erlosch wieder. Inzwischen hatte sich das Muster zu Drei-Sekunden-Impulsen geändert, doch sie kamen immer noch genau in den gleichen Abständen. »Meinst du, dass der Banshee ebenfalls abgetastet wird?«

»Wahrscheinlich.«

»Ich frage mich, was sie davon halten.«

»Ich bin sicher, dass es sie alles andere als glücklich macht. Wahrscheinlich sind alle ununterbrochen auf Kampfstationen.«

»*Eine Nachricht von der Flotte*«, meldete die KI.

Ali sah zu Kim. »Vielleicht sagen sie uns mehr

dazu. In Ordnung, *Mac*, dann lass uns hören, was sie zu sagen haben.«

»*Es ist nur ein Audiosignal. Ich spiele es ab.*«

Kim sank in ihr Polster zurück.

»*McCollum,* hier spricht der kommandierende Offizier an Bord der *RS Dauntless.*« Die Stimme klang befehlsgewohnt. »Sie sind hiermit angewiesen, das Gebiet um den Alnitak unverzüglich zu verlassen.«

Kim blickte Ali an. »Sie besitzen hier draußen doch keine Befugnisse, oder?«

Ali schnitt eine Grimasse. »Rein technisch betrachet – nein«, sagte er.

»Dann sag ihm, er soll sich jemand anderen zum Schikanieren suchen. Er mischt sich in eine zivile Angelegenheit ein. Warte, *ich* sage es ihm …«

Sie griff nach einem Mikro, doch Ali hob die Hand. »Tut mir Leid, Kim. Ich muss kooperieren. Es würde mich meine Lizenz kosten.«

»Aber du hast doch gesagt …«

»Ich habe gesagt, *rein technisch* besitzen sie keine Befugnisse. Aber dieses Schiff fährt immer noch unter der Flagge der Republik Greenway. Und das bedeutet, dass sie uns Ärger machen können.«

»Alle haben immer nur Angst um ihren Job!«, brummte sie.

»Was erwartest du denn anderes?«, entgegnete er frustriert. »Wir sind seit fast einer Woche hier draußen. Was ist in dieser Zeit geschehen, das weitere Opfer rechtfertigen würde?« Er aktivierte das Mikro. »Captain, wir treffen Vorbereitungen für unsere Abreise.«

»Nicht so schnell, Mr. Kassem«, sagte der befehlshabende Offizier der *RS Dauntless*. »Befindet sich bei Ihnen eine Dr. Kimberley Brandywine an Bord?«

Ali blickte sie an.

»Schalt auf Bildübertragung«, sagte Kim.

Der Kommandant des Kriegsschiffs war groß, blond, mit weit auseinander stehenden blauen Augen und einem dünnen Schnurrbart. In seinen eisenharten Gesichtszügen war nicht die leiseste Spur von Flexibilität zu erkennen. Das war kein Mann, der Verhandlungen führte. »Schießen Sie los, Captain. Ich bin Dr. Brandywine.«

»Doktor, man hat mich informiert, dass Sie sich im Besitz von Regierungseigentum befinden. Ist dies korrekt, und haben Sie es bei sich?«

Sie blickte Ali an.

Er schüttelte den Kopf. Sinnlos zu lügen. Sie würden nur an Bord kommen und die *McCollum* von oben bis unten durchsuchen. »Das habe ich«, sagte sie.

»Sehr gut. Bitte gehen Sie vorsichtig damit um. Wir werden in Kürze längsseits gehen. Ich erwarte, dass Sie es für uns bereithalten.«

Er unterbrach die Verbindung.

»Wahrscheinlich spielt es sowieso keine Rolle«, sagte Ali. »Du kannst die *Valiant* nicht an ihre Besitzer zurückgeben, wenn sie nicht einmal hallo sagen wollen.« Er blickte sie niedergeschlagen an.

»Senden wir eigentlich immer noch unser Vokabelpaket?«, fragte sie.

»Alle sechzig Minuten.«

Alles fiel in sich zusammen. Die *Valiant* würde in irgendeinem Labor der Regierung verschwinden, Anstrengungen, die Zivilisation zu suchen, die das Mikroschiff erbaut hatte, würden in die Irre geleitet werden, und Kim würde für den Rest ihres Lebens nichts mehr von Schmetterlingen und Gespenstern hören. Die Welt würde niemals erfahren, welches Opfer die Außerirdischen am Mount Hope gebracht hatten, um Menschenleben zu retten. Und wenn wir uns eines Tages doch begegnen, wie fern dieser Tag auch in der Zukunft liegen mag, dann wahrscheinlich als potentielle Gegner. »Jede Stunde«, sagte sie. »Das erscheint wirklich dumm, meinst du nicht? Unter den gegebenen Umständen? Wir bekommen nicht einmal eine Antwort.«

»Scheint so, ja.«

»Brich die Übertragung ab, Ali. Uns bleibt immer noch ein wenig Zeit. Ich möchte etwas anderes probieren.« Sie brachte die Bilder der *Valiant* auf den Schirm. Die *Valiant* vor den Mondsicheln, die *Valiant* im Nachthimmel über einer Welt, die übersät war von Lichtermeeren, die *Valiant* auf der Flucht vor einer explodierenden Nova. Kim hatte ihre Hausarbeiten gut gemacht, und das Schiff sah abwechselnd majestätisch und exotisch und elegant aus. Das Einzige, was ihm fehlte, war die deutlich sichtbare orangerote Flamme der Antriebe. »Sende das hier«, sagte sie. »Sende sie alle.«

Ali gab der KI die entsprechende Anweisung. *»Das Kommunikationspaket der Phase zwei wird beendet«*, bestätigte die *Mac*. *»Ich beginne mit der Übertragung des* Valiant-*Pakets.«*

Sie beobachteten die Konsole. Lichter blinkten, und die Bilder gingen in den Äther.

Auf der zweiten Ebene gab es eine Terrasse mit Ausblick nach hinten. Niemand benutzte sie, und Kim trat nach draußen und blickte in den Sternenhimmel hinaus. Irgendwo dort hinten waren der Banshee und seine beiden Eskortschiffe, weniger als zwei Stunden entfernt.

»Das war ein guter Versuch, Kim.« Die Stimme überraschte sie. Sie gehörte Matt, und sie bemerkte

Sorge in seinem Gesicht. »Aber mach dir keine Vorwurf. Du kannst nichts dafür.«

»Tue ich nicht«, entgegnete sie.

Sein Tonfall wechselte. Strahlte neuen Optimismus aus. »Du hast eine wichtige Entdeckung als zutreffend verifiziert. Wir wissen nun, dass es sie gibt. Und wir haben einen Artefakt. Das ist keine schlechte Arbeit, wirklich nicht.«

»Wir wissen außerdem«, sagte sie, »wie die erste Frage aussehen wird, falls wir jemals mit den Außerirdischen sprechen werden.«

»Wir müssen die Situation so gut erklären, wie es uns möglich ist.«

»Wir haben die Besatzung getötet und das Schiff gestohlen. Ich wünsche uns viel Glück, Matt.«

»Kim …«

»Lass nur.«

Er setzte sich in einen Decksstuhl. »Sie haben Angst, Kim. Du kannst Woodbridge keinen Vorwurf machen. Er hält sich schließlich nur an deinen Rat.«

Die großen Sternenwolken leuchteten in der Nacht.

»Nein, nein, leg mir das nicht in den Mund«, widersprach sie. »Ich bin dieses Spiel leid. Woodbridge besitzt genauso viele Informationen wie ich. Er weiß, was sich am Mount Hope ereignet hat. Er weiß, was die Besatzung der *Valiant* für die Menschen getan hat.«

»Aber er besitzt mehr Verantwortung als du. Wenn du dich irrst, nun ja, dann verlieren wir vielleicht ein Schiff. Ein paar Menschenleben. Falls er sich irrt, dann könnte es in einer Katastrophe enden. Gott allein weiß, was über uns hereinbrechen könnte. Wir haben keine Studie angefertigt, um herauszufinden, was der Kontakt letzten Endes bedeuten würde. Trotz des Leuchtfeuer-Projekts und all der Expeditionen haben wir die potentiellen Konsequenzen niemals durchdacht.« Der Stuhl knarrte, als Matt sein Gewicht verlagerte. »Lass einfach los, Kim. Auf lange Sicht fahren wir besser damit.«

»Ist das deine ehrliche Meinung, Matt?«

Aus dem angrenzenden Korridor vernahm sie das Blip, das einen weiteren Scan meldete. Die Fremden suchten erneut nach ihnen, wer auch immer sie waren. Stellten sicher, dass sie nicht den Kurs geändert hatten. Sie fragte sich, wie sie die Ankunft der Kriegsschiffe aufnehmen würden. Die Anwesenheit der Flotte, auch wenn sie Ali und vielleicht ein paar andere an Bord beruhigen mochte, war durchaus geeignet, alles in ihrer unmittelbaren Nachbarschaft zu verscheuchen.

»Weißt du«, sagte sie, »wenn wir es diesmal wieder vermasseln, dann erhalten wir vielleicht nie wieder eine Chance.«

»Wir tun doch, was wir können.«

Kim blickte hinaus auf die Sterne, auf Matt, der mit geschlossenen Augen in seinem Decksstuhl saß und versuchte, mit seinem Schmerz fertig zu werden, indem er tat, was er immer getan hatte, nämlich das Beste aus allem machen. *Auf lange Sicht ist es vielleicht besser so.* Er hatte ihr die Tür offen gelassen, und sie konnte in den Gang sehen, der zu guter Letzt ins Institut zurück führte. »Ich verstehe einfach nicht«, sagte sie, »warum sie nicht antworten. Ich würde meinen, dass sie über die *Valiant* reden wollen, wenn schon nichts anderes.«

Er zuckte die Schultern. »Wer kann das sagen? Vielleicht denken sie, wir sind gekommen, um ein zweites Schiff zu entführen, sobald es sich zeigt. Oder vielleicht verstehen sie einfach nicht, was wir wollen. Vielleicht reicht es nicht aus, immer nur Bilder zu senden.«

»Was würde denn reichen?«

»Ich weiß es nicht. Wie lautet die Botschaft?«

»Hallo«, sagte sie. *»Es tut uns Leid.«*

»Dann sollten wir sie vielleicht darüber informieren, dass wir die *Valiant* an Bord haben …«

»Ja.« Sie dachte über seine Worte nach. »Du könntest Recht haben, Matt. Wir haben bisher wirklich nicht viel mehr getan, als …«

»Eine Menge Bilder zu senden. Vielleicht sollten wir ihnen das Schiff zeigen.«

Sie rief Ali auf der Brücke an. »Wann findet ihr nächster Scan statt?«

»Wir hatten gerade einen.«

»Kommen sie immer noch in Intervallen von dreiundsechzig Minuten?«

»Exakt.«

»Wie viel Zeit bleibt uns noch, bis die *RS Dauntless* längsseits geht?«

»Eineinhalb Stunden. Mehr oder weniger.«

»Dann ist vielleicht noch genug Zeit«, sagte sie.

»Zeit wofür?«, fragten Matt und Ali gleichzeitig.

»Um nach draußen zu gehen. Ali, kannst du es einrichten, dass wir im Schatten des Planeten sind, wenn der nächste Scan kommt? Wir brauchen jeden Schutz vor der Strahlung der Sonne, den wir kriegen können.«

Matt gefiel die Idee nicht, doch er hatte ihrer Entschlossenheit nichts entgegenzusetzen. »Dann gehe ich eben mit dir«, sagte er.

»Warst du je draußen im All?«

»Du vielleicht?«

Am anderen Ende des Gangs führte eine Treppe

zu einer Luftschleuse hinauf. Kim und Matt nahmen die *Valiant* aus der Vitrine und stellten sie auf den Boden, nachdem Kim sie vorsichtig in Plastik eingehüllt hatte.

Ali versuchte von der Brücke aus, sie von ihrem Vorhaben abzubringen. »Keiner von euch beiden hat Erfahrung mit Arbeiten außerhalb des Schiffes,« sagte er. »Es ist gefährlich. Es ist sowieso sinnlos. Ich wünschte, ich könnte euch diesen Irrsinn ausreden.«

Kim bedankte sich dafür, dass er sich um sie sorgte. »Trotzdem, wir müssen es versuchen«, beharrte sie. »Uns bleibt keine andere Möglichkeit.« Sie trugen das Schiff zur Luftschleuse hinauf, nahmen zwei Druckanzüge und zogen sich um.

Ali kam zu ihnen und überzeugte sich, dass sie alles richtig gemacht hatten. Er redete noch ein wenig mehr auf sie ein, doch am Ende musste er eingestehen, dass er an ihrer Stelle das Gleiche tun würde. »Wir kommen sowieso nicht mehr hierher«, sagte er.

Dann zog er sich auf die Treppe zurück, und Kim evakuierte die Luftschleuse.

»Wenn schon nichts anderes, dann ist der Zeitpunkt gut gewählt«, sagte er durch das Anzugradio. »Der nächste Scan ist in acht Minuten fällig. Was erwartest du eigentlich, was dort draußen passiert?«

»Wir hoffen, den Außerirdischen die Hände zu schütteln«, sagte sie.

Die Außenluke der Luftschleuse glitt auf. Kim und Matt gingen nach draußen. Es war, als würden sie mitten in der Nacht auf einem Dach herumlaufen.

Die obere Sektion des Rumpfes war flach und rechteckig und von einem hüfthohen Geländer gesäumt. Sie befanden sich noch immer im künstlichen Schwerefeld des Schiffes.

Kim stellte die *Valiant* ab, ging zur Brüstung und blickte über die Seite nach unten. Es war schwindelerregend. Sie fühlte sich wie auf dem Gipfel eines unendlich hohen Gebäudes, dessen Fundament im Nichts verloren war. Der Gasriese mit seinen Ringen und Monden lag zur Linken und schützte sie vor der Strahlung der Sonne. »Was passiert, wenn ich über das Geländer falle?«, fragte sie Ali.

»Nichts«, antwortete er. »Du wirst nicht fallen. Du würdest davonschweben. Also ist es wahrscheinlich keine schlechte Idee, wenn du dich nicht zu nah an den Rand wagst.«

Matt blieb in der Mitte des Dachs bei der *Valiant*.

»Noch eine Minute bis zum nächsten Scan.«

Kim ging zurück und legte Matt die Hand auf die Schulter. Er blickte sie verloren an. »Möchtest du mir helfen?«

»Sicher.«

»In Ordnung.« Sie entfernte das Plastik von der *Valiant*. Unter ihrer Anleitung nahm er eine Seite des Mikroschiffs, sie die andere, und gemeinsam hoben sie es hoch. »Ganz hoch«, sagte sie. Sie hoben es schulterhoch und dann über ihre Köpfe.

Ali zählte die Sekunden bis zum Scan. »In Ordnung, Leute, wir haben das Signal. Wir werden erneut abgetastet.«

Sie stellte sich vor, das Kitzeln der elektromagnetischen Wellen zu fühlen, das durch die drei Etagen der *McCollum* ging und durch sie selbst, bis es schließlich die *Valiant* erfasste.

»Was soll das denn bringen?«, fragte Matt. »Es kommt mir vor wie eine religiöse Zeremonie.«

»Es ist eine religiöse Zeremonie.« Sie jonglierte

mit dem Schiff, versuchte es noch höher zu heben, und hätte es beinahe fallen gelassen.

»Vorsichtig«, mahnte Matt.

»Sie scannen immer noch«, sagte Ali. »Diesmal dauert es ziemlich lange.«

Kim begann zu zählen. Bisher hatten die einzelnen Pulse immer drei Sekunden gedauert. »Ich schätze, wir haben ihre Aufmerksamkeit«, sagte sie.

»Das hoffe ich.«

Sie kam bis neunzehn.

»Der Marker ist weg«, sagte Ali. »Das war's.«

Sie senkten die *Valiant* und legten sie wieder auf das Dach.

»Kim.« Alis Stimme.

»Ja?«

»Der Puls hat diesmal *sechsundzwanzig Sekunden* gedauert.«

Matt blickte sich um, vielleicht um zu sehen, ob zwischen den Sternen neue Lichter materialisiert waren. Aber der Himmel hatte sich nicht verändert. »Wir können genauso gut nach drinnen gehen«, sagte er. »Hier können wir nichts mehr tun.«

Kim setzte sich umständlich neben die *Valiant*. Der Anzug behinderte sie enorm. »Ich werde noch eine Weile hier bleiben«, sagte sie.

»Kim …«

»Mir geht es gut. Ich bin nur noch nicht bereit wegzugehen.« Die Luke der Luftschleuse stand offen. Licht fiel auf das Dach hinaus. »Wenn wir erst wieder reingehen, ist es vorbei.«

Er kam dicht zu ihr und blieb stehen.

Sie blickte hinaus in die Ewigkeit, vorbei an dem beringten Riesen und den verstreuten Diamanten der Sterne, an den Bändern aus Licht. Und sie dachte an Emily, die im Augenblick ihres Triumphs gestorben war.

Alis Stimme: »Wir haben eine Bewegung auf den Schirmen.«

Terri Taranaka saß im Kontrollraum an den Schirmen. »Kim«, rief sie, »wir haben ein Signal!«

Kim mühte sich auf die Beine. »Und es ist nicht die *RS Dauntless*?«

»Negativ«, sagte Ali aufgeregt. »Die *Dauntless* ist immer noch hinter uns.«

»In welcher Richtung? Wo?«

»Null sechs null«, sagte Ali. »Ungefähr dreißig Grad nach oben.«

Sie musste zuerst zur Luftschleuse sehen, um sich zum Bug der *McCollum* zu orientieren. Hier oben war das ohne weiteres kaum zu erkennen.

»Es ist einfach *aufgetaucht*«, berichtete Ali. »Ich weiß nicht, woher es gekommen ist.«

Obwohl sich die *McCollum* im Schatten des Planeten befand, war die Strahlung des Alnitak noch immer mörderisch. Matt schirmte das Helmvisier mit einer behandschuhten Hand ab und spähte in die angegebene Richtung. »Ich kann nichts sehen, Kim«, sagte er schließlich.

Genauso wenig wie sie.

»Das Signal ist anomal«, sagte Ali. »Es verändert sich ständig. Ich glaube nicht, dass es ein Schiff ist.«

»Was könnte es denn sonst sein?« Das war Sandras Stimme.

Kims Puls beschleunigte sich. »Verändert es seine Form?«, fragte sie.

»Die *RS Dauntless* ist auf Sendung, Kim. Möglich, dass sie dort drüben jetzt ein wenig aufgeregt sind.«

»Wie weit ist es noch? Das veränderliche Signal, meine ich.«

»Ungefähr acht Kilometer. Und es kommt näher. Ich verstehe nicht, wie es so dicht an uns herankommen konnte, ohne dass wir es bemerkt haben.«

»Kim«, sagte Eric. »Wir haben ein visuelles Signal.«

»Eine Textbotschaft«, sagte Paul. Und dann stieß er einen Schrei aus. »Sie kommt von *ihnen*!«

Und Maurie: »Bist du ganz sicher? Das ist Englisch!«

Kim hörte Applaus, doch er verstummte rasch wieder.

»O je«, sagte Mona.

»Was sagen sie?«, fragte Kim ungeduldig.

»Sie sagen: *›Wo sind sie?‹*«

»Wo ist wer?«

Ein kalter Schauer kroch über Kims Wirbelsäule. »Ich schätze«, sagte sie leise, »sie meinen die Besatzung der *Valiant*.«

»Kim.« Alis Stimme. »Dieses Ding dort draußen sieht aus wie eine Wolke. Es ist kohärent. Und es bewegt sich zielgerichtet.«

»Verstanden.«

»Ich schätze, es ist noch eins von ihren Gespenstern. Ihr kommt besser nach drinnen.«

»Matt«, sagte sie. »Du gehst rein. Schließ die Schleuse und mach sie erst wieder auf, wenn ich es dir sage.«

»Das ist keine gute Idee«, sagte Terri.

»Kim, ich möchte, dass ihr alle beide reinkommt. Und beeilt euch. Es ist nur noch ein paar Minuten entfernt.«

Matt ging rasch zur Luftschleuse und wartete in ihrem Lichtkegel auf Kim. Sie sah ein letztes Mal auf die *Valiant* hinunter und blickte dann suchend nach draußen, zur Steuerbordseite, doch sie sah *nichts*.

»Komm jetzt, Kim«, drängte Matt. »Wir können hier draußen nichts mehr ausrichten.«

»Kim.« Maurie. »Ich schätze, du hast Recht. Sie

wollen wissen, was mit der Besatzung passiert ist. Was sagen wir ihnen?«

Der kritische Augenblick. »Sag ihnen, sie sind tot. Es tut uns Leid, aber sie wurden getötet. Bei einem Unfall.«

»Wir haben kein Wort für ›tot‹ oder ›Unfall‹ in unserem Vokabular.«

»Kim, komm rein.« Alis Stimme, diesmal im Kommandoton. »Uns geht die Zeit aus.«

»Matt …«

Matt schüttelte den Kopf, schloss die Luke von außen und kehrte zu ihr zurück.

»Das war dumm von dir«, sagte sie.

»Ich lasse dich nicht allein hier draußen.«

Sie versuchte sich das Vokabular in Erinnerung zu rufen. Sie hatten viele Worte wie Stein und Gras, Baum und Blatt, Wasser und Erde, Licht und Dunkel. Sie hatten Wolke und Sonne, Raumschiff und Antrieb. Sie hatten sogar Farben benannt. Wie sollten sie damit den Tod erklären?

»Sagt ihnen: ›Ihre Maschinen sind erloschen. Alles ist dunkel.‹«

»Bist du sicher?«

»Ja, das bin ich, Maurie.«

»In Ordnung. Machen wir.«

»Wir müssen einen Weg finden, unser Bedauern auszudrücken. Hat irgendjemand eine Idee?«

»Wir wünschten, es wäre nicht geschehen«, sagte Mona.

»Wir haben kein Wort für ›wünschen‹«, sagte Gil. »Oder für syntaktisch komplexe Sätze.«

Kim hatte die Augen nicht eine Sekunde von dem Fleck Himmel abgewandt, aus dem sich das Gespenst näherte.

Die Debatte, wie man den Außerirdischen antworten sollte, endete in frustriertem Schweigen.

»Nicht ausreichendes Vokabular«, sagte Terri.

»Wir haben getan, was wir konnten«, erwiderte Eric. »Man muss eine Basis schaffen, bevor man mit Philosophie beginnen kann.«

Der Himmel *flimmerte*. Mehrere Sterne verschwanden.

»Es ist da«, sagte Kim.

»Kim!« Alis Stimme klang zornig. »Warum bist du immer noch draußen?«

»Eric.« Sandra meldete sich zu Wort. »Versuchs mit: ›Die Blätter unserer Bäume fallen zu Boden.‹«

»Ja«, sagte Kim. »Das klingt gut.«

»Wir hätten einen Literaten mitbringen sollen«, sagte Paul.

Sie sah, wie sich die Wolke näherte, sah Sterne durch ihre Schleier hindurch. »Was haltet ihr von ›Unsere Pflanzen werden trocken‹?«

»Ja. Ja, gut. Sendet das auch! Man kann gar nicht genug Bedauern ausdrücken in einer Zeit wie dieser.«

Kim und Matt standen Seite an Seite und bewegten sich nicht. Das Gespenst sah dem Wesen aus dem Severin Valley sehr ähnlich, nur dass es kleiner zu sein schien. »Das gleiche Modell«, sagte sie zu Matt.

Aber diesmal hatte es keine Augen.

Sie wusste, dass es trotzdem sehen konnte. Oder sie auf irgendeine andere Weise wahrnahm, die nichts mit visuellen Sinneseindrücken zu tun hatte.

»Unser Leben ist jetzt dunkel«, sagte sie zu Maurie, während sie dem Impuls widerstand, vor dem fremden Wesen zurückzuweichen. Matt blieb zu ihrer Überraschung an ihrer Seite.

»Wir besitzen keine Möglichkeit, den Begriff Zeit zu vermitteln, Kim. Wir haben kein Wort für ›jetzt‹.«

»Dann sendet es ohne ›jetzt‹, Maurie.« Mit klopfendem Herzen hob sie die *Valiant* hoch.

Das Gespenst entfaltete sich, *erblühte* genau auf die gleiche Weise wie sein Pendant am Seeufer, bevor es seine Opfer verschlungen hatte.

Sie hielt ihm das Mikroschiff hin.

»Mach jetzt keine plötzlichen Bewegungen«, sagte Ali.

Kim konnte sich kaum bewegen. Sie fühlte sich klaustrophobisch in ihrem Druckanzug.

»Wir bekommen eine Antwort!« rief Tesla.

Und Eric: »Sie lautet: ›Wir sind ihr.‹«

»Das ergibt keinen Sinn.«

»Was versuchen sie uns zu sagen?«

»›Wir denken wie ihr‹«, schlug Matt mit zitternder Stimme vor. »Vielleicht verstehen sie ja, was wir zu tun versuchen.«

»Meinst du wirklich?«

Kim hoffte es zumindest von ganzem Herzen.

Alis Stimme: »Alles in Ordnung mit euch da draußen?«

Sie spürte ein leichtes Ziehen an der *Valiant*. Sie ließ los und sah, wie das Mikroschiff anfing zu fallen, doch es bewegte sich nur ganz langsam, obwohl es immer noch im Gravitationsfeld war. Die Schleier umhüllten den glänzenden Rumpf, schlossen die *Valiant* ein und zogen sie zu sich.

Kims Herz schlug bis zum Hals. Im Radio hörte sie Applaus.

Und dann waren sie und Matt allein auf dem Dach.

35

Im Verlauf der ersten Stunden hatten wir richtige Probleme, uns verständlich zu machen. Aber nach und nach kamen wir zu einer gemeinsamen grundlegenden Syntax. Außerdem gelang es Eric, einen Teil ihrer Sprache zu entschlüsseln, und es gelang uns, sie mit Hilfe eines Synthesizers zu reproduzieren. Am Ende haben wir uns tatsächlich unterhalten.

– MAURIE PENN,
NOTIZEN UND TAGEBÜCHER XXVII, 611

Kim hatte nur wenig Gelegenheit, ihren Sieg zu feiern. Kaum eine Stunde, nachdem sie zugesehen hatte, wie die *Valiant* in die Dunkelheit davongeschwebt und von den Scannern und Schirmen der *McCollum* verschwunden war, wurde sie vom Kommandanten der *RS Dauntless* in Gewahrsam genommen und unter dem Vorwurf des vorsätzlichen Missbrauchs von Regierungseigentum in die Brigg gesperrt. Die entrüsteten Proteste aller Besatzungsmitglieder der *Valiant* nutzten nicht das Geringste. Sie sollte nach Greenway gebracht und dort vor Gericht gestellt werden.

Doch das war nicht das Problem. Zumindest nicht das eigentliche. Matt benutzte jedes nur denkbare Argument, um den Kommandanten der Streitmacht dazu zu bewegen, seine Anordnung noch einmal zu überdenken, dass die *McCollum* augenblicklich aus dem System abzureisen hatte. Es gelang Ali, ein Navigationssystem so zum Absturz zu bringen, dass sie weitere zwölf Stunden für die Reparatur benötigten, während derer das Kontaktteam hektisch daran arbeitete, eine konstruktive Beziehung zu den Außerirdischen herzustellen.

Kim wurde halbwegs zuvorkommend behandelt. Sie war in ihrer Bewegungsfreiheit eingeengt, doch ihr Quartier war besser als das an Bord der *McCollum*. Die Besatzung war höflich, wenn auch nicht sonderlich gesellig. Man hatte ihnen eingeschärft, wie sie vermutete, dass sie eine schlimme Gesetzesbrecherin war, und so hielten die anderen respektvoll Abstand.

Der Kommandant weigerte sich, mit ihr zu reden oder sie zu empfangen und ließ durch einen Laufburschen ausrichten, dass er keinerlei Wunsch verspürte, vor Gericht als Zeuge herangezogen zu werden und zu bestätigen, was sie über ihre Aktivitäten gesagt oder nicht gesagt hatte.

Die kleine Streitmacht, zu der die *RS Dauntless* gehörte, wartete geduldig ab, bis die *McCollum* sicher auf dem Heimweg war.

Kim verbrachte die Zeit mit Lesen, Fitnesstraining und Schlafen. Zweimal richtete sie eine Bitte an den Kommandanten, ob die *RS Dauntless* vielleicht den Hyperraum für eine Stunde verlassen könne, damit sie angesichts der Tatsache, dass nun das wissenschaftliche Projekt der Epoche, vielleicht der gesamten menschlichen Geschichte, endlich angelaufen war, einen Bericht an ihre Vorgesetzten absenden konnte.

»Ziemlich überflüssig«, ließ der Kommandant

durch einen Boten erwidern. Er wäre gerne bereit, ihrer Bitte nachzukommen, doch er habe bereits selbst einen Bericht abgeschickt. Genau wie die *McCollum*. Er ließ ihr eine Kopie von Letzterem zukommen. Diese enthielt die faszinierende Nachricht, dass die Außerirdischen sich zu einem weiteren Treffen bereit erklärt hätten, und zwar zu einem Zeitpunkt, der fünfhundert Rotationen des Gasriesen entsprach. Mehrere Monate in der Zukunft also.

Und so geschah es, dass die *RS Dauntless* in der zweiten Augustwoche im System von Greenway in den Normalraum zurücksprang und Kim einmal mehr in Sky Harbour eintraf in der Erwartung, verhaftet zu werden. Einmal mehr wurde sie überrascht: Der Premier persönlich war zu ihrer Begrüßung gekommen, und eine Kapelle spielte auf; Zuschauer jubelten ihr zu, und die Medien zeichneten alles für die Nachwelt auf.

Ich hab's dir wieder und immer wieder gesagt, grinste Matt. *Unterschätze nie die Macht der Medien und guter Öffentlichkeitsarbeit*. Die Geschichte war einfach zu groß, die Nachrichten zu gut. Kein Politiker konnte das ignorieren. Falls sich später herausstellte, dass die Außerirdischen doch gefährlich waren, nun ja. Mit ein wenig Glück würde das erst geschehen, wenn längst andere ihr Amt angetreten hatten.

Auf dem Weg nach unten, im Orbitalaufzug, sah sie eine Sondersendung mit dem Titel: Begegnung über dem Alnitak. Agostino wurde unübersehbar als der Macher dargestellt, der das Rätsel vom Mount Hope auch dann noch beharrlich verfolgt hatte, als alle anderen aufgegeben hatten, und der letzten Endes die einzelnen Steine zusammengesetzt hatte. Kim wurde nur am Rande erwähnt.

Die Nachrichten hatten die Welt elektrisiert.

Später erfuhr Kim, dass die Regierung anfangs noch versucht hatte, alles unter den Teppich zu kehren, doch es war einfach unmöglich gewesen.

Die Vorbereitungen für das nächste Aufeinandertreffen der beiden Spezies liefen bereits. Sie erhielt eine Nachricht von Agostino, der sie zu ihrer ausgezeichneten Arbeit beglückwünschte und ihr versprach, dass sie herzlich willkommen war, an der nächsten Mission teilzunehmen, falls sie nicht ins Gefängnis kam.

Die Analyse der Scans, die sie von der *Valiant* angefertigt hatte, deuteten darauf hin, dass Terri Recht hatte und dass das Schiff sich mit Hilfe von gerichteten Gravitationsfeldern durch den Normalraum bewegte. Es war eine weit effizientere Methode der Fortbewegung als alles, was die Neun Welten kannten, doch unglücklicherweise war es ohne das Original unmöglich festzustellen, wie das System funktionierte.

Diese Tatsache führte zu einem gewissen Maß an Verärgerung, insbesondere nachdem sich herausstellte, dass die Fremden – nach mehreren aufeinander folgenden Treffen – keine Neigung zeigten, ihre Technologie offen zu legen. Ungefähr um die gleiche Zeit wurde Kims Rolle in der gesamten Geschichte allgemein bekannt, und für kurze Zeit wurde sie eines der begehrtesten Ziele von investigativem Journalismus. Irgendjemand schrieb sogar ein Buch über sie, in dem sie als Verräterin dargestellt wurde.

Die Konstruktion der *Valiant* brachte auch die Erkenntnis, dass ein Gebilde wie das Gespenst zum Betrieb der Schiffe unbedingt erforderlich war. Maschinen, die regelmäßige Wartung erforderten, schienen sich in Sektionen zu befinden, die nicht ohne größeren Aufwand zugänglich waren. Eine Reihe von Schächten und Röhren verband die Sektionen untereinander, doch sie waren viel zu eng, um Raum für die winzigen Besatzungsmitglieder zu bieten. Die durchschnittliche Größe eines Individuums betrug fünf Zentimeter von Fühlerspitze bis Hinterbein oder Flügelspitze zu Flügelende, je nachdem, wie man das Maßband anlegte.

Die Informationen über die Natur der Gespenster blieben spärlich. Tatsächlich hatte es im frühen Stadium des Kontakts eine hitzige Debatte gegeben, welche der beiden Rassen die eigentlich herrschende Spezies war. Inzwischen glaubte man zu wissen, dass die Gespenster künstliche Lebensformen waren, biologische KI's, die für einen weiten Einsatzbereich geschaffen worden waren. Die Geschöpfe steuerten die Mikroschiffe und hielten sie instand, und wenn es sein musste, verteidigten sie sie auch.

Kim erhielt Einladungen zu zahlreichen Talkshows, sie sollte ihre Memoiren schreiben oder sogar für ein politisches Amt kandidieren. Midnight Lace lud sie ein, vor dem Grabmal auf Cabry's Beach zu posieren.

Das zweite Rendezvous verlief planmäßig und war ein Erfolg. Kim flog mit. Beide Spezies errichteten permanente Stationen im Orbit um den Gasriesen des Alnitak, und es gab einen ersten Versuch einer Unterhaltung von Angesicht zu Angesicht. Eric Climer vertrat die Menschheit und wurde auf allen Neun Welten berühmt, hauptsächlich wegen einer Fotographie, die ihn mit einem Schmetterling auf der Schulter zeigte.

Als sie wieder zu Hause war, erhielt sie einen Anruf von Canon Woodbridge. Es war ihr erstes Gespräch, seit er versucht hatte, ihr die *Valiant* wegzunehmen.

»Sie haben gute Arbeit geleistet«, sagte er. Es war spätabends und Herbst, sechzehn Monate nach der ersten Fahrt der *McCollum*. Den ganzen Tag über hatte es geregnet, und der Himmel war wolkenverhangen.

»Nett, das aus Ihrem Mund zu hören, Canon.«

Er saß an einem Tisch, und seine durchdringenden Augen wurden von einer schwachen Lampe betont, die ihr Licht im Wohnzimmer verbreitete. »Sie sind ein ziemliches Risiko eingegangen, für die gesamte Menschheit, aber wie es aussieht, haben Sie gut daran getan.«

»Sie klingen, als täte es Ihnen Leid, dass alles so gekommen ist.«

»Nein. Ich bin froh darüber, dass wir nicht bedroht sind.« Er beugte sich vor und legte einen Finger ans Kinn. »Kim, bitte verstehen Sie meine Worte nicht falsch. Ich bin wirklich sehr froh, dass die Orion-Spezies vernünftig zu sein scheint. Zu sein *scheint*. Tatsache ist jedoch, dass wir die langfristigen Auswirkungen auf unsere Lebensweise noch gar nicht abschätzen können. Ich hatte immer sehr viel Respekt vor Ihnen, Kim, und was ich Ihnen jetzt sage, fällt mir nicht leicht. Trotzdem sollten Sie wissen, dass das, was Sie getan haben, die verdammt noch mal arroganteste und verantwortungsloseste Tat gewesen ist, die mir in meinem ganzen Leben untergekommen ist.«

Irgendwann meldete sich auch Mike Plymouth wieder bei ihr. Der Hüter des Archivs.

Es war ein Nachmittag mitten im Winter, und er erwartete sie vor dem Institut. Der Einbruch und ihre Begegnung lagen fast drei Jahre zurück.

»Mike«, sagte sie verlegen. Errötend.

Er lächelte. »Hallo, Kay.«

»Mein Name ist Kim.«

Er nickte. »Ich weiß. Du hast keine Mühen gescheut, um an meine DNS zu kommen.«

Sie bemerkte keinen Groll in seiner Stimme. »Es tut mir Leid, Mike.« Sie standen voreinander und sahen sich an. »Wir brauchten eine Probe. Wie hast du mich gefunden?«

»Das war nicht besonders schwer. Immerhin bist du heute einer der berühmtesten Menschen in der gesamten Republik.«

»Nun ja …«, stotterte sie. »Ich möchte mich entschuldigen. Ich …«

»Ich weiß«, sagte er. »Nicht nötig. Schwamm drüber und vergessen.«

Ringsum türmten sich Schneewehen, und ein weiterer Sturm war angekündigt. »Ich bin froh, dass du dich gemeldet hast. Ich hätte dich ja angerufen, aber ich war zu verlegen.«

»Ich verstehe.« Er schien zu zögern. »Ich … Ich habe mich immer wieder gefragt … wir haben noch immer eine offene Verabredung zum Essen. Ich würde mich freuen …«

Nun zögerte sie und wollte erklären, dass sie an jenem Abend bereits eine Verabredung hatte, während sie sich gleichzeitig darüber wunderte, warum sie nach einer Ausrede suchte. Dann fasste sie einen Entschluss. Zur Hölle. »Weißt du was, Mike? Ich auch«, sagte sie. »Ich würde gerne mit dir zum Essen gehen.«

Sie gingen ins Ocean View, bestellten Wein und unterhielten sich im Kerzenlicht. Es war noch früh, das Restaurant fast leer, und leise Musik drang aus unsichtbaren Lautsprechern.

Kim erzählte von ihren Reisen zum Orion, und als sie versuchte, das Thema zu wechseln und ihn fragte, wie die Dinge im Archiv standen, lachte er nur und sagte: »Immer das Gleiche. Nichts Aufregendes mehr seit dem großen Einbruch.«

Er fragte sie, wie sich sich gefühlt hätte, als diese erste Botschaft eingetroffen war. »*Wer sind sie? Was ist dir durch den Kopf gegangen, als sich das Gespenst der McCollum genähert hat, während du schutzlos oben auf dem Dach gestanden hast? Und wie war es, in einem Raum mit einem Cho-Choi zu sein, wie die Außerirdischen inzwischen genannt wurden?* Terris Name war kleben geblieben.

Sie war nie in einem Raum mit einem Cho-Choi gewesen, gestand sie, und das Gespenst hatte ihr Furcht eingejagt, nach der schlimmen Erfahrung am Lake Remorse. »Nur Eric hat bis jetzt von Angesicht zu Angesicht mit einem der ihren gesprochen. Sie sind so winzig, und es gibt so viele Komplikationen, dass die physischen Treffen nur mühsam zustande kommen. Wir werden wahrscheinlich niemals längere Zeit miteinander verbringen«, schloss sie.

Er erkundigte sich, warum ihre Schiffe bewaffnet waren.

»Das ist nichts als ein Missverständnis«, erklärte Kim. »Das Gerät, das Emily den Tod gebracht hat, war im Grunde genommen keine Waffe. Es dient dazu, ein Gravitationsfeld vor dem Schiff zu erzeugen. Es ordnet die Raumzeit um. Oder Energie oder Materie, was immer in den Weg gerät.«

Eine weit verbreitete Ansicht lautete, dass die

Cho-Choi nicht so intelligent waren wie die Menschen. Ihre Zivilisation war dreißigtausend Jahre älter als die menschliche, und doch schien ihre Technologie nicht besonders weit fortgeschritten.

»Zyklische Entwicklung«, erklärte Kim. Dunkle Zeitalter. Hochs und Tiefs. »Sieht ganz danach aus, als könnten wir uns nicht auf einen automatischen Fortschritt verlassen. Wir selbst hatten ebenfalls eine Reihe dunkler Zeitalter. Ein sehr langes, nach dem römischen Imperium, und ein kleineres bei uns auf Greenway. Die Straße führt nicht immer nur nach vorn.« Sie blickte ihm in die Augen. »Diese periodischen Niedergänge sind möglicherweise signifikant. Und es kann gut sein, dass dieses Wissen für sich allein genommen bereits den Preis wert ist, den wir bezahlt haben.«

»Und was wirst du nun tun?«

Ja, was? Sie hatte Angebote von Forschungseinrichtungen überall auf den Neun Welten, Stellungen, die ihr eine Arbeit als ernsthafte Astrophysikerin erlaubten. »Ich habe die freie Auswahl«, sagte sie. »Ich kann tun, was ich schon immer machen wollte.«

Er griff über den Tisch und nahm ihre Hand.

»Ich habe dich nie vergessen.«

Sie lächelte.

»Das sehe ich.«

»Wirst du von hier weggehen?«

»Wahrscheinlich.«

»Kann ich dich vielleicht irgendwie überreden zu bleiben?«

Sie beugte sich vor und berührte seine Wange.

»Wir scheinen uns immer in entgegengesetzte Richtungen zu bewegen, nicht wahr, Mike?«

Später fuhr er mit ihr hinaus auf die Insel, und sie

lud ihn zu sich nach Hause ein. Es hatte angefangen zu schneien.

»Nein«, sagte er. »Ich passe für den Augenblick. Mir ist lieber, wenn du mir eine Einladung schuldest. Auf diese Weise kann ich sicher sein, dass wir uns irgendwann wiedersehen.«

Epilog

18. Januar 623

Der Gedenkstein stand am Rand von Cabry's Beach, nicht besonders auffällig, wenn man nicht genau hinsah. Die Inschrift war einfach gehalten und lautete: Zum Gedenken an … Sie nannte fünf Namen: Sheyel Tolliver, Benton Tripley, Amy Bricker und die der beiden anderen Sicherheitsleute.

Wahrscheinlich verdankte Kim Amy und ihren beiden Kollegen ihr Leben.

Im Verlauf der mehr als zwei Jahrzehnte, die seit jener schrecklichen Nacht am Strand vergangen waren, war das Leben nach Severin Village zurückgekehrt. Die Stadt war wieder aufgebaut worden, Boote schwammen auf dem See und eine Bahnstation war eröffnet worden. Selbst der Erfrischungsstand war wieder da, und während der Sommermonate lag ein Floß dicht vor dem Ufer. Im Augenblick war keine Saison – es war Anfang Dezember –, trotzdem war die Gegend längst nicht so dunkel, wie Kim sie in Erinnerung hatte. Die Lichter der Stadt schimmerten durch die Bäume, und vom Ufer aus war die neue Stadthalle zu sehen.

Am Himmel bewegten sich ebenfalls Lichter.

Einige davon brachten Würdeträger von überall auf den Neun Welten her, um die ersten nichtmenschlichen Besucher zu begrüßen.

Nun ja, vielleicht nicht die Allerersten.

Am nächsten Tag würden sie in Severin eintreffen – Gäste und Gastgeber gemeinsam. Es würde Ansprachen geben, Kapellen würden spielen, und man würde ein zweites Denkmal einweihen: Gewidmet der Besatzung der *Valiant*, die ihr Leben für Menschen hingab, die sie nie kennen gelernt hatten.

Der Begriff Besatzung schloss aller Wahrscheinlichkeit nach das Gespenst mit ein. Kim dachte nicht gerne an die irre Kreatur zurück – andererseits konnte sie nicht wissen, was das Wesen durchgemacht hatte, und so war sie bereit zu verzeihen, auch wenn sie den Gedenkstein hinter sich nicht einen Augenblick lang vergaß.

Die Cho-Choi gaben ihren Schiffen keine Namen, und der Designator ließ sich nicht gut übersetzen, daher war man übereingekommen, dass der Name, den die Menschen dem Mikroschiff gegeben hatten, für die Situation angemessen war. Mehrere Schiffe der *Valiant*-Klasse waren bereits in Sky Harbour eingelaufen. Ihre Besatzungen würden an der Zeremonie teilnehmen.

Die Heimatwelt der Cho-Choi befand sich dreihundert Lichtjahre hinter dem Goldenen Kelch. Im letzten Jahr hatten Schiffe der Menschen den Planeten besucht und waren mit fantastischen Geschichten zurückgekehrt.

Die Cho-Choi hatten genau wie die Menschheit geglaubt, sie wären allein. Und wie die Menschen, so schienen auch sie außer sich vor Freude über die Entdeckung, dass sie Gesellschaft hatten in einem Universum, das bis dahin verlassen und leer erschienen war.

Kim sah hinaus auf den See. Auch auf der anderen Seite wurden die ersten Häuser errichtet.

Ihr Taxi war fast genau an der gleichen Stelle gelandet, wo sie mit Solly in jener Januarnacht kurz nach dem Jahrhundertwechsel niedergegangen war.

Sie suchte den Waldrand ab. Das ist die Stelle, wo wir in den Wald gegangen sind. Und Tripleys Villa lag in dieser Richtung, ein paar Strich nach Südwesten. Sie war inzwischen verschwunden, abgerissen bereits vor einigen Jahren.

»Am Ende hat sich doch alles noch zum Guten gewendet.« Sie sprach die Worte fast laut, als wäre sie nicht ganz alleine.

Solly hätte sicher Erheiterung verspürt, hätte er herausgefunden, dass sie noch immer Spenden sammelte. Kim war älter geworden und hatte die Tatsache akzeptiert, dass ihre Fähigkeiten zur Abstraktion und ihre mathematische Begabung einfach nicht ausreichten für eine Karriere als Astrophysikerin. Sicher, sie hätte sich durchgeschlagen, doch stattdessen war sie lieber wieder zu der Arbeit zurückgekehrt, die ihr, wie sie überrascht feststellte, Freude bereitete: mit Menschen zu sprechen und sie dazu zu bringen, für eine gute Sache zu spenden. Es war keine großartige Geschichte, doch sie war dennoch wichtig. Sie trug immer noch ihren Teil bei, unterstützte das allgemeine Streben nach Fortschritt mit dem einen wahren Talent, das sie zu besitzen schien.

Die gute Sache war inzwischen die Erkundung von Sternensystemen. Geld strömte herein, Schiffe wurden gebaut, und die menschliche Rasse schien sich endlich wieder von der Stelle zu bewegen. Man hatte im Dreieck eigenartige Ruinen gefunden, zweitausend Lichtjahre weit draußen, in der dem Orion entgegengesetzten Richtung. Und wie es schien, hatte das neue Chang-Teleskop hinweise auf eine Typ-II-Zivilisation in der Andromeda-Galaxis entdeckt.

Erst letzte Woche hatte die *Solomon Hobbs* Beweise für eine alte stellare Zivilisation im System Lyra Omega gefunden.

Es gab noch eine ganze Reihe weiterer Geheimnisse. Die Cho-Choi behaupteten felsenfest, dass ihre Vorfahren einst einen Tunnel in ein alternatives Universum geöffnet hatten. Die Technologie war verloren gegangen.

Zu Kims größter Zufriedenheit hatten Emily und ihre Kameraden den ihnen zustehenden Platz in der Geschichte erhalten, hauptsächlich, weil die Mission der *Hunter* keine bleibenden Schäden angerichtet hatte. Heutzutage erinnerten sich die Menschen nur noch daran, dass sie diejenigen waren, die den ersten Kontakt mit Außerirdischen hatten.

Die Spezies Mensch hatte möglicherweise etwas dazugelernt. Die Besatzungen von Überwachungs- und Erkundungsschiffen auf der Suche nach was auch immer dort draußen wartete, wurden intensiv trainiert, wie sie auf einen Kontakt mit fremden Intelligenzen zu reagieren hatten. Eine ähnliche Ausbildung wurde von jedermann verlangt, der ein hyperraumtaugliches Schiff kaufen oder steuern wollte.

Sie blickte sich am Ufer um. Es wirkte kleiner als in ihrer Erinnerung.

Ihr Kommlink summte. Es war Matt Flexner, der mit ihr in die Abteilung Raumerkundung gewechselt hatte. »Was gibt's, Matt?«

»Kim, wo bist du?« Er klang verärgert.

Sie seufzte. »Schon unterwegs.«

»Gut. Wir müssen genau wissen, was du morgen sagen wirst, damit wir die Interpreter richtig programmieren können. Und das muss heute Nacht geschehen.«

Sie würde vor den Gästen sprechen, nicht in ihrem Namen, sondern in Emilys. »Ich bin in zehn Minuten da«, sagte sie.

»Gut. Und Kim?«

»Was denn?«

»Das bedeutet, dass du dich an dein Skript halten musst.«

»Ja, Matt«, sagte sie. »Absolut.« Sie stieg in ihr Taxi. »Severin«, sagte sie. »Zum Lakeside Hotel.«

Der Flieger hob vom Boden ab. Cabry's Beach blieb unter ihr zurück, und sie glitt zwischen den vielen anderen Sternen davon.

ENDE

Der Astronaut Christian Brannock hat miterlebt, wie der Mensch die künstliche Intelligenz immer weiter entwickelte – bis es schließlich möglich war, die menschliche Persönlichkeit in einen Computer zu speisen und ihm auf diese Weise eine Art Unsterblichkeit zu verleihen.
Als er beauftragt wird, den Supercomputer Gaia zu überprüfen, der das Schicksal der Erde lenkt, stößt er jedoch auf Unvorstellbares ...

ISBN 3-404-24 287-4

BASTEI LÜBBE

HEINLEINS GESCHICHTE DER ZUKUNFT
komplett in einem Band

In den vierundzwanzig Jahren zwischen 1939 und 1962 entstanden vier Romane und siebzehn Erzählungen, die zu dem gewaltigen erzählerischen Corpus gehören, in dem der Autor ein Panorama der Zukunft bis weit hinein ins 23. Jahrhundert entstehen läßt. Es liegt hier in ungekürzter Übersetzung vor. Das Werk wird ergänzt durch eine Zeittafel des Autors, in der er nicht nur die Handlung der einzelnen Erzählungen, sondern auch seine Charaktere und die Ereignisse vor einem fiktiven politischen, sozialen und kulturellen historischen Hintergrund zeitlich eingebunden hat. Später hat der Autor begonnen, auch seine anderen Romane in diesen Entwurf einzufügen.

ISBN 3–404–24280–7

BASTEI
LÜBBE

Zwei Klassiker in einem Band:
die Quelle, aus welcher der
DARKOVER-ZYKLUS entsprang.

Schon vor ihrem berühmten DARKOVER-ZYKLUS hat Marion Zimmer Bradley ein Konzept für ein fiktives Universum geschaffen. Der hier wiederveröffentlichte Roman DIE FALKEN VON NARABEDLA enthält Charaktere, Schauplätze und Elemente, die später Eingang in DARKOVER gefunden haben, und der somit Vorgänger dieses Zyklus wurde: ein Schatz also für alle Fans dieser Bestseller-Reihe.

Zusätzlich in diesem Band:
DIE SPÄHER

Transmittertechnik hat die Raumfahrt stark beeinflußt. Raumschiffe haben fortan nur noch die Funktion, Transmitter zu neuen Welten zu tragen. Menschen überleben die überlichtschnelle Fahrt nur dann, wenn sie sich als Kinder einer Operation unterziehen. Bald bildet sich der Sternenfahrerkult der SPÄHER heran: Vagabunden des Alls ohne Heimatwelt, denen die Men-schen oft mit Mißtrauen und Haß begegnen.

ISDN 3–404-24283–1

BASTEI
LÜBBE